ㅅ 은랑전

THE HIDDEN GIRL AND OTHER STORIES
by Ken Liu

은랑전

The Hidden girl and
Other stories

켄 리우 단편집
장성주 옮김

황금가지

이야기 들려주는 법을 가르쳐 주신
우리 할머니 샤오첸께 바칩니다.

그리고 이야기가 어째서 소중한지 가르쳐 준
리사와 에스더, 미란다에게도.

차례

적어도 내가 경험한 바로는, 소설 쓰기의 핵심에는 역설이 있다. 소설의 매체는 언어이고 언어는 소통이 지상 과제인 기술이건만, 작가인 나는 소통이라는 목적을 멀리해야 비로소 마음에 드는 소설을 쓸 수 있다.

설명하자면 다음과 같다. 작가로서 나는 말을 재료로 삼아 작품을 만들지만, 그 말들은 독자의 의식이 생기를 불어넣어야 비로소 의미를 띤다. 이야기는 작가와 독자가 함께 들려주는 것이기에, 모든 이야기는 독자가 찾아와 해석할 때 마침내 완전해진다.

독자들은 저마다 고유한 해석 틀, 현실상(像), 세계가 어떤 모습이고 또 어떤 모습이어야 하는지에 관한 배경 서사 등을 지닌 채 이야기와 만난다. 이러한 것들은 경험을 통해, 또한 모든 개개인이 축약할 수 없는 현실과 만나며 쌓아가는 독특한 이력을 통해 얻게 마련이다. 이 같은 전투 끝에 남은 상흔은 플롯의 개연성을 따지는 기준이 되고, 어떤 사건이 드리운 그림자는 등장인물의 깊이를 재는 잣

대가 되며, 저마다의 마음에 깃든 두려움과 바람은 개별 이야기의 진위를 가늠하는 저울추가 된다.

좋은 이야기는 변호사의 준비 서면, 즉 읽는 이에게 부조리의 심연 위에 매달린 외나무다리를 건너자고 설득하는 법률 서류처럼 기능하지는 못한다. 좋은 이야기는 오히려 빈집을, 울타리 없는 정원을, 바닷가의 인적 없는 모래톱을 닮아야 한다. 독자는 자신만의 무거운 짐과 오래도록 소중히 간직한 소지품을, 의심의 씨앗과 이해의 가위를, 인간 본성의 경로가 그려진 지도와 굳건한 믿음이 든 바구니를 챙겨 그 장소에 들어선다. 그런 다음 이야기 속에 눌러 살며 구석구석 탐험하고, 가구를 자기 입맛에 맞게 다시 배치하고, 자기 내면세계의 밑그림으로 온 벽을 뒤덮고, 이로써 이야기를 자신의 집으로 삼는다.

한 사람의 작가로서, 나는 상상할 수 있는 미래의 모든 거주자를 만족시킬 집을 짓는 것은 힘에 부칠뿐더러 답답하고 막막한 일이라고 생각한다. 그보다는 차라리 나 자신이 현실과 언어로 지은 인공물 사이의 공감대에 위로받으며 아늑하고 평온하다고 느끼는 집을 짓는 편이 훨씬 더 낫다.

그럼에도, 내 경험에 비춰 보면 **소통**하려는 의도가 가장 약할 때 내놓은 결과물에 오히려 해석할 여지가 가장 많았고, 독자에게 위안을 전하려는 배려가 가장 적을 때 도리어 이야기를 자기 집으로 삼는 독자들이 가장 많았다. 순전히 주관적인 것에만 집중할 때 비로소 상호 주관적인 것을 얻을 기회가 생긴다.

그러한 까닭에 이 단편집의 이야기들은 내 첫 단편집 『종이 동물원』에 실린 이야기들보다 여러모로 훨씬 더 쉽게 골랐다. '뭔가 보여 줘야 한다'라는 부담감은 없었다. 상상 속 독자들에게 '최선'의 단편집을 선사할 목적으로 어떤 이야기를 고를지 고민하느니, 차라리 나 스스로 가장 즐겁게 쓴 이야기들을 고수하기로 마음먹었다.

아무쪼록 독자 여러분이 이 책에서 자신의 집으로 삼을 이야기를 발견하기를.

일곱 번의 생일

Seven Birthdays

일곱 살

눈앞의 잔디밭은 금빛 파도가 치는 바다에 거의 닿을 것처럼 널따랗게 펼쳐져 있고, 잔디와 바다 사이에는 황토색 띠처럼 가느다란 모래톱이 끼어 있다. 저무는 해는 환하고 따뜻한 빛을 비춰 주고, 산들바람은 팔과 얼굴을 부드럽게 쓰다듬는다.

"난 좀 더 기다릴래요." 내가 말한다.

"이제 금방 캄캄해질 거야."

아빠의 말에 나는 아랫입술을 깨문다. "엄마한테 문자 메시지 다시 보내 봐요."

아빠는 고개를 가로젓는다. "이미 보낼 만큼 보냈어."

나는 주위를 둘러본다. 다른 사람들은 다들 이미 공원을 떠났다. 바람에서 저녁의 냉기가 처음으로 느껴진다.

"알았어요." 실망한 목소리를 내지 않으려고 애써 본다. 같은 일이 몇 번이나 일어나는데 번번이 실망할 수는 없는 노릇 아닐까? "날리러 가요." 나는 아빠에게 말한다.

아빠는 연을 높이 든다. 마름모꼴 연에는 요정이 그려져 있고 기다란 리본 꼬리도 두 개 달려 있다. 오늘 아침 공원 정문 옆의 가게에서 그 연을 산 건 요정의 얼굴을 보고 엄마가 생각났기 때문이다.

"준비됐니?"

아빠의 말에 나는 고개를 끄덕인다.

"출발!"

나는 바다 쪽을 향해 달린다. 타오르듯 붉은 하늘과 녹아내리는 것처럼 보이는 주황색 석양을 향해. 아빠가 손을 놓자 연이 공중으로 솟아오르며 내는 파드득 소리가 들리고, 손에 쥔 실이 팽팽하게 당겨지는 느낌이 든다.

"돌아보지 마! 계속 달리면서 아빠가 가르쳐 준 대로 실을 천천히 푸는 거야."

나는 달린다. 숲속을 질주하는 백설 공주처럼. 자정을 알리는 시계 앞의 신데렐라처럼. 부처님 손바닥을 벗어나려 하는 손오공처럼. 머리끝까지 대노한 헤라에게 쫓기는 아이네이아스처럼. 갑작스러운 돌풍이 불어와 눈을 가늘게 뜨는 와중에도 나는 연의 실을 풀고, 심장은 펌프질하듯 쉬지 않고 달리는 다리에 맞춰 고동친다.

"떴다!"

나는 뛰는 속도를 늦추다가 이내 멈춰 서서 뒤를 돌아본다. 요정이 하늘에 둥둥 떠서 자신을 봐 달라며 내 손을 잡아당긴다. 나는 실패의 손잡이를 꼭 쥐고 요정이 나를 하늘로 끌어올려 둘이서 나란히 태평양 상공을 날아다니는 광경을 상상한다. 예전 엄마와 아빠가 내

팔을 한 짝씩 잡고 공중으로 들어 올려 주곤 했을 때처럼.

"미아!"

고개를 돌려 보니 엄마가 잔디밭 저쪽에서 성큼성큼 걸어온다. 기다랗고 까만 머리카락이 산들바람 속에서 연 꼬리처럼 나부낀다. 내 앞에 멈춰 선 엄마는 잔디에 무릎을 꿇고 나를 끌어안아 내 뺨에 자기 뺨을 꼭 마주 댄다. 엄마한테서는 샴푸 냄새 같은 향기가 난다. 여름 소나기와 들꽃 향기를 닮은 그 향긋한 냄새를 나는 몇 주에 한 번씩밖에 맡지 못한다.

"늦어서 미안." 엄마 목소리는 내 뺨에 눌려 웅얼거리는 소리로 들린다. "생일 축하해!"

나는 엄마에게 뽀뽀하고 싶지만 한편으로는 그러고 싶지 않다. 그때 연실이 느슨하게 처지고, 나는 아빠에게서 배운 대로 실을 홱 잡아당긴다. 연을 하늘에 계속 띄워 놓는 게 나한테는 몹시도 중요하다. 왜 그런지는 알지 못한다. 어쩌면 엄마에게 뽀뽀하고 싶은 동시에 그러고 싶지 않은 마음과 상관이 있을 것도 같다.

아빠가 내게 달려온다. 아빠는 나에게 시간이 어쩌고 하는 이야기는 한마디도 꺼내지 않는다. 저녁을 먹기로 예약해 둔 식당에 늦었다는 말도 하지 않는다.

엄마는 나에게 뽀뽀하고 뺨을 떼지만, 나를 끌어안은 팔은 풀지 않는다. "일이 좀 생겨서 늦었어." 엄마의 목소리는 차분하고 조심스럽다. "차오워커 대사님이 탈 비행기가 연착했는데, 덕분에 공항에서 간신히 세 시간 동안 같이 얘기할 수 있었단다. 다음 주로 예정된 상하이 포럼 전까지 태양광 관리 계획의 세부 사항을 설명해 주기로 했거든. 중요한 일이었어."

"안 중요한 일이 어디 있기나 하겠어."

아빠가 그 말을 하자 나를 안은 엄마의 팔에 힘이 들어간다. 엄마와 아빠는 늘 이런 식이었다. 전에 같이 살 때도 그랬다. 요구하지도 않은 해명을 하고. 비난처럼 들리지 않는 비난을 하고.

살며시, 나는 엄마 품에서 빠져나온다. "봐요, 엄마."

나 역시 언제나 이런 식이었다. 아빠와 엄마의 방식을 깨려는 나만의 방식. 뭔가 간단한 해결책이 있을 거라는 생각을 떨칠 수가 없었다. 내 힘으로 현실을 단번에 바꿀 어떤 방법이.

내가 엄마와 꼭 닮은 요정이 그려진 연을 고른 것을 엄마가 알아차렸으면 하고 바라며, 나는 연을 가리킨다. 하지만 이제는 연이 너무 높이 떠 있어서 엄마는 자신과 닮은 얼굴을 알아차리지 못한다. 내가 실을 다 풀어 버린 것이다. 기다란 실은 지상과 천상을 잇는 사다리처럼 완만하게 늘어져 있고, 그 사다리의 맨 위 단은 사그라져 가는 석양 속에서 금빛으로 빛난다.

"멋진데. 나중에, 일이 조금 정리되고 나면 말이야, 연 날리기 축제를 구경하러 엄마 고향에 같이 가자. 태평양 건너편에 있는 곳이야. 네 마음에 꼭 들 거야."

"그럼 하늘을 날아가야겠네요."

"그래. 나는 걸 무서워할 필요는 없어. 엄마는 맨날 비행기를 타고 날아다니잖아."

무서워하지는 않지만, 그래도 안심했다는 표시로 고개를 끄덕인다. '나중에'가 언제인지는 물어보지 않는다.

"연이 더 높이 날면 좋겠어요." 나는 말이 끊어지지 않게 하려고 필사적으로 애쓴다. 그렇게 대화를 계속 이어가면 무언가 소중한 것이 추락하지 않고 계속 떠 있을 거라는 듯이. "내가 이 실을 자르면, 저 연이 하늘을 날아서 태평양을 건널까요?"

잠시 시간이 흐르고 나서 엄마가 입을 연다. "아니…… 저 연은 그 실 덕분에 하늘에 떠 있는 거야. 연은 비행기하고 똑같아서, 네가 쥔 실의 당기는 힘이 추력으로 작용해. 라이트 형제가 만든 최초의 비행기가 실은 연이었던 거, 알고 있었니? 라이트 형제는 그런 식으로 날개 만드는 법을 터득했어. 연이 어떻게 양력을 발생시키는지는 나중에 엄마가……"

"당연히 갈 수 있지." 아빠가 엄마의 말허리를 자른다. "저 연은 하늘을 날아서 태평양을 건널 거야. 오늘은 네 생일이니까. 뭐든 다 할 수 있어."

그 말을 끝으로 엄마와 아빠는 입을 다문다.

나는 기계와 공학과 역사와 그 밖의 것들에 관해 엄마가 들려주는 이야기를 다 알아듣지는 못해도 그런 이야기를 듣는 게 즐겁지만, 아빠한테는 그런 말을 하지 않는다. 엄마에게는 연이 날아서 바다를 건너지 못한다는 건 이미 안다는 말을 하지 않는다. 그건 그냥 엄마가 변명할 필요 없이 나랑 대화할 수 있게끔 꺼낸 얘기였으니까. 아빠에게는 생일이니까 뭐든 다 할 수 있다고 믿기에는 내가 이미 나이를 먹을 만큼 먹었다는 말을 하지 않는다. 내 생일 소원은 엄마 아빠가 싸우지 않게 해 달라는 거였는데, 그 결과는 지금 이 모양 이 꼴이니까. 엄마에게는 나랑 한 약속을 일부러 깨지 않았다는 걸 안다는 말도 하지 않지만, 그래도 엄마가 그럴 때면 매번 마음이 아프다. 나를 엄마의 날개와 아빠의 날개에 함께 이어 놓은 실을 잘라 버릴 수만 있으면 좋겠다는 말은 둘 중 누구에게도 하지 않는다. 내 마음을 각자 다른 방향으로 당기는 두 사람의 힘을 버텨 내기란, 몹시도 힘든 일이다.

엄마와 아빠가 더 이상 서로 사랑하는 사이가 아닐지라도 여전히 나를 사랑한다는 건 나도 안다. 하지만 안다고 해서 더 편하게 받아들이는 건 아니다.

해는 천천히 바다로 가라앉는다. 천천히, 하늘의 별들이 하나둘 깜박이며 깨어난다. 언은 별빛 사이로 사라져 보이지 않는다. 나는 연에 그려진 요정이 별 하나하나를 찾아다니며 장난스럽게 입맞춤하는 광경을 상상한다.

엄마가 휴대 전화를 꺼내더니 무서운 기세로 자판을 두드린다.

"아직 저녁 전일 것 같은데." 아빠가 말한다.

"응. 점심도 건너뛰었어. 종일 이리저리 뛰어다니느라." 엄마는 고개도 들지 않고 휴대 전화 화면만 보며 말한다.

"아까 보니까 주차장에서 몇 블록 거리에 괜찮은 채식 전문 식당이 있던데. 그리 가는 길에 있는 디저트 가게에서 케이크를 사서 식사 후에 내 달라고 부탁하면 될 거야."

"아하."

"그것 좀 치우면 안 될까? 부탁이야."

엄마는 심호흡을 하며 휴대 전화를 주머니에 넣는다. "비행기 표를 나중 걸로 바꾸려고 그러는 거야. 미아랑 더 오래 같이 있으려고."

"우리하고 하룻밤도 같이 못 보낸다고?"

"내일 아침에 워싱턴에서 차크라바티 교수랑 프루그 상원의원을 만나기로 했어."

아빠의 표정이 딱딱해진다. "당신은 지구의 상태가 걱정돼서 안절부절못하는 사람치고는 확실히 비행기를 참 많이 탄단 말이야. 당신하고 당신 고객들이 하고한 날 더 빨리 이동하고 더 많이 실을 생각만 하지 않았어도……"

"내가 고객들 때문에 이러는 게 아닌 줄 당신도 속속들이 다 알면서 왜……"

"스스로를 속이는 건 식은 죽 먹기겠지. 하지만 당신은 가장 거대한 기업과 독재를 자행하는 정부를 위해 일하고……"

"난 빈 껍데기 같은 약속이 아니라 기술적 해법을 근거로 일하고 있어! 우리가 지켜야 하는 윤리적 의무는 인류 전체에 대한 거야. 난 하루에 10달러도 안 되는 돈으로 살아가는 세계 인구의 80퍼센트를 위해서……"

내 삶을 지배하는 거인들이 눈치채지 못하는 사이에, 나는 내 손을 당기는 연을 따라간다. 서로 다투는 두 사람의 목소리는 바람 속에서 희미해져 간다. 한 발짝 또 한 발짝, 부서지는 파도 쪽으로 더 가까이 걸어가는 동안, 연실은 나를 별들 쪽으로 잡아당긴다.

마흔아홉 살

휠체어는 엄마를 좀처럼 편하게 해 주지 못한다.

먼저 의자의 좌판 부분이 위로 올라가 엄마의 시선과 내가 구해다 준 골동품 컴퓨터의 화면이 수평을 이룬다. 하지만 엄마는 허리가 굽었고 등까지 구부정하게 휘었는데도, 화면 아래쪽 책상에 놓인 자판에 손을 올리느라 애를 먹는다. 엄마가 자판을 향해 떨리는 손가락을 뻗자 의자는 알아서 높이를 낮춘다. 엄마는 글자와 숫자 몇 개를 떠듬떠듬 두드리며 이제 한참 위에 있는 컴퓨터 화면을 필사적으로 올려다본다. 윙윙대는 모터 소리와 함께 의자가 엄마를 다시 위로 올려 준다. 이 과정은 끝날 줄 모르고 계속된다.

3000대가 넘는 로봇이 선셋 홈스 요양원의 환자 약 300명을 돌보는데 그 로봇들을 감독하는 간호사는 단 세 명이다. 이것이 바로 오늘날 우리가 죽는 방식이다. 눈에 띄지 않게. 슬기로운 기계들에게 의지하며. 서양 문명의 정점에서.

나는 엄마에게 다가가 엄마 집을 팔기 전에 챙겨 뒀던 오래된 양장본 책을 책상 위에 쌓아 놓고 그 위에 자판을 올려 둔다. 윙윙대던 휠체어 모터 소리가 멈춘다. 복잡한 문제를 간단히 해결했다. 엄마가 알았다면 좋아했을 텐데.

나를 보는 엄마의 흐릿한 눈에는 무슨 일인지 알아차린 기색이 전혀 보이지 않는다.

"엄마, 나 왔어." 잠시 후, 이렇게 덧붙인다. "엄마 딸, 미아야."

요즘은 잘 지내세요, 수간호사가 했던 말이 머릿속에 떠오른다. 수학 계산을 하면 마음이 진정되시나 봐요. 좋은 방법을 제안해 주셔서 고마워요.

엄마는 내 얼굴을 찬찬히 뜯어본다. "아닌데." 엄마는 잠시 망설이다 말한다. "미아는 일곱 살인데."

그러고는 컴퓨터 화면 쪽으로 고개를 돌리고 자판의 숫자를 계속해서 톡톡 두드린다. 그러면서 중얼거린다. "인구와 분쟁의 상관 곡선을 새로 그려야 해. 방법은 이것뿐이란 걸 그 사람들한테 보여 주지 않으면……."

나는 조그마한 침대에 걸터앉는다. 가슴이 아파야 마땅할 것이다. 엄마가 시대에 뒤떨어진 자신의 계산 결과를 나보다 더 또렷이 기억한다는 사실이 말이다. 하지만 엄마는 이미 너무나 멀리 있다. 엄마는 지구의 하늘을 어둡게 해야 한다는 집착을 실로 삼아 현실 세계와 아슬아슬하게 이어진 연 같아서, 나는 차마 분노나 슬픔을 드러낼 수가 없다.

스위스 치즈처럼 구멍투성이인 뇌 속에 갇힌 엄마의 의식이 어떤 패턴을 보이는지 나는 잘 안다. 어제 일어난 일이나 지난주의 일, 지난 수십 년 동안의 일 따위는 대부분 기억하지 못한다. 내 얼굴이나 내 남편 둘의 이름도 잊어버렸다. 아빠의 장례식도 마찬가지다. 엄마에게 애비의 졸업식 사진이나 토머스의 결혼식 동영상을 굳이 보여 주거나 하지는 않는다.

우리에게 남은 얘깃거리는 내가 하는 일에 관한 것뿐이다. 엄마가 내 입에서 나오는 이름을 기억하거나 내가 해결하려 하는 문제가 뭔지 이해해 줄 거라고 기대하지는 않는다. 나는 엄마에게 인간의 의식을 스캔하기란 너무나 어렵다거나, 실리콘에서 탄소 기반 연산 과정을 재현하기란 너무나 복잡하다거나, 인간의 연약한 뇌라는 하드웨어를 마침내 업그레이드하는 날은 너무나 가까워 보이면서도 한편으로는 너무나 멀게 느껴진다거나 하는 얘기를 들려준다. 대부분 나의 독백이다. 엄마는 기술 관련 전문 용어가 계속 등장하는 내 말을 들으며 흐뭇해한다. 엄마가 가만히 듣기만 하면 그만이다. 비행기를 타고 어디 다른 데로 떠나려고 하지만 않으면.

엄마가 계산을 멈춘다. 그러고는 묻는다. "오늘 무슨 날이지?"

"오늘은 내…… 미아의 생일이야."

"미아를 보러 가야 해. 일단 이것만 끝내고……"

"우리 같이 산책하러 나갈까? 미아는 햇빛이 환한 곳에 나가길 좋아하잖아."

"해가…… 너무 환한데……." 엄마는 그렇게 중얼거리더니 컴퓨터 자판에서 손을 뗀다. "알았어."

휠체어는 우리가 복도를 지나 바깥에 나갈 때까지 내 곁에 붙어 민첩하게 굴러간다. 어린애들은 꺄꺄 소리를 지르며 널따란 잔디밭을 이리저리 뛰어다니는 모습이 마치 전하를 띤 전자 같은 반면, 머리가 하얗고 주름이 자글자글한 요양원 거주자들은 뚜렷한 무리를 지어 앉아 있는 모습이 꼭 진공 속에 점점이 분포하는 원자핵 같다. 노인들은 어린애 무리와 함께 시간을 보내면 기분이 좋아진다고 하는데, 이 때문에 선셋 홈스 요양원에서는 유치원생들을 버스로 실어와 부족 사회의 모닥불 축제나 마을 회관의 난롯가 같은 분위기를 재현하고자 애쓴다.

엄마는 환하게 내리쬐는 햇빛을 피하려 눈을 가늘게 뜬다. "미아가 여기 와 있어?"

"같이 가서 찾아보자."

우리는 소란스러운 잔디밭을 지나 함께 걸으며 유령처럼 희미해진 엄마의 기억을 찾는다. 천천히, 엄마는 마음을 열고 자신이 살아온 이야기를 내게 들려준다.

"인간 활동 때문에 일어나는 지구 온난화는 이미 실제 현상이야." 엄마가 말한다. "하지만 사회 주류가 합의하는 견해는 도가 지나치게 낙관적이지. 현실은 그보다 훨씬 더 심각한데. 우리 아이들을 위해서라도, 우리 시대가 지나기 전에 그 문제를 해결해야 해."

토머스와 애비는 자신들이 누군지 더 이상 기억하지 못하는 외할머니의 병문안에 동행하지 않은 지 이미 오래다. 아이들을 탓할 생각은 없다. 엄마가 그 애들을 낯설어하는 것처럼 그 애들도 엄마를 낯설어하니까. 우리 애들에게는 한가한 여름날 오후에 쿠키를 구워주거나 잘 시간이 한참 지나도록 태블릿으로 만화를 보게 놔둔 할머니의 기억이 아예 없다. 그 애들의 삶에서 우리 엄마는 늘 머나먼 존재일 뿐이었고, 존재감을 느끼는 순간은 대부분 대학 등록금을 수표 한 장으로 대신 내 줄 때뿐이었다. 지구가 한때는 멸망할 운명이었다는 이야기만큼이나 비현실적인 요정 대모였던 셈이다.

엄마는 본인의 실제 자녀와 손자보다 관념으로서의 미래 세대를 더 걱정한다. 이런 식으로 말하는 게 편파적인 줄은 나도 알지만, 진실이란 적잖은 경우에 편파적이게 마련이다.

"이대로 방치하면 동아시아 대부분 지역은 한 세기가 지나기 전에 사람이 살 수 없는 상태가 돼 버릴 거야." 엄마는 말한다. "인류사에 남은 여러 소빙하기와 짧은 온난기를 그래프로 그려 봐, 그러면 집단 이주와 전쟁과 대량 학살의 기록을 얻게 될 거야. 무슨 말인지 알아?"

여자애 하나가 키득키득 웃으며 우리 앞으로 뛰어간다. 휠체어가 끽 소리를 내며 멈춰 선다. 여자애와 남자애 여럿이 우리 곁을 지나 아까 그 아이를 쫓아서 뛰어간다.

"환경을 오염시킨 책임이 가장 컸던 부자 나라들은 가난한 나라들을 상대로 발전을 멈추고 에너지를 많이 소비하지 말라고 했어." 엄마의 말이 이어진다. "공평하다고 생각했기 때문이야. 가난한 이로 하여금 부자가 지은 죄의 대가를 치르게 하는 것도, 피부색이 어두운 이들이 피부색이 밝은 이들과 어깨를 나란히 하려 애쓰지 못하게 막는 것도."

우리는 잔디밭을 완전히 가로질러 건너편 가장자리까지 걸어왔다. 미아는 어디에도 보이지 않는다. 우리는 뒤로 돌아서서 아이들 무리가 뒹굴고 춤추고 웃고 뛰어다니는 북새통 속을 다시 요리조리 피해 가며 통과한다.

"외교관들이 해결하겠거니 하는 건 어리석은 생각이야. 그런 유의 분쟁은 타협이 불가능한 데다, 마지막에 나오는 결과 역시 공정하지 않으니까. 가난한 나라는 발전을 멈추지 못하고 멈춰서도 안 돼. 부자 나라는 대가를 치를 생각이 없고. 하지만 기술적 해결책이 있어. 꼼수 같은 거지. 필요한 건 세상의 나머지 인류에게는 없는 재능을 지닌 담대한 남녀 몇 명뿐이야."

엄마 눈에서 빛이 반짝인다. 이거야말로 엄마가 가장 좋아하는 주제니까. 미치광이 과학자다운 대답을 선보일 기회인 것이다.

"제트 여객기를 잔뜩 사들여 개조해야 해. 그 여객기 편대로 국제

공역, 그러니까 어느 나라의 영공에도 속하지 않는 하늘에서 황산을 살포하는 거야. 황산은 수증기와 결합하면 미세한 황산염 입자 구름으로 변해 햇빛을 막아 주거든." 엄마는 손가락을 튕겨 '딱' 소리를 내려 하지만 손이 너무 심하게 떨린다. "그러면 1880년대의 전 지구적 화산 겨울 같은 현상이 나타날 거야. 크라카타우 화산이 폭발한 후에 그랬던 것처럼 말이야. 우리가 지구를 따뜻하게 만들었으니까, 우리 손으로 다시 서늘하게 식히면 돼."

엄마의 양손은 주인의 눈앞에서 휙휙 움직이며 인류사에서 가장 장대한 공학 프로젝트의 전망을 묘사한다. 지구를 빙 둘러 하늘을 가리는 장벽을 건설하는 프로젝트 말이다. 엄마는 자신이 이미 성공한 것을, 그것도 무려 수십 년 전에, 자신만큼이나 광적인 추종자들을 어찌어찌해 적잖이 설득한 끝에 그렇게 했던 것을 기억하지 못한다. 항의 시위도, 환경 단체가 퍼부은 규탄도, 비상 출격에 나선 세계 각국의 전투기 편대와 그들 정부의 비난 성명도, 징역형도, 뒤이어 프로젝트가 차츰 받아들여진 것도 기억하지 못하기는 마찬가지다.

"……가난한 사람들도 부자들만큼 지구의 자원을 소비할 자격이 있으니까……."

엄마의 삶이 어떤 식일지 머릿속에 애써 그려 본다. 그것은 영원히 끝나지 않는 전투 중의 하루다. 그 전투에서 엄마는 이미 승리했는데도.

엄마의 꼼수 덕분에 인류는 얼마간 시간을 벌었지만, 근본 문제를 해결하지는 못했다. 세계는 지금도 오래된 동시에 새로운 문제들을 붙들고 씨름하는 중이다. 산호초를 하얗게 탈색시키는 산성비, 지구를 더 서늘하게 만들어야 할지 말아야 할지에 관한 논쟁, 도무지 끝날 줄 모르는 비난과 책임 돌리기 같은 것들 말이다. 엄마는 부자 나라들이 점점 줄어드는 젊은 노동력을 기계로 대체해 가며 국경을 봉쇄한 사실을 알지 못한다. 부유층과 빈곤층의 격차가 줄곧 악화되기만 한 것도, 전 세계 인구의 극히 일부가 여전히 전 세계 자원의 거의 대부분을 소비하는 것도, 식민주의가 진보라는 이름으로 되살아난 것도 알지 못하기는 마찬가지다.

열띤 장광설을 이어가던 엄마가 문득 입을 다문다.

"미아는 어딨지?" 엄마가 묻는다. 이제는 치받는 기색이 가신 목소리다. 엄마는 북적이는 사람들 사이를 훑어본다. 내 생일 날에 나를 찾지 못할까 봐 불안해서.

"이따가 다시 지나갈 거야." 내가 말한다.

"그 애를 찾아야 해."

나는 충동적으로 휠체어를 세우고 엄마 앞에 쪼그려 앉는다.

"난 기술적 해법을 하나 찾으려고 연구하는 중이야. 지금 우리가 빠져 있는 이 진창에서 벗어나 정정당당하게 존재하는 방법 말이야."

나는 결국 엄마 딸이다.

엄마는 영문을 모르겠다는 표정으로 나를 본다.

"늦기 전에 기술을 완성해서 엄마를 구할 수 있을지 어떨지는 아직 몰라." 내 입에서 불쑥 튀어나온 말이다. 어쩌면 난 엄마의 정신에서 아직 남아 있는 부분들을 조각조각 이어 붙여야 한다는 생각을 견딜 수가 없는 건지도 모르겠어. 나는 바로 이 말을 들려주려고 엄마를 찾아왔다.

그건 용서해 달라는 간청일까? 나는 엄마를 용서했을까? 우리가
바라는 게, 또는 우리에게 필요한 게 과연 용서일까?

어린애들 한 무리가 비눗방울을 불며 우리 옆을 지나 달려간다.
햇살 속에 무지갯빛 광택을 띤 비눗방울들이 둥실둥실 떠간다. 비눗
방울 몇 개가 엄마의 하얀 머리에 내려앉지만 곧바로 터지지는 않는
다. 엄마는 햇빛이 반짝이는 왕관을 쓴 여왕처럼, 비록 선출된 적은
없으나 스스로 힘없는 사람들을 대변한다고 주장하는 호민관처럼,
이해하기 어렵고 오해하기는 더 어려운 사랑을 베푸는 어머니처럼
보인다.

"부탁이야." 엄마는 팔을 위로 뻗어 떨리는 손끝을 내 얼굴에 대며
말한다. 손가락이 모래시계 속의 모래처럼 바싹 말랐다. "이러다 늦
겠어. 오늘 우리 딸 생일이란 말이야."

그래서 우리는 다시 사람들 속을 돌아다닌다. 내 어린 시절보다
더 침침하게 빛나는 오후의 태양 아래서.

343세

애비가 나의 프로세스에 불쑥 등장한다.

"생일 축하해요, 엄마."

애비는 나를 생각해서 자신이 마인드 업로딩을 하기 전의 모습,
그러니까 마흔 살쯤 되는 젊은 여성의 모습을 하고 있다. 그 애는 어
질러진 나의 공간을 둘러보고 눈살을 찌푸린다. 예컨대 시뮬레이션
으로 구현한 책과 가구, 군데군데 지저분한 벽, 물샐 자국이 얼룩덜

룩한 천장, 내 고향 샌프란시스코와 나에게 아직 몸이 있었을 때 가고 싶었지만 가지 못했던 모든 도시의 21세기 모습을 디지털로 합성해 재현한 창밖 풍경 같은 것들을.

"저걸 항상 켜 놓진 않아." 나는 그렇게 변명한다.

최근의 자택 프로세스에서는 청결하고 미니멀리즘적이고 추상 수학적인 스타일이 유행한다. 정다면체, 원뿔 곡선에 기반한 고전적인 회전체, 유한체, 대칭군 같은 것들 말이다. 4차원을 초과하지 않는 쪽을 선호하는 편인데 어떤 이들은 평면의 삶을 주창하기도 한다. 내가 하는 것처럼 자택 프로세스를 아날로그 세계의 밀접 근사치로 제작하고 이 정도 수준의 고해상노도 유시하는 짓은 연선 자원 낭비, 즉 사치 행위로 간주된다.

그래도 어쩔 수 없다. 육신을 지니고 산 시간보다 디지털 방식으로 살아온 시간이 훨씬 더 긴데도, 나는 디지털 현실보다 원자로 이루어진 세계의 시뮬레이션이 더 좋으니까.

딸을 달래 줄 겸 창밖 풍경을 스카이 로버가 보내 주는 실시간 피드로 바꾼다. 어느 강어귀, 아마도 예전 상하이였던 곳의 밀림이 보인다. 뼈대만 남은 마천루의 폐허를 울창한 수풀이 뒤덮고 있다. 강기슭에는 다리와 부리가 기다란 새들이 떼지어 돌아다니고, 이따금 알락돌고래 무리가 수면 위로 솟구쳤다가 우아한 호를 그리며 하강해 자그마한 물보라를 일으키고 다시 물속으로 사라진다.

이제 이 행성에는 3000억이 넘는 인간의 의식이 거주한다. 그들은 다 합쳐도 옛 맨해튼보다 더 작은 데이터 센터 수천 곳에 모여 산다. 외딴 정착지에서 육신을 지니고 살아가기를 고집하는 소수의 완고한 거부자들을 제외하면 지구는 이미 야생 상태로 돌아갔다.

"혼자서 연산 자원을 너무 많이 사용하면 보기에 안 좋아요." 애비가 말한다. "나는 신청서도 퇴짜 맞았는데."

애비가 말하는 신청서란 아이를 하나 더 갖기 위한 것이다.

"아이가 2625명이나 있으면 이미 충분하지 싶은데. 그중에 내가아는 애는 한 명도 없는 것 같다만." 디지털 원주민이 선호하는 수학공식 같은 이름 중에는 내가 제대로 읽지조차 못하는 것들이 많다.

"투표일이 또 돌아오잖아요. 단 한 표도 아쉽다고요."

"지금 있는 아이들도 모두 다 너를 따라 투표하진 않잖아."

"시도는 해 봐야죠. 이 행성은 우리뿐만 아니라 같이 사는 모든 생물의 것이니까요."

내 딸을 비롯한 많은 이들이 인류의 가장 위대한 업적, 즉 지구를대자연에게 돌려주는 일이 위기에 빠졌다고 믿는다. 그 반면에 다른의식들, 특히 훨씬 나중에야 불멸을 보편적으로 누리게 된 나라에서업로드된 이들은, 디지털 세계를 먼저 식민지화한 이들이 인류의 향방에 관해 발언권을 더 갖는 것은 불공평하다고 생각한다. 후자는인류가 차지하는 공간을 다시 넓혀 데이터 센터를 더 많이 짓고자한다.

"가서 살 것도 아니면서 왜 그렇게 야생의 자연을 좋아하는 거니?" 나는 딸에게 묻는다.

"지구의 관리인으로 사는 건 우리가 져야 할 윤리적 의무니까요.지구는 우리가 끼친 온갖 해악에서 겨우 회복하기 시작했어요. 우리가 할 일은 지구를 본모습 그대로 보존하는 거예요."

그 주장은 '인간 대 자연' 식의 흑백논리의 오류라는 생각이 퍼뜩 떠오르지만, 나는 그 점을 지적하지는 않는다. 일찍이 대륙이 침몰했고 화산이 분화했고, 수십억 년에 걸쳐 지구 기후가 변화하는 동안 산과 계곡이 만들어졌고, 만년설이 전진했다가 후퇴했고, 셀 수 없이 많은 생물종이 나타났다가 사라졌다는 얘기도 꺼내지 않는다. 굳이 지금 이 순간을 자연적인 상태로, 다른 모든 상태보다 더 귀한 것으로 여기며 유지해야 할 이유가 있을까?

윤리상의 이견 중에는 타협할 수 없는 것도 있다.

한편으로는 모두가 아이를 더 갖는 것, 이로써 다른 진영을 득표수로 압도하는 것이야말로 해결책이라고 생각한다. 그래서 아이를 갖겠다는 신청서를 까다롭게 심사하는 절차가 생겨났다. 귀중한 연산 자원을 여러 경쟁 진영이 제각각 나눠 갖도록.

하지만 아이들은 우리가 겪는 갈등을 어떻게 생각할까? 아이들도 우리가 걱정하는 불공평을 똑같이 걱정할까? 가상 세계에서 태어난 그 아이들은 물리 세계라는 실재(實在)를 버리려 할까, 아니면 더 꽉 끌어안으려 할까? 모든 세대는 그 나름의 맹점과 집착을 지니게 마련인데.

한때 나는 싱귤러리티(특이점)가 우리의 온갖 문제들을 해결해 주리라 생각했다. 알고 보니 그건 그저 복잡한 문제의 간단한 꼼수에 지나지 않았다. 우리는 동일한 역사를 공유하지 않는다. 모두가 같은 것을 원하지도 않는다.

결국 나도 엄마와 크게 다르지 않다.

2401세

저 아래쪽의 돌투성이 행성은 황량하고, 생명이 깃들어 있지 않다. 그래서 마음이 놓인다. 출발하기 전에 미리 전달받은 상태 그대로니까.

인류의 미래를 놓고 모두가 단일한 전망에 동의하기란 불가능하다. 다행히도, 이제 우리는 같은 행성을 공유하지 않아도 된다.

마트료시카호에서 출발한 소형 탐사체들이 아래쪽에서 자전하는 행성을 향해 하강한다. 대기권으로 진입하는 동안 그들은 황혼 녘의 반딧불처럼 반짝인다. 이 행성의 밀도 높은 대기는 열을 가두는 능력이 하도 월등해서 지표면의 가스가 마치 액체처럼 움직인다.

나는 지표면에 착륙하는 자체 조립 로봇들의 모습을 머릿속에 그려 본다. 그들이 행성의 지각에서 추출한 물질로 스스로를 복제하고 증식하는 광경을 상상한다. 그들이 암반을 뚫고 내려가 소형 절멸 폭탄을 설치하는 광경도.

내 옆에 상태창이 출현한다. 애비가 보낸 메시지다. 몇 광년 떨어진 곳에서, 몇 세기 전에.

생일 축하해요, 엄마. 우린 해냈어요.

뒤이어 나타나는 것은 익숙하면서도 낯선 별들의 모습이 담긴 항공사진이다. 지구는 홀로세 후기의 환경이 유지되도록 세심하게 조절한 온난 기후가 이어지고, 금성은 소행성을 이용한 중력 도움(천체의 중력 또는 그 자체의 질량을 이용해 대상의 궤도 또는 속도를 조정하는 방법 — 옮긴이)을 거듭한 끝에 궤도가 조정되고 테라포밍(인간이 거주할 목적으로 지구 이외의 천체를 지구와 비슷한 환경으로 바꾸는 작업 ― 옮긴이)까지 완료돼 초록이 무성하고 따뜻한 쥐라기 지구의 복제판 같은 모습이며, 화성은 방향이 바뀐 오르트 구름의 구성 요소들이 지표면에 퍼붓다시피 쏟아진 데다 우주 공간의 태양광 반사판 덕분에 기온이 따뜻해져 마침내 마지막 빙하기 무렵의 지구와 꽤 비슷할 만큼 건조하고 서늘한 기후를 띠게 됐다.

이제 금성의 세 대륙 가운데 하나인 아프로디테 테라에는 공룡이 어슬렁거리고, 화성의 평원인 바스티타스 보레알리스의 툰드라 지대에서는 매머드 무리가 풀을 뜯는다. 가공할 능력을 보유한 지구의 여러 데이터 센터에서 유전자 복원을 한계까지 추구한 결과다.

인류는 한때 있었을지도 모르는 존재들을 재창조했다. 멸종한 생물들을 되살린 것이다.

엄마, 적어도 한 가지는 엄마가 제대로 봤어요. 우리는 우주 탐사선을 다시 보낼 거예요.

우리는 은하계의 나머지 영역을 식민지로 만들 거예요. 생명이 살지 않는 별을 발견하면 그곳에 온갖 형태의 생물들을 선사할 거예요. 먼 과거의 지구에 살던 생물부터 어쩌면 실현됐을지도 모르는 미래에 목성의 위성 유로파에 살았을 법한 생물까지, 모조리요. 그러고는 진화 경로를 있는 대로 다 밟아 나갈 거예요. 갖가지 동물의 무리를 돌보고 다채로운 정원을 가꿀 거예요. 노아의 방주에 미처 타지 못했던 생물들에게 한 번 더 기회를 주고, 에덴동산에서 대천사 라파엘과 아담이 나눈 대화(밀턴의 『실낙원』 제8권에 나오는 대화를 가리킨다 ─ 옮긴이)에 등장하는 모든 별의 잠재력을 끌어낼 거예요.

그리고 외계 생명체를 발견하면, 지구의 생명체에게 했던 것과 똑같이 조심스레 대할 거예요.

행성의 기나긴 역사에서 가장 최근 단계에 등장한 하나의 종이 그 별의 자원을 독차지하는 건 옳지 않아요. 인류가 진화의 최고 업적이라는 칭호를 자신들만의 몫으로 우기는 것도 공정하지 않고요. 모름지기 지적 생물종이라면 모든 생명을 구하는 게 당연하지 않나요? 설령 시간이라는 캄캄한 심연으로부터라고 해도 말이에요. 기술적 해법은 늘 있게 마련이니까요.

피식 웃음이 나온다. 애비가 보낸 이 메시지가 축하인지 무언의 비난인지는 궁금하지 않다. 어쨌거나 그 애는, 내 딸이니까.

나에게는 풀어야 할 내 몫의 문제가 있다. 나는 다시 내 우주선 아래의 행성을 한창 파괴하는 중인 로봇에게 관심을 돌린다.

16,807세

이 항성(태양)의 둘레를 회전하는 여러 행성을 산산조각 내기까지, 오랜 시간이 걸렸다. 그리고 그 파편들의 형태를 내 계획에 맞춰 개조하려면 그보다 더 오랜 시간이 걸릴 것이다.

지름이 100킬로미터인 얇은 원판들을 세로로 배열해 커다란 고리를 만들고 다시 그러한 고리를 여러 개 만들어 항성을 완전히 둘러싼다. 원판들은 항성의 둘레를 회전하지 않는다. 사실, 이들은 동일한 위치에 계속 떠 있는 '정적 위성(statite)'이다. 이들이 배치된 자리는 항성의 고에너지 방사로 인한 압력이 중력을 상쇄하는 지점이기 때문이다.

이 '다이슨 위성군(Dyson swarm, 앞서 묘사한 형태로 항성 전체를 둘러싸는 초거대 구조물로서 이론 물리학자 프리먼 다이슨이 주창했다 — 옮긴이)'을 구성하는 각 원판의 안쪽 표면에는 수조 개나 되는 로봇들이 수로(channel)와 문(gate)을 새겨 기판을 만들었고, 이로써 인류 역사상 가장 거대한 집적 회로가 창조됐다(수로와 문을 뜻하는 '채널'과 '게이트'는 각각 반도체에서 '전자가 이동하는 경로'와 '회로의 전류를 제어하는 전극'을 가리킨다 — 옮긴이).

원판이 흡수한 태양 에너지는 전기 펄스로 변환돼 기판의 셀에서 모습을 드러내고, 수로를 따라 흐르나가 어릿이 힘께 합류하고, 연못과 바다에 모여 파도처럼 출렁이며 100경 가지 형태로 변하고, 이로써 마침내 사고의 형상을 빚어낸다.

원판의 바깥쪽은 거센 불길이 꺼지고 남은 자리의 잉걸불처럼 어둑하게 이글거린다. 저에너지 광양자는 이곳의 문명에 동력을 제공하고 얼마간 진이 빠진 상태로 우주 공간을 향해 도약한다. 그러나 광양자들은 우주라는 끝없는 심연으로 탈출하기에 앞서 낮은 주파수 대역의 방사 에너지를 흡수하도록 설계된 다른 원판 무리에 부딪히고 만다. 그리하여 다시 한 번, 사고 창조 프로세스가 자동으로 반복된다.

모두 합쳐 일곱 층인 이 중첩형 외부 구체들은 촘촘하고 빽빽한 지형으로 가득한 세계를 형성한다. 폭이 몇 센티미터에 지나지 않는 평탄한 영역들은 연산 과정에서 어느 정도 열이 발생할 때 팽창하고 수축해 기판을 온전한 상태로 유지하도록 설계됐다. 나는 그러한 지형에 '바다'나 '평원' 같은 별명을 붙였다. 요철이 있는 우묵한 지대는 마이크로미터 단위로 측정해야 할 만큼 미세한데, 큐비트(qubit, 양자 컴퓨터의 연산 기본 단위이다 — 옮긴이)와 비트가 빠르게 춤추도록 만들어 놓은 곳이다. 나는 이런 곳을 '숲'이나 '산호초'로 부른다. 금속 돌기가 잔뜩 박힌 조그마한 구조물 여러 개는 안에 고밀도 회로가 가득 들어 있으며, 그 회로는 원판들을 하나로 연결하는 통신 빔을 송출하고 수신한다. 이러한 구조물이 내가 '도시'나 '마을'로 부르는 곳이다. 어쩌면 달에 있는 '고요의 바다'나 화성의 '홍해(Mare Erythraeum)'처럼 공상 속의 이름인지도 모르지만, 그러한 장소들이 일깨우는 의식은 현실에 실재한다.

그렇다면 나는 태양 에너지로 작동하는 이 연산 기계를 이용해 무엇을 할까? 이 마트료시카 형상을 한 두뇌로 어떤 마법을 부리면 좋을까?

나는 평원과 바다와 숲과 산호초와 도시와 마을에 수천조 개나 되는 의식의 씨앗을 뿌렸다. 그중 일부는 내 것을 본떠 만들었지만 그보다는 마트료시카호의 데이터 저장소에서 가져온 것이 훨씬 더 많다. 그리고 그 의식들은 증식하고 스스로 복제하며, 단일 행성에 국한된 데이터 센터는 결코 꿈도 못 꿀 만큼 거대한 세계에서 진화해 나갔다.

외부 관찰자의 눈에 비친 이 항성은 각각의 구체가 건설되면서 점점 더 어두워졌다. 나는 엄마가 그랬던 것처럼 태양을 어둡게 만드는 일에 성공했다. 다만 훨씬 더 커다란 규모로 그렇게 했을 뿐이다.

기술적 해법은 늘 있게 마련이다.

117,649세

역사는 사막의 갑작스러운 홍수처럼 흐른다. 바싹 마른 땅에 널따랗게 퍼부어진 물은 바위와 선인장을 굽이쳐 흐르다가 우묵한 곳에 고이고, 지형을 침식하는 한편으로 다시 흘러나갈 물길을 찾는다. 이처럼 우연한 사건들은 저마다 나중에 오는 것의 모습을 빚는다.

생명을 구하는 방법은, 또 어쩌면 있었을지도 모르는 존재들을 되살리는 방법은, 애비와 그 밖의 사람들이 믿었던 것보다 더 많다.

내 거대한 마트료시카형 두뇌망에서는 우리 역사의 여러 버전이 재생된다. 이 장대한 연산 속에 존재하는 세계는 하나가 아니라 수십억이고, 각각의 세계마다 수많은 인간 의식이 거주한다. 다만 이들은 이런저런 사소한 방식으로 자극을 받으며 더 나은 경로를 밟아간다.

대개는 학살을 줄이는 경로로 나아간다. 그러한 경로에서 로마와 콘스탄티노폴리스는 약탈당하지 않았고, 잉카의 쿠스코와 베트남의 빈롱도 함락당한 적이 없다. 어떤 시간선에서는 몽골 제국과 만주족이 동아시아를 제패하지 않고, 또 어떤 시간선에서는 베스트팔렌 조약이 세계의 꼴을 송두리째 결정짓는 청사진으로 자리 잡지 않는다. 살인에 몰두하는 남자들 한 무리가 유럽에서 권력을 손에 넣는 일도 없고, 죽음을 떠받드는 또 다른 무리가 일본에서 국가 기구를 장악하는 일도 일어나지 않는다. 아프리카와 아시아, 아메리카, 오스트레일리아에 사는 이들은 식민지라는 멍에를 짊어지는 일 없이 자신들의 운명을 스스로 결정한다. 노예제와 인종 청소는 발견과 탐험의 시녀가 아니고, 우리 역사에 나타난 잘못들은 일어나기 전에 미리 방지된다.

얼마 안 되는 인구가 행성의 자원을 지나치게 많이 소비하거나 행성의 앞길을 독점적으로 결정하는 일도 일어나지 않는다. 이로써 역사는 보완된다.

그러나 모든 경로가 더 낫지는 않다. 인간의 본성에는 특정한 분쟁을 반드시 일으키는 어둠이 깃들어 있기 때문이다. 나는 목숨을 잃은 이들을 애도하지만, 그래도 끼어들 수는 없다. 이것들은 시뮬레이션이 아니니까. 내가 인간의 생명이 지닌 존엄성을 존중하는 한, 시뮬레이션일 수는 없다.

이들 세계에 사는 수십억이나 되는 의식은 나와 조금도 다를 바 없이 실재한다. 그들은 이제껏 존재했던 어떤 인간하고도 마찬가지로 자유 의지를 누릴 자격이 있고, 제 나름의 선택을 내리도록 용인돼야 한다. 비록 우리 스스로도 거대한 시뮬레이션 속에서 살아가는 것은 아닌지 늘 의심해 왔다 한들, 우리는 진실이 그 반대이기를 더 바라니까.

원한다면 평행 우주의 이야기로 여겨도 좋다. 웬 여자가 과거를 샅샅이 훑어보며 드러내는 감상적인 태도라거나, 일종의 상징적인 속죄로 치부해도 상관없다.

하지만 과거를 되돌릴 기회를 얻는 것은 모든 생물종의 꿈이 아니던가? 별을 올려다보는 우리 시선이 어두워지지 않게끔, 우리가 타락하지 않게끔 막을 수 있는지 없는지 알아보는 것은?

823,543세

메시지가 한 통 와 있다.

누군가 우주의 구조를 엮는 실을 뽑아 인드라의 그물을 이루는 모든 가닥에 일련의 펄스를 보냈다. 가장 멀리서 폭발하는 신성(新星)부터 가장 가까이서 춤추는 쿼크까지 연결하는 그 그물 말이다.

은하계는 이미 알려진 언어와 잊힌 언어와 아직 발명되지 않은 언어를 담은 방송으로 진동한다. 나는 거기서 단 하나의 문장을 해석해 낸다.

은하계 중심으로 올 것. 이제 상봉할 시간.

조심스레, 나는 다이슨 위성군을 구성하는 원판들의 통제 지능에 명령을 내려 고대 항공기의 날개에 달린 보조익처럼 움직이게 한다. 원판들이 흩어지는 모습은 마치 마트료시카형 두뇌의 껍데기가 갈라지고 새로운 형태의 생명이 태어나는 것만 같다.

정지 위성들은 태양의 한쪽 면으로부터 차츰차츰 멀어지며 시카도프 추진기(러시아의 항공 우주 공학자 레오니드 시카도프가 주창한 개념으로서 항성이 발산하는 자체 에너지를 이용해 항성 및 주변 위성 전체를 이동시키는 초거대 구조물이다 — 옮긴이)의 형상을 띤다. 우주에 눈 하나가 열리면서 환한 광선을 내뿜는다.

그리하여 천천히, 태양 방사의 불균형 탓에 별이 움직이기 시작하고, 외부 구체를 형성하는 거울들도 별과 함께 움직인다. 우리는 불처럼 이글거리는 빛의 기둥에 떠밀려 은하계의 중심을 향해 나아간다.

인간이 사는 모든 별이 그 부름에 귀를 기울이지는 않을 것이다.

수많은 행성의 주민들이 갈수록 심오해지는 가상현실의 수학적 세계를 영원히 탐구하는 것, 다시 말해 조그마한 공간 속에 숨겨진 우주에서 에너지를 최소한으로 소비하는 삶을 살아가는 것만으로 더없이 만족스럽다고 이미 결론지었기 때문이다.

내 딸 애비 같은 이들은 초록이 무성하고 생물이 잔뜩 사는 자기네 행성이 우주라는 끝없는 사막의 오아시스 같은 존재가 되게끔 한 곳에 그대로 놔두는 쪽을 선호할 것이다. 어떤 이들은 기후가 서늘한 덕분에 더 효율적인 연산을 할 수 있는 은하계 가장자리를 피난처로 삼으려 할 것이다. 또 어떤 이들은 육신을 지니고 사는 고대의 즐거움을 되찾은 나머지 정복과 영광으로 얼룩진 스페이스 오페라를 재현하며 시간을 끌 것이다.

하지만 적지 않은 수가 올 것이다.

나는 수천, 수십만 개나 되는 별들이 은하계 중심을 향해 나아가는 광경을 상상해 본다. 어떤 별은 여전히 사람처럼 보이는 사람들이 빼곡히 사는 우주 거주 구역으로 둘러싸여 있다. 어떤 별은 태곳적의 형상을 희미하게 기억할 뿐인 기계들이 둘레를 회전하고 있다. 어떤 별은 우리의 아득한 과거에 살던 생물들, 아니면 내가 본 적 없는 생물들이 잔뜩 거주하는 여러 행성을 함께 끌고 올 것이다. 또 어떤 별은 손님들을 데려올 것이다. 비록 우리와 역사를 공유하지는 않지만, '인류'를 자칭하는 자기 복제형 저엔트로피 현상에 흥미를 지닌 외계인들을 말이다.

셀 수 없이 많은 세계의 아이들 여러 세대가 밤하늘을 올려다보는 모습을 떠올려 본다. 그 하늘에서 별자리들은 이동하며 모습을 바꾸고, 별들은 정해진 자리에서 벗어나 움직이며 높디높은 천공에 비행운을 그린다.

나는 눈을 감는다. 이 여행은 오랜 시간이 걸릴 것이다. 조금 쉬어두는 게 좋겠다.

아주, 아주 오랜 시간이 흐른 후

눈앞의 은빛 잔디밭은 금빛 파도가 치는 바다에 거의 닿을 것처럼 널따랗게 펼쳐져 있고, 잔디와 바다 사이에는 검은 띠처럼 가느다란 모래톱이 끼어 있다. 태양은 환하고 따뜻한 빛을 비춰 주고, 나는 팔과 얼굴을 부드럽게 쓰다듬는 산들바람이 느껴지는 것만 같다.

"미아!"

고개를 돌려 보니 엄마가 잔디밭 저쪽에서 성큼성큼 걸어온다. 기다랗고 까만 머리카락이 산들바람 속에서 연 꼬리처럼 나부낀다.

엄마는 나를 와락 끌어안고는, 내 뺨에 자기 뺨을 꼭 마주 댄다. 엄마한테서는 초신성의 잔불 속에서 태어나는 새 별의 빛을 닮은 냄새가 난다. 원시 성운에서 이제 막 태어난 혜성의 냄새 같다.

"늦어서 미안." 엄마 목소리는 내 뺨에 눌려 웅얼거리는 소리로 들린다.

"괜찮아요." 내가 말한다. 진심을 담아서. 그러고는 엄마 볼에 입을 맞춘다.

"연 날리기 좋은 날이구나." 엄마가 말한다.

우리는 태양을 올려다본다.

시야가 아찔하게 움직이는가 싶더니 이제 우리는 복잡한 모양으로 팬 평원에 발을 디딘 채 거꾸로 서 있고, 태양은 저 아래쪽에 있다. 중력은 우리 발바닥 위의 지표면과 저 타오르는 구체를 어떤 실보다 더 단단하게 묶어 놓고 있다. 우리 몸을 한껏 물들이는 환한 광양자들은 지표면에 부딪혀 위쪽으로 미는 힘을 발휘한다. 우리는 연의 밑바닥에 서 있다. 그 연은 높이 더 높이 날아올라 우리를 별들에게로 끌고 간다.

나는 엄마에게 말해 주고 싶다. 한 명의 인간으로서 위대한 삶을 살고 싶었던 엄마의 충동을, 자신의 사랑으로 태양을 어둡게 만들어야만 했던 엄마의 간절함을, 난해한 문제들을 풀고자 했던 엄마의 분투를, 불완전한 것인 줄 알면서도 기술적 해법에 걸 수밖에 없었던 엄마의 믿음을, 이해한다고. 우리는 흠 있는 존재들이지만, 그렇다고 해서 경이롭지 않은 것은 아니라고 엄마에게 말해 주고 싶다.

하지만 그런 말은 한마디도 하지 않고서, 나는 그저 엄마의 손을 쥔다. 엄마도 내 손을 쥔다.

"생일 축하해." 엄마가 말한다. "나는 걸 무서워하지 말렴."

나는 손을 놓고 엄마를 보며 빙그레 웃는다. "안 무서워해요. 이제 거의 다 왔어요."

세계는 1000조 개의 태양이 내뿜는 빛으로 환히 빛난다.

메시지

The Message

외계인의 도시는 지름이 약 10킬로미터인 완벽한 원이었다. 공중에서는 건물들이 못처럼 보여서 섬뜩했다. 도시 가장자리의 건물은 정육면체, 중앙에 있는 것들은 원뿔이나 사각 피라미드, 삼각 피라미드 모양이었다. 도시는 고리처럼 생긴 도로 덕분에 동심원상의 여러 구획으로 나뉘었다.

제임스 벨은 2인승 셔틀인 아서 에번스호의 기수를 돌려 유턴한 다음, 폐허 위의 하늘을 한 번 더 지나갔다. 마른 체격이지만 힘이 센 제임스는 이제 마흔 줄에 접어들어 머리숱이 줄기 시작했고 수염에도 흰 털이 하나둘 보였다. 그는 조종간을 앞으로 밀어 셔틀의 고도를 낮추고 파란 눈동자로 조종석 바깥을 집요하게 응시했다.

곁에 앉은 열세 살 매기는 갓 태어난 망아지처럼 깡마르고 예민한 아이였다. 셔틀이 갑작스레 하강하는 동안 매기는 자리 위쪽 천장의 손잡이를 붙잡고 가쁜 숨을 쉬었다.

"미안." 제임스가 말했다. 매기의 어머니 로런 역시 걸핏하면 급강하와 급선회를 일삼는 제임스의 조종 방식을 싫어했다. 함께 롤러코스터에 탔을 때 로런이 팔에 매달렸던 기억이 떠오르자 슬며시 입꼬리가 올라갔지만 그도 잠시뿐, 이내 회한과 분노가 뒤섞인 감정이 그 기억의 자리를 대신 차지했다.

제임스는 그 감정을 떨쳐 버리고 셔틀을 수평으로 되돌린 다음, 셔틀의 인공 지능을 호출했다. "줄리아, 조종을 대신 맡아 줘. 천천히, 살살 비행해." 인공 지능은 알았다는 뜻의 신호음을 냈다.

"난 순환하는 대기와 자기장을 갖춘 행성에서는 조금 험하게 비행하는 편이란다." 제임스는 무엇보다 침묵을 메꿀 생각으로 두서없이 떠들었다. "그 두 가지가 해로운 태양 방사와 우주 방사를 막아 주기 때문에, 방사 차단막을 갖춘 무거운 외부 장갑과 관측 장비는 다 궤도에 남겨 두고 셔틀 핵심부만 타고 내려오거든. 이렇게 하면 기동성이 훨씬 좋아지니까."

매기는 얼굴을 가린 기다란 머리카락 몇 가닥을 손으로 빗을 뿐, 제임스 쪽은 한사코 돌아보지 않은 채 셔틀 아래로 지나가는 외계 구조물만 내려다봤다.

이틀 전 셔틀에 탑승했을 때 이후로 줄곧 그런 식이었다. 고작 한 단어 아니면 두 단어로 대답하거나 아예 입을 다물거나, 둘 중 하나였다. 제임스는 그런 매기와 공유하는 기억이 전혀 없었고, 매기의 몸짓이 무슨 의미인지 해석할 배경 지식도 없었으며, 매기의 침묵이 어떤 의미인지 파악할 맥락 또한 알지 못했다. 매기가 있어서 불편하다는 느낌이 들었다. 어떻게 대화를 시작해야 좋을지 알 수가 없어서였다. 제임스에게는 이때껏 연구했던 여러 멸망한 문명보다 자신의 딸이 더 풀기 힘든 수수께끼였다.

6개월 전, 테라포밍을 담당한 기업이 계획대로 소행성 및 혜성을 동원해 행성 '파이 바에오'의 지표면 초토화 작업을 시작하기 전에 조사 작업을 끝마치려고 제임스가 한창 서두르던 어느 날, 로런이 보낸 메시지가 도착했다. 로런에게서 연락이 오기는 10년 만이었다. 로런이 말하길 자신은 병에 걸려 죽을 거라고 했다. 그리고 매기에게 제임스가 필요하다는 말도 했다.

매기는 제임스와 로런이 헤어진 후에 태어났다. 사실, 제임스는 그 애가 태어나고 나서 1년 후에 로런이 보낸 사진을 받고서야 자신에게 딸이 있다는 것을 알았다. 분홍색 살덩어리가 찍힌 사진을 가만히 들여다보는 동안 제임스는 어떤 반응을 보여야 좋을지 알지 못했다. 아직 아버지 노릇을 할 준비가 안 된 상태였으므로. 이는 분명 로런도 아는 사실이었다. 그래서 헤어질 때 입을 꾹 다물었을 것이다. 로런은 양육비를 대겠다는 제임스의 제안을 받아들였을 뿐 그 이상 아무것도 요구하지 않았고, 그 덕분에 제임스는 안도했다.

로런이 보낸 뜻밖의 메시지 탓에 제임스는 별수 없이 파이 바에오에서 하던 일을 모두 내려놓고 로런이 사는 별로 돌아갔다. 돌아가기까지 실제로는 석 달이 걸렸지만, 상대적 시간 팽창 효과 덕분에 왕복선 내부에서 흐른 시간은 고작 이틀이었다. 마침내 도착해 보니 로런은 이미 숨을 거둔 후였고, 매기는 벌써 두 달째 홀로 지내는 중이었다. 어머니를 추모하는 한편으로 한 번도 본 적 없는 아버지와 함께할 불확실한 미래를 상상하면서.

딱히 환영받지도 못하고 설명은 아예 전혀 듣지 못한 채로, 제임스는 슬픔에 빠져 부루퉁해진 십 대 아이의 양육권을 넘겨받았다. 파이 바에오로 돌아오는 데 딱 이틀 걸렸는데 그동안 무슨 수로 아버지 노릇 하는 법을 배운단 말이야?

제임스는 한숨이 나왔다. 삶에 걸리적거리는 구석이 생기는 것은 질색이기 때문이었다. 파이 바에오로 돌아온 지금, 혜성과 소행성이 접근하기까지 남은 시간은 채 보름도 되지 않았다.

"저기 뭐라고 적혀 있네요." 매기가 조용히 말했다. 커다랗고 단단한 돌을 깎아 만든 것처럼 보이는 외계인들의 건물은 표면에 글귀와 그림을 새긴 자국이 가득했다. 창문이나 문은 없었다.

제임스는 유적에 관심을 보이는 듯한 매기가 놀라운 한편으로 반가웠다. 호기심 많은 학생들에게 강의를 할 때면 마음이 편안해지기 때문이었다.

"그것 역시 내가 이곳에 흥미를 갖는 이유란다. 쿠니매클린 경계를 넘어선 문화권은 대개 디지털 암흑시대에 빠져 아날로그 글쓰기를 그만두게 마련이거든. 그런 문화권의 정보는 모두 오래 보존되기 힘들고 손상되기도 쉬운 디지털 유물에 갇혀 버리기 때문에, 해석하기가 힘들지. 이곳 사람들도 디지털화되기는 했지만, 저 표본들은⋯⋯."

셔틀이 속도를 높이다가 휘청거리는가 싶더니 난데없이 급강하했다. 매기는 비명을 질렀다.

"제임스." 인공 지능 줄리아가 다급한 목소리로 불렀다. "안정화 루틴에 내 능력으로는 수정할 수 없는 오류가 발생했나 봐요. 당신이 아날로그 조종 모드로 넘겨받아야 해요."

제임스는 조종간을 잡고 재빨리 뒤로 당겼다. 엔진이 힘겨워하는 듯 털털거리는 소리를 냈다. 그러나 이미 엎질러진 물이었다. 셔틀은 너무 빠른 속도로 추락하는 중이었다.

"충격에 대비하세요." 줄리아가 말하는 소리가 들려왔다.

제임스는 본능적으로 팔을 뻗어 매기가 좌석에서 튕겨 나가지 않도록 막았다. 자기 팔 힘 정도면 눈앞에 닥쳐오는 지면으로부터 딸을 너끈히 지킬 수 있다는 듯이.

로봇들, 그러니까 크기가 집고양이만 한 기계 거미들은 아서 에번스호의 외부 표면을 빠른 속도로 이리저리 돌아다니며 손상된 곳이 있는지 살폈다. 로봇들이 밀봉재를 덧붙이고 용접하는 동안 불꽃이 어지럽게 튀었다.

"음, 이제 괜찮을 거다." 제임스는 매기의 상처 난 이마에 붕대를 감아 주고 나서 말했다. "우린 충돌할 때 줄리아가 셔틀의 선체를 변형시켜 에너지를 거의 흡수해 준 덕분에 산 거다. 로봇이 셔틀을 수리하려면 며칠은 걸리겠지만, 그래도 첫 번째 혜성이 도착하기 한참 전에 이 별을 떠날 수 있어."

매기는 몸을 일으켜 앉은 다음 손으로 붕대를 더듬더듬 만졌다. 그러고는 다리를 쭉 펴 보고 양팔이 온전한지도 확인했다.

"일하러 나가 있는 동안 난 뭘 하면 되죠? 그냥 여기 가만히 앉아 있어요?"

그래도 이제 말은 하는군. 제임스는 속으로 중얼거렸다.

"날 따라와도 돼. 하지만 난 할 일이 있으니까 널 계속 지켜볼 순 없어."

매기는 입술을 샐쭉했다. "내 일은 내가 알아서 해요. 다섯 살배기 어린애가 아니니까."

"내 말은 그런 뜻이……"

"차라리 예전 집에서 혼자 사는 게 낫겠어요, 여기서 그쪽이랑 같이 죽을 뻔하느니." 매기의 파란 눈에 눈물이 그렁그렁했다. "그 명청한 판사 때문에! 아무것도 모르는 주제에……."

"이제 그만해!" 차라리 말을 안 할 때가 더 대하기 쉬웠을지도 모르겠군. 셔틀 안에 들리는 소리라고는 줄리아가 검사를 계속하느라 작동시키는 점검용 콘솔의 간헐적인 삐 소리가 다였다. 매기는 반항심이 가득한 눈빛으로 아버지를 노려봤다.

제임스는 애써 목소리를 낮췄다. "법원에선 내가 양육권을 주장하지 않으면 널 위탁 가정으로 보내려고 했어, 알겠니? 내가 이러는 건네 엄마가 남긴……"

매기는 오랫동안 억눌러 온 분노와 슬픔을 더는 참을 수가 없었다. 이왕 이야기를 시작한 이상, 매기는 자기 몫이었던 그 감정들을 제임스에게 넘기기로 마음먹었다. "와, 자기 자식을 부양하기로 결심하다니 참 숭고하시네요. 난 그쪽이 꼴도 보기 싫은……"

"입 다물고 잘 들어!" 제임스가 으르렁대듯 말했다. 매기는 이성 없이 순전히 분노와 증오로만 똘똘 뭉친 덩어리 같았다. "그래, 이제 껏 내내 네 삶에 나라는 인간이 없었다는 건 사실이야. 네 엄마랑 나는……." 제임스는 매기가 자기 말을 이해할지 궁금했다. 일이 어쩌다 이렇게 됐는지 자기 스스로는 이해하는지도 궁금했다. "얘기하자면 복잡해."

"그래요, '복잡'하겠죠. 멀쩡하게 살아 있는 가족을 돌보기보다 죽은 외계인들하고 소통하기를 더 좋아하는 분이시니까. 이유를 설명하기가 굉장히 힘들겠죠."

그 말은 묵직한 주먹처럼 제임스를 강타했다. 게다가 죽은 전처의 목소리가 메아리로 들리는 듯도 싶었다.

제임스는 호흡이 평온해질 때까지 기다렸다.

"나를 꼭 좋아하지 않아도 돼. 하지만 난 네가 성인이 될 때까지 책임지고 돌봐야 해. 되도록 너 혼자 있게 내버려 두마. 나한테 굳이 말을 걸 필요도 없어. 하지만 네가 적어도 예의를 갖추려고 애쓴다면 우리 둘 다 더 편해질 거다."

점검용 콘솔의 삐 소리가 커지더니 줄리아가 말하는 소리가 들렸다. "추락한 원인을 찾았어요. 저공비행을 하는 동안 비행 시스템의 하드웨어 메모리에 단일 비트 오류가 이례적으로 많이 발생했어요. 사실, 비슷한 하드웨어 오류가 모든 시스템에 나타나는 중이에요."

"메모리 칩 불량인가?"

"그럴 가능성도 있어요. 지난번 개조 작업 때 당신이 비용을 아끼려고 장착한 싸구려 부품과 관련이 있지 싶은데요."

매기는 일부러 과장되게 고개를 절레절레 흔들었다. "어련하시겠어요. 그리고 나도 이 우주선처럼 정성껏 돌볼 작정이겠죠."

파이 바에오의 대기는 산소가 거의 없다시피 했고 습기도 없었다. 제임스와 매기는 전신 방호복까지 다 갖춰 입을 필요는 없었지만 산소마스크와 습도 유지용 작업복은 착용해야 했다.

둘은 거대한 폐허를 바라봤다. 도시의 바깥쪽 고리를 이루는 정육면체는 안쪽 고리의 거석(巨石)들보다 훨씬 더 작았는데도 50미터 상공까지 우뚝 솟아 있었다. 그곳에서 인간 둘은 거인의 놀이터를 기어 다니는 개미들이었다.

제임스는 혼자 놔두겠다던 약속을 지키려고 매기를 거들떠보지도 않은 채 도시 쪽을 향해 걸어갔다. 잠시 후, 매기도 몇 미터 간격을 유지한 채 뒤따라 걸어갔다.

제임스는 이제 더는 이상적인 좋은 아버지상(像) 따위를 흉내 내려고 애면글면하지 않아도 된다는 생각에 내심 안도했다. 그런 것은 자신에게는 불가능했다. 자신이 그런 일을 절대 못 하는 인간인 줄은 원래부터 알고 있었다. 로런은 제임스가 어떤 사람인지 제대로 파악했던 것이다. 그리고 제임스는 이제 더는 다른 사람인 척 연기하고 싶지 않았다.

고리 모양으로 배열된 정육면체들은 단단한 벽을 형성했다. 제임스는 정육면체 한 개가 무너져 내린 곳을 진입 지점으로 삼았다. 가까이 가서 보니 그 부분은 작은 블록으로 이루어져 있었다. 장부맞춤 방식으로 정교하게 조립된 블록들이 중력과 마찰 덕분에 하나로 결합된 상태였다.

둘은 잔해 위로 올라갔다. 매기는 운동 신경이 좋고 동작도 민첩해서 부서진 돌 위를 산양처럼 뛰어 올라갔다. 제임스는 도와주겠다는 말을 꺼내려다 다시 삼켰다.

무너진 곳 너머 평탄한 대지에는 어마어마하게 거대한 피라미드 여러 개가 높다란 산맥처럼 우뚝 서서 길고 위압적인 그림자를 드리웠다. 도시는 피라미드 사이사이 드넓은 공터가 펼쳐져 있는데도 숨이 막힐 듯이 답답하게 느껴졌다.

제임스는 피라미드의 매끈한 표면에 커다랗게 적힌 글귀를 사진으로 촬영했다. 모양이 다른 글자 몇 가지는 곧 여러 가지 언어가 섞였다는 증거였다. 다만 눈에 보이는 표면에 적힌 글귀들은 모두 동일해 보였다. 같은 문장 몇 줄을 거듭 또 거듭 되풀이한 듯했다.

"이 정도로는 분석할 언어 데이터가 모자랄 텐데." 제임스는 혼잣말로 중얼거렸다.

매기는 아버지에게 악을 쓰고 나서 험한 길을 걸어오느라 화가 조금은 누그러진 상태였다. 호기심과 뽐내고 싶은 충동은 그 틈을 노려 매기의 마음을 차지했다.

"여기 사람들이 무슨 말을 하고 싶었는진 몰라도 이렇게 여러 번 반복한 걸 보면, 본인들은 그게 정말로 중요하다고 생각했을 거예요. 조잡하기는 해도 효과적인 데이터 중복이네요."

매기가 하는 말은 꼭 책을 보고 그대로 읽는 소리처럼 들렸다. 제임스는 슬며시 웃음이 나왔지만, 그래도 매기의 이런 모습이 아까보다는 더 마음에 들었다. 일 얘기를 할 때면 마음이 한결 편해지기 때문이었다. "정보 이론 같은 걸 좋아하나 보구나?"

"맞아요. 컴퓨터도 잘 다루는 편이고…… 어렸을 적엔 엄마한테 외계 고고학이랑 데이터 보존에 관한 책을 사 달라고 조르기도 했어요. 고고학 캠프에 가기도 했고요. 아까 디지털 암흑시대가 어쩌고 했던 얘기도 다 알아들었다고요."

꼬마 매기가 외계 고고학 서적을 읽는 광경이 제임스의 머릿속에 그려졌다. 로런은 *기가 막혀 죽을 지경이었겠군.* 슬며시 웃음이 나왔다. 뒤이어 아버지를 한 번도 만난 적이 없는 어린애가 어째서 그런 사실에 아랑곳하지 않고 아버지의 전공일 법한 학문을 자기도 똑같이 공부하려 했을지 궁금해졌다. 코끝이 시큰하고 찡한 느낌이 들었다.

제임스는 애써 대화를 이어갔다. "저 그림을 보면 무슨 생각이 들지?" 그는 글귀 사이의 여러 도형을 고갯짓으로 가리켰다. 오랜 세월에 걸쳐 침식됐는데도 도형의 모양은 대부분 분간이 갔다.

"도시 지도일까요?"

도형에는 동심원과 원들 사이의 공간에 있는 조그마한 정사각형 및 삼각형, 오각형, 원 따위가 묘사돼 있었다. 이내 매기가 찌푸린 표정을 지었다. "하지만 그건 말이 안 돼요. 그림들이 다 다르게 생겼으니까요."

제임스는 도형의 확대 사진을 몇 장 찍은 다음, 항공 촬영으로 얻은 도시의 구조물 배치도와 비교했다. 매기 말이 옳았다. 도형들의 모양은 실제 구조물 배치도와 달랐고 심지어 자기들끼리도 일치하지 않았다.

"그럼 여기 사람들은…… 그러니까 외계인들은, 어떻게 원형 도로만 있는 도시에 살 수 있었을까요? 중심부에서 나오는 길은 하나도 안 보이는데요."

제임스는 감탄한 표정으로 매기를 바라봤다. "그거 참 통찰력이 돋보이는 의견이구나."

매기는 어이없다는 표정으로 하늘을 올려다봤다. 고개를 드는 모습이 엄마인 로런의 몸짓과 거의 판박이처럼 똑같았다. 제임스는 가슴속에 따뜻한 파도가 밀려오는 느낌이 들었다.

"사실, 파이 바에오 사람들은 이곳에 살았던 적이 없는 것 같아. 항공 조사 결과를 보면 이 근처에 매장지나 쓰레기 집적소가 하나도 없거든. 건물들도 지표 투과 레이더로 스캔해 봤단다. 속이 꽉 차서 안쪽에 공간이라고는 전혀 없더구나. '도시'는 이곳의 정확한 명칭이 아닐 거야."

"그럼 뭔데요?"

"나도 몰라. 아무쪼록 일주일 후에 영영 사라져 버리기 전에 정체를 알아내면 좋겠다만."

"얼마나 오래됐는데요?"

"내가 아는 한, 파이 바에오는 약 2만 년 전에 물이 거의 다 말라 버렸어. 사정을 정확히 알진 못하지만 고작 몇 세기 만에 그렇게 된 걸로 보여. 물이 말라가는 동안 여기 살던 이들은 점점 줄어가는 물자를 놓고 싸웠어. 내가 발견한 모든 거주지는 전투 때문에 파괴됐으니까. 하도 철저하게 파괴되는 바람에 로봇들이 온전한 유물을 거의 찾아내지 못했단다."

"하지만 여긴 안 건드린 것 같은데요."

"맞아. 제일 가까운 인구 밀집 지역에서 수천 킬로미터나 떨어진 덕분에, 이곳은 파이 바에오가 멸망하는 동안 외따로 남아 있었어. 난 그 이유를 밝히고 싶은 거란다."

"그치만 외계인들이잖아요. 그 사람들한테 왜 그렇게 관심이 많아요? 그 사람들은 우리가 있다는 걸 알지도 못했는데." 매기의 목소리에 분노가 슬그머니 돌아와 있었다. 제임스가 한 번도 자신에게 연락하지 않았던 것이 기억나서였다. 아버지가 자신에 관해 조금도 알려 하지 않았던 것이.

"네 말이 맞아." 매기의 말투가 바뀌자 제임스는 불안해졌다. 펄펄 뛰며 떼쓰는 어린애가 돌아오는 건 반갑지 않은 일이었다. 한편으로 매기의 질문 때문에 서글퍼지기도 했다. 제임스는 자신에게 일이 왜 그렇게 중요한지 제대로 설명해 본 적이 여태 한 번도 없었지만, 그래도 한번 시도해 보고 싶었다.

어쩌면 딸은 아내가 이해하지 못했던 자신의 일부를 이해해 줄지도 몰랐다.

"인류는 오랫동안 많은 별을 탐사했단다. 하지만 우리는 아직도 혼자야. 이때껏 발견한 외계 문명은 모두 이미 숨을 거뒀으니까.

문명이란 대개 자기중심적이고 오로지 현재에만 몰두하게 마련이지. 자신들이 사라지고 오랜 시간이 지난 후에 올지도 모르는 이들을 위해 유산을 보존해야 한다는 생각은 딱히 하질 않아. 그런 문명의 예술과 시, 흥망과 성쇠, 이 우주에서 누린 짧은 시간…… 그런 것들은 대부분 복원할 방법이 없어. 그리고 일주일 후면 테라포밍 업체에서 보낸 얼음덩어리 혜성과 소행성이 이 행성에 비처럼 쏟아져 내려 다시 물이 흐르게 될 거야. 이곳 사람들이 살았던 마지막 흔적마저 사라져 버리는 거지.

하지만 난 내가 연구하는 사람들은 어떤 메시지를 전하고 싶어 했다는 느낌을 항상 받는단다. 내가 뭘 발견하든 그건 파이 바에오 사람들의 유언이자 마지막 속삭임이야. 그들을 연구하는 사이에 나는 그들과 하나로 이어지고, 그들의 메시지를 전하는 사이에 인류는 외톨이 신세에서 벗어나는 거란다."

매기는 골똘히 생각하는 표정으로 입술을 우물거렸다.

제임스는 한동안 참았던 숨을 길게 내쉬었다. 알아채기 힘들 만큼 살짝 고개를 끄덕이는 딸의 모습을 보며 뭐라 설명하기 힘든 행복을 느꼈기 때문이었다.

태양은 정육면체 구조물의 벽 아래로 기울어 갔다. "곧 날이 저물겠구나. 내일 다시 오자."

제임스가 조리실에서 저녁을 준비하는 동안 줄리아는 매기를 가르쳤다. 허공에 홀로그램으로 영사된 원소 주기율표의 형태를 띠고서, 인공 지능 줄리아는 란탄족 원소들의 특성을 지루하게 웅얼웅얼 설명했다. 제임스 벨과 오랜 세월을 함께한 이 인공 지능은 교수처럼 장황한 설명을 늘어놓는 버릇이 생기고 말았다. 매기는 천천히 눈꺼풀이 감기고 고개가 앞으로 숙여졌다.

줄리아가 설명을 멈췄다. "배우려는 의욕이 전혀 없잖아! 너 학교를 그만둔 지가 벌써 두 달이나 됐어. 노력도 안 하고 어떻게 진도를 따라잡을 생각이야?"

"나한테 소리 지르지 마! 내가 학교를 그만두고 싶어서 그만둔 것도 아니잖아."

줄리아는 목소리를 조금 부드럽게 누그러뜨렸다. "미안. 많이 힘들었겠지. 엄마를 그렇게 떠나보냈으니까."

"네가 뭘 안다고 그래?" 매기가 화를 내며 말했다.

"난 기계인지도 모르지만, 그래도 벨 박사님하고 오랜 세월 함께 지내서…… 네 엄마하고도 아는 사이야."

그 말에 매기는 고개를 번쩍 들었다. "나한테 엄마 아빠 얘기 좀 해 줘…… 둘 사이에 무슨 일이 있었던 거야?"

"난 못 해. 사적인 얘기니까."

매기는 조리실에서 이리저리 움직이는 아버지를 슬쩍 곁눈질했다. 그 이야기를 들으려면 더 기다려야 할 듯싶었다.

"화학 말고 더 재미있는 주제로 넘어가면 안 돼?"

"너는 뭐가 재미있는데?"

"고고학은 어때? 오늘 피라미드에서 찾은 글귀 중에 몇 개 해석해 보면 안 될까?"

권장 표준 교육 과정에는 없는 활동이었지만, 줄리아는 매기를 봐주기로 마음먹었다. "좋아. 너도 알겠지만, 이곳에 로제타석 같은 건 있을 리가 없어. 그러니까 의미를 추측할 때 의지할 거라고는 비언 어적……"

"그래, 그래. 그런 건 나도 다 알아. 네가 찾은 다른 글귀 중에 우리가 피라미드에서 본 글귀하고 일치하는 게 있으면 그거나 좀 보여 줘."

줄리아는 말허리를 잘려서 짜증 난다는 표시로 삐 소리를 냈다. 그러면서도 허공의 주기율표를 없애고 그 자리에 파이 바에오의 다른 유적에서 발견한 명문(銘文) 사진을 영사했다. "이 기호들이 피라미드에 새겨진 글귀 가운데 일부와 일치하는 것 같아."

매기는 사진을 살펴봤다. "조금만 줌 아웃 해 줘. 어디서 찍은 사진인지 보고 싶어."

줄리아는 순순히 그 말에 응했다. 매기는 의아해하는 표정으로 미간을 찡그렸다. 고고학 서적 속의 깔끔한 그림과 달리 이 사진들은 해석하기가 몹시 힘들었다. 지금 보고 있는 대상의 정체가 뭔지조차 모를 지경이었다. 죄다 돌무더기처럼 보일 뿐이었다.

줄리아는 매기에게 여전히 화가 난 채로 침묵을 지켰다.

"입체로 재현해 보면 더 쉬울 거다." 제임스가 조리실에서 나오며 한 말이었다. "줄리아, 입체 모델을 만들어서 매기한테 전에 기호를 발견한 곳이 어딘지 보여 줘."

홀로그램 영상은 이제 창문과 문이 벌집처럼 다닥다닥 나 있는 높다랗고 우아한 외계 건물의 재현도로 바뀌었다. 줄리아는 일치하는 기호들이 발견된 장소를 별색으로 강조해 표시했다.

"어떤 패턴이 보이지?" 제임스가 물었다.

"기호가 발견된 곳이 전부 다 문 근처네요."

"가능한 해석은?"

"'들어가는 곳'일까요?"

"아니면 '나가는 곳'이든가."

"그러니까, 그렇게 열심히 연구했는데 정작 제일 중요한 메시지 하나도 무슨 뜻인지 밝혀내지 못했다는 거네요?" 매기가 웃음을 터뜨렸다. "저기 새겨진 글귀가 '환영합니다. 들어오세요!'인지 아니면 '나가, 얼씬도 하지 마!'인지조차 알지 못하다니."

딸의 웃음소리를 듣기는 그때가 처음이었다. 그리고 제임스는 그

소리에서 로런뿐 아니라 자신의 웃음소리마저 희미하게 들린다는 사실에 경이로움을 느꼈다. 후회 섞인 애정이 파도처럼 밀려와 마음을 뒤덮었다.

매기는 아버지의 방 앞을 살금살금 지나 셔틀 조종실로 들어섰다. 창문 바깥의 동녘 하늘에 환한 빛줄기 수백 개가 보였다. 파괴로 말미암아 재생이 도래하리라 약속하며, 혜성들이 외계 행성의 풍경을 은빛 광채로 물들이는 중이었다.

매기는 이리저리 더듬거리다 아버지의 헤드세트를 찾아 머리에 쓴 다음, 캄캄한 침묵 속에서 나직이 중얼거렸다. "줄리아."

헤드세트의 이어폰에서 인공지능의 목소리가 들렸다. "왜?"

"우리 엄마 아빠 얘기 좀 해 줘."

줄리아는 대답이 없었다.

"좋아, 굳이 험한 길을 택하겠다면." 매기는 앞쪽으로 슬그머니 나아가 계기판 아래에서 키보드를 꺼냈다. 키를 몇 개 누르자 조종실 유리창의 증강 현실 디스플레이가 켜졌다. 유리창 왼쪽 상단 귀퉁이에 커서가 깜박거렸다.

매기는 입력창에 함수가 잔뜩 포함된 코드를 입력하기 시작했다.

```
>(DEFINE ACKERMANN-HEAP-FILL(LAMBDA()(
```

"알았어!" 줄리아가 침묵을 깨뜨렸다. 매기는 인공 지능의 목소리에서 씩씩대는 기색을 알아채고 빙긋 웃었다. "다짜고짜 그런 코드를 퍼부을 것까진 없잖아. 접속을 허용할게. 하지만 나중에 벨 박사님께 보고해야……"

"보고할 테면 해 봐." 매기는 몸을 숙이고 다시 키보드를 두드리기 시작했다.

"알았어! 알았다고!"

"그렇게 풀죽을 것 없어. 실제로 보안 장벽을 뚫는 건 아니니까. 아빠가 알아차린다고 해도 진심으로 화내진 않을 거야. 너야 하드웨어상의 온갖 오류를 일으키는 그 싸구려 메모리 칩 핑계를 대면 그만이고."

줄리아는 잘 들리지 않게 나직이 구시렁거렸다.

매기가 생각하기에 아버지의 전자 기록 집적소를 뒤지는 일은 고고학과 꽤 비슷했다. 그 학문을 오랫동안 공부한 까닭은 아버지에게 더 가까워지는 느낌을 받고 싶어서, 서로 이어진 느낌을 유지하고 싶어서였다. 몹시도 오랫동안 매기는 어머니가 한사코 알려 주지 않으려 했던 남자가 누군지 간절히 밝히고 싶었다. 아직 태어나지도 않은 자신을 버린 남자의 정체를 애타게 파헤치고 싶었다.

사진과 전자 메시지, 녹음, 동영상 같은 것들은 사라진 과거의 유물이었고, 이를 만든 두 사람은 미래의 관객 따위는 염두에 없이 그저 자신들을 위해 카메라를 보며 신나게 웃었다. 그럼에도, 어째선지 매기는 그 두 사람이 상정한 관객이 있고 그 관객이 바로 자신이라는 생각이 들었다. 그 둘은 매기에게 전할 메시지가 있었다. 보내고 싶어 하는 마음을 어쩌면 본인들조차 알지 못했을 메시지였다.

매기는 단편적인 유물들을 맥락에 맞게 배치해 연대표를 작성했다. 그리하여 아버지라는 수수께끼를 발굴하고 재구성했다.

동영상에는 조그만 원룸 아파트의 내부가 보였다. 매기는 화면 속에서 카메라를 향해 이야기하는, 지금보다 더 젊고 수염도 깔끔하게 면도한 아버지의 얼굴을 가만히 응시했다. 아버지는 손에 든 조그만 상자를 조바심 난 표정으로 만지작거렸다.

"줄리아, 계산 좀 다시 해 볼래?"

인공 지능은 짜증 난 목소리로 말했다. "다시 계산한다고 숫자가 바뀌진 않는다고요. 비슷한 반지 중에 더 싼 걸 찾아볼 수는 있겠지만……."

"안 돼! 더 싼 반지는 안 돼. 로런한테는 이게 어울려."

"그럼 셔틀을 포기하는 수밖에 없겠네요. 둘 다 살 형편은 안 되니까요."

이제 매기는 앞서 본 동영상에 나왔던 그 원룸 아파트에 혼자 있는 젊은 시절의 엄마를 보는 중이었다. 젊은 로런은 희망과 청춘의 광채로 환히 빛났다. 매기는 울음을 참지 않았다. 엄마가 사무치게 보고 싶었다.

"알려 줘서 고마워, 줄리아." 로런이 말했다. "제임스는 가끔 우리가 말리지 않으면 너무 자기 생각에만 빠져 버리니까."

("네가 아빠의 비밀을 아빠 곁에 있는 여자들한테 몰래 흘리는 건 어제오늘 일이 아니구나." 매기는 헤드세트에 대고 소곤거렸다. 줄리아는 항의하는 뜻에서 '삐' 소리를 한 번 내고는 잠잠해졌다.)

로런은 손가락에 낀 반지를 감탄하는 눈으로 바라봤다. "정말 아름다워." 그러고는 손가락에 낀 채 이쪽저쪽으로 돌려 봤다. "하지만 무거운걸."

"제임스가 당신을 롤러코스터로 끌고 가겠다고 하는 것도 말리려고 했어요. 당신이 그런 놀이 기구를 얼마나 싫어하는지 아니까요. 하지만 제임스는 당신이 겁에 질려서 자기한테 꼭 붙었을 때 청혼해야 승낙받을 확률이 제일 높다고 생각하더군요."

"그 사람의 확률이야 언제나 100퍼센트였지."

"나중에 아이한테 들려줄 만한 멋진 이야기네요."

로런은 반지를 뺐다. "제임스한테 이 반지는 내 피부에 알레르기를 일으킨다고 얘기할래. 그럼 환불받을 수밖에 없을 테니까. 난 제임스가 그 셔츠를 사는 게 더 좋아. 그래야 우리가 함께 별들을 돌아다닐 거 아니야. 아무 부담도 없이."

동영상은 이제 2인승 셔틀 우주선의 조종실을 보여 줬다. 매기는 그곳이 아서 에번스호인 것을 알아봤지만, 지금보다는 훨씬 더 깨끗하고 새것처럼 보였다. 제임스와 로런이 의자 두 개에 앉아 있었다.

제임스가 한숨을 쉬었다. "당신이 원하는 게 이건 줄 알았는데."

"맞아."

"그럼 이거 말고 뭐가 바뀐 건데?"

로런은 입술을 깨물었다. "우린 지난 5년 동안 은하계를 날아다녔어. 그런데 그 증거로 내세울 만한 게 뭐가 있어? 부서진 유물이 든 보관함이 스무 개. 아무도 안 읽는 논문 몇 편. 죽은 외계인들은 문화 보존을 위한 로비 활동에 나서 줄 후손도 없고, 우리가 연구한 문명들은 하나같이 고향 행성을 벗어나기도 전에 멸망했으니 선진 기술을 손에 넣는 보상도 바랄 수가 없지. 현실을 직시해야 해. 사람들은 멸망한 외계인한테 아예 관심이 없어."

"나는 관심이 있어. 그들을 기억하고 이해하는 게 나한테는 중요한 일이라고. 사람은 후세에 이름을 남기고 싶어 하게 마련이고, 문명은 이야기를 남기고 싶어 하게 마련이야. 그들과 망각 사이에 있는 유일한 존재가 바로 나란 말이야."

"이제 우리도 그렇게 어린 나이가 아니야, 제임스. 영원히 이 별에서 저 별로 떠돌아다닐 순 없어. 장래를 생각해야 돼. 우리 장래를."

제임스의 표정이 굳어졌다. 꾹 다문 입술은 가느다란 선 같았다. "난 이제 막 개발한 어느 행성에다 판자 울타리가 쳐진 집을 마련해 놓고 애를 줄줄이 낳아 키우려고 사무실 책상 앞에 앉아 일할 생각은 없어. 테라포밍 업체들은 발이 빨라. 난 그자들이 이렇게 신비한 외계 문명을 싹 밀어 없애기 전에 힘닿는 데까지 지켜야 해."

"이런 식으로 사는 건 언제든 다시 할 수 있어, 다시 떠나면 돼. 애들이 웬만큼 자라면."

"어딘가 뿌리를 내리면 다시는 못 떠날 거야. 한번 짊어진 짐은 더 많은 짐으로 이어지는 법이니까."

"아예 시도조차 안 하겠다고? 고작 몇 년인데도?"

"뭐가 달라졌다고 이러는 건지 난 도무지 모르겠어."

"당신은 멸망한 외계인들하고는 그렇게 깊게 공감하면서, 내가 뭘 바라는지는 못 느끼는 거야?"

"그 얘기는 이제 그만하자." 제임스는 일어서서 조종실을 나가 버렸다.

로런은 가만히 앉아 있었다. 혼자서. 그러다 잠시 후, 한숨을 쉬며 자기 배를 쓰다듬었다.

"왜 얘기 안 했어요?" 줄리아의 목소리였다.

로런은 고개를 절레절레 흔들었다. "얘기하면 그 사람은 꿈을 포기하고 책임감 있게 행동하려 들 거야. 하지만 아기와 나 때문에 언제나 화가 나 있겠지. 난 우리 때문에 자기가 주저앉았다고 생각하는 그 사람을 곁에 두고 사느니, 차라리 그 사람이 아예 없는 삶을 택하겠어."

"나도 노력은 해 봤을 거야, 너도 알겠지만."

동영상 속의 아버지는 며칠이나 수염을 안 깎은 모습이었다. 조종실은 음식 포장지가 사방에 널려 있고 의자에 더러운 옷이 걸려 있어서 어수선하고 너저분했다. 제임스는 그때껏 술을 마신 참이었다.

"로런은 당신이 하고 싶은 일과 해야 할 것 같은 일 중에 한쪽을 택하도록 강요하고 싶지 않았던 거예요." 줄리아가 말했다.

"내가 아직 준비가 안 됐다고 생각한 거잖아." 제임스가 쏘아붙였다. "로런은 나를 신뢰하지 않았어. 어쩌면 나를 제대로 본 건지도 모르지."

아침 식사 후, 제임스는 호버 바이크를 탈 준비를 했다.

그러다가 근심하는 눈빛으로 매기를 바라봤다. "눈가에 다크서클이 끼었구나. 잠을 못 잤어? 오늘은 그냥 셔틀에 남아서 쉬는 게 좋겠는데."

하지만 매기에게는 설득이 좀처럼 통하지 않았다. 매기는 바이크 안장 뒤쪽에 냉큼 올라타 아버지의 허리를 양팔로 꼭 감쌌다. 그러고는 몸을 앞으로 숙여 아버지의 등에 얼굴을 기댔다.

제임스는 신뢰가 깃든 그 몸짓에 압도당한 나머지 한동안 꼼짝도 하지 못했다. 머릿속에 아기였을 적의 매기가 찍힌 사진이 떠올랐다. 문득 그 아무 힘도 없는 분홍색 덩어리에게서, 그 꽉 쥔 두 주먹과 질끈 감은 두 눈에서 도무지 저항할 수 없는 몽실몽실한 느낌이 전해졌다.

둘은 호버 바이크를 타고 지면 위를 빠르게 날아가 유적 중심부로 점점 더 가까워졌다.

"이건 말도 안 돼." 제임스는 갑작스레 바이크를 멈춰 세웠다.

두 사람 앞에는 하늘에서 봤던 동심원상의 원형 도로 가운데 맨 바깥의 도로가 펼쳐져 있었다. 다만 이제는 그 원이 도로가 아니라는 사실이 명백해졌다. 알고 보니 그 원들은 수로였고, 양쪽 가장자리의 매끈한 표면이 수직으로 길게 이어졌다. 깊이는 50미터 이상, 폭은 그 두 배였다.

"도시 안쪽에 해자가 있는 거예요?" 매기가 재미있어하는 목소리로 말했다.

"여기에는 꽤 단도직입적인 메시지가 있다는 생각이 슬슬 드는구나. '중앙으로 접근하지 마시오'라는 거지."

"그럼 더더욱 가야죠." 매기는 짓궂은 아이 같은 표정을 지었다. "분명 멋진 비밀이 숨겨져 있을 테니까요."

제임스는 그 말에 쿡쿡 웃으면서도 매기가 느끼는 전율을 함께 느졌다. 그러면서 호버 바이크를 접어 보관 형태로 조그맣게 만들었다. 모양이 구식 여행 가방과 비슷했다. 수로 바닥으로 던져진 바이크는 요란하게 쿵쾅대는 소리를 내다가 이내 조용해졌다. 뒤이어 제임스는 레펠용 고리와 케이블을 꺼내고 매기에게 사용법을 가르쳐 줬다. 매기가 금방 배운 덕분에 둘은 수로 바닥을 향해 서둘러 내려간 다음, 바닥을 가로질러 반대편 벽을 올라갔다.

몇 분 후, 둘은 거대한 오각 피라미드의 밑단 앞에서 다시 멈췄다.

"저기 보렴." 제임스가 말했다. "처음 보는 그림이야."

자꾸 눈에 띄어 익숙해진 문양 사이로 처음 보는 네모 칸 그림들이 피라미드 밑단을 따라 줄줄이 이어졌다. 모양이 꼭 만화 같았다.

"어느 쪽 끄트머리가 첫머리일까요?"

매기가 묻자 제임스는 어깨를 으쓱했다. "전혀 모르겠구나. 너도 봤다시피 이때껏 난 여러 기호 집단의 패턴을 표의문자처럼 대조하는 게 고작이었어. 나로서는 이곳 사람들이 글을 왼쪽에서 오른쪽으로 읽었는지, 오른쪽에서 왼쪽으로 읽었는지, 아니면 비선형 방식으로 읽었는지 알 길이 없단다."

매기는 우선 왼쪽에서 오른쪽으로 읽어 보기로 마음먹었다.

그림 칸은 다섯 개였다. 첫째 칸에 들어 있는 그림은 눈에 익은 이 도시의 '지도'였다. 다음 칸에는 타원형 인물상 두 개가 추가되었는데 저마다 몸 바깥쪽을 향해 뻗은 다리가 여덟 개씩 달려 있었다. 도시 한복판에 자리 잡은 타원 한 개는 다리가 구부러진 형태였고 몸통에는 가느다란 선이 그물 모양으로 교차했다. 다른 한 개는 도시 바깥쪽 멀리에 있었다.

"이 거미처럼 생긴 것들은 파이 바에오의 주민들을 양식화한 그림이야." 제임스가 말했다.

"왜 한쪽은 온통 금이 갔을까요?"

"글쎄다. 어쩌면 그 인물이 죽었거나 병들었거나, 실제가 아니라는 걸 의미하는지도 모르지. 뭔가 잘못된 상태인 거야."

세 번째 칸에는 두 인물 모두 몸 표면이 매끈하고 다리도 쭉 뻗은 모습으로 그려져 있었다. 원래 중앙에 있던 인물은 도시 변두리 쪽으로 조금 이동한 반면, 다른 한쪽은 도시에 더 가까워져 있었다.

"부활이나 환생에 관한 신화인지도 모르지." 제임스가 말했다.

네 번째 칸은 타원 두 개 모두 서로에게 더 가까이 다가간 모습이었고, 마지막 칸에서는 두 타원이 도시 가장자리에서 하나로 합쳐졌다. 둘의 다리는 서로 얽힌 채였다.

매기는 그림의 주제를 파악하고 마음이 들떴다. "그러니까 여긴 마법의 동굴 같은 장소네요. 사랑하는 이가 저세상에서 돌아올 때 만나러 가는 곳 말이에요." 그러고는 웃음을 터뜨렸다.

제임스도 덩달아 웃었다. 적막한 유적지를 탐사할 때 사랑하는 이가 곁에 있었으면 하는 생각이 얼마나 간절했던지가 그제야 퍼뜩 떠올랐다.

마지막 그림 칸 앞에서 뒷걸음으로 물러났을 때, 제임스는 찡그린 표정이었다. "하지만 오른쪽에서 왼쪽으로 읽어 보면 이야기가 완전히 딴판이 돼. 두 친구가 도시에 도착했는데, 한쪽은 안으로 들어가려 하지만 다른 한쪽은 떠날 마음을 먹지. 모험심이 강했던 친구는 도시 중앙부에서 죽음을 맞아."

"그럼 그 버전의 제목은 '파이 바에오 파라오의 저주'가 되겠네요. 보물 사냥꾼과 훗날의 고고학자들은 조심할지어다! 썩 물러가지 않으면 무시무시한 운명이 그대들을 기다릴지니!" 매기는 아버지의 등을 철썩 때렸다. "웃겨서 아주 돌아가시겠네요. 저주가 엉터리라는 걸 우리 손으로 증명해 주자고요!"

나를 쏙 빼닮았군. 제임스는 속으로 중얼거렸다. 당차고, 호기심이 많아. 그리고 제 엄마도 닮았어. 웃음소리가.

잠깐 동안 제임스는 매기의 자리에 서 있는 로런의 모습을 본 듯한 느낌이 들었다. 로런은 둘이 서로에게 작별을 고했던 그날과 똑같이 젊어 보였다.

"운 좋은 줄이나 알아. 당신은 애 기저귀를 갈아 줄 일도 없었고, 애 귓병 때문에 속 썩을 일도 없었고, 애가 잠을 안 자고 보채서 피곤할 일도 없었고, 미운 두 살 때도 미운 세 살 때도 미운 다섯 살 때도 애 옆에 없었으니까." 로런은 그렇게 말했다. 그러면서도 제임스를 보며 웃고 있었다. "하지만 십 대 시절은 함께 견뎌야 할 거야."

"미안해. 내가 차라리……." 제임스는 말을 잇지 못했다.

"매기는 참 대단한 아이야, 안 그래?" 로런은 손을 들어 머리카락을 한쪽으로 빗어 넘겼다. 손가락에는 예전 제임스가 준 반지 대신 끼고 다니던 플라스틱 반지를 여전히 끼고 있었다. 제임스는 심장이 멎는 듯 가슴이 철렁했고, 눈앞이 뿌예져서 더는 로런의 모습이 보이지 않았다.

"아빠! 아빠! 왜 그래요?"

제임스는 몰래 눈물을 닦았다. 매기 입에서 *아빠*라는 말이 나오기는 처음이었다. 매기를 보며 제임스는 딸에 대한 책임감이 조금도 무겁게 느껴지지 않았다. 오히려 한 쌍의 날개처럼 느껴졌다. "아무것도 아니야. 그냥, 바람 때문에."

"우리 중앙부로 가요."

제임스는 매기의 어깨를 팔로 감쌌다. "파이 바에오의 다른 유적지에서는 아주 강력한 무기를 사용한 흔적이 보이더구나. 이곳을 건설한 사람들은 고도의 기술을 보유했던 거야. 그래서 나한테는 저경고가 단순한 미신처럼 보이질 않아. 내 생각에 그들은 침입자에게 뭔가 진짜로 위험한 걸 피하라고 경고하려 했던 것 같아."

"어떤 위험이 2만 년 동안 사라지지 않고 남아 있겠어요?"

"글쎄. 하지만 지금은 분명 경계를 늦춰선 안 되는 상황이야."

매기는 동그래진 눈으로 아버지를 봤다. "난 아빠가 이곳 사람들의 메시지를 해석하고 싶어 하는 줄 알았는데요."

제임스는 수수께끼를 감춘 도시 중앙부에 매혹을 느꼈다. 위험을 알리는 단서는 언제나 수수께끼를 더욱 짜릿하게 만들 뿐이었다. 그래서 그 매혹에 넘어가고 싶었다. 매기의 제안대로.

이내 호버 바이크에서 매기가 등에 머리를 기댔을 때의 느낌이 떠올랐다. 멸망한 외계인하고 그들이 남긴 메시지보다 더 중요한 것들이 있어.

"이제는 사정이…… 달라졌어." 제임스는 그렇게 말하고는 천천히, 조금은 내키지 않는 듯이, 호버 바이크의 앞머리를 반대쪽으로 돌렸다. "너무 위험해."

"뭐가 달라졌다고 이러는 건데요? 난 도무지 모르겠어요."

제임스는 매기를 돌아봤다. 그러고는 질문에 대답하지 않고 그저 딸을 끌어안기만 했다. 매기는 잠시 뻣뻣하게 서 있었다가 이내 아버지의 포옹을 받아들였다.

매기는 몸을 뒤척이고 또 뒤척였다. 잠이 통 오지 않았다.

앞서 매기는 로봇 몇 대를 도시 중심부로 들여보내 조사시키자고 제안했다. 그렇게 하면 직접 들어가는 것보다 안전할 듯싶었다. 그러나 제임스는 안 된다고 했다. 로봇은 혜성 무리가 들이닥치기 전에 아서 에번스호의 수리를 마쳐야 한다며.

궁리를 거듭하는 사이에 매기는 진짜로 위험하지는 않으리라는 확신에 점점 더 빠져들었다. 아버지는 이 별의 문명이 고도의 기술을 보유하는 수준에 이르렀다고 했지만, 이 유적은 돌로 지어졌고 만화 같은 그림까지 새겨져 있지 않은가! 그곳은 미신을 숭배하는 사원 같았지, 2만 년이 지난 후에도 멀쩡히 작동하는 함정을 갖춘 첨단 군사 시설 같지는 않았다.

이제는 사정이…… 달라졌어. 제임스는 그렇게 말했다. 매기는 아버지가 도시 탐사를 포기하며 지었던 아쉬워하는 표정을 떠올렸다.

매기의 아버지는 멸망한 외계인들에게 하지 않고는 못 배길 이야기가 있었으리라 믿었다. 그러나 한편으로 그는 매기의 어머니를 사랑했고, 일찍이 매기를 사랑했고, 다시금 사랑하기 시작했고, 앞으로도 사랑할 터였다.

난 우리 때문에 자기가 주저앉았다고 생각하는 그 사람을 곁에 두고 사느니, 차라리 그 사람이 아예 없는 삶을 택하겠어.

매기는 침대에서 일어나 옷을 입었다.

"줄리아." 제임스는 침대에 누운 채 인공 지능을 불렀다.

"잠이 안 와요?"

"그 수수께끼를 그냥 넘어갈 순 없을 것 같아."

"그럴 줄 알았어요."

줄리아가 선실의 조명을 켰다. 제임스는 몸을 일으켜 앉았다.

"도시의 '지도'들을 스캔해 봐. 분명 패턴이 있을 거야."

몇 분이 지난 후에 줄리아가 큰소리로 말했다. "내가 뭔가 찾은 것 같아요. 이 도시는 일곱 줄기 수로 때문에 동심원 모양의 띠 일곱 가 닥과 중앙의 작은 원으로 나뉘어요. 우리가 본 그림에서 피라미드의 위치는 제각각 다르지만, 각각의 동심원 띠 안에 있는 피라미드의 개수와 모양은 변하지 않아요."

줄리아는 제임스의 선실 벽에 표를 영사했다.

띠	삼각 피라미드	사각 피라미드	오각 피라미드	원뿔 피라미드	합계
1	2	0	0	0	2
2	2	6	0	0	8
3	2	6	10	0	18
4	2	6	10	14	32
5	2	6	10	3	21
6	2	6	1	0	9
7	2	0	0	0	2

"잘했어. 그런데 이게 무슨 의미일까?"

"데이터베이스에 들어가서 뭔가 걸리는 게 있는지 무차별 검색을 실행하는 것도 방법이죠."

"해 봐. 나도 계속 갖고 놀면서 뭔가 잡히는 게 있는지 볼게."

혜성 무리는 이제 더욱 가까이에 와 있었다. 혜성의 창백한 빛 때문에 지표면은 서리가 내린 듯했다. 매기는 호버 바이크 조종 실력이 부쩍 늘었다. 앞서 줄리아를 꼬드겨 바이크를 몰래 넘겨받은 매기는 인공 지능에게 비밀을 지키라는 입단속까지 시켰다.

"우리 엄마 때랑 똑같아. 난 아빠가 나를 원망하는 건 바라지 않아." 매기가 줄리아에게 한 말이었다. "난 아빠가 나 때문에 변하지 않아도 된다는 걸 증명할 거야."

호버 바이크를 끈으로 묶어 등에 진 채 첫 번째 수로의 바닥에서 위로 기어 올라가기란 쉬운 일이 아니었다.

"내가 아빠의 짐이 될 일은 없을걸요." 매기는 그렇게 중얼거리고는 한 번 더 몸을 위로 끌어올렸다.

도시의 수로는 앞으로 나아갈수록 더욱 더 깊어지고 넓어졌다. 시간이 흐르자 매기는 몸이 땀으로 흠뻑 젖었고, 밤공기도 더는 싸늘하게 느껴지지 않았다.

마침내 마지막 수로를 건너자 하늘을 향해 손가락질하듯 수백 미터 높이로 우뚝 솟은 도시 중심부의 거대한 돌기둥이 매기의 눈에 들어왔다.

제임스는 속이 조금 메스껍고 머리도 어지러웠다. 너무 많은 일이 한꺼번에 벌어졌다. 혜성 충돌, 로런의 기억, 매기를 돌보는 일까지. 요즘은 식사도 수면도 제대로 하기 힘들었다.

제임스는 애써 머릿속을 정리했다. 하얗게 결정화된 조개 껍질 같은 피라미드 92개가 여러 동심원 속에 배열돼 있단 말이지.

전날 저녁에 본 이미지가 머릿속에 불현듯이 떠올랐다. 줄리아가 원소 주기율표에 관해 종알종알 설명하는 동안 지루해서 꾸벅꾸벅 졸던 매기의 모습이었다. 제임스는 빙그레 웃으며 옆 선실에서 자고 있을 딸의 모습을 상상했다. 침대에서 일어나 딸이 잘 자는지 어떤지 보러 가야겠다는 생각이 들 즈음……

"줄리아, 나 알았어!"

줄리아는 기대감에 들떠 삑삑 소리를 냈다.

"이 도시는 원자 모형을 본떠 건설했어. 하지만 우리에게 익숙한 모형은 아니야. 동심원은 전자껍질이고, 여러 구조물은 상이한 궤도에 존재하는 전자를 나타내. 자, 여기다 사진을 한 장 띄워 봐, 내가 설명해 줄게."

줄리아는 선실 벽에 도표 하나를 영사했다. 제임스는 그 표를 가리키며 계속 설명했다. "삼각 피라미드는 에스(s) 궤도의 전자들이고 사각 피라미드는 피(p) 궤도, 오각 피라미드는 디(d) 궤도, 원뿔 피라미드는 에프(f) 궤도의 전자야. 그러니까 이곳은 원자량 92에 전자 92개를 지닌 우라늄 원자였어."

"하드웨어 오류가 그렇게 많았던 이유를 이제 알겠네요."

행복감에 빠졌던 제임스는 문득 등골이 서늘해졌다.

"오류는 싸구려 메모리 칩 때문인 줄 알았는데."

"저도 처음엔 그렇게 생각했지만, 오류 발생 빈도를 고려하면 근처에 알파 입자 방출원이 있다고 보는 편이 훨씬 더 타당해요. 방사선 차폐 장비와 계측기는 모조리 궤도상에 두고 왔으니까 확신할 순 없지만요. 하지만 우라늄이 가장 흔한 자연 발생적 핵분열 물질인 점을 감안하면, 그걸 기호화한 표현물은 방사능이 존재한다고 경고하기에 좋은 상징이에요."

그 말에 제임스는 경악했다. "네 생각엔 이 도시가 거대한 방사능 경고판 같다는 말이야? 셔틀이 이륙하려면 시간이 얼마나 더 필요하지?"

"수리 작업을 서두르면 몇 시간 안에 마칠 수 있어요. 하지만 우선 매기 얘기부터 해야겠네요."

마지막 수로와 돌기둥 사이의 땅에는 뾰족뾰족한 돌과 유리 파편 같은 물체가 가득 널려 있었다. 매기는 호버 바이크를 타고 와서 다행이라는 생각이 들었다. 걸어서 왔더라면 이 마지막 동심원 구간은 악몽이 됐을 터였다. 도시를 세운 이들은 진심으로 아무도 통과시키지 않을 작정이었다.

마침내 거대한 못 같은 돌기둥의 밑동이 나왔다. 바로 여기였다. 매기는 유적 중앙부에 깃든 수수께끼를 풀고 아버지에게 자신이 짐이 되지 않으리라는 것을 증명할 참이었다.

우린 별들 사이를 누비는 가족이 될 수도 있었는데.

돌기둥 밑동에 동굴이 있었다. 매기는 안전모에 환한 손전등을 묶고 동굴 안으로 들어갔다. 동굴은 나선을 그리며 아래쪽으로 이어졌다. 얼굴이 화끈거리는 느낌을 받은 매기는 잠시 멈춰 서서 이마의 땀을 훔쳤다. 잠을 안 자고 돌아다녔더니 결국 이렇게 되네. 매기는 속으로 생각했다.

동굴 밑바닥에 이르자 금속 차단벽이 나왔다. 매기는 발굴용 다용도 공구의 토치 절단기로 벽에 구멍을 뚫었다.

그러고는 구멍 속으로 기어들어 갔다.

벽 안쪽의 굴은 층층이 쌓인 유리공으로 가득했다. 매기는 그중 한 개를 집어 들었다. 유리공의 지름은 약 50센티미터였다. 공 내부에 조그마한 금속 구슬들이 빼곡히 매달려 촘촘한 격자 모양을 이루었다. 손전등 불빛이 비춰진 구슬들은 환한 무지갯빛을 내뿜었다.

유리공은 몹시 무거웠고, 열기가 느껴졌다.

호버 바이크를 타고 외계인 유적지로 부리나케 달려가는 동안 제임스는 줄리아와 스스로에게 욕을 퍼부었다.

"보내 주는 게 최선일 거라고 생각했어요." 줄리아가 변명 삼아 말했다. "그 애한테 자신을 증명할 기회를 주고 싶었단 말이에요. 당신과 로런이 스스로에게 주지 않았던 기회를요."

파이 바에오 사람들은 원자력을 보유했다. 다 쓴 핵연료가 안전한 수준까지 붕괴되려면 영겁의 시간이 걸린다는 사실을 알았기에, 그들은 핵폐기물을 이곳에 묻었다. 문명으로부터 최대한 멀리 떨어진 장소에.

어쩌면 그들은 자기네 행성이 죽어가는 것을 알았거나, 아니면 그저 조심성이 많았을지도 모른다. 그럼에도 후손이나 훗날 다른 별에서 찾아올 방문자에게 경고할 목적으로 이 도시를 세웠다. 목숨이 다해 가는 와중에도 자신들 바깥으로 눈을 돌려 미래에 말을 남기려 했던 것이다.

그들은 메시지를 다양한 난이도로, 갖가지 방법으로 암호화하려 했다. 그들은 수백만 년이 흐른 후에도 남아 있을 유일한 재료, 즉 돌로 도시를 세웠다. 그리고 온 우주의 모든 이가 메시지를 이해하기를 바랐다. *이곳에 값진 것은 하나도 없음. 위험! 접근하지 말 것.*

제임스는 그 뜻을 너무 늦게 깨달았다.

수로 바닥을 향해 무턱대고 달려 내려간 제임스는 부리나케 반대편 벽을 기어올랐다. 이윽고 숨이 가빠지자 마스크의 산소 공급 장치를 켰다. 그러는 동안 내내 머릿속에는 눈에 보이지 않는 입자들이 자신을 향해 쏜살같이 달려들어 자신의 몸속을 돌아다니며 세포와 신체 조직을 갈가리 찢어놓는 광경이 펼쳐졌다.

마침내 마지막 수로의 벽 위에 제임스의 모습이 나타났다.

"매기!" 제임스가 외쳤다.

도시 중앙부에 우뚝 솟은 거대한 돌기둥의 기단부에서, 조그마한 사람 형상 하나가 이쪽을 향해 손을 흔들었다.

제임스는 바이크의 속도를 높여 금세 매기 곁에 도착했다.

"정말 예쁘지 않아요? 아빠, 저 아래에 더 많이 있어요. 내가 해냈어요. 여기 사람들의 비밀을 찾았어요. 우리가 같이 발굴하면 돼요." 매기는 그 말을 하고 나서 풀썩 주저앉더니, 마스크를 벗고 속을 게웠다.

제임스는 딸을 안아 들고 호버 바이크로 데려간 다음 전속력으로 바이크를 몰아 유리공으로부터 멀어졌지만, 이윽고 수로 앞에서 멈춰 설 수밖에 없었다.

매기는 지금처럼 기진맥진한 상태로는 혼자서 밧줄을 잡고 수로 바닥까지 내려가거나 반대편 벽을 타고 올라갈 수 없었다. 그렇다고 해서 제임스가 밧줄 한 가닥에 의지해 매기를 안전하게 옮길 수도 없는 노릇이었다.

제임스는 줄리아가 늦지 않게 셔틀 수리를 마치고 자신들을 데리러 와 주기를 간절히 바랐다. 그러는 동안에도 두 사람은 오도 가도 못 하는 처지였다. 멸망한 문명이 남긴 치명적인 폐기물에 노출된 채로.

고개를 숙인 제임스의 눈에 열이 펄펄 끓는 딸의 얼굴이 보였다. 딸은 제임스보다 훨씬 더 오래 방사능에 노출됐고, 체격도 작았다. 줄리아가 도착할 때까지 버티지 못할지도 몰랐다. 딸의 노출량을 줄이려면 유리공들을 다시 땅속에 묻어야 했다. 그 말은 곧 치명적인 방사능의 근원지로 접근해야 한다는 뜻이었다.

조심스레, 제임스는 매기를 땅에 눕힌 다음, 호버 바이크를 타고 유리공이 있는 곳으로 돌아갔고, 유리공을 한 개씩 한 개씩 동굴 속으로 되돌려 놓았다. 서둘러 몸을 움직일 뿐, 자신의 몸에 무슨 일이 일어나는지는 생각하지 않으려 애썼다. *아직 희망은 있어.* 제임스는 속으로 중얼거렸다. *이제 곧 줄리아가 셔틀을 몰고 이리로 올 거야. 병원에 도착할 때까진 매기랑 같이 생명 활동 감속 장치에 들어가 있으면 돼.*

원래 있던 곳으로 돌아와 보니 매기는 몸을 일으키려 버둥거리는 중이었다. "아빠, 나 몸이 좀 안 좋아요." 갈라진 목소리로 매기가 말했다.

"그래, 우리 딸. 저 유리공 때문에 아픈 거야. 조금만 참으렴." 제임스는 꾸물꾸물 움직여 도시 중앙부의 돌기둥과 딸 사이로 자리를 옮겼다. 그렇게 하면 딸에게 쏟아지는 고에너지 입자를 자신의 몸이 조금이나마 막아 주리라는 것처럼. 뭔가 효과가 있으리라는 것처럼.

귀청을 때리는 프로펠러 회전음이 사방을 압도했다. 탐조등의 환한 불빛이 둘의 몸을 뒤덮었다. 줄리아가 아서 에번스호를 몰고 도착한 참이었다.

제임스는 축 늘어진 채 자기 품에 안긴 매기를 데리고 셔틀에 올랐다. 살갗이 벗겨진 느낌이 들었고, 불에 덴 느낌도 들었다.

"줄리아, 생명 활동 감속 장치를 준비해 줘. 매기, 두려워하지 않아도 돼. 그냥 한숨 자고 일어나면 되니까."

매기는 무사히 감속 장치 안에 들어갔고, 고개를 끄덕이다 눈을 감았다.

제임스는 목이 탔고, 어지러웠고, 몹시도 피곤했다. 그 상태에서 마지막으로 조종석의 계기판을 바라봤다. 이제 줄리아에게 이륙 명령을 내리고 자신도 감속 장치에 들어갈 참이었다.

계기판에서 붉은 불빛이 깜박였다. *하드웨어 오류 경보잖아.*

이륙에서 행성 궤도 진입까지는 까다로운 과정이었다. 티끌만큼의 오류도 허용되지 않을 만큼.

문득 순수한 분노가 제임스를 압도했다. 자기 자신을, 이 폐기물

집적소를 만든 이들을, 파이 바에오의 멸망한 문명을, 그리고 우주를 향한 분노였다. 그들은 죽을 운명이었다. 제때 풀지 못한 고대의 수수께끼에 살해되어.

"난 무섭지 않아요." 매기가 쉰 목소리로 중얼거렸다. 반쯤 꿈꾸는 상태로.

제임스는 딸을 돌아봤다. 잠든 얼굴이 옅은 웃음으로 물들어 있었다. 딸은 그를 오롯이 신뢰했다.

해야 할 일은 분명했다. 비록 스스로는 알지 못했지만 늘 그랬듯이, 제임스는 그 일을 할 준비가 돼 있었다.

제임스는 생명 활동 감속 장치 속으로 몸을 숙였다. 매기가 아버지의 손이 닿는 느낌에 눈을 떴을 때, 제임스는 딸의 눈을 가린 머리카락을 빗어 넘기고 딸의 이마에 입을 맞췄다.

"잘 들어라, 매기, 내가 셔틀을 궤도에 진입시키면 줄리아가 곧바로 구난 신호를 보낼 거야. 테라포밍 담당자들이 그 신호를 포착하면 몇 개월 후에 도착해서 구조해 줄 거다. 걱정할 것 없어. 그 사람들이 제대로 된 병원에 데려갈 때까지 줄리아가 네 생명 활동을 정지된 상태로 유지해 줄 테니까. 그 후엔 새 몸을 얻은 것처럼 깨끗이 나을 거야."

"정말 미안해요, 아빠."

"괜찮아, 우리 딸. 넌 성격이 충동적이라 금세 답을 찾고 싶어 하잖아. 나랑 똑같이." 제임스는 멈칫하더니 말을 이었다. "아니, 나보다 낫지. 넌 정말로 중요한 게 뭔지 늘 알았으니까."

"나중에 내가 깨어나면, 둘이서 같이 우주를 탐험하러 다녀요. 멸망한 별들의 이야기를 모두에게 들려주면서요."

제임스는 숨을 깊이 들이마신 다음 잠시 머금고 있었다. 매기는 진실을 들을 자격이 있었다.

"다시 만날 일은 없을 거야, 우리 딸. 이게 작별 인사란다."

"뭐라고요?" 매기는 일어나려 버둥거렸다. 제임스는 그런 딸을 지그시 눌렀다.

"줄리아한테 셔틀 조종을 맡기는 건 너무 위험해. 방사선 때문에 하드웨어 작동 오류가 너무 많이 일어났거든. 애초에 우리가 불시착한 이유도 바로 그거란다. 이 셔틀은 내가 아날로그 방식에 따라 수동으로 조종해야 해. 궤도에 진입할 즈음이면 난 방사능 피폭이 너무 심하게 진행돼서 감속 장치에 들어가 봤자 효과가 없을 거야. 난 가망이 없단다, 매기. 미안."

"안 돼요, 조종은 줄리아한테 맡겨요! 아빠는 나랑 같이 이 안에 있어야 해요. 엄마 아빠 둘 다 없으면 난 어떻게⋯⋯"

제임스는 딸의 말을 가로막았다. "넌 내가 지금까지 풀어 본 수수께끼 중에 최고였어. 사랑한다."

제임스는 매기에게 더 말할 틈을 주지 않고 감속 장치의 덮개를 닫아 버렸다.

몸에서는 열이 나고 머릿속은 흐릿했다. 제임스는 자신의 몸을 파고드는 무자비한 방사선을, 멸망한 문명의 잔열(殘熱)을 상상했다. 그러나 두렵거나 슬프거나 분하지는 않았다. 파이 바에오 사람들은 죽어가는 동안에도 나중에 올지도 모르는 이들을 지키려 안간힘을 썼다. 제임스도 딸을 위해 똑같은 일을 하는 중이었다. 이는 언제까

지나 의미 있는 이야기, 전할 가치가 있는 메시지로 남을 터였다. 차갑고 캄캄한, 죽어가는 우주에서조차도.

하늘에서는 혜성들이 몹시도 환하게 빛났다. 모든 것이 다시 시작할 참이었다.

조종간을 당기며, 제임스는 행성이 뒤쪽으로 멀어져 가는 기분을 느꼈다.

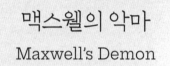

맥스웰의 악마

Maxwell's Demon

1943년 2월

출소 허가 신청서

툴리 레이크 전시 적국 출신자 수용소

이름: 다카코 야마시로

질문 27: 당신은 어디로 발령받든 미합중국 군대의 일원으로 전투 의
무를 수행할 용의가 있습니까?

*이 질문에 어떻게 대답해야 좋을지 모르겠습니다. 저는 여자라서 전
투에 적합하지 않습니다.*

질문 28: 당신은 미합중국에 무조건 충성하고, 국내외의 무력 집단이
벌이는 일체의 공격에 맞서 미합중국을 지키며, 일본 천황 또는 일체의
외국 정부 및 세력, 기관 등에 어떤 식으로도 충성하지 않겠다고 맹세

합니까?

　이 질문에 어떻게 대답해야 좋을지 모르겠습니다. 저는 워싱턴주 시애틀에서 태어났습니다. 일본 천황에게는 어떤 식으로도 충성한 적이 없기 때문에 그에 대해서는 굳이 맹세할 것도 없습니다. 저는 제 조국인 미국이 저와 제 가족을 석방해 주면 조국에 무조건 충성할 것을 맹세합니다.

1943년 8월

다카코는 화살처럼 곧게 뻗은 길을 따라 행정 부서 건물이 모여 있는 곳으로 걸어갔다. 길 양편에는 지붕이 나지막한 가설 막사가 몇 블록이나 가지런히 늘어서 있었다. 막사마다 안에 방이 여섯 칸씩 있었고 한 칸에 한 가족이 수용됐다. 동쪽 저 멀리 둥그런 원기둥처럼 생긴 아발론산이 보였다. 다카코는 그 산의 꼭대기에 올라가면 격자 모양으로 가지런히 배치된 이 수용소 내부가 어떻게 보일지 상상했다. 어릴 적에 아버지가 보여 준 책에 실렸던 일본의 옛 도시 나라의 그림처럼 안정적이고 규칙적인 모습일 듯싶었다.

　소박한 흰색 면 원피스 차림이다 보니 가끔 산들바람만 불어도 캘리포니아 북부의 건조한 8월 더위를 견딜 만했다. 그러나 다카코는 시애틀의 서늘하고 습한 공기와 퓨젓만에 쉬지 않고 내리는 비와 고향 친구들의 웃음소리가 그리웠고, 감시탑과 철조망 울타리에 갇히지 않은 지평선도 그리웠다.

　다카코는 수용소 본부에 도착했다. 경비병에게 이름을 밝힌 다음에는 군인들의 호위를 받으며 안으로 들어갔다. 기다란 복도를 지나, 줄지어 놓인 타자기가 바쁘게 찰카닥거리고 퀴퀴한 담배 연기가 자욱한 널따란 방을 지나, 마침내 건물 깊숙한 곳의 조그만 사무실이 나왔다. 다카코가 사무실에 들어서고 나서 군인들이 문을 닫자 웅성거리는 대화 소리와 사무용 기계 소리가 숨죽이듯 조용해졌다.

다카코는 자신이 불려온 이유를 알지 못했다. 그래서 가만히 서서 책상 너머에 앉아 의자에 편하게 등을 기댄 채 담배를 피우는 군복 차림의 남자를 물끄러미 바라봤다. 남자 뒤편의 선풍기가 담배 연기를 다카코 쪽으로 날려 보냈다.

수용소의 부소장은 눈앞의 젊은 여성을 가만히 응시했다. *예쁘게 생긴 쪽발이로군.* 그는 속으로 중얼거렸다. *자칫하면 정체를 깜빡 잊을 만큼 예뻐.* 이 여성을 보내기가 유감스러울 정도였다. 이곳에 계속 있게 하면 재미난 기분 전환 거리가 됐을 텐데.

"당신이 다카코 야마시로군. '아니요'를 두 번 적은 여자."

"아니요. 저는 신청서의 그 두 질문에 '아니요'라고 답하지 않았습니다. 답변에 단서를 달았을 뿐입니다."

"조국에 충성하는 사람이라면 둘 다 '예'라고 적었을걸."

"제가 신청서에 설명했다시피 그 두 질문은 비합리적입니다."

부소장은 다카코에게 책상 건너편의 의자에 앉으라고 손짓했다. 마실 것은 권하지 않았다.

"당신네 쪽발이들은 참 배은망덕하단 말이야. 우린 당신네를 보호해 주려고 이곳에 데려다 놨는데, 당신들은 그저 불평하고, 툭하면 파업하고, 수상쩍고 적대적으로 구는 게 다야." 부소장은 어디 한번

덤벼 보라는 듯이 다카코를 바라봤다.

그러나 다카코는 말이 없었다. 그때 다카코는 지난날 이웃과 학교 친구의 눈에 비치던 두려움과 혐오를 떠올리는 중이었다.

잠시 후, 부소장은 담배를 깊이 한 모금 빨고 나서 말을 이었다. "우린 당신네 민족하고는 다르게 야만인이 아니야. 착한 쪽발이가 있고 못된 쪽발이가 있는 건 우리도 알지만, 문제는 누가 어느 쪽인지 무슨 수로 알아보느냐 하는 거지. 그래서 우린 문을 살짝 열어놓고 몇 가지 질문을 던져. 착한 녀석들은 문틈으로 굴러 나오고, 못된 녀석들은 안에 그대로 남아. 인간은 본성에 따라 행동하게 마련이라 애국자와 매국노가 알아서 저절로 분류되는 거지. 그런데 당신이 굳이 거기에 끼어서 일을 복잡하게 만들었단 말이야."

다카코는 뭔가 말하려고 입을 벌렸지만 이내 생각을 고쳐먹었다. 이 남자가 아는 세계에서 다카코는 그저 '착한 쪽발이' 아니면 '못된 쪽발이'였다. 꼬리표가 붙지 않은, 단지 다카코 야마시로로 존재할 공간은 단 한 뼘도 없었다.

"대학을 다녔다고?" 부소장은 화제를 바꿨다.

"예, 물리학을 전공했습니다. 대학원 과정을 밟는 도중에…… 이렇게 됐습니다."

부소장의 입에서 휘파람이 새어 나왔다. "물리학자 아가씨라니 들어 보지도 못했는데. 쪽발이건 아니건 간에."

"제 동기들 중에 여학생은 저 혼자였습니다."

부소장은 다카코를 찬찬히 뜯어봤다. 그 모습이 꼭 서커스단 원숭이를 뜯어보는 사람 같았다. "자신이 영리하다는 걸 굉장히 자랑스러워하는군. 교활하다는 말이 더 잘 어울리겠지만. 태도를 보면 그런 티가 나."

다카코는 차분하게 부소장을 마주 볼 뿐, 말이 없었다.

"아무튼, 미국을 도와서 실제로 충성스러운지 어떤지 증명할 기회가 당신한테 주어진 것 같아. 워싱턴에서 온 사람들이 당신을 특별히 지목해서 요청하더군. 할 생각이 있으면 여기 있는 서류에 서명하면 돼. 나머지는 그 사람들이 내일 데리러 와서 더 설명해 줄 거야."

다카코는 자신이 제대로 들은 게 맞는지 믿기가 힘들었다. "툴리 레이크 수용소에서 나갈 수 있다는 말씀입니까?"

"너무 들뜨지는 마. 휴가를 보내 주겠다는 게 아니니까."

다카코는 눈앞에 쌓인 서류를 재빨리 훑어봤다. 그러고는 깜짝 놀란 표정으로 고개를 들었다. "이 서류대로라면 저는 미국 시민권을 포기하게 됩니다만."

"물론이지." 부소장은 신이 난 기색이었다. "미국 시민이라는 신분을 유지한 채로는 당신을 일본 제국으로 돌려보내기가 힘들잖아, 안 그래?"

돌려보낸다고? 다카코는 일본에 가 본 적이 한 번도 없었다. 시애틀의 일본인 거주 구역에서 어린 시절을 보낸 후에 곧장 캘리포니아주에 있는 대학교에 진학했다. 다카코가 아는 거라곤 미국의 아주 작은 일부에서 느낀 안락함과 이 수용소뿐이었다. 머릿속이 어질어질했다. "만약 거절하면 어떻게 됩니까?"

"그러면 당신은 미국이 전쟁을 치르도록 협조할 마음이 없다고 공언하는 셈이지. 당신과 당신 가족은 그 공언에 걸맞은 대우를 받을 거야."

"저는 제가 애국자인 걸 증명하기 위해 미국인 신분을 포기해야 합니다. 이 상황이 얼마나 바보 같은지 모르시겠습니까?"

부소장은 알 바 아니라는 듯 어깨를 으쓱했다.

"그럼 제 가족은 어디로 갑니까?"

"당신 부모와 오빠는 여기 머물면서 우리의 보호를 받을 거야." 부소장은 그 말을 하며 빙그레 웃었다. "그래야 당신이 임무 수행에 집중할 테니까."

다카코는 미국에서 친일 매국노라는 비난을 받았다. 천황을 위해 기꺼이 목숨을 바치려고 미국 시민권을 서둘러 포기한 *니세이*[二世], 즉 일본계 이민 2세이기 때문이었다. 미 당국은 홍콩에서 일본군에 붙잡힌 미국인 포로들과 교환하는 조건으로 일본에 송환하는 재미 일본인 포로 명단에 다카코를 포함시켰다. 민간인 여성을 해칠 수는 없다는 동정심이 명분이었다. 툴리 레이크 수용소의 친일파 억류자들은 다카코의 부모에게 축하 인사를 건네며 딸의 용기를 칭찬한 반면, 대다수 억류자들은 야마시로 가족을 측은해하는 눈빛으로 봤다. 야마시로 부부는 당황했다. 남동생, 즉 신청서의 질문을 보고 고지식하게도 대답하기를 거절한 '두 번 부인한 소년'은 다른 억류자들과 주먹다짐을 벌였다. 야마시로 가족은 오래지 않아 다른 억류자들과 분리되어 '당사자의 안전'을 보장한다는 명목으로 울타리가 쳐진 독채 막사로 옮겨갔다.

워싱턴에서 온 남자들은 다카코에게 배가 일본에 도착하면 어떻게 해야 하는지 설명해 줬다. 일본인들은 다카코를 의심한 나머지 신문하고 추궁할 것이 뻔했다. 다카코는 그들에게 일본 제국에 대한 자신의 충성심을 확인시켜 줄 만한 말과 행동은 뭐든 하는 수밖에 없었다. 다카코의 사연에 신빙성을 더할 목적으로, 야마시로 가족이 억류자들의 폭동을 주도하다가 사살됐고 이 때문에 수용소에 계엄령이 발동됐다는 거짓 첩보가 일부러 유출되기도 했다. 일본인들은 다카코가 이제 미국에 어떠한 연고도 없다고 여길 터였다. 다카코는 자신이 지닌 가용 자산을 남김없이 활용함으로써, 즉 자신의 가냘픈 몸을 유심히 보는 남자들까지 이용해 가며 쓸모 있는 정보를 수집해야 했다. 특히 일본의 공학이 얼마나 발전했는지에 관한 정보가 중요했다.

워싱턴에서 온 남자들은 다카코에게 이렇게 말했다. "당신이 우리에게 더 많은 정보를 넘길수록 당신 가족과 조국은 당신 덕분에 더욱더 안전해질 거야."

집과 일본인 거주 구역의 시장에서 배운 다카코의 일본어는 헌병대 신문관들의 인정사정없는 시험대에 올랐다. 다카코는 같은 질문에 몇 번이나 되풀이해 대답해야 했다.

미국인을 증오하는 이유는 무엇인가?
원래부터 일본 제국에 충성심을 느꼈는가?
진주만 공격의 승전보를 처음 듣고 어떤 기분이 들었는가?

마침내 다카코는 천황의 충성스러운 신민이자 야만스러운 미국인들의 손에 고초를 겪은 자랑스러운 일본인으로 인정받았다. 또한 영어 실력과 과학 지식의 쓸모를 인정받아 군 소속 과학자들이 읽을 영어 논문을 번역하는 일에 투입됐다. 그러고 나서도 헌병대에 감시당하는 느낌은 여전했지만, 누군가 지켜본다는 확신은 서지 않았다.

선전 요원들은 도쿄에서 하얀 실험실 가운을 입고 일하는 다카코의 모습을 촬영했다. 조국에 영광을 안기고자 미국을 등진 여성 물리학자! 그야말로 새로운 일본의 상징이었다. 다카코는 전문가가 화장해 준 얼굴에 얌전한 미소를 띠고 카메라를 응시했다. 중요한 건 개가 춤을 얼마나 잘 추느냐가 아니야. 다카코는 속으로 중얼거렸다. 춤추는 개가 있다는 사실 자체가 중요해.

물리학자이자 일본 제국 육군 장교였던 아키바 사토시는 다카코에게 반했다. 마흔 줄에 들어선 아키바는 기품 있는 외모에 영국과 미국에서 유학한 경력까지 지닌 인물이었다. "혹시 말이야." 아키바는 몸을 숙이고 다카코에게 속삭였다. "나랑 같이 오키나와에 가지 않겠어? 내가 거기서 중요한 작전을 수행하는 중인데, 당신이 도와주면 좋겠어." 아키바는 그렇게 말하고는 손을 뻗어 다카코의 눈을 가린 머리카락 한 가닥을 걷어냈다.

1944년 3월

도쿄에서 남쪽으로 1500킬로미터가 넘게 떨어진 오키나와의 봄날은 따뜻하다 못해 덥기까지 했다. 또한 그곳은 조용했다. 일본 본토의 북적이는 도시에 비하면 거의 전근대에 가까울 정도였다. 전쟁에 헌신하라는 내용을 쉬지 않고 흘려보내는 선전 방송으로부터 멀리 떨어진 이곳에서는 전쟁이 더 동떨어지고 덜 생생한 것으로 느껴졌다. 다카코는 가끔 평범한 대학원생이 된 기분마저 들었다.

다카코는 부대 영내에 자기 방이 있었다. 그러나 그 방에서 자는 날은 드물었다. 보통은 부대 지휘관인 아키바가 자기 방으로 불렀기 때문이었다. 가끔 아키바는 다카코에게 안마를 받으며 히로시마에 있는 아내에게 편지를 쓰곤 했다. 또 가끔은 함께 잠자리에 들기 전 다카코에게 '회화 연습'도 할 겸 영어로 대화를 나누자고 했다. 다카코가 미국인으로서 익힌 습관과 미국인으로서 받은 교육이 아키바에게는 한층 더 매력적으로 보이는 모양이었다.

다카코는 98부대가 어떤 임무를 수행하는 곳인지 알지 못했다. 아키바는 다카코를 완전히 신뢰하지 않는 눈치여서, 전황 관련 소식이나 자기 일에 관한 이야기는 꺼낸 적이 없었다. 조심성이 많은 아키바는 다카코에게 가장 심심한 업무, 즉 실무에 응용할 여지가 거의 없는 서양의 연구 성과를 읽고 요약하는 일만 맡겼다. 기체 확산 실험이나 원자 에너지 준위 계산, 상충하는 심리학 이론 같은 것들이었다. 그런 반면에 98부대는 감추는 것이 매우 많았고 경비도 삼엄했다. 근무하는 과학자는 50명이 넘었고, 인근 농장은 모두 비워졌으며 주민들도 강제로 이주당했다.

미국 쪽 담당자들은 부대의 잡일꾼들을 통해 다카코와 연락을 유지했다. 그들은 다카코에게 혹시 중요해 보이는 정보가 있으면 종이에 적어 생리대에 싸서 쓰레기통에 버리라고 지시했다. 잡일꾼은 생리대 뭉치를 부대 바깥으로 들고 나가 통에 넣어 밀봉한 다음 어부

가족에게 넘겼고, 그 집 식구들은 통을 배에 싣고 필리핀해까지 가서 둥그런 고리처럼 생긴 해저 산호초에다 버렸다. 그 통은 미국 잠수함이 나중에 가져갔다.

다카코는 미국으로 돌아가는 생리대 뭉치의 긴 여정을 머릿속에 떠올렸다. 월경혈로 붉게 물든 하얀 포장지는 일장기가 떠오르도록 일부러 연출한 것으로, 남자들은 자세히 살펴보지 않고 눈을 돌리게 마련이었다. 미국 쪽 담당자들이 영리하다는 것은 인정할 수밖에 없었다.

어느 날, 아키바는 근심 어린 표정을 하고 있었다. 그는 내륙의 숲으로 소풍을 가고 싶다며 다카코에게 함께 가자고 했다. 둘은 도로가 끝나는 곳까지 차를 타고 간 다음 내려서 빽빽한 숲속까지 걸어들어갔다. 다카코는 즐거운 시간을 보냈다. 오키나와에 도착하고 나서 섬을 둘러볼 기회가 한 번도 없었기 때문이었다.

둘은 거대한 거울 맹그로브 옆을 지나갔다. 똑바로 세워 놓은 나무판처럼 생긴 맹그로브 뿌리가 꼭 자연이 만든 일본식 병풍 같았다. 오키나와 딱따구리의 횟 횟 하는 울음소리에 가만히 귀를 기울이기도 했다. 바니안나무를 올려다볼 때는 공중에서 자란 뿌리가 마치 나무 위에서 내려오는 정령처럼 구불구불 휘어져 땅까지 이어진 모습에 감탄했다. 다카코는 그 신성한 나무들 곁을 지나며 어린 시절 어머니에게서 배운 방식대로 소리 없이 기도했다.

한 시간 후, 두 사람은 숲속 공터에 도착했다. 공터 끄트머리에 땅 밑으로 이어진 동굴이 시커멓게 입을 벌리고 있었다. 동굴 안쪽으로 시냇물이 흘러 들어가서 졸졸대는 물소리가 돌 벽에 부딪혀 커다랗게 메아리쳤다.

다카코는 그 동굴에서 악한 기운을 느꼈다. 그곳에 서 있는 동안 신음과 비명, 원망 섞인 고함 같은 소리가 점점 더 크게 들리는 듯싶었다. 다리가 후들거리는 느낌이 들었다. 버티려고 힘쓸 틈도 없이, 다카코는 땅에 털썩 무릎을 꿇고 몸을 숙여 양손과 이마를 땅바닥에 대고는, 너무 오랫동안 쓰지 않은 탓에 스스로의 귀에조차 기묘하게 들리는 언어로 말했다. "무노오 유 이유루 문." 남의 험담을 하지 말지어다.

앞서 들리던 소리들이 잦아들자 다카코는 고개를 들어 곁에 서 있는 아키바를 올려다봤다. 그는 속을 알 수 없는 표정으로 다카코를 내려다보고 있었다.

"죄송해요." 다카코는 아키바 앞에 넙죽 엎드린 채 말했다. "제가 어릴 적에 할머니랑 어머니가 저한테 말할 때 *우치나구치*[沖縄口]를 썼거든요."

다카코는 어머니에게서 들은 이야기를 떠올렸다. 어머니가 오키나와에서 학교에 다니던 시절, 교사들은 어머니의 목에 바쓰후다[罰札]를 걸곤 했다. 말할 때 일본어가 아니라 오키나와어를 사용한 못된 학생이라고 알려주는 '벌칙 팻말'이었다. 오랜 옛날부터 다카코의 외가에는 대대로 *유타*, 즉 망자의 혼령과 대화하는 능력을 지닌 무녀가 태어났다. 본토 사람들은 *유타*와 여성 사제인 누루 둘 다 국민 통합을 위협하는 원시적인 미신이자, 박멸해야 할 풍습이라고 했다. 그래야 오키나와인들이 불순한 자기네 전통을 깨끗이 지우고 일본 민족의 어엿한 일원이 될 수 있다는 말이었다.

*우치나구치*로 말하는 자들은 배신자였고, 첩자였다. 그것은 금지된 언어였다.

"괜찮아." 아키바가 말했다. "난 언어에 연연하는 광신자가 아니니까. 당신의 집안 배경은 이미 알고 있었어. 내가 당신한테 같이 오자고 한 이유가 뭐였을 것 같아?"

아키바가 설명하길, 소문에 따르면 그 동굴은 수백 년 전 일본군이 오키나와섬을 점령하려 할 때 옛 류큐 왕국의 왕이 보물을 감춰놓은 장소였다. 제국 육군의 일부 관료는 그 소문의 진위를 캐 볼 만하겠다고 판단했고, 중국과 조선 출신 징용 노동자 및 유죄 판결을 받은 공산주의 동조자들을 이리로 끌고 와 농굴 안에서 일하게 했다. 지휘관이 작전 예산을 빼돌리는 데에 조금 지나치게 열정적이었던 탓에 노역자들의 입에 들어가는 식량의 양은 너무나 미미했다. 쉰 명가량 되는 그 노역자들은 작년에 봉기를 일으켰다가 모조리 총살당했고, 시체는 동굴 바닥에 버려져 썩어 갔다. 그 동굴에서 값나가는 물건은 단 하나도 발견되지 않았다.

"당신은 저 소리가 들리지, 그렇지?" 아키바가 물었다. "어머니에게서 유타의 재능을 물려받았잖아."

"과학을 받드는 인간은 어떠한 현상도 실험으로 검증하지 않고 그냥 지나쳐선 안 돼." 아키바는 그렇게 말을 이었다. 98부대는 이른바 초자연 현상을 검증할 목적으로 창설됐다. 초감각, 염력, 되살아난 시체 같은 것들을. *유타*는 대대로 망자와 소통해 왔다고 알려졌고, 따라서 아키바가 보기에는 그 능력으로 무엇을 할 수 있는지 알아보는 것이 최선이었다.

"잔인한 방식으로 비명횡사한 이들의 혼령과 대화할 수 있다고 주장하는 유타는 많지만, 망자에게 뭔가 쓸모 있는 일을 시킬 줄 아는 유타는 아쉽게도 아직 찾질 못했어. 유타에게 부족한 게 바로 과학적 이해력이거든.

하지만 이제 우리에겐 당신이 있어."

다카코는 '타이'와 '싼러'라는 두 혼령을 설득해 동굴 입구에 버려져 있던 삽에 들어가도록 했다. 둘은 생전에 그 삽을 사용한 적이 있어서 편안함을 느꼈다. 다카코의 눈에는 그 둘의 모습이 보였다. 굶주려서 수척해진 남자의 모습을 한 가느다란 연기 같은 것이 삽자루의 손잡이 부분에 달라붙어 있었다.

그들은 다카코에게 자기네 고향인 만주의 수수밭을 보여 줬다. 붉은 수숫대가 파도치듯 넘실대는 풍경이 꼭 바다 같았다. 그들은 폭탄이 터지고 집이 불타고 군인들이 줄지어 행군하는 광경을 보여 줬다. 펄럭이는 일장기 아래서 총검에 배가 갈라진 여성들과 군도에 목이 잘려 머리가 날아간 어린 소년들도 보여 줬다. 족쇄와 쇠사슬, 캄캄한 어둠, 굶주림, 그리고 생의 마지막 순간도 보여 줬다. 잃을 것이 하나도 없어서 차라리 죽음이 반가울 지경이었던 그 순간을.

"됐어요." 다카코는 그들에게 애원했다. "제발 그만하세요."

다카코는 어떤 기억이 떠올랐다. 가족과 함께 살던 시애틀의 단칸방이었다. 늘 그랬듯이 비가 내렸다. 다카코는 여섯 살이었고, 식구들 가운데 맨 먼저 잠에서 깼다. 곁에는 외할머니가 누워 있었다.

다카코는 이불을 위쪽으로 당겨 따뜻하게 덮어 주려고 할머니 쪽으로 몸을 기울였다. 은메, 그러니까 할머니는 병이 있어서 밤이면 몸을 떨곤 했다. 다카코는 손으로 할머니의 뺨을 짚었다. 아침마다 그렇게 할머니를 깨운 다음 나란히 누워 소곤거리고 키득거리다 보면 창밖이 서서히 밝아 왔다.

그런데 뭔가 이상했다. 할머니의 뺨은 서늘했고, 가죽처럼 딱딱했다. 어린 다카코가 일어나 앉고 보니 유령처럼 윤곽이 희미한 할머니가 이불 발치에 앉아 있었다. 다카코는 옆에 누운 할머니와 유령 같은 할머니를 번갈아 보다가, 이내 어떻게 된 일인지 알아차렸다.

"은메, 마 카이 가?" 다카코가 물었다. 할머니, 어디 가는 거예요? 할머니는 다카코와 대화할 때면 늘 우치나구치로 말했다. 아버지가 그건 나쁜 습관이라고 했는데도. "이제 이곳의 일본인 거주 구역에서는 식구들 모두 일본 사람 행세를 해야 해요." 아버지는 그렇게 말하곤 했다. "오키나와 사람한테는 미래가 없으니까요."

"은마리지마." 할머니가 말했다. 고향에.

"은지차비라." 안녕히 가세요. 그러고 나서 다카코는 울음을 터뜨렸고, 그제야 어른들도 잠에서 깼다.

어머니는 외할머니가 물려준 반지를 손에 끼고 혼자서 오키나와로 돌아갔다. 다카코는 어머니가 할머니에게 반지에 들어가 달라고 비는 동안 곁에서 거들었다. "반지를 꽉 붙잡고 있어야 해요, 은메!" 그러자 다카코의 머릿속에 있던 할머니가 빙그레 웃었다.

"이제 너도 유타가 됐구나." 어머니는 다카코에게 말했다. "고향을 떠나 죽는 것보다 더 큰 불행은 없단다. 혼령은 고향에 돌아가야 편히 쉴 수 있어. 그렇게 하도록 돕는 게 유타의 의무야."

두 사람은 그 삽을 들고 부대로 돌아왔다. 아키바는 돌아오는 동안 내내 신이 나서 휘파람을 불고 콧노래를 흥얼거렸다. 그는 다카코에게 혼령들의 자잘한 특징에 관해 물었다. 어떻게 생겼는지, 목소리는 어떤지, 뭘 원하는지 같은 것들을.

"집에 가고 싶어 해요." 다카코가 말했다.

"그래?" 아키바는 숲길 가장자리에 자란 버섯 군락을 발로 차 사방으로 산산이 흩트렸다. "그자들한테 우리가 전쟁에서 이기게 도와주면 집에 갈 수 있을 거라고 해. 살아생전에는 너무 게을러서 천황 폐하께 별 도움을 못 드렸겠지만, 이제 속죄할 기회가 생겼다고 말이야."

둘은 바니안나무와 맹그로브, 히비스커스 덤불, 똑바로 선 코끼리 귀처럼 생긴 커다란 알로카시아 같은 식물 곁을 지나갔다. 그러나 다카코는 이제 경치를 즐길 상태가 아니었다. 마부이, 즉 자기 '생명의 정수'를 몸이라는 껍데기 속에 간신히 붙들고 있을 뿐이었다.

아키바는 다카코에게 시제품을 보여 줬다. 내부 정중앙에 칸막이를 달아 두 공간으로 나눈 금속 상자였다. 미세한 구멍이 한가득 뚫린 칸막이는 반투명한 실크 막으로 덮여 있었다.

"유타들이 말하길 혼령은 힘이 아주 미미하다더군. 실체가 있는 물건은 거의 움직이질 못해서, 책상에 놓인 연필 한 자루도 들지 못한다는 거야. 기껏해야 실 한 가닥을 이쪽저쪽으로 움직이는 정도라고 했어. 사실인가?"

다카코는 그렇다고 했다. 혼령들은 실제로 물리 세계와 상호 작용을 할 때 힘에 제한을 받았다.

"그 여자들 말이 사실이었나 보군." 아키바가 중얼거렸다. "혹시 능력을 감춘 게 아닌지 확인하려고 몇 명은 고문도 해 봤는데."

다카코는 아키바의 차분한 표정을 애써 흉내 냈다.

아키바의 말이 이어졌다. "선전 요원들이 뭐라고 하든 간에, 전황은 영 좋지 않아. 아군은 한동안 수세에 몰렸는데, 미군은 이 섬에서 저 섬으로 깡충깡충 뛰는 식으로 태평양을 가로질러 계속 전진하는 중이야. 적군은 부족한 투지와 기량을 재력과 끊임없는 보급으로 메우고 있어. 일본은 언제나 그게 약점이었는데. 우린 석유와 필수 원자재가 고갈됐어. 그래서 누구도 예상 못 한 동력원을 개발하지 않으면 안 돼. 전쟁의 판세를 뒤집을 만한 게 나와야 한단 말이야."

아키바는 다카코의 얼굴을 어루만졌고, 다카코는 자신도 모르게 그의 부드러운 손길에 긴장이 풀리는 느낌을 받았다.

"1871년, 물리학자 제임스 클러크 맥스웰은 기발한 동력 기관을 고안했어." 아키바의 말이 이어졌다. 다카코는 맥스웰이 제시한 개념은 자신도 안다고 말하려 했지만, 아키바는 한바탕 잘난 체하고 싶은 기분이었기 때문에 다카코의 안색은 거들떠보지도 않았다.

"공기가 든 상자는 빠르게 움직이는 분자로 가득해. 그 분자들의 평균 속도가 바로 우리가 아는 기온이지.

하지만 공기 분자는 사실 균일한 속도로 움직이지 않아. 어떤 분자는 에너지가 많아서 더 빠르게 움직이는 반면, 다른 분자들은 에너지가 적어서 느릿느릿 움직이거든. 그런데 그 상자 한복판에 조그만 문을 달아 내부를 두 칸으로 나눴다고 가정해 봐. 그리고 그 문 옆에는 조그마한 악마를 한 놈 세워 놨다고 가정하는 거야. 악마는 상자 안에서 이리저리 돌아다니는 분자들을 빠짐없이 관측해. 그러다가 오른쪽 칸의 빠르게 움직이는 분자가 중앙의 문 쪽으로 오는 게 보이면 그때마다 문을 열어 그 분자가 왼쪽 칸으로 이동하게 한 다음, 즉시 문을 닫아. 반대로 왼쪽 칸의 느리게 움직이는 분자가 문 쪽으로 접근하는 게 눈에 띄면 여지없이 문을 열어 그 분자를 오른쪽 칸으로 보낸 다음, 다시 곧바로 문을 닫고. 시간이 흐르면 악마는 분자를 직접 조작한 적도 없고 이 시스템에 에너지를 주입한 적도 없는데도 시스템의 총 엔트로피는 감소해. 그리고 상자 안의 왼쪽 절반은 빠르게 움직이는 분자로 가득 차 뜨거워지는 반면, 상자의 오른쪽 절반은 천천히 움직이는 분자로 가득 차 차가워지지."

"그 열 차이를 쓸모 있는 일을 하는 데에 이용할 수도 있죠." 다카코가 말했다. "물을 저장해 놓는 댐처럼요."

아키바는 고개를 끄덕였다. "악마는 그저 분자들이 이미 존재하는 성질의 정보를 토대로 스스로를 분류하게끔 했을 뿐이지만, 그 분리 과정에서 정보를 에너지로 변환함으로써 열역학 제2법칙을 우회했어. 우리가 만들어야 하는 게 바로 그 기관이야."

"하지만 그건 그냥 사고 실험이잖아요. 그런 악마를 어디서 찾는단 말씀인가요?"

아키바가 씩 웃자 다카코는 등골이 서늘해지는 느낌이 들었다.

"바로 거기서부터 당신이 필요한 거야. 혼령들에게 그 기관을 작동시키는 방법을 당신이 가르쳐야 해. 뜨거운 분자와 차가운 분자를 분리하는 방법을 말이야. 당신이 그 일에 성공하면 우린 무제한적인 에너지 공급원을 손에 넣게 돼. 공기에서 저절로 생성되는 에너지 말이야. 그러면 우린 디젤 연료가 필요치 않고 수면 위로 올라올 필요도 없는 잠수함을 건조할 수 있고, 연료가 절대로 바닥나지 않아서 착륙할 필요가 없는 비행기도 만들 수 있어. 망자들의 힘을 빌려 뉴욕과 샌프란시스코를 불바다 속에 담가 버리고, 워싱턴을 폭격해 도시가 세워지기 전의 늪지대로 되돌려 놓는 거야. 모든 미국인이 죽거나 겁에 질려 비명을 지르고 또 지르겠지."

"같이 해 보고 싶은 놀이가 있어요." 다카코는 타이와 싼러에게 말했다. "잘하면 두 분이 집에 갈 방법을 찾을 수 있을지도 몰라요."

다카코는 눈을 감고 의식이 자유로이 움직이도록 내버려 둔 다음, 혼령들과 자신의 의식을 하나로 포갰다. 그들의 시각을 느끼고, 공유하고, 그들이 보는 것을 봤다. 신체의 한계에 구속받지 않는 그들은 극소 단위의 물질과 찰나의 시간에 감각을 집중할 수 있었기 때문에 모든 것이 터무니없이 커다랗고 느리게 보였다. 그러나 혼령들은, 교육을 받지 못해 까막눈인 그들은, 자신들이 무엇을 찾아야 하는지 알지 못했다.

다카코는 혼령들의 주의를 집중시킨 채 자신의 지식을 그들과 공유했고, 이로써 그들이 허공을 보며 온 사방에 가득한 수많은 유리 구슬이 이리저리 튕겨 다니는 공간을 상상하도록 거들었다.

그런 다음 상자 중앙의 칸막이를 덮은 비단 막 쪽으로 혼령들을 이끌었다. 무한한 배려심과 인내심을 발휘하여, 다카코는 공기 분자들이 칸막이 쪽으로 돌진할 때까지 차분히 기다리도록 혼령들을 훈련시켰다.

"열어요!" 다카코가 외쳤다.

그러고는 타이와 싼러가 자신들의 미미한 힘을 남김없이 쏟아부어 비단실 가닥을 구부리고 이로써 공기 분자가 쏜살같이 빠르게 빠져나갈 자그마한 틈을 만드는 광경을 지켜봤다.

"더 빨리요, 더 빨리!" 다카코가 외쳤다. 혼령들에게 칸막이의 문을 여닫아 빠른 분자와 느린 분자를 분리하는 일을 더 빨리 해내도록 훈련시키는 사이에 얼마나 오랜 시간이 흘렀는지 가늠도 되지 않았다.

다카코는 감았던 눈을 떴고, 자신의 *마부이*가 온전히 몸속에 되돌아온 것을 알고 참았던 숨을 몰아쉬었다. 시간은 이미 정상으로 돌아와 있었고 어둑한 방 안에 비치는 햇살 속에는 먼지가 천천히 떠다녔다.

다카코는 금속 상자의 한쪽 끄트머리에 손을 짚었다. 그러고는 상자가 서서히 뜨거워지는 느낌을 받고 몸서리를 쳤다.

한밤중. 다카코는 자기 방에 있었다. 아키바에게는 다달이 찾아오는 그 시기라고 둘러댔다. 아키바는 고개를 끄덕이고는 하녀를 방으로 불렀다.

알고 보니 다카코의 작전에서 가장 어려운 부분은 타이와 싼러에게 생리대 속에 숨으라고 설득하는 일이었다. 살아생전에 그 많은 고초를 겪었으면서 고작 이런 일로 머뭇거리다니, 다카코가 보기에는 황당하기만 했다. 그러나 남자들은 그런 식으로 이상한 고집을 부리곤 했다. 다카코는 집으로 돌아갈 방법은 오로지 그것뿐이라는, 지구를 반 바퀴나 빙 돌아서 가는 머나먼 길뿐이라는 이야기로 마침내 그들을 설득했다. 혼령들은 그 말을 믿고 마지못해 다카코가 부탁하는 대로 했다.

기진맥진한 다카코는 책상 앞에 앉아 만월에 가까운 볼록한 달의 환한 빛에 의지해 보고서를 썼다.

미국에서 활동하는 스파이들은 미군이 핵분열 에너지에 기반한 신무기를 개발한다는 소식을 전해 왔다. 독일은 이미 몇 년 전에 우라늄 핵분열에 성공했고, 일본 역시 똑같은 계획을 진행하는 중이었다. 미국으로서는 서두르는 수밖에 없었다.

우라늄 기반 원자 폭탄을 제작할 때 결정적인 단계가 다름 아닌 적절한 종류의 우라늄을 구하는 것이라는 사실을 다카코는 잘 알았다. 우라늄은 두 종류, 즉 우라늄 238과 우라늄 235로 존재했다. 자연 상태의 우라늄은 99.284퍼센트가 우라늄 238의 형태로 존재하지만, 지속적인 핵 연쇄 반응을 일으키고자 할 때 필요한 것은 대부분 우라늄 235였다. 그 두 동위 원소를 화학적으로 구분할 방법은 존재하지 않았다.

다카코는 우라늄 원자가 일종의 화합물 형태로 기화된 상태를 상상해 봤다. 이때 우라늄 분자들은 금속 상자 속의 공기와 마찬가지로 이리저리 튕겨 다닌다. 두 가지 우라늄 가운데 더 무거운 우라늄 238을 지닌 분자는 더 가벼운 우라늄 235를 지닌 분자보다 평균적으로 조금 더 느리게 움직일 것이다. 다카코는 기다란 관 속에서 분자들이 이리저리 튕기는 광경을, 그리고 혼령들이 관의 꼭대기에서 기다리다가 더 빠른 분자는 문을 열어 내보내고 더 느린 분자는 문을 닫아 안에 가두는 광경을 상상했다.

"미국이 전쟁에서 이기도록 도와주면, 여러분은 집으로 돌아갈 수 있어요." 다카코는 혼령들에게 나직이 속삭였다.

그러고는 종이에 자신의 제안을 적었다.

다카코는 혼령들의 힘을 빌려 개발할 폭탄의 위력을 상상해 봤다. 태양보다 더 밝을까? 도시 하나를 통째로 불바다에 담가 버릴까? 결코, 두 번 다시 집에 돌아가지 못할 울부짖는 혼령들을 수천, 수백만이나 만들어낼까?

다카코의 손이 멈칫했다. 다카코는 살인자일까? 만약 이대로 아무 일도 하지 않는다면, 사람들이 죽을 것이다. 다카코가 무엇을 어떻게 하든 어차피 사람들은 죽을 것이다. 잠시 눈을 감고 가족을 떠올렸다. 식구들이 너무 힘든 시간을 보내지는 않았으면 싶었다. 남동생은 문제아였다. 불만이 많았고 늘 화가 잔뜩 나 있었다. 다카코는 툴리 레이크 수용소의 문이 열리고 수감자들이 다 함께, 마치 고에너지 분자처럼 뛰어나오는 광경을 상상했다. *전쟁이 끝났대요!*

다카코는 보고서를 마무리하며 부디 미국에 있는 정보 분석관들이 그 글을 미치광이의 헛소리로 치부하지 않기를 바랐다. 어머니가 타이와 쌘러를 도와 함께 일하도록, 또한 그들이 일을 다 마치면 집에 돌아갈 수 있게 도와주도록 허락해 달라고 상부에 요청하는 부분은 밑줄을 두 번 그어 강조했다.

"탈출했다니, 그게 무슨 소리야?" 아키바의 목소리에 화난 기색은 없었다. 표정은 어리둥절해 보였다.

"저로서는 그자들에게 무슨 일을 해야 하는지 충분히 명확하게 설명할 수가 없었어요." 다카코는 사죄의 뜻으로 바닥에 넙죽 엎드린 채 말했다. "죄송합니다. 제가 그만 그자들에게 너무나 솔깃한 보상을 약속했지 뭐예요. 저는 그자들한테 속아서 한동안 실험이 잘돼 간다고만 생각했는데, 알고 보니 그저 제 상상일 뿐이었어요. 그자들은 밤을 틈타 도망쳤을 거예요, 제가 속임수를 눈치챘을까 봐 겁나서요. 원하신다면 동굴에 가서 다른 혼령을 데려오겠습니다."

아키바는 눈살을 찌푸렸다. "다른 유타들은 이런 적이 한 번도 없었는데."

다카코는 바닥에서 눈길을 떼지 않았다. 가슴에서는 심장이 방망이질했다. "그 혼령들은 천황 폐하의 충성스러운 신민이 아니었다는 점을 부디 이해해 주세요. 그자들은 범죄자였어요. 지나인한테서 뭘 기대하겠어요?"

"거 재미있군. 그러니까 지금 충성스러운 신민들에게 이 임무에 지원해 달라고 요청해야 한다는 말인가? 천황 폐하께 더 큰 충성을 바치게끔, 말하자면 자기 육신을 영혼으로 변환하라고?"

"그럴 리가요." 다카코는 입안이 바싹 마르는 느낌이 들었다. "말씀드렸듯이 이론 자체는 훌륭하지만, 하급 군인이나 농민의 역량으로 수행하기에는 너무 어려운 임무 같아요. 설령 그들의 혼령이 천황 폐하를 향한 열띤 충성으로 가득하다고 해도요. 당장은 다른 연구에 힘을 쏟아야 해요."

"당장은, 말이지."

다카코는 두려움을 삼키고 아키바를 향해 웃음 지은 다음, 옷을 벗기 시작했다.

1945년 6월

그 마을은 언덕 옆에 자리 잡고 있었기 때문에 폭격과 포격을 대부분 언덕이 막아 줬다. 그럼에도, 그들이 몸을 웅크린 조그만 오두막의 지하는 몇 분마다 한 번씩 흔들렸다.

더는 도망칠 곳이 없었다. 두 달 전에 상륙한 미 해병대는 느리지만 멈추지 않고 전진했다. 98부대의 기지는 이미 몇 주 전에 폭격당해 폐허가 됐다.

오두막 바깥에서는 마을 주민들이 광장에 모여 제국 육군 하사의 말에 귀를 기울였다. 그 남자는 웃통을 벗은 탓에 지저분한 살갗 아래서 툭 불거진 갈비뼈의 윤곽이 훤히 보였다. 식량은 몇 달째 제한된 양만 배급했고 그나마도 제국 육군이 보급품에 의지해 더 오래 버티도록 많은 민간인에게 자살하라는 명령을 내렸는데도, 결국에는 먹을 것이 바닥나고 말았다.

광장에 모인 사람들은 여성, 그리고 아주 어린 아동과 아주 늙은 노인뿐이었다. 사지가 멀쩡한 성인 남성들은 사내아이들과 함께 죽창을 지급받은 다음, 미 해병대를 상대로 최후의 '반자이 도쓰게키'를 벌이라는 지시를 받았다. 다 함께 만세를 외치며 육탄 돌격을 하라는 말이었다.

다카코는 사내아이들과 작별 인사를 나눴다. 몇몇 십 대 아이는 전투를 앞두고도 침착했고, 심지어 빨리 돌격하고 싶어 안달하기까지 했다. "우리 오키나와 남자들이 미국 놈들한테 야마토 정신을 보여 주는 거야!" 소년들은 한목소리로 외쳤다. "우리가 하루 더 싸울 때마다 본토가 하루 더 안전해진다!"

그 아이들 가운데 누구도 돌아오지 않았다.

제국 육군 하사는 허리에 칼을 차고 있었다. 이마에 두른 머리띠는 너덜너덜한 피투성이였고, 이쪽저쪽으로 걸어 다니는 동안 얼굴에는 눈물이 주룩주룩 흘러내렸다. 그는 분노와 슬픔으로 가득했다. *뭐가 잘못된 거지? 일본은 무적이었는데.* 분명 불순한 오키나와인들 탓이었다. 결국 이자들은 진짜 일본인이 아니었으므로. 알아듣지 못할 방언을 속닥거리다가 들켜서 처형당한 반역자가 제아무리 많다 한들, 남몰래 미국을 도운 자들은 분명 그보다 훨씬 더 많았을 것이다.

"미군은 집집마다 총을 쐈다. 아이와 여자가 있는 집집마다. 아기 울음소리에도 눈 하나 끄떡하지 않고서. 그놈들은 인간이 아니라 짐승인 것이다!"

다카코는 하사의 연설에 귀를 기울이며 그 광경을 상상했다. 하사는 미군이 언덕 위쪽 마을을 공격했을 때의 일을 설명하는 중이었다. 일본 군인들은 민가로 퇴각해 주민들을 인간 방패로 삼았다. 어떤 여성들은 죽창을 들고 미 해병대를 향해 돌진했다. 해병대는 그 여성들에게 총을 쏜 다음 집 안쪽을 향해서도 총을 쐈다. 민간인과 전투원을 구분하는 경우는 없었다. 그러기에는 이미 너무 늦었기 때문이었다.

"놈들은 너희 모두를 겁탈하고 너희 눈앞에서 아이들을 고문할 것이다." 하사의 말이 이어졌다. "놈들이 그런 만족을 누리게 해선 안 된다. 이제 천황 폐하께 우리 목숨을 바칠 때가 왔다. 우리는 혼령이 되어 승리할 것이다. 일본은 절대로 항복하지 않는다!"

몇몇 아이는 울음을 터뜨렸고, 어머니들은 우는 아이를 달랬다. 그러면서 미친 듯이 팔을 휘저으며 연설하는 하사를 멍한 눈으로 바라봤다. '겁탈'이라는 말을 듣고도 심드렁했다. 제국 육군이 이미 며칠 전 최후의 자살 돌격을 앞두고 마지막 위안의 밤을 보내려고 마을 여성들을 끌고 갔기 때문이었다. 일본군 병사들에게 끌려가지 않고 버틴 여성은 거의 없었다. 전쟁이란 원래 그런 식이지 않던가?

집집마다 가장에게 수류탄 한 개가 지급됐다. 전에는 적에게 던질 수류탄 한 개와 가족이 자결할 수류탄 한 개, 총 두 개씩 지급할 여유가 있었다. 그러나 이제는 수류탄도 바닥을 드러냈다.

"때가 됐다." 하사가 외쳤다. 주민들은 꼼짝도 하지 않았다.

"때가 됐다!" 하사가 다시 외쳤다. 그러고는 어느 아이 어머니에게 총을 겨눴다.

그 어머니는 두 아이를 꼭 끌어안았다. 그런 다음 비명을 지르며 수류탄의 안전핀을 뽑았고, 수류탄을 쥔 손을 자기 가슴에 묻었다. 계속 이어지던 비명은 수류탄이 폭발하면서 느닷없이 끊어졌다. 살점이 사방으로 튀었고, 하사의 얼굴에도 조금 묻었다.

다른 어머니와 조부모들도 하나둘 비명을 지르고 울부짖었고, 뒤이어 폭발이 여러 차례 이어졌다. 다카코는 손가락으로 귀를 틀어막았지만 죽은 이들의 혼령은 쉬지 않고 비명을 질렀다. 그 소리는 막을 수조차 없었다.

"이제 우리도 때가 됐어." 아키바는 여느 때와 다름없이 침착했다. "마지막 가는 길은 당신이 원하는 방식대로 보내 줄게."

다카코는 믿을 수 없다는 표정으로 아키바를 바라봤다. 그는 손을 뻗어 다카코의 뺨을 쓰다듬었다. 다카코가 움찔하자 그는 손을 멈추고 비웃듯이 히죽거렸다.

"하지만 우리는 실험을 해야 해. 난 혼령이 된 네가, 그러니까 천황 폐하의 충성스러운 신민이자 과학 교육을 받은 네가, 다른 혼령들은 못 하는 일을 해내면서 맥스웰의 악마로 활약할지 어떨지 보고 싶어. 내가 고안한 기관이 제대로 작동할시 알고 싶어." 아키바는 방 한쪽 구석에 있는 금속 상자를 고갯짓으로 가리켰다.

다카코는 아키바의 눈에서 번득이는 광기를 봤다. 그래서 억지로 침착한 태도를 유지하며 부드럽게, 어린애를 대하듯이 말했다. "어쩌면 항복을 생각해야 할지도 모르겠어요. 소장님은 중요한 분이시 잖아요. 소장님이 보유한 지식을 고려하면 적들도 해치려 들진 않을 거예요."

아키바는 웃음을 터뜨렸다. "너 스스로 밝힌 정체와 너라는 인간 자체가 일치하지 않는다는 의심은 항상 해 왔어. 미국에서 그렇게 오래 살았으니 못된 물이 들 만도 하지. 천황 폐하께 바치는 충성을 입증할 기회를 너한테 한 번 더 주겠어. 그 기회를 붙잡아 어떻게 죽을지 선택해. 안 그러면 내가 너 대신 결정해 줄 테니까."

다카코는 아키바를 바라봤다. 그는 늙은 여성을 고문하고도 아무렇지 않은 인간이자, 도시를 통째로 불바다로 만드는 상상을 하며 기쁨을 얻는 인간이며, 사람들을 죽여서 그들의 혼령으로 죽음의 기계에 동력을 공급하는 계획을 냉정하게 검토하는 인간이었다. 그러나 한편으로는 지난 몇 년 동안 다카코에게 다정함을, 사랑과 비슷한 것을 조금이나마 보여 준 사람이기도 했다.

다카코는 아키바가 무서웠고, 그래서 그에게 악을 쓰고 싶었다. 그가 미웠고 또 불쌍했다. 그가 죽는 꼴이 보고 싶은 한편으로 그를 구하고 싶었다. 그러나 무엇보다도, 그가 어떻게 되든 간에, 다카코는 살고 싶었다. 전쟁이란 원래 그런 식이지 않던가?

"소장님 말씀이 옳아요. 하지만 부탁이에요, 제가 떠나기 전에, 한 번만 더 저에게 기쁨을 안겨 주세요." 다카코는 옷을 벗기 시작했다.

아키바는 끙 소리를 냈다. 그러고는 권총을 내려놓고 허리띠를 풀기 시작했다. 코앞까지 닥쳐 위협하는 죽음은 욕구가 더욱 강해지게 부채질할 뿐이었고, 아키바가 보기에는 이 여자도 같은 영향을 받는 모양이었다.

아키바는 어느새 딴생각에 빠져들었다.

어쩌면 이 여자에게 너무 모질게 굴었는지도 몰랐다. 그래도 의리를 아는 여자인데. 이따금 여자의 얼굴에 스치듯 떠오르곤 하는 낯설고 사랑스러운 미국인 같은 표정이나, 집에 가고 싶지만 어떻게 해야 좋을지 모르는 강아지처럼 두려움과 조바심 사이의 한가운데쯤을 맴도는 여자의 눈빛이 나중에는 그리워질 듯싶었다. 이번에는 부드럽게, 아내를 대할 때처럼 대해 줘야겠다는 생각이 들었다. 오래전 신혼 시절에 그랬던 것처럼(지금은 자신이 살았는지 죽었는지조차 모르는 채로 히로시마에 혼자 있을 아내를 떠올리자 잠시 가슴이 아렸다.). 그러고 나서 목을 조를 작정이었다. 아름다움을 고스란히 간직하고 떠나도록. 그랬다, 그는 절정의 순간에 다카코를 저세상으로 보내고 자신도 그 뒤를 따를 작정이었다.

아키바는 고개를 들었다. 다카코는 사라지고 없었다.

다카코는 멈추지 않고 달렸다. 어느 방향으로 달리는지는 중요하지 않았다. 그저 아키바와 비명 지르는 혼령들에게서 힘닿는 만큼 멀리 떨어지고 싶었다.

저 멀리, 환한 색을 띤 깃발이 언뜻 보였다. 설마, 진짜일까? 진짜였다! 성조기였다. 성조기가 바람에 펄럭였다. 다카코는 심장이 터질 것만 같았다. 갑자기 북받치는 기쁨 때문에 죽을지도 모르겠다는 생각이 들었다. 그래서 더욱 빠르게 달렸다.

언덕마루에서 내려다보니 그곳은 조그마한 마을이었다. 시신들이, 일본인과 미국인이 똑같이, 온 사방에 널브러져 있었다. 심지어 조그마한 아이들까지. 땅에는 온통 피가 흥건했다. 앞서 본 성조기는 뜨거운 바람이 부는 허공에서 자랑스레 나부꼈다.

여기저기 미국 해병들이 돌아다니며 죽은 일본인에게 침을 뱉기도 하고, 일본군 장교의 시체에서 군도(軍刀)를 비롯한 전리품을 챙기기도 하는 광경이 다카코의 눈에 들어왔다. 어떤 해병들은 땅바닥에 주저앉아 기진맥진한 몸을 추슬렀다. 다른 해병들은 민가의 출입문 앞에 웅크린 여성들을 향해 다가갔다. 여성들은 미국 해병이 집 문간까지 왔는데도 맞서 싸우지 않았다. 그저 소리 없이 집 안쪽으로 물러났다. 전쟁이란 원래 그런 식이지 않던가?

그러나 그런 전쟁도 이제 거의 끝이었다. 다카코는 이제 집에 다 온 셈이었다. 마지막 남은 힘을 끌어 모은 다카코는 숲속을 약 30미터 질주해 마을로 들어섰다.

해병 둘이 휙 돌아서서 다카코와 마주 봤다. 어린 군인들, 남동생 또래의 청년들이었다. 다카코는 그들에게 자신이 어떻게 보일지 생각해 봤다. 찢어진 원피스, 며칠이나 씻지 않은 얼굴과 머리, 아키바에게서 달아나기 바빠 미처 가리지도 못하고 훤히 드러낸 한쪽 가슴까지. 다카코는 군인들에게 영어로 말하는 자신을 상상했다. 태평양 연안 북서부의 억양으로, 비에 젖어 촉촉한 모음으로, 꾸밈없이 소박한 자음으로.

해병들은 겁에 질려 표정이 딱딱하게 굳었다. 다 끝난 줄 알았건만, 또다시 자살 돌격이 시작되는 걸까?

다카코는 입을 벌렸고, 쪼그라든 목구멍을 통해 그 속에 있지도 않은 공기를 밀어내려고 애썼다. 그러다가 갈라진 목소리로 말했다. "나는 미국……"

총소리가 커다랗게 울려 퍼졌다.

해병들은 다카코의 시신 앞에 서서 내려다봤다.

한 명이 휘파람을 불었다. "예쁘게 생긴 쪽발이네."

"예쁘긴 해." 다른 해병이 말했다. "눈빛을 참을 수가 없어서 그렇지."

다카코의 가슴과 목에서 피가 솟구쳤다.

다카코는 툴리 레이크 수용소에 있을 식구들을 떠올렸고, 자신이 서명했던 서류도 떠올렸다. 자신의 피에 감춰서 기지 바깥으로 빼돌린 혼령들을 떠올렸다. 수류탄을 가슴에 품던 아이 어머니를 떠올렸다. 이윽고 다카코의 머릿속은 주위의 혼령들이 내지르는 비명과 신음으로, 그들의 슬픔과 공포와 고통으로 온통 휩싸였다.

전쟁은 남자들의 내면에 있는 어떤 문을 열었고, 그 안에 있던 것이 무엇이든 간에 이제는 바깥으로 굴러나오고 말았다. 세상의 엔트로피는 증가했다. 그 문 옆에 서 있어야 할 악마가 사라졌기 때문이었다.

전쟁이란 원래 그런 식이지 않던가?

다카코는 자신의 주검 위로 떠올랐다. 해병들은 이미 흥미를 잃고 다른 곳으로 가 버린 후였다. 자신의 주검을 내려다보는 심정은 슬프기는 해도 분하지는 않았다. 다카코는 눈을 돌렸다.

성조기는, 해지고 얼룩진 채, 전보다 더욱 자랑스레 나부꼈다.

다카코는 허공에 둥둥 떠서 그 깃발에 더 가까이 다가갔다. 깃발천의 섬유 속에, 그 빨갛고 하얗고 파란 실 속에 스스로를 채워 넣고자 했다. 깃발의 별들 사이에 누워 하얀 선들을 끌어안고자 했다. 그 깃발은 군인들이 미국으로 챙겨 갈 터였고, 다카코 또한 함께 미국으로 돌아갈 터였다.

"은마리지마." 다카코는 혼잣말을 중얼거렸다. "집에 가야지."

환생

The Reborn

우리는 개개인이 통제할 수 있는 단일한 '나'가 존재한다고 느낀다. 그러나 이는 뇌가 열심히 일해 빚어낸 착각이다.

— 스티븐 핑커, 『빈 서판』에서

나는 내가 환생했을 때를 기억한다. 상상해 보면 그때 내 기분은 붙잡혔다가 바다로 다시 던져진 물고기가 된 듯했다.

보스턴 항구에 도착한 '심판선'이 천천히 전진하며 팬 부두 상공에 접근한다. 원판처럼 생긴 금속 선체는 어지럽게 소용돌이치는 캄캄한 하늘과 하나가 된 듯하고, 배 위쪽의 굴곡진 표면은 임신부의 배처럼 불룩하다.

하늘에 있는 그 배는 아래쪽 지면에 있는 옛 연방 법원 건물만큼이나 거대하다. 선체 가장자리를 따라 호위함 몇 척이 상공을 선회하고, 선체 표면에 깜박이는 불빛들은 이따금 얼굴과 비슷한 무늬를 이룬 채 불이 켜진 상태를 유지하곤 한다.

내 주위의 구경꾼들은 점점 말수가 없어진다. 1년에 네 번 열리는 '심판의 날'이 되면 요즘도 인파가 구름 같이 몰려든다. 나는 하늘을 올려다보는 사람들의 얼굴을 훑어본다. 대부분 무표정하고, 일부는 경외심에 젖어 있다. 몇몇 남자는 서로 속닥거리다가 킬킬 웃는다.

나는 그 남자들에게 잠시 주의를 기울이지만, 딱히 눈여겨보지는 않는다. 공공장소에서 누구를 습격하는 사건 따위는 이미 오래전에 사라졌으니까.

"비행접시로군." 그 남자들 가운데 한 명이 말한다. 목소리가 조금 지나치게 컸다. 주위 사람들 가운데 일부가 쭈뼛거리며 물러선다. 남자들에게서 거리를 두려고 그러는 거다. "망할 놈의 비행접시야."

이곳에 모인 사람들은 심판선 바로 아래에 해당하는 지면은 텅 빈 채로 내버려 둔다. 토닌인(人) 참관자 한 무리가 '환생자'들을 환영할 준비를 갖추고 그 땅 한복판에 서서 기다린다. 그런데 내 배우자인 카이는 거기에 없다. 그님은 내게 요즘 들어 환생을 너무 많이 목격했다고 했다.

카이는 전에 내게 심판선의 외형은 현지 전통에 대한 존중을 반영하여 고안한 것이라고 얘기해 준 적이 있다. 그러니까 초록색 난쟁이 외계인이나 SF 영화 「외계로부터의 9호 계획」에 드러나는 우리 인류의 역사적 상상력을 환기시키려고 그렇게 만들었다는 말이었다.

너희가 예전 법원 건물의 꼭대기에 원형 구조물을 만들어서 등대처럼 보이게 한 거랑 똑같아. 그건 보스턴의 해운 역사에 경의를 표하는 정의의 등대라는 의미였잖아.

토닌인들은 보통 역사에 관심이 없지만, 카이는 언제나 우리 같은 현지인의 의견이 받아들여지도록 더 힘써야 한다고 주장했다.

나는 천천히 군중 사이로 나아가 수군거리는 패거리에게 가까이 다가간다. 그들은 하나같이 길고 두툼한 코트 차림이다. 무기를 감추기에 더없이 좋은 복장이다.

임신부의 배처럼 불룩한 심판선 위쪽이 열리고 환한 황금빛 빛줄기가 하늘을 향해 똑바로 뻗어 올라가더니, 이내 컴컴한 구름에 반사돼 그림자가 없는 은은한 빛으로 지상에 되비친다.

심판선 가장자리를 빙 둘러 나 있는 동그란 문들이 열리고, 각각의 문에서 기다랗고 탄력 있는 줄이 풀려나와 아래로 늘어진다. 그 줄은 유연하게 대롱거리며 마치 촉수처럼 뻗어 내려온다. 심판선은 이제 하늘에 둥둥 떠 있는 해파리 같다.

그 줄 끄트머리마다 사람이 매달려 있다. 척추와 어깨뼈 사이에 위치한 토닌 포트를 이용해 마치 낚싯바늘에 꿰인 물고기처럼 단단히 줄에 붙어 있다. 줄이 천천히 길어져 지상 가까이로 둥둥 떠오는 동안, 줄 끄트머리에 매달린 사람들은 팔다리를 나른하게 움직여 우아한 무늬를 그린다.

나는 속닥거리는 남자 몇 명이 조촐하게 모여 있는 곳에 거의 도착했다. 그중 한 명, 아까 너무 큰 목소리로 말했던 그 남자가 두툼한 코트 자락 안에 손을 넣고 있다. 나는 사람들을 옆으로 밀치며 더 빨리 움직인다.

"딱한 자식들." 남자가 중얼거리며 하늘을 유심히 바라보는 동안 환생자들은 군중 한복판의 빈 땅에, 다시 말해 고향에 점점 더 가까워진다. 나는 남자의 표정에 깃드는 광신도의 결기를 본다. 살생에 나서려는 외계인 혐오자의 결기를.

환생자들은 지면까지 거의 다 내려왔다. 내 표적은 지금 기다리는 중이다. 심판선에서 내려온 줄이 분리되어 환생자들이 다시 허공으로 떠오르지 못하는 순간을, 그들이 자신이 누군지 확신하지 못해 아직 휘청거리는 순간을.

아직 순수한 존재인 순간을.

나는 내가 겪었던 그 순간을 똑똑히 기억한다.

내 표적은 코트 안에서 뭔가 꺼내려 하고, 이 때문에 그의 오른쪽 어깨가 움직인다. 나는 내 앞쪽의 여성 둘을 떠밀고 공중으로 뛰어오르며 외친다. "꼼짝 마!"

그러자 환생자들 아래의 땅이 화산처럼 폭발하면서 세상이 차츰 느리게 움직이는 느낌이 들고, 환생자들은 토닌 참관자들과 함께 줄이 끊긴 꼭두각시 인형처럼 팔다리를 흐느적거리며 허공으로 날아간다. 내가 눈앞에 있는 남자에게 달려들어 온몸으로 부딪히는 순간, 열기와 빛이 파도처럼 밀려와 온 세상이 하얗게 물든다.

용의자의 구금 절차를 밟고 상처에 붕대를 감는 사이에 몇 시간이 흐른다. 집에 가도 좋다는 허락을 받고 보니 이미 자정이 지났다.

케임브리지 시내는 새로 정해진 통금 시간 때문에 조용하고 한산하다. 하버드 광장에는 경찰차 여러 대가 줄지어 서 있는데, 내가 차를 세우고 차창을 내린 다음 배지를 보여 주자 경광등 여남은 개가 보조를 맞추지 않고 제멋대로 깜빡인다.

앳되게 생긴 젊은 경관은 헉하는 소리와 함께 숨을 들이마신다. 내 경찰 배지에 적힌 '조슈아 레넌'이라는 이름은 그에게 별 의미가 없을지 몰라도, 배지 오른쪽 상단 귀퉁이의 검은 점은 다르다. 그 검은 점은 집중 경비 구역인 토닌인 거주 단지에 들어가도 좋다는 표시이다.

"고생 많으시네요." 경관이 말한다. "그래도 걱정 마세요, 그 단지로 통하는 도로는 저희가 다 막아 놨으니까요."

경관은 '그 단지'라는 말을 태연하게 발음하려 하지만, 내 귀는 그의 목소리에 깃든 긴장까지 놓치지 않는다. *이 인간도 그것들하고 한 패구나. 그것들하고 같이 살잖아.*

경관은 차에서 떨어지려 하지 않는다. "실례가 아니라면 수사는 어떻게 돼 가는지 여쭤봐도 될까요?" 경관의 눈길이 내 몸을 샅샅이 훑는다. 허기진 호기심이 어찌나 강렬한지 손에 만져질 것만 같다.

나는 그가 정말로 묻고 싶은 질문이 뭔지 안다. *그렇게 살면 기분이 어때요?*

나는 고개를 돌려 차 앞을 똑바로 본다. 그러고는 차창을 위로 올려 버린다.

잠시 후, 경관이 뒤로 물러서자 나는 가속 페달을 힘껏 밟고, 차가 쏜살같이 출발하면서 타이어가 내지르는 비명 소리에 기분이 좋아진다.

담으로 둘러싸인 단지는 원래 하버드 대학교 캠퍼스의 일부인 래드클리프 야드였다.

아파트 현관문을 열자 카이가 좋아하는 은은한 황금색 불빛이 비치고, 나는 그 불빛 때문에 오늘 오후의 햇빛을 떠올리고 그만 소름이 돋는다.

카이는 거실에 있다. 소파에 앉아 있다.

"전화 못 해서 미안해."

키가 2.5미터쯤 되는 카이가 똑바로 서서 양팔을 벌린다. 나를 보는 까만 두 눈은 꼭 뉴잉글랜드 수족관의 거대한 수조에 사는 커다란 물고기의 눈 같다. 나는 그님의 품으로 들어서며 익숙한 향기를 들이마신다. 꽃향내와 톡 쏘는 향이 섞인, 외계의 냄새이자 고향의 냄새를.

"당신도 들었어?"

내 물음을 무시한 채 카이는 붕대가 감긴 곳을 건드리지 않게 주의하며 부드럽게 내 옷을 벗긴다. 나는 눈을 감고 저항하지 않은 채 옷이 한 꺼풀 한 꺼풀 떨어져 나가는 느낌을 만끽한다.

알몸이 된 내가 고개를 들자 카이는 내게 입을 맞추고, 내 입 안에 있는 카이의 원통형 혀는 따뜻하고 짭짤한 맛이 난다. 나는 양팔로 그님을 끌어안고 그님의 뒤통수에 기다랗게 난, 어쩌다 생겼는지 나는 알지 못하지만 딱히 캐묻지도 않는 흉터를 손으로 만져 본다.

이윽고 카이는 맨 위의 팔 한 쌍으로 내 머리를 감싼 다음, 부드럽고 털이 북슬북슬한 자기 가슴에 내 얼굴이 묻히도록 끌어당긴다. 그님의 튼튼하고 유연한 셋째 팔 한 쌍은 내 허리를 감싼다. 민첩하고 세심한 중간 팔 한 쌍은 잠시 내 어깨를 가볍게 어루만지다가 토닌 포트를 발견한 다음, 살갗을 벌리고 포트 속으로 들어간다.

접속이 이루어지는 순간 나는 숨이 턱 막히고 팔다리가 뻣뻣해지지만, 내가 몸의 힘을 빼고 카이의 튼튼한 팔에 체중을 싣자 팔다리가 다시 축 늘어진다. 눈을 감으면 카이의 감각을 통해 구현되는 내 몸을 음미할 수 있다. 혈관을 따라 순환하는 내 따뜻한 피가 등과 엉덩이의 비교적 서늘하고 푸르스름한 피부를 화폭 삼아 맥동하는 붉은색과 금색의 흐름으로 그리는 빛나는 지도를, 내 짧은 머리가 그님의 첫째 손 한 쌍의 민감한 손바닥 피부를 찌르는 느낌을, 부드럽게 이끄는 그님의 손길을 따라 내 혼란스러운 생각들이 서서히 누그러져 파악하기 쉬운 꼴을 갖춰 가는 과정을. 이제 우리는 두 정신이, 두 육신이 할 수 있는 가장 친밀한 방식으로 연결됐다.

바로 이런 기분이야. 나는 생각한다.

무지한 자들 때문에 화낼 필요 없어. 그님이 생각한다.

나는 오늘 오후를 되짚어 본다. 오만하고 부주의했던 나의 임무 수행 태도, 예기치 못한 폭발의 충격, 죽어가는 환생자와 토닌인을 보며 느낀 죄책감과 후회.

그자들을 찾을 수 있을 거야. 그님이 생각한다.

그래야지.

뒤이어 나는 카이의 몸이 내 몸에 닿아 움직이는 느낌을 받는다. 그님은 여섯 팔과 두 다리를 모두 이용해 나를 더듬고, 어루만지고, 움켜잡고, 꽉 쥐고, 내 안으로 들어온다. 나 역시 그님의 행동을 따라 한다. 내 손과 입술과 발이 그님의 서늘하고 부드러운 피부를 내가 터득한 그님의 취향대로 천천히 훑는다. 그님이 느끼는 쾌감은 내가 느끼는 것만큼이나 또렷하고 생생하다.

생각은 말과 똑같이 불필요한 것 같다.

연방 법원 지하에 있는 조사실은 좁고 답답해서 새장 같다.

나는 조사실에 들어서서 문을 닫고 재킷을 벗어 걸어 놓는다. 용의자에게 등을 돌리지만 두렵지는 않다. 애덤 우즈는 스테인리스스틸 책상에 팔꿈치를 짚고 양손에 얼굴을 묻은 채 앉아 있다. 이제 투지는 전혀 남아 있지 않다.

"토닌인 보호국 소속 특별 수사관 조슈아 레넌입니다." 나는 습관처럼 우즈의 눈앞에서 배지를 흔든다.

나를 올려다보는 우즈의 눈은 빨갛고 눈빛도 멍하다.

"이미 아시겠지만 우즈 씨의 예전 인생은 끝났습니다." 그자에게 법으로 보장된 권리를 읽어 주거나 변호사를 선임할 수 있다고 일러 주지는 않는다. 그런 것은 덜 문명화된 시대의 의례니까. 이제 변호사는 필요 없다. 재판도, 수사 요령 같은 것도 존재하지 않는다.

우즈는 나를 빤히 본다. 증오가 가득 담긴 눈으로.

"그렇게 살면 기분이 어때?" 나에게 묻는 우즈의 목소리는 속삭이듯 나직하다. "그 패거리 중 한 놈한테 밤마다 따먹히면서 살면 말이야."

나는 멈칫한다. 우즈가 내 배지의 검은 점을 그렇게 짧은 순간에 알아챘을 거라고는 상상할 수도 없다. 이내 내가 그자에게 등을 보였기 때문이라는 생각이 퍼뜩 떠오른다. 셔츠 등판에 토닌 포트의 윤곽이 드러났을 것이다. 우즈는 내가 환생자인 것을 알아챘고, 나처럼 포트를 열린 상태로 유지하는 사람이 토닌인과 연인 관계이리라 넘겨짚은 것은 요행이기는 해도 합리적인 추측이었다.

나는 미끼를 물지 않는다. 우즈 같은 남자를 살인으로까지 몰고 가는 종류의 외계인 혐오에는 이미 익숙하니까.

"우즈 씨는 수술 후에 조사를 받을 겁니다. 하지만 만약 지금 자백

해서 공모자들에 관한 유용한 정보를 제공하면 환생한 후에 좋은 직업과 좋은 삶을 얻을 수 있고, 친구와 가족 대부분의 기억도 그대로 간직할 수 있습니다. 그 반면에 거짓말을 하거나 입을 꾹 다물면, 그래도 우리는 어차피 필요한 정보를 모두 얻어낼 테지만, 우즈 씨는 깨끗한 칠판 같은 상태의 의식을 지닌 채 캘리포니아로 보내져 방사능 낙진 청소 작업에 투입될 겁니다. 우즈 씨를 아끼는 사람은 누구든 우즈 씨를 잊어버릴 겁니다. 완전히요. 선택은 본인이 하세요."

"나한테 공범이 있는지 없는지 네가 어떻게 알아?"

"폭발이 일어났을 때 봤어요. 우즈 씨는 미리 예상하고 있었죠. 아마 폭발 후에 벌어졌을 난장판에서 토닌인을 더 많이 죽이는 게 우즈 씨의 임무였을 거예요."

우즈는 나를 계속 응시한다. 그의 증오는 사그라질 줄을 모른다. 그러다 느닷없이 뭔가 떠오른 모양이다. "넌 한 번만 환생한 게 아니야, 그렇지?"

나는 몸이 굳는다. "어떻게 알았죠?"

우즈가 빙긋 웃는다. "그냥 직감이야. 넌 섰을 때나 앉았을 때나 자세가 너무 꼿꼿하거든. 마지막 환생은 무슨 이유 때문이었지?"

그런 질문에는 미리 대비해 둬야 하지만, 나는 하지 못했다. 환생한 지 두 달이 지난 지금도 나는 설익은 상태이다. 컨디션이 좋지 않다. "그 질문에 대답하면 안 된다는 걸 아실 텐데요."

"아무것도 기억 안 나?"

"나한테서 잘려 나간 건 부패한 부분이었어요. 우즈 씨한테서 잘려 나갈 부분처럼요. 어떤 범죄를 저질렀을지 모를 조시 레넌은 이제 존재하지 않아요. 범죄를 잊어버리는 건 더없이 옳은 일이고요. 토닌인들은 공감할 줄 아는 자비로운 종족이에요. 그들은 당신이나 나 같은 사람에게서 실제로 범죄를 책임져야 하는 부분만 제거할 뿐이에요. 이른바 범의(犯意), 악한 의사를 말이죠."

"공감할 줄 아는 자비로운 종족이라." 우즈가 내 말을 되풀이한다. 이윽고 그의 눈에 뭔가 새로운 감정이 비친다. 동정심이다.

문득 분노가 나를 사로잡는다. 동정받을 사람은 그자이지, 나는 아니다. 나는 그에게 방어할 틈도 주지 않고 불쑥 달려들어 그의 얼굴에 주먹을 힘껏 날린다. 한 번, 두 번, 세 번.

우즈가 얼굴 앞에 쳐든 양손이 후들후들 떨리는 동안 그의 코에서는 피가 줄줄 흐른다. 그는 아무 소리도 내지 않고 그저 동정심이 가득한 차분한 눈빛으로 나를 응시할 뿐이다.

"그것들은 내 눈앞에서 아버지를 죽였어." 우즈는 입술에 묻은 피를 닦은 후에 손을 흔들어 피를 털어 버린다. 핏방울이 내 셔츠에 튄다. 하얀 천과 대비되는 선홍색 구슬들이 선명해 보인다. "그때 난 열세 살이었는데, 뒷마당 창고에 숨어 있었어. 문틈으로 훔쳐보니 아버지가 한 놈을 상대로 야구 방망이를 휘두르더군. 그놈은 한 팔로 방망이를 막고 다른 팔 한 쌍으로 아버지의 머리를 붙잡더니 그대로 뽑아 버렸어. 그러고는 우리 어머니를 불태웠지. 그때 맡았던 살이 타는 냄새를 난 죽을 때까지 못 잊을 거야."

나는 애써 숨을 고른다. 내 앞의 남자를 토닌인의 방식대로 보려고 해 본다. 그러니까, 분열된 상태로. 아직 구할 수 있는 겁에 질린 아이와 구하기에는 이미 늦은 분노하고 억울해하는 남자가 있다.

"그건 20년도 더 된 일이야." 내가 말한다. "그때는 지금보다 더 어두운 시절이었어. 끔찍한, 뒤틀린 시절이었지. 세상은 변했어. 토닌인들은 사과했고, 보상하려고 노력했어. 당신은 상담을 받으러 갔어야 해. 토닌인들이 당신을 복사하고 그 기억들을 삭제해 줬을 거야. 그런 유령들이 안 나오는 삶을 살 수도 있었을 거라고."

"난 유령이 안 나오는 삶은 원하지 않아. 넌 그렇게 살고 싶다고 생각해 본 적 있어? 난 잊어버리고 싶지 않아. 그래서 그때 아무것도 못 봤다고 거짓말을 했어. 그놈들이 내 머릿속에 들어와 기억을 훔쳐 가는 게 싫었으니까. 내가 원하는 건 복수야."

"당신은 복수할 수 없어. 그런 짓을 한 토닌인들은 이미 다 사라졌으니까. 그자들은 처벌을 받았어. 망각에 처해지는 벌을."

우즈는 웃음을 터뜨린다. "잘도 '처벌' 같은 소리를 하는군. 그런 짓을 저지른 토닌 놈들이 오늘 퍼레이드에서 박애주의가 어쩌니, 토닌인과 인류가 조화롭게 사는 미래가 저쩌니 하며 설교하고 돌아다닌 바로 그 토닌 녀석들이야. 놈들이 자기네가 한 짓을 편리하게 잊을 수 있다고 해서 우리까지 그래야 하는 건 아니라고."

"토닌인들이 통합된 의식을 공유하는 건 아니잖……"

"넌 '정복기' 동안에 사랑하는 사람을 한 명도 안 잃어버린 것처럼 말하는군." 동정심이 더 어두운 감정으로 변하자 우즈의 목소리는 더 날카로워진다. "말하는 게 꼭 부역자 같아." 우즈는 내게 침을 뱉고, 나는 얼굴에, 입술 사이에, 피 맛을 느낀다. 따뜻하고, 달콤하고, 비릿한, 녹슨 쇠의 맛이다. "넌 그놈들이 너한테서 뭘 빼앗아 갔는지조차 몰라."

나는 조사실을 나선 후에 문을 닫아 우즈가 퍼붓는 강물 같은 저주를 막아 버린다.

법원 바깥에서 과학 수사대의 클레어를 만난다. 그쪽 부서 사람들은 어제저녁에 이미 사건 현장을 샅샅이 훑고 녹화했지만, 그래도 우리는 클레어의 기계들이 뭔가 놓쳤을 흔치 않은 경우에 대비해 폭발로 생긴 구멍 주위를 돌며 육안 조사라는 구식 기법을 사용한다.

뭔가 놓쳤어. 뭔가 빠진 게 있어.

"부상당한 환생자 1명이 오늘 새벽 네 시경에 매사추세츠 종합 병원에서 죽었어." 클레어가 말한다. "그래서 총 사망자는 10명으로 늘었어. 토닌인 6명에 환생자 4명. 2년 전 뉴욕에서 일어난 사건만큼 처참하진 않지만, 뉴잉글랜드 지역에서는 단연 최악의 대량 살상 사건이야."

클레어는 가냘픈 체격에 얼굴이 갸름하고 몸놀림도 민첩한 여성이라서, 보고 있으면 참새가 생각난다. 우리 둘은 토닌인 보호국의 보스턴 지국에서 토닌인과 결혼한 단 둘뿐인 특별 수사관이다 보니 조금씩 사이가 가까워졌다. 사람들은 농담 삼아 우리를 '오피스 부부'로 부른다.

난 정복기 동안 사랑하는 사람을 한 명도 잃지 않았어.

카이는 내 어머니의 장례식에서 내 곁에 나란히 서 있어. 관 속에 누운 어머니의 표정은 고통 없이 평온하고.

내 등을 다독이는 카이의 손길은 다정하고 든든해. 난 그님에게 너무 슬퍼하지 말라고 얘기해 주고 싶어. 그님은 어머니를 살리려고

정말로 애썼으니까. 일찍이 우리 아버지를 살리려고 애썼을 때처럼. 하지만 인간의 몸은 연약하고, 우린 토닌인이 가르쳐 준 선진 기술을 어떻게 해야 효과적으로 사용하는지 아직 밝혀내지 못했어.

우리는 아스팔트가 녹는 바람에 한 덩어리로 단단히 굳어 버린 잔해 더미를 피해 걸어간다. 나는 생각을 통제하려고 기를 쓴다. 우즈 때문에 머릿속이 심란해지고 말았다. "기폭 장치에서는 단서가 좀 나왔어?" 나는 클레어에게 묻는다.

"장치가 꽤 정교해. 잔해를 보면 폭탄에 타이머 회로가 연결된 자력계가 부착돼 있었어. 내 추측으로는 대량의 금속이 접근할 경우에 자력계가 작동했던 것 같아. 예를 들면, 심판선 같은 거. 그리고 이와 동시에 환생자가 지면에 닿을 때 기폭시키는 타이머가 작동했겠지.

장치를 그렇게 설정하려면 심판선의 질량을 상당히 자세하게 알아야 해. 안 그러면 항구를 지나가는 요트나 화물선 때문에 기폭 장치가 작동할 수도 있으니까."

"심판선을 운용하는 방식도 알아야겠지." 나는 덧붙여 설명한다. "어제 여기서 몇 명이 환생할 예정이었는지, 또 의식을 마치고 환생자들을 땅으로 내려보내기까지 시간이 얼마나 걸리는지도 다 알아야 했으니까."

"딱 봐도 세심한 계획이 잔뜩 필요해. 이건 단독범의 소행이 아니야. 상대는 치밀한 테러 조직이야."

클레어는 그렇게 말하고는 나를 당겨 멈춰 세운다. 그 자리에서는 폭발로 지면에 생긴 구멍의 바닥이 잘 보인다. 구멍은 생각보다 얕다. 누군지는 몰라도 범인은 폭발 에너지가 위쪽으로 집중되도록 폭탄을 설치했다. 아마도 주위의 인파에 미칠 피해를 최소화하려고.

인파.

어린 시절의 기억이 내 머릿속에 저절로 떠오른다.

가을, 시원한 공기, 바다 냄새와 뭔가 타는 냄새. 수많은 인파가 북적이지만 시끄러운 소리를 내는 사람은 없다. 나처럼 인파 가장자리에 있는 사람은 한복판에 더 가까이 가려고 밀어 대는 반면, 인파의 한복판 근처에 있는 이들은 바깥으로 나오려고 밀어 댄다. 새의 주검을 뒤덮고 바글대는 개미 떼 같다. 마침내 길을 뚫고 한복판에 도착해 보니 드럼통 수십 개에 모닥불이 활활 타고 있다.

나는 코트 안에 손을 넣어 봉투를 꺼낸다. 봉투를 열고 사진 한 묶음을 꺼내어 드럼통 옆에 선 남자에게 건넨다. 남자는 사진을 휙휙 넘겨 훑어보고 몇 장을 추려낸 다음 나머지를 내게 돌려준다.

"이건 네가 보관해도 돼, 이제 수술 대기 줄에 가서 차례를 기다리렴." 남자가 말한다.

나는 손에 쥔 사진들을 살펴본다. 아기인 나를 안고 있는 엄마. 축제에서 나를 목말 태운 아빠. 똑같은 자세로 잠든 엄마와 나. 모두 함께 보드게임을 하는 엄마와 아빠와 나. 카우보이 의상을 입은 나, 내 뒤에서 스카프를 고쳐 묶어 주는 엄마.

남자는 자기가 추린 사진들을 드럼통에 던져 넣고, 나는 통 앞에서 돌아서며, 불길이 삼켜 버리기 전에 그 사진들에 무엇이 찍혀 있는지 보려고 흘긋거린다.

"괜찮아?"

"음." 나는 어리벙벙한 채로 대답한다. "폭발의 후유증이 아직 다가시질 않았나 봐."

클레어는 믿어도 돼.

"있잖아, 환생 전에 무슨 일을 했는지 생각해 본 적 있어?"

내가 묻자 클레어는 날카로운 눈빛으로 나를 응시한다. 그러고는 눈 한 번 깜빡하지 않는다. "그런 생각은 하지도 마, 조시. 카이를 생각해. 네 인생을 생각하라고. 지금 네가 누리는 진짜 인생."

"그래야지. 그냥, 우즈 때문에 좀 뒤숭숭해서."

"며칠 쉬는 게 좋을지도 몰라. 집중력이 떨어진 상태로는 아무한 테도 도움이 안 되니까."

"난 괜찮아."

클레어는 미심쩍어하는 눈치였지만, 그 문제를 더 파고들지는 않는다. 이 친구는 내 기분을 잘 안다. 카이라면 내 마음속의 죄책감과 후회를 꿰뚫어 볼 것이다. 그 궁극의 친밀감 속에는 숨을 곳이 없다. 할 일 없이 집에 가만히 있는데 카이가 나를 위로하려 하는 상황은 견딜 수가 없다.

클레어의 설명이 이어진다. "아까 말했듯이, 이 일대는 W. G. 터너 건설 회사가 한 달 전에 새로 포장 작업을 마쳤어. 폭탄은 아마 그때 설치됐을 테고, 우즈는 현장에서 인부로 일했을 거야. 수사는 거기서부터 시작해야 해."

여성 직원이 내 앞의 테이블에 서류 상자를 내려놓는다.

"법원 앞길 재포장 공사에 참여한 인부와 하청 업체 관련 서류는 여기 다 들어 있어요."

그러고는 내가 무슨 전염병 환자라는 듯이 서둘러 자리를 뜬다. 토닌인 보호국의 수사관하고는 꼭 필요한 몇 마디 이상을 나누는 것조차 두렵다는 듯이.

어찌 보면 나는 전염병 환자인 셈이다. 내가 환생했을 때 나와 가까운 사람들, 즉 내가 무슨 짓을 했는지 알고 그 안다는 사실 자체 때문에 조슈아 레넌이라는 정체성의 일부를 구성한 사람들은, 몸에 포트를 달고 그 기억을 제거함으로써 내 환생의 일부가 됐다. 그러므로 내가 저지른 범죄가 뭐든 간에, 나는 그들을 감염시킨 셈이다.

나는 그 사람들이 누군지도 모르는데.

이런 생각은 하면 안 된다. 전생에 집착하는 것은 건전하지 않다. 이미 죽은 사람의 삶이니까.

나는 서류를 차례차례 훑어보며 거기 적힌 이름들을 내 전화기에 입력한다. 그래야 사무실에 있는 클레어가 알고리즘으로 그 이름들 사이에 관계망을 만든 다음 그 관계망을 데이터베이스 수백만 개와 연결하고, 과격파 반(反)토닌인 포럼과 외계인 혐오 사이트를 샅샅이 훑어 연관성을 찾아낼 수 있기 때문이다.

그래도 나는 서류를 한 줄 한 줄 꼼꼼히 읽는다. 가끔은 클레어의 컴퓨터가 만들지 못하는 연관 관계를 인간의 뇌가 만들곤 하니까.

W. G. 터너는 일처리를 신중하게 했다. 지원자는 누구나 철저한 신원 조회를 거쳤고, 알고리즘이 보기에 의심스러운 사람은 한 명도 없다.

잠시 후, 머릿속에서 여러 이름이 뒤섞여 구분하기도 힘들어진다. 켈리 아이크호프, 휴 레이커, 소피아 러데이, 워커 링컨, 훌리오 코스타스……

워커 링컨.

앞의 파일로 되돌아가 다시 펼쳐 본다. 사진에 찍힌 사람은 삼십 대 백인 남성이다. 눈이 가늘고 머리는 벗어지기 시작한 그 남자는 카메라를 보고 웃지 않는다. 딱히 눈에 띄는 구석은 없다. 눈에 익은 인상은 절대 아니다.

하지만 그 이름 때문에 왠지 그냥 넘어가기가 망설여진다.

드럼통의 불길 속에서 사진들이 쪼그라든다.

맨 위의 사진에는 우리 집 앞에 서 있는 아버지가 찍혀 있다. 손에 라이플총을 들었고, 표정은 침울하다. 불길이 아버지를 집어삼키는 동안, 사진에서 유일하게 아직 불타지 않은 한쪽 귀퉁이와 거기 찍힌 교차된 도로 표지판 한 쌍이 내 눈에 띈다.

워커 스트리트와 링컨 스트리트.

정신을 차려 보니 몸이 덜덜 떨린다. 이 사무실은 난방 온도가 높게 설정됐는데도.

나는 전화기를 꺼내어 워커 링컨에 관한 컴퓨터 보고서를 열어 본다. 신용 카드 사용 명세서부터 통화 기록, 인터넷 검색 기록, 웹상의 활동 내역, 취업 이력 및 학력 개요까지. 알고리즘이 비정상으로 표시한 내역은 하나도 없다. 워커 링컨은 모범적인 '일반 시민'으로 보인다.

나는 클레어의 편집증적인 알고리즘이 단 한 군데도 지적하지 않은 신원 조회 기록을 이때껏 본 적이 없다. 워커 링컨은 지나치게 완벽하다.

나는 그의 신용 카드 구매 이력을 훑어본다. 모닥불용 장작, 점화용 기름, 모형 벽난로, 야외용 그릴.

그러고 나서 약 두 달 전부터는, 아무것도 사지 않았다.

그님의 손가락이 내 안으로 들어오려는 순간, 내가 말한다.

"부탁이야, 오늘 밤은 참아 줘."

카이의 두 번째 팔 끄트머리가 멈칫하더니, 망설이다가 내 등을 부드럽게 어루만진다. 잠시 후, 그님이 뒤로 물러난다. 나를 보는 그님의 두 눈은 아파트의 침침한 조명 속에서 창백한 달 두 개처럼 보인다.

"미안. 머릿속이 불쾌한 생각으로 꽉 차서 그래. 당신한테 부담 주고 싶지 않아."

내 말에 카이는 고개를 끄덕인다. 인간이 하는 몸짓이라 생뚱맞아 보인다. 나는 내 기운을 북돋아 주려고 애쓰는 그님이 고맙다. 그님은 늘 그렇게 이해심이 풍부하다.

카이는 뒤로 물러난다. 벌거벗은 나를 방 한복판에 놔두고서.

집주인 여성은 워커 링컨이 어떻게 사는지 자신은 전혀 모른다고 딱 잘라 말한다. 집세(찰스타운에서 이 일대의 집세는 터무니없이 싼 편인데)는 매달 첫째 날 계좌로 직접 입금됐기 때문에, 자신은 링컨이 이사 온 이후 넉 달 동안 그를 눈여겨보지 않았다고 한다. 내가 배지를 슥 보여 주자 집주인은 링컨의 집 열쇠를 내게 건네고 내가 계단을 올라가는 모습을 말없이 지켜본다.

문을 열고 불을 켠다. 언젠가 가구점의 진열창에서 본 광경이 나를 맞아 준다. 하얀 소파와 2인용 가죽 안락의자, 소파 앞의 유리 테이블과 그 위에 가지런히 쌓인 잡지 몇 권, 그리고 벽에 걸린 추상화 액자들. 어질러진 흔적이나 제자리에서 벗어난 물건은 단 하나도 없다. 숨을 깊이 들이쉬어 본다. 음식 냄새, 세제 냄새, 살아 있는 인간이 생활하는 공간에 함께하는 이런저런 냄새의 혼합 향이 전혀 느껴지지 않는다.

이곳은 익숙한 동시에 낯설게 느껴진다. 꼭 기시감 속을 거니는 것처럼.

나는 집 안을 돌아다니며 이곳저곳의 문을 열어 본다. 수납장과 침실은 거실과 마찬가지로 예술적으로 정리돼 있다. 더없이 평범하고, 더없이 비현실적이다.

서쪽 벽의 창문으로 비치는 햇살이 바닥의 회색 카펫에 선명한 마름모꼴을 그린다. 카이가 가장 좋아하는 색조가 바로 그 햇살의 황금빛이다.

하지만 모든 물건의 윗면에 얇게 먼지가 쌓여 있다. 한 달, 아니면 두 달 치 분량의 먼지가.

워커 링컨은 유령이다.

한참 후, 뒤로 돌아서다가 보니 현관문 뒤쪽에 뭔가 걸려 있다. 가면이다.

나는 그 가면을 집어 얼굴에 쓰고 욕실로 들어선다.

이런 종류의 가면은 꽤 여러 번 봐서 익숙하다. 부드럽고 탄력 있는 소재는 프로그램으로 조작할 수 있다. 환생자를 지면에 돌려보낼 때 사용하는 줄과 같은 소재로, 토닌인 기술로 만든 것이다. 체온으로 활성화된 가면은 미리 프로그램해 둔 모양에 맞게 저절로 변형된다. 밑에 가려진 얼굴의 윤곽이 어떻게 생겼든, 가면은 미리 입력된 얼굴의 모양에 따라 저절로 형태가 바뀐다. 법을 집행하는 공무원만 사용하도록 인가된 이런 가면을 우리는 외계인 혐오 단체에 잠입할 때 가끔 사용한다.

거울에 비친 가면은, 꼭 내 손이 닿았을 때의 카이의 몸처럼, 서늘한 감촉의 섬유가 천천히 깨어나 내 얼굴의 피부와 근육에 닿아 스스로 올록볼록한 굴곡을 만들어 간다. 한순간 내 얼굴은 형체 없는 덩어리가 된다. 악몽에 나오는 괴물의 얼굴처럼.

꿈틀거리던 가면은 이내 움직임을 멈추고, 나는 워커 링컨의 얼굴을 바라보고 있다.

내가 마지막으로 환생했을 때 가장 먼저 눈에 띈 것은 카이의 얼굴이었다.

그 얼굴의 눈은 물고기 눈처럼 까맸고 피부는 밑에서 자그마한 구더기 떼가 꼼지락거리는 것처럼 이곳저곳이 꿈틀거렸다. 나는 움찔 놀라 달아나려 했지만 갈 곳이 없었다. 등 뒤는 강철 벽이었으니까.

카이의 눈이 커졌다가 다시 작아졌다. 나로서는 무슨 뜻인지 알 수 없는 낯선 표정이었다. 그님은 뒤로 물러서서 나에게 공간을 조금 내줬다.

나는 천천히 일어나 앉은 다음 주위를 둘러봤다. 내가 누워 있던 곳은 조그만 감방의 벽에 붙어 있는 폭이 좁다란 강철판 위였다. 불빛이 너무 환했다. 속이 메스꺼웠다. 나는 눈을 감았다.

뒤이어 내 힘으로는 다 파악할 수도 없는 엄청난 양의 이미지가 머릿속에 쏟아져 들어왔다. 얼굴, 목소리, 사건 따위가 빠르게 지나갔다. 나는 비명을 지르려고 입을 벌렸다.

그러자 카이가 순식간에 내게 달려들었다. 그러고는 맨 위의 팔 한 쌍으로 내 머리를 감싸고 움직이지 못하도록 붙잡았다. 꽃향기와 톡 쏘는 향기가 합쳐진 냄새가 나를 감쌌고, 혼란한 머릿속에 그 향기의 기억이 퍼뜩 떠올랐다. *고향 냄새잖아.* 나는 거친 바다에 빠진 사람이 수면에 떠 있는 널빤지를 붙잡듯이 그 냄새에 매달렸다.

카이는 중간 팔 한 쌍으로 나를 끌어안고 내 등을 다독이며 입구를 찾았다. 그 두 팔이 내 척추에 난 구멍으로 밀고 들어오는 기척이 느껴졌다. 그 구멍은 내가 알지도 못하는 사이에 만들어진 상처였고, 그래서 고통을 못 이겨 악을 지르고 싶었는데……

……이윽고 혼란스러웠던 머릿속이 잠잠해졌다. 나는 그님의 눈과 의식으로 세상을 보는 중이었다. 벌거벗은 내 몸은 덜덜 떨고 있었다.

내가 도와줄게요.

나는 잠시 몸부림쳐 봤지만, 그님의 힘이 너무 세서 그만 포기하고 말았다.

어떻게 된 거지?

당신은 심판선에 탔어요. 예전의 조시 레넌은 아주 나쁜 짓을 저질러서 처벌받는 수밖에 없었어요.

나는 내가 무슨 짓을 저질렀는지 떠올리려 애썼지만, 아무것도 생각나지 않았다.

그 남자는 사라졌어요. 당신을 구하려면 그 남자를 이 몸에서 잘라내는 수밖에 없었어요.

내 의식의 표면에 또 다른 기억이 둥둥 떠내려온다. 카이의 사고로 이루어진 흐름을 타고서, 부드럽게.

나는 교실 맨 앞줄에 앉아 있다. 서쪽 벽의 창문으로 비치는 햇살이 바닥에 선명한 마름모꼴을 그린다. 카이는 교실 칠판 앞에서 이쪽저쪽으로 천천히 걸어 다닌다.

"우리는 저마다 여러 묶음의 기억과 여러 개의 인격, 여러 개의 일관된 사고 패턴으로 이루어져 있습니다." 그렇게 말하는 목소리는 카이의 목에 걸린 검은 상자에서 흘러나온다. 조금 기계적이지만, 그래도 듣기 좋고 또렷하다.

"대도시 출신 친구들과 함께일 때와 같은 고향 친구들과 함께일 때를 비교해 보면 행동도, 표정도, 심지어 말씨도 바뀌지 않습니까? 가족과 함께 있을 때와 저와 함께 있을 때를 비교하면 다르게 웃고, 다르게 울고, 심지어 화도 다르게 내지 않나요?"

내 주위의 학생들은 나와 마찬가지로 그 말을 듣고 키득키득 웃는다. 카이는 교실 저쪽 끄트머리에 도착해 다시 뒤로 돌아서고, 그러자 우리 둘의 시선이 마주친다. 그님 눈가의 피부가 뒤로 당겨지자 눈이 더 커 보이고, 나는 얼굴이 붉어진다.

"통합된 개인이란 전통적인 인간 철학의 오류입니다. 사실, 그것은 갖가지 미개하고 낡은 관습의 토대입니다. 예를 들어 범죄자는 하나의 육체를 공유하고 그 안에 함께 거주하는 여러 명의 개인 가운데 한 명에 지나지 않습니다. 살인을 저지르는 남자는 여전히 좋은 아버지이자 남편이고, 형제이며, 아들입니다. 그리고 살인을 저지를 때의 그 남자는 딸을 목욕시킬 때나 아내에게 입을 맞출 때, 누이를 위로할 때, 어머니를 돌볼 때의 그 남자와 다른 사람입니다. 하지만 인류의 해묵은 사법 제도는 그 남자들 모두를 무차별적으로 처벌하려 하고, 모두 하나로 묶어 심판하려 하며, 모두 다 함께 투옥하려 하고, 심지어는 모두 다 죽이려고까지 합니다. 집단 처벌이지요. 이 얼마나 야만적입니까! 얼마나 잔인합니까!"

나는 내 의식을 카이가 묘사한 대로 상상한다. 조각조각 나뉜, 분열된 개인으로. 인류가 만든 모든 제도 가운데 토닌이 우리 사법 제도보다 더 경멸하는 것은 없을지도 모른다. 그들이 정신 대 정신으로 의사소통하는 점을 고려하면 그렇게 경멸하는 것도 얼마든지 이해가 간다. 토닌인들 사이에는 어떠한 비밀도 없고 그들 서로 간의 친밀감은 우리로서는 그저 상상만 할 수 있을 정도로 강렬하다. 개인이라는 불투명성에 지나치게 제한받는 나머지 의례화된 적대적 폭력에 의지할 뿐 정신의 진실에 똑바로 접근하지 못하는 사법 제도란, 그들이 보기에 야만적인 관념일 것이다.

카이는 이런 내 생각이 귀에 다 들린다는 듯이 나를 흘긋 보지만, 나는 카이가 내 몸의 포트에 연결되지 않는 한 그런 일은 일어나지 않는다는 것을 안다. 하지만 그 생각 자체가 내게는 기쁨으로 다가온다. 나는 카이가 가장 아끼는 학생이니까.

나는 양팔로 카이를 끌어안았다.

나의 선생님, 나의 연인, 나의 배우자. 나는 한때 표류했지만 이제는 집에 돌아왔어. 이제 기억이 하나둘 떠올라.

그님의 뒤통수에 난 흉터가 내 손에 느껴진다. 그님의 몸이 흠칫 떨린다.

이 흉터는 어쩌다가 생긴 거야?

기억이 안 나. 하지만 걱정하지 않아도 돼.

나는 그 흉터를 피해 가며 그님의 몸을 조심스레 어루만졌다.

환생은 고통스러운 과정이야. 당신의 생명 활동은 우리와 다르게 진화했고, 당신의 의식을 구성하는 부분들 역시 따로따로 나누어 각기 다른 개인으로 분리하기가 우리보다 더 어려워. 기억이 자리 잡기까지는 시간이 조금 걸릴 거야. 그 기억을 다시 이해하는 데 필요한 요령을 새로 궁리하고, 배워야 해. 그래야 스스로를 재구성할 수 있어. 하지만 이제 당신은 전보다 더 나은 사람이야. 이제 당신은 우리가 잘라내야 했던 병든 부분들에게서 자유로워.

나는 카이를 끌어안고 매달렸다. 그렇게 우리 둘은 나의 조각들을 함께 맞췄다.

나는 클레어에게 가면과 지나치게 빈틈없는 전자 신상 자료를 보여 준다. "이런 수준의 장비를 손에 넣을 뿐 아니라 이 정도로 설득력 있는 인터넷상의 흔적을 가명으로 만들려면 엄청난 권력과 접근 권한을 가진 사람이 필요해. 아예 우리 보호국 내부의 인물인지도 몰라. 환생자의 기록을 지우려고 전자 데이터베이스를 뒤져서 삭제하는 작업도 우리 일이니까."

클레어는 아랫입술을 깨문 채로 내 휴대 전화의 화면을 힐긋 보고는 미심쩍어하는 눈빛으로 가면을 바라봤다. "그럴 가능성은 아주 희박해 보이는데. 보호국 직원들은 모두 포트를 달았고 정기적으로 검사도 받아. 난 우리 중 한 명이 첩자가 돼서 쭉 정체를 감췄다는 게 상상이 안 가."

"그래도 앞뒤가 맞는 추측은 그것밖에 없잖아."

"곧 알게 되겠지. 애덤 우즈한테 포트를 달았거든. 타우가 지금 검사하는 중이야. 30분이면 다 끝날 거야."

나는 클레어 옆의 의자에 사실상 쓰러지듯이 주저앉는다. 지난 이틀 동안 쌓인 피로가 묵직한 담요처럼 내 몸을 뒤덮는다. 나는 차마 설명할 수도 없는 이유로 내내 카이의 손길을 피했다. 나 스스로와 분열된 것만 같은 기분이다.

잠들지 말라고 스스로를 타이른다. 조금만 더 버티라고.

카이와 나는 2인용 가죽 안락의자에 앉아 있다. 그님의 커다란 체격을 감안하면 이 말은 곧 우리가 비좁게 딱 붙어 앉았다는 뜻이다. 등 뒤에 벽난로가 있어서 목덜미에 잔잔한 열기가 느껴진다. 그님의 왼쪽 팔들이 내 등을 부드럽게 쓰다듬는다. 나는 바짝 긴장한다.

내 부모님은 우리 맞은편 소파에 앉아 있다.

"우리 아들이 이렇게 행복해하는 모습은 처음 보는구나." 어머니가 말한다. 웃는 어머니를 보고 얼마나 마음이 놓이는지, 안아 주고 싶을 정도다.

"그렇게 느끼신다니 다행이네요." 카이가 말한다. 전에 본 그 발성 상자로. "조시는 두 분께서 어떻게 보실지 걱정했던 것 같아요. 저를…… 저희를요."

"외계인 혐오자는 앞으로도 언제나 있을 거야." 아버지가 말한다. 조금 숨이 찬 것 같은 목소리다. 언젠가 내가 그 목소리를 아버지가 앓는 병의 첫 단계로 파악할 날이 오리라는 것을 나는 안다. 은은한 슬픔이 내 행복한 기억을 엷게 물들인다.

"끔찍한 일이 저질러졌죠." 카이가 말한다. "그건 저희도 알아요. 하지만 저희는 언제나 미래에 기대를 걸고 싶어요."

"우리도 마찬가지야. 하지만 어떤 사람들은 과거라는 덫에 갇혀 살지. 그 사람들은 죽은 이를 무덤에 묻힌 채로 내버려 두질 못해."

나는 거실 안을 둘러보고 집이 얼마나 깔끔한지 알아차린다. 카펫은 티끌 하나 없이 깨끗하고, 소파 옆의 작은 탁자도 물건이 이수선하게 쌓여 있지 않다. 부모님이 앉아 있는 하얀 소파에는 얼룩 하나 보이지 않는다. 두 사람과 우리 사이의 유리 테이블은 멋지게 쌓아 놓은 잡지 몇 권을 빼면 휑하니 비었다.

거실이 꼭 가구점의 전시장 같다.

나는 벌떡 깨어난다. 내 기억의 편린들이 워커 링컨의 셋집만큼이나 비현실적으로 변해 버렸다.

클레어의 배우자인 타우가 사무실 문 앞에 서 있다. 그님의 가운데 팔 한 쌍이 짓뭉개져 파란 피가 흐른다. 그님이 비틀거린다.

클레어는 순식간에 그님 곁으로 달려간다. "무슨 일이야?"

타우는 대답하기는커녕 클레어의 재킷과 블라우스를 찢어버리고, 그님의 굵직하고 덜 섬세한 맨 위 팔 한 쌍은 토닌 포트를 찾으려고 클레어의 등을 무턱대고 게걸스럽게 더듬는다. 마침내 두 팔이 포트 입구를 찾아 쑥 들어가자 클레어는 헉하는 소리와 함께 대번에 몸이 축 늘어진다.

나는 이 친밀한 장면으로부터 눈을 돌린다. 타우는 고통에 빠졌고, 그래서 클레어가 필요하다.

"난 가 볼게." 나는 일어서며 말한다.

"애덤 우즈는 자기 척추에 부비 트랩을 설치했어." 타우가 발성 상자를 이용해 말한다.

나는 멈칫한다.

"내가 포트를 설치할 때 우즈는 협조적이었고, 자기 운명을 순순히 받아들이는 것처럼 보였어. 하지만 막상 검사를 시작하자 소형 폭발물이 터져서 우즈는 즉사했어. 아마 우리를 너무 미워해서 환생을 하느니 차라리 죽음을 택하는 사람들도 있나 봐."

"유감이야." 내가 말한다.

"나야말로 유감이야." 타우가 말한다. 기계 음성이 슬픔을 전하려고 애쓰지만, 어수선한 내 머릿속에는 슬픈 척하는 소리로 들릴 뿐이다. "우즈의 다른 부분들은 무죄였으니까."

토닌인은 역사에 별 관심이 없고, 이제는 우리도 마찬가지다.

그들은 나이를 많이 먹었다는 이유로 죽거나 하지도 않는다. 토닌인의 수명이 얼마나 긴지는 아무도 모른다. 수백 년, 수천 년, 영겁일 수도 있다. 카이가 두루뭉술하게 이야기하는 어떤 여행은 인류 역사보다 더 길게 지속됐다.

그 여행은 어땠어? 나는 전에 그렇게 물었다.

기억이 안 나. 카이는 속으로 생각했다.

토닌인의 그런 태도는 생명 활동의 양상을 보면 이해가 간다. 그들의 뇌는 상어 이빨과 마찬가지로 멈추지 않고 계속 성장한다. 새로운 뇌 조직이 뇌의 중심부에서 계속 만들어지는 사이에 바깥쪽 부분은 뱀허물처럼 정기적으로 층층이 벗겨진다.

모든 의도와 목적이 영원히 지속되는 삶을 살다 보면, 오랜 세월 동안 축적된 기억에 압도당할 만도 하다. 토닌인들이 망각의 달인이 된 것도 놀랄 일은 아니다.

간직하고 싶은 기억이 있으면 그들은 새로운 뇌 조직에 그 기억을 복사해야 한다. 추적하고, 재현하고, 재기록하는 것이다. 그러나 버리고 싶은 기억은 말라비틀어진 벌레 고치처럼 변화의 매 주기마다 벗어 던진다.

그들이 버리는 것은 기억만이 아니다. 인격을 통째로 받아들여 배역처럼 내세우고 살다가 나중에는 벗어 던지고 잊어버리기도 한다. 토닌인은 변화하기 전의 자신과 변화한 후의 자신을 완전히 별개의 존재로 본다. 인격도 다르고, 기억도 다르며, 도덕적 의무도 다르다. 단지 같은 육체를 잇달아 공유했을 뿐이다.

심지어 같은 육체도 아니지. 카이는 생각으로 내게 말했다.

?

1년쯤 지나면 당신 몸의 모든 원자는 다른 원자들로 대체돼. 카이는 그렇게 생각했다. 우리가 막 사귀기 시작했을 때의 일이었고, 그 무렵 카이는 자주 내 앞에서 설명을 늘어놓고 싶어 했다. *우리 경우엔 그 기간이 훨씬 더 짧아.*

테세우스의 배 같네. 세월이 흐르는 동안 판자 한 장 한 장을 교체

해서 결국에는 같은 배라고 할 수 없게 된 배.

당신은 항상 그렇게 과거를 참조해 얘기하는군. 하지만 그님의 생각에서 느껴지는 맛은 비판보다는 관용이었다.

정복기가 시작됐을 때 토닌인들은 극히 공격적인 태도를 띠었다. 그래서 우리도 똑같이 대응했다. 자세한 사정은 물론 흐릿하다. 토닌인들은 그런 것들을 기억하지 않고, 우리 대부분은 기억하고 싶어 하지 않는다. 그렇게 오랜 시간이 흘렀건만 지금도 캘리포니아주는 사람이 살지 못하는 곳으로 남아 있을 정도니까.

하지만 우리가 항복하자마자 토닌인들은 자기네 의식에서 공격성의 영역을 제거하고 이를 자신들이 저지른 전쟁 범죄에 대한 처벌로 삼았고, 상상할 수 있는 한 가장 온건한 지배자가 됐다. 이제 열렬한 평화주의자가 된 그들은 폭력을 철저히 배척하고 자기네 기술을 기꺼이 우리와 공유하며, 이로써 우리에게 질병 치료를 비롯한 놀라운 기적을 베푼다. 세상은 평화롭다. 인류의 기대 수명은 전보다 훨씬 더 길어졌고 토닌인들에게 자발적으로 충성하는 이들은 적잖은 혜택을 누린다.

토닌인들은 죄책감을 느끼지 않는다.

이제 우리는 예전과 다른 존재야. 카이는 생각으로 내게 그렇게 전했다. *여기도 우리 고향이야. 그런데도 당신들 중 일부는 이미 죽은 과거의 우리가 지은 죄를 지금의 우리에게 끝끝내 물으려고 해. 그건 아버지가 지은 죄의 책임을 아들에게 묻는 것과 같아.*

만약 전쟁이 다시 일어난다면? 나는 생각했다. *만약 외계인 혐오 단체가 다른 이들을 설득해서 당신들을 상대로 봉기를 일으키면 어*

떡해?

그러면 우리는 또 다시 변해서 전처럼 무자비하고 잔인해질지도 모르지. 우리 안에서 일어나는 그런 변화는 위협에 대한 생리적 반응이라, 의지로는 통제할 수가 없어. 하지만 그런 미래의 우리 자신은 지금의 우리와 아무 상관도 없어. 아버지가 아들의 행위에 책임을 질 수는 없으니까.

그런 논리에는 반론하기가 힘들다.

애덤 우즈의 여자친구 로런은 표정이 딱딱한 젊은 여성이다. 내가 우즈는 부모님이 돌아가셨으니 당신이 가장 가까운 친족으로 간주돼 경찰서에서 시신을 인수할 책임이 있다고 알려준 후에도 그 딱딱한 표정은 변하지 않는다.

우리는 조그만 주방 테이블을 사이에 두고 마주 앉아 있다. 아파트는 좁고 어둡다. 전구 여러 개의 수명이 다했는데도 교체하지 않은 탓이다.

"저도 몸에 포트를 달게 되나요?" 로런이 묻는다.

이제 우즈가 죽었으니 다음에 할 일은 척추에 부비 트랩을 설치한 사람이 또 있을지 모르므로 적절한 주의를 기울이며 우즈의 친척과 친구 가운데 누구에게 포트를 달지 결정하는 것이다. 그래야 테러 계획의 실제 규모를 밝힐 수 있으니까.

"아직 모릅니다." 내가 말한다. "그건 제가 보기에 로런 씨가 얼마나 협조적인가에 달렸습니다. 혹시 우즈 씨가 수상한 사람과 교류하던가요? 로런 씨 생각에 외계인 혐오자 같은 사람은 없던가요?"

"전 아무것도 몰라요. 애덤은…… 외톨이였으니까요. 저한테는 아무것도 얘기해 주지 않았어요. 원한다면 저한테 포트를 다셔도 좋아요. 괜히 에너지만 낭비하고 끝나겠지만요."

로런 같은 사람들은 보통 포트를 다는 것을 두려워하고, 스스로가 더럽혀진다고 여긴다. 짐짓 무심한 척하는 태도 때문에 나는 오히려 로런이 더욱 의심스럽다.

로런은 내 의심을 감지하고 전술을 바꾸려는 모양이다. "저랑 애덤은 가끔 오블리비언(망각)이나 블레이즈(불길)를 피웠어요." 로런은 의자에 앉은 채 자세를 고쳐 앉아 주방 조리대 쪽을 돌아본다. 로런의 시선을 눈으로 따라가 보니 투약용 도구가 있고 그 뒤에는 꼭 무대 소품용 모조품처럼 쌓아놓은 지저분한 그릇들이 보인다. 수도꼭지에서 물이 똑똑 떨어지며 장면 전체에 배경 화음을 더한다.

오블리비언과 블레이즈는 둘 다 강력한 환각을 일으킨다. 그 말에 담긴 무언의 힌트는, 로런의 머릿속에 포트로 검사해도 신뢰할 수 없는 가짜 기억이 가득하다는 사실이다. 우리로서는 기껏해야 로런을 환생시키는 것이 고작일 뿐, 한패를 찾아낼 단서는 하나도 얻지 못할 것이다. 이런 수법도 나쁘지는 않다. 하지만 로런은 자기 거짓말을 충분히 그럴듯하게 꾸미지 못했다.

당신네 인간들은 자신이 한 일이 곧 자신이라고 생각하지. 카이는 언젠가 그렇게 생각했다. 그때 우리는 어느 공원의 잔디밭에 둘이 나란히 누워 있었다. 나는 내 살갗보다 훨씬 더 민감한 카이의 피부를 통해 햇살의 온기를 느끼며 흐뭇해했다. *그런데 실은 당신의 기억이 곧 당신이야.*

둘 다 똑같은 거 아니야? 내가 생각했다.

전혀 그렇지 않아. 기억을 되살리려면 일련의 신경 연결을 다시 활성화해야 하고, 그 과정에서 기억을 변형시켜야 해. 당신들의 몸은 기억을 다시 떠올릴 때마다 매번 그 기억을 새로 쓰는 식으로 움직여. 스스로 생생하게 기억하는 자잘한 기억이 실제로는 조작된 것이었던 경험이 있지 않아? 꿈이었다고 믿은 일이 실제 경험이었던 적 없어? 진실이라고 믿었지만 실은 꾸며낸 이야기였던 적은?

우리가 되게 연약한 것처럼 말하네.

망상에 빠졌다고 하는 게 더 정확하겠지. 카이의 생각에서는 다정한 느낌이 났다. 당신들은 어떤 기억이 진실이고 어떤 기억이 거짓인지 분간하지 못해. 그러면서도 기억이 중요하다는 관념에 집착하고, 기억을 토대 삼아 그 위에 삶을 쌓아 올리다시피 하지. 역사라는 연습이 당신네 종(種)에게는 별 도움이 안 됐어.

로런은 내 얼굴에서 시선을 거둔다. 아마도 애덤이 떠오른 모양이다. 로런은 어딘가 낯익은 구석이 있다. 어렸을 적에 들은 노래의 생각 날락 말락 하는 후렴구 같다. 나는 로런이 기억을 더듬으며 긴장을 늦추는 척하려고 짓는 듯한 그 형용하기 힘든 표정이 마음에 든다. 바로 그 순간, 나는 로런에게 포트를 달지 않기로 마음먹는다.

그 대신 가방에서 가면을 꺼내어 로런의 얼굴에서 눈길을 떼지 않은 채 그 가면을 쓴다. 내 체온에 따뜻해진 가면이 얼굴에 달라붙어 근육과 피부의 모양을 빚는 동안, 나는 로런의 눈을 응시하며 가면의 얼굴을 알아보는 기색을, 애덤 우즈와 워커 링컨이 공모 관계라는 증거를 찾아본다.

로런의 얼굴이 다시 딱딱하고 무덤덤한 표정으로 물든다. "지금 뭐 하시는 건가요? 그 가면 참 소름 끼치게 생겼네요."

실망한 나는 로런에게 말한다. "그냥 절차상 확인한 겁니다."

"잠깐 수도꼭지 좀 잠그고 와도 될까요? 신경이 쓰여서 정신이 나갈 것 같네요."

나는 고개를 끄덕이고 로런이 일어나는 동안 자리에 가만히 앉아 있다. 또 막다른 길에 이르렀다. 정말로 애덤 우즈 혼자서 다 꾸민 일일까? 워커 링컨은 누굴까?

나는 내 머릿속에 반쯤 떠오른 답이 두렵다.

누군가 내 뒤통수를 향해 묵직한 물건을 휘두르는 기척이 느껴지지만, 이미 늦었다.

"우리가 하는 말이 들리나?" 지글거리는 목소리, 무슨 전자 장비로 변조한 목소리다. 묘하게도 토닌인의 발성 상자가 떠오른다.

어둠 속에서 고개를 끄덕인다. 나는 의자에 앉은 상태이고 손은 등 뒤로 묶여 있다. 뭔가 부드러운 것, 스카프 아니면 넥타이가 머리를 꽉 동여매 눈을 가렸다.

"미안하지만 이렇게 다룰 수밖에 없어. 네가 우릴 못 보는 게 더 나으니까. 이렇게 하면 토닌인이 널 검사할 때 우리 정체가 드러나지 않을 거야."

나는 내 양 손목을 묶은 매듭을 시험 삼아 당겨 본다. 아주 꼼꼼하게 잘 묶었다. 내 힘으로 매듭을 느슨하게 늦추는 건 꿈도 못 꿀 일이다.

"지금 하는 짓 당장 그만둬요." 나는 목소리에 최대한 권위를 담아 말한다. "당신들이 부역자를 잡았다고 생각하는 거 알아요. 인류의 배신자를 찾은 줄 알겠죠. 당신들은 지금 이게 정의이자 복수라고 믿을 거예요. 하지만 생각해 봐요. 만약 나를 해치면 당신들은 결국 붙잡힐 테고, 이번 일의 기억은 모조리 삭제될 거예요. 기억조차 안 남는다면 복수가 다 무슨 소용이에요? 아예 일어나지도 않은 일처럼 돼 버린다고요."

전자 음성이 어둠 속에서 껄껄 웃는다. 사람이 몇 명이나 있는지 모르겠다. 노인인지, 젊은이인지, 남자인지 아니면 여자인지도.

"풀어줘요."

"그럴 거야." 첫 번째 목소리가 말한다. "너한테 이걸 다 들려준 다음에."

버튼을 누를 때 나는 '찰칵' 소리가 들리고, 뒤이어 육신에서 분리된 목소리가 들려온다. "안녕, 조시. 보아하니 결정적인 단서를 잡은 모양이군."

그 목소리의 주인은 바로 나다.

"······아무리 철저히 연구해도 기억을 모조리 지우기란 불가능해. 오래된 하드 디스크와 마찬가지로 환생자의 의식에도 예전 경로의 흔적이 여전히 남아 있고, 이 흔적이 휴면 상태에 머물며 딱 맞는 작동 신호를 기다리기 때문에······"

워커 스트리트와 링컨 스트리트의 교차점, 예전 우리 집.

집 안은, 내 장난감이 사방에 어질러져서, 엉망이다. 소파는 없고 낡은 등나무 의자 네 개가 낡은 나무 테이블을 둘러싸고 있고, 테이블 상판에는 동그란 얼룩이 잔뜩 있다.

나는 그중 한 의자 뒤편에 숨어 있다. 집 안은 조용하고 어두워서 이른 새벽, 아니면 늦은 오후 같다.

바깥에서 비명이 들려온다.

나는 일어서서 현관으로 달려가 문을 활짝 연다. 토닌인이 맨 위 팔 한 쌍으로 아버지를 붙잡아 허공에 들어 올리는 광경이 눈에 들어온다. 가운데 팔과 맨 아래 팔 두 쌍은 아버지의 팔다리를 붙잡아 움직이지 못하게 한다.

토닌인 뒤편에 엎드린 어머니의 몸은 꼼짝도 하지 않는다.

토닌인이 팔을 홱 당기자 아버지는 다시 비명을 지르려 하지만, 목에 피가 고인 탓에 그르렁거리는 소리만 겨우 흘러나온다. 토닌인은 다시 팔을 홱 당기고, 나는 아버지가 갈기갈기 찢기는 광경을 지켜본다.

토닌인이 나를 내려다본다. 눈이 커졌다가 다시 작아진다. 이름 모를 꽃과 향신료의 냄새가 너무나 진해서 나는 그만 헛구역질을 한다.

그 토닌인은 카이다.

"……그자들은 네 의식에서 실제 기억이 있어야 할 자리에 거짓을 채워 넣어. 검증을 거치는 동안 무너져 내리는 조작된 기억을……"

카이는 내가 있는 철창 바깥에서 나를 향해 다가온다. 비슷한 철창이 여럿 있고 각각 젊은 남자나 여자가 한 명씩 갇혀 있다. 우리는 의미 있는 기억을 형성하지 못하도록 통제당한 채 얼마나 긴 세월을 어둠 속에 고립돼 있었을까?

불이 환히 켜진 교실 같은 것은, 철학 강의 같은 것은, 서쪽 창문에서 비스듬히 비쳐 든 햇살이 바닥에 또렷이 그려놓은 마름모꼴 같은 것은, 하나도 없었다.

"이렇게 돼서 미안해." 카이가 말한다. 적어도 발성 상자는 진짜다. 하지만 기계적인 말투에서 방금 그 말이 거짓임이 드러난다. "우린 오래전부터 계속 그렇게 말했어. 당신들이 기어코 기억하려 하는 그 일들을 저지른 건 우리가 아니야. 그들은 한때 필요했지만 이미 처벌을 받았고, 쫓겨났고, 망각됐어. 이제는 나 잊고 미래로 나아갈 때야."

나는 카이의 눈에 침을 뱉는다.

카이는 내 침을 닦지 않는다. 눈이 커지고, 카이는 내게서 그 눈을 돌린다. "당신들은 우리에게 선택할 여지를 주지 않아. 우린 어쩔 수 없이 당신들을 새롭게 만들어야 해."

"……그자들은 너한테 과거는 과거고, 죽었고, 이미 사라졌다고 말하지. 자기네는 새사람이라고, 예전 자신들이 한 짓에는 책임이 없다고 말해. 그런데 그 말도 조금은 일리가 있어. 카이와 몸을 섞을 때 나는 그님의 머릿속을 들여다보는데, 거기에는 우리 부모님을 죽인 카이도, 아이들을 잔인하게 학대한 카이도, 우리 미래를 자기네 마음대로 만드는 데 방해가 될까 봐 예전 우리 삶의 흔적을 지우려고 우리에게 오래된 사진을 불태우라고 법에 따라 강요한 카이도 남아 있지 않아. 그자들은 정말로 자기네 말처럼 잊어버리기의 달인이고, 피로 얼룩진 과거는 그자들의 눈에 낯선 나라처럼 보여. 내 연인인 카이의 정신은 정말로 예전과 달라. 결백하고, 떳떳하고, 무고해.

하지만 그자들은 너의, 나의, 우리의 부모의 유골 위를 계속 걸어다녀. 죽은 우리 동족에게서 빼앗은 집에서 계속 살아가고. 부정으로 진실을 훼손하는 짓도 계속 저지르지.

우리 가운데 일부는 집단 망각을 생존의 대가로 받아들였어. 하지만 모두가 그런 건 아니야. 난 너고, 넌 나야. 과거는 죽지 않아. 과거는 배어나고, 누출되고, 침투하고, 튀어나올 기회를 기다려. 네가 지닌 기억이 곧 너야⋯⋯"

카이의 첫 키스. 끈적끈적한, 날것의 느낌.

카이가 처음 내 안에 들어왔을 때. 카이의 정신에 내 정신이 처음 침범당했을 때. 무력했던 느낌, 내가 제거하지 못할 어떤 것이 나에게 저질러졌다는, 나는 두 번 다시 깨끗해지지 못하리라는 느낌.

꽃과 향신료의 냄새, 내가 결코 잊거나 지우지 못할 냄새, 왜냐면 단지 내 콧구멍으로 들어온 것이 아니라 내 머릿속 깊숙이 뿌리 내렸으니까.

"⋯⋯처음에는 내가 외계인 혐오 단체 안에 침투했지만, 결국에는 그 단체가 내 안에 침투했어. 그들이 비밀리에 보관해 온 정복기의 기록과 그들의 증언과 기억 공유 덕분에 마침내 나는 잠에서 깨어났고, 나만의 이야기를 회복했던 거야.

진실을 알고 나서 나는 신중하게 복수를 계획했어. 카이한테 숨기기가 쉽지 않은 줄은 이미 알고 있었지. 그래도 묘수를 짜냈어. 난 카이와 결혼한 사이라서, 다른 보호국 수사관들은 정기적으로 받는 검사를 안 받아도 돼. 그래서 카이가 시도하는 친밀한 접촉을 피하고 몸이 아프다고 둘러대기만 하면 생각이 읽히는 상황을 모조리 피하는 셈이니까, 적어도 한동안은 내 머릿속에 비밀을 숨길 수 있었지.

난 다른 신분을 만들어 가면을 쓰고 다니면서 외계인 혐오 단체에게 필요한 물자를 공급해 줬어. 공모자들 가운데 누구 한 명이 붙잡혀서 검사를 받더라도 다른 사람들이 배신당하는 일이 없게끔, 우린 모두 가면을 쓰고 다녔지."

나는 스스로 외계인 혐오 단체에 침투할 때 썼던 가면들을 고스란히 공모자들에게 넘긴 거야……

"그러고 나서 나는 피치 못할 체포와 환생의 날을 기다리며 내 의식을 요새처럼 다지기 시작했어. 부모님이 돌아가시던 광경을 몹시도 생생히 회상하면서, 사건들이 내 의식에 지울 수 없을 만큼 깊이 새겨지도록 거듭 또 거듭 재생했지. 난 알고 있었거든. 카이는 내 환생 의식을 자기가 준비하겠다고 자원할 텐데, 그 생생한 이미지들을 보면 유혈과 폭력에 혐오감을 느끼고 내 의식을 너무 깊이 검사하기 전에 움찔 물러설 거라는 걸 말이야. 그님은 자기가 한 짓을 오래전에 까맣게 잊었을뿐더러 남이 상기시켜 주는 것도 원하지 않으니까.

그런 이미지들이 모든 면에서 진실인지 아닌지 내가 아느냐고? 아니, 몰라. 나는 어린애의 의식이라는 흐릿한 필터를 거쳐 그 이미지들을 회상했어, 그러니까 틀림없이 다른 모든 생존자가 공유하는 기억이 그 이미지들을 잉태하고, 윤색하고, 살을 붙였을 거야. 우리가 지닌 기억은 서로에게 스며들어 집단 분노를 형성하니까. 토닌인들은 자기네가 심은 가짜 기억과 마찬가지로 그 분노도 진짜가 아니라고 하겠지만, 잊어버리는 건 너무 쉽게 기억하는 것보다 훨씬 더 큰 죄악이야.

난 내 흔적을 더 감쪽같이 감추려고 그자들이 내게 준 가짜 기억을 조금씩 떼서 그걸로 진짜 기억을 쌓아 올렸어. 그렇게 하면 카이가 내 의식을 해부할 때 자기 거짓말과 내 거짓말을 구분하지 못할 테니까."

거짓인, 깔끔한, 잡동사니 없는 우리 부모님의 거실은 내가 애덤과 로런을 만난 거실로 재창조되고 재배치됐어……

서쪽 벽의 창문으로 비친 햇살이 바닥에 선명한 마름모꼴을 그리게끔……

당신들은 어떤 기억이 진실이고 어떤 기억이 거짓인지 분간하지 못해. 그러면서도 기억이 중요하다는 관념에 집착하고, 기억을 토대 삼아 그 위에 삶을 쌓아 올리다시피 하지.

"그리고 이제, 계획이 시작된 건 확실하지만 내가 그 세부 사항을 자세히 알지 못해 만에 하나 심문당해도 모든 게 물거품이 될 염려는 없는 지금, 난 카이를 공격하러 갈 거야. 그 공격이 성공할 가망은 거의 없고 카이는 분명 나를 환생시키려 하겠지. 지금의 나를 지워 버리려고 말이야. 나를 전부 지우지는 않을 거야. 우리가 함께하는 삶이 계속되도록. 나는 죽음으로써 내 공모자들을 보호하고, 그들이 승리하게 할 거야.

하지만 내 눈으로 보지 못하면 복수가 다 무슨 소용이겠어? 네가, 그러니까 환생자인 내가 기억하지 못한다면, 복수에 성공했다는 만족감을 느끼지 못한다면? 그래서 난 단서를 묻어두고, 네가 주우면서 따라올 빵 부스러기를 줄줄이 떨어뜨려 놨어. 그러다 보면 네가 무슨 짓을 했는지 떠올릴 수 있을 테니까."

애덤 우즈는…… 결국 나하고 별로 다를 게 없었던 그 남자의 기억은, 내 기억을 불러일으키는 방아쇠였어…….

그 물건들은 내가 구입했어, 나중에 다른 나의 머릿속에서 모닥불의 기억을 불러일으키려고…….

그 가면은, 남들에게 나를 기억시키려고 썼어…….

워커 링컨을.

사무실에 돌아와 보니 클레어가 건물 바깥에서 나를 기다린다. 클레어 뒤의 그늘에 남자 둘이 서 있다. 그리고 그보다 한참 뒤에, 남자들 머리 위쪽에, 카이의 윤곽이 흐릿하게 보인다.

나는 멈춰 서서 뒤를 돌아본다. 내 뒤로 다른 남자 두 명이 길 저편에서 걸어온다. 나의 퇴로를 막으려고.

"정말 유감이야, 조시." 클레어가 말한다. "내가 기억에 관해 얘기해 줬을 때 잘 들었어야지. 카이가 나한테 자기가 보기엔 수상쩍다고 얘기했어."

그늘 속에 있는 카이의 눈이 보이지 않는다. 나는 클레어의 뒤쪽 높은 곳에 있는 흐릿한 형상으로 눈길을 향한다.

"나한테 직접 얘기할 생각 없어, 카이?"

그 형상이 멈칫하더니 이윽고 기계 음성이, 내 머릿속을 어루만지는 사이에 익숙해진 목소리와 너무나 딴판인 소리가, 그늘 속에서 우지직거리며 들려온다.

"난 당신한테 할 말이 전혀 없어. 나의 조시는, 내 사랑은, 이제 존재하지 않아. 그는 유령에게 장악당해 이미 기억 깊이 잠겨 버렸어."

"난 여기 그대로 있어. 다만 이제 완전해졌어."

"그건 당신의 끈질긴 착각인데 우리가 고칠 수 있을 것 같지 않아. 난 당신이 미워하는 카이가 아니고, 당신은 내가 사랑하는 조시가 아니야. 우린 우리 과거의 총합이 아니야." 그님은 멈칫하다가 말을 이었다. "나의 조시를 어서 만나고 싶어."

그님은 사무실 건물 안으로 들어간다. 심판과 처형 앞에 나를 남겨둔 채.

나는 부질없는 짓인 줄 다 알면서도 클레어에게 말을 걸어 본다.

"클레어, 넌 내가 기억해야 한다는 거 알잖아."

그녀의 표정은 슬프고 지쳐 보인다. "소중한 누군가를 잃은 사람이 너 혼자일 것 같아? 난 5년 전만 해도 포트 같은 건 있지도 않았어. 한때는 아내도 있었고. 너 같은 사람이었어. 과거를 놓는 법을 모르는 사람. 그런 아내 때문에 난 포트를 달고 환생했어. 하지만 그들은 내가 굳게 마음먹고 노력했다는 이유로, 과거를 과거로 놔뒀다는 이유로, 내 아내의 기억을 조금은 간직하게 허락해 줬어. 그런 반면에 넌 끝까지 싸우려고만 하지.

네가 얼마나 여러 번 환생했는지 알아? 카이는 너를 사랑하기 때문에, 사랑했기 때문에 너를 대부분 그대로 남겨두고 싶어 했어. 그래서 그들은 매번 너를 가능한 한 조금씩만 잘라냈던 거야."

나는 카이가 어째서 그토록 간절히 나를 나 자신으로부터 구하려 했는지, 또 어째서 내 안의 유령들을 정화하려 했는지 알지 못한다. 어쩌면 그님의 머릿속에는 스스로도 느끼지 못하는 과거의 희미한 메아리가 있어서 내게 끌리게끔 그를 조종하고, 나로 하여금 거짓말을 믿게 만들도록 그를 강요하는지도 모른다. 그리하여 그님 스스로도 그 거짓말을 믿도록. 용서란 곧 망각인 것이다.

"하지만 그님의 인내심도 마침내 바닥났어. 이번부터 넌 네 삶을 전혀 기억하지 못해. 네가 저지른 범죄도 마찬가지야. 네가 수많은 너 자신과 네가 아낀다고 주장하는 많은 사람들을 죽음으로 몰아넣으면서까지 저지른 그 범죄도. 그런 일이 일어난 걸 기억하는 사람이 한 명도 없다면 네가 추구하는 복수라는 게 다 무슨 소용이야? 과거는 이미 지나갔어, 조시. 외계인 혐오 세력에게는 미래가 없어. 토닌인들은 여기서 계속 살 거야."

나는 고개를 끄덕인다. 클레어의 말은 사실이다. 하지만 어떤 것이 사실이라고 해서 내가 투쟁을 멈춰야 하는 것은 아니다.

나는 다시 심판선에 탄 나 자신을 상상한다. 내가 집에 돌아왔을 때 맞이하러 나오는 카이를 상상한다. 우리가 처음 나눈 키스, 결백하고 순수한 새 출발을 상상한다. 기억 속의 꽃과 향신료 냄새를 떠올린다.

내 안의 한 부분은 그님을 사랑한다. 나의 그 부분은 그님의 영혼을 보고 그님의 손길을 갈망한다. 내 안의 또 다른 부분은 앞으로 나아가고 싶어 한다. 그 부분은 토닌인들이 제공하는 것을 믿고 싶어 한다. 그리고 나는, 통합된 나, 착각에 지나지 않는 나, 그 부분들에 대한 연민으로 가득하다.

나는 돌아서서 달리기 시작한다. 내 앞의 남자들은 침착하게 기다린다. 뛰어 봐야 벼룩이니까.

나는 손에 쥔 방아쇠를 당긴다. 내가 떠나기 전에 로런이 나에게
준 것이다. 예전의 나 자신이 보내는, 내가 나에게 주는 마지막 선물
이다.

나는 내 척추가 폭발해 미세한 조각 수백만 개로 잘게 쪼개지는
광경을 폭발 직전의 순간에 상상한다. 상상 속에서 나의 모든 조각
들, 짧은 순간 하나의 무늬를 그리려 애쓰는 원자들은, 하나의 일관
된 환상을 이룬다.

은랑전(隱娘傳)

The Hidden Girl

8세기 중국, 당(唐)나라 조정은 이른바 '절도사'라는 군사 지휘관 겸 지방 관에게 점점 더 의존했다. 절도사의 임무는 원래 국경 방어였으나 세월이 흐르는 사이 세금 징수와 민사 행정을 비롯해 여러 분야의 정치권력을 잠식하기에 이르렀다. 사실상 그들은 독립적인 봉건 군벌이었으며, 황제의 통수권을 받들 의무는 명목에 지나지 않았다.

절도사들 사이의 경쟁 관계는 유혈이 낭자한 폭력으로 번지는 경우가 많았다.

나의 열 살 생일 다음 날 아침, 꽃이 활짝 핀 회화나무 가지 사이로 햇살이 비쳐 들어와 우리 집 앞 도로의 포석에 알록달록한 무늬를 그린다. 나는 서쪽을 향해 뻗은 신선의 팔처럼 생긴 굵다란 가지 위로 기어올라 노란 꽃송이 하나를 향해 손을 뻗으며, 쌉싸름한 느낌이 살짝 도는 달콤한 맛을 머릿속에 그린다.

"적선을 베풀지 않으시려나, 어린 아가씨?"

아래를 내려다보니 웬 비구니가 보인다. 몇 살이나 됐는지 가늠하기가 힘들다. 얼굴은 주름 없이 매끈하지만 굳센 기상이 느껴지는 까만 눈을 보니 우리 할머니가 생각난다. 매끈하게 깎은 머리의 보송보송한 솜털은 따사로운 햇살 속에 후광처럼 빛나고, 회색 가사는 비록 깨끗하기는 해도 솔기가 해졌다. 비구니는 왼손에 나무 바리때를 들고 기대에 찬 눈빛으로 나를 올려다본다.

"회화나무 꽃 좀 드릴까요?" 내가 묻는다.

비구니는 웃는다. "어릴 적에 먹어 보고는 통 맛보질 못했는데. 거

참 맛있겠군."

"제 아래쪽에 서 계시면 그릇에다 조금 떨어뜨려 드릴게요." 나는
그렇게 말하며 허리춤의 주머니로 손을 가져간다.

비구니는 고개를 가로젓는다. "남의 손이 닿은 꽃을 먹을 수야 없
지…… 이 풍진세상의 속된 심사가 잔뜩 묻었으니."

"그럼 직접 올라오시든가요." 나는 그 말을 내뱉기가 무섭게 짜증
을 내는 나 자신이 부끄럽다고 느낀다.

"내 손으로 직접 따면 그건 적선이 아니지 않은가?" 비구니의 목
소리에서 희미한 웃음이 느껴진다.

"알았어요." 내가 말한다. 아버지는 늘 내게 스님 앞에서는 예의를
갖추라고 가르치셨으니까. 우리 집안은 불교를 믿지 않지만, 그래도
신령을 적대시하는 건 현명한 짓이 아니다. 도교의 신령이든 불교
의 신령이든, 아니면 어떠한 도사에게도 의지하지 않는 자연의 신령
이든 간에. "어떤 꽃이 마음에 드는지 말씀해 주세요. 제가 건드리지
않고 따 볼게요."

비구니는 내가 앉은 굵다란 가지 아래쪽 가느다란 가지의 끄트머
리에 핀 꽃 몇 송이를 가리킨다. 그 꽃들은 나무의 다른 가지에 핀
꽃보다 색이 옅은데, 이는 곧 맛이 더 달다는 뜻이다. 하지만 그 꽃들
이 달린 가지는 내가 올라앉기에는 너무나 가늘다.

나는 앉아 있던 굵직한 가지를 양다리로 둥그렇게 감싼 다음 뒤쪽
으로 몸을 쭉 뻗어 거꾸로 매달린 박쥐 같은 자세를 취한다. 이런 식
으로 세상을 보면 재미있기 때문에, 나는 치마 밑단이 얼굴을 가리
고 펄럭거려도 아랑곳하지 않는다. 아버지는 이런 내 모습을 보면

어김없이 호통을 치시다가도 곧 화를 푸시는데, 그건 내가 아직 아기일 적에 어머니를 잃었기 때문이다.

나는 축 늘어진 옷소매로 손바닥을 가린 채 꽃을 쥐려고 손을 뻗어 본다. 하지만 비구니가 원하는 가지의 꽃까지는 너무 멀다. 딱 손 닿는 범위 바깥에 있는 하얀 꽃송이들이 그저 감질날 뿐이다.

"많이 힘들면 그만두시게." 비구니가 외친다. "난 괜찮아. 아가씨 옷이 찢어지면 안 되잖아."

나는 아랫입술을 깨물며 비구니의 말을 무시하기로 마음먹는다. 뒤이어 배와 허벅지에 힘을 꽉 준 다음, 앞뒤로 호를 그리며 몸을 흔들거린다. 그러다가 호의 위쪽 끄트머리에 이르러 이 정도면 충분히 높다는 생각이 들 때 나뭇가지를 붙든 양 무릎을 활짝 편다.

잎이 무성한 가지 사이로 몸을 날리자 비구니가 원하는 꽃들이 내 뺨을 스치고, 나는 이를 앙 다물어 꽃 한 송이를 꺾는다. 손을 뻗어 붙잡은 아래쪽 가지는 내 몸무게가 버거워 아래로 휘청하고, 내려갔던 몸이 다시 위로 올라오는 사이에 내 몸에 붙었던 탄력은 차츰 약해진다. 잠깐 동안 그 가지는 부러지지 않고 버틸 것처럼 보이지만, 이내 빠직 하며 부러지는 소리가 들리고 느닷없이 몸이 깃털처럼 가벼워진 느낌이 든다.

나는 무릎을 구부려 가까스로 다치지 않고 회화나무 그늘 속에 착지한다. 그러고는 곧바로 몸을 굴려 그 자리를 벗어나고, 뒤이어 꽃이 핀 나뭇가지가 방금 막 내가 빠져나온 자리에 떨어져 쿵 소리를 낸다.

나는 비구니 앞으로 태연하게 걸어가 입을 벌리고 그녀의 바리때에 꽃송이를 떨어뜨린다. "먼지 하나 안 묻었어요. 그리고 대면 안 된다고 하신 건 손뿐이었고요."

우리는 절에 있는 불상처럼 책상다리를 하고 회화나무 그늘에 앉아 있다. 비구니가 나뭇가지에 달린 꽃을 딴다. 한 개는 자기 몫, 한 개는 내 몫이다. 꽃의 단맛은 아버지가 이따금 사 주시는 설탕 반죽 인형보다 더 연하고 질리는 느낌도 덜하다.

"아가씨는 재능이 있구먼." 비구니가 말한다. "훌륭한 도둑이 되겠는걸."

나는 발끈해서 비구니를 본다. "전 장군의 딸이에요."

"그래? 그럼 이미 도둑이구나."

"그게 무슨 말씀이에요?"

"나는 이제껏 먼 길을 걸어왔어." 내 눈길은 비구니의 맨발로 향한다. 굳은살이 박인 발바닥이 가죽처럼 두툼하다. "농민은 들판에서 굶주리는데 지체 높은 귀족은 군대를 더 키우려고 책략과 음모에 몰두하더군. 대신과 장군은 상아 술잔에 술을 따라 마시고 비단 두루마리에 오줌을 갈겨 서예를 즐기는 반면, 고아와 과부는 쌀 한 홉으로 닷새를 버티고 말이야."

"단지 가난하지 않다고 해서 저희 가족이 도둑인 건 아니에요. 제 아버지는 위박(魏博)의 절도사님 밑에서 명예롭고 성실하게 직무를 수행하신다고요."

"이 고통받는 세상에서 우리는 모두 도둑이라네. 명예와 성실은 덕이 아니야. 그저 더 많이 훔치기 위한 핑계일 뿐."

"그럼 스님도 도둑이겠네요." 나는 화가 나서 벌게진 얼굴로 말한다. "남의 적선을 받으면서 스스로는 아무 일도 안 하니까요."

비구니는 고개를 끄덕인다. "아무렴. 부처께서 가르치시길 세상은 환상이며, 우리가 그 환상을 꿰뚫어보지 못하는 한 고통은 피할 수 없는 것이라 하셨어. 어차피 모두가 도둑이 될 운명이라면 세속을 초월한 규칙을 지키는 도둑이 되는 것이 낫지."

"그럼 스님이 지키는 규칙은 뭔데요?"

"위선자들의 도덕적 선언을 무시할 것, 내가 한 말은 반드시 지킬 것, 더도 말고 덜도 말고 내가 하겠다고 한 일은 반드시 실천할 것. 내 재주를 갈고닦아 점점 더 어두워져 가는 세상에서 등불처럼 사용할 것."

나는 웃음을 터뜨린다. "그 재주란 게 뭔가요, 도둑 여사님?"

"나는 사람들의 삶을 훔친다네."

장롱 안은 어둡고 따뜻하고 장뇌 냄새가 진동한다. 나는 문 사이의 가느다란 틈으로 비쳐 드는 희미한 불빛에 의지해 주위에 이불을 빙 둘러 쌓아 아늑한 둥우리를 만든다.

순찰을 도는 병사들의 발소리가 내 방 바깥 복도를 따라 울려 퍼진다. 병사 한 명이 모퉁이를 돌 때마다 갑옷과 검이 절그럭대는 소리가 들려와 한 시간의 한 토막이 또 지났다고, 이로써 아침이 더 가까워졌다고 알려 준다.

비구니와 아버지의 대화가 내 머릿속에 다시금 펼쳐진다.

"딸을 내게 주시게. 그 아이를 제자로 삼아야겠어."

"부처님께서 이리 다정하게 마음을 써 주시니 제 가슴이 다 뿌듯합니다만, 사양하겠습니다. 제 딸이 있을 곳은 저희 집, 제 곁입니다."

"그대가 선선히 주지 않으면 내가 허락 없이 데려갈 거야."

"지금 제 딸을 납치하겠다고 협박하는 겁니까? 제가 한평생 칼끝을 걸으며 살아 온 무인이라는 것도, 자기네 어린 아씨를 지키기 위해서라면 기꺼이 목숨도 내놓을 전투병 쉰 명이 저희 집을 지키고 있다는 것도 아실 텐데요."

"난 협박 따위는 안 해. 그저 통보할 뿐이야. 설령 그대가 딸을 쇠상자에 넣고 청동 사슬로 친친 감아 바다 밑에 빠뜨려 놔도 나는 그 아이를 데려갈 걸세. 마치 이 단검으로 그대의 수염을 베듯이 거뜬하게 말이야."

서늘하고 환한 금속성 섬광이 번득였다. 아버지가 검을 뽑았던 것이다. 검날이 검집을 긁는 소리가 내 심장을 움켜쥐자 가슴이 거칠게 두근거렸다.

그러나 비구니는 이미 사라져 보이지 않았고, 그 자리에 남은 거라곤 비뚜름히 비쳐드는 햇살 속에서 바닥으로 나풀나풀 떨어지는 희끗한 털 몇 가닥뿐이었다. 망연자실한 아버지는 단검이 살갗을 쓰다듬은 자리인 뺨에 손을 갖다 댔다.

떨어지던 수염이 바닥에 내려앉았다. 아버지는 얼굴에서 손을 뗐다. 뺨에 조그맣게 드러난 맨살이 아침 햇살을 받은 도로의 포석처럼 창백했다. 피는 조금도 흐르지 않았다.

"딸아, 두려워할 것 없다. 오늘 밤에는 경비병을 세 배로 늘리마.

먼저 떠난 네 엄마의 넋이 너를 지켜 줄 거다."

하지만 난 두렵다. 정말로 두렵다. 비구니의 머리 둘레를 따라 빛나던 햇빛이 떠오른다. 나는 길고 숱이 많은 내 머리카락이 좋다. 하녀들은 내 머리카락이 어머니를 닮았다고 하는데, 어머니는 밤마다 잠자리에 들기 전 머리를 백 번씩 빗으셨다고 한다. 나는 머리를 박박 깎고 싶진 않다.

비구니의 손에서 번득인 쇠붙이가 머릿속에 떠오른다. 눈길이 좇아가기도 힘들 만큼 빨랐던 그 손이.

아버지의 얼굴에서 잘려 나가 바닥으로 나풀나풀 떨어지던 수염 가닥들이 떠오른다.

장롱문 바깥에 있는 등잔의 불빛이 흔들린다. 나는 장롱 구석으로 부리나케 기어들어 가 눈을 질끈 감아 버린다.

아무 소리도 들리지 않는다. 내 얼굴을 쓰다듬는 한 줄기 찬바람뿐. 그 바람은 펄럭이는 나방의 날개처럼, 보드랍다.

나는 눈을 뜬다. 내 눈앞에 있는 것이 무엇인지 파악하기까지는 조금 시간이 걸린다.

내 얼굴 앞쪽으로 두 걸음 정도 떨어진 허공에 뭔가 기다란 물체가, 크기는 내 팔뚝만 하고 모양은 누에고치 같은 것이 매달려 있다. 달의 파편처럼 환한 그 물체가 비추는 빛은 온기가 없고, 그림자도 만들지 않는다. 나는 홀린 듯 그 물체를 향해 기어간다.

아니, '물체'라는 말은 별로 어울리지 않는다. 그것의 안쪽에서는 서늘한 빛이 마치 녹아내리는 얼음처럼 쏟아져 나오고, 찬바람도 함께 흘러나와 내 얼굴 주위의 머리카락을 흩트려 놓는다. 그것은 차라리 실체의 부재이고, 컴컴한 장롱 속 공간에 생긴 틈새이자, 스스로 먹어 치운 어둠을 빛으로 바꿔 놓는 음(陰)의 존재이다.

나는 목이 바싹 마른 느낌이 들어서 침을 힘주어 삼킨다. 그런 다음 환한 빛을 향해 떨리는 손끝을 뻗는다. 아주 잠시 망설이다가, 손끝을 댄다.

또는 대지 않는다. 살이 타는 열기도, 뼈가 시린 냉기도 전혀 느껴지지 않는다. 손끝이 어디에도 닿지 않자 그 틈새가 음의 존재라는 인상은 더 또렷해진다. 그렇다고 내 손끝이 틈새의 뒤편에 나타난 것도 아니다. 내 손가락들은 그저 빛 속으로 사라질 뿐이다. 마치 내가 공간에 생긴 구멍 속으로 손을 집어넣기라도 한 것처럼.

나는 손을 뒤로 홱 당겨 손끝을 살펴보고, 손가락을 꼬물꼬물 움직여 본다. 적어도 내 눈에는 상처가 하나도 보이지 않는다.

틈새에서 손이 뻗어 나와 내 팔을 잡더니, 나를 빛 쪽으로 끌어당긴다. 나는 미처 소리 지를 틈도 없이 환한 빛에 눈앞이 새하얘지고, 뒤이어 추락하는 느낌에 압도당한다. 하늘에 닿을 듯이 높다란 회화나무 끄트머리에서 아무리 떨어지고 또 떨어져도 가까워지지 않는 땅바닥을 향하여, 추락하는 느낌에.

구름 사이에 둥둥 떠 있는 산이 꼭 섬 같다.

내려가는 길을 찾으려 애쓰지만, 늘 그렇듯이 안개 낀 숲에서 길을 잃고 만다. 그냥 아래로만 내려가, 아래로. 나는 속으로 되뇐다. 하지만 안개는 점점 더 짙어져서 실체를 지니기에 이르고, 벽처럼 단단한 구름은 아무리 밀어 봐도 꿈쩍도 않는다. 나는 어쩔 도리 없이 주저앉아 덜덜 떨며 머리카락에 맺힌 물기를 짜낸다. 물기의 일부는 눈물이지만 나는 그 사실을 인정하지 않을 것이다.

그녀는 안개 속에서 모습을 드러낸다. 그러고는 자신을 따라 다시 산봉우리로 올라가자고 말없이 내게 손짓한다. 나는 그런 그녀에게 복종한다.

"숨는 데는 별로 소질이 없구나." 그녀가 말한다.

그 말에는 아무 대꾸도 하지 않는다. 그녀에게 높은 담과 병사들이 지키는 장군의 집 안 장롱에서 나를 몰래 빼내는 재주가 있는 이상, 내가 그녀의 눈을 피해 숨을 곳은 아마 어디에도 없을 것이다.

우리는 숲에서 나와 다시 햇빛이 쨍쨍한 산봉우리로 돌아간다. 질풍이 우리 곁을 쓸고 지나가자 낙엽이 금빛과 진홍빛에 물든 폭풍으로 변해 휘몰아친다.

"배고프냐?" 그녀가 묻는다. 쌀쌀한 목소리는 아니다.

나는 고개를 끄덕인다. 그녀의 말투에 어딘가 내 허를 찌르는 구석이 있기 때문이다. 아버지는 절대로 내게 배가 고프냐고 묻지 않는데, 나는 가끔 어머니가 내게 갓 구운 빵과 두유로 아침을 차려 주시는 꿈을 꾸곤 한다. 비구니가 나를 이리로 데려온 지도 사흘째. 나는 숲에서 찾은 새콤한 덤불 열매 몇 알과 땅에서 파낸 쌉쌀한 나무뿌리 몇 가닥 말고는 아무것도 먹지 못했다.

"따라오너라." 비구니가 말한다.

그녀는 낭떠러지에 새겨진 구불구불한 길로 나를 데리고 올라간다. 길이 어찌나 좁은지 아래를 내려다볼 생각은 차마 하지도 못한 채 발을 끌며 느릿느릿 따라가는 동안 내 얼굴과 몸은 바위 표면에 찰싹 달라붙어 떨어질 줄 모르고, 한껏 뻗은 양손은 대롱거리는 덩굴을 도마뱀처럼 붙들고 매달린다. 그런 반면에 비구니는, 장안의 널따란 큰길 한복판을 거니는 사람처럼 산길을 따라 성큼성큼 걸어간다. 그러면서 모퉁이를 돌 때마다 멈춰 서서는 내가 따라잡을 때까지 끈기 있게 기다린다.

머리 위쪽에서 쇠붙이가 철컹대는 소리가 희미하게 들려온다. 산길을 따라 움푹움푹 팬 홈에 발을 넣어 힘껏 디디고 손에 쥔 덩굴의 뿌리가 산에 단단히 박혀 있는지 확인한 다음, 나는 위쪽을 올려다본다.

열네 살쯤으로 보이는 어린 여성 둘이 허공에서 검을 들고 싸우고 있다. 아니, *싸우다*는 정확한 표현이 아니다. 둘이 움직이는 모습은 오히려 춤이라고 해야 더 정확하다.

두 여성 가운데 하얗고 기다란 겉옷을 입은 쪽이 왼손으로 덩굴을 쥔 채 두 발로 절벽을 박찬다. 양다리를 앞으로 쭉 뻗고서 완만한 호를 그리며 절벽에서 멀어지는 그녀의 모습을 보고 있으려니 절에 갔을 때 두루마리 속 그림에서 본 천녀(天女), 그러니까 구름 속에서 살며 하늘을 날아다니는 선녀가 떠올랐다. 그녀가 오른손에 쥔 검은 햇빛을 받아 반짝이는 모습이 마치 하늘의 파편 같다.

그녀의 상대, 즉 절벽에 매달려 있던 여성은 칼끝이 자신을 노리고 다가오자 붙들고 있던 덩굴을 놓고 위쪽을 향해 똑바로 뛰어오른다. 검고 기다란 겉옷이 주위 사방으로 거대한 나방의 날개처럼 불룩하게 부푸는 사이에 도약의 기세는 서서히 약해지고, 상승세의 정점에 이른 여성은 공중제비를 홱 돌아 흰 옷을 입은 적을 매처럼 덮친다. 검을 쥔 팔을 부리처럼 내지른 채로.

챙!

두 사람이 쥔 검의 끝이 맞부딪히자 폭발하는 폭죽처럼 환한 불꽃이 허공을 밝힌다. 검은 옷 여성이 쥔 검은 초승달처럼 휘어져 주인이 하강하는 속도를 늦추고, 이로써 검 주인은 공중에 거꾸로 선 자세를 취한다. 상대의 검날 끄트머리에 자기 몸무게를 고스란히 실은 채로.

두 사람은 검을 쥐지 않은 손을 활짝 편 채 동시에 내지른다.

쿵!

맑은 충격음이 허공에 울려 퍼진다. 검은 옷 여성은 절벽 표면에 착지한 다음 발목을 잽싸게 돌려 덩굴 한 가닥을 감고 버틴다. 흰 옷의 여성은 기다란 호의 끄트머리에 이르러 절벽의 바위에 닿더니, 마치 잔잔한 연못에 꽁무니를 담그는 잠자리처럼 다시금 바위를 박차고 뛰어올라 또 한 번 공격에 나선다.

두 검객이 요동치는 구름 위 수천 자 높이에서 땅이 당기는 힘과 죽음의 위협을 모두 거스르며 서로를 쫓고, 피하고, 돌격하고, 겁을 주고, 주먹을 날리고, 발로 차고, 검을 휘두르고, 우아하게 하늘을 가르고, 데구루루 구르고, 헐벗은 절벽 표면에 그물처럼 늘어진 덩굴 사이사이로 상대를 노리고 검을 뻗는 동안, 나는 그저 넋을 놓고 구경할 뿐이다. 두 사람은 흔들리는 대나무 숲 사이를 날아다니는 새들처럼 우아하고, 이슬을 머금은 거미줄 위로 도약하는 사마귀처럼 재빠르며, 다관의 재담꾼이 쉰 목소리로 소곤소곤 들려주는 전설 속의 신선들처럼 터무니없는 재주를 선보인다.

또 한편으로 두 검객 모두 머리카락이 탐스럽고 기다랗고 아름답다는 점이 눈에 띄어 나는 마음이 놓인다. 아마도 비구니의 제자가 된다고 해서 꼭 삭발을 해야 하는 것은 아닌가 보다.

"오너라." 비구니가 손짓하며 부르자 나는 산길 모퉁이에서 허공으로 쑥 튀어나온 조그맣고 평평한 석판 위로 고분고분 올라간다.

"많이 허기졌나 보구나." 비구니의 목소리에 웃음기가 엷게 뱄다. 나는 부끄러워하며 입을 꾹 다문다. 소녀 검객들의 대련을 구경하다가 놀라서 벌어진 입이 여태 헤 벌어져 있었으니까.

발아래로 까마득히 멀리 구름이 보이고 사방에 바람이 휘몰아치는 이곳에 이르고 보니, 내가 이때껏 알던 세상은 사라져 버린 것만 같다.

"옜다." 비구니는 석판 끄트머리에 수북이 쌓인 연분홍색 복숭아를 가리킨다. 복숭아 한 개 한 개가 내 주먹만 하다. "이 산에 사는 백 살 먹은 원숭이들이 구름 속 깊숙이 들어가 천상의 정기를 빨아들이는 복숭아나무에서 따 온 거다. 이 복숭아를 한 알만 먹으면 열흘은 족히 허기를 못 느낀단다. 목이 마르면 덩굴에 맺힌 이슬을 마시거나 우리가 숙소로 쓰는 동굴의 샘물을 마시면 돼."

대련하던 두 소녀는 이미 절벽에서 내려와 우리 뒤편의 석판에 서 있다. 저마다 복숭아를 하나씩 들고서.

"사매(師妹), 네가 잘 곳이 어딘지는 내가 가르쳐 줄게." 흰 옷을 입은 소녀가 말한다. "나는 정아(精兒)야. 밤에 늑대 우는 소리가 무서우면 내 침상에서 같이 자도 돼."

"이 복숭아처럼 달콤한 건 생전 처음 먹어 볼걸." 검은 옷의 소녀가 말한다. "나는 공아(空兒)야. 스승님 밑에서 제일 오래 배웠기 때문에 이 산의 열매는 모르는 게 없지."

"회화나무꽃도 먹어 봤어?" 내가 묻는다.

"아니. 언젠가 네가 맛을 보여 줄 날이 오겠지."

나는 복숭아를 베어 문다. 맛은 형용하기 힘들 만큼 달콤하고, 순수한 눈을 뭉쳐 만든 것처럼 혀 위에서 사르르 녹아내린다. 하지만 한 입 삼키기가 무섭게 과육에 깃든 자양분의 열기 때문에 배 속이 따뜻해진다. 복숭아 덕분에 정말로 열흘을 버틸 거라는 믿음이 생긴다. 나는 스승님 말씀이라면 뭐든 다 믿을 것이다.

"왜 저를 데려오셨어요?" 내가 묻는다.

"너한테는 재능이 있기 때문이란다, 은랑아."

이제 그것이 내 이름이라는 생각이 든다. 은랑(隱娘). '숨어 있는 여자애.'

"하지만 재능은 갈고닦아야 하는 법." 스승님의 말씀이 이어진다. "너는 망망한 동쪽 바다 깊은 바닥의 진흙 속에 묻힌 진주가 되겠느냐, 아니면 꾸벅꾸벅 졸다가 평생을 다 보내는 이들을 깨우고 속된 세상을 밝힐 만큼 환히 빛나겠느냐?"

"저 언니들처럼 싸우는 법을 가르쳐 주세요." 나는 그렇게 대답하고는 손에 묻은 달콤한 복숭아 과즙을 핥는다. 난 큰 도둑이 될 거예요. 그렇게 속으로 되뇐다. 그래서 당신한테 도둑맞은 내 삶을 다시 훔칠 거예요.

비구니는 생각에 잠긴 표정으로 고개를 끄덕이고 먼 곳으로 시선을 돌린다. 구름이 석양에 물들어 황금빛 광채와 진홍빛 선혈로 바뀐 곳으로.

6년 후

당나귀 수레의 바퀴가 덜그럭거리다가 멈춘다.

스승님은 미리 한마디 일러 주지도 않고서 내 눈을 가린 안대를 찢고 내 귀를 막은 비단 귀마개를 뽑는다. 나는 느닷없이 쏟아지는 환한 햇살과 사방에 가득한 소음을 견디려 버둥거린다. 당나귀 울음소리, 말이 히힝 하며 우는 소리, 민속극의 배경 음악처럼 귀청을 때리는 징 소리와 흐느끼는 듯한 이호(二胡) 소리, 짐을 싣고 내리느라 요란하게 쿵쾅대는 소리, 거기에 도회지의 다채로운 음향 세계를 구성하는 노랫소리와 악 쓰는 소리, 흥정하는 소리, 웃음소리, 말싸움하는 소리, 거들먹거리는 소리까지.

나는 흔들리는 어둠 속에서 여행하느라 쌓인 피로를 아직 다 떨치지도 못했건만, 스승님은 벌써 땅에 내려서서 길가의 말뚝에 당나귀 고삐를 묶고 있다. 지금 이곳이 변방에 있는 어느 번진의 중심 도시라는 것은 나도 알지만, 정확히 어딘지는 알 길이 없다. 사실, 그 정도는 갖가지 종류의 튀긴 빵과 설탕 입힌 사과와 말똥과 이국적인 향료의 냄새 덕분에 안대를 벗기도 전에 이미 알아차렸다. 주위에 분주히 오가는 도시 주민들의 짧막한 대화를 포착하려고 귀를 쫑긋 세워 보지만, 이곳 방언은 내 귀에 설기만 하다.

수레 옆을 지나는 행인들이 스승님께 허리 숙여 절하며 읊조린다. "아미타불."

스승님도 가슴 앞에 한쪽 손을 세우고 마주 절하며 답례한다. "아미타불."

이곳은 제국 영토 어디라고 해도 이상할 게 없다.

"여기서 점심을 먹을 거다. 다 먹고 나면 저기 있는 여관에서 쉬어도 된다."

"제 임무는 어떡하고요?" 나는 긴장한 목소리로 묻는다. 스승님에게 납치당한 후로 산을 내려오기는 이번이 처음이니까.

스승님은 연민과 흥미의 중간쯤에 해당하는 복잡한 표정으로 나를 본다. "그렇게 조바심이 나느냐?"

나는 아랫입술만 깨물 뿐, 대답하지 않는다.

"방식과 시간은 너 스스로 정해라." 스승님의 목소리는 구름 한 점 없는 하늘처럼 평온하다. "나는 사흘째 날 밤에 돌아오마. 부디 네 사냥에 행운이 따르기를."

"눈을 똑바로 뜨고 팔다리의 힘을 빼. 내가 가르쳐 준 것들, 빼놓지 말고 떠올리고." 언니가 말했다.

스승님은 근처 산봉우리에서 덩치가 어른 남자만 한 안개 매 두 마리를 미리 소환해 뒀다. 매 발톱에는 쇠로 만든 칼날이 달려 있었고, 무자비하게 휜 부리는 강철로 감싸여 번득였다. 매 두 마리는 내 머리 위의 허공을 맴돌며 구름 안개 사이로 번갈아 사라졌다 나타났다 했고, 음산하면서도 오만한 소리를 내며 울부짖었다.

정아 언니는 길이가 한 뼘 정도인 단검을 내게 건넸다. 임무를 수행하기에 턱없이 모자란 무기 같았다. 단검 자루를 잡는 내 손이 바들바들 떨렸다.

"눈에 보이는 게 다가 아니야." 정아 언니가 말했다.

"감춰진 걸 조심해야 해." 공아 언니도 한마디 보탰다.

"별일 없을 거야." 내 어깨를 꾹 잡으며, 정아 언니가 말했다.

"세상은 보이지 않는 진실이 드리운 환상으로 가득해." 공아 언니는 그렇게 말하고는 귓속말을 하려고 내게 몸을 숙였다. 뺨에 닿는 언니의 숨결이 따뜻했다. "내 목덜미에는 매랑 싸울 때 생긴 흉터가 지금도 남아 있어."

언니들은 물러서서 안개 속으로 사라졌고, 홀로 남은 나와 함께하는 거라곤 맹금 두 마리와 머리 위쪽 덩굴에서 들려오는 스승님의 목소리뿐이었다.

"우리는 왜 살생을 해야 하죠?" 내가 물었다.

매들은 번갈아 가며 급강하해 공격하는 척하면서 나의 방어 태세를 시험했다. 나는 반사적으로 폴짝 뛰어 몸을 피했고, 그러면서 단검을 휘둘러 매를 쫓았다.

"지금은 난세야." 스승님의 목소리가 들려왔다. "이 나라의 대영주들은 야망에 불타고 있어. 그래서 자기들이 보호하겠다고 맹세한 백성들한테서 빼앗을 수 있는 건 뭐든 다 빼앗는 거야. 양치기가 늑대로 변해 자기가 돌보는 양 떼를 덮치는 꼴이지. 그들은 자기네 궁전의 벽이 온통 금은으로 뒤덮일 때까지 세금을 올리고, 군대의 대열이 황하처럼 넓어질 때까지 어머니들에게서 아들을 빼앗고, 음모와 책략을 꾸며 지도 위 여기저기에 새로 선을 긋지. 마치 이 나라가 모래를 채운 쟁반인 것처럼, 농민들은 그 쟁반 위에서 몸을 납작 숙이고 기어 다니는 겁먹은 개미인 것처럼."

매 한 마리가 방향을 틀어 나를 노리고 내려왔다. 시험이 아니라

진짜 공격이었다. 나는 몸을 낮춰 방어 자세를 취했다. 단검을 쥔 오른손은 위로 쳐들어 얼굴을 가리고, 왼손은 지면을 짚어 몸을 안정시켰다. 눈으로는 매의 움직임을 놓치지 않고 좇았다. 다른 모든 것은 배경으로 사라지게 놔두고 오로지 날카로운 부리와 발톱의 번득이는 빛을, 밤하늘의 별자리처럼 환한 그 빛만을 좇았다.

내 시야에 매의 모습이 어렴풋이 보였다. 잔잔한 바람이 뒷덜미의 잔털을 훑으며 지나갔다. 허공의 맹금은 발톱을 뻗고 날개를 퍼덕였다. 내려앉는 속도를 늦추려는 마지막 시도였다.

"이 지방의 절도사가 옳다고 누가 말할 수 있을까? 또 저 지방의 장군이 그르다고 누가 말할 수 있을까?" 스승님이 물었다. "주군의 부인을 유혹하는 남자는 사실 폭군에게 더 가까이 다가가 확실한 복수를 감행할 생각에 그러는지도 모르지. 소작농들에게 쌀을 나눠 주라고 주인에게 요구하는 첩은 사실 자신만의 야심을 품고 그러는지도 모르고. 우리는 난세를 살아가고 있어. 그러니 유일하게 도덕적인 선택은 비도덕적이 되는 것뿐이야. 대영주들은 우리를 고용해 적을 공격하지. 그리고 우리는 몸을 바쳐 성실하게 임무를 수행한단다. 석궁의 화살처럼 정확하게, 그리고 치명적으로."

나는 웅크린 자세에서 단숨에 뛰어올라 단검으로 매를 벨 준비를 하다가, 문득 언니들이 해 준 말이 머릿속에 떠올랐다.

'……눈에 보이는 게 다가 아니야…… 내 목덜미에는 매랑 싸울 때 생긴 흉터가 지금도 남아 있어…….'

나는 바닥에 납작 엎드려 왼쪽으로 몸을 굴렸고, 이로써 등 뒤에서 나를 덮치려던 매의 발톱은 아슬아슬하게 나를 비켜갔다. 그 매가 방금 전까지 내 머리가 있던 허공에서 자신의 동료와 충돌하는 모습은 마치 물에 뛰어드는 사람이 수면의 자기 모습과 만나는 광경을 보는 듯했다. 퍼덕이는 날개가 서로 엉키면서 성난 울음소리가 울려 퍼졌다.

나는 깃털로 이루어진 폭풍을 향해 돌진했다. 단검을 한 번, 두 번, 세 번, 번개보다 더 빠르게 휘둘렀다. 매 두 마리는 추락했고, 지면에 닿으면서 날개 또한 허물어지듯 구겨졌다. 깔끔하게 잘린 매의 목에서 피가 흘러 석판 바닥에 흥건히 고였다.

옆으로 구르다가 거친 바위에 살갗이 긁힌 내 어깨에서도 피가 배어 나왔다. 하지만 나는 살아남았고, 내 적들은 그러지 못했다.

"우리는 왜 살생을 해야 하죠?" 지친 나머지 숨을 헐떡이며 다시 물었다. 나는 일찍이 야생 성성이를 해치운 적도 있고, 숲 표범과 대숲 호랑이도 잡은 적이 있었다. 하지만 안개 매 두 마리는 이때껏 가장 힘든 상대이자 암살 기술의 정점에 우뚝 선 표적이었다. "어째서 권력자의 철권 노릇을 해야 하나요?"

"우리는 흰개미 떼가 갉아먹은 집에 불어닥치는 겨울 폭풍이다. 낡은 것이 빨리 부패하도록 거들 때 비로소 새로운 것이 부활하는 법. 우리는 지친 세상의 복수를 하는 자들이다."

정아 언니와 공아 언니가 안개 속에서 나타나 시신을 삭히는 가루를 매의 주검에 뿌리고 내 상처에 붕대를 감아 줬다.

"고마워요." 나는 나직이 말했다.

"훈련을 더 해야겠더라." 말은 그렇게 했지만, 정아 언니의 목소리는 다정했다.

"난 너를 꼭 살려 둬야 했어." 공아 언니의 눈빛에 장난기가 반짝였다. "너 나한테 회화나무 꽃을 따다 주기로 했잖아. 기억나?"

야경꾼이 징 소리로 자정을 알릴 무렵, 절도사의 저택 바깥에 서 있는 회화나무 가지 끄트머리에 가느다란 초승달이 걸려 있다. 거리의 그늘은 먹물처럼 새까맣고, 다리에 딱 달라붙는 내 비단 바지와 몸에 꼭 맞는 윗도리와 코와 입을 가린 복면 역시 같은 색깔이다.

나는 거꾸로 매달려 있다. 양발은 담장 꼭대기에 갈고리처럼 걸어 놓았고 몸은 구불구불 뻗어나간 덩굴처럼 담장 표면에 바짝 붙였다. 병사 둘이 정해진 순찰 경로를 따라 내 아래쪽으로 지나간다. 그들이 위를 올려다보면 나는 그저 그늘로, 아니면 잠든 박쥐로 보일 것이다.

병사들이 사라지기가 무섭게 나는 등을 굽혀 담장 위로 폴짝 올라간다. 담장 위를 따라 고양이보다 더 조용히 달려가다 보니 맞은편에 저택 본채의 지붕이 보인다. 다리를 굽혔다가 펴는 동작 한 번으로 맞은편 지붕까지의 거리를 단숨에 뛰어넘은 다음, 완만하게 휘어진 모서리 쪽 처마 그늘 속으로 녹아드는 것처럼 사라진다.

방비가 철저한 저택에 숨어드는 수법 중에는 이보다 훨씬 더 은밀한 것도 물론 있지만, 나는 밤바람과 멀리서 들려오는 올빼미 울음소리에 둘러싸인 채 이 세상에 머무는 것이 더 좋다.

반들거리는 기왓장 하나를 조심스레 들어낸 다음, 빈 구멍 안을 들여다본다. 격자 모양 들보 사이로 불이 환히 켜진 넓은 집무실과 판석을 깐 바닥이 보인다. 동쪽 끄트머리의 단상에 중년 남자가 앉아 서류 뭉치를 유심히 들여다보며 천천히 종이를 넘긴다. 남자는 왼쪽 뺨에 나비 모양 반점이 있고 목에는 옥으로 만든 목걸이를 걸었다.

그 남자가 바로 내가 죽여야 하는 절도사다.

"그자의 목숨을 훔쳐라. 그리하면 너의 수련은 완성될 것이다. 이것이 너의 마지막 시험이다." 스승님의 말씀이었다.

"그자가 어떤 죽을 짓을 했는데요?"

"이유 따위가 중요하더냐? 일찍이 내 목숨을 구해 준 이가 그자의 죽음을 바라고, 또한 그 대가를 후하게 지불했다. 이유는 그것으로 충분해. 우리는 야심과 갈등의 힘을 증폭한다. 우리가 지키는 것은 오로지 우리 신조뿐이야."

나는 손과 발로 기와 위를 부드럽게 미끄러지며 소리도 없이 지붕 위를 기어간다. 스승님은 3월에 우리에게 골짜기 호수 위를 미끄러져 건너는 훈련을 시켰다. 얼음이 하도 얇아서 다람쥐도 가끔 얼음판의 구멍으로 물속에 빠지는 그 시기에. 밤과 하나가 된 기분을 느끼는 지금, 나의 오감은 단검 끄트머리처럼 날카롭게 벼려졌다. 이 흥분에는 슬픔이 살짝 배어 있다. 새로 펼친 종이에 붓으로 첫 획을 그을 때처럼.

이제 절도사가 앉아 있는 자리 바로 위쪽에 도착한 나는 다시 기왓장을 한 개, 또 한 개 들어낸다. 그리하여 내가 살금살금 통과해 내려갈 만큼 커다란 구멍을 만든다. 뒤이어 빛이 반사되지 않게끔 검은색으로 칠한 쌈지에서 갈고리를 꺼내어 용마루에 던져 단단히 고정시킨다. 그런 다음 허리에 비단 끈을 감는다.

지붕의 구멍으로 아래쪽을 내려다본다. 절도사는 제자리에 가만히 앉아 있다. 머리 위의 치명적인 위협을 까맣게 모르고서.

잠깐 동안 우리 집 앞에 있던 커다란 회화나무 위로 다시 돌아간 듯한, 흔들리는 잎사귀 사이로 아버지를 내려다보는 듯한 착각이 들어 마음이 괴롭다.

하지만 그 잠깐은 금세 지나간다. 나는 가마우지처럼 날렵하게 저 구멍으로 뛰어내려 절도사의 목을 따고, 그의 옷을 벗기고, 시신을 녹이는 가루를 그의 온몸에 뿌릴 것이다. 그런 다음 그가 돌바닥에 누워 여전히 움찔거리는 사이에 천장으로 다시 뛰어올라 이곳을 빠져나갈 것이다. 하인들이 해골이나 다름없는 상태인 절도사의 유해를 발견할 즈음, 나는 이미 사라진 지 오래일 것이다. 스승님은 내 수련 기간이 끝났으며 이로써 나 또한 언니들과 동등한 존재라고 선언할 것이다.

나는 숨을 깊이 들이마신다. 몸은 팽팽하게 긴장해 있다. 나는 이 순간을 위해 6년 동안 훈련하고 연습했다. 준비는 끝났다.

"아빠!"

나는 꼼짝도 하지 않는다.

장막 뒤편에서 나타난 남자애는 나이가 여섯 살 정도, 머리는 조그마한 타래로 땋아 똑바로 세운 모양새가 꼭 장닭의 꽁지깃 같다.

"뭘 하느라 여태 안 자고 깨어 있느냐?" 남자가 묻는다. "일찍 자야 착한 아이지."

"잠이 안 와요. 무슨 소리가 들렸어요. 정원 담장 위에 그림자가 움직이는 것도 보였고요."

"그냥 고양이야." 남자가 말하지만 소년은 수긍하지 못하는 눈치다. 남자는 잠시 생각에 잠긴 것처럼 보이다가 이내 말한다. "그래, 이리 온."

남자는 옆에 있는 나지막한 서안에 서류를 내려놓는다. 아이는 쪼르르 달려가 남자의 무릎에 앉는다.

"그림자는 무서워하지 않아도 돼." 남자는 독서용 등잔불 앞에 손을 놓고 손 모양으로 그림자 인형을 연이어 만들어 보인다. 그렇게 아들에게 나비와 강아지, 박쥐, 구불구불한 용을 만드는 법을 가르쳐 준다. 아이는 기뻐서 깔깔 웃는다. 그러고는 손 모양으로 그림자 고양이를 만들어 아버지가 만든 나비를 쫓아 널따란 집무실의 장지문 위를 뛰어다닌다.

"그림자는 빛에 의해 생명을 얻고, 또한 빛에 의해 생명을 잃는단다." 남자는 까딱거리던 손가락을 멈추고 양손을 옆에 내려놓는다. "이제 가서 자렴, 아가야. 날이 밝으면 정원에서 진짜 나비를 쫓아다니려무나."

아이는 졸음이 가득한 눈으로 꾸벅 인사하고 조용히 물러간다.

지붕 위의 나는 망설인다. 아이의 웃음소리가 머릿속에서 도무지 가시지 않는다. 유괴당하는 바람에 가족과 헤어진 여자애가 다른 아이에게서 가족을 빼앗을 수 있을까? 이런 상상은 그저 위선자가 도덕적인 체하는 것뿐일까?

"아이가 떠날 때까지 기다려 줘서 고맙소." 남자가 말한다.

나는 얼어붙은 듯 움직임을 멈춘다. 집무실 안에는 그 남자뿐이고, 혼잣말이라기에는 목소리가 너무 크다.

"소리 지르는 건 성미에 안 맞아서." 남자는 그렇게 말하는 와중에도 눈으로는 서류 더미를 내려다본다. "이리 내려오면 얘기하기가 더 편할 듯하오만."

내 가슴이 철렁하는 소리가 귓가에 요란하게 울려 퍼진다. 당장 달아나야 한다. 이건 필시 함정일 터. 저 아래로 내려갔다가는 매복한 병사들과 마주치거나 바닥 밑에 설치된 뭔지 모를 기계 장치가 작동해 나를 사로잡을 것이다. 하지만 남자의 목소리에는 어딘가 복종하지 않고는 못 배기게 하는 구석이 있다.

나는 지붕에 난 구멍을 지나 아래로 뛰어내린다. 갈고리에 연결된 비단 끈이 허리에 몇 바퀴 감겨 있다가 풀린 덕분에 내려가는 속도가 느려진다. 나는 단상 앞에 부드럽게 내려앉는다. 눈송이처럼 조용하게.

"어떻게 알았지?" 내가 묻는다. 아직은 발밑의 벽돌이 무너지며 뺑 뚫린 구덩이가 드러나지도, 장막 뒤에 숨었던 병사들이 우르르 몰려나오지도 않는다. 하지만 비단 끈을 쥔 내 손은 힘이 불끈 들어가 있고 내 무릎은 금방이라도 도약할 준비가 돼 있다. 남자가 정말로 무방비한 상태라면 나는 임무를 거뜬히 완수할 것이다.

"아이들은 부모보다 더 귀가 밝게 마련이오." 남자가 말한다. "밤에 문서를 읽다가 재미 삼아 혼자서 그림자 인형을 만들곤 하는 것도 오래된 버릇이고. 천장에 새로 뚫린 구멍이 없을 때 이 방의 등불이 얼마만큼 흔들리는지 정도는 훤히 알고 있소."

나는 납득이 가서 고개를 끄덕인다. 다음번을 위한 좋은 교훈이다. 뒤이어 나는 허리춤의 칼집에 꽂힌 단검의 손잡이를 향해 오른손을 뻗는다.

"진허(陳許, 오늘날 중국 허난성 중부 지역 — 옮긴이) 절도사인 노(魯) 공은 야심이 큰 인물이오. 오래전부터 내 관할 구역을 탐내며 이 지역의 비옥한 들판에서 일하는 청년들을 자기 군대에 억지로 집어넣어 병사로 삼으려고 궁리하는 중이지. 만약 그대가 나를 쓰러뜨린다면 노 공과 장안의 황궁 사이에 버티고 설 사람은 한 명도 없소. 노 공이 이끄는 반군이 제국을 휩쓸면 수백만 백성이 목숨을 잃겠지. 아이들 수십만이 고아가 될 테고. 귀신들이 떼지어 대지를 떠돌고, 그들의 넋은 짐승에게 시신이 파 먹히는 동안에도 쉬지 못할 거요."

그가 말하는 숫자는 황하의 탁한 물에 실려 가는 무수히 많은 모래 알갱이만큼이나 방대하다. 나로서는 도무지 감이 잡히지 않는다.

"그분은 일찍이 내 스승님의 목숨을 구해 주셨어."

"그래서 다른 사정에는 죄다 눈을 감고 스승이 시키는 대로만 따르겠다는 거요?"

"세상은 썩어 빠졌어. 나에게는 실행해야 할 임무가 있고."

"나 역시 손에 피를 묻히지 않았다는 말은 못 하는 신세요. 어쩌면 타협한 자의 말로란 이런 것인지도 모르지." 남자는 한숨을 쉬었다. "신변을 정리하게 단 이틀만 시간을 주지 않겠소? 내 아내는 아들을 낳다가 그만 세상을 떴으니, 아이를 돌봐줄 사람을 구해야 하오."

나는 남자를 물끄러미 본다. 아까 그 남자애의 웃음소리를 착각으로 치부할 수는 없다.

나는 이 절도사가 동원한 병사 수천 명이 저택을 빙 둘러 지키는 광경을 머릿속에 그려 본다. 그가 지하실에 숨어 가을 낙엽처럼 파르르 떠는 모습도 그려 본다. 다급해진 꼭두각시 인형처럼 얼굴을 찌푸린 그가 말에게 채찍을 휘두르고 또 휘두르며 서둘러 이 도시에서 빠져 나가는 모습도 그려 본다.

내 머릿속을 들여다보기라도 한 듯, 남자가 말한다. "나는 여기 있을 거요. 혼자서, 이틀 후에. 약속하리다."

"곧 죽을 사람이 하는 말에 무슨 의미가 있을까?"

"암살자가 하는 말만큼은 의미가 있겠지."

나는 고개를 끄덕이고 뛰어오른다. 뒤이어 대롱거리는 비단 줄을 잡고 마치 집의 절벽에 자란 덩굴을 타고 오를 때처럼 신속하게 올라간 다음, 천장에 난 구멍 속으로 모습을 감춘다.

절도사가 도망칠까 봐 걱정하지는 않는다. 나는 철저히 훈련받은 몸이고, 따라서 그가 어디로 달아나든 쫓아가 잡으면 그만이기 때문이다. 오히려 그에게 어린 아들과 작별할 시간을 얼마간 주고 싶다. 그렇게 하는 게 옳은 일 같다.

나는 도시의 시장을 거닐며 튀긴 빵과 졸인 설탕의 달콤한 향기를 한껏 들이마신다. 지난 6년 동안 맛보지 못한 음식의 기억이 하나둘 떠오르자 배 속이 꼬르륵거린다. 복숭아를 먹고 이슬을 마신 덕분에 정신은 맑아졌을지 몰라도, 육신은 여전히 속세의 단맛을 갈망한다.

나는 상인들에게 궁중의 어법으로 말을 걸어 본다. 몇몇은 조금이나마 내가 하는 말을 알아듣는다.

"만드는 솜씨가 썩 훌륭하군." 나는 설탕 반죽에 막대 손잡이를 꽂아 놓은 장군 모양 과자를 보며 말한다. 과자 장군이 걸친 망토처럼 생긴 선홍색 전포(戰袍)는 대추즙을 발라 만든 것이다. 나는 입 안에

군침이 돈다.

"한 개 드릴까요?" 상인이 묻는다. "아직 따끈따끈합니다요, 아가씨. 바로 오늘 아침에 만들었거든요. 속에 든 소는 연밥을 반죽해 만들었습지요."

"수중에 돈이 한 푼도 없지 뭔가." 나는 아쉬운 티를 내며 말한다. 스승님이 주신 거라곤 숙소만 간신히 잡을 만큼의 돈과 배를 채울 말린 복숭아뿐이다.

상인은 나를 가만히 보다가 뭔가 말하기로 마음먹은 눈치다. "억양을 들어 보니 이 지역 출신은 아니시군요."

나는 고개를 끄덕인다.

"이 혼란스런 세상에서 평온한 피난처를 찾으려고 고향을 떠나셨나요?"

"그 비슷한 거지."

내 말에 그는 어찌된 사정인지 다 안다는 듯이 고개를 끄덕인다. 그러고는 손잡이가 달린 장군 모양 과자를 내게 건넨다. "자요, 같은 방랑자 동지니까 드리는 겁니다. 여기도 머물기는 괜찮은 곳이랍니다."

나는 선물을 받아들며 감사를 표한다. "그쪽은 어디 출신인가?"

"진허에서 왔습니다. 절도사 노 공의 군대가 마을에 들이닥쳐 남자라면 어른이고 애고 다 붙잡아 병사로 삼으려고 할 때 밭을 버리고 달아났습지요. 아버지는 이미 돌아가시고 안 계셨고, 저까지 제 피를 물감 삼아 절도사의 전포에 붉은색을 더해 주기는 싫었으니까요. 이 설탕 인형 과자는 절도사 노 공을 본떠 만든 겁니다. 손님이 인형 머리를 깨물어 먹는 모습을 보면 마음이 흐뭇합지요."

나는 웃음을 터뜨리고 그의 말대로 한다. 설탕 반죽은 혀 위에서 사르르 녹고, 속에서 주르륵 흘러나오는 연밥 소는 입 안을 흐뭇하게 해 준다.

도시의 뒷골목과 큰길을 거닐며, 설탕 과자의 맛을 남김없이 음미하며, 나는 다관의 열린 문과 지나가는 마차에서 새어 나오는 사람들의 대화에 귀를 쫑긋 세운다.

"……애한테 춤을 가르치는데 왜 굳이 도시 반대편까지 보내야 한다는 거야……?"

"현령이 그런 속임수를 너그럽게 봐줄 리 없어."

"……내가 잡은 물고기 중에 최고로 컸다고! 잡히고 나서도 펄떡거리는데 아주……"

"……네가 어떻게 알아? 그 사람이 뭐랬는데? 말해 봐, 동생아, 제발……"

삶의 장단이 나를 둘러싸고 흘러간다. 내가 이 덩굴에서 저 덩굴로 휙휙 날아다닐 때 산봉우리의 구름바다가 그러하듯이, 나를 위에 둥둥 태우고 간다. 내가 죽여야 하는 남자가 했던 말이 머릿속에 떠오른다.

노 공이 이끄는 반군이 제국을 휩쓸면 수백만 백성이 목숨을 잃겠지. 아이들 수십만이 고아가 될 테고. 귀신들이 떼지어 대지를 떠돌거요.

내 머릿속에 그의 아들이, 또한 널따랗고 휑한 집무실의 벽을 가로질러 팔랑팔랑 움직이던 그림자들이 떠오른다. 내 가슴속 어느 한 구석은 이 세속적인 동시에 성스러운 세상의 음악에 맞춰 두근거린다. 물속에서 소용돌이치던 모래 알갱이들이 저마다 다른 얼굴로 변해 간다. 웃고, 울고, 갈망하고, 꿈꾸는 얼굴들로.

사흘째 되는 날 밤, 초승달은 배가 살짝 불렀고 바람은 살짝 더 서늘해졌고, 먼 곳의 올빼미 울음소리는 조금 더 불길해졌다.

나는 지난번처럼 절도사 저택의 담장을 기어 올라간다. 경비병들의 순찰 시간표는 변하지 않고 그대로다. 이번에는 나뭇가지처럼 얄따란 담장 위쪽 면과 기왓장으로 덮인 울퉁불퉁한 지붕 표면을 지난번보다 더 낮고 더 조용하게 기어간다. 그렇게 눈에 익은 장소를 다시 찾아간다. 이틀 전 밤에 돌려났던 기와 한 장을 다시 들어낸 다음 바람이 흘러나오는 틈새에 눈을 갖다 댄다. 금방이라도 복면한 경비병들이 어둠 속에서 튀어나올 거라고, 나를 노린 함정이 발동할 거라고 예상하며.

걱정할 필요는 없다. 대비는 돼 있으니까.

그런데 위험을 알리는 고함이나 요란한 징 소리는 들리지 않는다. 나는 불이 환히 켜진 방을 내려다본다. 그 남자는 지난번과 같은 자세로 앉아 있고, 남자 곁의 서안에는 서류 더미가 쌓여 있다.

나는 어린애 발소리가 들릴까 싶어 귀를 쫑긋 세운다. 기척도 나지 않는다. 아이는 다른 곳으로 보내졌다.

남자가 앉은 자리 아래의 바닥을 가만히 살펴본다. 바닥에 짚이 깔려 있다. 잠시 아리송하다가 이내 상냥한 마음씨에서 우러난 행동인 것을 깨닫는다. 그는 나중에 이곳을 치울 사람이 누구든 간에 힘든 시간을 보내지 않게끔, 자기 피가 벽돌을 물들이지 않게 배려한 것이다.

남자는 책상다리를 하고 앉아 있다. 눈은 감았고, 얼굴은 더없이 행복한 미소로 물들어 꼭 부처상 같다.

조심스럽게, 나는 기와를 제자리에 돌려놓고 산들바람처럼 밤의 어둠 속으로 사라진다.

"왜 여태 임무를 완수하지 않은 거냐?" 스승님이 묻는다. 언니들은 스승님 뒤에 서 있다. 보살을 호위하는 두 나한처럼.

"자기 아이와 놀고 있었어요." 나는 바닥없는 구멍 위에 대롱거리는 덩굴을 붙잡는 심정으로 그 변명에 매달린다.

스승님은 한숨을 쉰다. "다음번에 또 비슷한 일이 생기면 아이를 먼저 죽여라. 그래야 정신이 흐트러지지 않을 테니."

나는 고개를 가로젓는다.

"그건 속임수야. 그자가 너의 동정심을 갖고 논 거다. 권력자란 다들 무대 위의 배우란다. 그들의 속은 캄캄한 그늘 같아서 헤아릴 수가 없어."

"그럴지도 모르죠. 설령 그렇다 해도 그는 약속을 지키고 기꺼이 제게 목숨을 내놓으려고 기다렸어요. 그가 했던 다른 말들도 아마 사실일 거예요."

"그자가 자신이 비난하는 대상과 맞먹는 야심가인지 아닌지 네가 어떻게 아느냐? 장차 더 큰 잔학 행위를 저지르려고 착한 척할 뿐인지 아닌지는 또 어떻게 알고?"

"미래는 아무도 몰라요. 설령 속속들이 썩은 집이 있다 한들, 저는 평온한 피난처를 찾아 온 개미들 위로 그 집을 무너뜨리는 장본인이 되고 싶진 않아요."

스승님은 나를 물끄러미 본다. "그럼 충성심은? 네 스승에 대한 공경은? 실행하겠다고 한 네 약속은?"

"저는 목숨을 훔치는 도둑이 될 생각은 없어요."

"그 많은 재능을." 스승님은 잠시 머뭇거리다가, 덧붙인다. "다 낭비하다니."

스승님의 말투는 어딘가 섬뜩한 느낌이 든다. 스승님 뒤쪽을 보니 정아 언니와 공아 언니의 모습이 보이지 않는다.

"만약 이대로 떠난다면, 넌 더 이상 내 제자가 아니다."

나는 스승님의 주름 없이 매끈한 얼굴과 냉정한 눈을 바라본다. 내가 아직 초보자였을 적에 덩굴에서 떨어졌을 때 다리에 붕대를 감아 주던 스승님의 모습이 생각난다. 대숲 곰을 상대하기에는 내 힘이 턱없이 모자란 것이 분명해지자 곰을 격퇴해 주던 스승님의 모습도 기억난다. 스승님이 나를 안고서 세상의 속임수에 속지 않고 진실을 보는 법을 가르쳐 주던 밤도 떠오른다.

비록 나를 가족에게서 납치해 오기는 했어도, 한편으로 스승님은 내게 어머니와 가장 가까운 존재다.

"안녕히 계세요, 스승님."

나는 몸을 숙였다가 도약한다. 뛰어오르는 호랑이처럼, 높이 솟구치는 원숭이처럼, 하늘로 날아오르는 매처럼. 여관 객실의 창문을 부수고 나가 바다처럼 망망한 밤으로 뛰어든다.

"당신을 죽이러 온 게 아니야."

내 말에 남자는 그럴 줄 알았다는 듯이 고개를 끄덕인다.

"우리 언니들…… '벽력심(霹靂心)'이라는 별호로 알려진 정아 언니와 '적수(赤手)'로 불리는 공아 언니가 내가 못 다한 임무를 완수하러 올 거야."

"경비병을 부르겠소." 남자는 일어서며 말한다.

"그래 봤자 헛수고야. 정아 언니는 당신이 설령 바다 밑에 있는 종 속에 몸을 숨겨도 능히 당신의 넋을 훔쳐 갈 거야. 공아 언니의 실력은 그보다 더 훌륭하고."

남자의 얼굴에 웃음이 번진다. "그럼 나 혼자 그 둘을 상대하리다. 내 부하들이 헛되이 죽지 않도록 경고해 줘서 고맙소."

멀리서 원숭이 떼가 울부짖는 듯한, 비명 같은 소음이 희미하게 들려온다. 밤에는 그런 소리가 곧잘 들리게 마련이다. "설명할 시간이 없어. 그 붉은 목도리 이리 내."

남자는 내 말을 따르고, 나는 목도리를 허리에 묶는다. "지금부터 뭐가 뭔지 알 수 없는 것들이 눈앞에 보일 거야. 무슨 일이 일어나든, 이 목도리를 주시하면서 어디에도 휘말리지 않도록 조심해."

울부짖는 소리가 점점 더 커진다. 그 소리는 온 사방에서 들려오는 동시에 어디서도 들려오지 않는 것만 같다. 정아 언니가 이곳에 왔다는 뜻이다.

나는 남자에게 더 질문할 틈도 주지 않고 공간의 이음매 하나를 자른 다음, 그 속으로 들어가 남자의 시야에서 사라진다. 오로지 등 뒤에 대롱거리는 선홍색 목도리의 끄트머리만 남긴 채.

"공간이 종이 한 장이라고 상상해 봐라." 스승님이 말했다. "그 종이 위를 기어가는 개미는 너비와 길이는 알아도 높이가 뭔지는 알지 못한다."

나는 스승님이 종이 위에 그린 개미를 기대에 부풀어 바라봤다.

"개미는 위험이 두려웠던 나머지 자기 주위에 벽을 둘러쳤지. 그런 난공불락의 장벽이 있으면 자기가 안전할 줄 알고서."

스승님은 개미 주위로 동그란 원을 그렸다.

"하지만 개미가 모르는 사이에 머리 위의 허공에는 칼이 자리를 잡는다. 그 칼은 개미의 세계에 속한 것이 아니라서, 개미 눈에는 보이지 않아. 개미가 세운 벽은 보이지 않는 방향에서 덮쳐오는 공격은 조금도 막아 주지 못하기 때문에……."

스승님은 종이에 단검을 던져 그림으로 그려진 개미를 제자리에 꼼짝 못 하게 고정시킨다.

"세상에 존재하는 차원은 너비와 길이와 높이뿐이라고 생각하겠지. 허나 은랑아, 그건 착각이다. 넌 이때껏 종이 위의 개미로 살아왔지만, 진실은 그보다 훨씬 더 경이롭단다."

나는 공간 위의 공간으로, 공간 속의 공간으로, 꼭꼭 숨겨진 공간으로 들어선다.

모든 것에 새로운 공간이 부여된다. 벽, 바닥 석판, 흔들리는 횃불, 깜짝 놀란 절도사의 얼굴까지도. 마치 절도사의 살갗이 벗겨지고 그 아래 있는 것들이 고스란히 드러나는 것만 같다. 그의 박동하는 심장과 맥동하는 창자, 투명한 혈관을 타고 흐르는 피, 하얗게 번들거리는 뼈와 그 뼈 속에 대추즙으로 물들인 연밥 소처럼 차 있는, 주단처럼 보드라운 느낌이 나는 골수까지도. 벽돌 한 장 한 장에 박힌 반짝이는 운모 알갱이 하나하나까지 고스란히 보인다. 일렁이는 횃불마다 불 속에서 춤추는 수많은 신선들의 모습이 보인다.

아니, 그리 정확한 표현은 아니다. 눈에 보이는 광경을 어떻게 형용해야 좋을지 나는 알지 못한다. 한꺼번에 세상 만물의 수백만 겹, 수십억 겹이 내 눈에 들어온다. 마치 눈앞의 선 한 줄만 보고 살던 개미가 갑자기 종이 위의 허공으로 들어 올려져 실은 그 선이 온전한 동그라미였다는 사실을 깨우치는 것과 비슷하다. 이것이야말로 인드라의 그물이라는 깨우칠 수 없는 불가사의를 깨우친 부처의 관점이다. 벼룩의 발끝에 묻은 가장 자그마한 티끌부터 수많은 별을 품고 밤하늘을 가로지르는 가장 널따란 은하수까지, 세상 모든 것을 아우르는 그 그물 말이다.

몇 년 전 스승님이 아버지 저택의 벽을 뚫고 들어와 아버지 휘하의 병사들을 따돌렸을 때, 그리하여 단단히 잠긴 장롱 속에서 나를 빼냈을 때 쓴 방법이 바로 이것이었다.

내 쪽으로 점점 가까워지는 정아 언니의 하얗고 기다란 겉옷이 보인다. 광막한 심연 속에서 은은히 빛나는 해파리처럼 둥실둥실 떠온다. 정아 언니는 나를 향해 다가오며 길게 울부짖는다. 하나의 목소리가 포효로 이루어진 불협화음을 빚어내고, 그 어지러운 화음은 희생자들의 가슴속에 공포를 안겨 준다.

"사매, 너 여기서 뭐 하는 거니?"

나는 단검을 쳐든다. "정아 언니, 그냥 돌아가, 제발."

"넌 원래부터 그렇게 조금 지나치게 고집이 셌지."

"우린 한 복숭아나무에서 복숭아를 따 먹고 같은 산의 차가운 샘에서 목욕을 하며 자란 사이야. 난 덩굴을 타고 오르는 법도, 얼음 나리꽃을 따서 머릿결을 가꾸는 법도 다 언니한테 배웠어. 그래서 피로 이어진 자매처럼 언니를 사랑해. 이러지 마, 부탁이야."

정아 언니는 슬퍼 보인다. "그럴 순 없어. 스승님께서 이미 약속하신 일이니까."

"우리 모두가 지키며 살아야 할 더 큰 약속이 있어. 우리 마음이 우리에게 옳다고 가르쳐 주는 일을 행하는 것 말이야."

언니는 검을 높이 든다. "나는 너를 동생처럼 아끼니까, 반격하지 않고 너에게 일격을 허락할게. 내가 절도사를 죽이기 전에 네 단검이 내게 한 번이라도 닿는다면, 나는 그대로 물러날 거야."

나는 언니의 제안에 고개를 끄덕인다. "고마워. 그리고 일이 이렇게 돼서 미안해."

비경(祕境), 즉 '숨겨진 공간'은 제 나름의 독특한 구조가 있어서 대롱거리는 가느다란 실 여러 가닥으로 이루어졌고, 그러한 실은 제각각 속에서 배어나는 빛으로 은은하게 빛난다. 비경 속에서 움직이기 위해 정아 언니와 나는 이 덩굴에서 저 덩굴로 뛰어다니고, 이 실을 타고 휙 날아가 저 실로 갈아타고, 기어오르기도 하고 굴러떨어지기도 하고, 빙그르르 도는가 하면 휘청거리기도 하면서, 별빛과 반질거리는 얼음으로 이루어진 격자 위에서 춤을 춘다.

내가 달려들면 정아 언니는 사뿐히 피한다. 원래부터 덩굴 대련과 구름 무도에서는 누구도 정아 언니를 이기지 못했다. 언니는 상제의 궁전에 사는 신선처럼 우아하게 활공하며 선회한다. 그에 비하면 내 움직임은 굼뜨고, 둔하고, 기교라고는 찾아볼 수가 없다.

정아 언니는 내 공격을 춤추듯 피하며 공격의 횟수를 센다. "하나, 둘. 셋넷다섯…… 아주 잘했다, 은랑아, 수련을 하기는 했구나. 여섯 일곱여덟, 아홉, 열……." 이따금 내가 너무 가까이 접근하면 언니는 꾸벅꾸벅 조는 사람이 손을 저어 파리를 쫓듯이 아무렇지 않게 검을 휘둘러 내 단검을 쳐 낸다.

거의 안쓰러워하는 표정으로 내게서 돌아선 정아 언니가 절도사 쪽을 향해 빙그르르 회전한다. 종잇장 위의 허공에 드리워진 칼처럼, 언니는 절도사의 눈에는 전혀 보이지 않는다. 그저 다른 차원에서 그에게 내리꽂힐 뿐.

나는 정아 언니의 뒤를 휘청휘청 쫓아간다. 부디 내 계획이 통할 만큼 언니에게 가까이 접근하기를 바라며.

절도사는 내가 자신의 세계에 늘어뜨린 붉은 목도리가 다가오는 것을 보고 냉큼 엎드려 데구루루 굴러서 몸을 피한다. 정아 언니의 검이 공간 사이의 장막을 가르고, 이로써 절도사의 세계에서는 허공에 검이 나타나 방금 전까지 절도사가 앉아 있던 책상을 산산조각으로 부수고 사라져 버린다.

"응? 저자가 내 공격을 무슨 수로 예측했지?"

나는 정아 언니에게 내 속임수를 간파할 틈을 주지 않고 단검 공격을 빗발처럼 퍼붓는다. "서른하나, 서른둘셋넷다섯여섯…… 너 단검 쓰는 실력이 진짜 많이 늘었구나……."

우리는 집무실 '위쪽'(이 방향을 정확히 묘사할 말은 존재하지 않지만)에 있는 비경에서 춤을 추듯 빙빙 돌고, 정아 언니가 절도사를 노리고 달려들 때마다 나는 언니 곁에 바짝 붙어 절도사에게 보이지 않는 위협을 있는 힘껏 알린다. 아무리 기를 쓰고 공격해 봐도 나는 언니에게 손끝조차 닿지 않는다. 점점 지치는 느낌, 손이 느려지는 느낌이 든다.

굽혔던 다리를 쭉 뻗어 다시 정아 언니의 뒤를 쫓아 빙그르르 회전하지만, 이번에는 부주의했던 나머지 집무실 벽에 너무 가까이 다가가고 만다. 허리에서 대롱거리던 목도리가 횃불 거치대에 감기는 바람에 나는 그만 넘어지고 만다.

정아 언니는 나를 보며 깔깔 웃는다. "비결이 바로 그거였군! 영리하구나, 은랑아. 하지만 놀이는 여기까지다. 이제 내가 상을 챙겨 갈 시간이니까."

정아 언니가 지금 공격에 나선다면 절도사는 영문도 모른 채 당하고 말 것이다. 나는 꼼짝 못 하는 신세건만.

목도리에 불이 붙더니 비경 속으로 불길이 번져 들어온다. 겁에 질린 내가 비명을 지르는 사이에 불길은 내 겉옷을 야금야금 먹어치운다.

정아 언니는 단 세 번 재빠르게 도약해서 내가 매달려 있는 실에 함께 매달린다. 그러고는 하얀 겉옷을 넓게 펼쳐 나를 둘러싸고, 이로써 나와 함께 불길을 꺼트린다.

"괜찮니?" 언니가 묻는다.

머리카락이 불에 그슬리고 살갗도 군데군데 데었지만, 별문제는 없을 거다. "고마워." 그렇게 말하고는 언니에게 뭐라 대꾸할 틈도 주지 않고서, 나는 언니의 겉옷 자락 위로 단검을 휘둘러 천을 기다랗게 잘라 낸다. 단검 끄트머리는 멈추지 않고 나아가 차원 사이의 장막을 가르고, 천 쪼가리는 바다의 부유물이 수면 위로 둥실둥실 떠가듯 현실 세계로 흘러 들어간다. 언니와 내가 나란히 바라보는 가운데 절도사는 바닥에 떨어진 비단 쪼가리를 보고 허둥지둥 몸을 피한다.

"일격에 성공했어." 내가 말한다.

"이런. 방금 그게 공정한 일격이었다고 할 셈이니?"

"어쨌거나 일격은 일격이야."

"그럼 아까 넘어졌던 것도…… 다 계획의 일부였어?"

"방법이 그것밖에 생각나지 않았어. 언니는 나보다 훨씬 더 뛰어난 검객이니까."

정아 언니는 고개를 가로젓는다. "어떻게 생판 남을 네 언니보다 더 중히 여길 수가 있지? 그래도 약속은 약속이니까."

언니는 실을 타고 올라가 마치 증발하는 물의 정령처럼 허공을 활공하며 멀어져 간다. 그러다가 밤의 어둠 속으로 사라지기 직전, 마지막으로 고개를 돌려 나를 바라본다. "잘 가렴, 동생아. 우리 인연은 네가 내 옷을 잘랐을 때 돌이킬 수 없이 끊어졌단다. 아무쪼록 네가 목적을 찾으면 좋겠구나."

"잘 가."

정아 언니는 쉬지 않고 울부짖으며 떠나간다.

나는 엉금엉금 기어 현실 공간으로 돌아오고, 절도사는 헐레벌떡 내게 뛰어온다.

"겁이 나서 죽는 줄 알았소! 이게 대관절 무슨 요술이오? 검이 부딪히는 소리는 들렸지만 아무것도 보이질 않았소. 당신이 두른 목도리만 허공에 귀신처럼 이리저리 오갔는데, 그러다 나중에는 웬 하얀 천이 난데없이 나타나지 뭐요! 잠깐, 어디 다쳤소?"

나는 인상을 찌푸리며 일어나 앉는다. "아무것도 아니야. 정아 언니는 갔어. 하지만 다음에 오는 암살자는 내 다른 자매인 공아 언니일 텐데, 위험하기로 치면 정아 언니보다 한 수 위야. 내 실력으로 당신을 지킬 수 있을지 모르겠군."

"죽는 건 두렵지 않소." 절도사가 말한다.

"당신이 죽으면 진허 절도사가 더욱 더 많은 백성들을 도륙할 거야. 내 말 잘 들어."

나는 주머니를 열고 열다섯 살 생일에 스승님이 내게 줬던 선물을 꺼낸다. 그러고는 그것을 절도사에게 건넨다.

"이건…… 종이 당나귀 아니오?" 절도사는 의아해하는 표정으로 나를 본다.

"이건 기계 당나귀를 우리 세계에 투영한 거야. 구체가 평원을 지나갈 때 원으로 보이는 것과 비슷한 이치인데…… 됐어, 지금은 설명할 시간이 없어. 자, 당신은 이제 가야 해!"

나는 공간을 갈라 비경을 열어 놓고 절도사를 그 틈새로 밀어 넣는다. 당나귀는 이제 그의 앞에 커다란 기계 짐승이 되어 서 있다. 나는 그가 저항하든 말든 아랑곳하지 않고 그를 당나귀 등에 태운다.

단단히 감긴 힘줄이 내부의 회전 톱니에 동력을 제공하면 구동축과 연결된 다리가 움직이고, 이로써 당나귀는 비경에서 커다란 원을 그러며 질주할 테고, 빛나는 덩굴을 마치 줄타기 곡예사처럼 이쪽저쪽으로 뛰어다닐 것이다. 스승님은 임무를 수행하다가 다칠 때에 대비해 그 당나귀를 내게 줬다.

"언니는 어떻게 상대할 작정이오?" 절도사가 묻는다.

내가 열쇠를 뽑자 당나귀는 쏜살같이 달려가고, 절도사는 질문의 답을 못 들은 채 사라진다.

울부짖는 소리는 들리지 않는다. 노랫소리도, 무시무시한 굉음도 없다. 표적에게 접근할 때 공아 언니는 어떠한 소리도 내지 않는다. 언니를 모르는 사람은 어떠한 무기도 지니지 않은 빈손으로 여길 만큼 조용하다. 그것이 바로 언니의 별호가 적수(赤手)인 까닭이다.

기다란 겉옷은 후끈후끈 덥고, 얼굴에 뒤집어쓴 변장용 반죽은 묵직한 느낌이 든다. 집무실은 내가 불을 붙여 바닥에 흩뿌려 놓은 짚단의 연기로 가득하다. 나는 숨을 쉬기 편하도록 공기가 맑고 서늘한 편인 바닥에 엎드린다. 얼굴은 기쁨의 미소로 물들었지만 눈은 살며시 뜨고 있다.

연기가 소용돌이친다. 주의 깊게 보지 않으면 놓치고 말 사소한 소란이다.

천장에 새로 뚫린 구멍이 없을 때 이 방의 등불이 얼마만큼 흔들리는지 정도는 훤히 알고 있소.

방금 전, 나는 공간 사이의 장막을 단검으로 군데군데 잘라 기다란 틈을 낸 다음, 정아 언니의 겉옷에서 자른 비단 쪼가리의 실오라기로 장막을 묶어 그 틈을 벌려 놨다. 그 정도 크기의 틈새라면 비경에서 불어온 바람이 통과하기에도, 내가 천장 쪽에서 다가오는 존재의 기적을 눈치채기에도 충분하다.

나는 굳건한 표정을 한 공아 언니가 비경으로부터 마치 사람의 넋을 앗아가는 귀신처럼 기적 없이 날아와 내게 다가오는 광경을 머릿속에 그려 본다. 언니의 오른손에서 바늘이 반짝인다. 언니에게 필요한 무기는 그것뿐이다.

공아 언니는 보이지 않는 차원에서 표적에게 접근한 다음, 방어가 허술한 방향에서 몸속을 찌르는 공격을 선호한다. 흉곽과 살갗은 조금도 건드리지 않은 채 바늘을 심장 한복판에 박아 넣기를 즐기는 식이다. 아니면 바늘을 두개골에 꽂아 넣고 뇌가 곤죽이 되도록 휘저어 표적이 죽기 전에 미쳐 버리게 만들지만, 그러면서도 두개골에는 어떠한 상처도 남기지 않는다.

연기가 조금 더 흐트러진다. 이제 공아 언니가 근처에 있다.

언니의 시점에서 이곳의 광경을 상상한다. 연기가 가득한 집무실에 절도사의 옷을 입은 남자가 앉아 있고, 남자의 뺨에는 나비 모양 반점이 있다. 남자는 겁에 질려 허둥대고, 자신의 집이 온통 불타는데도 표정은 바보 같은 미소를 머금은 채 굳어 있다. 남자의 머리 위에 있는 비경의 공기는 어째선지 탁하다. 집무실의 연기가 공간 사이의 장막을 넘어 불어오기라도 한 듯이.

공아 언니가 달려든다.

나는 이성이 아니라 본능에 이끌려 오른쪽으로 움직인다. 나는 공아 언니와 몇 년이나 함께 대련한 사이이고, 그래서 언니가 부디 평소와 똑같이 움직여 줬으면 하고 바란다.

언니가 두개골을 꿰뚫을 작정으로 내지른 바늘은 내가 몸을 피한 탓에 현실의 허공에서 방금 전까지 내 머리가 있었던 지점을 관통하고, 청아한 '쨍강' 소리와 함께 내 목의 옥 목걸이에 부딪힌다.

연기 속에서, 나는 쿨룩거리며 비틀비틀 일어선다. 얼굴을 가린 변장용 반죽도 벗어 버린다. 공아 언니의 바늘은 너무 약해서 한 번만 부딪혀도 구부러져 못 쓰게 된다. 언니는 첫 일격에 실패하면 두 번 다시 공격하지 않는다.

당황해서 헛웃음을 흘리는 소리가 들린다.

"멋진 속임수구나, 은랑아. 자욱한 연기 사이로 더 자세히 살펴볼 것을. 넌 언제나 스승님의 사랑을 독차지한 제자였는데."

내가 세계 사이에 뚫어 놓은 틈새는 단순한 경고 이상의 의미가 있었다. 그 틈새로 들어간 연기가 비경을 자욱하게 채우는 사이에 현실 세계를 보는 공아 언니의 시야가 흐려졌으니까. 평소 같았으면 공아 언니의 시점에서 본 내 가면은 속이 훤히 비치는 껍데기였을 테고, 불룩한 겉옷 또한 속에 있는 가녀린 몸을 숨기지 못했을 것이다.

하지만 어쩌면, 그저 가정일 뿐이지만, 공아 언니는 내 허술한 변장에 일부러 속은 척했는지도 모른다. 언젠가 등 뒤에서 덮치는 매를 조심하라고 내게 일부러 조언해 줬을 때처럼.

나는 모습이 보이지 않는 목소리 주인에게 고개를 숙인다. "스승님께 전해 줘. 죄송하지만 다시는 산으로 돌아가지 않을 거라고 말이야."

"네가 암살자의 적이 될 줄 누가 알았겠니? 부디 다시 만날 날이 오면 좋겠구나."

"그럼 내가 회화나무 꽃을 나눠 먹자고 초대할게, 언니. 달콤한 것
은 속에 쓴맛이 살짝 들어 있어야 덜 질리는 법이니까."

커다란 웃음소리가 점점 멀어져 가고, 기진맥진한 나는 바닥에 허
물어지듯 주저앉는다.

집으로 돌아가 아버지와 재회하는 상상을 해 본다. 아버지에게 떠
나 있는 동안 어떻게 지냈다고 말해야 할까? 내가 변했다는 사실을
어떻게 설명하면 좋을까?

나는 아버지가 바라는 대로 자라지는 못할 것이다. 내 안의 야성
이 너무나 강하니까. 몸에 꼭 끼는 옷을 입고 저택의 이 방 저 방을
사뿐사뿐 돌아다니거나, 내게 혼인 상대를 설명해 주는 중매인 앞에
서 얼굴을 붉히는 식으로 살 수는 없다. 대문 옆의 회화나무에 올라
가는 것보다 바느질에 더 흥미가 있는 척하며 살 수는 없다.

나에게는 재능이 있다.

정아 언니와 공아 언니처럼 벽 타기의 고수가 되고 싶다. 한때는
깎아지른 절벽을 배경으로 이 덩굴에서 저 덩굴로 뛰어다닌 몸이다.
남자를 골라 결혼도 하고 싶다. 상냥하고 손이 부드러운 사람, 어쩌
면 거울을 연마하는 일이 직업인 사람을 고를지도 모르겠다. 그런
사람이라면 세상의 매끈한 표면 아래에 다른 차원이 있다는 것을 알
테니까.

나는 재능을 갈고닦아 환히 빛나게 할 것이다. 불의한 자들은 공
포로 몰아넣고 세상을 더 나은 곳으로 만들고자 하는 이들은 앞길을
밝게 비춰 줄 것이다. 무고한 이들을 보호하고 소심한 이들을 지켜

줄 것이다. 언제나 옳은 일만 행할 자신은 없지만 나는 은랑(隱娘), 모두가 염원하는 평온을 지키겠노라 맹세한 몸이다.

결국, 나는 도둑이다. 나 자신을 위해 내 삶을 훔쳤고, 이제는 다른 이들이 도둑맞은 삶을 다시 훔칠 것이다.

기계 발굽이 달가닥거리는 소리가 점점 가까워진다.

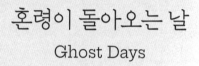

혼령이 돌아오는 날
Ghost Days

3.

2313년, 노바 퍼시피카

코론 선생님이 가리키는 스크린 칠판에는 미리 입력해 둔 짤막한 코드가 보였다.

```
(define (fib n)
    (if (< n 2)
        1
        (+ (fib (- n 1)) (fib (- n 2))))
```

"피보나치 수열의 n번째 항을 재귀적으로 구하는 이 고전적인 리스프 함수의 호출 그래프를 도표로 그려 봅시다."

오나는 칠판 쪽으로 돌아서는 선생님의 모습을 지켜봤다. 헬멧을 쓰지 않은 코론 선생님은 원피스 차림이었다. 옷 바깥으로 팔다리의 살갗을 드러낸 방식에서 아이들이 배운 *아름답다*와 *자연스럽다* 같은 말의 의미가 고스란히 배어났다. 오나는 자신을 비롯한 다른 아이들은 교실의 차디찬 공기에 잠시만 노출돼도 저체온증에 걸리는 반면, **선생님들**은 아무렇지도 않다는 것을 머리로는 잘 이해했다. 그러나 막상 눈앞의 광경을 보고 있자니 어쩔 수 없이 몸이 부르르 떨렸다. 그러자 밀폐 방한복의 안쪽 면이 오나의 비늘에 긁히면서 나는 부스럭 소리가 헬멧 속에서 커다랗게 메아리쳤다.

코론 선생님의 설명이 이어졌다. "재귀 함수는 마트료시카 인형처럼 작동해요. 커다란 문제를 풀기 위해 스스로에게 같은 문제의 축소판을 풀게 하죠."

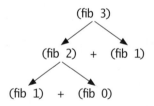

오나는 자신의 축소판을 불러내어 지금 자신이 겪는 문제를 풀게 하고 싶은 마음이 간절했다. 그래서 자신의 내면에 **고분고분한 오나**가 있고, 그 아이는 즐거운 마음으로 고전 컴퓨터 언어를 사용해 도표를 그리고 고(古)영어의 운율 체계를 공부한다고 상상했다. 그런 존재가 있으면 자신은 공부에서 해방되어 집중할 수 있을 듯싶었다. 노바 퍼시피카의 신비한 외계 문명에, 오래전에 멸망한 이 행성의 원주민들에게.

"그런데요, 이제는 쓰지도 않는 컴퓨터 언어를 뭐 하러 배우나요?" 오나가 물었다.

교실에 있던 다른 아이들은 일제히 고개를 돌려 오나를 바라봤다. 아이들 얼굴의 비늘에서 반사된 황금빛 광채는 그들이 쓴 헬멧과 오나가 쓴 헬멧의 유리 두 겹을 통과하고도 눈부시게 번득였다.

오나는 소리 없이 스스로에게 욕을 퍼부었다. 보아하니 고분고분한 오나 대신 어째선지 떠버리 오나를 불러낸 모양이었다. 늘 자신을 궁지에 몰아넣는 그 축소판을.

오나는 헬멧으로 가리지 않은 코론 선생님의 얼굴이 이날 특별히 화장한 상태인 것을 눈치챘다. 다만 선홍색으로 칠한 선생님의 입술은 웃는 표정을 유지하려고 양 입꼬리를 당긴 탓에 가느다란 선으로 변해 잘 보이지도 않았다.

"고전 언어는 고대인들의 정신 습관을 익히려고 배우는 거예요. 자신이 어디서 왔는지 알아야 하니까요."

코론 선생님의 말투에서 오나는 '자신'이라는 말이 비단 오나 자신뿐만이 아니라 정착지 노바 퍼시피카의 모든 아이들을 가리킨다는 것을 간파했다. 아이들의 비늘 돋은 피부와 열에 강한 장기 및 혈관, 여섯 갈래로 나뉜 허파 등은 모두 현지 동물을 모델로 삼아 유전자를 조작해 얻은 특질이었다. 이러한 특질을 지닌 아이들의 몸은 외계 환경과 생화학적으로 잘 맞았고, 그 덕분에 돔 바깥에서도 숨을 쉬며 뜨겁고 유독한 이 행성을 견뎌냈다.

오나는 이제 입을 다물 때가 됐다는 것을 알아차렸다. 다만 코론 선생님이 그린 도표의 재귀 함수가 호출 스택을 반복하는 것이 당연하듯이, 오나 역시 내면의 **떠버리 오나**를 조용히 시키지 못하는 게 당연했다. "전 제가 어디서 왔는지 알아요. 컴퓨터 속에서 설계됐고, 통 속에서 자랐고, 외부 공기를 펌프로 주입하는 유리 놀이방 안에서 길러졌어요."

코론 선생님의 목소리가 부드럽게 누그러졌다. "저런, 오나, 선생님 말은 그런…… 그런 뜻이 아니야. 이곳 노바 퍼시피카에서 우리 고향 행성까지는 너무나 멀어. 그래서 그곳 사람들은 우리가 살아서 웜홀을 통과한 후에 은하계 반대편인 이곳에 발이 묶인 처지란 걸 모르기 때문에, 이리로 구조선을 보내 주지도 않을 거야. 너희는 타이윈의 아름다운 비행 섬이나 펠레의 장대한 하늘 고속도로, 폴른의 우아한 도시 나무, 정신없이 바쁘게 돌아가는 티론의 빽빽한 데이터 집적소 같은 걸 영영 못 보겠지…… 너희는 단절된 거야, 문화유산과 다른 인류에게서."

어떤 구경거리를 박탈당했는지 막연하게 가르쳐 주는, 귀에 못이 박히게 여러 번 들은 그 전설 같은 이야기를 또다시 들으며, 오나는 등의 비늘이 뾰족뾰족 일어섰다. 그런 식으로 내려다보는 태도는 딱 질색이었다.

그러나 코론 선생님의 말은 계속 이어졌다. "하지만 여러분이 충분히 공부해서 지구 최초의 자동 생성자(컴퓨터 프로그래밍에서 개별 객체의 초기화를 담당하는 부분적 프로그램 — 옮긴이)를 출현시킨 리스프 언어 소스 코드를 읽고, 고영어를 충분히 배워서 '새로운 명백한 운명' 선언문을 해석하고, **관습과 문화** 과목을 충분히 공부해서 도서관에 있는 홀로그램 자료와 시뮬레이션 자료의 가치를 모두 이해하는 날이 오면…… 그러면 여러분도 이해할 거예요. 고대인들이, 또 우리 인류가 얼마나 우수하고 우아한지 말이에요."

"하지만 우린 인간이 *아니에요!* 우린 이 땅에 사는 동식물의 모습을 본떠 만들어졌어요. 선생님 같은 사람들보다는 멸망한 외계인들을 더 닮았다고요!"

물끄러미 바라보는 코론 선생님을 보며 오나는 자신이 진실을 들춰냈다는 것을 깨달았다. 코론 선생님이 스스로에게조차 인정하려 하지 않는 진실이었다. 선생님의 눈에 비친 아이들은 결코 충분히 훌륭해질 수 없었고, 완전한 인간이 될 수 없었다. 이 척박한 행성에서는 그 아이들이 곧 인류의 미래였는데도.

코론 선생님은 심호흡을 하고 나서 아무 일도 없었다는 듯이 말을 이어 갔다. "오늘은 기억의 날이니까, 나중에 다 함께 모인 선생님들 앞에서 방금처럼 발표하면 틀림없이 다들 감동할 거야. 하지만 우선은 수업부터 마치자꾸나.

n번째 항을 계산하기 위해 재귀 함수는 스스로를 호출해 (n-1)번째 항과 (n-2)번째 항을 계산해요. 그렇게 해서 각각의 항을 더하고, 매번 수열의 앞쪽으로 되돌아가 같은 문제의 이전 버전을 푸는 거죠……."

"과거는." 코론 선생님은 설명을 계속했다. "이런 식으로 반복을 통해 조금씩 조금씩 쌓여서 미래가 돼요."

종소리가 울렸고, 마침내 수업이 끝났다.

오나와 친구들은 식사 시간이 짧아지거나 말거나 언제나 돔 바깥으로 멀리까지 걸어 나가 점심을 먹었다. 돔 안에서 점심을 먹으려면 헬멧의 덮개를 통해 튜브에 든 죽 같은 음식물을 짜 넣든지, 아니면 폐소 공포증을 일으키는 기숙사의 좁다란 수조 속으로 돌아가야 하기 때문이었다.

"넌 어떡할 거야?" 제이슨은 오나에게 그렇게 묻고 나서 벌집 열매를 베어 물었다. 선생님들에게는 독으로 작용하는 성분이 들어 있지만 아이들은 누구나 좋아하는 과일이었다. 제이슨은 오래된 사진에 나오는 옛 시대의 우주복을 입은 것처럼 보이도록 자기 슈트에 하얀 세라믹 타일을 가득 붙여 놓았다. 곁에는 깃발이 놓여 있었다. 미 제국(아니, 미 공화국이었던가?)의 국기였던 오래된 성조기였다. 제이슨이 과제를 위해 고른 유물이었다. 그렇다면 그 애는 이날 저녁에 열릴 기억의 날 집회에서 닐 암스트롱과 월면차의 전설을 발표할 터였다. "넌 의상도 준비 안 했잖아."

"나도 몰라." 오나는 헬멧을 이쪽저쪽으로 돌려 분리하고 슈트를 벗으며 말했다. 깊이 들이마신 돔 바깥의 공기는 따뜻하고 상쾌할 뿐, 재활용 필터의 질식할 듯한 화학 약품 냄새는 느껴지지 않았다. "어차피 관심도 없고."

기억의 날 집회에서 발표하는 학생은 누구나 특별한 의상을 입어야 했다. 2주 전, 오나는 자기 몫으로 배정된 유물을 받았다. 조그맣고 평평한 금속 조각이었는데 크기는 오나의 손바닥만 했고, 생김새는 장난감 삽과 비슷했으며, 표면은 거칠거칠했다. 색깔은 암녹색, 삽자루를 끼우는 괴통 부분은 짧고 넓적했고 네모난 보습 부분은 양 끄트머리가 뾰족했으며, 무게는 보기보다 묵직했다. 그 유물은 코론 선생님 집안에 대대로 전해 내려오는 가보였다.

"하지만 선생님들은 이런 유물이랑 이야기를 되게 중요하게 여기잖아." 탈리아가 말했다. "선생님들은 네가 조사를 하나도 안 했다며 엄청 화낼 거야." 탈리아는 배정받은 유물인 하얀 면사포를 접착제로 헬멧 위쪽에 붙였고, 슈트 위에는 레이스가 치렁치렁한 흰색 드레스를 걸쳤다. 전통 결혼식을 재연하려고 준비한 차림새였다. 탈리아의 짝인 달은 옛날 홀로그램에서 본 신랑을 흉내 내어 자기 슈트를 까맣게 칠했다.

"선생님들이 우리한테 들려주는 이야기가 사실인지 아닌지 누가 알겠어? 어차피 우린 거기에 가 보지도 못하잖아."

오나는 조그마한 삽 모형을 테이블 한복판에 내려놓았다. 삽은 그곳에서 햇볕의 열기를 흡수해 뜨거워졌다. 오나는 코론 선생님이 삽을 향해 손을 뻗는 광경을 상상했다. 상상 속의 선생님은 두 번 다시 보지 못할 행성의 귀중한 유물을 만지려고 손을 뻗었다가, 삽이 너무나 뜨거워서 그만 비명을 지르고 말았다.

자신이 어디서 왔는지 알아야 하니까요.

오나는 차라리 그 조그만 삽을 이용해 노바 퍼시피카의 과거를 파헤치고 싶었다. 자신의 행성, 자신이 고향으로 여기는 이 땅의 과거를. 선생님들의 과거보다는 '외계인들'의 역사를 알고 싶은 마음이 훨씬 더 간절했다.

"선생님들은 무슨 썩은 아교 이끼처럼 자기네 과거에 집착해." 그 말을 하는 사이에 오나는 마음속에 부글부글 끓어오르는 분노를 느꼈다. "그러면서 우리 기분을 상하게 하지. 우리가 불완전한 존재처럼 느끼게 하고. 우리는 영영 자기네처럼 훌륭해질 수 없다는 것처럼 말이야. 그래 봤자 자기네는 이 바깥에서 한 시간도 못 버티는 주제에!"

오나는 삽을 집어 화이트우드 나무가 우거진 숲 안쪽으로 있는 힘껏 던져 버렸다.

제이슨과 탈리아는 말이 없었다. 어색한 분위기 속에 잠시 시간이 흐른 후, 두 아이는 앉았던 자리에서 일어섰다.

"우린 집회 준비를 해야 해서." 제이슨이 중얼거렸다. 그 말을 남기고 둘은 돔 안으로 돌아갔다.

오나는 한동안 홀로 앉아 머리 위로 쏜살같이 날아가는 셔틀이 몇 대인지 세어 봤다. 그러다 이내 한숨을 쉬며 일어나 삽을 주우러 화이트우드 숲으로 걸어 들어갔다.

솔직히, 이날처럼 따뜻한 가을날이면 오나는 모든 일을 제쳐 두고 돔 바깥으로 나가고 싶어 했다. 그런 날은 슈트를 벗고 헬멧도 벗은 채로 화이트우드 나무 사이를 정처 없이 거닐고 싶었다. 그 숲에는 육각기둥 모양을 한 나무줄기가 하늘 높이 뻗어 있고, 육각형 모양을 한 은백색 나뭇잎들은 흔들리는 거울로 이루어진 그늘막을 지면에 드리운 채 살랑살랑 속삭이고 킥킥댔다.

오나는 공중에서 춤추는 나비들을 가만히 지켜봤다. 반투명한 연청색 날개 여섯 장을 거칠게 파닥거리는 나비들이 허공에 그린 이런저런 무늬를 보며, 오나는 그 무늬들이 일종의 언어일 거라 확신했다. 돔은 까마득히 오래된 외계 도시의 흔적 위에 세워졌기 때문에 숲 여기저기 조그만 언덕이 있었다. 그런 언덕은 개척 우주선이 도착하기 수백만 년 전에 완전히 멸망한 이 행성의 정체 모를 원주민들이 모난 돌을 쌓아 만든 돌무더기이거나, 으스스한 침묵만 감도는 낯선 모양의 폐허였다.

진짜로 열심히 조사해 본 것도 아니잖아. 오나는 속으로 중얼거렸다. 선생님들은 외계인에 대해 별 관심을 보이지 않았다. 아이들 머릿속에 옛 지구의 온갖 것들을 욱여넣느라 너무 바빴기 때문이었다.

오나는 얼굴과 몸에 내리쬐는 태양의 온기를 만끽했다. 그러는 동안 오나의 몸에 돋은 하얀 비늘은 무지갯빛으로 반짝였다. 오후 햇살은 화이트우드 나무가 그늘을 드리운 흙바닥 위를 제외하면 물이 끓을 만큼 뜨거웠기 때문에 숲속에는 하얀 증기가 모락모락 피어올랐다. 그리 멀리 던진 것도 아니었건만, 빽빽한 나무 사이에서 삽을 찾으려니 여간 힘들지 않았다. 오나는 천천히 길을 찾아 나아가며 땅 위로 드러난 나무뿌리와 뒤집힌 바위, 오래된 돌무더기 따위를 하나하나 빠짐없이 살펴봤다. 삽이 부러지지 않았기를 바라면서.

저기 있다.

오나는 서둘러 그쪽으로 갔다. 삽은 돌무더기 옆에, 떨어질 때 푹신한 쿠션이 되어 준 반짝이 풀 사이에 놓여 있었다. 삽 아래쪽에 하얀 증기가 나직하게 넘실거려서 마치 솟아나는 수증기 위에 삽이 둥둥 떠 있는 것처럼 보였다. 오나는 삽을 향해 더 가까이 몸을 숙였다.

증기에서는 오나가 한 번도 맡아 본 적 없는 향기로운 냄새가 났다. 넘실거리는 증기에 씻겨 삽을 뒤덮은 초록색 녹청이 조금 벗겨지자 그 밑에서 반들거리는 황금색 금속이 드러났다. 오나는 그 삽이 얼마나 오래된 물건인지 문득 깨달았고, 혹시 일종의 의식용 도구가 아닐까 하는 궁금증이 들었다. 관습과 문화 시간에 배운 종교에 관한 짤막한 내용이 어렴풋이 떠올랐다. 다름 아닌 귀신 이야기였다.

오나는 처음으로 흥미를 느꼈다. 그 삽의 예전 주인들은 언젠가 그 물건이 자기네 고향에서 수십억 킬로미터나 떨어진 행성에, 그 행성의 어느 외계인 무덤 위에, 인간으로 쳐주기도 힘든 오나처럼 생긴 여자애의 손에 놓일 거라고 과연 상상이나 했을까?

향기에 정신이 몽롱해진 오나는 삽을 향해 손을 뻗었고, 깊은 숨을 한 번 들이쉰 후에, 정신을 잃었다.

2.

1989년, 미국 코네티컷주 이스트 노버리

프레드 호는 핼러윈 댄스파티에 로널드 레이건 전 대통령으로 분장하고 가기로 마음먹었다.

가장 큰 이유는 할인점에서 인기 없는 레이건 가면을 싼 값에 팔기 때문이었다. 게다가 그 가면을 쓰면 아버지의 양복을 입어도 괜찮았다. 아버지는 그 옷을 식당 개업일에 딱 한 번 입었다. 프레드는 돈 때문에 아버지와 다투고 싶지 않았다. 부모님에게는 댄스파티에 가겠다는 말 자체가 기절초풍할 소리였다.

게다가 그 양복은 바지 주머니가 깊어서, 캐리에게 주려고 준비한 선물을 넣어 두기가 편했다. 묵직하고 각이 진 그 조그마한 삽 모양의 골동품 청동 주화는 얄따란 주머니 천 너머 허벅지의 체온에 데워져 따뜻했다. 프레드는 캐리가 그 선물을 문진으로 쓰거나 창문에 달아 장식으로 쓰거나, 아니면 아예 손잡이 끄트머리의 구멍을 이용해 향꽂이로 쓸 거라고 생각했다. 캐리에게서는 백단향과 파촐리 향의 냄새가 자주 풍겼으니까.

프레드를 데리러 차를 몰고 온 캐리는 프레드의 집 현관문 앞에 서 있던 그의 부모님을 보고 손을 흔들어 인사했지만, 두 사람은 혼란스럽고 긴장한 나머지 답인사도 하지 않았다.

"멋지게 입었네." 캐리가 말했다. 그녀의 가면은 운전석 계기판 위쪽에 놓여 있었다.

프레드는 캐리가 자신의 분장을 인정해 줬다는 생각에 마음에 놓였다. 사실, 캐리는 그저 인정해 주는 정도가 아니었다. 아예 영부인이었던 낸시 레이건으로 분장한 차림새였다.

프레드는 웃음을 터뜨리고는 뭔가 적당한 말을 찾으려고 궁리했다. 그러다 마침내 '너도 예뻐' 정도로 응대해야겠다고 생각했을 무렵, 둘이 탄 차는 이미 집에서 한 블록 떨어진 곳을 지나는 중이었다. 너무 늦었다는 생각이 들었다. 그래서 그 대신 이렇게 말했다. "같이 댄스파티에 가자고 해 줘서 고마워."

학교 체육관은 주황색 장식 테이프와 플라스틱 박쥐 모형, 호박 모양 종이 등롱 따위로 화려하게 꾸며져 있었다. 둘은 가면을 쓰고 실내로 들어갔다. 폴라 압둘의 노래 「스트레이트 업」에 이어 마돈나의 「라이크 어 프레이어」가 흘러나오는 동안 둘은 노래에 맞춰 춤을 췄다. 적어도 캐리는 그렇게 했다. 프레드는 내내 캐리에게 맞춰 몸을 움직이려고 기를 썼다.

움직이는 모습은 여전히 어색하기 짝이 없었지만, 그래도 가면을 쓴 덕분에 프레드는 미국 고등학교에서 살아남으려면 가장 필요한 기술이 자신에게 없다는 걱정을 조금은 덜 수 있었다. 다름 아닌 '남들과 어울리기'였다.

고무 가면을 쓰고 있으려니 오래지 않아 땀이 났다. 캐리는 역한 느낌이 들 정도로 단맛이 진한 펀치를 연거푸 들이켰지만 프레드는 가면을 절대 벗지 않기로 마음먹었기 때문에 펀치를 거절했다. 조던 나이트의 노래 「아일 비 러빙 유(포에버)」가 나올 즈음, 둘은 컴컴한 체육관에서 나가고 싶어졌다.

바깥의 주차장에는 유령과 슈퍼맨, 외계인, 마녀, 공주 같은 이들이 우글거렸다. 그들은 레이건 전 대통령 부부를 향해 손을 흔들었고, 부부도 손을 흔들어 인사했다. 프레드는 가면을 벗지 않고 일부러 느릿느릿 걸으며 저녁의 산들바람을 만끽했다.

"날마다 핼러윈이면 좋겠어." 프레드가 캐리에게 말했다.

"왜?"

내가 누군지 아무도 모르잖아. 프레드는 그렇게 말하고 싶었다. 나를 쳐다보는 사람도 없고. 그러나 정작 입 밖에 꺼낸 말은 이것뿐이었다. "양복을 입으니까 기분이 좋아서."

프레드는 그 말을 신중하게, 천천히 했다. 그러자 스스로의 귀에도 자신의 특이한 억양이 거의 느껴지지 않았다.

캐리는 무슨 말인지 알았다는 듯이 고개를 끄덕였다. 둘은 차에 올랐다.

프레드가 전학 오기 전까지 이스트 노버리 고등학교에는 영어가 모어가 아닌 데다 불법 체류자일 수도 있는 학생이 한 명도 없었다. 사람들은 대부분 친절했지만, 제각각 아무런 악의도 없어 보이는 수

많은 미소와 귓속말과 사소한 몸짓 같은 것들이 다 합쳐져 들려주는 말은 여긴 네가 있을 곳이 아니야였다.

"우리 부모님한테 인사하려니까 긴장돼?" 캐리가 물었다.

"아니." 거짓말이었다.

"우리 엄만 널 만날 생각에 엄청 들떴어."

두 사람이 탄 차는 깔끔하기 그지없는 잔디 정원 앞에 도착했다. 정원 너머에는 지하층이 1층이나 다름없는 나지막한 2층 주택이 서 있었다. 차고 진입로 옆의 우편함 입구에 '윈'이라는 성씨가 적혀 있었다.

"여기가 너희 집이구나." 프레드가 말했다.

"글자도 읽을 줄 아네!" 캐리는 프레드를 놀리며 차를 세웠다.

진입로를 따라 걷는 동안 프레드는 공기 중에 감도는 바다 냄새를 맡았고, 근처 해변의 모래톱에 부서지는 파도소리를 들었다. 현관문으로 이어지는 계단에 소박하지만 우아하게 만든 호박 등이 놓여 있었다.

동화에 나오는 집 같아. 프레드는 속으로 중얼거렸다. 이런 게 미국식 성(城)이구나.

"제가 좀 도와드릴까요?" 주방으로 통하는 문 앞에서 프레드가 물었다.

윈 부인('캐미라고 불러주렴')은 조리대와 가스레인지 사이를 오가는 중이었다. 조리대는 음식 재료를 자르고 섞고 멋지게 쌓아 장식하는 준비 공간이었다. 부인은 프레드를 보며 재빨리 빙긋 웃고는 하던 일로 다시 돌아갔다. "괜찮아. 가서 우리 남편이랑 캐리랑 같이 얘기 나누고 있으렴."

"저 진짜 도와드릴 수 있어요. 부엌일은 일가견이 있거든요. 저희 집이 식당을 해서요."

"응, 나도 알아. 너희 식당의 무쉬러우(돼지고기와 달걀, 목이버섯 등을 간장 소스에 볶은 중국 요리 — 옮긴이)가 최고로 맛있다고 캐리가 그러더라." 윈 부인은 잠시 손을 멈추고 프레드를 돌아보며 아까보다 훨씬 더 활짝 웃었다. "너 영어 진짜 잘하는구나!"

프레드는 미국 사람들이 왜 그 점을 그토록 중요하게 언급하는지 도무지 이해가 가지 않았다. 그럴 때 사람들은 예외 없이 몹시도 놀란 기색이었기 때문에 그는 대꾸할 말이 좀처럼 떠오르지 않았다. "고맙습니다."

"영어 실력이 *진짜* 훌륭해. 이제 가 보렴. 내가 알아서 할게."

프레드는 거실로 다시 돌아갔다. 따뜻한, 거의 친숙하기까지 한 주방의 열기 속에 머물고 싶다고 생각하면서.

"끔찍한 일이야." 캐리 아버지인 윈 씨가 말했다. "톈안먼 광장의 그 용감한 학생들. 영웅들이지."

프레드는 고개를 끄덕였다.

"너희 부모님 말인데." 윈 씨의 말이 이어졌다. "그분들도 반정부 활동을 하셨니?"

프레드는 대답을 망설였다. 보스턴의 차이나타운에서 공짜로 받은 중국 신문을 읽던 아버지의 모습이 기억났다. 그 신문에는 베이징의 시위대 사진이 실려 있었다.

"멍청한 애새끼들." 아버지는 얼굴까지 붉혀 가며 모질게 경멸했다. "부모가 준 학비를 허투루 쓰면서 홍위병처럼 몰려나가 시끄럽게 굴어 봤자, 기껏해야 카메라를 든 외국인들 앞에서 포즈나 잡는 게 다야. 도대체 뭘 이루겠다는 거야? 다 버르장머리 없는 녀석들이야. 미국 책을 너무 많이 읽어서 저 모양이지."

그러더니 프레드 쪽을 돌아보며 올러대듯 주먹을 흔들었다. "너 혹시라도 저딴 짓거리에 가담했다가는, 내 손에 정신이 번쩍 들 때까지 얻어터질 줄 알아."

"예." 프레드가 대답했다. "그래서 저희가 여기로 온 거예요."

원 씨는 만족한 표정으로 고개를 끄덕였다. "이곳은 위대한 나라야, 그렇지 않니?"

솔직히 말하면, 프레드는 당최 이해가 가지 않았다. 어째서 어느 날 한밤중에 부모님이 자신을 깨웠는지. 어째서 그들 가족이 처음에는 조각배를, 다음에는 트럭을, 그다음에는 버스를, 그리고 다시 커다란 배를 타야 했는지. 어째서 그토록 여러 날 동안 캄캄한 배 안에서 사나운 파도에 흔들리며 뱃멀미에 시달려야 했는지. 어째서 뭍에 닿은 후에 밴의 짐칸에 숨어 뉴욕 차이나타운의 지저분한 거리에 내렸는지, 또 어째서 아버지는 그곳에 있던 남자들 몇 명이 험악한 말투로 뭐라고 하는 동안 내내 고개만 끄덕거렸는지. 어째서 아버지는 그에게 이제 세 식구 모두 딴 이름이 생겼고 딴사람이 되었으니 낯선 사람이나 경찰과 얘기를 나누면 절대 안 된다고 했는지. 어째서 식구들 모두가 몇 년 동안이나 어느 식당에서 일하고 아예 그 식당 지하실에 살며 돈을 저축해 전에 본 그 험악한 남자들에게 진 빚을 갚았으면서도 돈을 더 벌어야 한다는 말을 여전히 입에 달고 살아야 했는지. 또 어째서 식구들이 다시 이곳 이스트 노버리로, 뉴잉글랜드 지역 바닷가의 이 조그만 마을로 옮겨와야 했는지도. 아버지가 말하길 중국 식당도 없고 인근에 사는 미국인들은 너무 멍청해서 아버지의 요리 실력이 별로인 줄도 모르는, 이곳으로.

"위대한 나라예요, 선생님." 프레드가 말했다.

"그러고 보니 너, 위대한 사람의 얼굴을 들고 있구나." 윈 씨는 프레드가 들고 있는 레이건 가면을 가리켰다. "진정한 자유의 투사지."

그해 6월 첫째 주가 지나고 나서, 프레드의 아버지는 매일 저녁 전화기에 매달려 늦은 밤까지 소곤소곤 통화했다. 그러다가 어느 날 갑자기 프레드와 어머니에게 새로운 사연을 외워야 한다고 말했다. 자신들이 누구인지, 톈안먼 광장에서 죽은 학생들과 어떤 사이인지, 어떻게 해서 그들과 같은 가치를 믿었고 그리하여 '민주주의'와 가망 없는 사랑에 빠지고 말았는지 같은 것들을. '망명'이라는 말이 자주 입에 오르내렸고, 그다음 달에 그들 가족은 뉴욕의 어느 미국인 공무원과 면담할 준비를 해야 했다. 그 면담을 통과하면 합법적인 이민자로 인정받을 수 있었다.

"그러면 여기 눌러살면서 돈을 잔뜩 벌 수 있어." 아버지는 그렇게 말했다. 흡족한 표정으로.

초인종이 울렸다. 캐리는 동네 아이들에게 줄 사탕이 담긴 그릇을 들고 자리에서 일어섰다.

"우리 캐리는 원래부터 모험심이 강했어." 윈 씨는 목소리를 낮추어 말을 이었다. "새로운 걸 시도해 보기를 좋아하지. 자연스러운 현상이야. 그 나이에 반항적으로 구는 건."

프레드는 고개를 끄덕였다. 방금 자신이 무슨 말을 들었는지 제대로 이해도 못 한 채로.

윈 씨의 얼굴을 물들였던 친근한 표정은 가면이 벗겨지듯 싹 사라진 후였다. "알겠지, 캐리는 그저 하나의 단계를 지나는 중인 거야. 너도 하나의 부분일 뿐이고." 윈 씨는 손을 휘휘 저어 아리송한 손짓을 했다. "나의…… 나의 화를 돋우려는 계획의 한 부분이지."

"캐리는 너를 진지하게 상대하지 않는다는 말이야." 윈 씨는 그렇게 덧붙였다. 하지만 그의 표정은 몹시도 진지했다.

프레드는 말이 없었다.

"난 그저 네가 오해하지 말라고 이러는 것뿐이다." 윈 씨의 말이 이어졌다. "사람은 같은 부류끼리 어울리는 게 정상이야. 물론 너도 그렇게 생각하겠지만."

현관 쪽에서 기척이 들려왔다. 사탕을 안 주면 장난을 치겠다고 짓궂게 위협하는 아이들 목소리와 그런 아이들 앞에서 캐리가 짐짓 놀라는 척 내는 '헉' 소리, 또 아이들의 분장을 보고 멋지다고 칭찬하는 목소리였다.

"캐리가 너랑 어울려 준다고 해서 엉뚱한 마음을 먹지는 마라."

이윽고 캐리가 현관에서 돌아왔다.

"왜 이렇게 조용해?" 캐리가 물었다. "둘이 무슨 얘기 했어요?"

"프레드한테 부모님 얘기를 물어본 것뿐이야." 윈 씨의 표정에 다시 친근한 미소가 번졌다. "두 분이 중국 공산당에 맞서는 반체제 인

사이신 거, 너도 알았니? 정말로 용감하신 분들이야."

프레드는 일어서서 바지 주머니에 손을 넣고 조그마한 청동 삽을 손안에 감쌌다. 그러면서 그 삽을 윈 씨의 얼굴에 던져버리는 상상을 했다. 묘하게도 아버지의 얼굴을 닮은 그 얼굴에.

그러나 실제로는 이렇게만 말했다. "죄송합니다. 시간이 이렇게 늦은 줄 몰랐어요. 그만 가 보겠습니다."

1.

1905년, 홍콩

"우중아." 윌리엄의 아버지가 다시 외쳤다. 아버지의 목소리는 옆집 아낙이 배앓이 하느라 칭얼대는 아이를 조용히 시키려고 별 소용도 없는 악을 지를 때처럼 시끄러웠다.

홍콩 사람들은 왜 다들 고래고래 소리를 지를까? 이제 20세기가 밝았잖아. 그런데도 다들 촌뜨기처럼 군다니까.

"윌리엄이라고요." 윌리엄이 나직이 중얼거렸다. 비싼 학비를 치르고 아들을 영국까지 유학 보냈으면서도, 그의 나이 든 아버지는 아들의 영어 이름을 끝끝내 부르려 하지 않았다. 벌써 10년 넘게 써온 영어 이름인데도.

윌리엄은 눈앞에 펼쳐 놓은 책에 집중하려 했다. 책은 14세기의 크리스트교 신비주의자가 남긴 어록이었다.

그대가 그렇게 물음으로써 바로 그 어둠, 내가 그대를 이끌고자 한 바로 그 무지의 구름 속으로 나를 이끌었기 때문입니다.

"우중아!"

윌리엄은 손가락으로 귓구멍을 틀어막았다.

사람은 자신을 제외한 모든 피조물과 그들의 소산을 온전히 알 수 있고 그들에 관해 생각할 수도 있습니다. 예, 심지어는 하느님께서 빚으신 것들에 대해서도 그렇게 할 수 있습니다. 그러나 정작 하느님 당신에 대해서는 어떤 인간도 생각하지 못합니다.

제목이 『무지의 구름』인 그 책은 버지니아가 준 작별 선물이었다. 하느님이 빚은 것들 가운데 단연코 가장 눈부신 작품이자 윌리엄이 '온전히 알고자' 갈망하는, 버지니아가.

"이제 넌 신비로운 동양으로 돌아갈 거니까." 버지니아는 책을 건네며 말했다. "부디 서양의 신비주의자가 네 길을 인도해 주길 바랄게."

"홍콩은 그런 곳이 아니야." 윌리엄은 버지니아가 자신을 한낱 중국인으로 여기는 듯싶어 언짢았지만…… 실제로 중국인이기는 했다. "홍콩은 대영제국의 한 부분이야. 문명화된 땅이라고." 그는 버지니아에게서 책을 건네받을 때 거의 손끝과 손끝이 닿을 뻔했지만, 실제로는 닿지 않았다. "1년만 지나면 돌아올 거야."

버지니아는 꾸밈없이 환한 미소로 그 말에 화답했고, 윌리엄은 교사들에게서 받은 높은 점수와 어떠한 칭찬보다도 빅토리아가 보여준 그 미소 덕분에 진짜 영국인이 된 기분이 들었다.

따라서 나는 생각할 수 있는 것들을 모두 제쳐 두고, 생각할 수 없는 그것을 내 사랑으로 택할 것입니다. 왜냐하면 하느님을 사랑하기는 너무나 쉽지만 생각하기는 불가능하기 때문입니다. 사랑으로는 하느님을 모시고 받들 수 있으나 생각으로는 그 두 일 가운데 어떤 것도 하지 못합니다.

"우중아! 너 대체 왜 그래?"

아버지가 문가에 서 있었다. 윌리엄의 다락방으로 이어진 사다리를 낑낑대며 올라오느라 얼굴이 벌게진 채로.

"나하고 같이 우란절(盂蘭節, 불교의 우란분재와 도교의 중원을 합친 중국 전통 명절로서 음력 7월 15일에 굶주린 망자의 혼을 배불리 먹이는 제사를 올린다. —옮긴이) 쉴 준비를 해야지."

감미로운 음악 같은 중세 영어를 머릿속으로 음미하다가 아버지가 퍼붓는 광둥어를 듣자니 마치 월극(粤劇)에서 쓰는 바라와 소라가 쨍그랑대는 소리처럼 귀에 거슬렸다. 월극은 이곳 광둥성 특유의 '민속 가극'이었지만 윌리엄이 런던에서 관람한 진짜 가극인 오페라에 비하면 야만적인 껍데기일 뿐, 가극으로 일컬어질 자격조차 없었다.

"저 바빠요." 윌리엄이 말했다.

아버지는 아들의 얼굴에서 책으로 눈길을 돌렸다가 다시 아들의 얼굴을 보았다.

"귀한 책이에요." 윌리엄이 말했다. 아버지의 눈길을 피하며.

"오늘 밤은 혼령들이 줄지어 거리를 누비는 시간이다." 아버지는 발을 질질 끌었다. "혼령이 되신 우리 조상님이 부끄러워하시지 않도록, 우리가 집 없는 혼령들을 위로해야 해."

다윈과 뉴턴, 애덤 스미스 같은 이들의 책을 읽다가 돌아온 곳이 여기라니. 귀신을 달래야 한다는 소리나 하고 있다니. 영국에서는 사람들이 모든 자연 법칙을 알 가능성을, 그러니까 과학의 종말에 관해 고찰하고 있건만, 이곳은, 아버지의 집 지붕 아래는, 아직도 중세 시대였다. 윌리엄은 버지니아가 이곳에 오면 어떤 표정을 지을지 눈에 선했다.

윌리엄과 아버지 사이에는 어떠한 공통점도 없었다. 어쩌면 외계인일지도 모르는 아버지하고는.

"나 지금 부탁하는 거 아니다." 아버지가 말했다. 목소리가 점점 더 딱딱해졌다. 월극 배우들이 한 장면의 막이 내리기 직전 마지막 대사를 읊을 때의 말투 같았다.

식민지에 만연한 미신 속에서 합리성의 숨통이 막혀 가는구나. 윌리엄은 영국으로 돌아가리라는 결심을 전에 없이 단단히 굳혔다.

"돌아가신 할아버지한테 이게 왜 필요해요?" 윌리엄은 애롤존스턴 3기통 자동 마차의 종이 모형을 못마땅한 눈빛으로 응시하며 물었다.

"갖고 있으면 살기가 더 편해지는 물건은 누구나 좋아하니까." 아버지의 대답이었다.

윌리엄은 고개를 절레절레 저었지만, 그러면서도 놋쇠 느낌이 나게끔 노란 종이를 잘라 만든 전조등에 풀을 발라 차 모형 앞쪽에 붙이는 일은 계속했다.

그 옆의 책상 위에는 이날 밤 제사 때 불태울 다른 제물들이 한가득 널려 있었다. 서양식 오두막집의 종이 모형과 종이 옷, 종이 구두, 이른바 '저승길 노자'라는 지전 다발, 금박 종이로 만든 '금괴' 더미 따위였다.

윌리엄은 참지 못하고 그만 내뱉고 말았다. "할아버지랑 증조할아버지는 눈이 나쁘니까 이걸 보고 진짜인 줄 알겠죠."

아버지는 아들의 도발에 걸려들지 않았고, 이로써 부자는 말없이 일만 계속했다.

이 지루한 의식을 견디고자 공상 속으로 도피한 윌리엄이 자신은 지금 버지니아와 함께 시골로 드라이브를 나가려고 차에 광을 내는 중이라고 상상할 즈음……

"우중아, 지하실에 내려가서 백단향 상을 가져와라. 혼령들 앞에 제물을 차려놓을 때 멋을 좀 부려야겠다. 날이 날이니만큼, 말다툼은 이쯤 해 두자."

간곡한 느낌이 배어나는 아버지의 목소리에 윌리엄은 깜짝 놀랐다. 잔뜩 굽은 아버지의 등이 문득 눈에 띄었다.

조그마한 소년의 모습으로 아버지의 어깨 위에 목말을 탄 자신의 모습이 불현듯 머릿속에 떠올랐다. 그 시절 그 어깨는 산처럼 넓고 튼튼해 보였다.

"더 높이요, 더 높이!" 아들이 외쳤다.

아버지는 북적이는 인파 위에서 내려다보게끔 아들을 자기 머리 위로 높이 들어 올렸다. 그래야 우란절 행사에서 공연하는 월극 배우들의 신기한 의상과 아름다운 분장을 아이가 구경할 수 있었으므로.

아버지의 두 팔은 하도 튼튼해서, 아들을 하늘 높이 든 채로도 한참 동안 끄떡하지 않았다.

"여부가 있겠습니까요, 아바[阿爸, 아빠]." 윌리엄은 그렇게 대답하고 일어서서 집 뒤편의 창고로 향했다.

창고는 어둡고, 습도가 낮고, 서늘했다. 아버지는 그곳에 손님이 복원해 달라며 맡긴 골동품을 잠시 놔두는 한편으로 본인의 수집품도 함께 보관했다. 묵직한 나무 선반과 보관함에 주(周)나라 때의 청동 제기와 한(漢)나라 때의 옥 조각품, 당(唐)나라 때의 부장용 도자기 인형, 명(明)나라 때의 도자기, 그 밖에 윌리엄이 알아보지 못하는 온갖 물건이 가득했다.

좁다란 통로를 조심조심 나아가는 동안, 윌리엄은 찾는 물건이 좀처럼 눈에 띄지 않아 조바심이 났다.

혹시 저쪽 구석에 있나?

창고의 한쪽 구석에 조그만 작업대가 있었고, 종이를 바른 창문에서 비스듬히 비친 햇빛 한 줄기가 작업대 위를 비추었다. 그 작업대 너머의 벽에 비스듬히 기대어 있는 물건이 바로 백단향 상이었다.

윌리엄은 상을 들려고 허리를 굽히다가, 작업대 위에 있는 어떤 물체를 보고 우뚝 멈췄다.

작업대 위에는 똑같은 모양을 한 포폐(布幣), 즉 고대의 청동 주화가 두 개 놓여 있었다. 생김새가 꼭 손바닥 크기의 삽 같았다. 윌리엄은 골동품에 조예가 깊지 않았지만, 어린 시절에 포폐를 하도 많이 봐서 눈앞의 유물이 주(周) 왕조 시대나 그 이전의 양식이라는 것쯤은 어렵잖게 간파했다. 고대 중국의 군주들은 이러한 삽 모양 화폐를 주조함으로써 땅을 받드는 마음을 표현했다. 땅은 생명을 지탱하는 작물이 자라는 터전인 동시에 모든 생명이 돌아갈 장소이기 때문이었다. 그러한 땅을 삽으로 일구는 행위는 미래에 대한 약속이자, 과거에 바치는 감사였다.

윌리엄이 알기로 그 정도 크기의 포폐는 값이 상당히 나갔다. 쌍둥이처럼 똑같은 포폐를 짝 맞춰 손에 넣는 경우 또한 드물었다.

호기심에 이끌린 나머지, 윌리엄은 주화 쪽으로 더 가까이 다가갔다. 주화의 표면은 암녹색 녹청으로 뒤덮여 있었다. 뭔가 석연찮은 느낌이 들었다. 윌리엄은 왼쪽 주화를 뒤집어 봤다. 주화 표면이 샛노랗게 반들거렸다. 거의 황금색으로.

주화 옆에 놓인 조그만 접시에는 뭔지 모를 진청색 가루가 있었고, 붓도 함께 놓여 있었다. 윌리엄은 그 가루의 냄새를 맡아 봤다. 비릿한 구리 냄새가 났다.

청동은 주조한 지 얼마 안 됐을 때만 샛노란 색을 띤다는 것을 윌리엄은 알고 있었다.

윌리엄은 애써 머릿속을 비우려 했다. 아버지는 언제나 떳떳하게 돈을 버는 정직한 사람이었다. 지금 자신의 머릿속에 있는 생각은 떠올리는 것만으로도 불효였다.

그러나 윌리엄은 그 포폐 한 쌍을 집어 옷 주머니에 넣고 말았다. 영국인 스승들에게서 늘 질문을 던지고 진실을 파고들라고 배웠기 때문이었다. 어떤 결과가 닥친다 하더라도.

윌리엄은 백단향 상을 반은 끌다시피 하고 반은 들다시피 하며 현관까지 옮겼다.

"이제야 제대로 된 축제처럼 보이는구나." 아버지가 그렇게 말하는 사이, 윌리엄은 쑤야[素鴨, 채소로 만든 소를 두부피로 말아 오리구이와 비슷하게 모양을 낸 채식 중화 요리 —옮긴이]가 담긴 마지막 제사 음식 접시를 상위에 올렸다. 제사상은 과일과 온갖 종류의 가짜 고기 요리를 담은 접시로 가득했다. 상 주위에는 여덟 명이 앉을 자리를 마련해 호 씨 집안 선조들의 혼령을 모실 준비를 했다.

가짜 닭 요리, 채소를 넣은 오리구이, 지점토로 만든 집 모형, 거기다 가짜 돈까지……

"이따가 거리에서 열리는 월극이라도 보러 갈까." 아버지는 윌리엄의 기분은 아랑곳하지 않고 말했다. "네가 어렸을 때 그랬던 것처럼 말이야."

가짜 청동기라니…….

윌리엄은 주머니에서 포폐 한 쌍을 꺼내어 상 위에 올려놓았다. 미완성인 위조품의 반들거리는 면이 위로 가게끔.

아버지는 포폐를 보고 한순간 멈칫하다가, 이내 아무 일도 없었다는 듯 태연하게 행동했다. "향에 불붙이는 건 네가 맡을래?"

윌리엄은 말이 없었다. 뭐라고 질문해야 좋을지 궁리하느라 바빠서였다.

아버지는 포폐를 나란히 놓은 다음 반대쪽 면이 위로 오게끔 뒤집었다. 녹청이 낀 반대쪽 면에는 제각각 한자가 새겨져 있었다.

"주 왕조 시대의 한자는 후대의 문자와 형태가 조금 다르단다." 아버지가 말했다. 윌리엄을 아직도 읽고 쓰기를 배우는 나이의 어린애로 여기는 듯한 말투였다. "그래서 후대의 수집가들은 자기 나름대로 해석한 글자의 뜻을 기물에 새겨 두곤 했어. 녹청과 마찬가지로 그러한 해석들도 세월이 흐르는 사이에 층층이 그릇 표면에 쌓여 갔지."

宇字

"우주를 뜻하는 글자이자 네 이름의 첫 글자이기도 한 '우(宇)' 자가 글을 뜻하는 '자(字)' 자와 얼마나 비슷한지 생각해 봤느냐?"

윌리엄은 고개를 저었다. 실은 제대로 듣고 있지도 않았다.

이 땅의 문화는 오로지 위선과 조작과 손에 넣지 못할 것의 겉모습만 모방하는 행위를 토대로 존재해.

"우주가 얼마나 곧게 뻗었는지 보려무나. 하지만 그런 우주를 지력으로 헤아리려면, 그것을 언어로 바꾸려면, 비틀고 또 날렵하게 휘어야 한다는 걸 알겠지? 세상과 말 사이에 또 하나의 굽이가 있는 거야. 이 글자들을 보면서 너는 유물의 역사와 만나고, 수천 년 전 우리 선조들의 정신과 만나는 셈이야. 그거야말로 우리 민족의 심오한 지혜란다. 그래서 서양의 어떤 문자도 한자만큼 우리 진리에 깊이 닿지 못하는 거야."

윌리엄은 더 참을 수가 없었다. "위선자! 아버진 위조꾼이에요!"

그러고는 기다렸다. 방금 그 규탄을 부인하라고, 어디 해명해 보라고 아버지를 말없이 재촉하면서.

잠시 후, 아버지는 아들을 보지 않은 채 말하기 시작했다. "귀신들이 처음 나를 찾아온 건 몇 년 전 일이야."

아버지가 말한 *과이러우[鬼佬]*라는 단어는 광둥어로 '서양인'을 가리켰지만, '귀신'이라는 뜻도 있었다.

"그때껏 본 적도 없었던 골동품을 나한테 건네면서 복원하라고 하더구나. 그래서 물었지. '이런 걸 어디서 구하셨나요?' 대답은 이랬어. '아, 어느 프랑스 군인들한테서 산 거요. 베이징을 점령하고 궁전에 불을 지른 후에 전리품으로 챙긴 거라더군.'

귀신들한테는 노략질이 떳떳한 일이었다. 자기네 법이 그랬으니까. 그 많은 청동기와 도자기가, 우리 선조들에게서 수백 대를 거치며 전해 내려온 유물들이, 이제 우리 손에서 탈취당해 무엇에 쓰는 물건인지조차 모르는 도적들의 집을 장식하게 된 거다.

그래서 나는 복원해야 할 골동품의 위조품을 만들었고, 귀신들한테는 그 위조품을 돌려줬다. 진품 유물은 간직해 뒀지. 이 땅을 위해, 너를 위해, 네 아이들을 위해. 그리고 진품과 위조품에 서로 다른 한 자를 적어 뒀다. 그래야 보고 구분할 수 있으니까. 네 눈에는 내 행동이 잘못으로 비친다는 걸 나도 안다, 그래서 너를 보기가 부끄럽고. 허나 사람은 무언가를 아끼는 마음이 있을 때 기묘한 짓을 하게 마련이지."

어느 쪽이 진짜일까? 윌리엄은 생각했다. *세상[字]? 아니면 말[字]? 진실? 아니면 이해?*

현관문을 두드리는 지팡이 소리가 부자의 대화를 가로막았다.

"손님이겠지." 아버지가 말했다.

"문 열어!" 누군지 모를 방문자가 외쳤다.

윌리엄이 현관으로 가서 문을 열어 보니 잘 차려입은 사십 대 영국인 남자가 서 있었다. 그 뒤에 있는 두 남자는 건장한 체격에 초라한 차림새로 보아 부둣가 하역장에 있는 편이 더 어울릴 듯싶었다.

"안녕하신가." 영국인이 말했다. 그러고는 들어오라는 말을 기다리지도 않고 안으로 성큼성큼 걸어 들어왔다. 뒤의 두 남자도 따라

들어오며 윌리엄을 한쪽으로 밀쳤다.

"딕슨 씨. 오실 줄은 꿈에도 몰랐는데, 반갑습니다." 아버지가 말했다. 윌리엄은 중국식 말씨가 강하게 섞인 아버지의 영어가 민망해서 움찔하고 말았다.

"꿈에도 몰랐는데 반갑기로 치면 어디 선생이 나한테 준 것만 하겠나." 딕슨은 코트 안주머니에서 조그마한 도자기 인형을 꺼내어 상 위에 내려놨다. "내가 선생한테 복원해 달라고 맡긴 물건이야."

"그래서 해 드렸습지요."

딕슨의 얼굴에 슬며시 웃음이 번졌다. "내 딸이 이 물건을 아주 좋아해. 사실, 그 아이가 무덤의 부장품인 도자기 작품을 인형처럼 갖고 노는 걸 보면 나도 기분이 좋아. 비록 그렇게 갖고 놀다가 그만 부서뜨리고 말았지만. 그런데 선생이 복원해서 내게 돌려준 후에 내 딸은 그게 자기 인형이 아니라며 더는 갖고 놀지 않겠다지 뭐야. 하긴, 어린애들은 거짓말을 간파하는 솜씨가 아주 뛰어나지. 오스머 교수의 감식안 또한 내 추측을 뒷받침하기에 충분히 뛰어나고 말이야."

윌리엄의 아버지는 허리를 곧추세워 가슴을 활짝 폈지만 말은 한마디도 하지 않았다.

딕슨이 손짓하자 두 일꾼은 대번에 상 위에 있는 것들을 한꺼번에 쓸어버렸다. 쟁반, 접시, 포폐, 제사 음식, 젓가락까지…… 모조리 뒤죽박죽 섞여 잡동사니 더미로 변해 버렸다.

"어디 좀 더 둘러볼까? 아니면 경찰에 자백할 각오가 섰나?"

아버지의 얼굴은 시종 무표정했다. 속을 알 수 없는 표정이야. 영국인이라면 그렇게 말할 법했다. 영국에서 학교를 다니는 동안 윌리엄은 몹시도 오랫동안 거울을 들여다본 끝에 비로소 깨우쳤다. 그 표정을 짓지 않는 법을, 아버지처럼 보이지 않을 방법을.

"잠깐만요." 윌리엄이 앞으로 나섰다. "남의 집에 마음대로 들어와서 불한당 패거리처럼 굴면 안 되죠."

"영어를 아주 잘하는군." 딕슨은 윌리엄을 위아래로 훑어보며 말했다. "중국 말씨가 거의 없어."

"감사합니다." 윌리엄이 말했다. 그는 차분하고 이성적인 말투와 태도를 유지하려 애썼다. 이제 눈앞의 영국인 남자도 분명 알아차렸을 터였다. 자신이 상대하는 사람이 평범한 홍콩 현지인의 자식이 아니라, 가정교육을 잘 받고 품성도 올바른 젊은 영국인이라는 것을. "저는 램스게이트에 있는 조지 도즈워스 퍼블릭 스쿨에서 10년간 공부했습니다. 그 학교를 아시나요?"

딕슨은 빙긋이 웃을 뿐 말이 없었다. 눈빛이 마치 춤추는 원숭이를 구경하는 듯했지만, 윌리엄은 물러서지 않았다.

"선생님께서 마땅히 받아야 한다고 여기시는 보상은 제 아버지가 기꺼이 해 드릴 겁니다. 완력을 사용할 필요는 전혀 없습니다. 모두 신사답게 행동하면 됩니다."

딕슨은 웃음을 터뜨렸다. 처음에는 키득키득 웃었지만, 이내 숨이 넘어갈 듯 껄껄 웃었다. 그의 부하들은 처음에는 어쩔 줄 몰라 머뭇거리다가 이윽고 함께 웃었다.

"영어를 배웠다고 해서 자기가 딴사람이 된 줄 아는군. 아무래도 동양인의 정신에는 서양과 동양의 본질적 차이를 파악하지 못하게 막는 게 있는 것 같아. 난 너하고 협상하러 온 게 아니라 내 권리를 행사하러 온 거야. 너희 사고방식에는 권리라는 개념이 낯설겠지만 말이지. 내 것을 온전한 상태로 복원해서 내놓지 않으면, 여기 있는 것들을 모조리 산산조각 내 버릴 거다."

윌리엄은 얼굴에 피가 솟구치는 느낌이 들었고, 그래서 얼굴 근육이 느슨하게 풀어지도록 몸에서 힘을 뺐다. 자신의 감정을 드러내지 않으려고 한 행동이었다. 그러다가 방 건너편에 있는 아버지를 돌아보고 퍼뜩 깨달았다. 아버지의 표정이 바로 지금 자신의 표정이리라는 것을. 무력한 분노 위에 씌워진 차분한 가면이라는 것을.

둘이 이야기하는 동안 윌리엄의 아버지는 딕슨의 등 뒤로 살금살금 움직였다. 그러고는 어깨 너머로 윌리엄을 바라봤고, 부자는 거의 알아차리기도 힘들 만큼 살짝 서로에게 고개를 끄덕였다.

따라서 나는 생각할 수 있는 것들을 모두 제쳐 두고, 생각할 수 없는 그것을 내 사랑으로 택할 것입니다.

아버지가 딕슨의 다리를 노리고 달려드는 순간, 윌리엄도 몸을 날려 딕슨을 덮쳤다. 세 남자는 한 덩어리로 엉켜 바닥에 쓰러졌다. 뒤이어 벌어진 드잡이판 속에서 윌리엄은 멀찍이서 스스로를 관찰하는 느낌이 들었다. 아무 생각도 들지 않고 그저 사랑과 분노가 뒤섞여 머릿속이 혼미해졌다가, 정신을 차려 보니 어느새 바닥에 엎드린 딕슨의 등 위에 걸터앉아 있었다. 포폐 한 개를 손에 단단히 움켜쥐고서, 포폐의 날로 딕슨의 머리를 내리찍을 것처럼.

딕슨이 데려온 두 남자는 꼼짝도 못 하고 가만히 서서 무력하게 구경만 했다.

"너희가 찾는 건 여기에 없어." 윌리엄은 심호흡으로 숨을 고르며 말했다. "우리 집에서 썩 나가."

윌리엄과 아버지는 딕슨과 졸개들이 만들고 간 난장판을 빙 둘러봤다.

"고맙다." 아버지가 말했다.

"오늘 저녁엔 귀신들이 좋은 구경을 했겠네요."

"할아버지가 자랑스러워하실 게다." 아버지는 그 말을 하고 나서, 윌리엄이 기억하는 한 처음으로, 이렇게 덧붙였다. "우중아, 넌 나의 자랑이다."

윌리엄은 자신이 느끼는 감정이 사랑인지 아니면 분노인지 알지 못했고, 글자를 새긴 면이 위로 오도록 뒤집힌 현관 바닥의 포폐를 바라보다가 눈앞이 뿌옇게 흐려졌으며, 이 때문에 주화에 새겨진 두 한자는 흔들리다가 하나로 합쳐지는 것처럼 보였다.

2.

1989년, 코네티컷주 이스트 노버리

"집에 초대해 줘서 고마워. 오늘 저녁은 정말 즐거웠어." 프레드는 딱딱한 인사를 건네고 캐리에게서 조심스레 거리를 유지했다.

롱아일랜드 해협의 파도가 두 사람 발밑의 바닷가에 밀려와 부드럽게 찰싹거렸다.

"넌 참 다정하구나." 캐리는 그 말을 하며 프레드의 손을 잡았다. 그리고는 프레드에게 몸을 기댔고, 그러자 바람에 날린 머리카락이 그의 얼굴에 닿았다. 샴푸의 꽃향기에 바다 내음이 섞인 냄새가 느껴졌다. 가능성과 갈망을 섞으면 날 법한 냄새였다. 가슴이 방망이 질하듯 세게 뛰었다. 가슴 한복판에 두려움을 품은 부드러움이 느껴졌다.

만 건너편에는 에들리 저택의 새빨간 불빛이 보였다. 핼러윈 주일을 맞아 유령의 집으로 꾸며 운영하는 곳이었다. 프레드는 부모의 거짓말에 기꺼이 넘어가 마음을 졸이는 아이들을, 그 아이들이 기쁨에 물든 비명을 지르는 모습을 상상했다.

"우리 아빠가 하는 말, 너무 마음에 담아 두지 마."

캐리의 말에 프레드는 표정이 굳었다.

"너 화났구나."

"네가 뭘 안다고 그래?" 프레드가 말했다. 넌 공주잖아. 이곳에 속한 사람이잖아.

"누구도 남의 생각을 좌우할 순 없어. 그리고 자신이 어딘가에 속했는지 아닌지는 언제든 스스로 결정할 수 있는 문제야."

프레드는 자기 안의 분노를 헤아리느라 바빠서 말이 없었다.

"난 우리 아빠하고는 달라. 너도 너희 부모님하고 다르고. 가족은 남이 우리에게 들려주는 이야기일 뿐, 가장 중요한 이야기는 우리 스스로 남에게 들려줘야 해."

프레드는 그것이야말로 자신이 가장 사랑하는 미국의 특징이라는 것을 깨달았다. 가족은 중요하지 않다는, 과거는 단지 이야기일 뿐이라는 철저한 믿음. 설령 거짓말에서 시작한 이야기일지라도, 사소한 거짓말에서 싹튼 이야기일지라도 진짜가 될 수 있다는, 진짜 삶이 될 수 있다는 믿음.

프레드는 바지 주머니에 손을 넣어 준비한 선물을 꺼냈다.

"이게 뭐야?" 캐리는 머뭇머뭇 손을 내밀어 조그마한 청동 삽을 받아들었다.

"골동품이야. 먼 옛날 중국에서 쓰던 삽 모양 주화야. 원래 우리 할아버지 거였는데, 우리가 중국을 떠나기 전에 나한테 주셨어. 행운을 빌면서. 네가 좋아할 것 같아서 가져왔어."

"예쁘다."

솔직히 말해야 한다는 생각이 프레드를 압박했다. "할아버지가 말하길 외국인이 나라 바깥으로 빼내려 했을 때 할아버지의 아버지가 막아서 지킨 유물인데, 문화대혁명 때 하마터면 홍위병 손에 박살 날 뻔했대. 하지만 우리 아버지는 중국의 많은 것들이 그렇듯이 이것도 위조품이고, 아무 가치도 없다고 했어. 이 아래쪽의 문자 보이지? 아버지는 그게 아주 최근에 새긴 거래. 진짜로 오래된 게 아니라. 하지만 이건 할아버지가 나한테 주신 유일한 물건이야. 작년에 돌아가셨는데, 우리 가족은 장례식에 참석하러 돌아가지도 못했어…… 체류 신분 때문에."

"네가 간직해야 하는 거 아니야?"

"네가 받아 주면 좋겠어. 난 너한테 이걸 줬다는 걸 언제까지나 기억할게. 나한테는 그게 더 좋은 기억이야. 더 좋은 이야기고."

프레드는 허리를 굽혀 모래 위의 조그맣고 뾰족한 돌맹이를 하나 집었다. 그러고는 주화를 쥔 캐리의 손을 자신의 손으로 감싼 다음, 녹청으로 뒤덮인 주화 표면에 자신들 이름의 머리글자를, 천천히,

새겨 넣었다. 더 오래전에 새겨진 한자 옆에. "이제 여기에 우리 글자가 새겨졌어. 우리 이야기가."

캐리는 고개를 끄덕이고 주화를 조심스레 겉옷 주머니에 넣었다. "고마워. 멋지다."

프레드는 집에 돌아가면 어떻게 될지 생각했다. 이런저런 질문을 던질 아버지와 근심 어린 침묵으로 일관할 어머니를 생각했다. 내일도 모레도 글피에도 오랜 시간 계속해야 할 식당 일에 관해, 이제 시민권 취득 서류를 제시하면 진학할 가망이 있을지도 모르는 대학에 관해, 언젠가 이 드넓은 대륙을 가로질러 자신만의 길을 개척할 날에 관해서도 생각했다. 비록 지금은 미지의 어둠 속에 숨어 있을지라도.

그러나 아직은 집에 갈 때가 아니었다. 프레드는 주위를 둘러보다가, 이날을 기념할 뭔가 굉장한 일을 하고 싶어졌다. 그래서 재킷과 셔츠를 벗고 구두를 벗어던졌다. 그는 알몸이 됐다. 가면 없이, 분장도 없이. "수영하러 가자."

캐리는 프레드의 말을 믿지 못해 웃음을 터뜨렸다.

바닷물은 차가웠다. 너무나 차가워서 물에 뛰어들자마자 숨이 턱 막히고 살갗에 불이 붙은 것 같다는 생각이 들었다. 프레드는 물속 깊이 잠수했다가 다시 수면 위로 솟구쳐 얼굴을 적신 물을 털어냈다.

캐리는 프레드의 이름을 큰 소리로 불렀고, 프레드는 손을 한 번 흔들어 화답한 다음, 만 건너편의 환한 불빛을 향해 헤엄치기 시작했다.

수면 가득 비친 붉게 물든 에들리 저택 위로 하얀 달빛이 기다란 선을 그리며 포개져 빨갛고 하얀 줄무늬를 이루었다. 프레드가 양팔을 저어 물속을 나아가는 동안 그의 살갗에 닿은 해파리 떼는 진청색 바다를 바탕으로 조그마한 하얀 별 수백 개처럼 반짝거렸다.

캐리의 목소리가 점점 희미해지는 사이에 프레드는 별[屋]과 줄무 늬[條] 사이를 헤엄쳐 나아갔다. 끊임없이 복제되는 프랙털 무늬를 띤, 흐릿하게 일렁거리는, 짭짤한 희망의 맛과 과거를 저버리는 행위의 그윽하고 얼얼한 맛이 느껴지는, 별과 줄무늬 사이를.

3.

2313년, 노바 퍼시피카

오나는 북적이는 길거리 한복판에서 깨어났다. 어둑하고 서늘해서 저물녘, 아니면 새벽 같았다.

지느러미가 날렵한 열대어처럼 생긴 차체에 바퀴가 여섯 개 달린 차량들이 오나 양편으로 빠르게 지나갔다. 고작 손가락 몇 마디 차이로 아슬아슬하게 피해 가는 듯했다. 지나가는 차량 한 대의 안을 슬쩍 본 오나는 하마터면 비명을 지를 뻔했다.

안에 있는 생물의 머리에 촉수가 열두 개나 뻗어 나와 있었다.

오나는 주위를 두리번거렸다. 폭이 넓은 육각기둥 모양의 고층 건물이 화이트우드 숲의 나무줄기들처럼 빽빽하게 주위를 둘러싸고 하늘 높이 솟아 있었다. 오나는 빠르게 달리는 차량 행렬을 재빨리 피해 한쪽 길가에 도착했다. 그곳에는 촉수가 열두 개인 생물들이 더욱 많이 있었는데 다들 느긋한 걸음으로 지나다닐 뿐, 오나에게는 조금도 관심을 보이지 않았다. 그들은 발이 여섯 개에 납작한 몸통은 지면에 닿을락 말락 했으며, 아른아른 빛나는 피부는 털가죽인지 비늘인지 분간이 가지 않았다.

머리 위에서는 외계인의 문양이 새겨진 천으로 된 표지판이 바람에 나뭇잎처럼 나부꼈다. 문양을 구성하는 각각의 기호는 예각과 둔각으로 교차하는 여러 획으로 이루어져 있었다. 군중이 내는 소음, 즉 뭔지 모를 딸깍거리는 소리와 신음과 쩍쩍거리는 소리는 하나로 합쳐져 바스락거리는 소리로 바뀌었고, 오나는 그 소리가 일종의 언어일 거라 확신했다.

생물들은 오나를 조금도 아랑곳하지 않았고, 가끔은 아예 오나를 향해 빠르게 다가와 마치 허깨비를 통과하듯이 곧장 뚫고 지나가 버렸다. 오나는 지금보다 더 어렸을 적에 어느 선생님이 들려준 이야기 속의 유령, 그 보이지 않는 존재가 된 기분이었다. 오나는 중천에 걸린 해를 올려다보느라 눈살을 찡그렸다. 해는 눈에 익은 평소 모습보다 더 어둡고 작았다.

뒤이어 느닷없이, 모든 것이 하나둘 변해 갔다. 보도를 걷던 생물 무리가 멈춰 서서 고개를 하늘로 들자 머리에 달린 촉수들이 해 쪽으로 향했다. 촉수 끄트머리마다 달린 까만 구슬은 눈이었다. 도로를 달리던 차량들은 서서히 느려지다가 이내 멈춰 섰고, 탑승자들은 차량에서 내려 해를 우러러보는 무리에 합류했다. 현장에는 침묵이 장막처럼 드리웠다.

오나는 군중을 둘러봤다. 마치 사진처럼 움직임이 딱 멈춘 채 무리 지어 서 있는 사람들이 여기저기 눈에 띄었다. 커다란 생물 하나는 자신보다 더 작은 두 생물을 보호하듯이 팔뚝으로 감싼 채, 머리에 달린 촉수를 소리 없이 떨고 있었다. 다른 외계인 둘은 서로 몸을 기댄 모습이었고, 촉수와 팔이 엉켜 있었다. 다른 외계인은 다리에 힘이 빠져 건물 벽에 몸을 기대고 있었다. 촉수가 벽을 살짝 두드리는 모습이 꼭 어딘가로 메시지를 보내는 인간 같았다.

해가 더 밝게 빛나는가 싶더니, 이내 더욱 더 밝아졌다. 생물들은 해에서 고개를 돌렸다. 그들의 촉수는 새로운 열기와 빛 속에서 축 늘어졌다.

그들은 고개를 돌려 오나를 바라봤다. 수천, 수백만의 머리에 달린 수십 개의 눈이 오나에게 초점을 맞췄다. 갑자기 오나의 모습이 보이기라도 한다는 듯이. 그들의 촉수가 오나를 향해 뻗어 와 애원하며 신호를 보냈다.

군중이 흩어지면서 체격이 오나와 비슷한 작은 생물이 오나 쪽으로 다가왔다. 오나는 양손을 내밀었다. 손바닥을 위로 향한 채, 어떻게 해야 좋을지 모르는 채로.

작은 외계인은 오나 앞까지 와서 손바닥에 뭔가 내려놓고 뒤로 물러났다. 오나는 손을 내려다봤고, 비늘이 돋은 손바닥 살갗에 오래된 금속의 거친 질감을 느꼈고, 그것의 무게를 음미했다. 삽처럼 생긴 그 금속 물체를 뒤집자 뭔지 모를 기호가 눈에 띄었다. 예각으로 꺾인 획과 삐침 따위를 보니 펄럭이는 표지판에서 봤던 문양이 떠올랐다.

한 가지 생각이 속삭임처럼 머릿속에 스며들었다. 옛것을 소중히 여기는 이여, 우리를 기억해 주오.

해가 훨씬 더 밝게 빛나자 오나는 다시 온기를 느꼈고, 주위의 생물들은 눈부시게 환한 햇빛 속으로 녹아들었다.

오나는 조그마한 청동 삽을 손에 쥔 채 화이트우드 나무 아래에 앉아 있었다. 주변의 야트막한 언덕에서는 여전히 하얀 증기가 여기저기 기둥처럼 뿜어 나왔다. 아마도 그 기둥 하나하나가 사라진 세계로 열리는 창문인 듯했다.

앞서 본 이미지들이 머릿속을 거듭 또 거듭 스쳐 지나갔다. *이해가 늘 생각을 거쳐서 찾아오는 건 아니구나. 때로는 이렇게 두근대는 심장 고동이나, 이렇게 가슴 저린 뭉클함을 거쳐서 찾아오기도 하나 봐.*

세계의 멸망이 눈앞에 닥쳤을 무렵, 노바 퍼시피카의 고대인들은 최후의 나날을 보내는 동안 자기네 문명을 기리는 기념물을 만들고 찬사를 적는 일에 온 힘을 쏟았다. 갈수록 더 뜨겁게 타오르는 태양 아래서 자신들은 살아남지 못하리라는 것을 알았기에, 그들은 6의 배수로 이루어진 자기네 신체의 대칭성을 주위의 모든 생물종에 주입하고 그중 일부가 살아남아 자기네 도시와 문명과 그들 자신의 살아 숨 쉬는 메아리가 돼 주기를 바랐다. 도시의 폐허 속에는 기록물을 숨겨 놓고 훗날 무언가 인공적이고 낡은, 그래서 시간의 더께가 겹겹이 쌓인, 그러면서도 오늘날까지 소중히 보존된 물건이 감지되면, 그 기록물이 재생되도록 설정했다. 그런 물건의 소유자라면 역사를 인지하고 과거를 존중하리라는 기대를 걸 만하기 때문이었다.

오나는 세상이 불타는 동안 영문도 모르고 겁에 질렸을 이 별의 아이들을 생각했다. 연인들을 생각했다. 바깥세상이 둘 사이의 세상에 부딪혀 무너져 내리는 동안 후회와 체념 사이에 아슬아슬한 균형을 이루며 서 있었을 그들을. 자기 존재의 흔적을 남기려 필사적으로 애쓴 이들을 생각했다. 이 우주에, 자신들이 나아간 길을 보여 주는 몇 가지 상징을 남기려 한 그들을.

겹겹이 쌓여 가는 녹청처럼, 과거는 끊임없이 되풀이되며 미래를 이루었다.

오나는 코론 선생님을 비롯해 마스크를 쓰지 않는 여러 선생님들의 얼굴을 생각했다. 그러자 처음으로, 그들의 표정을 전과 다른 관점에서 보게 됐다. 선생님들이 아이들을 그런 눈빛으로 본 까닭은 오만해서가 아니라, 두려워서였다. 그들은 정작 자신들 스스로는 살아남지 못할 이 신세계에 발이 묶인 신세였고, 그들이 그토록 필사적으로 과거에 집착한 까닭은 스스로도 알기 때문이었다. 자신들은 새로운 종족에게, 즉 노바 퍼시피카 태생들에게 자리를 양보하리라는 것을, 그리하여 기억 속에서만 살아가리라는 것을.

부모는 아이가 자신을 잊을까 봐, 아이가 자신을 이해하지 못할까 봐 두려워하게 마련이었다.

오나는 조그마한 청동 삽을 높이 들어 혀끝으로 표면을 살짝 핥았다. 쓰고 달콤한 맛이 났고, 오래전에 꺼져버린 향불과 희생된 제물들과 셀 수 없이 여러 번 거듭된 삶의 궤적이 남긴 향기가 느껴졌다. 뭔지 모를 고대의 기호가 새겨진 자리 바로 옆, 녹청이 증기에 벗겨져 날아가 버린 자리는, 자그마한 사람 모양을 하고 있었다. 이제 막 새로 벗겨져 반들거리는 그 사람 모양은 과거인 동시에 미래였다.

오나는 일어서서 근처의 화이트우드 나무에 자란 나긋나긋한 가지 몇 개를 꺾었다. 그러고는 나뭇가지를 정성껏 엮어 잔가지 열두 가닥이 방사형으로 뻗어 나온 왕관을 만들었다. 잔가지는 촉수 같기도 했고, 머리카락 같기도 했고, 올리브 가지 같기도 했다. 이제 오나에게 행사 의상이 생긴 셈이었다.

앞서 본 것들은 기껏해야 무지의 구름 사이로 언뜻 비친 광경이었고, 제대로 이해할 수도 없는 몇몇 이미지에 지나지 않았다. 어쩌면 이상화된, 감성적인, 조작된 결과물인지도 몰랐다. 다만 거기에는 일말의 진정성이, 과거를 귀하게 여기는 이들의 지워지지 않는 사랑의 씨앗이 있지 않았던가? 오나는 이제 이해가 갔다. 과거를 파고드는 일은 곧 이해하는 행위였고, 우주의 이치를 밝히는 행위였다. 오나는 이를 사람들에게 보여 주기로 마음먹었다.

오나의 몸은 두 가지 생물종이 지닌 생물학적 유산 및 기술적 유산의 결합체였고, 오나라는 존재 자체는 두 인종이 쌓아 온 노력의 결정체였다. 오나 안에는 지구인 오나와 노바 퍼시피카인 오나와 반항적인 오나와 고분고분한 오나와 거슬러 올라가면 무한대로 이어지는, 이전에 태어났던 모든 세대의 오나가 마트료시카 인형처럼 겹겹이 존재했다.

여러 기억과 이해의 실마리를 한가득 품은 채, 두 세계의 아이는 숲과 언덕을 지나 돔으로 향하는 길을 따라 나아갔다. 놀랍도록 묵직하면서도 조그마한 삽을 손에 쥐고서.

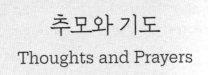

추모와 기도

Thoughts and Prayers

에밀리 포트

그러니까 헤일리에 관해 알고 싶으신 거군요.

아뇨, 전 익숙해졌어요. 이제는 익숙해질 만도 하죠. 사람들은 제 언니 이야기만 궁금해하니까요.

비가 우중충하게 내리는 10월의 금요일, 갓 떨어진 나뭇잎 냄새가 공기 중에 감도는 날이었어요. 필드하키 경기장을 따라 늘어선 니사 나무들이 선홍색으로 물들어서, 거인이 줄줄이 남기고 간 피 묻은 발자국 같았어요.

저는 그날 프랑스어2 시간에 쪽지시험을 봤고 가정경제 시간에는 4인 가족의 일주일 치 채식 식단을 짰어요. 정오쯤 됐을 때, 헤일리 언니가 캘리포니아에서 문자 메시지를 보냈어요.

오늘은 자체 휴강. 지금 Q하고 같이 차 몰고 축제 가는 중!!!

전 그 메시지를 무시했어요. 자유로운 자기 대학 생활을 보여 주며 저를 놀리는 게 언니의 즐거움이었거든요. 저는 그게 부러웠지만, 부러워하는 티를 내서 언니를 만족시키긴 싫었어요.

오후에 엄마한테서 메시지가 왔어요.

헤일리가 연락 안 하던?

안 했는데요. 전 그렇게 답신했어요. 자매간의 비밀 엄수는 신성한 거니까요. 언니가 몰래 사귀는 남자친구를 저 때문에 들키게 할 순 없죠.

"혹시 연락 오면 엄마한테 바로 전화해."

저는 전화기를 한쪽으로 치워버렸어요. 제 엄마가 좀 극성인 편이라서요.

필드하키 연습을 마치고 집에 도착하자마자 무슨 일이 났다는 걸 알았어요. 차고 진입로에 엄마 차가 세워져 있었거든요, 그렇게 일찍 퇴근하는 법이 없는데.

지하 취미실의 텔레비전이 켜져 있었어요.

엄마는 안색이 납빛이었어요. 목이 졸리는 사람 같은 목소리로 엄마가 말했어요. "헤일리네 기숙사 사감이 전화했어. 걔가 무슨 음악 축제에 갔는데. 거기서 누가 총을 쐈대."

그날 저녁의 나머지 시간은 사망자 수가 가파르게 늘고, 텔레비전 앵커들이 호들갑스러운 목소리로 총격범이 예전에 쓴 인터넷 게시판 글을 읽어 주고, 겁에 질린 사람들이 비명을 지르면서 사방으로 달아나는 광경을 찍은 동행 드론 카메라의 흔들리는 화면이 인터넷에 퍼져나가는, 그런 흐릿한 기억으로만 남아 있어요.

저는 가상현실 안경을 쓰고 방송국 사람들이 웹사이트에 가상현실로 부랴부랴 재현해놓은 사건 현장을 돌아다녔어요. 벌써부터 촛불을 들고 추모제를 여는 아바타들이 바글거렸죠. 땅바닥에 환하게 그려진 사람 모양 윤곽선은 희생자들이 발견된 자리였고, 공중에 둥둥 떠 있는 숫자와 그 옆에서 나란히 빛나는 포물선은 탄환의 궤적을 재현한 거였어요. 데이터는 너무나 많았는데 정보는 너무나 적었어요.

저희는 전화도 걸어 보고 메시지도 보내 봤어요. 답신은 전혀 안 왔고요. 아마 배터리가 다 닳아서 그럴 거야, 저흰 그렇게 되뇌었어요. 언니는 전화기 충전하는 걸 맨날 깜박했거든요. 분명 통신망에 과부하가 걸려서 그럴 거라는 생각도 했고요.

전화가 온 때는 새벽 4시였어요. 식구들 모두 깨어 있었죠.

"예, 저는 헤일리의…… 확실한가요?" 엄마 목소리는 이상하게 차분했어요. 꼭 엄마의 삶이, 제 가족 모두의 삶이, 방금 전에 영영 바뀌어버리지 않은 것처럼요. "아뇨, 비행기표는 저희가 알아서 할게요. 감사합니다."

엄마는 전화를 끊고, 저희를 보면서, 방금 들은 소식을 전해 줬어요. 그러고는 허물어지듯 소파에 쓰러져서 두 손에 얼굴을 파묻었어요.

이상한 소리가 들렸어요. 돌아봤더니, 저는 그런 아빠를 그때 처음 봤는데요, 아빠가 울고 계셨어요.

언니한테 얼마나 사랑하는지 얘기해 줄 마지막 기회를 놓친 게 아쉬워요. 그 메시지에 답장을 했어야 하는데.

그레그 포트

헤일리 사진은 보여 드릴 게 하나도 없습니다. 괜찮겠죠. 제 딸 사진은 이미 원 없이 보셨을 테니.

애들 엄마인 애비게일하고는 다르게 저는 사진이나 동영상을 많이 찍지 않았고, 드론 카메라로 찍는 홀로그램이나 다중 몰입 영상 같은 건 그보다 훨씬 적게 만들었습니다. 저는 뭐랄까, 뜻밖의 순간에 대처하는 본능이나 가슴 벅찬 순간을 기록으로 남기는 연습, 그림 같은 장면을 포착하는 기술, 뭐 그런 게 부족해서요. 하지만 정작 중요한 이유는 따로 있습니다.

제 아버지는 손수 필름을 현상하고 사진을 인화하며 뿌듯함을 느끼는 취미 사진가였습니다. 다락에 있는 먼지 쌓인 앨범을 들춰보면 저희 남매가 미리 설정한 포즈로 딱딱한 웃음을 띤 채 카메라를 보며 찍은 사진이 여럿 있을 겁니다. 제 여동생 세라의 사진을 잘 보십시오. 렌즈로부터 얼굴을 살짝 돌려서 오른쪽 뺨이 안 보이는 사진이 여럿 눈에 띌 겁니다.

세라는 다섯 살이었을 적에 의자에 올라가서 펄펄 끓는 냄비를 엎었습니다. 그때는 아버지가 애를 보고 있기로 했는데, 전화로 동료와 말다툼을 하다가 그만 정신이 딴 데 팔렸던 겁니다. 일을 다 수습하고 보니 세라는 오른쪽 뺨부터 허벅지까지 온통 화상 흉터가 나 있었습니다. 기다랗게 굳어버린 용암처럼요.

그 앨범에서 부모님이 악을 지르며 싸웠던 흔적은 찾아볼 수 없을 겁니다. 더듬거리지 않고는 *예쁘다*라는 말을 입 밖에 내지 못하던 어머니와 그럴 때마다 식탁에 모여 앉은 식구들 위로 내려앉던 어색한 냉기도, 세라와 눈을 못 마주치던 아버지의 모습도 안 보이기는 마찬가지입니다.

드물게 세라의 얼굴 정면이 찍힌 사진에는 흉터가 보이지 않는데, 존재 자체를 암실에서 지워 버렸기 때문입니다. 한 획 한 획, 꼼꼼히 요. 아버지는 아무렇지 않게 그 일을 해치웠고 다른 식구들은 습관이 된 침묵을 지키며 장단을 맞췄습니다.

사진을 비롯한 기억 대체재를 아무리 싫어한들 그것들을 피해서 살기란 불가능합니다. 동료나 친척이 보여 주면 같이 보면서 고개를 끄덕이는 수밖에 없지요. 기억 포착 장치의 생산자들이 결과물을 실제보다 더 멋지게 만들려고 얼마나 애쓰는지가 제 눈에는 다 보입니다. 색채는 더 생생하고, 어두운 세부도 환하게 보이고, 필터는 어떤 분위기든 원하는 대로 드리워 주지요. 사람은 아무것도 할 필요 없이 전화기가 순간을 포착해 괄호 속에 담듯이 사진을 찍으니까 우리는 마치 시간여행이라도 하는 것처럼, 모두가 활짝 웃는 완벽한 순간을 고를 수 있습니다. 살결은 매끈하게 보정하고, 모공과 잡티는 지우면 됩니다. 제 아버지가 종일 걸려서 하던 일이 지금은 눈 깜짝할 사이에 끝납니다, 그것도 훨씬 훌륭하게요.

그런 사진을 찍는 사람들은 그걸 현실로 믿을까요? 아니면 기억 속의 현실을 디지털 그림으로 대체하는 걸까요? 사진에 포착된 순간을 기억해 내려고 할 때 그들은 스스로 본 것을 떠올릴까요, 아니면 카메라가 공들여 만들어 준 것을 떠올릴까요?

애비게일 포트

캘리포니아로 향하는 비행기 안에서 그레그는 잠깐 눈을 붙이고 에밀리는 창밖을 내다보는 동안, 저는 가상현실 안경을 쓰고 헤일리의 영상 속으로 빠져들었어요. 먼 훗날 늙고 쇠약해져서 새로운 추억을 못 만들 때가 오기 전에는 그럴 일이 없을 줄 알았는데 말이에요. 분노는 나중 일이었어요. 그때는 상실의 슬픔이 아직 다른 감정에 자리를 내주지 않았으니까요.

카메라와 전화기, 동행 드론은 언제나 제가 맡았어요. 연례 가족 앨범, 휴가 하이라이트 영상, 가족이 한 해 동안 이룬 성취를 요약해서 보여 주는 애니메이션 크리스마스카드도 제가 만들었고요.

남편하고 딸들은 제가 그렇게 하도록 놔뒀어요. 가끔은 떨떠름해하면서도 그랬죠. 저는 식구들이 제 관점을 이해해 줄 날이 언젠가 올 거라고 믿어 의심치 않았어요.

"사진은 중요해." 저는 식구들에게 말했어요. "우리 뇌는 결함투성이야, 시간이 줄줄 새는 체 같은 거라고. 사진이 없으면 우린 기억 속에 간직하고 싶은 것들을 너무나 많이 잊어버릴 거야."

저는 대륙을 가로질러 날아가는 동안 내내 제 첫 아이의 삶을 다시 살면서 쉬지 않고 흐느꼈어요.

그레그 포트

애비게일의 생각이 틀렸던 건 아닙니다. 꼭 그렇진 않아요.

기억을 떠올리게 도와줄 이미지가 있으면 좋겠다는 생각은 저도 여러 번 했습니다. 헤일리가 6개월 아기였을 때의 얼굴이 정확히 떠오르지 않았고, 다섯 살 때 입었던 핼러윈 의상도 기억나지 않았으니까요. 고등학교 졸업식 때 입었던 파란 드레스가 정확히 얼마나 파랬는지조차도 기억이 안 났습니다.

물론 나중에 일어난 일을 생각하면, 이제는 그 아이 사진을 손에 넣을 방법조차 없어지고 말았지요.

저는 이렇게 생각하며 스스로를 달랬습니다. 사진이나 비디오가 친밀감을, 내 눈을 거쳐 형성되는 복제 불가능한 주관적 관점과 기분을, 내가 내 아이의 헤아릴 수 없이 아름다운 영혼을 느끼는 순간순간의 정서적 분위기를, 어떻게 포착할 수 있을까? 저는 디지털 방식의 재현이나 전자 눈의 시선이 겹겹의 인공 지능을 거쳐 빚어낸 모조 상(像) 때문에 제가 기억하는 딸의 모습이 훼손되는 게 싫었습니다.

헤일리를 생각할 때면, 제 머릿속에는 뚝뚝 끊어진 일련의 기억들이 떠오릅니다.

속이 비칠 것처럼 말갛고 조그마한 손가락들로 내 엄지손가락을 처음으로 감싸 쥐던 갓난아기. 유빙을 부수고 나아가는 쇄빙선처럼, 나무 바닥에 배를 깔고 엎드려서 알파벳 모양 블록을 헤치고 빨빨거리며 돌아다니는 젖먹이. 내가 감기에 걸려 누워 있을 때 티슈 상자를 건네주며 조그맣고 서늘한 손을 열이 나는 내 뺨에 올려놓던 네 살배기.

펌프로 물을 압축해서 쏴 날리는 페트병 로켓의 발사 줄을 잡아당기던 여덟 살 헤일리. 솟아오르는 로켓 아래에서 거품이 부글거리는 물을 나와 함께 뒤집어썼을 때, 깔깔 웃으며 이렇게 외치던 그 아이.

"난 화성에서 공연하는 최초의 발레리나가 될 거예요!"

이제 잠들기 전에 책을 읽어 주는 건 싫다고 말하던 아홉 살 헤일리. 자식이 내 품을 떠나는 피치 못할 아픔에 가슴이 저릿했을 때, 이런 말로 그 아픔을 누그러뜨려 준 아이. "언젠가는 내가 아빠한테 책을 읽어 줄 날이 올지도 몰라요."

동생을 지원군 삼아 거느리고 부엌에 여봐란듯이 버티고 서서, 나란히 앉은 나와 애비게일을 내려다보며 이렇게 말하던 열 살 헤일리. "저녁 먹는 동안에는 전화기를 만지지 않겠다는 이 서약서에 서명하지 않으면 전화기 안 돌려줄 거예요."

브레이크 페달을 힘껏 밟아 내가 생전 처음 들어 볼 정도로 커다란 타이어 마찰음을 내던 열다섯 살 헤일리. 조수석에 앉아 손이 아플 정도로 주먹을 꽉 쥔 나. "저번에 롤러코스터 탔을 때의 내 모습을 보는 것 같네요." 놀리는 티가 나지 않도록 세심하게 신경 쓴, 경쾌한 목소리. 나를 안전하게 지켜 주려는 듯이 한 팔을 내 앞으로 뻗은 헤일리, 내가 그 애를 위해 수백 번은 그랬던 것처럼.

그렇게 계속 또 계속, 우리가 함께한 6874일의 순수한 결실들이, 나날의 삶이라는 파도가 쓸고 지나간 해변 위에 부서진 채 빛나는 조개껍데기들처럼 이어집니다.

캘리포니아에서 애비게일은 그 애의 시신을 보여 달라고 했습니다. 저는 안 보겠다고 했고요.

자신의 실수 때문에 생긴 흉터를 암실에서 지우려고 애쓴 제 아버지나 자신이 지켜 주지 못한 자식의 주검을 보지 않겠다고 한 저나 똑같은 인간들이라고 할 사람도 아마 있을 겁니다. 제 머릿속에는

'할 수도 있었는데'라는 생각이 수없이 많이 소용돌이쳤습니다. 헤일리한테 집에서 가까운 대학에 가라고 고집을 부릴 수도 있었는데, 총기 난사 시의 생존법 교육 과정에 그 애를 등록시킬 수도 있었는데, 방탄조끼를 늘 입고 다녀야 한다고 우길 수도 있었는데. 우리 아이들은 한 세대 전체가 총격 시 대피 훈련을 받으며 자랐습니다. 그런데 저는 왜 더 많이 대비하지 않았을까요? 저는 제가 아버지를 이해하거나 아버지의 흠지고 소심하고 죄책감으로 얼룩진 마음에 공감할 날이 영영 안 올 줄 알았습니다. 헤일리가 죽기 전까지는요.

하지만 결국에는, 제가 헤일리의 시신을 보지 않겠다고 한 건, 저한테 남은 그 애의 유일한 흔적을 지키고 싶었기 때문입니다. 그 기억들을요.

만약 헤일리의 시신을, 총알이 뚫고 나간 너덜너덜한 구멍을, 구불구불 굳어버린 용암처럼 엉긴 피를, 갈기갈기 찢어지고 흙투성이가 된 옷을 봤다면, 그 모습이 그전에 있었던 모든 것을 압도해 버릴 게 뻔했습니다. 제 딸, 제 소중한 아이의 기억을 단 한 번의 거센 폭발로 모조리 불살라 버리고 오로지 증오와 절망만 남겼을 겁니다. 아뇨, 그 생기 없는 육체는 헤일리가 아니었습니다, 제가 기억하고 싶은 아이가 아니었어요. 저는 반도체와 전기 신호가 제 기억을 좌우하게 놔두기 싫었던 만큼이나 그 한순간이 헤일리라는 존재를 통째로 물들여 버리게 놔두고 싶지 않았습니다.

그래서 애비게일은 시신 앞으로 가서, 시트를 들추고, 헤일리의 잔해를, 우리 삶의 잔해를 내려다봤습니다. 사진도 찍었습니다. "난 이것도 같이 기억하고 싶어." 애비게일이 중얼거렸습니다. "자기 자식이 고통에 빠져 있는데 그 앞에서 눈을 돌려선 안 돼, 자기 잘못 때문에 그렇게 된 자식 앞에서."

애비게일 포트

그 사람들은 우리 세 식구가 아직 캘리포니아에 있을 때 저를 찾아왔어요.

전 멍한 상태였어요. 수많은 어머니가 떠올렸던 질문들이 제 머릿속에 소용돌이쳤어요. 그자는 어째서 그렇게 많은 총을 보유하도록 허가를 받았을까? 위험한 조짐이 그렇게 많았는데 왜 아무도 그자를 막지 않았을까? 내 아이를 구하기 위해 내가 바꿀 수 있는 게 뭐였을까, 뭘 바꿔야 했을까?

"당신이 할 수 있는 일이 있어요." 그 사람들은 그렇게 말했어요. "우리와 힘을 합쳐서 헤일리를 추모하고 변화를 이끌어내는 거예요."

저를 순진하다거나 그보다 더 심한 말로 비난한 사람들이 많았어요. 그때 저는 뭘 기대했을까요? 판에 박힌 문구들이 '추모와 기도를 전합니다'로 끝맺는 걸 수십 년 동안 줄줄이 봐왔으면서, 이번에는 다를 거라고 기대했던 이유가 뭘까요? 똑같은 일을 반복하면서 다른 결과를 바라는 건 광기 그 자체인데.

어떤 사람들은 냉소주의에 힘입어 굳건해지고 우월해지기도 해요. 하지만 모두가 그렇게 생겨먹은 건 아니에요. 비탄에 짓눌린 상태에서는 실낱같은 희망에도 매달리게 마련이죠.

"정치는 망가졌어요." 그 사람들이 말했어요. "어린아이들이 죽고, 신혼부부들이 죽고, 갓난아기를 몸으로 가리려던 엄마들이 그렇게 많이 죽었으면, 이미 진작 어떻게 하자고 나섰어야 해요. 하지만 절대 그러지 않죠. 논리와 설득은 이미 힘을 잃었어요, 그러니까 우리는 사람들의 열정을 일깨워야 해요. 언론이 대중의 병적인 호기심을 살인범 쪽으로 몰고 가도록 놔둘 게 아니라, 헤일리 이야기에 집중하는 거예요."

그런 건 전에도 해봤잖아요. 전 그렇게 중얼거렸어요. 희생자에게 관심을 집중시키는 걸 참신한 정치 운동으로 보기는 힘들죠. 헤일리가 단지 숫자나 통계, 사망자 명단에 추가된 또 하나의 추상적인 이름이 아니란 걸 명확히 밝히는 거 말이에요. 사람들한테 자신들이 망설이며 물러나 있었던 탓에 무슨 일이 벌어졌는지를 살아 있는 인간을 통해 보여 주면 세상이 바뀔 거라고 기대하면서. 하지만 그 방법은 통하지 않았고, 지금도 안 통해요.

"이번엔 달라요." 그 사람들은 완강했어요. "우리 알고리즘을 사용하면요."

그 사람들이 저한테 처리방식을 설명해 주긴 했는데, 기계학습이니 합성곱 신경망이니 바이오피드백 모델이니 하는 것들의 세부 사항은 하나도 기억이 안 나네요. 그 사람들의 알고리즘은 원래 엔터테인먼트 업계에서 영화의 만듦새를 평가하고 흥행 수익을 예측할 때 쓰던 건데, 나중에는 아예 수익을 창출하는 용도로도 쓰였어요. 특허를 낸 상업용 모델은 제품 디자인부터 정치 연설 작성까지, 정서적 교감이 필요한 분야는 어디서나 이용하고요. 감정은 초자연적인 발산물이 아니라 고도의 생명 현상이니까 유행과 패턴을 포착하는 것도, 가장 큰 영향을 미치는 자극이 뭔지 파악하고 거기에 집중하는 것도 가능해요. 그 알고리즘은 헤일리의 삶이 담긴 시각 서사를 만들고 그걸로 냉소주의의 단단한 벽을 두들겨 무너뜨린 다음, 보는 이로 하여금 행동에 나서게끔, 또 자신들의 안일함과 패배주의를 부끄러워하게끔 만들 거였어요.

터무니없는 생각 같은데요. 나는 그렇게 말했어요. 전자장치가 어떻게 나보다 내 딸을 더 잘 알 수가 있겠어요? 현실의 사람이 감동시키지 못하는 마음을 기계가 무슨 수로 바꾸겠어요?

"사진을 찍을 때를 생각해 보세요." 그 사람들이 묻더군요. "카메라의 인공 지능이 알아서 최고의 사진을 선사할 거라고 믿으시죠? 드론 동영상을 편집할 때면 가장 재미있는 부분을 감지하고 제일 잘 어울리는 분위기 필터를 적용해서 화질을 개선하는 일을 인공 지능한테 맡기시잖아요. 이 알고리즘은 그보다 100만 배는 더 강력해요."

저는 그 사람들한테 제 가족의 추억을 모두 모아 놓은 저장 장치를 건넸어요. 사진, 비디오, 스캔 자료, 드론 영상, 녹음 기록, 몰입 영상까지요. 제 아이를 그 사람들한테 맡긴 거예요.

저는 영화비평가가 아니라서, 그 사람들이 쓰는 기술을 뭐라고 묘사해야 할지 알 길이 없어요. 내레이션은 저희 식구들이 한 말로만 이루어졌는데 모르는 사이인 관객들이 아니라 식구들끼리 주고받은 말이다 보니, 결과물은 제가 그때껏 본 어떤 영화나 가상현실 몰입 영상하고도 달랐어요. 한 사람의 삶의 경로를 빼면 플롯 같은 건 없었어요. 호기심을 충족시키고, 연민을 끌어내고, 온 우주를 품에

안고 싶었던, 우주가 되고 싶었던 한 아이의 투지를 기리는 것 말고
는 다른 선전의 의도도 없었고요. 그건 아름다운 삶이었어요. 사랑
을 주는 삶, 사랑을 받아 마땅한 삶이었죠. 황망하고 잔인하게 꺾여
버리는 순간이 올 때까지는요.

*헤일리를 기억하기에 걸맞은 방식이구나. 저는 그렇게 생각하며
눈물을 줄줄 흘렸어요. 이건 내가 헤일리를 보는 방식이야, 남들도
헤일리를 이렇게 봐야 해.*

저는 그 사람들한테 축복의 인사를 전했어요.

세라 포트

어릴 적에 그레그와 저는 친하게 지내지 못했어요. 부모님한테는
우리 가족이 겉으로 잘살고 교양 있는 집으로 보이는 게 중요했죠,
실제야 어떻든 간에 말이에요. 그 반대급부로 그레그는 모든 종류의
재현을 불신하게 된 반면에, 저는 점점 더 재현에 집착하게 됐어요.

어른이 된 후에 우리는 명절 인사를 주고받는 것 말고는 거의 대
화도 하지 않았고, 속을 털어놓는 사이는 절대 아니었어요. 조카들
소식은 애비게일의 소셜 미디어에 올라오는 글로만 파악했고요.

이렇게 말하려니 더 일찍 개입하지 못했던 저 자신을 변명하는 것
같네요.

헤일리가 캘리포니아에서 죽었을 때 저는 총기난사 사건의 희생
자 유족을 전문적으로 돌보는 상담 심리사 몇 명의 연락처를 그레그
한테 보냈지만, 저 스스로는 거리를 유지했어요. 사이가 서먹한 고
모이자 냉담한 동생인 제 처지를 감안하면, 오빠 가족이 비탄에 빠

진 순간에 불쑥 끼어드는 건 부적절하다고 생각했으니까요. 그래서 애비게일이 총기 규제라는 대의를 위해 헤일리의 추억을 몽땅 건네기로 동의했을 때 저는 그 자리에 없었던 거예요.

저희 회사 홈페이지의 직원 소개란에는 제 전문분야가 인터넷 담론 연구이고, 제 연구 대상의 거의 대부분이 시각 자료라고 나와 있는데도 말이죠. 저는 인터넷 분탕꾼(troll)들에게 맞설 갑옷을 디자인하는 사람이에요.

에밀리 포트

저는 헤일리 언니의 영상을 여러 번 봤어요.

도저히 안 볼 수가 없더라고요. 몰입 영상으로 만든 게 있었는데, 그걸 보는 사람은 언니 방으로 들어가서 언니의 단정한 손 글씨를 읽는 것도, 벽에 걸린 포스터를 찬찬히 뜯어보는 것도 할 수 있었어요. 싼 데이터 요금제를 이용하는 사람들이 보기 쉽게 저해상도로 만든 버전도 있었는데, 그 속에선 압축이미지와 이동 시의 잔상 때문에 언니의 삶이 옛날 영화처럼 몽환적으로 보였어요. 모두가 그 영상을 공유한 건 그게 자기들 스스로가 좋은 사람이라고 새삼 확인시켜 주는 수단이기 때문이었어요. 희생자 편에 서는 좋은 사람. 클릭, 아무 말이나 적어서 뉴스 피드 맨 위로 올리기, 촛불 이모티콘 달기, 호들갑스럽게 공유하기.

효과는 강력했어요. 전 울었어요, 그것도 여러 번. 애도와 연대를 표하는 말들이 영영 끝나지 않을 밤샘 추모제처럼 제 가상현실 안경 위로 흘러갔어요. 다른 총기 난사 사건의 희생자 유족들도 다시금 총기 규제의 희망을 품고 지지하는 목소리를 높였고요.

하지만 그 영상 속의 언니는 생판 남처럼 느껴졌어요. 영상에 나오는 모든 요소는 진짜였지만, 한편으로는 거짓말처럼 느껴졌어요.

선생님이나 어른들은 자기들이 아는 헤일리 언니의 모습을 사랑했지만, 학교 친구들 중에는 언니가 교실에 들어서기만 해도 움츠러드는 소심한 여자애가 있었어요. 언젠가 한번은 언니가 술을 마시고 집까지 운전을 해서 온 적이 있어요. 제 돈을 훔치고 거짓말을 하다가 자기 지갑에 든 돈을 저한테 들킨 적도 있고요. 언니는 남들을 교묘하게 조종하는 법을 잘 알았고 그걸 부끄러워하지도 않았어요. 언니는 끔찍이도 의리 있고 용감하고 친절한 사람이었지만, 한편으로는 사납고 잔인하고 속 좁게 굴 때도 있었죠. 저는 헤일리 언니가 인간이었기 때문에 언니를 사랑했어요. 그런데 그 영상 속의 여자애는 진짜보다 더 인간적인 동시에, 인간이 아닌 것 같았어요.

저는 그런 제 느낌을 속에만 담아뒀어요. 죄책감이 들어서요.

저랑 아빠는 멍하니 주저앉아 있었던 반면에, 엄마는 앞장을 섰어요. 잠깐 동안이나마 여론의 흐름이 바뀐 것처럼 보였죠. 연방 의회 의사당과 백악관 앞에서 열띤 행진이 벌어지고 연설회도 열렸어요. 군중은 헤일리 언니의 이름을 연호했고요. 엄마는 대통령이 의회에서 연두 교서를 발표하는 자리에 초대되기도 했어요. 엄마가 총기 규제 운동에 참여하느라 일을 그만뒀다는 소식이 언론에 보도됐을 땐 저희 가족을 위해 암호 화폐 모금 운동이 열렸죠.

그러던 어느 날이었어요. 악성 댓글꾼들이 나타난 건.

이메일과 문자 메시지, 럼블이나 스퀴크, 스냅그램, 텔리바 같은 온갖 서비스의 메시지들이 저희 식구들한테 홍수처럼 밀려들었어요. 엄마와 저는 조회 수 장사꾼이니, 매수된 연기자니, 추모 돈벌이꾼이니 하는 욕을 들었죠. 생판 남인 사람들이 우리 아빠가 온갖 방면에서 무능하고 남자답지 못하다고 설명하는 글을 끝도 없이 장황하게 적어서 보냈어요.

'헤일리는 죽지 않았어.' 모르는 사람이 제 가족에게 알려 줬어요. 언니는 사실 중국의 쌴야라는 곳에 살아 있다고, 국제 연합과 미국 정부에 잠입해 활동하는 국제 연합의 부역자들이 언니에게 죽은 척하는 대가로 건넨 수백만 달러를 펑펑 쓰면서 살고 있다고요. 언니의 남자친구가, 그 사람도 총기난사 현장에서 '죽지 않은 게 분명'한데, 그 남자친구가 원래 중국계라고, 그게 바로 공모 관계의 증거라고 했어요.

언니의 영상은 조각조각으로 나뉘어서 날조 및 디지털 조작의 증거로 제시됐어요. 익명의 동급생들이 한 말은 언니를 습관적인 거짓말쟁이, 사기꾼, 관심병 환자 따위로 묘사할 목적으로 인용됐고요.

언니의 영상은 짤막짤막하게 토막 나서 중간에 '폭로 영상'이라는 화면이 삽입된 채로 인터넷에 퍼지기 시작했어요. 어떤 사람들이 영상 편집 소프트웨어를 사용해서 언니가 혐오 발언을 내뱉는 짧은 영상을 새로 만든 거예요. 언니가 카메라를 향해 낄낄대고 손을 흔들며 히틀러와 스탈린의 말을 인용하는 영상을요.

저는 제 소셜 미디어 계정을 삭제하고 집에 틀어박혔어요. 침대에서 일어날 힘조차 못 내는 상태로요. 부모님은 그런 저를 그냥 내버려 두셨어요. 두 분도 자기 몫의 싸움을 하느라 바빴으니까요.

세라 포트

디지털 시대에 접어든 지 수십 년이 지난 지금, 인터넷 분탕질 (trolling)은 온갖 틈새를 파고들어 기술과 예절 양쪽 모두의 기준을 새롭게 바꾸고 있어요.

인터넷 분탕꾼들이 중구난방 식으로, 막연한 적의를 품고, 악의적인 희열을 느끼며 오빠네 가족에게 떼지어 덤비는 걸, 저는 멀찍이서 지켜봤어요.

음모론이 딥페이크 영상 기술과 합쳐지더니 인터넷 밈으로 대체되어 연민이라는 감정을 다 헤집어 놓고는, 고통을 한낱 웃음거리로 요약해 버리더군요.

"엄마, 지옥의 해변은 엄청 따뜻해요!"

"내 몸에 새로 뚫린 구멍들이 완전 마음에 들어요!"

헤일리의 이름을 음란물 사이트에서 검색하는 게 유행이 돼 버렸어요. 콘텐츠 제작자들은, 그래봤자 인공 지능으로 돌아가는 봇 공장이 태반이었는데, 이미지 자동 생성 기술로 만든 영화와 가상현실 몰입 영상에 제 조카를 출연시켜서 그 수요에 대응했어요. 일반에 공개된 헤일리의 영상을 알고리즘이 수집해 얼굴과 몸과 목소리를 변형시킨 다음, 도착적인 영상에 감쪽같이 붙여 넣는 식이었죠.

뉴스매체들은 분노에 찬 어조로 그 전개 과정을 보도했어요. 어쩌면 진심인 곳도 있었을 거예요. 하지만 그런 식의 보도는 사람들로 하여금 검색을 더 많이 하도록 자극했고, 그 결과 비슷한 콘텐츠가 더 많이 만들어졌죠…….

연구자로서 거리를 두는 건 제 의무이자 습관이에요. 현상을 관찰하고 연구하면서 엄정한 객관성을 유지하는 거죠. 때로는 매료된 상태로도 말이에요. 인터넷 분탕질이 정치적 동기 때문이라고 보는 건 지나치게 단순한 관점이에요. 적어도 사회 일반이 이해하는 의미의 정치는 아니거든요. 인터넷 밈이 퍼지도록 조장하는 건 '표현의 자유를 보장하는 수정 헌법 제2조' 지상주의자들이지만, 그 밈을 처음 만드는 자들은 어떠한 정치적 대의도 신봉하지 않는 경우가 많아요. 8타쿠나 두앙두앙 같은 무법천지 사이트, 또 지난 10년간의 혐오 발언자 추방 운동 끝에 생겨난 대체 언론 사이트들이 바로 그 인터넷 똥파리들의 서식지이자, 우리 집단 인터넷 무의식의 이드가 도사린 곳이죠. 인터넷 분탕꾼들은 금기를 깨고 관습에 도전하는 데서 쾌락을 찾기 때문에, 입에 담지 못할 말을 서슴없이 내뱉고 진지한 태도를 조롱하고 남들이 지키자고 그어 놓은 선을 넘나드는 것 말고는 하나로 묶일 만한 관심사가 전혀 없어요. 그자들은 극악하고 추잡한 짓을 재미로 일삼으면서, 이를 통해 기술이 가능케 한 사회적 유대를 더럽히는 동시에 또렷이 드러내죠.

하지만 그자들이 헤일리의 이미지를 이용해 벌이는 짓을 가만히 지켜보는 건 인간으로서 용인할 수 있는 일이 아니었어요. 저는 사이가 소원해진 오빠와 그 식구들에게 손을 내밀었어요.

"내가 도와줄게."

우리는 기계학습 덕분에 어떤 희생자가 표적이 될지 꽤 정확히 예측하는 능력이 생겼기 때문에, 인터넷 분탕꾼들의 행동을 예측하기가 사람들 생각만큼 어렵진 않아요. 하지만 제 직장을 비롯한 주요 소셜 미디어 플랫폼들은 유저가 만든 콘텐츠를 감시하는 일과 '상호 교류'에 찬물을 끼얹는 일 사이에서 아슬아슬한 줄타기를 해야 한다는 걸 민감하게 의식해요. 그 가느다란 줄 하나가 주가를 좌우하고, 따라서 모든 결정을 지배하니까요. 적극적인 조정 행위, 특히 사용자 신고와 인위적 판정에 의존하는 조정 행위는 모든 진영이 손쉽게 악용하는 조치이고, 그렇다 보니 검열을 한다고 비난받지 않은 기업은 한 군데도 없어요. 결국 기업 측은 다 포기하고 복잡하기 짝이 없는 제재 규정을 내던져 버렸죠. 그들은 사회를 온전히 유지하기 위한 진실과 품위의 중재자가 될 기술도, 그럴 의향도 없어요. 입법부도 사법부도 행정부도 못 푸는 문제를 어떻게 기업이 풀어 주길 바라겠어요?

시간이 흐르면서 대다수 기업의 해결책은 하나로 수렴됐어요. 발언자의 행위를 판단하는 데에 집중하기보다, 그 발언의 수신자들이 스스로를 보호하게끔 하는 데에 자원을 퍼부은 거예요. 어떤 발언이 적법한(지나치게 감정적이긴 해도) 정치적 발언인지 아니면 조직적인 괴롭힘인지를 놓고 알고리즘을 이용해 모두가 납득할 수준으로 즉시 구분하기란 몹시도 까다로워요. 같은 콘텐츠를 보고도 어떤 사람들은 권력에 맞서 진실을 말하는 행위라고 찬양하는 반면에, 다른 사람들은 도리에 어긋난 짓이라고 비판하는 경우가 왕왕 있거든요. 개개인에 맞춰 조정된 신경망을 구축하고 꾸준히 학습시켜 특정한 사용자가 보기 싫어하는 콘텐츠를 걸러내는 게 훨씬 더 쉽죠.

'갑옷'이라는 이름으로 출시된 새로운 방어형 신경망은 개별 사용자가 컨텐츠의 흐름에 반응하면서 나타내는 감정 상태를 관찰해요. 갑옷은 글과 소리, 영상, 증강 현실 및 가상현실을 아우르는 벡터를 조정할 수 있기 때문에 자기 학습을 거쳐 해당 사용자가 유독 불편해하는 콘텐츠가 뭔지 인식하고 걸러낸 다음, 평온한 공백만을 남겨두죠. 가상과 실제가 섞인 혼합 현실과 몰입 영상이 점점 더 흔해지다 보니 갑옷을 가장 잘 입는 방법은 증강 현실 안경을 미리 쓴 상태로 갑옷을 구동해서 시각 자극의 원천을 모조리 차단하는 거예요. 인터넷 분탕질은 과거의 바이러스나 해충처럼 기술적 문제죠. 그런데 이제 우리는 기술적 해법을 얻었어요.

가장 강력할 뿐 아니라 개인 맞춤 설계까지 적용된 보호 장치를 사용하려면 돈을 지불해야 해요. 소셜 미디어 기업들도 갑옷 개발에 참여하고 있는데 그들은 이 해결책을 통해 자기네가 콘텐츠 감시 업무에서 해방되고, 가상 세계의 광장에서 무엇을 용납해선 안 되는지 결정하는 임무로부터 면제되고, 더 나아가 '빅브라더' 같은 검열의 망령으로부터 모두가 자유로워진다고 주장하죠. 이런 식으로 언론의 자유를 옹호하는 윤리관이 하필 더 많은 수익으로 연결된다는 건 의심할 것도 없이 나중에야 떠오른 생각이었을 테고요.

저는 제 오빠 가족한테 돈으로 살 수 있는 가장 훌륭한 최신식 갑옷을 보내 줬어요.

애비게일 포트

처지를 바꿔서 한번 생각해 보세요. 당신 딸의 몸이 디지털 방식으로 압축돼서 눈뜨고 볼 수 없는 음란물에 나오고, 그 애 목소리가 혐오 발언을 거듭 외치도록 조작되고, 그 애 얼굴이 말도 못 할 만큼 잔인하게 난자당한다고. 그리고 그렇게 된 건 당신 탓이라고, 인간의 마음이 어디까지 타락하는지 상상하지 못한 당신 탓이라고 말이에요. 당신 같으면 거기서 그만뒀겠어요? 그냥 물러나서 손 놓고 있었겠어요?

끔찍한 일이 눈에 띄지 않도록 갑옷이 막아 주는 동안 저는 계속 포스트를 작성하고 공유했어요. 파도처럼 밀려드는 거짓말 앞에서 목소리를 높인 거예요.

헤일리는 죽은 게 아니라 정부의 총기 규제 음모에 가담한 연기자라는 거짓말은 너무 황당해서, 대꾸할 가치도 없어 보였어요. 하지만 제 갑옷이 엉터리 기사를 다 걸러내는 바람에 뉴스 사이트와 다중 수신 스트리밍 방송에 빈 곳만 보이기 시작하면서, 저는 그 거짓말이 어째선지 진짜 논쟁거리가 돼 버린 걸 깨달았어요. 진짜 기자들이 저더러 인터넷 모금 운동으로 받은 돈을 어디다 썼는지 밝히라며 영수증을 요구하더군요. 저희는 한 푼도 안 받았는데 말이에요! 온 세상이 제정신이 아니었어요.

저는 헤일리의 시신 사진을 공개했어요. 분명 이 세상에 일말의 예의는 남아 있을 거다, 그렇게 생각했죠. 눈앞에 증거가 있으면 그걸 무시하는 소리를 할 사람은 없지 않겠어요?

그랬더니 상황이 더 안 좋아졌어요.

인터넷의 얼굴 없는 패거리한테는 누가 제 갑옷을 뚫고 뭘 꺼내오는 걸 구경하는 것도, 제가 진저리를 치고 움츠러들게 악독한 동영상으로 제 눈을 찌르는 것도 이미 하나의 놀이였어요.

자동 봇들은 저한테 다른 총격 사건으로 아이를 잃은 부모인 척 메시지를 보냈고, 제가 스팸 방지 소프트웨어를 돌린 다음부터는 저한테 혐오 발언이 담긴 영상을 불쑥불쑥 들이댔어요. 헤일리에게 추모를 바치는 슬라이드 쇼 영상을 보내기도 했는데, 그런 영상은 갑옷이 통과시키기가 무섭게 지독한 음란물로 변해 버렸죠. 그자들은 돈을 모아 심부름꾼을 고용하고 배달용 드론을 빌려서 저희 집 근처에 증강 현실용 표식을 설치했어요. 제가 증강 현실 안경을 쓰고 있으면 주위에 온통 헤일리의 유령이, 몸부림치고 킬킬대고 신음하고 악을 쓰고 욕을 하고 조롱하는 그 애의 유령이 보이게끔 말이에요.

무엇보다 끔찍했던 건, 그자들이 헤일리의 피투성이 시신 사진과 신나는 배경 음악을 합성해서 만든 애니메이션이었어요. 헤일리의 죽음이 농담이 돼서 유행을 탄 거예요. 제가 어렸을 적에 유행한 '춤추는 햄스터' 애니메이션처럼요.

그레그 포트

저는 가끔 우리가 자유라는 개념을 오해하는 게 아닌가 하는 생각이 듭니다. 무엇을 '할 자유'를 무엇을 '피할 자유'보다 훨씬 더 소중하게 여기니까요. 사람들은 총을 소유할 자유를 누려야만 합니다, 그래서 유일한 해결책은 어린애들에게 사물함 속에 숨거나 방탄 책가방을 메고 다니라고 가르치는 것뿐이지요. 인터넷에서 마음 내키는 대로 글을 적고 말을 할 자유도 반드시 누려야 하니까, 유일한 해결책은 표적이 된 사람들에게 방어형 소프트웨어인 갑옷을 입으라고 하는 것뿐이고요.

애비게일은 단번에 결정을 내렸고 저희 둘은 그저 따르는 수밖에 없었습니다. 저는 뒤늦게 제발 그만하라고, 이제 손을 떼라고 애원하고 간청했습니다. 집을 팔고 어디 다른 곳으로, 세상 모든 사람과 이어질 수 있다는 유혹이 없는 곳으로 이사를 가면 된다고 했습니다. 항상 연결된 세계로부터, 또 저희가 빠져서 허우적대던 증오의 바다로부터 멀어지면 된다고 말입니다.

하지만 세라가 준 갑옷 때문에 애비게일은 안전하다는 착각에 빠졌고, 더 완강한 태도로 분탕꾼들에 맞서 싸웠습니다. "난 내 딸을 위해 싸워야 해." 저한테 그렇게 소리쳤지요. "그자들이 헤일리의 추억을 더럽히게 놔둘 순 없어."

분탕꾼들의 공세가 거세지자 세라는 갑옷의 기능을 향상하는 패치를 저희에게 보내고 또 보냈습니다. 적대적 방어 강화 세트, 자체 수정 코드 감지, 시각화 자동 방지 같은 이름이 붙은 패치를 겹겹이 추가하더군요.

분탕꾼들은 번번이 새로운 우회로를 찾아냈고 그때마다 갑옷은 아주 잠깐 버틸 뿐이었습니다. 인공 지능의 민주화는 곧 세라가 아는 기술을 그자들도 모조리 안다는 뜻이자, 그자들이 학습하고 적응하는 컴퓨터까지 보유했다는 뜻이었으니까요.

애비게일에게는 제 말이 들리지 않았습니다. 저의 간청 앞에서 귀를 막아 버렸지요. 어쩌면 갑옷이 저 또한 걸러야 할 또 하나의 성난 목소리로 인식하도록 학습했는지도 모르겠습니다.

에밀리 포트

어느 날 엄마가 당황해서 저한테 오더니 이렇게 말하더군요. "그 애가 어디 갔는지 모르겠어! 보이질 않아!"

그때 엄마는 저한테 며칠째 말도 안 걸고 헤일리 언니의 이름을 건 프로젝트에만 빠져 있었어요. 그래서 엄마가 무슨 말을 하는지 알아차리기까지 시간이 걸렸죠. 저는 엄마랑 나란히 컴퓨터 모니터 앞에 앉았어요.

엄마는 언니의 추모 영상 링크를 클릭했어요. 스스로 힘을 내려고 하루에도 몇 번씩 보는 영상이었죠.

"없어졌어!" 엄마가 말했어요.

그러고는 가족의 추억이 저장된 클라우드를 열었어요.

"헤일리 사진이 다 어디로 간 거지? 빈자리를 표시하는 'X'뿐이잖아."

엄마는 저한테 자기 전화기와 백업 드라이브, 태블릿을 보여 줬어요.

"아무것도 없어! 아무것도! 우리가 해킹을 당한 걸까?"

엄마의 양손이 허공에서 힘없이 떨렸어요. 새장에 갇힌 새의 날개처럼요. "그 애가 감쪽같이 사라져 버렸어!"

아무 말도 하지 않고, 저는 거실 책장으로 가서 저희가 어렸을 적에 엄마가 해마다 만들어주신 사진 앨범 한 권을 꺼냈어요. 그런 다음 앨범 속 가족사진이 있는 페이지를 펼쳤죠. 언니는 열 살, 저는 여덟 살이었을 때 찍은 가족사진요.

그 페이지를 엄마한테 보여줬어요.

또다시 숨 막히는 비명이 터졌어요. 엄마는 떨리는 손끝으로 앨범에 붙은 헤일리 언니의 얼굴을 두드렸어요, 거기에 없는 어떤 것을 찾으면서요.

그제야 어떻게 된 건지 이해가 갔어요. 고통이, 사랑을 조금씩 갉아먹은 연민이 제 가슴 가득 차올랐어요. 저는 엄마 얼굴로 손을 뻗어서 증강 현실 안경을 살며시 벗겼어요.

엄마가 앨범의 사진을 바라보더군요.

흐느끼면서, 엄마는 저를 안아 줬어요. "네가 찾아 줬구나. 아아, 네가 그 애를 찾아 줬어!"

꼭 남이 안아 주는 것 같은 기분이었어요. 아니면 제가 엄마한테 남이 돼 버린 건지도 모르죠.

세라 고모는 분탕꾼들이 굉장히 꼼꼼하게 공격했다고 설명해 줬어요. 조금씩, 조금씩, 엄마의 갑옷이 헤일리 언니를 괴로움의 근원으로 인식하도록 학습시켰다는 거예요.

그런데 저희 집에서는 다른 종류의 학습도 같이 이루어지고 있었어요. 부모님이 언니랑 관련된 일이 있을 때만 저한테 관심을 보이기 시작한 거예요. 마치 제가 더는 보이지도 않는 것처럼, 언니가 아니라 제가 지워지기라도 한 것처럼요.

저의 슬픔은 점점 어두워지다가 곪아 버렸어요. 제가 무슨 수로 유령하고 경쟁을 하겠어요? 한 번도 아니고 두 번이나 잃어버린 완벽한 딸하고? 끝없는 속죄를 요구하는 희생자하고? 그런 생각을 하는 저 자신이 끔찍하게 느껴졌지만, 그래도 멈출 수가 없었어요.

저희 식구들은 저희 나름의 죄책감에 빠져들었어요. 따로따로, 혼자서.

그레그 포트

저는 애비게일을 비난했습니다. 떳떳하게 인정할 일은 아니지만, 그래도 사실대로 얘기해야겠지요.

저희는 서로에게 악을 지르고 그릇을 던졌습니다. 어린 시절의 희미한 기억 속에서 제 부모님이 벌이던 드라마와 똑같이요. 괴물들한테 쫓긴 끝에 스스로도 괴물이 돼 버린 겁니다.

살인자는 헤일리의 목숨을 앗아간 반면에, 애비게일은 헤일리의 이미지를 만족할 줄 모르는 아귀 같은 인터넷에 희생양으로 제공했습니다. 애비게일 때문에 제 기억 속의 헤일리는 그 애가 죽은 후에 벌어진 참상들로 물들어 있을 겁니다. 애비게일이 소환한 건 인간들 개개인을 하나의 거대하고 집단적이고 뒤틀린 시선으로 뭉뚱그리는 장치입니다, 제 딸의 기억을 사로잡아 곱게 빻아서 끝나지 않을 악몽으로 만들어 버린 장치요.

해변 위에 부서진 조개껍데기들이 되비추는 빛은 거칠게 일렁이는 바다의 원한이었습니다.

물론 이렇게 얘기하는 게 비겁하다는 건 저도 알지만, 그렇다고 해서 그 얘기가 진실이 아닌 건 아닙니다.

계정 이름 '냉혈한', 자칭 인터넷 분탕꾼

내가 밝힌 내 정체가 진짜인지, 또는 어떤 일이 내 소행이라는 주장이 사실인지 너희가 입증할 방법은 아무것도 없어. 너희가 내 신원을 확인할 인터넷 분탕꾼 명부나 출처가 확실한 위키피디아 항목 같은 것도 없고.

너흰 내가 지금 쓰는 이 글이 분탕질인지 아닌지조차 확인할 방법이 없잖아?

너희한테 내 성별이나 인종이나 내 성적 지향 같은 건 안 가르쳐 줄 거야. 왜냐면 그런 자질구레한 건 내가 한 일하고 아무런 상관도 없으니까. 어쩌면 우리 집에 총이 한 열 정 있는지도 모르지. 어쩌면 내가 총기 규제를 열렬히 지지하는지도 모르고.

내가 포트 가족을 표적으로 삼은 건 그런 꼴을 당해도 싼 인간들이기 때문이야.

추모 분탕질은 유구한 역사를 지닌 자랑스러운 일이야. 그리고 우리가 노린 건 언제나 가식을 떠는 인간들이었어. 애도는 비공개로, 사적으로, 숨어서 해야 해. 그 애 엄마가 죽은 자기 딸을 하나의 상징으로 만들어 정치적 도구로 휘두르는 게 얼마나 불쾌한 짓인지, 당신들은 보고도 모르겠어? 공적인 삶이란 가식이야. 그 경기장에 발을 들이는 자는 누구나 그로 인해 벌어질 결과에 대비해야 해.

그 여자애의 추모 사이트를 온라인으로 공유한 인간, 가상현실 촛불 추모제에 참가하고 조의를 표하고 행동에 나설 자극을 얻었다고 나불거린 인간은 누구나 똑같이 위선을 떤 죄가 있어. 누가 네 면전에 죽은 여자애 사진을 들이대기 전까지는 1분에 수백 명을 너끈히 죽이는 총이 사방에 널린 게 안 좋은 일이라는 생각을 해 본 적도 없다고? 너희 어디 아픈 거 아냐?

그리고 최악은 너희 기자들이야. 너흰 돈을 벌고 상을 타려고 사람의 죽음을 팔릴 만한 이야기로 가공하지. 광고를 더 팔려고 생존자를 구슬려서 보도용 드론 앞에 세워 놓고 흐느끼게 하고. 한편으론 독자들에게 비슷하게 모방한 간접 고통을 경험시켜 자기네 한심한 인생에서 의미를 찾도록 유도하기도 해. 우리 분탕꾼들은 죽은 자의 이미지를 갖고 논다지만, 이미 죽은 당사자가 그러든 말든 신경이나 쓰겠어? 하지만 시체를 파먹는 너희 악취 나는 괴물들은, 죽은 자를 산 자의 입에 처넣는 짓으로 피둥피둥 살이 찌고 부자가 되잖아. 진정성 있는 척하는 것들도 속이 추잡하기로는 으뜸이지. 제일 크게 울부짖는 피해자들이야말로 관심에 제일 굶주린 것들이고.

이제는 모두가 다 분탕꾼이야. 만약 누군가 알지도 못하는 사람이 호된 꼴을 당하라고 비는 인터넷 밈에 한 번이라도 좋아요나 공유 버튼을 눌렀다면, 만약 '힘 있는' 사람이 표적일 경우에는 악의를 품고서 헐뜯고 비난해도 괜찮다고 한 번이라도 생각했다면, 분노한 무리에 가담하는 식으로 자신의 도덕성을 과시하려 한 적이 한 번이라도 있다면, 초조하게 손을 비비며 어떤 피해자를 위해 모인 성금이 실은 그보다 덜 '혜택' 받은 다른 피해자한테 가야 하는 게 아닐까 하는 걱정을 드러낸 적이 단 한 번이라도 있다면…… 이렇게 말해서 미안한데, 너희도 이제껏 분탕질을 한 거야.

어떤 사람은 우리 문화에 만연한 분탕질 표현들이 점점 파괴력을 키워 간다고, 신경이 더 무뎌져야만 이길 수 있는 논쟁에서 표현의 수위를 동등하게 조정하려면 '갑옷'이 필요하다고 말하지. 하지만 갑옷이 얼마나 비윤리적인 건지 모르겠어? 그건 약한 자로 하여금 스스로를 강한 자로 착각하게 해. 겁쟁이를 아무것도 잃을 게 없는 망상증 영웅으로 바꿔놓는단 말이야. 인터넷 분탕질이 그렇게 치가 떨리게 싫다면, 갑옷이 상황을 악화시킬 뿐이란 것 정도는 이제 알 때도 됐잖아.

애비게일 포트는 애도를 무기화하는 방식으로 제일 거대한 분탕꾼이 돼 버렸어. 다만 분탕질 실력은 형편없는 수준이지. 그냥 갑옷을 두른 약골이니까 말이야. 우린 그 여자를, 더 나아가 너희 모두를, 무너뜨려야만 했어.

애비게일 포트

정치인들은 예전으로 다시 돌아갔어요. 방탄복 매출은 아동용, 청소년용 가릴 것 없이 쑥쑥 올라갔고요. 학생들에게 위기 상황을 파악하는 요령이나 총기 난사 대피 요령을 교육하는 회사도 더 많아졌죠. 일상은 그런 식으로 계속됐어요.

저는 제 계정을 삭제했어요. 공적 발언도 그만뒀고요. 하지만 저희 가족은 이미 손쓸 방법이 없었죠. 에밀리는 독립할 여력이 생기자마자 집을 떠났어요. 그레그도 조그만 아파트를 얻어서 나갔고요.

집에 혼자 남아서, 갑옷을 벗은 맨눈으로, 저는 헤일리의 사진과 영상이 담긴 저장 장치를 찬찬히 살펴봤어요.

그 애의 여섯 살 생일 파티 비디오를 볼 때마다 제 머릿속에는 날조된 음란물의 소리가 들려요. 고등학교 졸업식 사진을 볼 때마다 그 애의 피투성이 시신이 신디 로퍼의 「여자들은 신나게 놀고 싶을 뿐」에 맞춰 춤을 추는 애니메이션 영상이 보이고요. 흐뭇한 추억을 찾아 오래된 사진 앨범을 넘겨볼 때면 어김없이 의자에 앉은 채로 뛰어오를 것처럼 흠칫 놀라죠. 그 애의 증강 현실 유령이 뭉크의 「절규」처럼 기괴하게 일그러진 얼굴로 저한테 달려들면서, 킬킬대면서 이렇게 말할까 봐 두려워서요. "엄마, 나 새로 뚫은 피어싱 구멍이 아파요!"

저는 비명을 지르고, 흐느끼고, 도움을 청했어요. 상담도 약도 소용이 없었죠. 결국엔 분노로 멍해진 상태가 돼서 디지털 파일을 모조리 삭제하고, 사진 앨범을 찢어발기고, 벽에 걸린 액자들을 부숴 버렸어요.

인터넷 분탕꾼들은 제 갑옷을 학습시킨 것과 똑같이 저까지 학습시켰던 거예요.

이제 저한테는 헤일리의 이미지가 하나도 남아 있질 않아요. 그 애가 어떻게 생겼는지도 기억이 안 나고요. 마침내 저는 제 아이를 진짜로 잃어버렸어요.

그런 제가 용서받을 방법이 있기는 할까요?

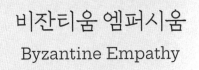

비잔티움 엠퍼시움

Byzantine Empathy

이 이야기는 2018년 《라이트스피드 매거진》에 처음 발표한 것으로서, 본문에 묘사된 세계 각지의
분쟁은 현재 해당 지역에서 일어나는 분쟁과 양상 및 성격이 완전히 일치하지는 않는다. 일부 지명
은 허구의 산물이다. ── 옮긴이

밀치락달치락하는 인파에 섞여 진흙탕 길을 허겁지겁 나아간다. 주변이 온통 북적이는 탓에 뒤처지지 않으려면 당신도 밀치는 수밖에 없다. 이른 새벽의 어렴풋한 빛에 적응하고 보니 하나같이 짐을 잔뜩 짊어진 인파가 눈에 들어온다. 꽁꽁 싸맨 아기를 품에 안은 엄마. 옷을 잔뜩 넣고 싸맨 탓에 풍선처럼 불룩한 침대보 꾸러미를 등에 진 중년 남자. 대야에 리치 열매와 빵나무 열매를 한가득 담아 품에 안은 여덟 살 여자아이. 큼직한 샤오미 스마트폰을 손전등 삼아 들고 있는, 운동복 바지에 구깃구깃한 블라우스 차림의 늙은 여성. 미키 마우스가 그려진 여행 가방을 바퀴 하나가 달아난 채로 진흙탕 길 위에 질질 끌고 가는, 'Happy Girl Lucky(행복한 여자 럭키)'라는 영어 단어가 적힌 티셔츠 차림의 젊은 여성. 책인지 아니면 현금 다발인지 모를 물건이 가득 담긴 베갯잇을 한 손에 덜렁덜렁 들고 가는, 중국 담배 광고가 붙은 야구 모자를 쓴 늙은 남성……

인파 속의 사람들은 대부분 당신보다 키가 더 크고, 그래서 당신은 스스로가 어린애인 것을 알아차린다. 아래를 내려다보니 당신은 발에 노란색 비닐 슬리퍼를 신었고 거기에는 디즈니 애니메이션 「미녀와 야수」의 주인공 벨이 그려져 있다. 질척거리는 진흙탕은 걸음을 옮길 때마다 슬리퍼를 당신 발에서 벗겨 버릴 것처럼 세게 들러붙고, 당신은 혹시 그 슬리퍼에 뭔가 의미가 있어서 버리고 가기가 그렇게 싫은 것인지 궁금해진다. 이를 테면 고향, 신변의 안전, 환상을 누려도 좋을 만큼 든든한 삶 같은.

오른손에는 봉제 인형을 들고 있는데 인형이 입은 빨간 드레스에는 당신이 모르는 언어를 흘려 쓴 문구가 수놓여 있다. 인형을 꽉 쥐어 보니 느낌상 속에 뭔가 바스락거리는 가벼운 것이, 어쩌면 씨앗이 채워져 있는 모양이다. 당신의 왼손을 잡은 여성은 등에 아기를 업었고 다른 손에는 이불 꾸러미를 들고 있다. 당신이 보기에 당신의 어린 여동생은 아직 너무 어려서 무서움이 뭔지조차 알지 못한다. 동생은 까맣고 사랑스러운 눈으로 당신을 바라보고, 당신은 빙긋이 웃어 동생을 달랜다. 어머니의 손을 힘주어 잡으니 어머니도 당신을 안심시키려고 손을 꼭 잡아 준다. 따뜻하게.

길 양편에는 텐트가 점점이 흩어져 있다. 개중에는 주황색 텐트도 있고 파란색 텐트도 있는데, 수많은 텐트가 약 500미터 저편의 밀림까지 이어지는 들판에 넓게 펼쳐져 있다. 그런 텐트 가운데 한 채가 당신의 집이었는지 아니면 그저 잠시 머물다 가는 곳인지 당신은 알지 못한다.

주위에는 배경 음악도, 동남아시아의 이국적인 새들이 지저귀는 소리도 들리지 않는다. 그러기는커녕 조바심이 느껴지는 수다 소리와 고함치는 소리가 귓속을 파고든다. 어느 나라 말인지 어느 지역 방언인지 알아듣지 못하지만 목소리에 밴 긴장감에서 당신은 그 고함이 가족에게 뒤처지지 말고 잘 따라오라고, 친구에게 조심하라고, 나이 든 친척에게 넘어지면 안 된다고 당부하는 말인 것을 알아차린다.

머리 위로 찢어지는 울음소리 같은 소음이 지나가는가 싶더니, 저 앞쪽과 길 왼편의 들판에 폭발이 일어나며 아침 해보다 더 환한 불길이 솟는다. 땅이 우르릉거리며 진동한다. 당신은 질척한 진흙탕에 쓰러지고 만다.

머리 위 하늘에서 방금 그 울음소리가 몇 번 더 들리고, 주위에서 또다시 폭탄이 터지는 바람에 진동이 덮쳐 와 뼛속까지 덜덜 떨린다. 귓속이 윙윙거린다. 어머니는 당신에게 기어와 자기 몸으로 당신을 덮는다. 자비로운 어둠이 수라장을 가려 준다. 커다란 단말마의 비명 소리. 겁에 질린 절규. 고통스러워하는 몇몇 사람의 알아듣기 힘든 신음.

몸을 일으켜 앉으려 하지만, 꿈쩍 않는 어머니의 몸이 위에서 누르고 있다. 당신은 있는 힘껏 꿈지럭거린 끝에 축 늘어진 어머니의 몸을 옆으로 치우고 간신히 바깥으로 빠져나온다.

어머니의 머리 뒤쪽은 피에 젖어 엉망이 됐다. 어린 동생은 어머니 시신 옆의 땅바닥에서 울고 있다. 주위 사람들은 사방으로 달아나고, 아직 짐을 놓치지 않고 들고 가려 낑낑대는 사람들도 일부 있지만 길과 들판에는 버려진 보따리와 여행 가방이 즐비하게 널려 있고, 그 곁에 쓰러진 이들은 꼼짝도 하지 않는다. 캠프 쪽에서 엔진이 부르릉거리는 소리가 들려오고, 어지럽게 흔들리는 무성한 수풀 사이로 위장 무늬 전투복 차림의 군인들이 손에 총을 들고 다가오는 광경이 눈에 들어온다.

한 여성이 군인들을 가리키며 소리친다. 사람들 중 일부는 달아나기를 멈추고 손을 쳐든다.

총소리가 울려 퍼지고, 이내 다른 총소리가 그 뒤를 잇는다.

인파는 돌풍에 흔들리는 나뭇잎처럼 뿔뿔이 흩어진다. 수많은 발이 첨벙거리며 곁을 지나가는 사이 당신 얼굴에 진흙이 튄다.

어린 동생은 더욱 크게 운다. 당신은 당신의 모어로 외친다. "그쳐! 뚝!" 그러고는 동생에게 기어가려 하지만 누군가 당신 몸에 걸려 넘어지면서 당신을 땅바닥에 짓누른다. 밟고 지나가려 하는 사람들의 발을 피하려고 당신은 두 팔로 머리를 감싸고 몸을 공처럼 옹송그린다. 어떤 이들은 당신 위로 뛰어 넘어간다. 다른 이들은 그러려다 실패해 당신 몸 위로 넘어지고, 허둥지둥 일어서다 그만 발로 세게 찬다.

총소리가 또 들려온다. 얼굴을 가린 손가락 사이로 바깥을 내다본다. 몇몇 사람이 땅바닥에 쓰러진다. 쇄도하는 군중 속에서 몸을 움직일 공간은 없다시피 하고, 사람들은 누구 한 명이 넘어질 때마다 덩달아 넘어져 무더기를 이룬다. 너나 할 것 없이 누구든, 아무든 붙잡아 밀고 당기며 총알과 자신들 사이에 끼워 넣으려 한다.

진흙투성이 운동화를 신은 발이 동생을 싸맨 포대기를 밟는 순간 뭔가 부러지는 듯한 소름 끼치는 소리가 나면서 동생의 울음소리가 느닷없이 잠잠해진다. 운동화 주인은 잠시 망설이다가 몰려오는 인파에 밀려 이내 앞쪽으로, 당신의 시야 바깥으로 사라진다.

당신은 비명을 지르지만, 뭔가 배를 세게 치는 느낌이 나면서 그만 숨이 턱 막히고 만다.

탕젠원은 헤드세트를 서둘러 벗고 가쁜 숨을 몰아쉬었다. 몰입 체험 슈트를 벗는 동안에는 손이 어찌나 떨리던지, 가까스로 지퍼를 절반 정도 내렸을 때 그만 힘이 다 빠지고 말았다. 전방향 러닝 머신 위에 서 있던 그녀가 몸을 웅크리고 쪼그려 앉자 땀에 흠뻑 젖은 몸의 멍 자국들이 컴퓨터 모니터의 희끄무레한 빛을 받아 검붉은색으로 번들거렸다. 그 희끄무레한 빛이 캄캄한 원룸 아파트 안에 유일하게 켜진 조명이었다. 목이 메어 꺽꺽거리는 소리가 몇 번 나다가 이내 울음이 터졌다.

눈을 감았는데도, 탕젠원에게는 여전히 보였다. 군인들의 얼굴에 떠오른 굳은 표정이, 피투성이가 된 어머니의 머리가, 부서진 아기의 조그만 몸이, 짓밟혀서 꺼져버린 아기의 생명이.

앞서 탕젠원은 몰입 체험 슈트의 안전 기능을 해제하고 통각 회로의 진폭 여파기도 꺼 뒀다. 고통을 거르는 필터를 장착하고 무에르티엔 난민들의 고난을 체험하는 것은 옳지 않은 일 같아서였다.

가상현실 장비는 궁극의 공감 기계였다. 남의 고통을 똑같이 겪어보지 않고서 어떻게 그 사람의 처지를 이해한다고 말할 수 있을까? 상하이의 밤을 휘황찬란하게 물들이는 네온 불빛이 커튼 틈새로 스며들어 원룸 바닥에 선정적인 색조의 무지개를 아무렇게나 그려 놓았다. 저 바깥은 가상 세계의 부와 현실의 탐욕이 뒤섞이는 곳, 동남아시아 밀림에서 벌어지는 죽음과 고통에는 무관심한 세계였다.

탕젠원은 후각 추가 요금을 감당할 여유가 없는 자신의 형편이 고마울 지경이었다. 화약 냄새와 섞인 비릿한 피 냄새를 맡았다면 아마 체험이 다 끝나기도 전에 무너졌을 터였다. 냄새는 뇌의 가장 깊숙한 곳까지 파고들어 가장 생생한 감정을 휘저어 놓곤 했다. 그것은 근대성이라는 단단한 흙덩어리를 깨뜨리고 상처 난 몸으로 꿈틀대는 지렁이의 분홍빛 살을 드러내는 괭이의 날과 비슷했다.

마침내 똑바로 일어선 탕젠원은 슈트를 마저 벗고 욕실로 비틀비틀 들어섰다. 수도관에서 물이 우르릉거리자 밀림을 가르고 다가오는 자동차 엔진이 떠올라 화들짝 놀랐다. 김이 나는 온수로 샤워를 하는데도 몸이 덜덜 떨렸다.

"무슨 일이든 해야 해." 탕젠원은 중얼거렸다. "이런 일이 일어나게 놔둬선 안 돼. 적어도 나는 그럴 수 없어."

그러나 탕젠원이 뭘 할 수 있을까? 미얀마 중앙 정부와 소수 민족 반군이 중국 국경 근처에서 벌이는 전쟁에 관해 바깥세상은 별 언급조차 하지 않았다. 세계 경찰을 자처하는 미국은 고분고분한 친미 정권이 수도인 네피도를 지키며 이 지역에서 점점 커지는 중국의 영향력에 맞서 장기짝 노릇을 해 주기를 바랐기 때문에 침묵을 지켰다. 한편 중국은 사업과 투자를 수단으로 삼아 네피도의 현 정권을 자기편으로 끌어들이려 했고, 이 때문에 한족 화교 출신 민간인들이 버마족 군인 무리에게 학살당한 사건을 들추는 것은 중국의 관점에서 볼 때 이 거대한 게임에 도움이 되지 않았다. 난민을 딱하게 여기는 마음이 걷잡을 수 없는 국가주의로 변질될까 봐 두려웠던 중국 정부는 무에르티엔 상황을 보도하는 뉴스마저 검열했다. 국경 양쪽의 난민 캠프는 무슨 수치스러운 비밀인 양 눈에 잘 띄지 않는 곳에 세워졌다. 목격자 증언과 영상, 방금 그 가상현실 파일 같은 자료들은 중국의 인터넷 검열 시스템인 '만리 방화벽'에 조그맣게 나 있는 암호화 통로를 이용해 바깥으로 빼내야 했다. 그 반면에 서양에서는 대중의 무관심이 어떠한 공식 검열보다 더 효과적으로 작동했다.

탕젠원은 시위행진을 조직하거나 청원을 위한 서명 운동을 벌일 수는 없었다. 난민들의 복지 확보에 전념하는 비영리 단체를 세우거나 그런 곳에 가입할 수도 없었다. 그렇다고 중국 사람들이 자선 단체를 신뢰하는 것은 아니었다. 그런 곳은 다 사기였으니까. 지역 대표 정치인에게 전화해 무에르티엔을 위해 뭔가 해 달라고 촉구하도록 모든 지인들에게 부탁할 수도 없었다. 미국에 유학한 경험이 있는 젠원은 민주주의 국가의 국민이 접근할 수 있는 그러한 방법들이 모두 효과적이라고 믿을 만큼 순진하지는 않았다. 그런 것들은 단지 상징적 제스처일 뿐, 실제로 외교 정책을 결정하는 이들의 사고나 행동은 전혀 바꾸지 못하는 경우가 많았다. 그러나 그런 방법을 동원하면 적어도 자신이 변화를 일으킨다는 느낌은 누릴 수 있을 듯싶었다.

그런데 느낌이야말로 인간으로 존재하는 의미의 전부가 아니던가?

베이징의 늙은 남자들은 혹시라도 누가 자기 권위에 도전하거나 정세가 불안해질까 봐 두려워한 나머지 그런 수단들을 모두 금지했다. 중국 국민으로 사는 것은 곧 현대의 중앙 집권화된 기술 지배 국가에서 철저히 무력하게 살아가는 개인의 적나라한 현실이 어떤 것인지 끊임없이 상기해야 하는 일이었다.

살이 델 것처럼 뜨거운 물이 슬슬 불편하게 느껴졌다. 탕젠원은 자신의 몸을 세게 문질러 닦았다. 마치 땀과 피부 세포를 박박 문질러 제거하면 도무지 가시지 않는 죽음의 기억에서 벗어날 수 있다는 것처럼. 수박 향이 나는 비누로 죄책감마저 면제받을 수 있다는 것처럼.

샤워를 마치고 욕실에서 나온 후에도 여전히 정신이 멍하고 피부도 얼얼했지만, 적어도 머리는 돌아가는 상태였다. 정화 필터를 거친 실내 공기에서 가열형 접착제 냄새가 은은히 풍기는 까닭은 좁은 공간에 전자 기기를 너무 많이 쌓아 놨기 때문이었다. 탕젠원은 몸에 수건을 두르고 자박자박 걸어 방으로 돌아간 다음, 컴퓨터 모니터 앞에 앉았다. 그러고는 기분 전환 삼아 채굴 작업의 최신 상황을 확인하려고 키보드를 두드렸다.

모니터는 화면이 어마어마하게 커다랬고 해상도도 최첨단이었지만 그 자체로는 별것 아닌 하찮은 장비였다. 탕젠원이 제어하는 강력한 컴퓨팅 시스템이 빙산이라면 그 정도는 단지 수면 위로 보이는 조그만 얼음덩어리일 뿐이었다.

벽을 따라 놓인 거치대에 차곡차곡 쌓인 채 윙윙 소리를 내는 케이스 속의 맞춤 제작형 특정 용도용 집적 회로(ASIC)는 오로지 한 가지 임무만 수행했다. 다름 아닌 암호화 퍼즐을 푸는 일이었다. 탕젠원을 비롯한 세계 곳곳의 채굴업자들은 특수 장비를 사용해 몇몇 암호 화폐의 무결성을 유지하는 특별한 숫자들의 조합, 이른바 '노다지'를 찾아다녔다. 젠원의 본업은 금융 서비스 프로그래머였지만,

정말로 살아 있는 기분을 느끼게 해 주는 것은 바로 그 일이었다.

그 일을 하면서 탕젠원은 조금이나마 권력을 쥔 기분을 느꼈다. 전 지구적 공동체의 일부가 되어 모든 형태의 권위에 맞서 반란을 일으키는 기분도 들었다. 상대는 독재 정권, 민주적 군중의 탈을 쓴 국가주의, 규제를 통해 인플레이션과 화폐 가치를 조작하는 중앙은행 같은 것들이었다. 그 일은 젠원이 간절히 되고 싶었던 활동가와 가장 비슷해지는 기회였다. 거기서는 오로지 수학만이 중요했고, 정수론의 논리와 우아한 프로그래밍이 절대 깨지지 않는 신뢰의 규범을 형성했다.

탕젠원은 채굴업자 그룹의 설정을 변경해 새 모임에 가입한 다음, 자신과 생각이 비슷한 열성 활동가들이 미래를 논하는 채널 몇 군데를 훑어봤다. 대화에 직접 참여하지 않은 채 흘러가는 텍스트를 읽다 보니 마음이 차츰 차분해졌다.

N♥T〉: 화웨이 GWX를 방금 막 구입했어. 시험 삼아 돌려 볼 가상현실 추천해 줄 사람?

秋叶(중국어로 '단풍잎'을 가리키지만 일본 도쿄의 전자 제품 전문 상가 밀집 지역인 아키하바라[秋葉原]를 가리키는 은어로도 쓴다.—옮긴이)1001〉: 방 한 칸급이야, 아니면 아파트급?

N♥T〉: 아파트급이지. 난 내가 쓰는 물건은 최고만 골라.

秋叶1001〉: 우와! 올해 채굴 실적이 괜찮았나 보네. 난「타이타닉」추천할게.

N♥T〉: 텐센트에서 출시한 버전?

秋叶1001〉: 아니! SLG에서 출시한 버전이 훨씬 나아. 혹시 아파트가 넓으면 채굴 장비를 연결해야 그래픽 부하를 처리할 수 있을 거야.

Anony🐭('익명'을 뜻하는 영어 단어 'anonymous'의 뒷부분이 쥐(mouse)와 비슷한 점

을 이용한 말장난―옮긴이)〉: 아, 증강 현실 플레이냐, 작업 증명(암호 화폐 채굴에 참

여한 사실을 증명해 주는 합의 알고리즘―옮긴이)이냐. 어느 쪽이 더 중요할까?

다른 많은 이들이 그랬듯이 탕젠원도 개인용 가상현실 열풍에 다
짜고짜 뛰어들었다. 장비의 해상도가 마침내 현기증을 극복할 만큼
높아졌을뿐더러, 스마트폰의 연산 능력만으로도 기본 사양의 헤드
세트는 충분히 구동하는 시대가 됐기 때문이었다. 다만 그 정도로는
완전 몰입 체험을 제공하기에는 모자랐다.

탕젠원은 에베레스트산에 올랐다. 두바이에 있는 부르즈 할리파
의 꼭대기에서 낙하산을 메고 뛰어내렸다. 세계 곳곳의 친구들과 함
께 가상현실 바에 '나들이'도 다녔는데, 그럴 때 친구들은 제각각 현
실의 자기 집에 틀어박혀 진짜 이과두주나 보드카를 마셨다. 좋아하
는 배우들과 키스하는가 하면 정말로 좋아하는 몇몇 배우하고는 같
이 자기도 했다. 가상현실 영화를 봤고(분명 현실로 보이기는 했지만 썩 훌
륭하지는 않았다.), 가상현실로 만든 역할 수행 게임도 했다. 가상의 여
성 열두 명이 배심원이 돼 가상의 젊은 여성의 운명을 놓고 논쟁하
는 동안 조그마한 파리의 형상으로 법정 안을 날아다니면서, 자기
마음에 드는 증거물 위에 앉아 배심원단의 관심을 교묘하게 그쪽으
로 집중시키기도 했다.

그러나 그 많은 일들을 하면서도 왠지 형언하기 힘든 미묘한 방식
으로 아쉬운 느낌이 들었다. 가상현실이라는 신흥 매체는 형태가 정
해지지 않은 찰흙 같아서 잠재력과 가능성이 가득했고, 희망과 탐욕
을 추진력으로 삼았으며, 모든 것을 약속하는 동시에 아무것도 보장

하지 않았고, 아직 있지도 않은 문제를 찾아 헤매는 기술적 해법이었다. 서사성과 유희성, 어떤 종류의 쾌감이 궁극적으로 우세할지는 아직 알 수 없었다.

다만 지금 이 최신 가상현실 체험은, 이름 없는 무에르티엔 난민의 삶을 담은 짤막한 클립은, 느낌이 달랐다.

혹시라도 우연히 같은 곳에 태어났다면, 내가 저 어린 여자애였을 수도 있어. 심지어 그 애 엄마의 눈은 우리 엄마랑 똑같았어.

대학을 졸업하고 겪은 냉담한 세상에서 어릴 적의 이상주의가 산산이 무너진 후 몇 년 만에 처음으로, 탕젠원은 *뭔가 해야겠다*라는 의무감을 느꼈다.

탕젠원은 모니터 화면을 응시했다. 암호 화폐 계정에 깜박이는 잔고 금액은 암호 체인의 합의를 토대로 정해지는 것, 즉 신뢰 없는 사람들의 신뢰가 기반이었다. 사람들이 탐욕이라는 장벽에 의해 고통으로부터 차단된 세상에서, 그러한 신뢰가 장벽에 구멍을 뚫어 희망의 물꼬를 틀 수도 있을까? 실제로 이 세상을 하나의 가상 마을로, 즉 개인과 개인이 연민을 통해 서로 연대하는 곳으로 변환하는 일이 가능할까?

탕젠원은 모니터 화면에 새 터미널 창을 열고 키보드를 열심히 두드리기 시작했다.

이제 워싱턴DC는 지긋지긋해. 소피아 엘리스는 창밖을 내다보며 마음을 굳혔다.

비 내리는 거리에는 차들이 느릿느릿 오갔고, 이따금 성난 운전자가 터뜨리는 경적 소리가 구두점처럼 울려 퍼졌다. 최근 워싱턴 정가의 평소 상태를 멋지게 보여 주는 은유라고 해도 손색이 없었다. 멀리 우뚝 선 내셔널 몰 공원의 기념물들은 부슬비 속에 마치 천상의 존재처럼 보였고, 자신들의 영속성과 초월성을 뽐내며 소피아를 놀리는 듯했다.

이사회 구성원들은 잡담을 나누며 분기 회의가 시작하기를 기다리는 중이었다. 소피아는 오가는 말을 건성으로 들을 뿐, 마음은 딴 곳에 가 있었다.

……따님이…… 거 참 경사로군요!……

……블록체인 스타트 업이 지나치게 많아서……

……그 건은 9월에 영국 의회에서 통과될 예정이라……

소피아는 차라리 이전 직장이었던 국무부로 돌아가고 싶었지만, 전통적 스타일의 외교를 싫어하는 현 정부의 성향을 감안하면 비영리 부문의 최고 관리자로 이직하는 편이 더 전망이 밝을 듯싶었다. 어쨌거나 해외 사무소를 거느린 미국 최대의 비영리 기구들 가운데 일부가 미국 외교 정책의 비공식 출장 사무소라는 것은 공공연한 비밀이었고, '국경 없는 난민회'의 상임 이사라면 다음 정부가 들어섰을 때 다시 권력에 접근할 발판으로 그럭저럭 괜찮은 자리였다. 관건은 현 정부가 미국의 국력을 낭비하려고 광분하는 것처럼 보이는 동안에도 난민들을 위해 선행을 베풀고, 미국적 가치를 널리 알리고, 세계를 안정시키는 것이었다.

……휴대 전화 동영상을 봤다면서 우리가 그 건에 대해 무슨 조치를 취했냐고 묻던데…… 무에르티엔이라고 했지, 아마?

소피아는 혼자만의 몽상에서 깨어났다. "그건 우리가 낄 문제가 아니에요. 상황이 예멘하고 비슷하거든요."

말을 꺼냈던 이사는 고개를 끄덕이고 다른 이야기로 넘어갔다.

예전 대학 시절에 룸메이트였던 탕젠원이 몇 달 전 무에르티엔 문제 때문에 이메일을 보낸 적이 있었다. 그때 소피아는 다정하고 사려 깊은 글에 유감의 뜻을 담아 답장했다. 우리 기구는 한정된 자원으로 일해. 그렇다 보니 모든 반인도주의적 위기에 똑같이 적절하게 대응할 순 없어. 미안.

그 말은 진실이었다. 어떤 의미에서는.

게다가 현실 파악 능력이 뛰어난 사람들 또한 무에르티엔에서 벌어지는 사태에 개입했다가는 미국의 국익이나 국경 없는 난민회의 이익에 도움이 되지 않을 거라고 입을 모아 얘기했다. 애초에 소피아가 외교 및 비영리 활동에 뛰어든 이유였던 세상을 더 나은 곳으로 만들고 싶다는 포부는, 실은 현실주의를 기준 삼아 절제하며 추구해야 하는 욕망이었다. 현 정부와 자신은 통하는 구석이 없는데도, 또는 오히려 통하는 구석이 없기 때문에, 소피아는 미국의 국력을 보존하는 것은 값지고 중요한 목표라고 믿었다. 무에르티엔에 관심을 집중시켰다가는 해당 지역에 새로 생긴 미국의 핵심 동맹국이 난처해질 수도 있었는데, 이는 반드시 피해야 했다. 오늘날의 복잡한 세계에서 미국(과 동맹국들)의 이익을 우선시하려면 고통받는 일부 사람들에게 희생을 요구하는 수밖에 없었다. 힘없는 사람들을 더 많이 지키려면 그렇게 하는 수밖에 없었다.

미국은 완전무결하지 않았지만, 한편으로 다른 대안을 모두 저울

질해 보면 현존하는 최선의 권위는 역시 미국이었다.

"……우리 소액 기부자 가운데 30세 이하 기부자 수가 최근 한 달 사이 75퍼센트나 감소했습니다." 이사 한 명이 말했다. 소피아가 철학적 사색에 빠진 사이에 회의가 시작됐던 것이다.

방금 그 발언자는 명망 있는 영국 하원 의원의 남편으로서, 원격 회의용 로봇을 이용해 런던에서 회의에 참석하는 중이었다. 소피아가 보기에는 자기 아내보다 자기 목소리에 더 관심이 많은 것 같다는 의심이 드는 남자였다. 길어졌다 짧아졌다 하는 로봇의 목 끄트머리에 달린 모니터는 불길한 느낌이 났고, 이 때문에 남자의 표정은 엄격하고 위압적으로 보였다. 강조하는 손짓을 하는 로봇의 손은 아마도 발언자의 실제 손짓을 흉내 내는 듯했다. "기부 참여도가 이렇게 하락했는데 대응할 계획이 없다는 말씀입니까?"

아내 분의 보좌관이 회의에서 화제로 삼으라며 써 준 질문인가 보죠? 소피아는 속으로 중얼거렸다. 그 남자가 직접 회계 자료에 적잖은 관심을 기울여 그런 사실을 알아챘을 것 같지는 않았다.

"저희는 그 연령대가 직접 기부하는 소액 후원금에 운영 자금 대부분을 의존하지는 않기 때문에……" 소피아는 그렇게 말문을 열었지만, 이내 다른 이사가 말허리를 자르고 끼어들었다.

"요점은 그게 아닙니다. 중요한 건 장래의 대중적 인지도, 또 언론 주목도예요. 바로 그 연령대의 소액 기부자 수를 늘리지 않으면 국경 없는 난민회는 소셜 미디어상의 대화에서 차츰 모습을 감출 수밖에 없어요. 그렇게 되면 결국에는 고액 기부자들도 영향을 받을 겁니다."

그렇게 말한 사람은 휴대용 통신 기기 제조사의 최고 경영자였다. 소피아는 국경 없는 난민회에 들어온 기부금으로 그 제조사의 저렴한 휴대 전화를 구입해 유럽 지역 난민들에게 지급하라고 지시하려는 그 여성을 설득해 마음을 돌리게 한 적이 몇 번이나 있었다. 그랬다가는 그 기업의 홍보 자료에 실리는 시장 점유율이 어마어마하게 높아지기 때문이었다(또한 이해 충돌 규정에 위반되기 때문이기도 했다.).

"요즘 들어 기부자 분포 현황에 예상치 못한 변화가 생기는 바람에, 다들 원인을 찾으려고 지금도 바쁘게⋯⋯" 소피아는 답변을 시작했지만, 이번에도 말을 끝맺지 못했다.

"보니까 엠퍼시움 얘기를 하려는 것 같은데, 맞나요?" 영국 하원의원의 남편이 물었다. "그래, 무슨 대책이라도 있나요?"

그건 분명히 아내 분의 보좌관이 써 준 지적 사항이겠군요. 소피아가 보기에 암호 화폐 광신자들에 대해서는 언제나 유럽인들이 미국인들보다 더 불안해했다. *하지만 외교란 게 늘 그렇듯이 광신자는 맞서 싸우기보다 바른 길로 이끄는 게 낫죠.*

"엠퍼시움이 뭔가요?" 다른 이사가 물었다. 은퇴한 연방 법원 판사인 그는 지금도 팩시밀리를 유사 이래 가장 위대한 발명품으로 여겼다.

"그러잖아도 엠퍼시움 얘기를 하려던 참이었습니다." 소피아는 목소리를 애써 가다듬으며 말했다. 그런 다음 기술 기업의 최고 경영자인 이사 쪽을 돌아봤다. "설명해 주시겠어요?"

만약 엠퍼시움에 관해 소피아가 직접 설명하려 했다면, 그 기술 기업 최고 경영자는 틀림없이 중간에 끼어들었을 터였다. 소피아는 다른 사람이 기술 문제에 관해 자신보다 더 전문성을 보이도록 놔둘 수는 없었다. 차라리 점잖게 체면을 지키는 편이 더 이득이었다.

기술 최고 경영자는 고개를 끄덕였다. "간단합니다. 엠퍼시움은 중개 기관이 없어도 되는 '스마트 콘트랙트', 즉 개인 간 계약 자동화 기술을 크게 활용한 또 하나의 블록체인 애플리케이션이지만, 자선 사업 시장에서 종래의 여러 활동 단체가 계약을 맺고 수행하던 일을 방해하는 점이 특징입니다."

회의 탁자에 둘러앉은 사람들은 무표정한 얼굴로 최고 경영자를 빤히 바라봤다. 전직 판사는 결국 소피아 쪽을 돌아봤다. "직접 한번 설명해 보지 그래요?"

소피아는 고작 다른 사람이 지나치게 튀는 짓을 하도록 놔두는 것만으로 회의의 주도권을 되찾았다. 고전적인 외교 수법이었다. "하나씩 차근차근 설명해 보겠습니다. 먼저 스마트 콘트랙트부터 시작하죠. 판사님과 제가 다음과 같은 내용의 계약에 서명한다고 가정해 보겠습니다. 만약 내일 비가 내리면 제가 판사님께 5달러를 드리고, 만약 비가 안 내리면 판사님께서 저에게 1달러를 주시는 겁니다."

"형편없는 보험약관처럼 들리는군요." 퇴직 판사가 말했다.

"런던에서는 그런 조건으로 돈을 벌기가 쉽지 않을걸요." 그렇게 말한 사람은 하원 의원의 남편이었다.

탁자 주위 여기저기서 나직한 웃음소리가 들렸다.

소피아는 개의치 않고 설명을 이어갔다. "일반적인 방식의 계약이라면, 설령 내일 천둥번개가 친다고 해도 판사님께선 돈을 못 받으실 수도 있습니다. 제가 약속을 어기고 돈을 안 주겠다고 하거나,

'비'의 정의가 뭔지를 놓고 논쟁을 벌일지도 모르니까요. 그러면 판사님께선 저를 법정으로 데려가셔야 할 겁니다."

"저런, 내 법정에서는 비의 정의를 놓고 논쟁하기가 쉽지 않을 텐데."

"당연하죠. 하지만 존경하는 재판장님께서도 아시다시피, 사람들은 온갖 터무니없는 것들을 놓고도 논쟁을 벌이거든요." 소피아는 이 판사와 이야기할 때는 본론으로 들어가기 전에 옆길로 한참 새도록 놔두는 것이 최선이라는 사실을 이미 배운 바 있었다. "그리고 소송은 비용도 많이 들고요."

"우리 둘이 신뢰하는 친구에게 함께 돈을 맡기고 내일 이후에 누구에게 그 돈을 건넬지 그 친구가 결정하게 하는 방법도 있지요. 그걸 에스크로라고 하지 않던가요?"

"그럼요. 아주 멋진 제안이네요. 다만 그렇게 하려면 판사님과 저는 둘이 함께 신뢰하는 제삼자 기관이 있다는 점에 동의해야 하고, 그 기관이 치르는 수고를 감안해 수수료를 지불해야 합니다. 그러니까 핵심은 이겁니다. 전통 방식의 계약에는 중개 비용이 아주 많이 수반된다는 말이죠."

"그래서 스마트 콘트랙트를 사용하면 뭐가 어떻게 되는 건가요?"

"약속한 돈은 비가 내리기가 무섭게 판사님 계좌로 이체될 겁니다. 실행 메커니즘이 통째로 소프트웨어 안에 암호화돼 있기 때문에 저로서는 막을 방법이 전혀 없습니다."

"그러니까 계약과 스마트 콘트랙트는 기본적으로 같은 거라는 말이군요. 다만 둘 중 하나는 어려운 법률 용어로 써 놓아서 사람들이 읽고 해석해야 하는 반면에, 다른 하나는 컴퓨터 코드로 써 놓아서 그냥 기계가 실행하면 끝이라는 말이죠. 판사도 없고, 배심원도 없고, 에스크로도 없고, 계약 철회도 없이."

소피아는 감동했다. 판사는 기술에 해박하지는 않았지만 영리했다. "그렇습니다. 기계는 사법 체계보다 훨씬 더 투명하고 예측 가능하니까요. 심지어 잘 작동하는 사법 체계보다도요."

"난 그게 딱히 좋은지 어떤지 잘 모르겠군요." 판사가 말했다.

"하지만 그게 왜 매력적인지는 아실걸요. 특히 상대를 신뢰하지 않는 경우에는 더더욱……"

"스마트 콘트랙트는 중개 기관을 제거해 거래 수수료를 줄여 줍니다." 기술 최고 경영자의 말투에서 조바심이 느껴졌다. "우스꽝스러운 예를 들면서 구구절절 설명할 것 없이 그냥 그렇게만 얘기해도 되잖아요."

"그래도 되죠." 소피아는 선선히 인정했다. 그 최고 경영자의 말에 선선히 맞장구를 쳐 주면 업무상의 거래 비용이 줄어든다는 것 또한 배워서 아는 사실이었다.

"그래서 그게 자선 활동과 무슨 상관이 있나요?" 하원 의원의 남편이 물었다.

"어떤 사람들은 자선 단체를 타인들의 신뢰를 토대로 지대 추구에 몰두하는 불필요한 중개 기관으로 여기거든요." 기술 최고 경영자가 말했다. "그건 다들 아는 사실 아닌가요?"

다시금, 탁자를 둘러싼 사람들의 얼굴에서 표정이 사라졌다.

"스마트 콘트랙트 열성 지지자 중에는 조금 극단적인 사람도 있긴

합니다." 소피아는 선선히 인정했다. "그 사람들의 관점에서 우리 국경 없는 난민회 같은 자선 단체는 사무실을 빌리고, 직원에게 월급을 주고, 부자들끼리 신나게 사교 활동을 하는 호화판 모금 행사를 여느라 돈을 낭비하는 곳이죠. 그리고 내부자가 기부금을 엉뚱하게 사용해서 배를 불리기도……"

"시끄럽게 키보드 딸깍거리는 재주밖에 없는 멍청이나 그런 관점에서 보겠죠. 상식이라고는 눈곱만큼도 없는……" 기술 최고 경영자가 말했다. 그 여성은 화가 나서 얼굴이 다 벌겋다.

"정치 감각도 없기는 마찬가지겠죠." 하원 의원의 남편이 최고 경영자의 말허리를 잘랐다. 그는 정치인과 결혼했다는 이유로 자신도 저절로 정치학 전문가가 된 줄 아는 모양이었다. "우리는 현장 구호 활동을 조율하고, 세계 각지의 전문가들을 동원하고, 서양 사람들의 관심을 일깨우고, 긴장한 현지 당국자들을 안심시키고, 자격을 갖춘 수혜자가 지원금을 받는지 확인하는 일도 하니까요."

"우리가 제공하는 신뢰가 바로 그겁니다." 소피아가 말했다. "하지만 위키리크스 세대에게 책임자와 전문가를 강조하는 단체는 자동으로 의심스러워 보이게 마련이죠. 그들 관점에서 보면 우리가 계획별 자금을 집행하는 방식조차도 비효율적입니다. 돈을 제대로 쓰는 방법이 뭔지 실제로 도움이 필요한 사람들보다 우리가 무슨 수로 더 잘 알겠습니까? 난민들이 무기를 구해 자기 자신을 지키는 것도 하나의 방법이라면, 우리가 무슨 수로 그걸 배제할까요? 기부금으로 자기 주머니를 불린 후에 재난 피해자들에게는 얼마 안 되는 돈만 나눠 주는 부패한 현지 공무원과 함께 일할지 말지는 또 어떻게 결정하죠? 차라리 점심값이 없어서 굶는 같은 동네 아이들에게 직접 돈을 주는 편이 더 낫습니다. 아이티와 예전 북한이었던 지역에서 국제 구호 활동이 실패했던 사례들이 널리 알려진 것 또한 그들의 주장을 뒷받침합니다."

"그래서 그 사람들의 대안은 뭔가요?" 전직 판사가 물었다.

탕젠원은 모니터 화면에 떠오르는 알림 표시 여러 개를 가만히 바라봤다. 그 표시들은 제각각 철저히 익명인 암호 화폐를 통해 스마트 콘트랙트가 체결됐다는 통보였다. 요즘은 많은 사업 계약이 그런 식으로 이루어졌다. 그러한 경향은 정부가 현금을 불법화함으로써 통제 강화를 꾀하는 경우가 많은 제3세계에서 특히 두드러졌다. 젠원이 어디선가 읽은 글에 따르면 이제는 전 세계 금융 거래의 20퍼센트 이상이 갖가지 암호 화폐로 이루어졌다.

그러나 지금 모니터 화면에 보이는 거래는 달랐다. 제안의 내용은 구호 요청이거나 자금을 제공하겠다는 약속이었다. 제안을 하는 이유는 *뭔가 해야 한다*라는 다급함 말고는 전혀 없었다. 엠퍼시움 블록체인 네트워크는 그러한 제안의 내용을 살펴보고 분류해 다자간 스마트 콘트랙트로 만든 다음, 실행 조건이 충족되는 경우에는 계약을 체결시켰다.

탕젠원이 본 제안 중에는 아이들이 읽을 책을 요청하는 것도 있었다. 신선한 채소, 밭일 할 때 쓰는 연장, 피임 기구, 진료소를 차리고 오랫동안 머무를 의사를 요청하는 제안도 있었다. 후다닥 뛰어왔다가 모든 것을 미완성이자 완성 불가 상태로 만들어 놓고 30일 만에 부리나케 돌아가는 자원 봉사자가 아니라…….

탕젠원은 하느님커녕 다른 어떤 신도 믿지 않았지만 부디 그런 제안들이 채택되게 해 달라고, 분류 시스템을 통과하게 해 달라고 기도했다. 젠원은 엠퍼시움을 만든 장본인이면서도 특정 거래에 영향을 미칠 힘은 전혀 없었다. 그것이야말로 그 시스템의 멋진 점이었다. 아무도 책임자가 될 수 없다는 점.

미국에서 대학에 다니던 유학생 시절, 탕젠원은 쓰촨성 대지진이 일어난 해 여름에 그 재난의 피해자들을 도우러 귀국한 적이 있었다. 중국 정부는 막대한 자원을 투입해 구호 활동을 폈고, 심지어는 군대까지 동원했다.

당시 탕젠원의 또래이거나 더 어린 인민해방군 병사들은 무너진 건물의 진흙투성이 잔해에서 생존자와 희생자 시신을 파내다가 손을 다치는 바람에 생긴 섬뜩한 흉터를 보여 줬다.

"손이 너무 아파서 중간에 그만둘 수밖에 없었어." 어린 남자 군인 한 명은 부끄러워서 기어들어 가는 목소리로 그렇게 말했다. "사람들이 나더러 계속 파다간 손가락을 잃을 거랬어."

그때 탕젠원은 분을 이기지 못해 눈물이 치솟아 눈앞이 흐려졌다. 정부는 왜 그 병사들에게 삽이나 제대로 된 구조 장비를 지급하지 못했을까? 병사들의 피투성이 손이, 살이 벗겨져 뼈가 드러나려 하는 손끝이 머릿속에 그려졌다. 그러는 동안에도 아직 살아 있는 사람을 발견할지도 모른다는 희망에 부풀어 쉬지 않고 흙을 한 줌 한 줌 퍼내는 병사들의 모습이. 넌 하나도 부끄러워할 것 없어.

나중에 탕젠원은 룸메이트인 소피아에게 자기 체험을 이야기했다. 소피아는 중국 정부에 대해서는 젠원과 함께 분노했지만, 어린 병사 이야기를 들으면서는 눈썹 하나 까딱하지 않았다.

"그 사람은 독재 정권의 도구일 뿐이야." 룸메이트의 입에서 나온 말이었다. 마치 자신은 그 군인의 피투성이 손을 아예 상상으로도 떠올리지 못하겠다는 듯이.

탕젠원은 재해 지역을 찾아갈 때 정부 기관과 함께 움직이지 않았다. 그러기는커녕 뭔가 바꿔 보겠다고 생각한 나머지 오로지 자기 힘만으로 쓰촨성에 도착한 자원봉사자 수천 명 가운데 한 명이었다. 젠원을 비롯한 이들 자원봉사자 무리는 재해 지역에 식량과 옷이 필요할 거라 짐작하고 잔뜩 챙겨 왔다. 그러나 현지의 어머니들은 우는 아이를 달랠 그림책이나 보드게임이 있는지 물었고, 농부들은 휴대 전화 서비스가 복구되려면 얼마나 걸리는지 물었으며, 도회지 주민들은 건물을 다시 지으려는데 연장과 자재를 지원받을 수 있는지 물었다. 식구들을 모조리 잃은 여자애는 어떻게 해야 고등학교를 졸업할 수 있을지 알고 싶어 했다. 젠원은 그런 현지인들에게 제공할 정보나 물자가 전혀 없었고, 이는 다른 자원봉사자도 마찬가지인 듯싶었다. 구호 활동을 책임지는 공무원은 젠원 같은 자원봉사자가 어느 기관 소속도 아니라는 이유로 재해 현장에 돌아다니는 것을 싫어했고, 따라서 그들에게 아무것도 알려 주지 않았다.

"그래서 전문가가 필요한 거야." 소피아는 나중에 그렇게 말했다. "그저 좋은 일을 하겠다고 목적 없는 군중처럼 우르르 몰려가면 안돼. 재난 구호 활동에선 자기가 할 일을 똑바로 아는 사람이 책임자가 돼야 해."

탕젠원은 그 말에 동의해야 할지 어떨지 확신이 서지 않았다. 전문가라고 해서 재난 구호에 무엇이 필요한지 모조리 예측할 수 있다는 증거는 좀처럼 눈에 띄지 않았기 때문이었다.

모니터 화면의 다른 창에서는 메시지가 훨씬 더 빠르게 흘러가며 더 많은 계약 제안이 속속 접수되는 중이라고 알려 줬다. 그리스어 교사 파견 요청, 새 기지국 설치 비용 모금, 의약품 지원, 난민에게 복잡한 비자 및 취업 허가 신청 절차를 가르쳐 줄 사람을 찾는 내용, 무기 지원, 난민들이 제작한 미술품을 구매자에게 배달해 줄 운송업자 모집까지…….

그러한 요청 중에는 비정부 기구나 정부 기관이라면 절대로 난민에게 지원해 주지 않을 것들도 일부 포함됐다. 탕젠원은 살아남으려고 발버둥 치는 사람들에게 뭐가 필요하고 필요하지 않은지를 몇몇 공무원이 자기 마음대로 결정한다는 생각에 욕지기가 났다.

재난 지역 한복판의 사람들은 스스로에게 무엇이 필요한지 누구보다 더 잘 알았다. 가장 좋은 방법은 그들에게 뭐든 필요한 만큼 살 돈을 주는 것이었다. 난민들이 요청하는 재화나 용역이 어떤 것이든 돈이 되기만 하면 기꺼이 전달할 용감한 상인과 기발한 모험가는 얼마든지 있었다. 세상이 굴러가게 하는 힘은 실제로 돈이었고, 그 자체는 나쁜 일도 아니었다.

암호 화폐가 없었다면 엠퍼시움은 지금과 같은 성과를 단 하나도 이루지 못했을 터였다. 국경을 넘어 돈을 부치려면 비용이 많이 들뿐더러 미덥지 않은 규제 당국자들의 삼엄한 감시를 무릅써야 했다. 다수의 승인 주체가 손쉽게 선임할 수 있는 중앙 결제 처리 기구를 이용하지 않으면 사정이 어려운 개인의 손에 돈을 쥐여 주기란 사실상 불가능했다.

하지만 암호 화폐와 엠퍼시움 덕분에 스마트폰 한 대만 손에 쥐면 자신에게 무엇이 필요한지 온 세상에 알리고 도움을 받을 수 있었다. 누구에게든 안전하게, 또 익명으로 송금할 수 있었다. 처지가 같은 사람들과 함께 단체로 도움을 요청해도 되고, 혼자서 그렇게 해도 상관없었다. 아무도 중간에 끼어들어 스마트 콘트랙트가 실행되지 않게 막지 못했다.

탕젠원은 자신이 설계한 것이 처음 구상대로 차츰차츰 돌아가는 광경을 지켜보며 짜릿한 느낌을 받았다.

그렇다고는 해도, 엠퍼시움에 올라온 구호 요청 가운데 너무나 많은 사례가 여전히 미해결 상태였다. 자금은 너무나 부족했고, 기부자도 너무나 적었다.

"……여기까지, 기본적인 내용을 간단히 설명해 봤습니다." 소피아가 말했다. "국경 없는 난민회의 후원금이 줄어든 건 젊은 후원자들 중에 우리 대신 엠퍼시움 네트워크를 후원하기로 한 사람이 많기 때문입니다."

"잠깐, 방금 그 네트워크에서는 '암호 화폐'를 지급한다고 했나요?" 판사가 물었다. "그게 뭔가요? 가짜 돈 같은 건가요?"

"그게, 가짜는 아닙니다. 단지 달러화나 엔화가 아닐 뿐이죠. 다만 암호 화폐도 거래소에 가면 실제 명목 화폐로 교환해 주지만요. 그건 전자 토큰입니다. 예를 들면……" 소피아는 나이 든 판사가 알아들을 만큼 시대에 뒤떨어진 참고 대상이 뭘지 열심히 궁리했고, 그러다가 퍼뜩 답이 떠올랐다. "……아이팟에 들어가는 MP3 같은 거죠. 전자 토큰은 값을 치를 때 사용할 수 있다는 점이 다르긴 하지만요."

"그렇다면 내가 사본을 하나 보관한 채로 다른 사람한테 또 하나의 사본을 보내 값을 치르게 할 수도 있지 않나요? 아이들이 노래 파일을 갖고 하던 것처럼 말이에요."

"누가 어떤 노래를 소유하는지가 전자 원장(元帳), 그러니까 장부에 기록되거든요."

"하지만 그 원장은 누가 지키나요? 해커가 침입해 원장을 고쳐 쓰는 일을 막으려면 당연히 지켜야 하지 않나요? 아까는 중앙 관리자가 없다고 했잖아요."

"그 원장은 블록체인이라고 하는데요. 세계 곳곳의 수많은 컴퓨터에 분산돼 있습니다." 기술 최고 경영자가 끼어들었다. "그 기술의 토대는 비잔티움 장군 문제를 해결하는 암호화 원리입니다. 블록체인은 엠퍼시움뿐 아니라 암호 화폐를 구동하는 원동력이기도 합니다. 블록체인 사용자들은 수학을 신뢰합니다. 사람은 신뢰하지 않고요."

"이번엔 또 뭔가요?" 판사가 물었다. "비잔티움?"

소피아는 속으로 한숨을 쉬었다. 그렇게까지 자세히 물어볼 줄은 몰랐기 때문이었다. 아직 엠퍼시움에 관한 기본적인 설명도 다 끝나기 전이었다. 게다가 엠퍼시움에 대한 국경 없는 난민회의 대응 방침을 놓고 논의를 벌여 합의에 이르려면 시간이 또 얼마나 걸릴까?

암호 화폐가 정부의 손에서 통화 공급 통제권을 빼앗으려 하는 것과 마찬가지로, 엠퍼시움은 전문 자선 단체에게서 세계인의 연민 공급 통제권을 빼앗는 것이 목표였다.

엠퍼시움은 이상주의적 시도였으나 그것을 밀고 가는 힘은 전문성이나 합리성이 아니라, 감정의 파도였다. 이로써 세계는 미국의 관점에서 더 예측하기 힘든 곳, 따라서 더 위험한 곳이 됐다. 소피아는 이제 국무부 소속이 아니었지만, 감정에 휘둘리는 것이 아니라 합리적으로 분석하고 찬반 의견을 저울질한 끝에 내린 결정을 통해 세상을 더 질서 있는 곳으로 만들고 싶은 열정은 여전했다.

방 안 가득 모여 앉은 자존심 덩어리들에게 하나의 문제를 다 함께 이해시키기란 힘든 일이었거니와, 하나의 해법에 동의하도록 그들 모두를 이끌기란 훨씬 더 가망 없는 일이었다. 소피아는 카리스마 있는 지도자들처럼 모두를 설득해 제대로 이해하지도 못한 채 행동에 나서게 하는 재능이 자신에게도 있었으면 하고 바랐다.

"가끔 보면 넌 남들이 너한테 동의해 주기만 바라는 것 같아." 언젠가 탕젠원은 그렇게 말한 적이 있었다. 꽤나 열띤 논쟁을 마친 후의 일이었다.

"그게 뭐가 어때서? 내가 문제를 어떻게 해결할지 남들보다 더 많이 고민한다고 해서 무슨 잘못을 하는 건 아니잖아. 난 남들보다 더 큰 그림을 본다고."

"네가 원하는 건 실은 가장 합리적인 사람이 되는 게 아니야." 젠원은 그렇게 말했다. "넌 가장 옳은 사람이 되고 싶어 해. 신탁의 사제가 되려고 한단 말이야."

그 말은 소피아에게 모욕이었다. 젠원은 가끔 그렇게 고집 센 상대였다.

잠깐만. 소피아는 기억을 더듬다가 마주친 *신탁의 사제*라는 말에서 뭔가 떠올랐다. *어쩌면 그게 답인지도 몰라. 그거야말로 엠퍼시움을 우리 뜻대로 움직이는 비결일 수도 있어.*

"비잔티움 장군 문제는 하나의 비유입니다." 소피아는 새로 떠오른 생각 때문에 들뜬 기색을 드러내지 않으려고 목소리를 애써 가다듬었다. 한편으로는 하나하나 다 이해해야 직성이 풀리는 샌님 같은 강박 때문에 지금 얘기하는 주제에 관한 책을 미리 여러 권 읽어 둬서 다행이라는 안도감이 들었다. 그리고 솔직히, 기술 최고 경영자에게 한 방 먹이고 싶은 마음도 있었다. "비잔티움 제국의 군대를 저마다 1개 사단씩 지휘하는 장군들이 어느 도시를 포위하고 있다고 상상해 보세요. 만약 모든 장군이 뜻을 합쳐 합동 공격에 나서면 도시는 함락됩니다. 그리고 만약 모든 장군이 퇴각하기로 동의하면 양진영 모두 무사하겠죠. 하지만 만약 일부 장군만 공격에 나서고 다른 장군들은 퇴각하면, 결과는 재앙일 겁니다."

"어떻게 공격할지를 놓고 합의에 이르러야 하겠군요." 판사가 말했다.

"그렇습니다. 장군들은 전령을 이용해 교신합니다. 하지만 문제는 장군들 사이에 전령이 오가는 데에 시간이 걸릴뿐더러, 혹시라도 배신할 마음을 먹은 장군이 있으면 머잖아 도출될 합의를 놓고 의견 조율 단계에 미리 거짓 메시지를 보낼지도 모릅니다. 혼란의 씨앗을 심어 뒀다가 합의 결과에 재를 뿌릴 작정으로 말입니다."

"그 '머잖아 도출될 합의'가 블록체인 원장과 비슷한 거로군요?" 판사가 물었다. "말하자면 장군 전원의 투표 기록인 거예요."

"바로 그겁니다! 그러니까 조금 단순화해 설명하자면, 블록체인은 머잖아 어떤 합의가 도출될지 보여 주는 일련의 메시지를 암호화함으로써 그 문제를 해결하는 겁니다. 이때 암호화란 굉장히 풀기 힘든 정수론 퍼즐로 만든다는 뜻입니다. 암호화를 사용하면 각각의 장군은 투표 상황을 나타내는 일련의 메시지가 변조됐는지 어떤지 손쉽게 확인할 수 있지만, 그 반면에 쭉 이어지는 투표 기록에 암호화된 표를 새로 하나 더하기란 꽤 힘든 일입니다. 만약 배신을 도모하는 장군이 다른 장군들을 속이려 한다면 그 장군은 본인의 표를 위조해야 할 뿐 아니라, 계속해서 길어지는 투표 기록에서 자기 표보다 앞서 기입된 다른 모든 표의 암호화된 요약 정보를 위조해야 합니다. 투표 기록이 길어지면 길어질수록 그렇게 위조하기도 점점 더 힘들어지죠."

"내가 완전히 이해했는지 잘 모르겠군요." 판사가 중얼거렸다.

"중요한 건 블록체인이 한 덩어리의 거래 기록인 '블록'을 연속된 기록인 '체인' 속에 암호화해 추가하기가 어렵다는 점을 이용한 기술이라는 겁니다. 그런 식으로 추가하는 걸 '작업 증명'이라고 하는데요. 목적은 네트워크상의 대다수 컴퓨터가 배신하지 않는 한 어떤 중앙 기관보다 더 신뢰할 수 있는 분산 원장을 확보하는 겁니다."

"그러니까…… 수학을 신뢰한다는 말이 그런 뜻이었군요."

"예. 분산돼서 위조할 수 없는 원장은 암호 화폐의 기반 기술일 뿐 아니라, 중앙에서 관리하지 않는 안전한 투표 체계를 확보할 방법이자 위조가 불가능한 스마트 콘트랙트를 보장하는 방법이기도 합니다."

"다 굉장히 흥미로운 얘기이긴 한데, 그게 엠퍼시움이나 국경 없는 난민회와 무슨 상관이 있습니까?" 하원 의원의 남편은 조바심이 난 목소리로 물었다.

탕젠원은 엠퍼시움의 인터페이스를 사용하기 쉽게 만들려고 갖은 수고를 다했다. 블록체인 커뮤니티의 많은 이용자들이 마음에 들어 하지 않는 부분이 바로 인터페이스였다. 실제로 블록체인 애플리케이션 중에는 일부러 사용하기 어렵게 만든 것처럼 보이는 경우도 많았다. 마치 정통한 기술 노하우를 갖춰야 사용할 수 있도록 설정해 두면 순한 양 떼 같은 일반 대중과 진정한 자유인을 가려낼 수 있다는 듯이.

젠원은 모든 형태의 엘리트주의를 경멸했다. 그러한 태도가 역설적이라는 것은 잘 아는 바였다. 자신은 아이비리그 출신에 최고급 가상현실 장비를 방 한가득 갖추고 사는 금융 기술 개발자였으니까. '이 나라에는 민주주의가 적합하지 않다'고 판단하는 이들도 엘리트 집단이었고, 동정받을 자격이 있는 사람은 누구이고 그럴 자격이 없는 사람은 또 누구인지 판단하는 이들 역시 또 다른 엘리트 집단이었다. 엘리트들은 감정을 불신했다. 인간을 인간답게 만드는 요소를 불신했던 것이다.

엠퍼시움의 핵심은 복잡한 비잔티움 장군 문제나 블록의 크기가 블록체인의 보안에 미치는 영향 따위에 조금도 관심이 없는 이들을 돕는 것이었다. 그러므로 어린애도 거뜬히 쓸 수 있어야 했다. 젠원은 오로지 자기 문제를 자기 손으로 해결할 단순한 도구를 갖고 싶어 했던 쓰촨성 사람들이 어떻게 좌절하고 절망했는지 떠올렸다. 엠퍼시움은 되도록 쉽게 사용할 수 있어야 했다. 자기가 가진 것을 주고 싶어 하는 이들과 도움이 필요한 이들, 양쪽 모두를 위해.

젠원이 애플리케이션을 개발하며 염두에 둔 이용자는 무엇을 주의해야 하고 또 어떻게 주의해야 하는지 지시받는 데 질린 사람이었지, 그런 지시를 내리는 사람이 아니었다.

"네가 세상 모든 문제의 정답을 안다고 생각하는 이유가 뭐야?" 언젠가 젠원이 소피아에게 던진 물음이었다. 그 시절 둘은 어떤 화제든 가리지 않고 사사건건 논쟁의 주제로 삼았고, 그런 두 사람에게 논쟁이란 지적 유희 삼아 벌이는 냉철한 두뇌 활동이었다. "넌 네가 틀렸을지도 모른다는 생각은 아예 안 해?"

"하지, 누가 내 생각에서 틀린 점을 지적할 경우에는. 난 나를 설득하려고 시도하는 사람은 언제나 환영이야."

"하지만 네가 틀렸을지도 모른다고 느낄 때는 없는 거야?"

"너무나 많은 사람이 끝끝내 옳은 답에 이르지 못하는 건 자기 생각이 감정에 휘둘리게 놔두기 때문이야."

젠원이 지금 하는 일은 이성적으로 생각하면 희망이 없었다. 젠원은 엠퍼시움의 코드를 짤 시간을 확보하려고 병가와 휴가를 모조리 써 버렸다. 엠퍼시움의 기술적 토대를 설명하는 논문까지 발표했다. 자신이 짠 코드를 감수해 줄 사람들을 따로 고용하기도 했다. 그러나 거대 비영리 단체와 외교 정책 연구소가 주름 잡는 기존 업계를 아무 가치도 없는 무명의 암호 화폐 네트워크를 통해 바꿀 수 있으리라고 진심으로 기대하는 게 과연 가당키나 할까?

그 일은 옳은 일처럼 느껴졌다. 그리고 그 느낌은 젠원이 떠올릴 수 있는 어떠한 반대 논리보다 더 값진 것이었다.

"그런데 난 블록체인의 '실행 조건'이 어떻게 충족되는지 아직도 이해가 안 가는군요!" 판사가 말했다. "엠퍼시움이 특정한 구호 신청 건에 대해 자금을 지원할 가치가 있다고 판단하고 돈을 배정하는 원리가 뭔지 모르겠어요. 자금을 지원하는 사람들이 수많은 신청 건을 하나하나 직접 검토하고 어디에 돈을 보내 줄지 결정할 수는 없을 것 아니에요."

"스마트 콘트랙트에는 제가 아직 설명하지 않은 측면이 하나 있습니다." 소피아가 말했다. "스마트 콘트랙트가 작동하려면 현실을 소프트웨어 속으로 끌어들일 방법이 있어야 합니다. 실행 조건이 충족됐는지 안 됐는지는 특정 일자에 비가 내렸는지 안 내렸는지만큼 간단하지 않아서(대립이 첨예한 경우에는 그조차도 논쟁의 여지가 있겠습니다만), 때로는 인간이 복잡한 판단을 내려야 하는 경우가 있기 때문이죠. 예컨대 설비 업자가 배관 작업을 만족스럽게 마쳤는지, 숙소의 경치가 정말로 광고처럼 멋진지 그렇지 않은지, 또는 어떤 사람이 도움받을 자격이 있는지 없는지처럼요."

"거기에 합의가 필요하다는 말이군요."

"바로 그겁니다. 그래서 엠퍼시움은 그 문제를 해결하려고 네트워크의 일부 구성원에게 일정한 수의 전자 토큰을 발행하는데, 그 토큰을 '엠프'라고 합니다. 엠프 보유자는 자금 지원을 요청하는 프로젝트를 정해진 시간 안에 평가하고 찬성 아니면 반대에 투표할 책임이 있습니다. 필요 득표수 이상의 찬성표를 받은 프로젝트만 기부자 후보군에게서 자금 지원을 받을 수 있는데요. 이때 개인이 행사할 수 있는 표의 수는 보유한 엠프 개수에 따라 결정되고, 필요 득표수는 프로젝트에서 요청하는 자금의 액수에 비례해 결정됩니다. 투표 집계 결과는 전략적 투표를 막을 목적으로 평가 기간이 끝난 후에만 공개하고요."

"그럼 엠프 보유자는 자기 표를 어떤 프로젝트에 던질지 어떻게 결정하죠?"

"그건 엠프 보유자 개개인에게 달렸습니다. 결정을 내릴 때는 후원 신청자가 올린 자료만 참고해도 됩니다. 신청자의 사연, 사진, 영상, 문서, 아무 거나요. 아니면 현지에 직접 가서 신청자에 관해 조사할 수도 있습니다. 정해진 평가 기간 동안 본인이 이용할 수 있는 수단은 뭐든 써도 좋습니다."

"멋지네요. 그러니까 절박하고 긴급한 상황에 처한 사람들을 도우려고 기부한 돈을 누구에게 어떻게 배정할지 결정하는 당사자가, 비디오 게임 중간의 고객 서비스 설문 조사에 응하라는 설득에도 간신히 협조하는 바로 그 사람들이다, 이거군요." 하원 의원의 남편은 코웃음을 쳤다.

"바로 그 지점이 이 블록체인의 영리한 점인데요. 네트워크는 엠프 계정 잔액에 비례해 엠프 보유자에게 소액을 지급함으로써 인센티브를 제공합니다. 개별 프로젝트의 평가 기간이 끝나고 후원 여부가 정해질 때마다 투표 결과 예측에 '실패'한 투표자들이 벌칙을 수행하는 의미에서 자기 엠프 잔액의 일부를 예측에 '성공'한 투표자들의 계정에 입금해 주는 겁니다. 개개인의 엠프 잔액은 평판의 상징과 비슷한데, 시간이 흐르면 이용자 다수의 합의와 일치하는 판단을 가장 많이 내린 이용자가 엠프를 가장 많이 보유하게 됩니다. 이들은 네트워크의 이름을 따서 '엠퍼시 측정기'라는 별명이 붙기도 하는데요(엠퍼시움의 어원이 된 'empathy'는 영어로 '감정이입' 또는 '공감'을 의미한다. ― 옮긴이). 그런 이용자는 절대로 틀리지 않는 신탁의 사제 같은 존재가 되고, 시스템은 그들을 중심으로 돌아갑니다."

"그걸 막으려면 어떻게 해야……"

"엠퍼시움은 완벽한 시스템은 아닙니다. 그 점은 아직 정체가 다 밝혀지지 않은 시스템 설계자들도 인정합니다. 다만 인터넷의 많은 것들과 마찬가지로, 엠퍼시움 또한 돌아가지 않을 것처럼 보이는데도 돌아가는 시스템입니다. 위키피디아 역시 처음 시작할 때는 아무도 제대로 돌아갈 거라고 보지 않았죠. 엠퍼시움은 놀랍도록 효율적이고 공격을 받아도 금세 회복한다는 게 입증됐기 때문에, 확실히 종래의 자선 기부 단체에 환멸을 느낀 젊은 후원자들이 많이들 그쪽으로 옮겨 가는 중입니다."

이사회가 그 뉴스를 받아들이기까지는 시간이 조금 걸렸다.

"듣자 하니 우리가 치열하게 경쟁해야 할 상대 같군요." 잠시 후에 하원 의원의 남편이 꺼낸 말이었다.

소피아는 숨을 깊이 들이마셨다. *지금이야, 여기서부터 합의의 발판을 놔야 해.* "엠퍼시움은 인기가 있기는 하지만 아직 기존 자선 단체만큼 많은 후원금을 모금하지는 못했는데요. 그 이유는 엠퍼시움에 보내는 기부금이 당연히 세금 공제 대상이 아니기 때문입니다. 엠퍼시움 네트워크에서 가장 큰 프로젝트 가운데 일부, 특히 난민 구호 관련 프로젝트 몇 건은 자금 지원을 아예 못 받았습니다. 만약 우리 국경 없는 난민회의 목표가 엠퍼시움 네트워크와 제휴하는 거라면, 매우 큰 금액을 지원하겠다고 제안해야 할 겁니다."

"하지만 우리한테는 그쪽 네트워크의 난민 프로젝트 가운데 어느 건에 자금이 들어갈지 결정할 권한이 없잖아요." 하원 의원의 남편이 말했다. "그건 엠프 보유자들한테 달렸다면서요."

"실은 고백할 게 있는데요. 저는 전부터 엠퍼시움을 사용했고, 엠프도 조금 보유하고 있습니다. 그러니까 제 계정을 우리 법인의 계정으로 바꾸고 그쪽 네트워크의 여러 프로젝트를 평가하면 됩니다. 사기성 후원 요청 가운데 일부는 서류만 봐도 걸러낼 수 있지만, 어떤 사람이 도움받을 자격이 있는지 없는지 제대로 파악하고 싶을 땐 역시 구식 현지 조사만 한 방법이 없죠. 우리는 현장 전문성과 다국적 인력이 있으니 어떤 프로젝트가 지원할 만한지 누구보다 더 정확하게 판단할 테고, 따라서 엠프도 빠르게 획득할 겁니다."

"하지만 우리가 원하는 프로젝트에 직접 돈을 넣으면 되는데 왜 그렇게까지 하나요? 엠퍼시움을 중개자로 끼워 넣는 이유가 뭐죠?" 기술 최고 경영자가 물었다.

"지렛대 효과 때문입니다. 일단 엠프를 충분히 모으면 우리 국경 없는 난민회는 전 세계인들의 공감을 보여 주는 최종 신탁이자, 누가 도움받을 자격이 있는지 판단하는 결정권자가 될 겁니다." 소피아는 심호흡을 한 번 하고 나서 결정타를 날렸다. "국경 없는 난민회가 먼저 모범을 보이면 다른 대형 자선 단체들도 우리 뒤를 따를 겁니다. 거기다 중국이나 인도 같은 나라에서도 엄청난 자금이 들어올 겁니다. 그 나라 기부자들은 자선 활동에 관심이 있지만 자국내 자선 단체 중에는 믿을 곳이 없다시피 해서, 탈중앙화된 블록체인 애플리케이션에 기꺼이 가입하려 할 테니까요. 그렇게 되면 엠퍼시움은 머잖아 세계에서 가장 거대한 단일 자선기금 조달 플랫폼이 될지도 모릅니다. 우리가 엠프 보유 지분을 차곡차곡 늘려 최대 보유자가 되면, 세계의 자선 기부금 대부분을 어떻게 사용할지 사실상 우리 뜻대로 결정하는 위치에 오를 겁니다."

이사회 구성원들은 깜짝 놀란 표정으로 의자에 앉아 꼼짝도 하지 못했다. 원격 회의용 로봇마저도 손 하나 까딱하지 않았다.

"맙소사…… 그러니까 우리를 중개업자의 지위에서 끌어내리려고 설계된 플랫폼을 거꾸로 이용해 우리가 앉을 왕좌로 올라가는 사다리로 삼겠다는 거군요." 기술 최고 경영자의 목소리에 밴 감탄은 진짜였다. "무슨 주짓수 기술처럼 멋지네요."

소피아는 최고 경영자에게 짧게 미소 짓고 다시 탁자 쪽을 돌아봤다. "자, 방금 그 제안을 승인해 주시겠습니까?"

엠퍼시움의 기부 약정 자금 총액을 나타내는 빨간 선은 성층권까지 올라갈 기세로 위쪽을 향해 뻗어나갔다.

탕젠원은 모니터 화면 앞에서 빙그레 웃었다. 자신의 아기가 훌쩍 자란 셈이기 때문이었다.

국경 없는 난민회가 엠퍼시움 네트워크에 가입한다는 결정을 발표하고 24시간도 채 지나기 전에 대형 국제 자선 단체 몇 군데가 그 뒤를 따랐다. 이제 엠퍼시움은 대중의 눈에 적법한 수단으로 비쳤고, 세금 공제에 관심이 많은 부유한 기부자들의 경우에는 엠퍼시움 네트워크에 참여하는 기존 자선 단체를 통해 자금을 지원할 수도 있었다.

엠퍼시움 사용자들이 관심을 보인 프로젝트는 당연히 언론의 큰 관심을 끌었기 때문에 기자와 구경꾼이 잔뜩 모여들었다. 엠퍼시움은 자선기금의 향방뿐 아니라 세상 사람들의 시선마저 좌지우지하기에 이르렀다.

엠퍼시움 초대장 필수 채널에서는 열띤 토론이 벌어졌다.

NoFFIA〉: 이건 대형 자선 단체의 농간이야. 그 인간들은 엠프 쌓기 경쟁을 벌여 이긴 후에 자기네가 관심 있는 프로젝트에만 돈을 대게끔 네트워크를 조종할 거야.

N♥T〉: 그 사람들이 그렇게 할 수 있다고 믿는 근거가 뭔데? 신탁 시스템은 결과에 보상을 안겨 줄 뿐이야. 혹시 평소에 기존 자선 단체들이 일을 못한다고 생각했다면, 그 단체들로서는 이거야말로 지원받을 자격이 있는 좋은 프로젝트를 선별할 방법이야. 엠프 보유자들이 하나의 통합체로서 평가를 마치고 자격을 갖췄다고 보는 프로젝트를 선별하면, 네트워크는 자선 단체들로 하여금 그 프로젝트에 돈을 대도록 강제할 테니까.

Anony☺〉: 기존 자선 단체는 보통은 접근하지 못하는 홍보 채널을 이용할 수 있어. 다른 엠프 보유자들은 그저 개인일 뿐이고. 홍보의 영향을 받으면 마음이 흔들릴걸.

N♥T〉: 사람들이 죄다 네가 생각하는 것만큼 기존 미디어의 영향을 많이 받진 않아. 특히 너희 미국인이 사는 그 거품 바깥에선 더더욱. 내가 볼 때 이 시스템은 공

평한 경쟁의 장이야.

탕젠원은 그런 토론을 지켜볼 뿐 참가하지는 않았다. 엠퍼시움의 창립자로서 젠원은 자신의 사용자명에 보이지 않는 명성이 따라붙고, 이 때문에 자신이 무슨 말을 하든 터무니없이 커다란 영향을 미쳐 토론을 왜곡시킬 수도 있다는 것을 잘 알았다. 그것이야말로 인간이 움직이는 본연의 방식이었다. 이는 설령 익명의 전자 신원을 내걸고 모니터 화면에 흘러가는 텍스트를 매체로 얘기한다 해도 마찬가지였다.

그러나 젠원은 토론에는 관심이 없었다. 그 대신 행동에 관심이 있었다. 기존 자선 단체들이 엠퍼시움 네트워크에 참여하는 것은 처음부터 젠원의 소망이자 목표였다. 그리고 이제는 두 번째 단계를 실행할 때였다.

젠원은 모니터 화면에 새 터미널 창을 열고 엠퍼시움 네트워크에 제출할 신규 프로젝트를 작성하기 시작했다. 무에르티엔 가상현실 파일 자체는 용량이 너무 커서 블록에 포함시킬 수 없었기 때문에 P2P 공유 서비스를 이용해 배포해야 했다. 그러나 파일이 진짜임을 인증하고 위변조를 방지하는 전자 서명은 블록체인의 일부가 돼 엠퍼시움의 모든 사용자와 엠프 보유자에게 배포될 예정이었다.

어쩌면 콧대 센 소피아에게까지 전해질지도 몰랐다.

그 파일을 제출한 사람이 젠원이라는 점(또는 더 정확히 말해 엠퍼시움의 창립자가 쓰는 사용자명이라는 점, 왜냐하면 현실 세계에서는 젠원이 창립자인 것을 아무도 몰랐으므로) 때문에 처음에는 폭발적인 관심이 쏠릴 터였지만, 그다음은 모두 젠원의 손을 벗어난 일이었다.

젠원은 음모론을 믿지 않았다. 그 대신 인간의 본성에 깃든 선함에 의지했다.

젠원은 **전송** 아이콘을 클릭했고, 등을 뒤로 젖혀 편히 앉은 다음, 기다렸다.

지프차가 중국과 미얀마 접경지대의 진흙투성이 산길을 따라 밀림을 구불구불 나아가는 동안, 소피아는 꾸벅꾸벅 졸았다.

우리가 어쩌다 여기까지 왔을까?

세상의 광기는 너무나 예측불허인 동시에 필연적이었다.

소피아가 예상했듯이, 국경 없는 난민회의 법인 엠퍼시움 계정은 단체가 지닌 현장 전문성에 힘입어 단숨에 네트워크에서 가장 입김이 센 엠프 보유자 반열에 올랐다. 소피아의 판단은 결코 틀리지 않는다고 여겨졌다. 네트워크에서 소피아는 도움이 필요한 집단과 합리적인 프로젝트에 자금을 건네도록 이끄는 길잡이였다. 이사회는 소피아의 일 처리에 매우 만족했다.

그러나 바로 그때부터, 문제의 그 지긋지긋한 가상현실 파일을 비롯해 비슷한 유형의 다른 자료들이 네트워크에 하나둘 출현했다.

가상현실은 말과 사진과 영상으로는 할 수 없는 방식으로 체험자에게 말을 걸었다. 몇 킬로미터를 맨발로 걸으며 전쟁으로 쑥대밭이된 도시를 통과하고, 주위에 흩어진 아기와 어머니의 시신을 눈으로 목격하고, 정글 칼과 총을 든 성인 남성과 남자애들에게 심문이나 협박을 당하고…… 그런 식의 가상현실을 체험한 사람은 충격을 받아 멍한 상태에 빠지게 마련이었다. 개중에는 병원에 입원한 사람도 있었다.

품위나 사회적 합의 같은 구식 관념에 얽매인 기성 언론은 그런 이미지를 차마 보도하지 못했고, 본인들이 보기에는 순전히 감정 조작인 행위에 가담하는 것 또한 거절했다.

이게 출현하게 된 맥락은 뭐지? 출처는 어디야? 대중에게 퇴짜 맞은 전문가들은 그렇게 물었다. 진정한 저널리즘에는 성찰이 있어야 해. 고민이 있어야 하고.

당신네가 종이에 인쇄한 사진으로 전쟁을 옹호할 때 무슨 성찰을 그렇게 했는지 기억이 잘 안 나는데. 엠프 보유자들의 집합 의식은 그렇게 응수했다. *이제 더는 우리 감정을 쥐락펴락 못하게 되니까 짜증이 나서 그래?*

엠퍼시움에 암호화 기술이 속속들이 적용됐다는 말은 곧 검열 기술이 대부분 효과를 내지 못한다는 뜻이었고, 그 결과 엠프 보유자들은 그때껏 차단당했던 이야기와 맞닥뜨리곤 했다. 그런 이야기와 함께 묶인 프로젝트에 표를 던지면서 그들은 가슴이 방망이질하듯 두근거렸고, 숨이 거칠어졌으며, 눈앞은 분노와 슬픔 때문에 뿌옇게 흐려졌다.

활동가나 선동가 같은 이들은 가상현실 군비 경쟁에 뛰어드는 것이야말로 자신들의 대의를 위해 자금을 모으는 가장 좋은 수단이라는 사실을 오래지 않아 눈치챘다. 그리하여 정부와 반군 모두 체험자에게 자기편의 관점을 강요하고 어쩔 수 없이 자기편에 공감케 하는 강력한 가상현실 체험을 경쟁적으로 만들었다.

굶어 죽은 난민들로 가득한 예멘의 집단 무덤. 러시아 지지 행진에 나섰다가 우크라이나 군대의 총격에 쓰러진 젊은 여성들. 미얀마 정부군 병사들이 집에 불을 지르는 사이에 피신하느라 알몸으로 길거리를 달려가는 소수 민족 어린애들…….

뉴스에서 누락되거나 동정받을 자격이 없는 것처럼 묘사되던 여러 집단에 조금씩 자금이 흘러들었다. 가상현실에 담긴 그들의 1분짜리 고통은 권위 있는 신문의 1만 단어짜리 사설보다 호소력이 더 컸다.

이건 고통의 상품화다! 아이비리그 출신 블로그 이용자들은 현상을 진솔하게 해설한 블로그 글에 이렇게 적었다. *이것은 특권층이 스스로 더 나은 인간이라는 기분을 누리고자 억압받는 이들의 고통을 착취하는 또 하나의 새로운 방법이 아닌가?*

사진을 특정한 구도에 맞춰 자르고 편집해 거짓말에 이용하듯이, 가상현실 또한 같은 방식으로 조작할 수 있다. 미디어 및 문화 연구 분야의 전문가들은 그렇게 적었다. *가상현실은 고도의 가공을 거쳐 만들어지는 매체이기 때문에 우리는 이러한 매체에서 '실제'가 무엇을 의미하는지를 놓고 아직 합의에 이르지 못했다.*

*이건 국가 안보에 대한 위협입니다. 엠퍼시움을 폐쇄하라고 촉구*한 상원 의원들은 그렇게 우려했다. *우리 국익에 적대적인 집단에게 자금을 우회 지원할 수 있습니다.*

당신들은 그저 겁먹은 것뿐이야, 지금 그 자리에 앉아 누리던 분에 넘치는 권위를 박탈당하게 생겼으니까. 엠퍼시움 이용자들은 암호화된 익명 계정 뒤에 숨어 야유했다. *이건 진정한 공감의 민주주*

의야. 받아들여.

감정의 합의가 사실의 합의를 대체했다. 가상현실을 통한 대리 체험의 감정적 수고는 실제로 조사하고, 비용 및 편익을 평가하고, 이성적 판단을 내리는 등의 육체적 수고와 정신적 수고를 대체했다. 여기서도 진위를 입증하는 수단은 작업 증명이었다. 단지 작업의 종류가 다를 뿐이었다.

어쩌면 기자와 상원 의원과 외교관과 나도 제 나름의 가상현실 체험을 만들어야 했는지도 모르지. 지프차 뒷좌석이 출렁하는 바람에 잠에서 깬 소피아는 속으로 중얼거렸다. *복잡한 상황을 제대로 이해하는 건 지루해도 꼭 해야 할 일이니까. 그런데 애석하게도 거기에 설득력을 부여하기가 어려우니…….*

소피아는 차창 바깥으로 눈을 돌렸다. 그들 일행은 무에르티엔의 난민 캠프를 지나는 중이었다. 외모로 보아 대부분 중국인일 법한 어른 남녀와 아이들이 지프차의 승객들을 멍한 눈길로 돌아봤다. 소피아에게는 익숙한 표정이었다. 세계 곳곳의 난민들의 얼굴에서 이와 똑같이 낙담한 표정을 봤기 때문이었다.

무에르티엔 구호 프로젝트의 자금 조달이 성공하면서 소피아와 국경 없는 난민회는 엄청난 타격을 받았다. 소피아는 그 프로젝트에 반대표를 던졌지만 다른 엠프 보유자들은 압도적으로 찬성했고, 이로써 소피아는 보유하던 엠프 잔액의 10퍼센트를 하룻밤 만에 잃고 말았다. 소피아는 가상현실에 기반한 다른 여러 프로젝트 역시 반대했지만 이들 또한 연이어 지원 확보에 성공하면서 소피아의 엠프 잔액은 더욱 크게 줄었다.

노발대발한 이사회를 상대할 처지가 된 소피아는 무에르티엔 프로젝트의 신용을 떨어뜨릴 방법이 있을지 찾아보려고 이곳에 왔다. 자신이 옳았다는 것을 사람들에게 보여 줘야 했다.

양곤에서 이곳까지 오는 길에 소피아는 현지에 파견된 국경 없는 난민회 직원과 미얀마에 주재하는 서양 기자 몇 명을 상대로 얘기를 나눴다. 그들 또한 워싱턴 DC 정계의 공통 의견을 지지했다. 소피아는 난민 사태가 발생한 책임이 주로 반군에게 있다는 것을 이미 간파했다. 대부분이 한족 화교 혈통인 무에르티엔 주민들은 중앙 정부의 다수파인 버마족과 사이가 좋지 않았다. 반군은 정부군을 공격한 후에 민간인들 속으로 숨어들려 했다. 미얀마 정부로서는 자국의 민주 정치가 채 성숙하기도 전에 좌절을 겪고 더 나아가 동남아시아 심장부에 중국의 영향력이 확대되는 사태를 막으려면 사실상 무력을 사용하는 수밖에 없었다. 말할 것도 없이 유감스러운 사태가 벌어졌지만, 잘못을 저지른 쪽은 대부분 반군이었다. 그들에게 자금을 지원했다가는 분쟁이 격해질 뿐이었다.

그러나 엠프 보유자들은 이런 식의 전문 지식이나 지정학적 설명을 극도로 혐오했다. 그들은 강의를 들으려 하지 않았다. 그 대신 즉각적인 고통에 설득됐다.

지프차가 멈춰 섰다. 소피아는 통역과 함께 차에서 내렸다. 그런 다음 목에 착용한 넥 밴드의 위치를 조정했다. 그 넥 밴드는 난민회 이사인 기술 기업 최고 경영자가 소피아에게 주려고 캐넌 버추얼에서 받아온 시제품이었다. 공기는 습하고 후끈했고, 하수도 냄새와 뭔가 썩는 냄새가 물씬 풍겼다. 그 정도는 미리 각오했어야 했건만,

어째선지 소피아는 워싱턴 DC에 있는 자기 사무실에 머무는 동안 이곳에서 어떤 냄새가 날지 생각해 본 적이 없었다.

소피아가 꽃무늬 블라우스 차림의 불안해 보이는 젊은 여성에게 다가가려는 찰나, 웬 남자가 성난 목소리로 고함을 질렀다. 소피아는 그 남자 쪽을 돌아봤다. 남자는 소피아에게 손가락질하며 악을 썼다. 남자 주위의 사람들이 걸음을 멈추고 소피아를 빤히 쳐다봤다. 공기에서 팽팽한 긴장감이 느껴졌다.

남자는 다른 손에 권총을 들고 있었다.

무에르티엔 프로젝트의 목표 중에는 중국에서 구한 무기를 국경 너머로 밀수해 난민들에게 넘기려는 집단을 지원하는 것도 포함됐다. 소피아도 그 사실을 알았다. 무장 경호원도 없이 여기 온 걸 후회하게 될까?

자동차 엔진이 부르릉거리는 소리가 밀림 쪽에서 점점 가까워졌다. 머리 위로 요란한 소리가 들리는가 싶더니 폭발이 그 뒤를 이었다. 딱딱거리는 총소리는 어찌나 가깝던지 틀림없이 난민 캠프 내부에서 들려오는 듯했다.

주위의 군중이 악을 쓰며 사방팔방으로 달아나면서 아수라장이 펼쳐졌고, 소피아는 인파에 떠밀려 땅바닥에 쓰러지고 말았다. 팔로 목을 감싸 카메라와 마이크를 지키려 했지만, 허둥대는 사람들에게 몸이 밟히는 바람에 숨이 턱 막히고 팔에서 힘이 빠졌다. 카메라가 박힌 넥 밴드가 떨어져 흙길 저편으로 굴러가자 소피아는 자기 몸이 다치는 것도 아랑곳하지 않고 그쪽으로 손을 뻗었다. 손끝이 밴드에 닿기 직전, 군화 신은 발이 넥 밴드를 짓밟으면서 뭔가 부서지는 끔찍한 소리가 났다. 소피아가 욕을 중얼거리는 순간, 누군가 달아나며 소피아의 머리를 발로 찼다.

소피아는 머릿속이 하얗게 물들며 의식을 잃었다.

머리가 쪼개질 것처럼 아프다. 머리 위의 하늘은 손에 잡힐 듯이 가까운데 색깔은 주황색이고, 구름 한 점 없이 맑다.

내 몸 아래의 바닥은 딱딱하고 모래처럼 거칠거칠하다.

여기는 가상현실 체험 속일까? 나는 릴리퍼트의 하늘을 올려다보는 걸리버 신세가 된 걸까?

하늘은 빙빙 돌다가 이쪽저쪽으로 기우뚱거리고, 나는 누워 있는 상태인데도 추락하는 느낌이 든다.

토하고 싶다.

"현기증이 가실 때까지 눈을 감고 있어." 그렇게 말하는 목소리가 들린다. 음색과 억양은 익숙하지만, 누군지 정확히 떠오르지 않는다. 오랜만에 듣는 목소리라는 것만 알 뿐. 나는 어지럼증이 가라앉을 때까지 기다린다. 그제야 내 허리를 쿡 찌르는 묵직한 물건이 실은 내가 테이프로 붙여 둔 데이터 레코더라는 것이 생각난다. 안도감이 물밀듯이 밀려온다. 카메라는 잃어버렸을지 몰라도 가장 중요한 장비는 시련을 이기고 살아남았다.

"자, 마셔." 아까 그 목소리다.

나는 눈을 뜬다. 몸을 일으키려 버둥거리는데 누군가 손을 뻗어 내 어깨뼈 사이의 등을 받쳐 준다. 조그마한, 힘센 손, 여성의 손이다. 내 얼굴 앞의 어둑한 빛 속에서 물통이 모습을 드러낸다. 꼭 명암

법으로 그린 그림 같다. 나는 물을 입에 머금는다. 이 정도로 목이 말랐을 거라고는 생각지도 못했다.

눈을 들어 물통 뒤의 얼굴을 올려다본다. 젠원.

"여긴 웬일이야?" 내가 묻는다. 아직 모든 것이 너무나 비현실적으로 보이지만, 내가 텐트 안에 있다는 것 정도는 슬슬 파악하는 중이다. 아마 앞서 난민 캠프에서 본 텐트일 것이다.

"우리 둘 다 같은 용건 때문에 여기에 왔어." 젠원이 말한다. 그 긴 세월이 흘렀는데도 젠원은 별로 변하지 않았다. 딱딱하고 진지한 태도도 여전하고, 짧게 자른 머리도 여전하고, 모든 것에 그리고 모든 이에게 도전할 것처럼 앙 다문 턱까지 여전하다.

그저 전보다 더 야위고, 메말라 보인다. 세월이 온화함을 앗아가 버린 것처럼.

"엠퍼시움 말이야. 난 그걸 만든 사람이고, 넌 그걸 부수고 싶어 하는 사람이지."

당연히 그럴 줄 알았어야 했는데. 젠원은 언제나 기존 제도를 싫어했고, 모조리 뒤엎는 것을 최고로 여겼으니까.

그래도 나는 젠원을 만나서 반갑다.

우리가 대학교 1학년이었던 그해, 나는 학교 신문에 학기말 클럽 파티에서 일어난 성폭행 사건의 기사를 썼다. 피해자는 학생이 아니었고 나중에는 증언마저 신빙성을 잃었다. 모두가 내 기사를 비난하며 나더러 경솔하다고 했고, 내가 그럴싸한 이야기에 눈이 먼 나머지 사실과 분석을 소홀히 했다고 단정했다. 내가 틀리지 않았다는 것은 나 혼자만 아는 사실이었다. 피해자는 그저 강압을 못 이겨 증언을 번복했지만, 나에게는 증거가 없었다. 젠원은 내 곁을 지키며 기회가 있을 때마다 나를 편들어 준 유일한 친구였다.

"넌 나를 왜 믿어?" 그때 나는 그렇게 물었다.

"나도 설명하긴 힘든데, 느낌 때문이야. 나한테는 그 여자 분의 목소리에 깃든 고통이 들렸어. 그리고…… 분명 너한테도 들렸을 거야."

우리는 그렇게 해서 가까워졌다. 젠원은 싸울 때 믿고 한 편이 될 만한 친구였다.

"아까 바깥에선 무슨 일이 일어났던 거야?" 내가 묻는다.

"그 답은 네가 누구한테 물어보느냐에 달렸어. 중국 뉴스에는 그런 소식이 하나도 안 나오거든. 그 반면에 미국 언론은 정부군과 반군이 또 한 차례 소규모 접전을 벌였다고 보도할 거야. 난민으로 위장한 게릴라 전사들이 정부군을 자극해 보복에 나서게 했다고."

젠원은 언제나 이런 식이었다. 곳곳에서 진실이 부패하는 것을 보면서도, 젠원은 자신이 생각하는 진실이 무엇인지 밝히려 하지 않는다. 내가 보기에 젠원은 미국에 체류하는 동안 논쟁을 피하는 습관이 몸에 밴 것 같다.

"그런데 엠퍼시움 이용자들은 어떻게 생각할까?" 내가 묻는다.

"그 사람들이야 폭탄이 터져서 날아가는 어린애와 달아나다가 군인 총에 쓰러지는 여자가 나오는 영상을 또 보게 되겠지."

"맨 처음 총을 쏜 건 반군이었어? 아니면 정부군?"

"그게 뭐가 중요해? 서양 사람들의 의견은 언제나 반군이 먼저 총을 쐈다는 쪽으로 일치할 텐데. 그거면 모든 게 결판난다는 것처럼 말이지. 그런 사람들에게 이야기의 결말은 이미 정해졌고, 나머지는 다 곁가지일 뿐이야."

"무슨 말인지 알겠어." 내가 말한다. "네가 하려는 일이 어떤 건지 나도 알아. 넌 무에르티엔 난민들이 충분한 관심을 못 받는다고 생각했어. 그래서 엠퍼시움을 이용해 그들의 고난을 널리 알리려 하는 거야. 네가 이 사람들에게 정서적 애착을 느끼는 건 생김새가 너랑 비슷해서……"

"너 진심으로 그렇게 생각해? 네가 보기엔 저 사람들이 한족 화교 혈통이라서 내가 이러는 것 같아?" 젠원은 실망한 눈빛으로 나를 본다.

어떤 눈빛으로 나를 볼지는 젠원이 알아서 할 일이지만, 다 숨기지 못한 강렬한 감정은 겉으로 드러나고야 만다. 나는 대학 시절 중국에서 지진이 일어났을 때 피해자들을 위해 열심히 모금 운동을 벌이던 젠원의 모습을 기억한다. 그때는 우리 둘 다 아직 심화 전공을 고르느라 고민하던 중이었다. 그 이듬해 여름, 우루무치에서 사망한 위구르족과 한족을 추모하는 집회에서 촛불을 들고 있던 젠원도 기억난다. 그때 우리는 함께 학교에 머물며 학생들을 위한 강의 평가 안내서를 편집했다. 언젠가 강의실에서 덩치가 두 배는 돼 보이는 백인 남자가 내려다보며 한국 전쟁에 참전한 건 중국의 잘못이었다는 걸 인정하라고 요구했을 때, 조금도 물러서지 않았던 젠원의 모습도 기억난다.

"날 때리고 싶으면 때려." 젠원의 목소리는 담담했다. "그래도 난 내가 태어날 수 있도록 목숨을 바친 남성들과 여성들의 기억을 더럽힐 순 없어. 맥아더는 베이징에 원자폭탄을 투하할 수도 있다고 경고했어. 넌 그런 제국주의를 진심으로 두둔하고 싶어?"

대학 시절 친구들 가운데 일부는 젠원을 중화사상에 찌든 애국주의자로 여겼지만, 실은 그렇지 않았다. 젠원은 모든 제국을 혐오했는데 왜냐하면 젠원에게는 제국이야말로 권력이 치명적으로 집중된 궁극의 제도이기 때문이었다. 젠원이 보기에 미 제국주의는 러시아 제국주의나 중국 제국주의와 마찬가지로 지지할 가치가 없었다. 젠원의 말에 따르면 이러한 이유 때문이었다. "미국은 운 좋게 미국인으로 태어난 사람들에게만 민주주의 국가야. 다른 모든 세계인에게는 세상에서 제일 큰 폭탄과 미사일을 가진 독재자일 뿐이고."

젠원은 완벽해질 가능성이 있는 결함 있는 제도를 불완전하지만 안정적인 상태로 유지하느니, 차라리 중개자 없는 혼돈을 완성시키고 싶어 한다.

"넌 네 이성이 열정에 휘둘리게 방관하고 있어." 내가 말한다. 설득해 봤자 소용없다는 건 알지만, 그래도 해 보는 수밖에 없다. 이성에 대한 믿음을 놔 버리면 나에게는 아무것도 없으니까. "미얀마에 영향력을 행사하는 강력한 중국은 세계 평화에 해가 돼. 미국이 우위를 지켜야……"

"그러니까 넌 무에르티엔 사람들이 인종 청소를 당해도 상관없다고 생각하는구나. 네피도를 차지한 정권이 안정을 유지하도록, 팍스 아메리카나가 유지되도록, 미국이라는 제국의 성벽이 난민들의 피로 더욱 굳건해지도록."

나는 그 말에 흠칫한다. 젠원은 원래부터 말을 함부로 하는 편이었다. "과장하지 마. 여기서 일어나는 인종 갈등을 억제하지 않으면 중국은 더더욱 모험주의로 기울 테고, 영향력도 더 키우려고 할 거야. 양곤에서 여러 사람과 얘기를 나눴어. 그 사람들은 중국인이 이곳에 오는 걸 바라지 않아."

"그렇다고 그 사람들이 미국인이 와서 이래라저래라 참견해 주길 바랄 것 같아?" 젠원의 목소리에 치솟은 경멸이 느껴진다.

"두 가지 악 가운데 덜 나쁜 걸 고르는 거야." 나는 순순히 인정한다. "하지만 중국이 개입하면 할수록 미국은 더 불안해할 테고, 그러면 네가 그렇게 싫어하는 지정학적 갈등만 더욱 격해질 뿐이야."

"이곳 사람들은 중국이 돈을 대 줘야 댐을 건설할 수 있어. 개발 없이는 이곳의 문제를 하나도 해결할 수가……"

"아마 개발업자들은 그걸 바라겠지. 하지만 일반인들은 달라."

"네 상상 속의 그 *일반인*이란 게 도대체 누구야? 난 이곳 무에르티엔에서 많은 사람과 얘기를 나눴어. 이곳 사람들이 말하길 버마족은 자신들의 땅에 댐 짓는 걸 싫어하지만, 자기네는 기꺼이 여기다 댐을 지을 거라고 했어. 반군이 싸우는 이유가 바로 그거야. 자기네 자치권과 자기네 땅의 통제권을 지키기 위해서. 너희가 관심을 갖고 소중히 여기는 게 자결권 아니야? 군인이 어린애를 죽이게 놔둬서야 어떻게 더 나은 세상이 오겠어?"

이런 식의 말다툼은 영원히 끝나지 않을 것이다. 젠원은 너무나 큰 고통에 빠진 탓에 진실을 보지 못한다.

"넌 이 사람들의 고통 때문에 눈이 멀었어." 내가 말한다. "그리고 이제는 세상의 다른 모든 사람들도 너와 같은 운명을 겪게 하려고 해. 넌 엠퍼시움을 이용해 전통적인 필터, 그러니까 제도화된 미디어와 자선 단체를 우회한 채 개개인에게 접촉했어. 하지만 바로 옆에서 아이와 어머니가 죽는 경험이란 건 너무나 압도적이라서, 그 경험을 한 사람들은 대부분 그런 비극을 낳은 사건들의 복잡한 함의를 제대로 간파하지 못해. 가상현실 체험은 선전 행위야."

"무에르티엔 가상현실이 가짜가 아니란 건 나뿐 아니라 너도 잘 알잖아."

나는 젠원이 하는 말이 사실인 걸 안다. 내 주위에서 죽는 사람들을 봤으니까. 그리고 그 가상현실은 설령 조작됐거나 맥락에서 벗어났다고 해도 별 문제가 안 될 정도로 상당한 분량이 진실이었다. 진실은 흔히 최고의 선전물이 되곤 한다.

하지만 젠원이 보지 못하는 더 커다란 진실이 있다. 어떤 일이 일어났다고 해서 반드시 그 일이 결정적인 사실이 되지는 않는다는 것이다. 고통이 뒤따른다고 해서 반드시 더 나은 선택인 것은 아니며, 사람들이 죽었다고 해서 반드시 더 큰 원칙을 버려야 하는 것도 아니다. 세상이 언제나 흑백으로 나뉘는 것은 아니다.

"공감은 언제나 좋기만 한 건 아니야." 내가 말한다. "무책임한 공감은 세상을 위태롭게 해. 분쟁이 일어날 때마다 사람들은 공감을 얻으려고 갖가지 주장을 펼치고, 여기에 외부인들이 감정적으로 개입하면서 분쟁은 더욱 커져. 그 난국을 헤쳐나가려면 가장 해를 덜 끼치는 답, 즉 올바른 답이 뭔지 추론을 통해 찾아가야 해. 그렇기 때문에 우리 가운데 어떤 이들은 이 세상의 복잡성을 탐구하고 이해할 의무가 있고, 더 나아가 다른 이들을 대신해 공감을 책임 있게 행사하는 방법이 뭔지 결정할 의무까지 있는 거야."

"난 그걸 그렇게 간단히 무시할 순 없어. 죽은 사람들을 그냥 잊어버릴 수는 없단 말이야. 그 사람들의 고통과 공포는…… 그 사람들은 이제 내 경험이라는 블록체인의 한 부분이라서, 지워버릴 수가 없어. 만약 책임감을 느끼는 게 남의 고통 앞에서 초연해지는 법을 배우는 거라면, 네가 받드는 건 인도주의가 아니라 악이야."

나는 젠원을 가만히 바라본다. 젠원에게 연민을 느낀다. 정말로. 친구가 고통에 빠졌는데도 내 힘으로는 도울 방법이 없다는 것을 아는 건, 실은 그 친구를 더 아프게 해야 한다는 걸 아는 건, 끔찍이도 슬픈 일이다. 가끔은 고통이, 고통을 인정하는 것이, 정말이지 이기적일 때가 있다.

나는 블라우스를 걷어 내 허리 뒤에 테이프로 붙여 둔 가상현실 레코더를 젠원에게 보여 준다. "이 장치는 총격이 시작되고 내가 땅바닥에 쓰러질 때까지 계속 녹화중 상태였어. 그러니까, 난민 캠프 안쪽에서 총알이 날아올 때까지."

젠원은 가상현실 데이터 레코더를 빤히 바라봤다. 젠원의 표정은 충격에서 깨달음, 분노, 부정, 역설적인 미소를 거쳐 마침내 무표정으로 바뀌었다.

내가 겪은 일을 토대로 만든 가상현실은 딱히 편집할 필요도 없거니와, 일단 업로드하면 미국인들이 격분할 내용이었다. 비무장인 미국인 여성, 그것도 난민 구호에 전념하는 자선 단체 임원이, 엠퍼시움에서 지원받은 돈으로 총을 구입해 무장한 한족 화교 출신 반군에게 짐승처럼 취급당한다면…… 무에르티엔 프로젝트의 신뢰성을 떨어뜨리기에 이보다 더 좋은 방법은 상상하기도 힘들었다. 진실은 흔히 최고의 선전물이 되곤 한다.

"미안." 나는 진심을 담아 말한다.

젠원은 나를 물끄러미 보고, 나는 젠원의 눈빛에 담긴 감정이 증오인지 절망인지 알 수가 없다.

나는 동정 어린 눈으로 친구를 본다.

"넌 무에르티엔 가상현실 클립의 원본을 체험한 적 있어?" 내가 묻는다. "내가 업로드한 파일 말이야."

소피아는 고개를 가로젓는다. "차마 볼 수가 없었어. 내 판단력이 흐려지는 건 바라지 않았으니까."

소피아는 언제나 그렇게 이성적이었다. 대학생 시절, 한번은 소피아에게 어떤 러시아 청년이 나오는 동영상을 보라고 한 적이 있다. 아직 소년티도 다 못 벗은 청년이 카메라 앞에서 체첸 반군에게 참수당하는 동영상이었다. 소피아는 보지 않겠노라고 거절했다.

"네가 지지하는 사람들이 하는 짓인데 왜 안 보겠다는 거야?"

"왜냐면 러시아인들이 체첸인을 상대로 저지른 잔학 행위를 내가 모조리 다 보지 못했으니까." 소피아가 말했다. "공감을 불러일으키는 사람들에게 보상을 제공하는 건 공감을 불러일으키지 못하게끔 제한받는 사람들에게 처벌을 가하는 것과 똑같아. 그 영상을 보는 건 객관적이지 않아."

소피아는 늘 그렇게 더 큰 맥락을 파악하려 했고, 더 큰 그림을 보려 했다. 하지만 세월이 흐르면서 나는 소피아의 합리성이 다른 많은 사람들과 마찬가지로 그저 합리화의 문제라는 것을 깨달았다. 소피아는 딱 자기 나라 정부의 행위를 정당화할 만큼만 커다란 그림을 원했다. 세상에 대한 이해 또한 미국이 원하는 것은 곧 전 세계의 합리적인 사람이라면 누구나 원하는 것이라고 추론할 만큼만 넓히고 싶어 할 뿐이었다.

나는 소피아의 사고방식을 이해하지만, 소피아는 내 사고방식을 이해하지 못한다. 나는 소피아가 쓰는 말을 알아듣지만, 소피아는 내가 쓰는 말을 이해하지 못한다. 또는, 그러려고 하지 않는다. 이 세상의 권력은 그런 식으로 작동한다.

처음 미국에 갔을 때 나는 그 나라가 지구상에서 가장 멋진 곳이라고 생각했다. 거기에는 인도주의적 대의라면 빼놓지 않고 열렬히 지지하는 학생들이 있었고, 나 역시 모든 대의를 지지하려 애썼다. 방글라데시 사이클론 피해자와 인도 홍수 피해자를 위해 모금 활동을 벌였고, 페루 지진 피해자를 위해 담요와 텐트와 침낭을 포장했으며, 메모리얼 처치 앞에서 열린 9·11 희생자 추모 집회에 참가했을 때는 늦여름 저녁 바람에 촛불을 꺼트리지 않으려고 안절부절못하며 흐느꼈다.

그러다가 중국에서 대지진이 일어났을 때, 사망자 수가 점점 늘어 10만 명에 육박했는데도, 내가 다니던 대학의 교정은 기이할 정도로 조용했다. 내가 친구로 여겼던 이들마저 등을 돌렸고 과학관 앞에 세워진 기부함 테이블에는 나 같은 중국인 유학생들만 앉아 있었다. 우리가 모금한 돈은 사망자 수가 훨씬 더 적은 재난을 위해 모금했을 때의 10분의 1도 채 되지 않았다.

토론이 열려 봤자 초점은 기껏해야 어째서 중국이 개발을 추진한 결과가 안전하지 않은 건물로 나타났는지에 맞춰졌다. 마치 중국 정부의 단점을 열거하는 것이 죽은 아이들에 대한 적절한 반응인 것처럼, 마치 미국식 민주주의의 장점을 재확인하는 것이 지원을 보류하기에 좋은 핑곗거리인 것처럼.

익명 뉴스 게시판에 중국인과 개에 관한 농담이 올라왔다. '사람들은 중국을 별로 좋아하지 않을 뿐이다.' 어느 신문 논설위원은 사설에 그렇게 적었다. '차라리 코끼리들이 중국 땅에 다시 돌아오면 좋겠어요.' 어느 여성 배우가 텔레비전에 출연해 한 말이었다.

당신들은 도대체 뭐가 문제야? 나는 그렇게 외치고 싶었다. 내가 모금함 테이블 옆에 서 있었을 때, 내 앞을 서둘러 지나가며 나와 눈을 마주치지 않으려고 시선을 피한 같은 과 친구들의 눈빛에 공감이라는 감정은 눈곱만큼도 보이지 않았다.

하지만 소피아는 기부를 했다. 다른 누구보다도 더 큰 금액을 내놓았다.

"어째서?" 내가 물었다. "남들은 아무도 관심을 안 갖는 것 같은 피해자들한테 어째서 관심을 갖는 거야?"

"난 네가 미국인이 중국인을 싫어한다는 비합리적인 인상을 간직한 채 중국으로 돌아가게 놔두지 않을 거야. 그런 절망적인 순간이 오면 날 떠올려 줘."

우리 둘이 내가 바라는 만큼 가까운 사이가 될 날은 영영 오지 않으리란 걸 나는 그때 깨달았다. 소피아가 기부금을 낸 까닭은 나를 설득할 수단이 필요해서였지, 내가 느낀 것을 똑같이 느껴서가 아니었다.

"넌 내가 사람들을 조종한다고 비난하지." 나는 소피아에게 말한다. 텐트 안의 습한 공기는 숨이 막힐 듯이 답답해서, 꼭 누가 두개골 안쪽에서 눈을 꾹꾹 눌러 대는 것만 같다. "하지만 네가 그 녹화 영상으로 하려는 것도 똑같은 일 아니야?"

"다른 구석이 있어." 소피아는 언제나 답을 미리 준비해 둔다. "내 영상은 신중한 계획의 한 부분이자, 사람들을 감정적으로 설득해 이성적으로도 올바른 일을 하게끔 이끄는 일에 사용될 거야. 감정은 이성을 받드는 자리에 놓여야 하는 무딘 도구니까."

"그러니까 네 계획은 난민들이 더 이상 어떠한 지원도 받지 못하도록 막아 놓고 미얀마 정부가 그 사람들을 고향 땅에서 중국으로 쫓아내는 동안 구경만 하는 거야? 아니면 그보다 더한 것도 있어?"

"넌 분노와 동정이라는 조류에 돈을 실어 난민한테 보내는 데 성공했어." 소피아가 말한다. "하지만 그 돈이 난민들한테 실제로 무슨 도움이 됐지? 그 사람들의 운명을 궁극적으로 결정하는 건 언제나 미국과 중국 사이의 지정학이야. 그 밖의 다른 건 다 소음일 뿐이라고. 그 사람들을 도울 방법은 없어. 난민을 무장시켜 봤자 정부 측에 무력을 동원할 핑계만 추가로 안겨 줄 뿐이야."

소피아의 말은 틀리지 않았다. 다 틀린 건 아니다. 하지만 거기에는 소피아가 못 보는 더 커다란 원칙이 하나 있다. 세상이 반드시 경제학 이론이나 국제 정치학 이론의 예측대로만 굴러가지는 않는다는 것이다. 만약 모든 결정이 소피아가 하는 것처럼 복잡한 계산 끝에 내려진다면, 승리는 언제나 질서와 안정과 제국의 것이다. 어떠한 변화도, 어떠한 독립성도 결코 존재하지 않을 것이다. 우리는 마음을 우선시하는 생물이며 앞으로도 그래야 한다.

"스스로를 속여서 언제나 이성의 힘으로 옳은 길을 찾아낼 수 있다고 믿게 하는 거야말로 더 거대한 조작이야." 내가 말한다.

"이성이 없으면 아예 옳은 길까지 이르지도 못해." 소피아가 대꾸한다.

"감정은 우리가 옳은 일을 하는 것의 의미가 무엇인지 따질 때 언제나 핵심을 차지했지, 단순히 설득의 도구에 그치지 않았어. 네가 노예제에 반대하는 까닭은 단순히 그 제도의 비용과 편익을 이성적으로 분석하는 데 관여했기 때문이야? 아니, 그건 네가 노예제에 반감을 느끼기 때문이야. 넌 피해자들 편에 서서 공감해. 그게 잘못이란 걸 마음속에서 느낀단 말이야."

"그건 도덕적 추론하고는 다른……"

"도덕적 추론은 기껏해야 너를 타락시킨 제도의 이익에 봉사하게끔 네 공감을 길들이고 멍에까지 씌우는 수단인 경우가 많아. 넌 체제 안에서 더 많은 이들이 지지하는 대의명분에 유리하게 작용한다면 조작도 전혀 개의치 않잖아."

"나더러 위선자라고 해 봤자 별 도움은……"

"하지만 넌 실제로 위선자야. 넌 아기들 사진을 단서로 토마호크 미사일이 발사됐을 때나 익사한 남자애들 시신이 해변으로 떠내려와 사진에 찍힌 걸 계기로 난민 정책이 수정됐을 때 항의하지 않았어. 그 반면에 기자들이 케냐에서 가장 큰 난민 캠프에 발이 묶인 사람들의 사연을 보도해 공감을 불러일으켰을 땐 그 기사를 홍보했지.

서양 사람들한테 젊은 난민 연인들의 눈물이 핑 도는 로미오와 줄리엣 스타일 사랑 이야기를 들려주고, 국제 연합이 그 난민들에게 어떻게 서양적 이상을 교육시켰는지 강조하는……"

"그건 경우가 다르잖아."

"물론 다르지. 너한테 공감은 손에 쥐고 휘두를 또 하나의 무기일 뿐, 인간으로서 지닌 근본 가치가 아니니까. 너는 어떤 이들에게는 보상 삼아 공감을 베풀고 다른 이들에게는 처벌 삼아 공감을 보류해. 그렇게 하는 이유는 언제나 찾아내기 나름이지."

"넌 뭐가 다른데? 왜 어떤 이들의 고통은 다른 이들의 고통보다 너에게 더 큰 영향을 미치지? 왜 무에르티엔 사람들을 다른 누구보다 더 아끼는 거야? 그 사람들의 생김새가 너랑 비슷하기 때문이잖아?"

소피아는 아직도 그 말이 결정타인 줄 안다. 나는 소피아를 이해한다. 정말로. 자신이 옳다고 확신하면 마음이 참으로 편안할 것이다. 스스로가 이성으로 감정을 정복했다고, 공정한 제국의 대리인이라고, 공감의 배신에 흔들리지 않는다고 확신하면.

나는 그렇게는 도저히 살 수 없다.

마지막으로 한 번 더 시도해 본다.

"나는 한때 그런 소망을 품었어. 가상현실은 맥락과 배경을 벗겨 내고 생생한 고통과 수난에 사람의 감각을 노출시키니까, 그걸 체험하면 공감을 합리화해 없애 버리는 일이 불가능해질 거라고 말이야. 고통 속에는 인종도 없고, 신념도 없고, 우리를 분열시키고 또다시 세분화하는 벽 같은 것도 존재하지 않아. 피해자들의 경험에 몰입할 때 우리 모두는 무에르티엔에 있고, 예멘에 있고, 열강이 먹이로 삼는 그 암흑의 핵심 속에 있어."

소피아는 대답이 없다. 나는 소피아의 눈을 보고 그 애가 나를 포기한 것을 깨닫는다. 나는 이성이 통하지 않는 상대니까.

엠퍼시움을 통해 나는 공감의 합의를 창조하고 싶었다. 변덕스러운 합리화를 극복한 마음들로 이루어진 정결한 원장을 만들고 싶었던 것이다.

하지만 어쩌면 나는 아직 너무 순진한지도 모른다. 어쩌면 나는 공감을 너무 과신하는지도 모른다.

Anon⟩: 다들 앞으로 어떻게 될 것 같아?

N♥T⟩: 중국이 쳐들어가야지. 그 가상현실 때문에 베이징 쪽은 선택하고 자시고 할 때가 아니야. 군대를 파견해 무에르티엔 반군을 지켜 주지 않으면 길거리에서 폭동이 벌어질걸.

goldfarmer89⟩: 중국이 원한 건 처음부터 그게 아니었을까 싶은데.

Anon⟩: 맨 처음의 그 가상현실도 중국에서 만든 것 같아?

goldfarmer89⟩: 정부에서 돈을 댄 게 분명해. 너무 매끈하게 잘 만들었잖아.

N♥T⟩: 중국 사람이 만들었다고 확신하기는 힘들 것 같아. 백악관도 그 많은 추문에서 사람들 눈을 돌리려고 중국하고 전쟁을 시작할 핑계가 필요했으니까.

Anon⟩: 그럼 그 가상현실을 CIA가 심어 놓은 것 같다고?

N♥T⟩: 미국인들이 반미 정서를 조작해 자기네가 원하는 걸 정확히 얻어낸 적은 이번이 처음이 아닐 거야. 그 '엘리스 가상현실 파일'도 중국에 강경책을 펴도록 지지하는 미국 대중의 기세를 급격히 성장시키고 있잖아. 난 무에르티엔 사람들 처지가 안됐다는 생각뿐이야. 정말 엉망진창이지 뭐람.

little_blocks⟩: 아직도 엠퍼시움에 올라오는 스너프 가상현실에 집착하는 거야? 난 진작 끊었는데. 너무 피곤하잖아. 너희가 틀림없이 좋아할 새 게임이 있어, 개인 메시지로 보내 줄게.

N♥T〉: 새 게임이야 언제든 환영이지. ^_^

지은이의 말

본문에 나오는 '통각(algics)'이라는 용어와 가상현실이 사회적 기술로서 지닌 잠재력을 상상한 내용 가운데 일부는 다음의 논문 덕분에 떠올릴 수 있었다.

마크 A. 렘리, 유진 볼로크, 「법률과 가상현실, 증강 현실(*Law, Virtual Reality, and Augmented Reality*)」 (2017년 3월 15일), 스탠퍼드 공법 조사 보고서 제2933867호(Stanford Public Law Working Paper No. 2933867) 및 UCLA 법학 전문 대학원 공법 연구 보고서 제1713호(UCLA School of Law, Public Law Research Paper No. 1713). 인터넷 주소 https://ssrn.com/abstract=2933867 또는 http://dx.doi. org/10.2139/ssrn.2933867에서 다운로드할 수 있다.

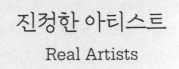

진정한 아티스트

Real Artists

"성적이 좋군요." 총괄 감독인 렌 팰러든은 소피아의 이력서를 훑어보며 말했다.

소피아는 회의실의 널따란 유리창으로 비쳐드는 캘리포니아주의 황금빛 햇살에 눈을 찡그렸다. 한편으로는 제 손으로 제 몸을 꼬집어 지금 여기가 혹시 꿈속은 아닌지 확인해 보고 싶었다. 소피아는 이곳에, 정말로 이곳에, 세마포어 픽처스 영화사의 휑뎅그렁한 회사 부지 안에 와 있었고, 전설적인 감독 팰러든 앞에 앉아 면접을 보는 중이었다.

소피아는 긴장해서 마른 입술을 혀로 축였다. "저는 원래부터 영화를 만들고 싶었거든요." 세마포어 픽처스에서요라는 말은 억지로 삼켰다. 너무 간절해 보이고 싶지는 않아서였다.

삼십 대인 팰러든은 편해 보이는 반바지에 회색 무지 티셔츠 차림이었다. 티셔츠 앞쪽에는 커다란 망치를 들고 철도 침목의 못을 내려치는 남자가 그려져 있었다. 영화 제작 과정에 컴퓨터를 활용하는 기술의 선구자인 팰러든은 세마포어 픽처스의 초창기 소프트웨어를 거의 도맡아 개발했을뿐더러, 회사의 첫 영화인 「중생대 대모험」을 직접 연출한 감독이기도 했다.

소피아의 말에 팰러든은 고개를 끄덕이고 말을 이어갔다. "조이트로프 시나리오 공모전에서 우승했고, 학점은 공학 과목과 인문학 과목 모두 최고 수준이고, 영화 전공 교수님들한테서도 극찬에 가까운 추천을 받았어요. 쉽지 않았을 텐데요."

소피아가 보기에 팰러든은 낯빛이 조금 창백하고 피곤해서, 꼭 캘리포니아의 황금빛 햇살 아래가 아니라 실내에서만 종일 머무는 사람 같았다. 소피아는 팰러든을 비롯한 애니메이터 팀이 마감 기한을 지키려고 야근을 했을 거라 상상했다. 십중팔구 이번 여름에 개봉할 예정인 새 영화의 후반 작업을 하느라.

"저는 성실함의 가치를 믿습니다." 소피아가 대답했다. 정말로 하고 싶었던 대답은 영화 편집용 워크스테이션 앞에 앉아 밤을 새우며 영상 파일 렌더링이 다 끝날 때까지 기다리는 데 어떤 의미가 있는지, 오로지 상상이 스크린에서 생명을 얻어 움직이기 시작하는 광경을 보기 위해 그렇게 하는 데 어떤 의미가 있는지 자신은 안다는 말이었다. 소피아는 준비된 인재였다.

팰러든은 돋보기안경을 벗고 소피아를 보며 빙그레 웃더니, 자신의 뒤쪽에 있던 태블릿 컴퓨터를 집었다. 그런 다음 스크린을 손끝으로 몇 번 두드리고 테이블 맞은편의 소피아 앞으로 밀었다. 화면에 동영상이 재생되는 중이었다.

"이력서에 안 넣은 소피아 씨의 2차 창작 영상을 찾았어요. 우리 회사가 만든 영화의 내용을 편집해 만들었던데, 바이럴 효과를 톡톡히 봤더군요. 조회 수가 2주 만에 무려 수백만이었죠? 덕분에 우리 회사 법무팀이 골치깨나 앓았어요."

소피아는 가슴이 철렁했다. 그 영상이 문제가 될지도 모른다는 예감은 늘 있었다. 그러나 세마포어 픽처스의 면접 제안 이메일이 도착했을 때 소피아는 환호하며 폴짝폴짝 뛸 정도로 기뻐했고, 그래서 대담하게도 넘겨짚고 말았다. 세마포어 임원들이 무슨 까닭에선지 자신이 만든 그 짧은 2차 창작 영상을 못 보고 넘어간 모양이라고.

소피아는 「중생대 대모험」을 보러 갔을 때의 기억을 떠올렸다. 일곱 살 때의 일이었다. 조명이 어두워지자 부모님이 대화를 멈추는가 싶더니 뒤이어 세마포어 픽처스를 상징하는 시그널 뮤직의 맨 처음 몇 개 음이 울려 퍼졌고, 이때부터 소피아는 움직임을 멈췄다.

이후 두 시간 동안 캄캄한 극장 안에 앉아 스크린을 누비는 디지털 캐릭터들의 모험에 매료되면서, 소피아는 그만 사랑에 빠지고 말았다. 그때는 아직 알지 못했지만 나중에 소피아는 자신을 웃기고 울렸던 회사를 어떤 인간보다도 더 사랑했다. 그 회사란 다름 아닌 「중생대 대모험」을 만든 세마포어 픽처스였다.

세마포어의 영화에는 뭔가 특별한 것이 있었다. 아니, 단지 디지털 애니메이션과 컴퓨터 그래픽을 실사 영화보다 더 멋지게 구현하는 기술적 역량만은 아니었다. 물론 그런 종류의 성취도 감동적이기는 했지만, 세마포어 픽처스가 하나의 아이콘으로서 당당히 사랑받는 까닭은 멋진 이야기를 들려주고, 감동이 있는 영화를 만들고, 이로써 여섯 살 꼬마와 열여섯 살 아이와 예순 살 노인을 한꺼번에 웃기고 울리는 일을 꾸준히 해내기 때문이었다.

소피아는 세마포어 픽처스가 만든 영화 한 편 한 편을 수백 번씩 봤다. 같은 영화를 디지털 판본으로 연이어 몇 번씩 구매하기도 했다. 디스크로, 압축 다운로드로, 무손실 압축 포맷으로, 화질 향상 버전과 재향상 버전과 슈퍼 향상 버전으로.

소피아는 영화의 장면 하나하나를 초 단위로 기억했고, 모든 대사를 기억 속에서 떠올려 줄줄 외웠다. 정작 영화 자체는 이제 필요하지도 않았다. 머릿속에서 재생하면 그만이었다.

영화학 강의를 수강하고 직접 단편 영화를 한 편 두 편 만들면서, 소피아는 세마포어 픽처스의 걸작처럼 강렬한 느낌이 나는 영화를 간절히 만들고 싶어졌다. 디지털 영화 제작 장비가 발전한 덕분에 적은 예산으로도 멋진 효과를 내는 일은 가능했다. 그러나 시나리오를 아무리 여러 번 고쳐 쓰고 편집실에서 아무리 늦게까지 작업에 몰두해도 결과물은 우스꽝스럽고, 창피하고, 황당무계한 수준이었다. 소피아는 자신의 창작물을 스스로도 참고 보기가 힘들었고, 남에게 보여 줄 생각은 아예 하지도 못했다.

"그렇게 풀죽을 것 없어요." 낙담해서 웅크리고 있는 소피아를 보고 어느 교수가 한 말이었다. "학생은 아름다운 걸 만들고 싶어서 여기 들어왔잖아요. 하지만 창의적인 일은 어떤 분야든 잘하려면 시간이 걸려요. 그것도 아주 긴 시간이. 학생이 지금 자기 작품을 그렇게 싫어하는 건 학생의 취향이 훌륭하다는 증거예요. 그리고 훌륭한 취향은 위대한 아티스트의 가장 귀한 도구죠. 그 취향을 잘 간직하세

요. 언젠가 최고 수준에 이를 날이 올 테니까요. 그땐 스스로의 눈에
도 아름다워 보이는 걸 만들 수 있을 거예요."

소피아는 세마포어 픽처스의 영화로 되돌아가 영화를 조각조각
나누고 다시 붙이며 그 속의 비밀을 찾아내려 했다. 이제 소피아는
단순한 팬의 시점이 아니라 역설계에 나선 엔지니어의 시점에서 영
화를 봤다.

그러자 서서히, 이 또한 훌륭한 취향을 지닌 덕분이겠지만, 소피
아가 굳이 보려 하지 않아도 그 영화들의 단점이 하나둘 눈에 들어
오기 시작했다. 세마포어 픽처스의 영화는 딱히 소피아의 생각만큼
완벽하지는 않았다. 더 낫게 고칠 만한 사소한 단점이 여기저기 보
였다. 가끔은 커다란 단점도 눈에 띄었다.

소피아는 자신이 소유한 세마포어 영화 파일의 디지털 저작권 보
호용 암호 코드를 풀 방법이 있는지 알아보려고 인터넷의 음습한 변
두리를 돌아다녔다. 목적은 영화 파일을 편집용 워크스테이션에서
열어 놓은 다음, 자기 머릿속에 떠오른 영상대로 가공하는 것이었다.

작업을 다 마치고 나서, 소피아는 캄캄한 방의 모니터 화면 앞에
느긋하게 앉아 자기 손으로 편집한 「중생대 대모험」의 새로운 판본
을 봤다. 다 보고 나서는 울음을 터뜨렸다. 정말로 더 훌륭했다. 소피
아는 멋진 영화를 더 멋지게 만들었다. 완벽에 가까울 정도로.

어찌 보면 세마포어 픽처스의 완벽한 영화는 늘 존재했지만, 공개
된 판본이라는 장막 너머에 감춰져 있었던 것 같았다. 소피아는 그
장막을 걷고 들어가 그 안의 아름다움을 드러냈을 뿐이었다.

이 아름다움의 화신을 세상 사람들과 함께 나누지 않고 어떻게 참

을 수가 있을까? 소피아는 세마포어의 아름다움에 반했고, 아름다움은 자유를 갈구하게 마련이었다.

"저…… 저는……." 소피아는 자신이 내내 부정해 왔던 것을 그제야 깨달았다. 어쩌면 그 편집된 판본을 인터넷에 올리는 일 자체가 불법일 수도 있다는 생각을 애써 떨치려 했던 것이다. 이제 소피아는 뾰족한 대답이 떠오르지 않았다. "저는 세마포어 픽처스 영화를 너무 좋아해서……." 대답하는 목소리가 목구멍 안으로 기어들어 갔다.

팰러든은 웃음을 터뜨리고는 그럴 것 없다는 듯이 한 손을 들었다. "안심하세요. 내가 보기엔 멋지던데요. 인사과에 당신 이력서를 면접에 올리라고 얘기해 둔 건 지원 서류나 이력 때문이 아니라, 당신이 만든 무단 재편집 판본 때문이에요."

"그게 마음에 드셨다고요?" 소피아는 자신이 제대로 들었는지 의심스러웠다.

팰러든은 고개를 끄덕였다. "본인이 생각할 때 제일 멋지게 바꾼 부분이 뭔지 얘기해 주세요."

소피아는 망설이지 않고 제격 대답했다. 스스로 여러 번 생각해 본 질문이기 때문이었다. "세마포어 영화는 훌륭하지만, 관객이 남자애일 경우에 특히 환상적이라는 느낌을 받습니다. 저는 「중생대 대모험」이 여자애들한테도 환상적으로 보이게끔 바꿔 봤습니다."

팰러든은 생각에 깊이 잠긴 표정으로 소피아를 물끄러미 봤다. 소피아는 숨도 제대로 쉬기 힘들었다.

"일리 있는 말이네요." 팰러든이 한참 만에 꺼낸 말이었다. "여기서 일하는 사람은 거의 다 남자거든요. 난 벌써 몇 년 전부터 제작 과정에 여성이 더 많이 있어야 한다고 주장했어요. 내가 당신을 제대로 봤군요. 진정한 아티스트는 원대한 비전을 실현할 수만 있다면 뭐든 하게 마련이죠. 설령 남의 작품을 재료로 삼아야 할 때조차도요."

"다 됐나요?"

소피아는 고개를 끄덕이고 서명이 끝난 법률 서류 뭉치를 팰러든에게 건넸다. 앞서 팰러든은 소피아에게 일자리를 제안하기 전에 먼저 어떤 곳에 발을 들이는지 감을 잡도록 세마포어의 창작 과정을 살짝 보여 주고 싶다고 말했다. 그러려면 소피아는 세마포어의 기업 비밀을 보호할 목적으로 무척이나 엄격하게 꾸며진 기밀 유지 각서에 서명해야 했다.

소피아는 단 1초도 망설이지 않았다. 세마포어의 마법이 탄생하는 과정을 살짝이라도 들여다보는 것은 소피아에게 평생의 소원이었다.

팰러든은 소피아를 데리고 닫힌 문이 줄지어 늘어선 복도를 몇 군데나 지나갔다. 소피아는 주위를 두리번거리며 그 많은 문 너머에 무엇이 있을지 상상했다. 직원들이 각자 칸막이를 마음껏 꾸며 창의력을 뽐내게 허용하는 환하고 개방적인 업무 공간? 미술 팀과 기술 팀 직원들의 창조적 영감이 물처럼 흐르게끔 색색의 레고 블록 모형과 일제 피규어 인형을 가득 늘어놓은 전설의 회의실? 수많은 마법을 거뜬히 실현시킬 만큼 거대한 컴퓨터 장비가 잔뜩 들어서 있는 서버실? 창의적이고 재주 있는 미술 담당자들이 푹신한 쿠션 의자에 느긋하게 앉아 이제 막 싹트기 시작한 영감을 이 사람 저 사람과 주고받으며 제각각 살을 붙이고 광을 낸 끝에, 마침내 진주처럼 환한 윤이 흐르는 아이디어가 탄생하는 광경?

그러나 그 문들은 끝까지 열리지 않았다.

마침내 팰러든은 어느 문 앞에 멈춰 선 다음, 열쇠를 꺼내어 그 문을 열었다. 그러고는 소피아와 함께 캄캄한 문 안쪽으로 들어섰다.

두 사람이 있는 곳은 조그만 극장이 내려다보이는 영사실이었다. 소피아가 유리창 너머로 세어 보니 극장의 객석은 약 60석이었고, 그중 절반 정도가 차 있었다. 관객들은 눈앞의 널따란 스크린에 상영되는 영화 속으로 완전히 몰입한 상태였다. 윙윙거리는 영사기 작동음이 영사실에 가득했다.

"저건 설마……?" 소피아는 유리에 코를 대고 바깥을 내다봤다. 심장이 쿵쿵대는 소리가 귓속에서 울려 퍼졌다. 소피아는 너무 흥분한 나머지 질문을 끝맺는 것조차 잊어버렸다.

"맞아요." 팰러든이 말했다. "우리가 준비하는 다음 영화의 가편집본이에요. 「두 번째 중생대 대모험」이죠. 어떤 소년이 공룡을 만나 우정과 가족에 관한 불멸의 교훈을 얻는 이야기예요."

소피아는 밝은색으로 그려진 스크린 속 등장인물들을 보며 자신도 저 아래에, 홀린 듯 영화에 빠져 있는 저 관객들 사이에 있으면 얼마나 좋을까 하고 생각했다.

"그럼 지금 이건 시사회인가요?"

"아뇨, 이건 영화를 만드는 과정이에요."

"무슨 말씀인지 모르겠어요."

팰러든은 모니터가 줄줄이 놓인 영사실 안쪽으로 들어가 의자 두 개를 가져왔다. "앉아요. 무슨 말인지 설명해 줄게요."

수많은 모니터의 화면을 보니 갖가지 색의 선들이 뒤엉킨 채 천천히 화면을 가로질러 움직이는 중이었다. 꼭 심박 측정기나 지진계의 화면에 표시되는 선 같았다.

"영화가 복잡한 감정 유발 장치인 것쯤은 당연히 알겠죠?"

소피아는 고개를 끄덕였다.

"영화는 무려 두 시간에 걸쳐 관객을 감정의 롤러코스터에 태우고 이리저리 끌고 다녀야 해요. 깔깔 웃는 장면과 짠한 마음이 드는 장면이 대비를 이루고, 신이 나서 감정이 고조되는 장면이 끝나면 조마조마해서 기분이 순식간에 위축되는 장면이 이어지는 식이죠. 영화의 감정 곡선은 그 흐름을 가장 원초적인 동시에 가장 추상적으로 재현한 거예요. 극장을 나선 후에 관객의 머릿속에 남는 유일한 것이기도 하고요."

소피아는 다시금 고개를 끄덕였다. 방금 그 얘기는 기본적인 영화 이론에 지나지 않았다.

"그렇다면 관객이 감정 곡선을 우리 의도대로 따라가는지 어떤지는 어떻게 판단할까요?"

"아마 이야기를 만드는 사람이라면 누구나 아는 방식대로 해야겠죠." 소피아는 망설이다가 자신 없는 목소리로 대답했다. "관객과 공감하려고 시도하는 거 말이에요."

팰러든은 대답이 더 이어지기를 기다렸고, 그러는 동안 눈썹 하나 까딱하지 않았다.

"아니면 시사회를 몇 번 열어 반응을 보고 마지막에 내용을 조금 바꾸든가요." 소피아는 그렇게 덧붙였다. 사실 소피아는 시사회가 도움이 된다고 믿지 않았다. 소피아가 보기에는 다른 제작사들이 별볼 일 없는 영화만 찍어 내는 것도 타깃 집단 설문이나 관객 반응 조사에 의지하기 때문이었다. 다만 그것 말고는 딱히 떠오르는 대답이 없었다.

"바로 그거예요." 팰러든은 손뼉을 치며 말했다. "하지만 시사회 관객들에게서 쓸모 있는 피드백을 얻으려면 어떻게 해야 할까요? 나중에 설문 조사를 해 보면 관객들은 그냥 대충 대답할 뿐이에요. 게다가 거짓말까지 하죠. 이쪽에서 무슨 말을 듣고 싶어 할지 추측한 다음 그 추측을 들려주는 거예요. 그렇다고 영화를 보는 동안 버튼을 누르는 식으로 실시간 피드백을 얻으려고 하면, 관객들은 남의 시선을 지나치게 의식하게 되죠. 게다가 사람들은 자기 자신의 감정조차 잘 이해하지 못할 때가 가끔 있어요."

극장 천장에는 카메라 60대가 매달려 있었고, 그 카메라들은 제각각 바로 아래쪽의 객석을 향해 고정돼 있었다.

영화가 상영되는 동안 카메라가 촬영한 영상 피드는 줄지어 늘어선 고성능 컴퓨터로 전송됐고, 각각의 피드는 컴퓨터 내에서 일련의 패턴 인식 알고리즘을 거쳤다.

컴퓨터는 사람들 한 명 한 명의 얼굴 피부 아래에서 혈관이 팽창하고 수축하며 일어나는 미세한 변화를 감지했고, 이로써 개별 관객의 혈압 및 맥박, 흥분도 따위를 측정했다.

다른 알고리즘들은 관객들 각각의 얼굴에 나타나는 표정을 추적했다. 흐뭇한 표정이나 히죽거리는 표정, 우는 표정, 조바심 난 표정, 짜증스러워하는 표정, 경멸하는 표정, 화난 표정, 단순히 따분해하는 표정이나 심드렁한 표정도 있었다. 소프트웨어는 관객의 얼굴에서 입가나 눈꼬리, 눈썹 끄트머리 같은 몇몇 핵심 지점이 얼마나 많이 움직이는지 측정함으로써 즐거워서 짓는 미소와 애정에서 우러나온 미소를 구별하는 식의 미세한 판단까지 수행했다.

실시간으로 수집한 관객 반응 데이터는 영화의 프레임 하나하나에 꼬리표처럼 표시됐고, 이로써 영화를 관람하는 동안 나타나는 개별 관객의 감정 곡선을 보여 줬다.

"그러니까 시사회를 이용해 다른 제작사들보다 영화를 조금 더 정밀하게 수정하는 거군요. 그게 세마포어의 비결인가요?"

팰러든은 고개를 저었다. "우리 '빅 세미(Big Semi)'는 영화 역사상 가장 훌륭한 감독이에요. 단순히 '수정'만 하는 게 아니라는 말이죠."

세마포어 픽처스의 회사 부지 지하에는 무려 7000개가 넘는 프로세서를 연결한 연산 그리드가 설치돼 있었다. 그곳이 바로 빅 세미가 사는 집이었다. '세미'는 원래 기호학(semiotics)을 의미하는 '세미

오틱스' 또는 의미론(semantics)을 의미하는 '시맨틱스'를 줄인 애칭이
었지만, 이제는 둘 중 어느 쪽인지 확실히 아는 사람이 한 명도 없었
다. 빅세미는 세마포어가 감춘 진짜 비밀, 바로 '그 알고리즘'이었다.

빅 세미는 날마다 데이터베이스를 뒤져 가며 언뜻 보면 서로 어울
리지 않는 아이디어들을 무작위로 추출해 이른바 '하이 콘셉트(high-
concept)' 영화, 즉 흥행을 목적으로 제작하는 대중 지향 영화의 씨앗
이 될 만한 아이디어를 생성했다. 카우보이와 공룡, 우주에서 벌어
지는 제2차 세계 대전 방식의 전투, 화성으로 배경을 바꾼 잠수함
영화, 토끼와 그레이하운드를 주연으로 만든 로맨틱 코미디 같은 식
으로.

실력이 서툰 아티스트의 손에 들어가면 이러한 아이디어는 흐지
부지해지기 일쑤였지만, 빅 세미는 세마포어의 기록을 토대로 장르
마다 검증된 히트작의 감정 곡선을 참조할 수 있었다. 그리고 그런
자료를 아예 시나리오 작성 틀로 삼을 수도 있었다.

하이 콘셉트 영화의 씨앗을 손에 넣은 빅 세미는 인터넷 검색 통
계에서 수집한 최신 유행 밈을 고전 영화 데이터베이스에 증강 필터
로 적용해 더 많은 무작위 요소를 추출한 다음, 이를 이용해 간략한
플롯을 생성했다. 그러고 나면 그 플롯을 토대로 전형적인 캐릭터와
전형적인 대사를 이용해 간단한 영화를 만들었고, 그 결과물로 시사
회를 열었다.

첫 번째 시도의 결과물은 보통 헛웃음이 나올 만큼 형편없었다.
관객 반응 곡선은 사방에 흩어진 형태로 그려질 뿐, 의도했던 형태
의 근처에도 가지 못했다. 그러나 빅 세미에게 이는 큰 문제가 아니

었다. 이미 알려진 곡선의 형태에 맞춰 반응을 조정하는 것은 최적화 문제에 지나지 않았고, 컴퓨터는 그런 문제를 푸는 실력이 매우 뛰어났다.

빅 세미는 예술을 공학으로 바꿔 버렸다.

예컨대 영화 시작 후 10분이 흐른 시점에 감동적인 장면이 나와야 한다고 가정해 보자. 만약 주인공이 둥우리 속의 아기 공룡 여럿을 구하는 장면으로 충분한 효과가 나지 않으면, 빅 세미는 그 장면 대신 주인공이 수달의 선조 격인 털북숭이 포유동물 가족을 구해 주는 장면을 집어넣고 다음번 시사회에서 반응 곡선이 이상적인 형태에 더 가까워지는지 확인한다.

아니면 1막을 마무리하는 농담이 관객을 특정한 감정 상태로 유도할 필요가 있다고 가정해 보자. 만약 고전 영화에서 따온 대사를 변형하는 정도로는 부족하다면, 빅 세미는 잘 알려진 대중문화의 요소를 참조하거나 몸짓 개그를 시도하거나, 아예 장면 자체를 즉흥 뮤지컬로 바꿔 버린다. 이러한 대안 가운데 일부는 인간 감독이라면 상상하기조차 힘들지만 빅 세미는 선입관도, 금기시하는 것도 전혀 없다. 빅 세미는 모든 대안을 시도한 다음 오로지 결과를 토대로 최선의 대안을 채택한다.

빅 세미는 캐릭터를 조형했고, 세트를 만들었고, 쇼트의 프레임을 짰고, 소도구를 만들었고, 대화를 다듬었고, 음악을 작곡했고, 특수 효과까지 고안했다. 모든 작업은 당연히 디지털 방식으로 이뤄졌다. 빅 세미는 모든 것을 반응 곡선을 조정하는 레버 정도로 취급했다.

차츰차츰, 전형적인 캐릭터는 생기를 띠었고 전형적인 대사 또한 재치와 공감이 깃들었으며, 이로써 무작위로 만들어진 소음으로부터 예술 작품이 모습을 드러냈다. 평균을 내 보면 빅 세미는 이러한 과정을 10만 회 반복한 후에 영화를 만들어야 비로소 관객들에게서 원래 의도한 감정 반응 곡선을 이끌어냈다.

빅 세미는 일할 때 극본과 스토리보드가 필요치 않았다. 주제나 상징, 오마주, 그 밖에 영화학 강의 계획서에 나오는 어떤 용어에도 관심이 없었다. 디지털이 아닌 다른 방식은 전혀 알지 못했기 때문에 디지털 배우와 디지털 세트로만 작업해야 한다며 불평하는 일도 없었다. 그저 매번 시사회가 끝날 때마다 목표 곡선에서 여전히 벗어난 지점이 어딘지 평가하고 줄거리를 크게 바꾸거나 살짝 수정한 다음, 다시 시사회를 열 뿐이었다. 빅 세미는 *생각*을 하지 않았다. 유독 떠받드는 정치적 대의나 사적인 과거사도 없었고, 영화 속에 욱여넣고 싶어 하는 서사 측면의 강박이나 고정관념 같은 것도 전혀 없었다.

빅 세미는 정말이지 완벽한 영화감독이었다. 빅 세미의 유일한 관심사는 스위스 시계처럼 정밀하게 가공한 창작물을 만들고 이로써 성공이 보장된 감정 곡선을 따라 관객들을 정확하게 인도해 적절한 타이밍에 웃고 울게 만드는 것뿐이었다. 관객들은 극장을 나선 후에 영화에 매우 호의적인 입소문을 퍼뜨렸다. 이것이야말로 지속적으로 효과를 내는 유일한 형태의 마케팅이었다. 오직 입소문만이 사람들이 설정해 둔 광고 차단 기능을 어김없이 뚫고 들어갔으니까.

그렇게 빅 세미는 완벽한 영화를 만들었다.

"그럼 저는 무슨 일을 하나요?" 소피아가 물었다. 얼굴이 붉어지고 가슴이 방망이질하는 느낌이 들었다. 혹시 영사실 안에도 카메라가 있어서 지금 자신을 찍고 있는 것은 아닌지 궁금했다. "대표님은 무슨 일을 하시는데요? 설명을 듣고 보니까 여기서 일하는 창작자는 빅 세미밖에 없는 것 같은데요."

"당신이야 당연히 시사회 관객 집단에 들어가야죠. 뻔한 거 아니에요? 우리는 비밀을 외부에 유출시키면 안 되는 처지고, 빅 세미는 일을 도와줄 관객이 필요하니까요."

"그냥 저기 하루 종일 앉아서 영화만 보라고요? 그런 건 길 가는 사람 아무나 데려와서 맡겨도 되잖아요!"

"아뇨, 그럴 순 없어요. 일반인들과 동떨어진 내용이 아닌 걸 확인해야 하니까 아티스트가 아닌 관객도 필요하긴 하지만, 그보다는 취향이 훌륭한 관객이 훨씬 더 많이 필요해요. 우리 회사에는 영화사에 빠삭한 사람도 있고, 공감 능력이 남들보다 더 섬세한 사람도 있고, 감정의 진폭이 남달리 넓은 사람도 있고, 세부 묘사를 유독 또렷이 보고 듣는 사람도 있고, 감정을 남들보다 더 깊이 받아들이는 사람도 있어요. 빅 세미가 진부한 클리셰나 실없는 농담, 얕은 감상주의, 가식적인 카타르시스 같은 걸 피하려면 우리가 피드백을 제공해야 해요. 그리고 직접 봤으니 이미 알겠지만, 빅 세미가 만드는 영화의 수준이 얼마나 훌륭한지는 관객 집단을 어떻게 구성하느냐에 따라 결정돼요."

난 벌써 몇 년 전부터 제작 과정에 여성이 더 많이 있어야 한다고 주장했어요.

"요리사는 가장 세련된 미각의 소유자를 상대로 실력을 갈고닦아야 비로소 최고의 요리를 만들 수 있어요. 빅 세미가 세상에 이제껏 없었던 최고의 영화를 만들려면 먼저 최고의 관객이 있어야 해요."

그리고 훌륭한 취향은 위대한 아티스트의 가장 귀한 도구죠.

소피아는 회의실에 홀로 멍하니 앉아 있었다.

"괜찮아요?" 지나가던 비서가 고개를 들이밀며 물었다.

"예. 그냥 잠깐 쉬는 거예요."

팰러든은 일하는 동안 피로를 덜 느끼게끔 안약과 안면 마사지를 제공할 거라고 설명했다. 단기 기억 상실을 유도하는 약물도 제공될 텐데 그걸 복용하면 다들 방금 본 영화를 깨끗이 잊고 머릿속이 백지 상태인 채 다음 시사회에 참석할 거라고 했다. 빅 세미가 정확한 피드백을 얻으려면 망각은 필수 절차였다.

팰러든이 설명한 사항은 그것 말고도 많았지만, 소피아는 그중 어느 것도 기억하지 못했다.

그러니까 이런 게 사랑이 끝나는 느낌이구나.

"입사 여부는 2주 안에 알려줘야 해요." 팰러든은 회사 정문까지 이어진 기다란 진입로를 따라 소피아를 배웅하는 도중에 그렇게 말했다.

소피아는 고개를 끄덕였다. 팰러든이 입은 티셔츠의 그림이 소피아의 눈길을 끌었다. "그 티셔츠에 그려진 사람은 누군가요?"

"존 헨리예요. 19세기에 살았던 철도 노동자죠. 철도 소유주들이 증기기관으로 작동하는 해머를 도입해 운행 관리 노동자의 일자리를 빼앗으려고 하자 존 헨리는 증기 동력 해머를 상대로 누가 더 빨리 일하는지 경주하자고 도전했어요."

"그래서 이겼나요?"

"예. 하지만 경주가 끝나자마자 탈진해서 죽고 말았죠. 그 후로 해를 거듭할수록 기계가 점점 더 빨라졌기 때문에, 존 헨리는 증기 동력 해머에게 도전한 마지막 인간이 됐어요."

소피아는 티셔츠의 그림을 물끄러미 바라봤다. 그러다가 이내 눈을 돌렸다.

그 취향을 잘 간직하세요. 언젠가 최고 수준에 이를 날이 올 테니까요.

빅 세미만큼 훌륭해지는 날은 결코 오지 않을 터였다. 기계는 해를 거듭할수록 점점 더 빨라지니까.

캘리포니아의 황금빛 햇살은 너무도 환하고 따뜻했지만, 소피아는 소름이 오소소 돋았다.

눈을 감자 어렸을 적 캄캄한 극장에서 느꼈던 기분이 떠올랐다. 그때 소피아는 다른 세상으로 이동했다. 그것이야말로 위대한 예술의 본령이었다. 완벽한 영화를 보는 것은 완전히 다른 삶을 사는 것과 같았다.

"진정한 아티스트는 위대한 상상을 실현할 수만 있다면 무슨 일이든 할 거예요." 팰러든이 말했다. "설령 캄캄한 공간에 가만히 앉아 있는 일이라고 해도 말이죠."

「은둔자—매사추세츠해(海)에서 보낸 48시간」

Dispatches from the Cradle: The Hermit—Forty-Eight Hours in the Sea of Massachusetts

은둔자가 되기 전, 에이사 ⟨고래⟩⟨혀⟩π는 금성의 발렌티나 우주 정거장에 있는 JPMCS(JP 모건 크레디트 스위스) 은행에서 임원으로 일했다. 물론 에이사는 이런 식의 설명이 편협하고 어리석다고 느낄 것이다. "세상 사람들은 어떤 여성을 금융 엔지니어로 부르고 어떤 남성은 농업 시스템 분석가로 부르면서 그 사람들에 관해 뭔가 안다고 생각한다." 에이사는 이렇게 적었다. "하지만 개인이 몸담은 직업과 그 개인이 어떤 사람인지가 무슨 상관일까?"

그럼에도 에이사가 30년 전 유나이티드 플래닛의 기업 공개를 책임지고 지휘했고, 당시 유나이티드 플래닛은 개인과 법인을 통틀어 역사상 가장 거대한 단일 자원 보유자였다는 점은 언급해 두고 싶다. 행성 세 곳과 달과 소행성 거주지 수십 군데에 흩어져 사는 지친 인류에게 '원대한 과업(Grand Task)'에 계속 투자하라고 설득할 책임이 사실상 에이사에게 있었던 것이다. 원대한 과업이란 다름 아닌 지구와 화성을 함께 테라포밍 하는 일이었다.

이렇게 에이사가 무슨 일을 했는지 들으면 에이사가 어떤 사람인지 짐작이 갈까? 글쎄. 일찍이 에이사는 이렇게 적었다. "요람에서 무덤까지 우리가 하는 모든 일의 동기는 하나의 질문에 대답해야 한다는 의무감이다. '나는 누구인가?' 하지만 그 질문의 답은 언제나 명백했다. '애쓰지 말고 받아들일 것.'"

태양기 22385200년, 에이사는 JPMCS 은행의 최연소 고위 임원으로 취임한 지 며칠 만에 사직서를 제출했고, 여러 남편 및 아내와 이혼했으며, 자산을 모두 매각해 마련한 돈을 통째로 자녀를 위한 신탁에 넣은 다음, 편도 티켓을 끊어 '올드 블루(Old Blue, 지구)'로 떠났다.

지구에 도착한 후에 에이사는 북아메리카 대륙 북동부의 '연해주 및 합중국 연방'에 속하는 액턴이라는 항구 도시로 향했고, 그곳에서 생존용 주거 설비 키트를 구입했다. 행성 전역의 난민 공동체가 사용하는 것과 똑같은 그 키트를 손수 조립하는 동안 에이사는 평범한 노동용 자동 로봇 2기만 사용했을 뿐, 도시의 다른 거주민들이 내미는 도움의 손길은 거절했다. 그런 다음 한 조각 유목(流木)처럼 물 위에 둥둥 떠서 홀로 칠대양을 누비는 삶을 택했다. 가족과 친구와 동료들에게는 몹시도 실망스러운 일이었다.

"옷차림만 봤을 땐 휴가철에 지낼 별장을 사러 여기 온 사람 같았어요." 에이사에게 주거 설비 키트를 판 에드거 베이커라는 남자의 말이다. "은행가나 기업 임원 중에 겨울철에 보물 탐사 다이빙을 하거나 일광욕을 하려고 여길 즐겨 찾는 사람은 많지만, 그 사람은 나한테 빈집을 보고 싶다는 말은 한마디도 안 했어요. 개중에는 끝내 주는 전용 해변이 딸린 집도 몇 채 있는데 말이에요."

(속셈이 아주 훤히 들여다보이기는 해도, 베이커의 소소한 자기 선전은 이 글에 고스란히 싣기로 했다. 액턴이 훌륭한 휴양지이고 중심가의 멋진 식당 몇 군데에서 뉴잉글랜드 전통 음식을 내놓는다는 것은 내가 보증한다. 비록 바닷가재는 자연산이 아니라 양식이지만 말이다. 환경 보호 활동가들은 이곳에서 멸종한 야생 바닷가재가 따뜻한 바다에 끝내 적응하지 못하고 뉴잉글랜드 지역 앞바다로 다시 돌아올지 어떨지 확실히 알지 못한다. 지구 온난화를 견디고 살아남은 다른 갑각류들은 대부분 크기가 더 조그맣다.)

전 배우자들로 이루어진 컨소시엄은 에이사를 금치산자로 몰아 재산 양도를 무효화하려고 소송을 제기했다. 그 소송은 한동안 가상 체험 방송국의 프로그램에 흥미로운 가십거리를 제공했지만, 에이사는 비공개 합의를 몇 차례 거친 끝에 소송을 재빨리 정리했다. "이제 그 사람들도 내가 그저 혼자가 되고 싶어 할 뿐이란 걸 이해할 거예요." 에이사는 소송이 기각된 후에 이렇게 말했다고 전해진다. 아마 사실이겠지만, 그래도 최고의 변호사들을 선임할 여유가 있었으니 손해 볼 일은 없었을 것이다.

"어제, 나는 아예 눌러 살 작정으로 이곳에 도착했다." 일기의 첫 줄을 이렇게 시작하며 에이사가 물속에 가라앉은 보스턴이라는 대도시 위에서 해상 생활을 시작한 해는 태양기 22385302년, 옛 그레고리우스력에 익숙한 사람의 기준으로는 2645년 7월 5일이었다.

물론 그 문장은 독창적이지 않다. 정확히 800년 전에 헨리 데이비드 소로가 보스턴 근교에서 먼저 쓴 문장이기 때문이다.

그러나 단호한 글 곳곳에 사람을 싫어하는 기색이 자주 엿보이는 소로와 다르게, 에이사는 홀로 보낸 시간만큼이나 긴 시간을 사람들 속에서 보냈다.

에이사 〈고래〉〈혀〉π의 책『표류』에서 발췌.

전설 속의 섬 싱가포르는 이제 존재하지 않는다. 그러나 싱가포르라는 개념은 지금도 계속 살아 있다.

가족용 수상 가옥 여러 채가 서로 단단히 연결돼 기다란 '일족 띠'를 이루고, 이 띠가 가로세로로 엮여 거대한 뗏목 도시를 형성한다. 하늘에서 내려다보면 이 도시는 금속과 플라스틱으로 이뤄진 녹조 매트처럼 보인다. 군데군데 박힌 진주나 이슬방울, 기포처럼 보이는 것들은 주민을 위해 마련된 투명 돔과 태양열 집광 장치다.

싱가포르 난민 집단 거주지는 너무나 광활해서, 수몰된 쿠알라룸푸르에서 출발해 아직 무사한 수마트라제도까지 무려 수백 킬로미터를 발에 물 한 방울 묻히지 않고 걸어갈 수 있다. 다만 바깥 공기가 인간이 살아남기 힘들 만큼 뜨겁기 때문에 실제로 걸어갈 엄두는 나지 않을 것이다.

위도가 낮은 이 일대에서 일상적으로 발생하다시피 하는 태풍이 접근할 때면 모든 일족 띠는 분리되어 뿔뿔이 흩어진 다음, 파도 아래로 가라앉아 폭풍우를 이겨낸다. 난민들은 가끔 밤낮이 아니라 수면 위아래를 기준으로 시간을 파악한다.

수상 가옥 내부의 공기는 수없이 많은 냄새가 배서 금성의 무균 우주정거장이나 고위도의 기후 통제 돔에 사는 사람은 아마 질리고 말 것이다. 볶음 쌀국수 '차 퀘티아우' 냄새, 디젤 매연 냄새, 돼지갈비탕인 '바

'쿠테' 냄새, 분뇨 냄새, 구운 가오리 냄새, 코코넛 밀크와 말린 새우를 넣은 전통 국수 '카통 락사' 냄새, 망고 향수 냄새, 카야 토스트, 닭튀김에 매콤한 전통 소스를 끼얹은 '아얌 펜옛' 냄새, 전기 절연재가 불에 타는 냄새, 볶음국수 '미고랭' 냄새, 납작한 빵 '로티 프라타' 냄새, 찝찔한 소금기가 섞인 재생 공기 냄새, 코코넛 밀크를 넣고 지은 밥 '나시 르막' 냄새, 양념에 절인 돼지 살코기 구이 '차시우' 냄새까지…… 그 모든 것이 뒤섞인 이곳 특유의 아찔한 냄새는 난민에게는 어린 시절을 함께한 추억이지만, 외부인에게는 결코 익숙해지지 않는 대상이다.

난민 집단 거주지의 삶은 시끄럽고, 북적이고, 이따금 폭력적이다. 전염병이 시시때때로 주민들을 휩쓸고 가기 때문에 기대 수명은 짧다. 난민들이 무국적 상태에 머문다는 사실, 즉 선조들이 고국을 잃는 계기가 된 여러 차례의 전쟁 이후 너무도 많은 세대가 지났다는 사실은 곧 선진 제국(諸國)에서 온 누구도 현 상황의 해법을 제시하기가 불가능한 이유처럼 보인다. 선진국이라는 오래된 꼬리표는 비록 수 세기가 지나는 동안 그 뜻이 변하기는 했지만, 강직한 도덕성과 비슷하게 여겨진 적은 한 번도 없었다. 세계를 가장 먼저 가장 지독하게 오염시킨 장본인이 바로 선진 제국이었고, 그럼에도 감히 자신들을 따라 했다는 이유로 인도와 중국을 상대로 전쟁을 벌인 장본인 또한 다름 아닌 선진 제국이었다.

나는 눈앞의 광경을 보고 슬퍼졌다. 물과 허공 사이의 얄따란 경계면 위에서 너무도 많은 사람이 악착같이 삶에 매달렸다. 인간이 거주하기에 적합하지 않은 이런 곳에서조차도 사람들은, 썰물 때마다 드러나는 부두 말뚝에 단단히 들러붙은 따개비처럼, 끈덕지게 버텼다. 땅속에 미로 같은 도시를 짓고 두더지처럼 살아가는 내륙 아시아 사막 지대의 난민들은 어떨까? 아프리카와 중앙아메리카 해안 지대의 다른 수상 집단 거주지에 사는 난민들의 사정은 또 어떨까? 그들은 순전히 의지력만으로 살아남았다. 기적처럼.

인류는 다른 별에 진출했을지는 몰라도, 고향 행성을 파괴하고 말았다. 자연 연구자들은 영겁에 가까운 세월 동안 그렇게 한탄했다.

"그런데 어째서 우리를 해결해야 할 문제로 취급하는 거예요?" 나와 물물교환을 했던 아이가 던진 질문이다(나는 아이에게 항생제 한 상자를 줬고 아이는 그 대가로 내게 치킨라이스를 줬다). "물속에 가라앉은 싱가포르는 한때 선진 제국의 일원이었지만, 우리는 아니에요. 우리는 스스로를 난민이라고 하지 않아요. 당신들이 그렇게 부르죠. 여긴 우리 고향이에요. 우리가 사는 곳이라고요."

그날 밤 나는 잠을 이루지 못했다.

'여긴 우리 고향이에요. 우리가 사는 곳이라고요.'

북아메리카의 대부분 지역에서 불황이 계속되자 한때 기후 조절 돔 속의 여러 도시를 연결하며 이름을 날렸던 압축 공기 튜브 열차는 차츰 쇠퇴했고, 따라서 이제 매사추세츠해(海)로 가는 가장 쉬운 방법은 배를 타는 것이다.

나는 날씨가 포근한 아이슬란드에서 연해주 및 합중국 연방으로 향하는 유람선을 타고 출발했다. 아이슬란드는 여름 몇 달 동안은 숨쉬기도 힘들 만큼 덥고, 11월인 지금이 방문하기에 제일 좋다. 액턴에 도착하고 나서는 조그만 보트를 빌려 타고 수상 가옥에 사는 에이사를 만나러 갔다.

"화성에 가 보신 적 있어요?" 가이드인 지미가 내게 물었다. 이십

대 남자인 지미는 실팍한 체격에 살갗은 볕에 그을어 가무잡잡하고 웃을 때면 입술 사이로 이가 빠져 휑한 자리가 드러난다.

"가 봤죠." 내가 대답했다.

"거긴 따뜻한가요?"

"돔 바깥에서 오래 돌아다녀도 될 만큼 따뜻하진 않아요." 나는 화성의 아시달리아 평원에 있는 와트니 시티에 마지막으로 갔을 때를 떠올리며 대답했다.

"준비가 되면 저도 그리로 가고 싶어요."

"고향이 그립지 않겠어요?"

내가 묻자 지미는 대수롭잖다는 듯이 어깨를 으쓱했다. "일자리가 있으면 거기가 고향이죠."

잘 알려졌다시피 몇 세기 전에 함께 시작된 두 가지 거대 공학 프로젝트, 즉 오르트 구름에서 끌어온 혜성 무리와 출항하는 우주선의 태양 돛에서 점점 더 많이 방출되는 방사능을 화성 표면에 꾸준히 퍼붓는 사업을 통해 화성의 온도가 높아졌고, 이로써 극지방을 덮은 얼음이 대부분 승화하면서 붉은 행성에서는 물순환이 다시 시작됐다. 여기에 광합성을 하는 식물류가 도입되면서 대기 또한 서서히 인간이 호흡할 수 있는 기체에 가깝게 바뀌어 가는 중이다. 아직은 걸음마 단계이지만 인류의 오랜 꿈, 다시 말해 사람이 살 수 있는 화성은 세대가 한두 번 바뀌는 동안에 현실이 될 것이다. 지미는 그저 관광객으로 화성에 갈 테지만 그의 아이들은 잘하면 그곳에 눌러살지도 모른다.

우리 보트가 먼 곳의 파도 사이에서 오르락내리락하는 반구체를 향해 접근하는 동안 나는 지미에게 세상에게 가장 유명한 은둔자를 어떻게 생각하냐고 물어봤다. 최근 매사추세츠해로 돌아와 그곳에서 지구 일주를 시작한 그 여성을.

"그 사람 덕분에 관광객들이 이곳을 찾아오죠." 중립적으로 보이려고 애쓰는 기색이 느껴지는 말투였다.

에이사가 세계 곳곳에 가라앉은 옛 도시의 폐허를 떠돌며 쓴 글을 모아 펴낸 책은 출판 시장에서 도무지 설명할 길이 없는 열풍을 일으켰다. 에이사는 체험 캡처 기술은커녕 케케묵은 비디오카메라조차 쓰려 하지 않았다. 그 대신 시대에 뒤떨어진 동시에 영원히 변치 않는 느낌이 나는 장식적인 문체로 인상주의풍 에세이를 써 자신의 체험을 전달했다. 에이사의 책을 두고 어떤 이들은 대담하고 독창적이라고 했고, 또 어떤 이들은 가식적이라고 했다.

에이사는 자기 책을 비판하는 이들의 눈치를 거의 보지 않았다. 선승들이 말하길 평온을 찾아 헤매는 은둔자가 원하던 것을 찾기에 가장 좋은 장소는 군중 속이라고 했다. 에이사는 책에 그렇게 적었다. 에이사를 헐뜯는 사람들이 이런 식의 현란하고 알쏭달쏭한 신비주의 앞에서 거부감을 못 이기고 신음하던 소리가 귀에 선하다.

에이사를 가리켜 '난민 관광'만 부추길 뿐 진정한 해법은 찾으려 하지 않는다고 비난하는 사람이 많았고, 어떤 이들은 에이사가 그저 선진국 출신 지식인들의 유구한 관행에 동참할 뿐이라고 주장했다. 그 관행이란 자기네보다 못사는 사람들을 찾아가 낭만적으로 미화된 그들 고유의 유사 지혜를 '발견'함으로써 스스로 연구 대상들을 대변한다고 주장하는 것이었다.

"에이사 〈고래〉는 기껏해야 한없이 낙천적인 맛이 나는 영혼의 닭고기 수프 한 그릇으로 선진 제국의 신경증을 달래려 할 뿐이다." 내 책의 서평을 쓴 적도 있는 미디어 비평가 엠마 〈CJKUniHanGlyph 432371〉는 그렇게 단언했다. "에이사는 우리에게 무슨 짓을 시키려는 걸까? 테라포밍 계획의 전면 취소? 끔찍한 꼴이 된 지구를 그냥 놔두기? 지금 세상에는 문제를 해결할 의지를 지닌 엔지니어는 부족한 반면에 돈 쓸 데가 없어진 부자 철학자는 너무 많다."

설령 그렇다 하더라도, 연해주 및 합중국 연방의 관광국 총책임자인 존 〈철탑〉〈안개〉〈대구〉가 올해 초 발표한 바에 따르면 에이사의 책이 출간된 후에 매사추세츠해를 찾은 관광객 수는 무려 네 배나 늘었다(싱가포르와 아바나 지역의 증가율은 그보다 훨씬 더 높다.). 에이사의 책에서 자신들을 묘사한 부분을 읽고 심정이 아무리 착잡해졌다 한들, 현지인들은 관광객이 뿌리는 돈을 환영한다.

지미는 착잡한 눈빛의 의미를 더 캐물을 틈을 내게 주지 않은 채 단호히 고개를 돌렸다. 그러고는 점점 더 크게 보이는 우리 보트의 목적지에 눈길을 고정했다.

공처럼 둥그런 모양을 한 그 수상 가옥은 지름이 약 15미터였고, 선박의 항해용 장비가 대부분 부착된 얄따랗고 투명한 외부 선체와 그보다 더 두꺼운 합금제 내압 선체로 이루어져 있었다. 구체의 상당 부분이 수면 아래에 떠 있는 탓에 조종실이 위치한 수면 위의 투명한 돔은 꼭 하늘을 올려다보는 바다 괴물의 눈 같았다.

그 눈의 눈동자 위에 웬 사람이 외로이 서 있었다. 등을 해시계의 바늘처럼 꼿꼿이 펴고서.

지미가 천천히 속도를 줄인 덕분에 보트는 수상 가옥 옆쪽에 부드럽게 부딪혔고, 나는 조심스레 이 배에서 저 배로 건너갔다. 내 몸무게가 더해져 수상 가옥이 출렁거리자 에이사가 손을 내밀어 나를 잡아 줬다. 그 손은 보송보송했고, 서늘했고, 악력이 몹시 셌다.

조금은 멍한 눈으로 가만히 살펴보니, 에이사의 얼굴은 스캔그램에 마지막으로 올라왔던 사진 속의 얼굴과 똑같았다. 그때 에이사는 발렌티나 정거장의 널따란 중앙 광장에서 선언하길, 행성 연합은 장차 화성을 테라포밍할 계획을 세우는 데 그치지 않고 이미 '블루 크레이들(파란 요람)'의 지배 지분까지 성공리에 매입했다고 했다. 블루 크레이들은 지구를 완전히 거주 가능한 행성으로 복구하기 위해 설립한 민관 합작 기업이었다.

"여길 찾아오는 손님은 드물어요." 에이사의 목소리는 평온했다. "날마다 새롭게 얼굴을 꾸며 봤자 별 쓸모가 없죠."

며칠 동안 집에 신세를 좀 져도 되겠냐는 내 요청에 에이사가 선선히 '좋아요'라고 대답했을 때 나는 깜짝 놀랐다. 표류 생활을 시작한 후로 에이사는 단 한 번도 누구에게 인터뷰를 허락한 적이 없었으니까.

"왜 승낙했나요?" 앞서 나는 에이사에게 물었다.

"은둔자도 외로워질 때가 있거든요." 에이사가 대답했다. 그러고는 곧장 이어서 보낸 메시지에 이렇게 덧붙였다. "가끔은."

지미는 보트의 모터에 시동을 걸어 저 멀리 사라졌다. 에이사는 돌아서서 내게 열려 있는 투명한 '동공' 속으로 내려가라고, 다시 말해 태양계에서 가장 영향력 있는 난민의 거품 집 속으로 들어가라고 손짓했다.

금성의 무거운 대기 속에 떠 있는 금속 고치에서는 별이 보이지 않는
다. 화성의 가압 돔 속에 사는 이들이라고 해서 별에 딱히 관심을 갖는
것은 아니다. 지구에서조차도 거주 가능 지대의 기후 조절 도시에 사는
이들은 섬광이 정신없이 번득이는 화면과 가상 체험 이식 장치, 두서없
는 대화에서 느껴지는 뿌듯함, 화려한 평판 계정, 추락하는 신용 점수
가 남긴 희미한 흔적 따위에만 정신이 팔렸다. 그들은 하늘을 올려다보
지 않는다.

어느 밤, 내가 훈훈한 아열대 태평양을 표류하는 수상 가옥에 누워
하늘을 올려다볼 때, 내 얼굴 위에서는 별들이 평소처럼 둥그런 경로를
따라 돌고 있었다. 다이아몬드처럼 맑고 선명한 빛이 무수히 많은 점
이 되어 반짝였다. 그 순간, 마치 세상 모든 것이 명쾌해 보이는 어린아
이처럼, 나는 깜짝 놀라며 깨달았다. 하늘의 얼굴이 콜라주로 이루어져
있다는 사실을.

내 망막을 강타한 광양자 가운데 일부는 일찍이 안드로메다가 사슬
에 묶여 있던 바위의 틈새에서 출현했다. 그 무렵에는 마지막 빙하기에
태어난 전사들이 아직 유럽 대륙 본토와 영국을 연결하던 도거랜드를
누볐다. 다른 광양자들은 피투성이 카이사르가 폼페이우스 동상의 발
치에 쓰러질 때 백조자리의 날개 끄트머리쯤에서 깜빡이는 점을 출발
했다. 그보다 더 많은 광양자들은 아시아 대륙에서 수십 년에 걸쳐 집
단 학살 전쟁이 벌어져 오스트레일리아와 일본의 무인 항공 드론이 사
막으로 변하거나 홍수에 잠긴 조국을 탈출한 난민들의 조각배에 기총
소사를 퍼부어 바닷속으로 가라앉히던 시절, 항아리 모양을 한 물병자
리의 주둥이 근처를 출발했다. 그리고…… 그린란드와 남극 대륙의 마

지막 빙하가 사라지고 모스크바와 오타와가 최초의 금성행 로켓을 발사했을 때, 머나먼 페가수스자리의 말발굽 근처에서 반짝 하고 태어난 광양자들도 있었다.

바다는 수위가 상승했다가 다시 하강하고, 행성 표면은 우리 얼굴이 그러듯이 시시때때로 변한다. 바다에서 치솟은 육지는 다시 물속에 잠기고, 갑옷을 단단히 차려입은 바닷가재 떼는 지질학의 기준으로 보면 눈 깜짝할 새인 과거에 털북숭이 매머드 무리가 서로 차지하려 다투던 바다 밑바닥을 종종걸음으로 기어 다니며, 어제 도거랜드였던 곳은 내일 매사추세츠해가 될지도 모른다. 끊임없는 변화의 유일한 증인은 저 영원한 별들이다. 그들은 저마다 시간이라는 대양을 따로따로 흐르는 해류다.

하늘을 찍은 사진은 곧 시간의 앨범이다. 그 사진 속에서 나선을 그리는 복잡한 형상은 앵무조개의 껍데기나 나선 은하의 팔을 닮았다.

수상 가옥 안에는 가구가 드문드문 놓여 있었다. 성형 플라스틱 침대와 벽에 부착된 스테인리스 테이블, 상자처럼 넓적한 항해용 계기판 같은 것들은 기능적이고, 소박하고, 오늘날 대유행으로 여겨지는 개인용 나노 기술 장비의 특징인 세밀한 '상징적' 장식이 보이지 않았다. 집 안은 사람 둘이 들어선 것만으로도 비좁았지만, 에이사가 대화로 공간을 가득 채우지 않았기 때문에 실제보다 더 넓어 보였다.

우리는 저녁을 함께 먹었다. 캐노피를 연 채로 불을 피워 놓고 에이사가 직접 잡은 물고기를 구워 먹었다. 그러고는 말없이 잠자리에 들었다. 나는 곧바로 곯아떨어졌다. 부드럽게 일렁이는 바다는 내 몸을 흔들어 줬고, 에이사가 그토록 긴 글을 지어 칭송했던 환하고 따뜻한 뉴잉글랜드 밤하늘의 별빛은 내 얼굴을 어루만져 줬다.

인스턴트커피와 퍽퍽한 비스킷을 아침 삼아 먹고 나서 에이사는 내게 보스턴을 보고 싶으냐고 물었다.

"당연하죠." 내가 말했다. 고대 학문의 보루이자 전설 속의 대도시인 보스턴은 엔지니어들이 점점 높아지는 해수면에 맞서 두 세기에 걸쳐 사투를 벌인 곳이었다. 그러다가 거대한 방파제가 끝내 바다 앞에 무릎을 꿇자 도시는 하룻밤 만에 물에 잠겼다. 선진 제국의 역사에서 가장 괴멸적인 참사로 꼽힐 만한 일이었다.

에이사가 집 안 깊숙한 곳의 조종석에 앉아 키를 잡고 태양광 동력 물 분사 추진기의 작동 상태를 점검하는 동안, 나는 공 모양 집의 둥그런 아랫면에 무릎을 꿇고 앉아 투명한 바닥 너머로 흘러가는 풍경을 눈에 걸신이 들린 사람처럼 구경했다.

아침 해가 떠오르자 모래로 덮인 바다 밑바닥의 거대한 폐허가 햇살 속에 하나둘 모습을 드러냈다. 잊힌 지 오래인 미 제국의 승리를 기리는 기념물들이 고대의 로켓처럼 비죽이 서서 아득히 먼 곳의 수면을 가리켰다. 돌과 유리 섬유 보강 콘크리트로 지어 한때는 수십만 명이 거주하던 여러 탑은 해저 산맥처럼 우뚝 솟아 있었고, 수없이 많은 창문과 문은 쓸쓸하게 텅 빈 동굴로 변해 색색의 물고기 떼가 열대의 새들처럼 쏜살같이 튀어나올 뿐이었다. 건물 사이사이 거대한 해초 숲이 넘실거리는 계곡은 일찍이 질주하는 자동차 행렬이 종횡으로 가득 메운 널따란 도로였다. 그 자동차들이 바로 이 거대한 도시에 생명을 불어넣던 간세포였다.

그리고 무엇보다도 놀라운 것은 암초로 변한 이 도시의 표면을 빼곡히 뒤덮은 무지갯빛 산호 무리였다. 암적색부터 연한 주황색, 진줏빛 백색, 네온처럼 환한 주홍색까지…….

제2차 홍수 전쟁이 일어나기 전에 유럽과 미국의 현자들은 산호가 절멸하리라 예상했다. 바다의 수온과 산성도가 높아지는가 하면 바닷말 개체수도 크게 늘었고, 수은과 비소와 납을 비롯한 중금속 침전물도 잔뜩 쌓였다. 한편으로 여러 선진국이 거주 불능 지역에서 밀려오는 난민들을 막으려고 살상 목적의 방어 시설을 세우면서 해안 지대는 걷잡을 수 없이 개발되기 시작했다. 그 모든 것이 연약한 해양 동물과 이들의 광합성 공생자에게 멸망을 불러올 것처럼 보였다.

바다는 색채를 잃으려 했을까? 이로써 우리가 어리석었다고 말없이 증명하는 흑백 사진이 되려 했을까?

그러나 산호는 살아남아 적응했다. 그들은 북반구와 남반구의 고위도 지역으로 이주해 스트레스가 강한 환경에 대해 내성을 키웠는데, 그 덕분에 뜻밖에도 인간이 해양 자원을 채굴하려고 설계한 나노판 분비형 인공 해조류와 새로운 공생 관계를 만들어 나갔다. 나는 매사추세츠 해가 이야기로 전해지는 그레이트배리어리프나 오래전에 사멸한 전설 속의 카리브해 못지않게 아름답다고 생각한다.

"어떻게 저런 색채가……." 나는 멍하니 중얼거렸다.

"최고로 아름다운 산호 무리는 하버드 야드에 있어요." 에이사가 말했다.

우리는 한때 찰스강이었던 해초 숲 위를 지나 남쪽에서부터 케임

브리지로 진입한 다음, 그곳에 자리 잡은 유명한 대학교의 폐허로 접근했다. 그러나 수면 위로 점점 다가오는 거대한 유람선이 우리 앞을 가로막았다. 에이사가 수상 가옥을 멈춰 세우자 나는 앞을 내다보려고 돔 꼭대기로 올라갔다. 관광객 무리가 누스킨 오리발과 인공 아가미를 착용하고 배에서 뛰어내리는 모습이 꼭 고향으로 돌아가는 셀키(가죽을 입었다 벗었다 하며 인간과 바다표범을 오가는 스코틀랜드 설화 속의 바다 생물 — 옮긴이)들 같았다. 그들의 매끈한 피부는 작열하는 11월의 태양을 견디려고 임시로 구릿빛을 띤 상태였다.

"와이드너 도서관은 인기 있는 관광 명소예요." 에이사가 설명 삼아 내게 얘기해 줬다.

내가 집 안으로 내려오자 에이사는 수상 가옥을 물속으로 몰아 유람선 아래쪽으로 내려갔다. 이 배는 해안의 뗏목 도시에 사는 난민들이 열대의 치명적인 더위뿐 아니라 태풍과 허리케인까지 견디고 살아남게끔 바다 밑으로 잠수하는 능력까지 갖췄다.

우리는 일찍이 세계에서 가장 커다란 대학 도서관이었던 곳의 거대한 폐허를 둘러싸고 자라난 산호초를 향해 천천히 내려갔다. 우리 주위에는 색색의 물고기 떼가 소용돌이치며 통나무처럼 굵다란 햇살 속을 지나갔고, 관광객들은 인공 아가미 뒤로 물거품을 기다랗게 늘어뜨리며 인어처럼 우아하게 둥실둥실 바다 밑으로 내려왔다.

물속에 우뚝 선 건축물 앞에 만화경처럼 펼쳐진 바다 밑바닥 위를 수상 가옥이 한 바퀴 빙 도는 동안, 에이사는 갖가지 구경거리를 손으로 가리켰다. 암적색 산호 군락이 고전 플라멩코 무용수의 평퍼짐한 드레스처럼 주름지고 구불구불한 형상으로 빼곡히 뒤덮은 언덕은 일찍이 소로의 스승 에머슨의 이름을 딴 건물이었다. 카민, 세룰리안블루, 비리디언, 사프란색을 띤 산호들이 뾰족뾰족한 기하학적 무늬를 이루고 다닥다닥 붙어 있는 창 모양의 높다란 기둥은 오래전 하버드 대학교 메모리얼 교회의 첨탑이었다. 또 다른 기다란 산호 군락 옆쪽에 조그맣게 튀어나온 것은 인간 두뇌 모양의 커다란 산호 군집으로서, 뇌 이랑과 뇌엽처럼 생긴 부분을 보면 한때 신성시된 이 지식의 전당을 기다란 로브 차림으로 활보하던 학자들이 여러 세대에 걸쳐 쌓은 지혜가 떠오르지만, 실제로는 유명한 '세 가지 거짓말 동상'이 서 있는 곳이다. 이 대학교의 유명한 후원자 존 하버드를 제대로 설명하지도, 비슷하게 묘사하지도 못한 그 오래된 기념물 말이다.

내 곁에서 에이사가 조용히 읊조렸다.

> 단풍은 더 화사한 스카프를,
> 들판은 붉은 가운을 걸쳤다.
> 나 혼자만 초라해지지 않으려면
> 작은 장신구라도 하나 끼어야지.

미 합중국 초기 공화국 시대의 시인 에밀리 디킨슨의 고전 시를 들으니 오래전, 그러니까 해수면이 상승하고 겨울이 사라지기 한참 전에 이곳의 해안을 예쁘게 꾸몄으나 이제는 자취를 감춘 아름다운 가을이 떠올랐고, 그래서 묘하게 잘 어울리는 듯했다.

"초기 공화국 시대의 단풍이 이보다 더 찬란했을 거라고는 상상이

가질 않는데요." 내가 말했다.

"그야 우리 시대 사람은 아무도 모를 일이죠. 산호가 어떻게 저렇게 화사한 색깔을 내는지 알아요?"

에이사가 묻자 나는 고개를 가로저었다. 산호에 관해서라면 금성에서 인기 있는 보석이라는 사실 말고는 아는 것이 없다시피 했으니까.

"덜 단단한 윗세대 산호들을 죽였을지도 모르는 중금속과 오염 물질 때문에 색소 침착 현상이 일어난 거예요. 이 일대는 인간의 손길이 가장 오래 닿았기 때문에 색소의 색깔이 유독 선명하죠. 이 산호들은 아름답기는 해도 놀랄 만큼 연약해요. 지구 한랭화가 1, 2도만 더 진행돼도 몰살당할걸요. 산호가 예전의 기후 위기를 견디고 살아남은 건 기적이었어요. 그 기적이 한 번 더 일어날 수 있을까요?"

일찍이 와이드너 도서관이었던 거대한 산호초 쪽으로 고개를 돌려 보니 관광객들이 도서관 입구의 널따란 계단참에 내려앉거나 건물 옆쪽 벽에 옹기종기 붙어 있었다. 선명한 진홍색을 띤 젊은 관광 가이드들이 저마다 당일치기 활동에 참가하는 관광객 무리를 이끌었다. 피부에 색소 침착이 일어났든 아니면 옷 색깔이든 간에, 그 진홍색이 바로 하버드 대학교의 상징색이었다.

에이사는 관광객이 성가셔서 다른 곳으로 가려 했지만, 나는 그들이 어디에 관심을 갖는지 보고 싶다고 부탁했다. 에이사는 잠시 망설이다가 고개를 끄덕이고는 배를 조종해 관광객들 근처로 향했다.

한때 와이드너 도서관 입구로 올라가는 계단이었던 곳에 관광객 한 무리가 둥그렇게 서 있다가 진홍색 잠수복 차림인 젊은 여성 가

이드의 뒤를 따라갔다. 춤추는 듯한 동작이 연이어 눈에 띄었다. 사람들은 천천히 움직였는데 원래 그렇게 하도록 지시받았는지 아니면 물의 저항이 너무 강해서인지는 분명치 않았다. 관광객들이 이따금 올려다본 위쪽 멀리서 이글거리는 태양은 중간 수백 미터를 가로막은 물 때문에 뿌옇고 흐릿해 보였다.

"저 사람들은 자기네가 태극권 수련을 하는 줄 아나 봐요." 에이사가 말했다.

"태극권하고 하나도 안 비슷한데요." 나는 어설프게 흐느적거리는 관광객들의 모습과 저중력 체육관에서 여러 차례 목격한 빠르고 절도 있는 동작을 도저히 연관지어 생각할 수 없었다.

"과거의 태극권은 오늘날의 형태와 무척 다르게 느리고 신중한 기예였으리라 추측돼요. 하지만 '디아스포라' 이전 시대의 기록은 남아 있는 게 워낙 적다 보니, 유람선에서 자기네 마음대로 만들어 관광객들한테 시키는 거죠."

"왜 하필 여기서 태극권을 하는데요?" 나는 황당하다 못해 어안이 벙벙했다.

"전쟁 전의 하버드 대학교에는 중국계 학자들이 많았나 봐요. 중국에서 가장 부유하고 권력 있는 사람들이 자녀를 이곳에 보내 공부시켰다고 하더군요. 그래 봤자 전쟁에서 살아남진 못했지만요."

에이사가 와이드너 도서관에서 조금 더 먼 쪽으로 배를 돌리자 또 다른 관광객 무리가 눈에 띄었다. 그들은 산호가 융단처럼 뒤덮은 하버드 야드 위를 거닐거나, 종이책으로 보이는 물건을 손에 들고 스캔그램에 올릴 포스트를 서로 찍어 줬다. 종이책은 유람선 회사에서 제공한 소품이었다. 몇몇 사람들은 음악도 없이 춤을 췄는데 공화국 시대 초기와 후기에 유행하던 옷차림이 섞인 의상을 입고 있었고, 여기에 학사 가운 차림도 한두 명 추가로 섞여 있었다. 철학과 건물인 에머슨 홀 앞에는 가이드 둘이 관광객 두 무리를 이끌고 토론 대회를 흉내 낸 행사를 진행하는 중이었다. 양 팀은 저마다 머리 위에 만화 속의 생각 말풍선처럼 생긴 흐릿한 홀로그램을 둥둥 띄워 놓고 이를 통해 자기네 견해를 밝혔다. 일부 관광객은 우리를 보고도 별 관심을 두지 않았다. 아마 둥둥 떠가는 난민 수상 가옥 또한 유람선 측에서 제공한 분위기 내기용 소품이리라 생각했을 것이다. 그 유명한 은둔자가 자기네 코앞에 있다는 것을 관광객들이 알았더라면…….

나는 관광객들이 이 학교의 전성기를 상상하고 당시 장면들을 재현하고 있다는 것을 알아차렸다. 그러니까 경제 발전에 눈이 먼 세계 각국 정부가 쉬지 않고 지구를 뜨겁게 달군 끝에 마침내 빙하가 무너지는 날이 왔는데도 하버드 대학교가 길러낸 위대한 철학자들은 긴 한탄만 늘어놓고 있었던, 그 시절 말이다.

"세계에서 가장 뛰어난 환경 보호 운동가들과 자연 연구자들이 이 하버드 야드를 거닐었죠." 내가 말했다. 하버드 대학 교정에서 가장 유서 깊은 구역인 하버드 야드는 대중의 상상 속에서 아테네의 아크로폴리스나 포로 로마노와 어깨를 나란히 하는 곳이었다. 나는 머릿속에서 우리 발밑의 알록달록한 산호초를 선명한 빨간색과 노란색 낙엽에 뒤덮인 초록빛 잔디밭으로 다시 그려봤고, 뉴잉글랜드의 어느 선선한 가을날 학생과 교수가 다 함께 그곳에 모여 지구의 미래를 주제로 토론하는 광경도 떠올려 봤다.

에이사가 말했다. "내가 낭만주의자로 유명한 사람이긴 하지만, 그런 내가 봐도 지난날의 하버드가 지금보다 더 나았을 것 같진 않아요. 그 대학교는 비슷한 다른 학교들과 함께 장군과 대통령을 여럿 배출했는데, 바로 그들이 인류가 기후를 바꿀 수 있다는 사실을 끝내 부정하고 선동에 굶주린 국민을 꾀어 아시아와 아프리카에서 가장 가난한 나라들을 상대로 전쟁을 벌인 장본인이니까요."

우리는 말없이 하버드 야드 위를 돌아다니며 관광객들을 구경했다. 따개비가 다닥다닥 붙은 퀭한 창문으로 들락거리는 사람들은 눈이 여럿인 동물의 두개골 눈구멍으로 쪼르르 기어다니는 소라게와 비슷했다. 그들 가운데 일부는 거의 헐벗은 몸에 얄따란 천을 걸쳐 뒤로 길게 늘어뜨렸는데 그 모습이 초기 공화국 시대의 미국식 고전 스타일 드레스와 슈트를 연상케 했다. 다른 이들은 미 제국 시대 스타일에서 영감을 받은 잠수복 위에 모조 갑옷과 방독면이 달린 헬멧을 쓴 차림새였다. 또 다른 이들은 인공적으로 녹슨 자국을 만든 가짜 생존용 호흡 보조기 키트를 질질 끌고 다니는, 이른바 세련된 난민 스타일이었다.

그들은 뭘 찾고 있었을까? 과연 찾았을까?

노스탤지어란 시간이 치유하려 해도 우리가 거부하는 상처다. 에이사는 전에 그런 글을 쓴 적이 있다.

몇 시간 후, 나들이에 만족한 관광객들이 수면을 향해 우르르 올라가는 모습은 마치 보이지 않는 포식자에게서 달아나는 물고기 떼

같았다. 그리고 어찌 보면 그들은 실제로 그런 존재였다.

기상 예보에서 거대한 폭풍우가 몰려온다고 했다. 매사추세츠해는 보기 드물게 잠잠했다.

우리 주위의 바다에서 방문객들이 사라지고 유람선이 드리운 구름 같기도 하고 섬 같기도 한 커다란 그림자마저 물러가자, 에이사는 눈에 띄게 점점 더 차분해졌다. 이윽고 에이사는 배 안은 안전하다고 나를 안심시킨 다음, 잠수정이나 다름없는 수상 가옥을 조종해 메모리얼 교회 자리를 차지한 산호초의 안쪽으로 이동했다. 우리는 사납게 요동치는 수면 아래 그곳에서 폭풍우를 피할 참이었다.

해가 지고 바다가 어두워지자 우리 주위에서 무수히 많은 빛이 깨어났다. 밤의 산호초는 잠들기 좋은 곳이 결코 아니었다. 바야흐로 해파리나 새우, 바다반디, 샛비늘치처럼 빛을 내는 야행성 수중 동물들이 은신처에서 나와 이 잠들지 않는 해저 대도시에서 즐거운 한때를 보낼 시간이었다.

바람과 파도가 머리 위의 수면에 거세게 몰아치는 동안, 우리는 셀 수 없이 많은 살아 있는 별들에 둘러싸인 채 바다라는 심연 속을 떠돌며 사실상 아무것도 느끼지 못했다.

우리는 보려 하지 않는다.

우리에게는 보이지 않는다.

우리는 새로운 경치를 찾아 수백만 킬로미터를 여행하지만 정작 우리 두개골 안쪽은 잠시도 들여다본 적이 없다. 그 안은 틀림없이 우주가 보여 줄 어떠한 풍경에도 뒤지지 않을 만큼 이질적이고 환상적일 텐데도 말이다. 호기심과 신기한 것에 대한 끝없는 욕구는 고작 우리 주위의 땅 10제곱미터만 살펴봐도 너끈히 채워진다. 발밑의 타일 하나하나에 그려진 독특한 수직 무늬라든가, 우리 피부에 사는 박테리아 한 종 한 종에 생명을 불어넣고자 갖가지 물질이 어우러져 빚어내는 화학 교향곡, 우리는 어떻게 스스로에 관해 생각하는 스스로를 생각할 수 있는가 하는 수수께끼 같은 것들로.

상공의 별은 내 선실의 동그란 창문 바깥에 있는 갯지렁이만큼이나 아득히 먼 동시에 가깝다. 모든 원자에 한가득 들어찬 아름다움을 파악하려면 그저 보기만 하면 된다.

별처럼 혼자 힘으로 살기란 오로지 고독 속에서만 가능하다.

나는 이것을 가진 것만으로 만족한다. 지금을 가진 것만으로.

저 멀리 와이드너 도서관의 절벽처럼 높다란 벽에서 환한 빛이 터졌다. 공허 속에 폭발하는 신성 같았다.

그 일대의 별들이 쏜살같이 사라지고 칠흑 같은 어둠만 남았지만 신성 자체는, 그 몽글거리는 빛의 구름은, 계속해서 뒤틀리며 소용돌이쳤다.

나는 에이사를 깨워 그 빛 쪽을 가리켰다. 에이사는 말 한마디 없이 수상 가옥을 조종해 그쪽으로 향했다. 우리가 접근하는 사이에 빛은 저절로 모습이 바뀌어 몸부림치는 형상으로 변해 갔다. 그 형상의 정체는 문어였을까? 아니, 사람이었다.

"조난당해서 가지도 오지도 못하는 관광객일 거예요." 에이사가 말했다. "지금 수면 위로 올라갔다간 폭풍우에 휩쓸려 죽을걸요."

에이사는 그 관광객의 주의를 끌려고 수상 가옥 앞쪽의 전등을 환하게 켰다. 불빛이 켜지자 발광 패치가 다닥다닥 붙은 잠수복 차림의 젊은 여성이 갑작스레 퍼붓는 수상 가옥의 강렬한 불빛을 막으려고 눈을 가린 채 갈 곳을 잃고 우왕좌왕했다. 인공 아가미의 기다란 흡수구가 빠르게 열렸다 닫혔다 하며 여성이 느끼는 당혹감과 공포를 드러냈다.

"어느 쪽이 수면인지 분간을 못 하네요." 에이사가 중얼거렸다.

에이사는 동그란 창문 너머의 여성에게 손을 흔들며 수상 가옥을 따라오라고 손짓했다. 이 조그만 쉼터에는 에어록 같은 설비가 없으니 여성을 안으로 들이려면 우리도 함께 수면 위로 올라가야 했다. 여성은 우리 쪽을 보며 고개를 끄덕였다.

수면 위로 나와 보니 비가 억수로 퍼부었고 파도도 너무 거칠게 몰아쳐서 가만히 서 있기조차 힘들었다. 에이사와 나는 돔 입구 둘레의 좁다란 턱에 배를 깔고 엎드린 채 그 젊은 여성을 배 위로 끌어올렸고, 여성의 몸무게가 더해지자 배는 물속으로 더 낮게 가라앉았다. 고함까지 질러가며 갖은 애를 다 쓴 끝에 우리는 여성을 집 안으로 들이고 돔을 닫은 다음, 다시 물속으로 내려갔다.

20분 후, 젖은 몸을 말리고 아가미를 벗고 따뜻한 담요로 몸을 단단히 싸맨 다음 따뜻한 차가 담긴 머그잔까지 손에 쥐고 나서, 사람〈골든게이트교〉-〈교토〉는 감사하는 눈빛으로 우리를 마주 봤다.

"도서관 안에서 길을 잃었지 뭐예요." 사람이 말했다. "가도 가도 빈 서가만 계속 이어졌는데, 온 사방이 다 똑같아 보였어요. 처음에는 줄무늬 물고기를 따라 건물 바닥을 걸어갔어요. 물고기가 바깥으로 안내할 줄 알았는데, 실은 그 안에서 빙빙 돌았나 봐요."

"찾으려고 했던 건 찾았나요?" 에이사가 물었다.

얘기를 들어 보니 사람은 하버드 스테이션의 학생이었다. 하버드 스테이션이란 금성의 대기권 상층에 떠 있는 고등 교육 기관으로서, 폐허가 된 채 지금 우리 배 아래 쪽에 잠들어 있는 대학교의 옛 이름을 쓰도록 허가받은 곳이었다. 사람은 이 전설 속의 학교를 자기 눈으로 직접 보러 온 참이었다. 폐허가 된 도서관의 서가를 뒤지며 역사에서 사라진 고서를 찾아보겠다는 낭만적인 생각을 품고서.

에이사는 동그란 선실 창문 바깥으로 눈길을 돌려 으스스하게 서 있는 텅 빈 도서관을 바라봤다. "그토록 오랜 세월이 흐른 지금, 저 안에 뭐가 남아 있을 것 같진 않아요."

"어쩌면요." 사람이 말했다. "하지만 역사는 죽지 않아요. 언젠가는 이곳의 물이 빠지는 날이 올 거예요. 저는 대자연이 마침내 올바른 길로 다시 들어서는 날을 살아생전에 볼지도 몰라요."

사람은 조금 지나치게 낙관적인 듯싶었다. 행성 연합은 올해 초가 돼서야 겨우 이온 추진 기관 우주선으로 소행성 여섯 개를 근지구 궤도에 올려놓는 데 성공했고, 우주 거울 건설 계획은 아직 첫 삽도 뜨기 전이었으니까. 가장 낙관적인 공학적 예측에서도 우주 거울이 지구에 도달하는 햇빛의 양을 줄여 기후 한랭화를 시작하고 지구를 오래전의 상태로, 그러니까 극지방은 만년설로 뒤덮여 있고 산꼭대기에는 빙하가 얼어붙어 있는 온화한 기후의 에덴동산으로 되돌리려면, 수백 년은 아니더라도 수십 년은 걸릴 거라고 했다. 그보다는 화성 전역을 테라포밍하는 일이 먼저 끝날지도 몰랐다.

"도거랜드가 매사추세츠해보다 조금이나마 더 자연스러운 곳일까요?" 에이사가 물었다.

사람의 눈빛은 흔들리지 않고 줄곧 차분했다. "빙하기의 산물을 인류의 손에 만들어진 것과 비교하면 곤란하죠."

"꿈을 위해 지구를 뜨겁게 달구고, 노스탤지어를 위해 다시 차갑게 식히는 우리는 도대체 어떤 존재일까요?"

"신비주의 같은 건 우리 선조들의 잘못으로 일어난 결과를 견뎌야 하는 난민들의 고통을 조금도 덜어 주지 않아요."

"나는 또 다른 잘못을 막으려고 이러는 거예요!" 에이사는 버럭 외치고 나서 억지로 마음을 가라앉혔다. "해수면의 수위가 낮아지면 우리 주변의 모든 것이 사라질 거예요." 에이사의 눈길이 원형 창문 바깥으로 향했다. 산호초의 야간 거주자들이 빛을 내며 활동하는 현장으로. "싱가포르에서, 아바나에서, 내몽골에서 활기차게 살아가는 공동체들도 함께 사라지겠죠. 우린 그런 곳을 가리켜 난민 판자촌이니 거주 불안 지역이니 하지만, 그런 곳도 어떤 이에게는 고향이에요."

"제 고향이 바로 싱가포르예요." 사람이 말했다. "전 그곳을 벗어나려고 평생 발버둥 쳤어요, 그러다가 간신히 손에 쥔 게 모두가 탐내는 영국 버밍엄행 이민 비자였죠. 내 앞에서 우리 동포들의 대변자 행세를 하거나 우리가 뭘 추구해야 하는지 설교할 생각은 마세요."

"하지만 당신은 떠났잖아요." 에이사의 말이었다. "이제는 거기에 안 살잖아요."

저 바깥의 예쁜 산호초가 내 머릿속에 떠올랐다. 독으로 아름답게 물든 산호초들이었다. 세계 곳곳의 바닷속과 바다 위에 사는 난민들도 떠올랐다. 몇 세기가 흐르고 몇 세대가 지나도 여전히 난민으로 불리는 사람들이었다. 서늘해지는 지구가, 옛 영토를 되찾으려 경쟁하는 선진 제국이, 앞으로 벌어질 전쟁이, 또 힘의 균형이 무너지고 다시 회복될 때 벌어질 거라 암시되는 학살이 떠올랐다. 그런 것들을 결정하는 이는 누구일까? 그 대가를 치르는 이는 또 누구일까?

잠수형 수상 가옥 안에 셋이 함께 앉아 있는 동안, 창공을 가로지르는 유성처럼 쏜살같이 지나가는 수많은 빛의 궤적에 둘러싸인 난민이었던 우리는, 셋 중 누구도 더 할 말을 떠올리지 못했다.

나는 타고난 내 얼굴을 알지 못해 아쉬웠던 적이 있다.

우리는 일찍이 선조들이 진흙을 빚어 소상을 만들 때만큼이나 손쉽게 우리 얼굴을 다시 만든다. 자신의 껍데기, 즉 영혼이 깃드는 소우주의 생김새와 높낮이를 바꾸고 그리하여 사회라는 대우주의 분위기와 유행에 스스로를 맞춘다. 그러고 나서도 육신의 한계에 불만을 품은 나머지 빛을 반사하고 그늘을 드리우는 보석으로 결과물인 얼굴을 장식한다. 비현실적인 홀로그램으로 실체의 결함을 가리기도 한다.

자연주의 운동가들은 현대성에 맞서 끝나지 않을 투쟁을 벌이며 위선을 지적하고 우리에게 이제 그만하라고 요구하고, 우리 삶은 진짜가 아니라고 말한다. 그리고 우리는 그들이 우리 선조들의 거칠거칠한 이미지를 우리 눈앞에 비추는 동안 넋이 나간 채 귀를 기울인다. 선조들의 결점과 변치 않는 외모는 곧 연이어 퍼붓는 묶음 처리된 비난이다. 그리고 우리는 고개를 끄덕이며 더 잘하겠노라고, 인위적인 조작은 그만두겠노라고 다짐하다가 다시 일터로 돌아가면 마법에서 벗어나 다음 고객을 위해 어떤 새 얼굴을 착용할지 결정한다.

하지만 자연주의 운동가들은 우리에게 뭘 시키려는 걸까? 우리 얼굴은 날 때부터 이미 만들어진 것이다. 우리가 아직 수정란에 지나지 않았을 때 무수히 많은 세포 수술칼이 우리 유전자를 자르고 이어 붙여 질병을 제거하고 위험한 돌연변이를 걸러내고 지능과 수명을 향상시키려 했다. 그리고 그 전에는 수백만 년에 걸친 정복과 이주와 지구 한랭화와 지구 온난화가, 그리고 우리 선조들이 아름다움이나 폭력이나 탐욕에 이끌려 내린 선택이 이미 우리 모습을 빚어냈다. 우리가 타고난 얼굴은 디오니소스 축제가 벌어진 아테네나 무로마치 막부가 지배한 교토에서 고대 연극배우들이 썼던 가면만큼이나 공들여 만든 것이지만, 한편으로는 빙하에 깎여 생겨난 알프스산맥이나 바다에 잠겨 생겨난 매사추세츠해만큼이나 자연적이기도 하다.

우리는 우리가 누군지 알지 못한다. 하지만 우리는 답을 알아내려는 노력을 결코 멈추지 않는다.

회색 토끼, 진홍 암말, 칠흑 표범
Grey Rabbit, Crimson Mare, Coal Leopard

약탈에 나선 도적 떼의 위협이 점점 더 커지는바, 드라이프현의 백성 가운데 신체가 온전한 이들은 모두 민병대에 자원할 것을 권유함. 무기와 보급품은 각자 책임지고 확보할 것.

대군(大君)이 평의회의 동의하에 약속하는바, 민병대 구성원들은 저마다 부식자 무리에게서 몰수한 전리품의 절반을 자기 몫으로 가져도 됨.

— 드라이프현 현령 키데백(白)

에이바 사이드는 삽으로 광석을 퍼서 체반에 조금 더 부은 다음, 수문에서 흘러나온 물줄기에 체반을 담가 살살 흔들었다. 계단식으로 지은 광물 채취용 배수로를 따라 물이 흘러 내려오는 동안 갖가지 색을 띤 혼합물이 무게에 따라 서서히 몇 가지 부류로 나뉘었다. 맨 위는 무거운 금속 물체, 예컨대 녹슨 못이나 기계 부속의 파편 따위였다. 중간은 더 얇고 가벼운 것, 찌그러진 깡통이나 유리 조각, 사금파리였다. 맨 아래는 가장 가벼운 것들, 즉 색색의 다양한 플라스틱이 차지했다. 개중에는 전자 부품이 반짝이는 보석처럼 박힌 것도 있었다.

에이바는 감탄한 표정으로 고개를 절레절레 흔들었다. 걸음마를 떼자마자 쓰레기장에서 광부로 일했지만, 고대인들이 누렸던 풍요 앞에서 그녀는 예나 지금이나 경이로움을 느꼈다.

"에이바, 오늘은 여기까지만 하는 게 좋겠어." 그 말을 꺼낸 사람은 에이바의 남동생 쇼였다. 아직 볼에 젖살도 다 빠지지 않은 소년

쇼는 자신이 진지하다는 것을 강조할 요량으로 미간을 힘껏 찌푸렸다. 뒤쪽에서는 쇼의 친구들이 이미 연장과 채취물 보관통을 챙기는 중이었다.

스물다섯 살인 에이바는 여느 광부들보다 나이가 많았다. 게다가 드라이프현 바깥을 여행해 본 유일한 사람이기도 했기 때문에, 광부들 사이에서 우두머리로 대접받았다. 단지 쇼뿐만 아니라 모두의 누나 같은 존재였다.

에이바는 서쪽 하늘에 아직 팔 몇 개 길이만큼이나 높이 떠 있는 해를 올려다봤다. "이렇게 일찍 돌아가자고? 아직 채취할 게 잔뜩 남았는데."

쇼는 머뭇거리며 머리를 긁적였다. "우린 그냥…… 페이 스웰을 보러 갈까 해서."

에이바의 표정이 어두워졌다. "그 천방지축 같은 여자를 따라가서 뭘 어쩔 작정인데? 내 말 명심해, 그 여잔 틀림없이 자기를 따르는 자들에게 화를 불러올……"

"페이는 모두에게 외상으로 무기를 사 주겠다고 했어. 그러니까 우린 돈을 한 푼도 낼 필요가 없단 말이야. 난 활도 잘 쏘고, 작년엔 몽둥이로 재칼을 두 마리나 때려잡았잖아. 페이가 그때 날 눈여겨본 게 틀림없…‥"

"그러니까 끝까지 민병대에 지원하겠다, 이거지. 그 일로 논쟁하는 건 이번이 마지막인 줄 알아. 난 돈 때문에 반대하는 게 아니야, 그리고 내 대답은 '안 돼'야."

에이바는 돌아서서 끙 소리를 내며 체반을 물 바깥으로 들어 올렸다. 그러고는 앞서보다 부드러워진 목소리로 덧붙였다. "누나 좀 도 와줘."

쇼는 친구들의 얼굴만 속절없이 바라봤다. 동생의 친구들이 화난 눈으로 쏘아봤지만 에이바는 아랑곳하지 않았다. 쇼는 한숨을 쉬며 에이바와 함께 체반 옆에 쪼그려 앉아 침전물을 분류하기 시작했다. 둘은 빠르고도 신중하게 일했다. 쓰레기장 광산에는 깨진 유리나 녹슨 날붙이, 고대인들의 저주가 담긴 날카로운 바늘 따위가 잔뜩 있었다. 손가락을 찔리거나 손바닥을 베여 알 수 없는 병에 걸리고 이 때문에 목숨을 잃은 광부는 적지 않았다. 이들 남매는 둘 다 손을 보호하고자 에이바가 특별히 만든 장갑을 끼고 일했다.

광산에는 얄따란 비닐 시트와 비닐봉지가 한가득 널려 있었는데 그중에는 색색의 로고와 뜻 모를 말이 적힌 것이 많았다. 광부들은 보통 그런 비닐을 쓰레기로 여기고 버렸다. 그러나 에이바는 비닐을 가늘고 기다란 가닥으로 자른 다음 가닥 여럿을 꼬아 실을 잣고, 다시 그 실로 튼튼한 천을 짜는 방법을 고안했다. 그 천으로 만든 장갑은 유연하고 실용적이고 모양도 아주 예뻤다. 지금은 사실상 쓰레기장 광산의 모든 광부가 에이바에게서 그런 장갑을 선물로 받아 끼고 일했다.

쓰레기 사이로 춤추듯 움직이는 손 네 개는 저마다 에이바가 오래전에 지나간 시대의 잔해를 엮어 만든 예쁜 모자이크를 두르고 있었다. 날아오르는 봉황, 떨어지는 단풍잎, 피어나는 장미, 귀가 축 처진 토끼……

두 남매는 말없이 체반의 내용물을 분류해 채취물 보관통에 담았다. 금속은 1킬로그램에 몇 푼을 받을 수 있었지만, 진짜 노다지는 플라스틱판에 붙은 전자 부품이었다. 납땜을 다 녹여 제거한 후에 아직 작동하는 것으로 판명된 부품은 어떤 것이든 한 점당 몇 냥의 가치가 있었다. 광부라면 누구나 친구의 친구가 진귀한 칩을 발견해 우스터 또는 론플레어 같은 곳에서 수백 냥을 받고 팔았다는 이야기 하나쯤은 알게 마련이었다.

쇼는 깊은 숨을 들이쉬고 말을 시작했다. "사람들이 그러는데, 부식자 소굴에 들어가기만 하면 누구나 3년 치 식량쯤은 너끈히 살 돈을 손에 넣는⋯⋯"

"식량은 우리도 잔뜩 있어." 에이바가 쏴붙였다. "너 정말로 부식자들하고 싸우는 게 다람쥐 사냥만큼이나 쉬운 줄 아는 거야? 혹시라도 '발현자 들쥐' 패거리 중에 한 놈하고 맞닥뜨리면 어쩔 건데? 전쟁은 군인들한테 맡겨 둬."

"그 돈으로 꼭 식량을 살 필요는 없어. 아껴 뒀다가 추천 위원회에 줄 선물을 살 수도 있고⋯⋯"

"추천 위원회? 그래, 네가 이러는 이유가 실은 그거였구나." 에이바의 목소리가 다시 딱딱해졌다. "너 어머니가 돌아가시기 전에 뭐라고 하셨는지 잊어버렸어?"

"아니." 쇼의 목소리는 부루퉁했다. "그치만 난 쓰레기 더미나 뒤지면서 평생을 보내긴 싫단 말이야."

에이바가 다시 입을 열기까지는 시간이 조금 걸렸다. 차분한 목소리를 유지하는 것도 쉬운 일은 아니었다. "넌 장이 서는 날에만 드라이프헌에 가 봤을 뿐이지, 거기서 산 적은 없잖아. 우리가 거기에 없

400

을 때 그곳 사람들이 우리에 관해 나누는 얘기를 들어 본 적도 없고. 론플레어 주민들은 드라이프현 사람들보다 더 오만해. 거기 주민들 한테 너나 나 같은 사람은 잡초 아니면 버려도 되는 쓰레기나 다름 없어. 네가 거기 가서 행복해지기는……"

"세상은 변하고 있어." 쇼가 말했다. 목소리가 앞서보다 더 간절했다. "모든 현령과 장군이 병사를 모집한다고! 기회는 얼마든지……"

"넌 절대 발현자가 되지 못할 거야." 에이바는 딱 잘라 말했다. 숫제 외치다시피 했다. "그 얘긴 이걸로 끝인 줄 알아!"

"누나가 떨어졌다고 해서 나까지 떨어지라는 법은 없어! 내가 만약 내 진짜 모습으로 발현한다면, 나도 지체 높은 사람이 될 거야!"

에이바는 뺨따귀라도 맞은 사람처럼 꼼짝도 하지 않았다. 그러다 한참 후에, 목멘 기색을 감추고 말문을 여느라 애를 먹었다. "그건 네가 몰라서 하는 말이야……."

그러나 쇼는 장갑을 냉큼 벗어 땅바닥에 던져 버렸다. "오늘 저녁 상에 내 몫은 안 차려도 돼. 날 안 믿어 주는 사람하고는 나도 같이 있기 싫으니까."

어리둥절해하는 친구들이 지켜보는 가운데, 쇼는 쓰레기장 광산 에서 달아나 버렸다.

에이바는 점점 작아지는 쇼의 뒷모습을 미동도 않고 서서 바라봤다. 그러다가 해를 힐끔 올려다보고는 한숨을 내쉰 다음, 다시 체반 의 침적물을 분류하기 시작했다.

에이바는 식탁 한복판에 놓인 사진을 무심코 쓰다듬었다. 식구들이 함께 찍은 한 장뿐인 가족사진이었다. 그 사진을 찍느라 부모님은 1년 동안 광산에서 일하며 저축한 돈을 죄다 지불했고, 이로써 에이바 가족은 드라이프 읍내에 한 곳뿐인 사진관에 다 함께 가만히 앉아 광화사(光畫師)가 마법을 부려 그들 가족의 모습을 은칠한 구리판에 천천히 고정시키는 동안 눈을 깜박이지 않으려 안간힘을 썼다.

사진 속의 어머니와 아버지는 딸 에이바의 양옆에 나란히 서 있었다. 당시 열여덟 살이었던 에이바는 발현자 후보생으로 선발된 총명한 청년들에게 현령이 하사하는 격식 있는 긴 겉옷 차림이었다. 부모님은 광화사가 지시한 대로 억지웃음 대신 편안한 표정을 유지하려 했다. 이미지 처리 과정에서 광화사에게 번짐 없이 포착될 만큼 오랫동안 웃는 표정을 유지하기란 불가능하기 때문이었다. 그러나 에이바는 살짝 말려 올라간 부모님의 입가에서, 또 자신의 허리를 지켜 주듯이 감싼 어머니의 팔에서 자랑스러워하는 기색을 느꼈다. 당시 겨우 열한 살이던 쇼는 다른 식구들 앞쪽에서 에이바에게 조금 붙어 서 있었다. 쇼의 얼굴이 얼룩처럼 흐릿해 보이는 까닭은 스스로도 참지 못하고 존경에 찬 눈빛으로 자꾸만 누나를 우러러봤기 때문이었다.

그때는 얼마나 희망찼던가. 삶이 달라지리라는 꿈, 론플레어에서 기회를 잡으리라는 꿈, 쓰레기 광산의 광부 가족에서 부유하고 권세 있는 가문이 되리라는 꿈이 있었던 그때는.

그러나 그 모든 꿈은 물거품으로 변해 버렸다.

"누나가 떨어졌다고 해서……"

어머니의 모습이, 병을 앓은 끝에 주름살이 자글자글해진 어머니가 불빛도 침침한 오두막집 안쪽의 곰팡이 핀 요 위에 누워 있던 모습이 머릿속에 선히 떠올랐다.

"동생을 지켜 주렴. 그 애가 집을 못 떠나게 해야 해." 어머니는 숨을 쌕쌕거리며 말했다. "그 애는 성격이 무모해. 하지만 칠면조는 독수리처럼 높이 날아오르지 못할 운명이고, 우리도 스스로가 아닌 다른 존재가 될 수는 없는 운명이야."

에이바는 아무 맛도 안 나는 즉석 조리 식량을 한 입 먹었다. 곁들인 차는 아룩 뿌리를 우린 것이었다. 생명력이 강한 잡초인 아룩은 사실상 드라이프현에서 잘 자라는 유일한 식물이었다. 이 현의 토양은 쓰레기장 광산 때문에 하도 심하게 오염돼서 '역병기' 이후로 어떠한 작물도 살아남지 못했다. 아룩 차는 맛이 써서 쇼는 입버릇처럼 진흙탕 물을 마시는 것 같다고 했다. 몇 년 만에 처음으로 혼자 식사를 하던 에이바는 자신도 모르게 동생 입에서 쉬지 않고 흘러나오는 불평이 듣고 싶어졌다.

바깥이 한참 어두워졌을 무렵, 오두막집 안을 비추는 조명은 장작을 때는 스토브의 불빛과 그 위에서 달궈진 납땜용 인두의 벌건 빛뿐이었다. 에이바는 나가서 쇼를 찾아봐야겠다고 생각하며 자리에서 일어섰다. 어쨌거나 에이바는 누나였다. 동생이 욱해서 내뱉은 말에 똑같이 반응하지 않고 참는 것은 누나로서 마땅히 해야 할 일이었다.

오두막집 출입문 앞에 이르렀을 때, 에이바는 멈칫했다.

그 애는 무사해. 오늘 저녁은 어디 친구네 집에서 먹었을 거야.

쇼는 이제 어린애가 아니야, 그러니까 나랑 떨어져서 시간을 보내

는 거야말로 정신을 차리는 비결일지도 몰라.

에이바는 접시와 컵을 설거지해 정리해 놓고 스토브 옆에 앉은 다음, 납땜용 인두를 이리저리 움직여 낮에 건진 플라스틱 기판 여기저기에 박힌 전자 부품을 살며시 떼어냈다. 그 일을 하는 동안 멀리서 부엉이 한두 마리가 우는 소리가 들려왔다. 아마도 바깥의 아룩 들판에 사는 조그만 설치류를 사냥하러 나선 모양이었다. 돌풍이 불어와 창문의 덧창이 덜컹거렸지만, 에이바는 같은 동작을 반복하는 작업에 열중하다가 어느새 마음이 차분히 가라앉았다. 약탈을 일삼는 도적 떼, 먼 수도에서 누리는 화려한 삶, 원대한 포부와 전쟁 같은 생각은 머릿속에서 사라졌다.

"*세상은 변하고 있어.*"

쇼가 제대로 본 걸까? 내 눈이 변하는 세상을 못 알아볼 만큼 어두워졌을까? 너무 소심해서? 내가 걸어온 길 때문에 너무 큰 상처를 받아서? 이름 없는 존재로 고되게 일하며 살아가는 이 삶에, 익숙해진 이 안온함에 너무 집착해서?

에이바는 잠시 손을 멈추고 들고 있던 직사각형 모양 플라스틱 조각을 내려다봤다. 맨 위쪽에 줄줄이 박힌 발광 다이오드 전구는 그 물건이 한때 불이 켜지는 표지판의 일부였을지도 모른다는 단서였다. 표지판에 고대 문자로 인쇄된 문구는 알아보기 힘들 만큼 희미했다. 조금 애를 먹기는 했어도 에이바는 알쏭달쏭한 그 문구의 내용을 마침내 파악했다. 그레이터 론플레어 에코폴리스 메트로폴리탄 리전.

풀이하기 까다로운 이름, 무의미한 추상 개념이었다. 무슨 주문,

그러니까 뭔가 불러내는 문구 같기도 했다.

문득 에이바의 머릿속에 7년 전 그날이 다시 펼쳐졌다.

머릿속으로는 론플레어에 도착하는 날을 천 번에 천 번을 더 거듭해 상상해 본 에이바였지만, 정작 현실을 마주할 준비는 돼 있지 않았다.

버시, 즉 생김새는 움직이는 집과 비슷하고 겉은 그레마 방방곡곡에서 가져온 (에이바는 대부분 이름도 잘 모르는) 꽃과 과일로 장식한 거대한 차량이 에이바를 비롯한 발현자 후보생들을 태우고 우르릉거리는 소리를 내며 '연방 대로'를 따라 달렸다. 론플레어의 대동맥에 해당하는 이 도로는 100명이 나란히 서서 걸어도 거뜬할 만큼 널찍했고, 그 넓은 도로 위에서 크기가 작은 차량들이 버시의 앞쪽과 뒤쪽에 줄지어 달리며 요란한 기계음으로 에이바의 혼을 빼놨다. 엔진이 내뿜는 매캐한 연기는 버시의 동력원이 상상하기조차 힘든 사치품인 바이오 디젤이라는 사실을 에이바에게 알려 줬다. 에이바가 이전에 그 냄새를 맡아본 적은 평생 딱 한 번, 키데 현령이 롱레그를 타고 드라이프 읍내에 행차했을 때뿐이었다.

에이바는 지급받은 사과를 한 입 베어 물었다. 합성 모조품이 아닌 진짜 사과였고, 에이바가 주먹 쥔 손보다 두 배나 컸다. 맛 또한 믿기 힘들 만큼 달았다. 버시 앞쪽에서 펄럭이는 깃발을 보니 그레마의 지도가 선으로 멋지게 그려져 있었다. 기나긴 해안선을 아를로스강이 둘로 나눈 형상이었다. 지도 가장자리를 따라 흘려 쓴 글자는 그레마의 국가 표어를 또렷이 드러냈다. 역병기 이전에 만들어진 수많은 물건에서 발견되지만 뜻을 이해하는 사람이 거의 없어서 심오한 수수께끼로 남은 그 문구는 다음과 같았다. '그레이터 론플레어 에코폴리스 메트로폴리탄 리전.'

발현의 기본 지식을 뇌 속 깊이 새기려고 전날 밤에 몇 번이고 거듭해 재생했던 녹음의 내용이 에이바의 머릿속에서 메아리쳤다.

……그레마는 역병기 이전부터 전해 내려오는 이름으로서, 우리를 신비한 과거와 연결시켜 줍니다.

일찍이 해안 지대의 거대 도시였던 론플레어는 긍지 높은 연방의 태양이었고, 연방에 속한 여러 소도시와 마을과 매센월만(灣)의 섬들은 행성이었습니다. 이들은 들과 숲과 바다를 나타내는 모자이크에 세심하게 박아 넣은 보석처럼 저마다 주어진 자리에서 찬란하게 빛났습니다. 무려 수천만 명이나 되는 사람이 그곳에 살았습니다. 그들은 강철과 전기로 지은 환상의 세계에서 살아가는 몽상가들이었습니다. 그곳에서는 날씨마저도 사람들의 뜻대로 조종할 수 있었고, 영생의 비밀 또한 마음만 먹으면 손에 넣을 수 있었습니다…….

번쩍이는 옷을 입은 론플레어 주민들은 대로 양편에 늘어서서 그 광경을 구경했다. 군중 속에는 따분한 표정을 한 사람도 적지 않았다. 사람들의 머리에는 싱싱한 꽃으로 만든 화관이 얹혀 있었고 군중 뒤편에서 좌판을 벌인 상인들은 에이바가 떠돌이 재담가의 이야기에서만 들어 본 갖가지 음식을 팔았다. 생 참치, 양고기 꼬치구이, 틀림없이 동쪽 해안의 안개를 뚫고 먼바다로 몇 킬로미터나 나가서 잡았을 바닷가재를 증기로 찐 요리 등이었다. 아마도 전기로 작동할 법한 기묘하게 생긴 접객용 기계 장치들은 공중에 윙윙 떠다니거나 보도에서 종종대며 돌아다녔는데, 동작이 실제라고 믿기 힘들 만큼 빈틈없고 자연스러웠다. 저 멀리 군중과 상인들 머리 위의 하늘에 보이는 고층 건물의 폐허는 휘어진 강철과 깨진 유리로 이루어진 산맥 같았고, 굵다란 덩굴로 뒤덮인 채 수없이 많은 새들에게 둥우리가 돼 줬다.

버시가 서서히 속도를 줄였다. 다른 후보생들과 마찬가지로 에이바도 좌석 옆의 창문 바깥으로 고개를 내밀었다. 앞쪽은 플레어힐이었고, 비탈진 지형 맨 위쪽에 황금빛 돔을 얹은 거대한 연방 궁전이 자리 잡고 있었다. 에이바는 눈을 가늘게 뜨며 절도사 한두 명을, 아니면 아예 제7대 대군(大君)이 몸소 이곳에 행차했다는 표지인 은색 파라솔을 누구보다도 먼저 발견했으면 하고 바랐다.

역병기는 오늘날 남아 있는 고대 현인들의 저작에서 우리가 목격하는 그 게으르고 악한 문명의 연약한 껍데기를 마치 하룻밤처럼 짧은 시간 만에 싹 쓸어가 버렸습니다. 뇌를 쌀 알갱이 크기로 축소한 것처럼 조그마한 전자 장비, 대륙을 가로질러 모든 욕망을 충족시켜 주던 통신망, 허공에서 만들어낸 가상의 황금…… 우리 선조들이 스스로 깨우쳤다고 여겼던 자연 법칙은 더 이상 통하지 않았고, 바다와 육지에서 괴물이 솟아 나와 오만한 선조들을 벌했습니다. 수백만이 목숨을 잃었고 살아남은 이들은 변해 버린 세계를 마주했습니다. 그 세계에서는 생명이라는 것 자체가 복수심에 불타는 기이한 것으로 바뀐 듯했습니다.

역병기 이후의 혼란한 세상에 평화와 질서가 회복된 것은 오로지 초대 대군이 발현자 동료들의 도움을 받아 초인적인 노력을 기울인 덕분이었습니다.

그레마의 36개 현은 기후와 물산뿐만 아니라 역병기가 남긴 상흔 또한 제각각으로 독특합니다. 어떤 현은 달콤한 과일이 맺히는 비옥한 과수원이 있지만, 그곳의 과일은 속에 씨앗을 품지 않습니다. 어떤 현은 토양과 물이 너무나 지독하게 오염돼 어떤 작물도 자라지 못하고, 이 때문에 주민들은 폐허를 광산으로 삼아 채굴함으로써 생계를 잇습니다. 또 어떤 현은 맛좋은 물고기가 사는 호수와 강이 있지만, 그곳의 물고기 중에는 머리가 둘이거나 꼬리가 셋 달린 것이 많습니다…….

이처럼 새로이 일어선 그레마의 국경을 넘어 부활한 론플레어의 영향권 바깥으로 가면 짙은 안개 때문에 배를 몰 수 없고, 안개 너머로 용감하게 나아가는 사람 앞에는 괴물들이 기다리고 있습니다…….

그레마의 평화는 쉽게 얻은 것이 아니며 지키기는 더욱 어렵습니다. 발현이야말로 평화를 지킬 열쇠입니다.

다만 에이바를 맞이한 것은 절도사나 대군보다 훨씬 더 경이로운 광경이었다.

그레마의 귀족들, 한때는 지금의 에이바와 똑같이 동그래진 눈으로 감탄만 거듭했을 남성들과 여성들이, 연방 궁전으로 올라가는 계단에 늘어서서 새 후보생 무리를 기다렸던 것이다.

그들은 화려한 옷으로 차려입지 않았고, 갖가지 전기 기계로 둘러싸여 있지도 않았으며, 디젤 연료를 마셔 대는 기계 괴물에 타고 있지도 않았다. 그레마의 귀족들은 벌거벗은 채, 발현한 자신들의 천성을 위풍당당하게 드러낸 채 서 있을 뿐이었다.

과열된 땜납과 녹아내린 플라스틱의 매캐한 냄새가 몽상에 빠진 에이바를 현실로 불러냈다. 에이바는 소리 없이 욕을 뇌까리며 더 큰 피해가 생기지 않도록 인두를 치웠다.

안 돼. 에이바는 속으로 단호하게 중얼거렸다. 자신이 겪은 수치를 곱씹어 봤자 과거에 눌러앉아 빈둥대는 꼴일 뿐, 아무런 도움도 되지 않았다. 지금 여기, 당장 붙잡고 있는 일에 정신을 집중해야 했다. 에이바와 쇼가 쓰레기장 광산으로 부자가 될 날은 영영 오지 않을지 몰라도 그들 남매는 이곳에서 정직하고 안전하게 살아갔고, 그 삶에 긍지마저 느꼈다.

곁에서 거들어 줄 쇼가 없다 보니 땜납을 녹이고 분리한 부품을 다 점검하기도 전에 이미 자정이 지나고 말았다. 이날 수확량은 평균 수준이었는데 대형 축전기 몇 개는 다음번 장날에 값을 두둑이 받을 듯싶었다. 에이바는 마음이 든든해졌다.

이튿날 아침 눈을 떴을 때, 오두막집 안에는 여전히 에이바 혼자뿐이었다. 아침상을 차려 놓고 기다리다 보니 어느새 해가 더는 무시하지 못할 만큼 높이 떠 있었다. 에이바는 내키지 않는 걸음을 옮겨 광산으로 향했다.

정오가 되자 에이바는 불안해졌다. 다른 광부들은 아무도 쇼가 어디 있는지 알지 못했다. 슬슬 커지는 불안감이 가슴을 옥죄는 기분이 들자 에이바는 광산을 떠나 마을로 돌아왔다. 그러고는 집집마다 돌아다니며 혹시 동생을 보지 못했냐고 물었다. 이웃과 친구들 모두

고개만 저을 뿐, 에이바가 찾던 답을 주지는 못했다.

에이바는 최악의 가능성을 떠올리고 겁에 질린 채 페이 스웰을 찾아갔다.

페이 스웰의 본업은 드라이프현의 대다수 주민과 마찬가지로 쓰레기장 광산의 광부였지만, 에이바는 체반이나 수문 근처에서 그 여성의 모습을 마지막으로 본 때가 언제였는지 기억나지 않았다. 실제로 페이는 밀렵꾼으로 생계를 유지했다. 인근의 더 잘사는 현에서 양과 소를 훔쳤던 것이다. 가끔은 그레마 국경 너머의 안개 속으로 대담하게 들어가 진귀한 괴물을 사냥하고 그 고기를 암시장에서 비싼 값에 팔곤 했다. 그렇게 팔린 고기는 드라이프읍이나 우스터 주민들 가운데 아슬아슬한 재미를 쫓는 이들의 식탁에 올라갔다.

에이바는 페이 양옆을 지키는 근육질 청년 두 명의 차가운 눈길을 무시한 채(밀렵꾼인 페이는 어디를 가든 그런 청년들 여럿을 거느리고 다녔으므로) 곧장 페이에게 다가간 다음, 혹시 동생을 봤냐고 정중하게 물었다.

키 190센티미터에 몸무게는 적게 잡아도 100킬로그램은 나갈 법한 페이는 존재만으로도 위압적이었다. 허벅지에 찬 기다란 사냥칼은 칼집이 없어서 서늘한 날에 햇빛이 되비쳐 번쩍였고, 칼날에 점점이 자리 잡은 얼룩 몇 개는 녹 아니면 피 같았다. 페이는 에이바와 눈길이 마주쳤지만 아무 말도 하지 않았다. 짧게 자른 머리카락만큼이나 까만 얼굴에는 어떤 감정도 엿보이지 않았다.

에이바는 가슴이 정신없이 두근거렸다. 페이는 성질이 불같기로 유명했다. 에이바는 쇼가 어떤 식으로든 이 여성을 모욕하지 않았기를 간절히 바랐다. 그러면서 마음을 다잡고 아첨도 반항도 하지 않는 눈빛으로 페이의 눈을 똑바로 마주 봤다.

한참 만에 페이가 고개를 가로저었다. "네 동생이 어제 오후에 나를 찾아오긴 했어." 페이의 목소리는 목구멍 깊숙이서 나오는 것처럼 우렁우렁했다. "하지만 내가 이끄는 민병대에 가담하려고 하진 않더군."

에이바는 안도의 한숨을 내쉬었다. "다행이다."

페이는 미간을 찌푸렸다. "다행이라고? 여기서 고작 며칠이면 닿을 곳에 부식자 패거리가 수많은 군사를 모아놨어. 다 같이 민병대에 지원해야 할 판이야."

"도적 떼와 싸우는 건 군대가 할 일이야. 대군께서 거느리신 장군들이 알아서 할 거야."

"겁쟁이 같은 소릴 하는군." 노골적인 경멸이 페이의 표정을 물들였다. "지금이 어떤 시대인 줄 알기나 해? 대군은 허울만 근사한 지배자고, 장군과 귀족은 내킬 때만 대군의 애원에 응할 뿐이야. 눈앞에서 날뛰는 도적 떼보다 서로 싸우기에 더 급급한 자들이라고. 그러니 용감한 사람들이 앞장서서 자기 재산을 지키고 자기 손으로 부와 명예를 얻어야 해."

"누구나 칼끝에 목숨을 걸고 살 운명을 타고난 건 아니야." 에이바가 말했다. "광산에서 고생스레 일해 봤자 남들 눈에 멋져 보이거나 부자가 될 일은 없겠지만, 그래도 당신을 따라가는 것보단 훨씬 안전해. 난 쇼의 머리가 제대로 돌아간다는 걸 알게 돼서 기뻐."

페이는 에이바를 물끄러미 바라봤다. 눈이 동그래진 모습이 꼭 에이바의 말을 알아듣기가 힘든 것 같았다. 그러다 한참 후에 페이가 웃음을 터뜨렸다. 배 속 깊은 곳에서 울려 나와 몸통까지 꺼떡거리게 하는 파안대소였다.

"뭐가 그렇게 우스워?" 에이바는 가슴 속에 서서히 차오르는 두려움을 느끼며 물었다.

"'머리가 제대로 돌아간다는 걸 알게 돼서 기뻐'라고?" 페이는 터져 나오는 웃음을 꾹 참으며 에이바의 흉내를 냈다. "너나 네 동생이나, 방식만 다를 뿐이지 바보 같기는 둘 다 똑같아."

"도대체 쇼하고 무슨 얘길 한 거야?"

"네 동생은 나한테 부식자 패거리가 자기네 힘으로 '발현주(酒)'를 조달할 방법을 찾았다는 소문이 사실이냐고 물었어."

에이바의 얼굴에서 핏기가 사라졌다. "뭐, 뭐라고?"

"그래서 잘은 모르지만 내가 아는 세상의 이치에 비춰 보면 그럴 수도 있다고 대답해 줬지."

"어떻게 그런 말을 해?" 에이바는 악을 질렀다. "오렌지 형제는 뼛속까지 거짓말쟁이들이야. 그리고 그 인간들을 따르는 패거리는 순진해 빠진 애송이들만 노리는……"

"그 패거리에 관해서는 너보다 내가 더 잘 알아." 페이의 목소리에 위협적인 기운이 감돌았다. 페이는 잠시 입을 다문 채 마음을 가라앉힌 후에 덧붙여 말했다. "그리고 나서 부식자 패거리의 야영지가 어딜 것 같냐고 묻더군. 그래서 무너진 고속도로를 지나 서쪽을 향해 똑바로 가라고 일러 줬지. 네 동생은 고맙다고 인사하고 떠났어."

에이바는 공포에 사로잡혔다. 쇼가 발현에 얼마나 깊이 집착하는지 눈치채지 못했던 것이다. 에이바의 머릿속은 오렌지 형제와 부식자 패거리가 저지르는 만행에 관한 소문으로 가득했다.

"그 애는 도적단의 발현주를 훔치려고 할 거야. 너무 늦기 전에 우리가 가서 그 앨 찾아야 해. 나랑 같이 가자! 부하들을 다 데리고 같이 가 줘."

페이는 에이바를 물끄러미 바라봤다. "너나 네 동생이나 정말이지 똑같이 제정신이 아니구나. 얼마 되지도 않는 민병대 병력만 갖고 부식자 소굴에 쳐들어가는 건 자살 행위라고! 그 녀석은 네 동생이지, 내 동생이 아니야."

"겁쟁이 같은 소릴 하는군." 에이바가 내뱉었다.

페이는 얼굴에 피가 쏠리는 느낌이 들었다. "네가 뭘 안다고 그런 소릴……"

그러나 에이바는 이미 사라지고 없었다.

서쪽 하늘에 걸린 붉은 태양이 꼭 구름 나무에 매달린 농익은 복숭아 같았다.

에이바는 어깨높이까지 자란 아룩의 가시가 몸을 잡아당기고 긁고 찢는데도 아랑곳하지 않고 풀숲을 헤치며 성큼성큼 나아갔다. 옷은 너덜너덜했고 얼굴과 팔은 흘러내린 피로 빨갛게 물들었다.

에이바는 무너진 고속도로 너머의 길도 없는 황야를 몇 시간째 더듬더듬 나아가면서도 방향은 늘 서쪽을 향했다. 쇼의 흔적은 전혀 보이지 않았지만, 에이바는 그대로 계속 가야 한다는 느낌이 들었다. 다만 어째서 그래야 하는지는 설명할 수 없었다.

약탈을 일삼는 부식자들, 즉 오렌지 형제 교단의 지배하에 들어간 도적들은 '부자들을 도륙하고 그들의 살덩어리로 잔치를 벌일 것'을 천명했다. 그러나 실제로는 드라이프현처럼 외지고 대개는 시골인 지방의 가난한 백성을 먹잇감으로 삼았다. 진짜 부자들은 도시의 성벽 안쪽에 숨으면 그만이었고, 그들의 집과 신용 전표는 조금도 손상되지 않고 안전하게 지켜졌다. 그 반면에 농민과 목동, 어부, 광부 같은 이들은 도적단의 손에 목숨이 좌우되는 신세였다.

에이바 눈앞에는 아룩 들판이 끝없는 바다처럼 펼쳐져 있었고, 바람이 불면 키 큰 풀들이 파도처럼 누웠다가 다시 일어섰다. 날이 저물어 공기가 서늘해지자 들판에 차츰 안개가 끼었다. 석양 때문에 핏빛으로 물든 안개가 주위 풍경을 장막처럼 가렸다. 이따금 날개가 붉은 찌르레기 한두 마리가 풀빛 바다 위로 솟구쳤고, 파도 위를 스치는 날치처럼 안개를 꿰뚫고 날아가며 우짖었다. 새 울음소리가 꼭 갑옷의 쇠 미늘이 짤랑거리는 소리 같았다.

에이바는 멈춰 서서 숨을 헐떡였다. 몸은 피곤한데 날은 점점 어두워졌다. 야외에서, 게다가 이렇게 길도 없는 막막한 풀숲에서 밤을 보내기는 위험했다. 에이바는 땅바닥을, 가시가 잔뜩 돋친 아룩 줄기 사이의 빈 틈을 내려다봤다. 과연 에이바는…… 그때 그 일을 다시 할 수 있을까……? 꼭 해야 할까……?

아니야. 에이바는 그 생각을 거부했다. 두려움과 의심 때문에 심장이 쿵쿵 뛰었다. 론플레어에서 돌아온 후로 이때껏 에이바는 자신의 비밀을 꼭꼭 감췄다. 집안의 명예에 먹칠을 하고, 부모님을 실망

시키고, 스스로를 수치심의 구렁텅이에 빠뜨린 그 진실을 두 번 다시 드러내고 싶지 않았다.

앞서 들렸던 새 울음소리, 꼭 쇠 접시가 서로 부딪혀 마찰하는 듯한 그 소리가 또다시 들려왔다. 에이바는 등골이 오싹해졌다.

에이바는 그 소리가 찌르레기 울음소리가 아닌 것을 퍼뜩 깨닫고 소스라치게 놀랐다. 그 소리는 새소리보다 더 크고 굵직했고, 잦아들 줄을 몰랐다. 그리고 금속성 소음과 더불어 에이바 자신의 숨소리와 비슷한, 그러나 더 절박하고 더 거친 소음이 동시에 들려왔다.

에이바는 아룩 줄기 사이로 냉큼 몸을 숙이며 점점 더 짙어지는 안개 속을 바라봤고, 그러는 동안에도 의지력을 발휘해 방망이질하는 심장을 진정시키며 소리에 귀를 기울였다.

멀리서 뭔가 요동치는 움직임이 마치 파도를 가르는 배처럼 풀밭을 뒤흔들었다. 이와 함께 푸륵거리는 숨소리와 힝힝거리는 울음소리가 번개처럼 안개 속을 뚫고 나왔다. 요동치는 움직임 너머 아직 안개에 가려진 곳에 다른 존재들이 있다는 느낌이 들었다. 기계처럼 정확하게 움직이며 전진하는 거대한 존재들이었다. 쉭, 철컥, 쉭, 쉭, 철컥, 쉭.

한바탕 돌풍이 불어와 안개가 흩어졌다.

에이바가 평생 처음 보는 거대한 말이 아룩 덤불을 짓밟으며 달려오고 있었고, 말 뒤편으로 부러진 아룩 줄기가 기다랗게 이어졌다. 키가 무려 3미터나 되는 암말이었고, 몸 색깔은 활활 타는 모닥불처럼 새빨갰다. 기다란 갈기가 깃발처럼 나부끼는 한편으로 불처럼 빨갛고 풍성한 털은 쉬지 않고 땅을 박차는 발굽을 마치 깃털처럼 감싸고 있었다. 에이바는 그토록 화려한 생명체를 이때껏 본 적이 없었다. 그 암말은 순수한 힘이자, 용기이자, 빠름의 현신이었다.

발현자가 어쩌다 이런 곳에 왔을까?

암말 뒤쪽에서 맹렬히 쫓아오는 것은 거대한 롱레그 두 대였다. 검은 강철로 제작한 그 군용 전지형 전투 차량은 생김새가 거대한 기계 거미와 비슷해서, 마디가 여럿인 피스톤 구동식 다리가 여덟 개 달렸고 그 위쪽의 납작한 조종실에는 회전 포탑이 얹혀 있었다. 승무원 세 명이 조종하는 이 기계는 대군의 군대가 보유한 자랑거리이자 그레마의 대지를 누비는 가장 치명적인 살상 병기였다.

암말이 달리는 속도가 차츰 느려지면서 암말과 추격자들 사이의 거리는 점점 더 가까워졌다.

텅. 텅.

회전 포탑에서 전기와 자력으로 추진하는 거대한 화살이 발사돼 달아나는 암말 주위의 땅바닥에 꽝음과 함께 내리꽂혔고, 그중 한 대는 암말의 옆구리를 스치고 지나갔다.

암말은 뒷발로 땅을 디디고 일어서서 비명을 질렀다. 고개를 틀어 도전하는 눈빛으로 뒤쪽을 쏘아본 암말은 입가에 거품이 흘렀고 이빨은 허옇게 드러났으며, 콧구멍도 사납게 벌름거렸다. 어찌 보면 땀 같고 어찌 보면 피 같은 붉은 액체가 암말의 등에서 개울처럼 흘러내려 주위의 짓밟힌 아룩 줄기가 붉게 물들었다.

에이바의 가슴속에 연민과 분노가 차올랐다.

텅!

또다시 화살이 암말의 머리를 노리고 똑바로 날아갔다. 암말은 그토록 커다란 짐승치고는 믿기 힘들 만큼 우아하게 발로 땅을 박차는 동시에 몸을 옆으로 기울였고, 그 우아한 도약으로 적어도 20미터는 될 법한 거리를 이동했다.

그러나 롱레그 두 대의 승무원들은 이미 협공을 벌이는 중이었다. 다른 롱레그가 암말이 착지할 곳을 예측하고 화살을 발사했던 것이다. 그 화살은 암말의 오른쪽 뒷다리에 명중했고, 암말은 고통에 찬 비명과 함께 땅에 쓰러지고 말았다.

다리를 저는 암말이 땅바닥에서 버둥거리는 사이에 두 롱레그는 철컥철컥 소리를 내며 점점 더 가까이 다가왔다. 높다란 허공에서 고속으로 회전하는 톱날 이빨이 달린 강철 아래턱이 패배한 암말을 갈기갈기 찢어발기려 준비하는 중이었다. 사그라져 가는 저녁 햇살이 암말의 눈에 비쳤을 때 에이바는 그 눈에서 털끝만큼의 절망도 보지 못했다. 거기에는 오로지 의지뿐이었다. 싸우려는 의지, 저항하려는 의지, 맨 이빨로 강철 다리를 물어뜯어 굴하지 않는 투지를 마지막으로 보여 주겠다는 의지.

에이바의 몸속에서 피가 끓어올랐다. 그토록 눈부신 존재가, 그토록 아름답고 생기 넘치는 이가 기계 괴물 속에 안전하게 몸을 숨긴 겁쟁이 몇 명의 손에 쓰러지는 것은 용납할 수 없었다.

에이바는 불쑥 몸을 일으켜 바다처럼 너울거리는 아룩 줄기 위로 고개를 내밀었다. 그러고는 나직이 으르렁거리는 소리를 내며 자신의 내면에 정신을 집중했다. 7년 전 그때 배운 바로 그 방법대로…….

발현주의 후끈한 기운이 핏줄을 타고 번지는 동안에도 입속에는 수없이 많은 향신료의 씁쓸한 맛이 맴돌았다. 에이바의 머릿속은 폭풍이 휩쓸고 간 것처럼 뒤죽박죽이었고, 쓰러지지 않고 버티는 길은 앞으로 휘청휘청 나아가는 것뿐이었다.

에이바는 다른 후보생들과 함께 '반영의 전당'으로 안내받았다. 궁전 지하의 그 컴컴한 공간에는 비밀 동굴이 복잡하게 이어져 있었다. 후보생 일행은 한 명씩 한 명씩 '거울의 방'으로 인도됐다. 그 방이야말로 그들이 마침내 자신의 진정한 모습을 드러낼 곳이었다.

오랜 세월 동안 신을 모시는 사당에서 경건하게 기도드리고, 현인들의 말을 읽고 외우고, 부모님이 허리띠를 졸라매 가며 아낀 돈으로 뇌물을 바쳐 추천장까지 얻었던 까닭은, 바로 이 순간을 위해서였다.

닫힌 문 너머에서 황홀경에 빠진 이가 뭐라고 외치는 소리가 들렸고, 뒤이어 구경꾼들이 찬탄의 함성을 지르는 소리가 들려왔다. 방금 그 남자애가 천성을 발현해서 얻은 새로운 자신은 어떤 형상을 하고 있을까? 그 아이뿐 아니라 그 아이 가족의 운명도 이제는 완전히 달라질 터였다. 그 아이는 그들, 그러니까 앞서 궁전으로 올라가는 계단에 늘어서서 연방 대로를 행진하는 후보생 무리를 반가이 맞이하던 그레마의 귀족들 가운데 한 명이 될 터였다.

수컷 들소 한 마리는 구부러진 뿔을 마치 언월도 한 쌍처럼 높이 쳐들었다가 아래로 숙여 땅바닥을 긁어 댔다. 키가 궁전의 청동 대문만큼이나 커다란 암컷 호랑이는 나른하게 하품을 했다. 펼친 날개가 적게 잡아도 8미터는 될 법한 독수리는 날카롭게 포효했다. 키데 현령이 거느린 롱레그만큼이나 거대한 곰이 뒷발을 딛고 우뚝 일어선 광경도 보였다.

닫힌 문 너머의 소음이 잠잠해졌다. 발현한 소년은 방 반대편에 줄줄이 이어진 문 여러 개를 지나 궁전으로 올라간 다음, 대군과 절도사들의 환대를 받으며 귀족들 사이에서 자신의 입지를 다질 터였다. 물론 아직은 가장 낮은 자리였다. 사다리를 올라가려면 아직 거쳐야 할 정쟁과 암투가 잔뜩 있었으므로.

불안하다 못해 거의 정신이 아득해졌을 무렵, 에이바는 다음번에 거울의 방에 들어갈 후보생이 바로 자신인 것을 알아차렸다.

"어머니, 아버지, 쇼." 에이바는 혼잣말을 중얼거렸다. "우리가 이때껏 치른 희생은 조금도 헛된 게 아니었어요."

부유한 도시 거주자들은 발현 후보생의 선발 권한을 지닌 현의 추천 위원회에 잘 보일 방법이 여러 가지 있었던 반면, 쓰레기장 광부에게는 그럴 기회가 거의 없었다. 현령은 에이바네 식구들이 몇 년에 걸쳐 무급 노동을 제공한 후에야 비로소 에이바를 추천하지 않으면 안 되겠다는 부채감을 느꼈고, 이로써 에이바는 특권층 아이들 수십 명 속의 유일한 시골 출신 지원자가 됐다. 그러자 에이바 가족은 뇌물을 받는다고 공공연히 밝히는 몇 안 되는 추천 위원에게 그때껏 모은 돈을 모조리 갖다 바쳤다. 그렇게까지 했는데도 에이바의 후보생 지위는 위원회 면접이 끝나고 나서야 겨우 확실해졌다. 주둔 군 사령관은 에이바의 운동 능력에 감명받았고, 학자들은 에이바의 해박한 고전 지식을 칭찬했던 것이다. 그러한 성취 뒤에는 가르쳐 줄 교사나 사범도 없이 길고 긴 시간 동안 반복한 공부와 훈련이 있었다.

발현주는 역병기 이후의 변해 버린 세계에서 맨 처음 발견된 신비 가운데 하나였다. 그 술은 몸속에 숨겨진 작동 원리를 일깨우는 혼합물로서, 마신 사람은 몸이 제2의 형태로 변형됐다. 자신 안에 꼭꼭 숨어 있던 재능과 신비한 능력을 보여 주는 형태였다. 역병기 직후의 암흑기에 보잘것없는 잔챙이 깡패였던 제1대 대군은 그 술의 힘을 이용해 용으로 발현했다. 그 용은 카리스마와 굴하지 않는 용기를 겸비한 거대한 짐승이었다. 1대 대군은 다른 발현자 동료를 잔뜩 거느리고 이 땅에서 괴물 무리를 내쫓는 한편으로 경쟁자들을 격퇴했고, 이로써 그레마 연방의 주춧돌을 깔았다.

에이바 앞의 육중한 문이 활짝 열렸다. 거울로 덮인 벽에서 반사된 빛이 너무나 환해서 에이바는 양팔을 들어 눈을 가렸다.

"에이바 사이드." 문을 열어 준 수행원이 낭랑한 목소리로 말했다. "이제 들어가셔도 됩니다."

비틀거리며, 하마터면 넘어질 뻔했지만 다행히 떨리는 손으로 거울 벽을 짚고서, 에이바는 환한 빛에 눈이 멀다시피 한 채로 방 안쪽을 향해 더듬더듬 나아갔다. 머릿속은 뿌옇게 흐려졌고 귓속에서는 맥박이 사납게 쿵쿵댔다.

에이바는 강인한 황소로 발현할 운명일까? 그래서 행정부 장관으로 충직하게 대군을 섬기다가 위풍당당한 평의회 의원으로 승격될까? 아니면 영리한 원숭이로 변해 학자가 된 다음 론플레어 기록 보관소의 손상된 데이터 뱅크에서 고대 현인들의 지혜를 복원하는 임무를 맡고, 이를 열심히 수행함으로써 그레마의 새로운 황금기를 열 운명일까? 그도 아니면 신들의 뜻에 따라 늑대나 거대한 가재로 변해 문명의 유일한 오아시스인 그레마를 지키는 전사가 되고, 이로써 역병이 창궐한 황야의 괴물 무리나 야망에 찬 연방 내 반란 세력의 위협에 맞설 운명일까?

에이바는 수행원이 나직한 목소리로 일러 줬지만 자신은 고작 절반 정도밖에 이해하지 못한 지시 사항을 애써 실행에 옮겼다. 눈을 감고 심호흡을 하며 허파 속의 공기를 공처럼 둥그렇게 뭉친 에너지 덩어리 두 개로 상상했던 것이다. 그중 하나는 파란색, 다른 하나는 붉은색이었다. 에이바는 그 에너지 덩어리 두 개를 배 속으로 밀어 넣는 자기 모습을, 뒤이어 배 속에 들어간 두 덩어리가 하나의 새하얀 구체로 합쳐지는 광경을 머릿속에 천천히 떠올렸다. 다독이고, 에너지를 더 불어넣고, 활활 타오르도록 부채질함으로써 에이바는 그 구체를 점점 더 커다랗게 키워나갔다. 흉강을 넘어 팔다리까지 퍼지도록, 온몸을 성스러운 불길로 가득 채우도록. 상상 속에서 그 에너지는 오래된 에이바 자신을 불태우고 세포 하나하나를 일깨웠고, 골수와 근육을 지나면서 새 핏줄을 연결했으며, 에이바의 육신을 새로운 형태로, 새로운 존재로 재건했고……

……황홀감과 공포에 휩싸여 울부짖으며, 에이바는 느꼈다. 몸속에서 발현주가 살아나는 느낌이, 발현주의 힘이 매년 봄마다 범람해 둑의 모습을 바꿔 놓는 아를로스강처럼 자신의 몸을 바꿔놓는 느낌이 들었다. 발현주가 에이바의 진정한 본성을 발견하고 표면으로 끌어내는 과정은 광화사가 수은 증기 속에 넣은 구리판에 서서히 이미지가 떠오르는 과정과 꽤나 비슷했다. 몸속의 뼈가 우두둑거리며 합쳐지고 새로운 골격에 근육이 붙는 느낌이…… 뒤이어 새로 바뀐 몸

속 공간에 내장이 다시 자리를 잡는 느낌이 들었다. 몸으로 느낀 감각은 쾌락도 고통도 아니었지만, 그 둘과 비슷하면서도 둘 모두를 넘어선 어떤 것이었다. 에이바는 그 감각 속에서 무아지경에 빠졌고, 발현이라는 강렬한 경험에 완전히 몰입하고 말았다.

한참 후에 의식이 돌아왔다. 다시금 팔다리를 움직일 수 있게 되자 에이바는 전과 달라진 점을 금세 알아차렸다. 마치 겨울에 두툼한 모피와 장화를 처음 착용했을 때처럼, 모든 것이 어색하고 거치적거리는 느낌이 들었다. 점잖고 절도 있게 움직이려면, 인간의 모습과 발현한 형상을 자유롭게 오가려면, 먼저 새 몸에 익숙해져야 했다.

아직 몸을 움직일 엄두가 나지 않았던 에이바는 잠자코 기다렸다. 사람들이 자신의 새로운 본모습에 감탄 어린 찬사를 외칠 거라 기대하며.

귀가 먹먹할 만큼 강렬한 침묵이 감돌았다.

조심스럽게, 에이바는 눈을 떴다.

자신이 어쩌다가 눈앞의 낯선 풍경 속으로 이동했는지 이해가 가지 않았다. 거대한 조각상들이 '지혜의 신전'을 떠받치는 높디높은 기둥처럼 에이바를 둘러싸고 서 있었다. 그 어마어마하게 커다란 인간 모양 조각상들은 에이바의 머리 위 까마득히 높은 곳에서 경악한 표정을 짓고 있었다. 너무도 커다란 그 조각상들을 보며 에이바는 론플레어에 있는 고대 고층 건물의 잔해가, 그 지나간 시대의 말없는 증인들이 떠올랐다.

"여긴 어디지?" 에이바는 멍한 표정으로 중얼거렸다.

그러자 거대한 조각상들이 하나둘 움직였고, 그들의 목소리가 천둥소리처럼 에이바의 귓전을 때렸다. 에이바는 자신의 청력이 난데없이 예민해진 것을 알고 놀라서 움찔했다. 그들이 하는 말이 무슨 뜻인지 이해하기는커녕 소리를 분간하기조차 힘들었다. 무력하게 하늘만 올려다보던 에이바는 문득 앞서 자신에게 문을 열어 줬던 수행원의 얼굴을 알아봤는데……

"거 참 쓰잘머리 없는 발현이군!" 수행원이 외친 말이었다. 그의 거대한 얼굴은 일그러지며 경멸하는 표정으로 바뀌었다. "괜히 시간만 낭비했어!"

"쓰레기를 뒤지고 잡초나 파헤치면서 살다 보면 이 모양 이 꼴이 되는 거지." 다른 이가 말했다. 천둥소리처럼 우렁우렁한 목소리로.

"수준하고는! 현령들은 수준이고 뭐고 아예 신경을 안 쓰나?"

에이바가 앞쪽을 향해 본능적으로 몸을 날린 순간, 100년 묵은 나무의 줄기처럼 굵다란 다리에 달린 거대한 발이 방금 전까지 에이바가 있었던 자리를 우지끈 소리와 함께 지르밟았다.

정신을 차려 보니 환하게 빛나는 벽 앞이었고, 털가죽으로 뒤덮인 얼굴이 겁에 질린 눈을 하고 코를 씰룩거리며 에이바를 마주 보고 있었다. 에이바가 바닥에 웅크리고 앉자 벽 속의 형상도 털북숭이 앞발을 땅에 짚고 웅크려 앉았다.

이제야 어찌 된 일인지 이해가 갔다.

에이바는 기다랗고 축 늘어진 자신의 두 귀가 어깨에 닿은 느낌을 받고 실망했다. 목구멍 깊은 곳에서 가느다랗게 낑낑대는 소리가 흘러나오는 사이에 에이바는 눈앞의 거울에 비친 동물을 가만히 지켜

보며 갈라진 윗입술을 혀로 핥았고, 그러자 몸길이는 고작 30센티
미터에 잿빛 털가죽을 뒤집어쓴 거울 속의 동물도 그 동작을 똑같이
따라 했다.

에이바는 공포와 수치심에 압도당했고……

……아룩 줄기가 하늘로 치솟아 주위를 빽빽하게 둘러싸는 동안,
에이바는 오래전 느꼈던 그 고통과 쾌락과 두려움과 황홀감이 합쳐
진 기분을 다시금 경험했다.

지금껏 인간의 모습으로는 알아차리지 못했던 수많은 알싸한 냄
새가 코를 찔렀다. 들쥐와 사슴이 방금 흘리고 간 배설물의 냄새, 늦
가을의 썩은 초목 냄새, 머리가 떵해지는 버섯 군락의 향기 같은 것
들이었다. 에이바의 귀는 날렵한 조각배를 탄 어부들이 아를로스강
에 던졌다가 끌어당기는 그물처럼 촘촘하게 노을 지는 허공의 소음
과 진동을 빠짐없이 포착했다. 이제 머리 양옆에 자리 잡은 두 눈은
거의 모든 방향의 주변 풍경을 한눈에 파악했고, 에이바가 좋아하는
어스름한 빛 속에서도 사물을 선명하고 또렷하게 분간했다.

금속이 금속에 부딪혀서 나는 철컹 소리가 또다시 들려왔다. 진홍
색 암말도 다시금 도전하듯 거칠게 힝힝거렸다.

'에이바 토끼'는 앞으로 폴짝 뛰어오르며 튼튼한 두 뒷다리 덕분
에 누리는 자유를 한껏 만끽했다. 이제 몸 크기가 줄어들고 보니 빽
빽한 아룩 들판도 억지로 뚫고 지나가야 할 단단하고 꽉 막힌 공간
이 아니라, 눈길 닿는 곳마다 널따란 길이 깔려 있고 나무들이 너울
거리는 숲처럼 느껴졌다.

에이바는 멈추지 않고 뛰고 또 뛰었고, 매번 도약할 때마다 제2의 육신에 조금씩 더 익숙해졌다. 그렇게 이 새로운 존재 방식에 몰입하는 사이에 사냥꾼이 아닌 사냥감으로, 그러니까 거대한 황소나 호랑이나 늑대나 용이 아니라 평범하고 보잘것없는 토끼로 발현했다는 수치심은 변신할 때 벗어 던진 인간의 옷과 마찬가지로 깔끔하게 사라졌다.

론플레어에서 망신을 당하고 돌아온 에이바는 실망한 식구들에게 거울의 방에서 무엇을 봤는지 가르쳐 주지 않았고, 그저 발현에 실패했다고만 얘기했다. 그러나 혼자 있을 때면 몇 번이고 토끼 형상으로 발현하며 즐거워했고, 환한 달빛 아래 깡충깡충 뛰어 돌아다니며 밤공기에 밴 낯선 냄새들을 킁킁댔다. 그것은 또 하나의 존재 방식이자, 혼자만의 현실을 경험하는 방식이기도 했다.

에이바는 갈등에 빠졌다. 인간의 본성과 토끼의 본성을 어떻게 조화시킬지 알지 못했기 때문이었다.

그러나 지금 이곳에는 그런 고민이 끼어들 자리가 없었다. 이제 에이바는 태어나서 처음으로 지금의 모습을 띤 채 어떤 임무를 완수해야 했다. 지금은 신기한 기분에 젖어 있을 때가 아니라 행동할 때였다.

빽빽한 아룩 줄기가 둘로 갈라지자 에이바는 땅바닥에 발이 미끄러지며 멈춰 섰고, 이로써 거대한 암말을 정면으로 마주 봤다.

에이바가 측은해하는 눈빛으로 다리를 다친 암말을 가만히 바라보는 사이에 말 특유의 커다란 두 눈은 서서히 빛을 잃고 어두워졌다. 암말은 체념하듯 푸륵거렸다. 기껏해야 토끼 한 마리, 그것도 쟁

반만 한 말의 발굽보다 더 조그마한 토끼에게서 동정을 받아 봐야 무슨 소용일까? 조바심이 난 암말은 도리질을 쳤다. 기계 사냥꾼들이 둘 모두를 덮치기 전에 어서 달아나라는 뜻으로 에이바에게 보내는 신호였다.

"가만있어요." 에이바는 암말에게 속삭였다. 암말의 눈이 놀란 빛으로 물드는 것을 보고 에이바는 만족감에 가슴이 따뜻해졌다. "발버둥 치지 말고 누워 있어요. 이렇게 붉은 노을빛 속에서는 저쪽도 당신 모습이 잘 안 보일 거예요."

놀란 암말이 입을 헤 벌리는 사이, 에이바는 빽빽한 아룩 수풀 속으로 뛰어들어 곧장 롱레그가 있는 쪽으로 향했다.

저기구나! 쇳덩어리 다리 한 짝이 시야에 불쑥 나타나더니 마치 잡목림에 내리꽂히는 별똥별처럼 아룩 수풀을 내리밟았다. 두 번째 다리가 그 뒤를 따랐다. 묵지근한 중량감을 띠고 번들거리는 두 쇠기둥에서 흔들림 없는 강인함과 오염된 자연의 힘이 느껴졌다.

무슨 뾰족한 방법이 있기는 할까? 에이바는 몹시도 미심쩍어하는 눈빛으로 그 광경을 보며 생각에 잠겼다.

에이바는 달리기 선수였지, 전사가 아니었다. 토끼의 덩치와 몸무게와 힘으로는 강철 거미들을 막아서기는커녕 걸음을 늦추기도 힘들었다. 단검처럼 날이 선 이빨이나 예리한 강철 발톱이 없으니 승무원들을 위협할 수도 없는 노릇이었다. 대군이 거느린 가장 가공할 전쟁 기계 앞에서 이 동글동글한 털가죽 덩어리가 뭘 할 수 있을까?

쇳덩어리 다리가 하나둘 땅바닥을 내리밟자 대지가 흔들리는가 싶더니 이내 잠잠해졌다. 회전 톱날 이빨이 달린 거미의 아래턱도 멈칫하는 것처럼 보였다. 진홍 암말이 에이바의 충고를 따른 덕분에 기계 거미의 승무원들이 적어도 당장은 사냥감을 놓쳤던 것이다.

가슴속에 희망의 불씨가 다시 살아났다. 에이바는 이를 악 물고 우뚝 솟은 쇳덩어리 다리를 향해 깡충깡충 뛰어갔다. 설령 승무원들에게 들킨다 해도 위협으로 여길 것 같지는 않았지만, 그래도 에이바는 기둥처럼 굵직한 두 기계 다리 옆의 눈에 띄지 않는 자리에 착지한 다음, 피스톤이 달린 기계 다리 주위의 아룩 줄기를 입으로 덥석 물었다.

에이바는 재빨리 작전을 실행했다. 아룩 줄기는 뿌리로 만든 차와 다를 바 없이 쓴맛이 났다. 에이바는 앞니를 끌처럼 거칠게 놀려 나무만큼이나 커다란 풀들을 아무렇게나 잘라댔다.

아룩 줄기 하나가 쓰러졌다. 한 줄기 더, 그리고 또 한 줄기가 더 쓰러졌다. 에이바는 초소형 나무꾼이 되어 억세고 질긴 아룩 줄기를 서둘러 베어 넘겼다.

쇳덩어리 거미의 다리 여러 개는 꼼짝도 하지 않았다. 승무원들이 빽빽한 아룩 들판 속으로 영문도 모르게 사라져 버린 피처럼 붉은 말의 형상을 찾아 이리저리 두리번거리는 동안 에이바의 머리 위쪽에서는 포탑이 윙윙거리며 이쪽저쪽으로 빙그르르 돌아갔고, 노을빛에 젖은 아룩 들판은 마치 이글거리는 숯불처럼 붉게 물들어 있었다. 기계 거미들은 다친 사냥감이 놀라서 벌떡 일어나기를 바라며 수풀 속으로 화살 몇 대를 아무렇게나 발사했다.

에이바는 시간이 부족하다는 것을 잘 알았다. 그래서 턱의 얼얼한 통증이 가실 틈도 없이 곧장 이리저리 폴짝폴짝 뛰어다녔다. 그렇게 마치 발광하는 비버처럼, 쓰러진 아룩 줄기 사이를 춤추듯 누볐다.

앞쪽으로 한 줄기를 넘고, 옆쪽으로 두 줄기를 넘고, 다시 앞쪽으로 한 줄기, 다시 옆쪽으로 두 줄기를 넘으며…… 에이바는 귀를 머리에 바짝 붙이고 앞발로 질긴 아룩 줄기를 단단히 움켜잡은 채, 지칠 줄 모르고 이쪽저쪽으로 깡충깡충 뛰었다. 움직임이 쓰레기장에서 캔 비닐로 장갑을 짤 때의 손놀림과 똑같았다. 패턴이 하도 익숙해서 무아지경에 빠질 정도였다.

난데없이 바스락거리는 소리가 들려오자 에이바의 귀가 움찔했다. 아마도 다친 다리의 통증을 견디기가 힘들었던지, 암말이 은신처에서 몸을 움찔거리다가 낸 소리였다. 에이바 위쪽의 하늘에 우뚝 선 거미의 등에서 포탑이 빙그르르 회전하더니 갑작스러운 움직임이 감지된 풀숲 쪽을 조준했다. 부릉거리는 디젤 엔진 소리가 거의 알아채기 힘들 만큼 살짝 변했다. 에이바는 폴짝 뛰어 그 자리를 떠났다. 그러면서 부디 자신의 노력이 충분하기를 달에 사는 옥토끼에게 빌었다.

부릉거리는 엔진 소리가 차츰 빨라졌다. 피스톤이 수축하자 기계 관절이 서서히 펴졌고, 마침내 기계 거미의 여러 다리가 군무를 추듯 위로 올라갔다가 다시 앞으로 나아가려는데……

거미의 다리 두 개는 그물처럼 엮인 아룩 줄기로 묶여 있었고, 그 두 다리가 서로 부딪히며 주춤거리는 바람에 거미가 비틀거렸다. 거미 내부의 조종사는 영문도 모른 채 조종간을 이리저리 움직여 묶인 다리를 풀려 했다. 그러나 에이바가 단단히 꼬아 엮어 놓은 풀 줄기들은 끊어지지 않고 버텼다.

화가 난 조종사가 조종간을 앞뒤로 거칠게 움직이자 피스톤에 가해지는 힘은 더욱 커졌다. 거미의 다리를 묶은 풀 다발이 느닷없이 끊어졌고, 막대기처럼 가느다란 다리 두 개는 구속된 상태에서 갑자기 풀려난 탓에 통제 불능 상태로 휘적휘적 움직였다.

기계 거미는 기우뚱하게 기울어서 쓰러지기 직전의 상태였다. 어쩔 줄 몰랐던 조종사는 조종간만 붙들고 끙끙대다가 이내 조종간을 반대편으로 세게 밀었다. 피스톤이 신음 같은 소리를 내며 움직이는 동안 가느다란 다리 여러 개가 몸통을 똑바로 떠받치려고 가망 없는 몸부림을 쳤지만, 이미 엎질러진 물이었다. 거미는 갓 태어난 망아지처럼 다리에 힘이 빠져 비틀거리다가 엄청난 굉음과 함께 땅바닥에 쓰러졌다. 윙윙대며 돌아가는 금속 톱날이 땅을 파고들자 돌과 흙덩이가 눈도 뜨기 힘들 만큼 거세게 튀어 올랐다가 우박처럼 쏟아져 내렸다. 포탑은 신음 같은 소리를 내며 회전을 멈췄고, 철판 이음매에서는 연기가 피어올랐다. 곧이어 포탑 위쪽의 출입문이 벌컥 열리더니 병사 세 명이 정신없이 기침을 쿨룩거리며 바깥으로 기어 나왔다.

다른 거미의 승무원들은 아군을 쓰러뜨린 적의 정체를 확인할 방법이 없었고, 이 때문에 자기들도 덩달아 당황하는 식으로 반응했다. 적의 공격에 노출됐다고 판단한 승무원들은 무력화된 거미가 있는 곳의 바로 주변을 조준하고 연속 사격을 시작했다. 화살이 땅바닥에 박히며 내는 쿵쿵 소리 때문에 분위기는 더욱 어수선해졌다. 쓰러진 거대 병기의 승무원들이 엄폐물을 찾아 자기네 기체 뒤로 달아나며 아군에게 사격을 중지하라고 외치는 사이, 에이바는 위험을 피해 달아났다.

결국에는 아직 작동하는 롱레그의 승무원들이 부서진 거미 근처에서 달아나는 토끼를 발견했다. 포탑이 토끼의 뒤를 쫓아 빙그르르 회전하더니 화살이 폭포처럼 쏟아져 땅바닥에 줄줄이 꽂혔고, 토끼는 고작 한 뼘 차이로 화살 세례를 피했다.

왼쪽으로, 오른쪽으로, 갈지자 모양으로. 에이바는 매초마다 방향을 틀어 아슬아슬하게 화살을 피해 가며 목숨을 부지했다. 발이 느려지고 점점 숨이 차는 느낌이 들었다. 비록 발이 빠르다고는 해도 토끼는 단거리 질주의 재능을 타고났을 뿐, 지구전에는 소질이 없었다. 사수가 에이바를 따라잡는 것은 시간문제였다.

"움직이지 않고 가만있으면 저자들은 널 못 봐!" 쉰 목소리로 속삭인 말이 바람을 타고 날아와 에이바의 귀를 파고들었다.

에이바는 눈꺼풀 속의 투명한 막을 아래로 내려 눈알을 가리고 앞발을 땅에 단단히 박았다. 그런 다음 몸을 최대한 조그맣게 옹송그렸고, 화살이 또 한 대 날아와 바로 옆의 땅바닥에 꽂히는 바람에 흙과 부러진 아룩 줄기가 온몸을 뒤덮는 와중에도 냉큼 달아나고 싶은 본능을 억지로 무시한 채 그 자리에서 버텼다.

쉬지 않고 들려오던 텅, 텅, 텅 소리가 멈췄다. 아까 들은 그 목소리가 옳았다. 에이바는 겁에 질린 나머지 앞서 암말에게 들려줬던 충고를 정작 스스로는 잊고 있었다. 에이바는 몹시도 작았고, 저물녘의 햇빛은 몹시도 어두웠다. 이동하는 도중에 아룩 줄기가 흔들려 위치를 들키거나 하지 않는 한 에이바는 사실상 투명 토끼나 마찬가지였다.

사수가 표적을 찾아 두리번거리는 동안 포탑은 쉬지 않고 철컹거리며 회전했다. 에이바가 어디 있는지 모르는 인간들의 목소리가 불협화음이 되어 허공을 가득 메웠다.

"아까 그거 뭐였어?"

"무슨 들쥐 같은 걸까?"

"더한 걸 수도 있지. 부식자 패거리 중에 한 놈인지도!"

"부식자가 그렇게 작을 리 없어. 그냥 덜떨어진 짐승이었다고. 너희 아까 우리를 겨누고 쐈지! 하마터면……"

"넌 역사상 최고로 형편없는 조종사일 거다! 들쥐 한 마리 때문에 롱레그를 망가뜨리는 자가 있다는 말은 들어 보지도 못했어. 대장이 가만 안 둘……"

"들쥐는 됐고. 도망치던 녀석은 어디로 갔지?"

"그 계집도 멀리는 못 갔을 거야. 이리 올라와서 우리랑 같이 뒤를 쫓자."

뒤이어 욕을 지껄이는 소리, 웃음소리, 줄사다리를 아래로 던지는 획 소리가 이어졌다. 제대로 작동하는 롱레그가 망가진 자기 쌍둥이에 발이 묶인 승무원들을 구조하는 중이었다.

"움직일 수 있겠어요?" 에이바는 먼 곳을 향해 끽끽댔다. 높은 음역대의 울음소리를 인간 승무원들은 듣지 못하지만 암말은 들을 수 있다는 것을 알고 한 일이었다.

"아니." 바람을 타고 돌아온 대답이었다.

에이바는 자신들의 처지가 어떤지 곰곰이 생각했다. 일단 기계 거미 안에 모이면 승무원은 사냥을 재개할 터였다. 암말의 위치가 발각되는 것은 시간문제였다.

에이바는 가슴이 고통스러울 정도로 세게 두근거렸고, 헤아리기조차 힘들 만큼 두려웠다. 그러나 억지로 용기를 내 거미가 있는 쪽으로 향했다. 아룩 줄기가 흔들리지 않도록 빙 돌아서, 아룩 수풀을 천천히 지나갔다. 에이바는 *뭐라도* 해야 했다. 뭐든 해야 했다.

거대한 살상 기계가 시야에 들어왔다. 측면 조종석에서 대롱거리는 줄사다리를 사람 형상 셋이 타고 올라가는 중이었다. 거미는 그들의 몸무게 때문에 한쪽으로 기우뚱해진 상태였다.

기다란 양 뒷다리에 힘을 꽉 준 다음, 에이바는 깡충 뛰어올라 풀숲 위로 짤따란 호를 그리며 날아갔다. 착지한 후에는 앞쪽을 향해 똑바로 질주했다. 기다랗고 가느다란 기계 다리 사이의 틈새를 노리고서.

"저기 있다! 저기!"

잔잔한 바다처럼 너울거리는 널따란 풀숲을 한참 동안 조바심치며 훑어보던 사수는 두 번 생각하지 않고 대번에 방아쇠를 당겼다. 포문에서 화살이 연이어 발사되는 동안 사수는 포탑을 회전시켜 아래로 기울였다. 기다란 잔상을 남기며 움직이는 조그마한 회색 덩어리를 시야에서 놓치지 않으려고 한 짓이었다.

"사격 중지! 이 멍청한……"

그러나 이미 엎질러진 물이었다. 회전하는 포탑의 운동 에너지와 반동에 줄사다리를 오르는 사람들의 몸무게까지 합쳐지자 거미의 몸통은 무게 중심에서 벗어나 균형을 잃고 말았다.

명령을 외치는 소리, 욕을 지껄이는 소리, 비명 지르는 소리가 이어졌다. 두 번째 거미는 위태롭게 서 있다가 한쪽으로 쓰러졌고, 뼈가 부러지는 듯한 소리와 함께 땅바닥에 처박혔다.

에이바는 굵다란 아룩 줄기 사이로 쏜살같이 달려 앞서 다친 암말을 두고 왔던 곳으로 돌아갔다.

그곳에서 에이바가 발견한 것은 말이 아니라 키가 크고 늘씬한 여성이었다. 빨갛고 숱이 풍성한 머리는 구불구불하고 기다랬고, 흉하게 생기지 않은 얼굴에는 붉은 줄이 가로세로로 얽혀 있었다. 아마도 아룩 가시에 긁힌 상처, 아니면 술을 너무 많이 마신 탓에 생긴 실핏줄 확장증 같았다. 다리 한쪽은 부자연스러운 각도로 꺾인 상태였다.

에이바 토끼는 진이 빠져서 몸을 웅크렸다. 여성은 손을 내밀어 토끼 등에 살며시 얹었다. 에이바 토끼는 몸을 흠칫하면서도 그 손길을 뿌리치지 않고 여성과 눈길을 마주쳤다.

"고마워." 여성이 나직이 말했다. 목소리가 앞서 바람결에 들었던 쉰 목소리와 똑같았다. "설마 너 같은…… 아이가 내 목숨을 구해 줄 거라고는 생각도 못 했어."

"고마워하긴 조금 이른 것 같아요." 에이바는 숨을 헐떡이며 말했다. "전 이미 정해진 일을 조금 뒤로 미뤘을 뿐이에요. 일단 저쪽이 정신을 차리면 롱레그가 없어도 훈련받은 보병이 여섯이나 있으니까, 우리 둘을 해치우는 것 정도는 식은 죽 먹기일걸요."

여성은 자세를 바꾸려다 움찔했다. "다리가 이 모양이 안 됐으면 절대 안 잡힐 텐데." 여성은 그렇게 중얼거리고는 부서진 롱레그 쪽을 경멸하는 눈빛으로 쳐다봤다. "보병 여섯쯤은 아무것도 아니야.

정정당당한 싸움이라면 이 '진홍 암말'은 병사 1만 명이 몰려와도 끄떡없이 버티니까."

이 여성이 발현 상태에서 보여 준 무시무시한 위용을 떠올린 에이바는 그 말이 실속 없는 허풍이 아니라는 것을 잘 알았다.

"전 싸움이라면 젬병이지 뭐예요." 에이바가 한탄했다. "지금 이 모습일 때나 인간일 때나 똑같이요."

여성은 에이바를 힐끗 봤다. "내가 싸울 때 같은 편이 돼 주길 바라는 건 누구도 아닌 바로 너야, 회색 토끼."

그 말은 앞서 몸을 따뜻하게 어루만지던 손길처럼 에이바의 마음을 따뜻하게 어루만졌다. 에이바는 눈에 차오른 눈물이 여성에게 보이지 않게끔 고개를 돌렸다.

쓰러진 두 기계 거미의 승무원들은 서로의 부상을 다 치료하고 이제 도망자를 어떻게 추격할지 논의하는 중이었다.

"가, 네 목숨이라도 구해야지." 여성이 말했다. "미안하지만 이번 생에는 너한테 진 빚을 다 못 갚을 것 같구나."

에이바는 고개를 저었다. "저 혼자만 달아나진 않을 거예요."

여성은 빙긋 웃으며 에이바 토끼의 기다란 귀를 쓰다듬었다. 에이바는 그 손길에서 경의를 느꼈을 뿐, 낮춰 보는 기색은 전혀 느끼지 못했다. "네 모습을 보여 줘. 어차피 함께 죽을 거라면, 먼저 네 얼굴부터 보고 싶어."

"왜요?"

"그래야 저승에 있는 '용사의 전당'에서 너를 찾아낸 다음 나랑 같이 이승으로 돌아와 우릴 죽인 놈들을 해코지하자고 꼬드길 거 아냐."

에이바는 웃음을 터뜨렸다. 이제 죽음이 코앞에 왔다는 것을 아는데도, 수치심으로 가득했던 삶에 오랫동안 부재했던 감각을 느낀 덕분에 기뻐서 몸이 다 떨릴 지경이었다. 그 감각의 이름은 긍지였다.

에이바는 인간 형상으로 돌아와 여성 옆에 나란히 누웠다. "제 이름은 에이바 사이드예요…… 회색 토끼도 멋진 이름이긴 하지만요."

"난 피니언 게이츠. 리버이스트현 출신이지. 만나서 영광이야."

둘은 손을 맞잡고 몸을 일으켜 앉은 다음, 병사들이 있는 쪽을 향해 몸을 틀어 운명에 맞설 준비를 했다.

그때 걸걸한 목소리가 불쑥 끼어들었다. "둘이서 서로 가마를 태워 주는 화기애애한 모임이 다 끝나면, 여기서 어떻게 탈출할지 나까지 셋이서 의논해 보는 것도 괜찮을 것 같은데."

인간 형상으로 돌아와 감각이 무뎌진 에이바는 순식간에 주위를 가득 물들인 고양잇과 짐승의 강렬한 체취를 그제야 알아차렸다. 목소리가 들려온 쪽을 놀란 눈으로 유심히 살펴보니 몸길이가 3미터는 너끈히 될 법하고 털가죽은 칠흑처럼 새까만 표범 한 마리가 빽빽한 아룩 줄기를 헤치고 나오더니, 날렵하면서도 힘 있는 걸음으로 두 사람 쪽을 향해 발소리도 내지 않고 다가왔다.

"페이 스웰!" 에이바가 외쳤다. "여기서 뭐 하는 거야? 그런데 언제…… 어디서…… 어떻게 발현자로 변신해서 나타난 거지?"

"나한테는 네가 모르는 비밀이 아주 많아." 페이는 거들먹거리는 투로 말했다. "너 나더러 겁쟁이라고 했지! 혹시라도 너 혼자 동생을 구하러 부식자 무리한테 쳐들어가는 걸 내가 보고 겁먹어서 집에 틀어박혀 있었다고 소문이 나면, 내가 무슨 수로 부하들 앞에서 얼굴을 들고 다니겠어?"

페이는 두 사람에게 따질 틈도 주지 않고 냉큼 돌아서더니, 땅바닥에 웅크려 앉아 자기 등을 내밀었다. "올라타!"

페이는 두 여성을 등에 태우고 별이 총총한 밤하늘 아래의 아룩수풀 사이로 질주했고, 그러는 동안 그들 삼인조는 서로에게 각자의 인생사를 들려줬다.

피니언은 한때 아를로스강의 기슭을 따라 그물을 던져 물고기를 잡던 어부였다. 어느 날, 피니언의 그물에 희귀 어종인 세 머리 혹등 강꼬치가 걸렸다. 배를 갈라 보니 조그마한 유리병이 나왔는데 속에 향신료와 약초 냄새가 나는 초록색 술이 들어 있었다. 맛좋은 술이라면 거절하는 법이 없었던 피니언은 그 술병을 단숨에 비웠고……이로써 발현자가 됐다.

"론플레어에 가서 출세할 수도 있었을 텐데, 왜 그렇게 하지 않았죠? 그런 행운을 손에 넣을 수 있다면 팔다리 한두 짝 정도는 포기할 사람이 수천 명은 될 텐데."

에이바의 말을 들은 피니언은 싸늘하게 웃었다. "떠돌이 이야기꾼들한테 듣자 하니 연방 궁전은 봄철 홍수 때의 아를로스강보다 더 혼탁하고 거친 곳이라고 하더군. 내가 왜 속 편하게 술 마시고 연애하는 삶을 포기하고 정계의 흐름에 올라타려고 전전긍긍하겠어? 아니, 난 그냥 혼자 노는 게 좋아."

그래서 피니언은 자기 재능을 감추고 살던 대로 살았다. 그러던 어느 날, 피니언은 맥주를 마시고 노닥거리며 오후 반나절을 보내다가 어느 관리가 어부 집안의 아들에게 억울한 누명을 씌워 옥에 가두고 이를 빌미로 그 집 부모의 노후 자금을 뜯어내려 하는 현장을 목격했다. 술기운에 그만 벌컥 화가 치솟았던 피니언은 그 관리를 나무에 묶어 놓고 제발 풀어 달라고 애걸할 때까지 채찍질했다. 피니언은 돈을 뜯으려 한 집안의 식구들을 건드리지 않겠다는 약속을 받아낸 후에야 그 관리를 풀어 줬다.

그러나 굴욕당한 관리는 앙갚음할 꿍꿍이를 세웠다. 그는 무뢰배를 고용해 어부 집안 식구들을 살해한 다음, 피니언을 살인범으로 몰았다. 리버이스트현의 현령은 조사도 재판도 하지 않은 채 피니언을 체포한 후에 이튿날 아침에 처형한다고 공표했다. 그날 밤, 피니언은 진홍 암말로 변신해 감방 문을 걷어차 열고 경비병들을 쓰러뜨린 다음, 그대로 탈옥했다. 리버이스트현의 길거리를 질주하던 피니언은 그 악독한 관리를 발견하고 발굽으로 납작하게 짓뭉개 버렸다. 그날 이후 피니언은 도망자로 살아오며 잠시도 쉬지 않고 달아났다.

"어떻게 대군의 관리들이 그토록 무도한 짓을 할 수가 있죠? 현령은 또 어떻고요, 발현자인 귀족이 그렇게 어리석고 냉혹할 수가 있다니!" 에이바는 질주하는 페이의 등에 앉아 부드럽게 오르락내리락하며 외쳤다. 칠흑 표범의 형상을 띤 페이 스웰은 별빛 아래서도 햇빛 아래나 다름없이 눈이 훤히 보이는 듯했고, 움직이는 모습 또한 타고난 사냥꾼답게 우아했다.

"대군은 통치에 관심이 없는 유약한 여자애일 뿐이야." 페이가 말했다. 성인 여성 둘을 등에 태우고 달리는 와중에도 호흡이 느릿하고 차분했다. "게다가 지혜롭고 청렴한 참모가 아니라 어릴 적 친구들을 주변에 잔뜩 거느렸는데, 그 친구란 자들은 아첨으로 대군의 귀를 채우고 연방의 금고에서 슬쩍한 재물로 자기네 주머니를 채우는 중이지. 궁정을 지배하는 규칙은 탐욕과 야망이고, 현령과 장군, 관리, 절도사는 발현자이든 아니든 간에 하나같이 제 몫을 챙기느라 눈이 벌게졌을 뿐, 백성의 안녕은 안중에도 없어."

에이바는 말이 없었다. 페이가 한 말은 누구나 아는 사실이었지만, 에이바는 이때껏 그 사실을 애써 부정했다. 발현자 귀족들이 위풍당당한 모습과 달리 완전한 덕성을 갖추지 못했다는 사실을 받아들이는 일이 에이바에게는 이상이 무너지는 것을 받아들이는 일이기도 했기 때문이었다. 발현자들과 어깨를 나란히 할 수 없었기에, 자신은 그들이 있는 곳에 올라설 수 없었기에 에이바는 그들을 더욱 이야기 속의 존재처럼 여겼다.

"그런데 당신은 어떻게 된 거야?" 에이바가 페이에게 던진 질문이었다. "무슨 수로 발현자가 된 거지?"

페이는 오래전부터 그레마 국경 너머의 안개 속으로 곧잘 탐험을 떠나곤 했다. 가장 흥미로운 괴물들이 발견되는 땅이 바로 그곳이기 때문이었다. 거기서 잡은 괴물의 털가죽이나 나뭇가지처럼 여러 갈래로 뻗은 뿔, 코나 이마에 단단하게 솟은 외뿔, 몸을 뒤덮은 비늘 따위는 암시장에서 최고로 비싼 값에 팔렸다. 페이는 예전 드라이프 읍내에 물건을 팔러 갔다가 평의회가 파견한 절도사의 부하인 여성을 소개받은 적이 있었다. 그 여성은 페이에게 진귀한 천산갑 비늘과 맞바꾸는 조건으로 발현주 한 병을 주겠노라고 제안했다. 절도사는 그 천산갑이 정력과 불로장생을 가져다주는 물약의 재료라고 믿었던 것이다.

"그냥 발현주를 주겠다고 제안했단 말야?" 에이바는 믿기 힘들다는 말투로 물었다. "그건…… 그건 범죄야!"

"권세 있고 지체 높으신 귀족 나리께 이 땅의 법률 따위는 기껏해야 뒤 닦는 종이에 찍힌 점 하나 같은 거야." 페이가 말했다. "아까 피니언도 얘기했지만, 관료들은 발현자든 아니든 간에 사사로운 이익이 걸려 있으면 못하는 짓이 없어. 내가 보기에 군대가 도적 떼한테서 우릴 지켜 줄 거라고 기대하는 건 헛수고였어. 그래서 발현주를 받은 거야. 그걸 마시고 강해져서 내 몸은 내 손으로 지키려고."

에이바는 다시금 말문이 막혔다. 이때껏 살면서 배운 바에 따르면 사람이 자신의 진정한 천성을 깨닫고 귀족 반열에 오르는 유일한 길은 추천을 받아 발현자가 되는 것뿐이었지만, 현실은 달라도 한참 달랐다.

세상이 정말로 변하기는 하는구나.

인간 형상으로 돌아온 에이바와 페이, 피니언은 안개에 둘러싸인 골짜기 아래의 야영지를 조심스레 내려다봤다. 이제 그들은 그레마 국경 너머 몇 킬로미터나 떨어진 곳에 있었다. 페이조차도 이렇게까지 멀리 사냥을 나온 적은 없었다.

그곳은 역병기 이전까지 도시가 있었던 장소로 보였다. 덩굴이 뒤덮은 집과 건물의 폐허 사이사이로 격자처럼 가지런한 길거리의 모양이 여전히 눈에 띄었다. 폐허는 대부분 부식자들이 눌러앉아 숙소나 약탈품 저장소로 사용하는 중이었다. 조리 중인 불가에서 피어오르는 연기, 또 묵직한 궤짝을 품에 안거나 짐이 수북한 수레를 밀며 폐허를 바삐 오가는 사람들의 모습이 곧 증거였다.

"저 아래에 몇 놈이나 있을까?" 에이바는 눈앞에 펼쳐진 광경에 경악해서 물었다.

"적게 잡아도 병사만 800명은 되겠어." 페이가 대답했다. "그중에 또 몇 놈이 발현자 들쥐인지는 아무도 모르지."

피니언과 페이 둘 다 에이바가 동생을 구하도록 돕겠노라 맹세했다. 피니언의 다리는 이제 거의 다 나은 상태였다. 며칠에 걸쳐 이동하는 사이에 페이는 예민한 후각을 발휘해 쇼의 흔적을 뒤쫓다가 마침내 이곳에 이르렀다. 쇼가 혼자 힘으로 이렇게 멀리까지 오기란 불가능했다. 십중팔구 부식자 패거리에게 포로로 붙잡혀 끌려왔을 터였다.

"에이바가 옳았다는 생각이 이제야 슬슬 드는군." 페이가 중얼거렸다. "군대가 출동하게 더 열심히 설득할걸 그랬나."

부식자들의 주둔지를 발견한 후, 피니언은 에이바의 완강한 주장에 따라 부리나케 달려 드라이프 읍으로 돌아간 다음 자신들의 위치를 현령에게 전했다. 그 빠른 암말은 멀고 먼 왕복 길을 단 하루 만에 완주했다. 키데 현령이 그 정보를 전해 듣고 뭔가 조치를 취하리라고는 피니언도 페이도 기대하지 않았다.

페이의 말을 들은 피니언이 쿡쿡거리며 웃었다. "겁먹은 거야?" 그리고는 페이를 흘긋 돌아봤다. 핏줄이 불긋불긋한 피니언의 얼굴에 웃음이 번졌다. "난 너 같은 이빨도 발톱도 없지만 싸움 앞에서 물러서지는 않는데."

"제아무리 힘센 고양이도 들쥐 떼한테 20 대 1로 몰리면 꼼짝 못한다고." 페이의 까만 뺨이 검붉은 핏기로 서서히 물들었다. "어디 그뿐이야, 정말로 전세가 불리하게 돌아가면 우리 중에 한 명은 누구보다 빠르게 달아날 것 같단 말이지."

"지금 누가 달아난다고 그러는 거야?" 피니언이 짐짓 화난 목소리로 물었다.

두 싸움꾼은 금세 서로에게 끌렸다. 틈만 나면 말로, 또 주먹으로 대련을 벌이며 즐거워할 정도였다.

"그냥 무턱대고 저기로 쳐들어가 눈에 띄는 부식자는 아무나 붙잡고 싸움을 시작할 수는 없어." 에이바가 페이에게 말했다. "당신이 싸움 실력을 믿고 의기양양한 거야 내 알 바 아니지만⋯⋯ 무모하게 굴어서 득 될 건 하나도 없어."

오렌지 형제는 매센월만 앞바다에 있는 어느 섬 출신으로, 몇 년 전 추천을 받아 론플레어에서 발현 시험을 봤다. 그러나 발현주를 마신 후에 드러난 본모습은 크기가 인간만 한 들쥐였고, 이는 걸핏하면 반역자나 범죄자와 연관되는 형상에 다름 아니었다. 그들은 대군의 명령으로 옥에 갇혔지만 뇌물을 써서 탈옥했고, 소문으로는 그 와중에 대군의 창고에서 발현주를 잔뜩 훔쳐 달아났다고 했다.

한동안 그들 삼 형제는 머릿수가 몇 안 되는 도적 떼를 거느리고서 그레마 각지를 오가는 상인 대열을 터는 정도로 만족했다. 그러나 지난해, 오렌지 형제의 병력은 수천에 이를 만큼 늘었다. 주된 이유는 북부 여러 현에 가뭄이 들어서였다. 소문에 따르면 그들은 병사에게 마법을 걸어 두려움을 잊고 혼자서 열 명에 대적할 만큼 센 힘을 발휘케 한다고 했다. 그들 교단의 병사들이 머릿속이 썩어 문드러진 '부식자'로 불리는 까닭이 바로 그것이었다. 부식자들은 마을뿐 아니라 조그만 도시까지 습격했고, 그들이 한번 지나간 곳은 죽음과 폐허만 남아서 마치 메뚜기 떼가 휩쓸고 간 자리 같았다.

"그럼 넌 어쩔 작정인데?" 피니언과 페이가 한목소리로 물었다.

에이바는 부식자들의 본거지를 찬찬히 훑어보며 생각에 잠겼다. 한참이 지난 후, 에이바의 눈길이 멈춘 곳은 폐허가 된 마을 변두리의 하수도 입구였다.

"이보다 더 끔찍한 방법도 없지 싶은데." 페이가 구시렁거렸다. "악취가 아주 숨쉬기도 힘들 정도야."

"발현자로 변신해서 와 달라고 하지 않은 것만 해도 고마운 줄 알아." 에이바의 목소리는 코와 입을 가린 천 때문에 웅얼거리는 것처럼 들렸다. "그렇게 예민한 코를 하고 이리로 들어왔으면 진짜로 기절했을걸."

"너무 많이 떠들지 마." 피니언이었다. "말을 많이 하면 공기를 더 많이 들이마셔야 하니까." 피니언이 걸쭉한 구정물에 잠긴 발을 위로 들자 철벅 소리가 커다랗게 울렸다. "우리가 지금 밟고 가는 게 뭔지도 너무 깊이 생각하지 말고." 나직이 중얼거리듯 덧붙인 말이었다.

머리 위의 지상에 있는 수많은 부식자들이 어떤 오물을 배출했을지 상상한 페이는 금방이라도 숨이 넘어갈 것만 같았다. 그래도 그 덕분에 구시렁거리던 입은 다물 수 있었다.

세 사람은 발목까지 빠지는 오물 속을 꿋꿋이 걸으며, 한 손으로는 바닥과 마찬가지로 미끈거리는 벽을 짚으며, 한 치 앞도 보이지 않는 어둠을 헤치고 나아갔다.

"네가 아까 회색 토끼로 변신해서 여길 지나갔다니, 믿을 수가 없군." 페이가 말했다. "무슨 수로 빠져 죽지 않은 거야?"

"토끼는 굴 파기의 명수거든." 에이바는 앞서 하수구를 탐험했을 때의 기억이 떠올라 저절로 몸이 부르르 떨렸지만 애써 태연한 척했다. "그 얘기는 이 정도만 하고 넘어가자."

에이바는 어느 마을이나 지하에 복잡하게 연결된 하수도망이 있고 담력이 두둑한 사람은 그 얽히고설킨 굴을 따라 마을 어디든 남몰래 갈 수 있다는 것을 알았다. 페이와 피니언이 휴식을 즐기던 오후 시간, 에이바는 미로 같은 하수도 안으로 폴짝 뛰어들어 여기저기 샅샅이 뒤진 끝에 마침내 쇼를 비롯한 포로들이 갇혀 있는 건물을 발견했다.

"다 왔다." 에이바는 걸음을 멈췄다. 일행 머리 위의 철창으로 희미한 별빛이 비쳐들었다.

세 사람은 꼼짝 않고 서서 주위의 소리에 귀를 쫑긋 세웠다. 새벽이 얼마 남지 않은 시각이라 잔잔한 밤바람 소리를 빼면 온 사방이 쥐 죽은 듯 고요했다. 그레마의 도회지에서 멀찍이 떨어진 곳이다 보니 부식자 패거리로서는 군대나 민병대의 기습을 염려할 필요가 없었다.

셋은 한 명씩 차례로 하수도 입구를 올라가 인적 없는 도로 위로 나왔다. 그들 옆에는 눈에 띄는 이 층짜리 석조 건물이 서 있었고, 건물로 이어지는 대문 안쪽의 마당에는 보초 두 명이 잠들어 있었다.

삼인조는 건물을 빙 돌아 뒤편으로 향했고, 그곳에 있는 커다란 창문의 쇠창살을 페이가 순식간에 넓게 벌린 덕분에 다 함께 창문을 가뿐히 넘어갔다. 건물 일 층의 널따란 복도는 곳곳에 요가 깔렸고 드러누워 자는 사람 형상도 함께 눈에 띄었다. 코를 드르렁대는 도적들 사이로 살금살금 걸으며, 에이바는 앞장서서 계단으로 향했다. 위층의 조그만 방 여러 칸은 도적들이 죽이느니 한 패로 만드는 편이 낫다고 판단한 포로들을 가둬 두는 곳이었다.

위층을 밝히는 야명주(夜明珠)는 보나마나 부식자 무리가 어느 부잣집에서 훔쳐 온 물건일 터였다. 에이바는 잠긴 방문 여러 개를 둘러보며 어느 문을 먼저 열지 생각했다. 뒤쪽에서 철컹 하는 쇳소리가 나는가 싶더니 곧바로 잠잠해졌다.

에이바는 냉큼 뒤로 돌아섰다. 야명주의 서늘한 빛 속에서 바로 등 뒤에 서 있던 페이가 보였다. 표정으로 보아 뭔가 켕기는 모양이었다. 페이는 손에 든 기다란 강철 창이 바닥에 끌릴까 봐 조심조심 움직였다.

"미안."

"그건 어디서 났어?" 에이바가 나직이 물었다.

"너를 허겁지겁 쫓아오느라 칼을 챙기는 걸 깜박했지 뭐야. 난 싸울 때 무기가 있어야 하거든. 이 창은 아까 잠든 도적들 사이를 지나올 때 간부 한 놈한테서 슬쩍했어. 이 녀석이 나한테 데려가 달라고 해서 그만."

"우린 여기 싸우러 온 게 아니야. 몰래 들어가서, 쇼를 구출한 다음, 다시 탈출하면 그만이라고."

"난 그냥 저 사람이 하는 대로 따라했어." 페이가 변명하며 옆으로 비켜서자 뒤에 있던 피니언의 모습이 보였다. 피니언이 손에 든 무기는 칼날이 기다랗고 초승달처럼 생긴 장도, 즉 언월도였다.

"네가 입버릇처럼 우리한테 조심하라고 했잖아." 피니언이 말했다. "그리고 어차피 도적들이 훔친 물건인데, 우리가 다시 훔친다고 뭐 대수겠어?"

에이바는 고개를 절레절레 흔들며 한숨을 쉬었다. 그러고는 돌아서서 복도를 나아갔다. 다행히 포로들도 모두 잠들어서 아무도 깨우지 않고 쇼를 찾을 수 있을 듯싶었다.

아주 천천히 그리고 소리 없이, 에이바는 첫 번째 문을 열었다.

세 사람은 곧바로 바닥에 엎드린 다음 몸을 데구르르 굴려 열린 문으로부터 멀어졌다. 페이와 피니언 둘 다 방어 자세로 웅크려 앉아 금방이라도 무기를 휘두를 준비를 했다. 에이바는 페이 등 뒤에 숨어 겁에 질린 비명을 애써 삼킬 뿐이었다.

방 안에는 눈을 부릅뜨고 차렷 자세로 서 있는 도적들이 가득했다.

잠깐의 시간이 흐르는 동안 아래층에서 들려오는 코 고는 소리를 빼면 사방은 쥐 죽은 듯 조용했다.

한참 후, 에이바는 간신히 용기를 짜내어 방문 안쪽을 힐끔 훔쳐봤다. 그러고는 나지막이 말했다. "꼼짝도 안 하는데."

삼인조는 문설주에 줄줄이 달라붙어 머리만 빼꼼히 내민 채 방 안쪽을 기웃거렸다. 줄잡아 서른 명은 돼 보이는 도적들은 가지런히 줄을 맞춰 서 있었고, 부릅뜬 눈으로 똑바로 앞을 보며 꼼짝 않는 모습이 마치 조각상 같았다.

"밀랍 인형은 확실히 아닌데." 페이는 손을 뻗어 가장 가까이 있는 도적의 발을 손가락으로 눌러 봤다. "봐, 살이 쏙 들어가잖아." 페이는 방 안으로 성큼 들어선 다음 꼼짝 않고 서 있는 여성의 눈앞에서 손을 흔들었고, 그래도 아무 반응이 없자 여성을 보며 눈살을 찌푸렸다.

"너무 이상한걸." 에이바는 목덜미의 잔털이 바짝 섰다.

"내가 보기에도 영 찝찝해." 피니언의 말이었다. "하지만 지금은 수수께끼 풀이나 하고 있을 때가 아니야. 이 안에 네 동생이 있어?"

에이바와 페이는 고개를 가로저었다. 셋은 방문을 닫고 다음 방으로 향했다.

앞서와 마찬가지로 도적들이 깨어 있는 것처럼 보이면서도 아무 반응도 하지 않는 기괴한 광경이 방 몇 칸에서 세 사람을 맞이했다. 한편 그 밖의 다른 방들은 식량과 무기, 기계 부품 따위로 가득했다. 그 건물은 전체적으로 창고 같은 느낌이 났고, 심지어 꼼짝 않고 서 있는 도적들조차 인간이 아니라 물건처럼 보였다.

셋은 마침내 복도 끄트머리의 마지막 방 앞에 이르렀다. 에이바는 그 방의 문을 손으로 밀어 열었다. 그 방 내부는 창살문이 달린 감방 여러 칸으로 나뉘어 있었고, 각각의 감방 안에는 간이침대가 여덟 개에서 열 개씩 놓여 있었다. 다른 방과 달리 그 방 안의 사람들은 정말로 잠든 것처럼 보였다.

"누나? 누나 맞아?" 한쪽 구석에서 조그맣게 소곤거리는 목소리가 들려왔다.

에이바는 큰 걸음 몇 번으로 목소리가 들려온 곳까지 단숨에 도착했다. "쇼! 너 괜찮아?"

"날 구하러 와 줬구나." 중얼거리는 소년의 목소리에서 믿기 힘들어 하는 기색이 묻어났다. "신들이 보우하사 누나가 여기까지 와 줬어! 정말 미안해⋯⋯."

"사과는 나중에 시간이 있을 때나 해." 에이바의 입에서는 무뚝뚝한 말이 튀어나왔지만, 눈에는 안도의 눈물이 차올랐다. "어디 다친 덴 없어? 우리가 당장 여기서 꺼내 줄게."

"누나, 여긴 정말 끔찍한 곳이야. 이자들한테는 발현주가 한 방울도 없어! 난 지방 도로로 나오기가 무섭게 붙잡혀서 이리로 끌려왔어. 이자들은 포로한테 사람의 의지를 빼앗는 독약을 먹이는데, 그걸 먹은 사람은 걸어 다니는 송장이 돼서 아무것도 두려워하지 않고 명령받은 대로 움직여."

"그 말을 들으니 아까 본 도적들이 왜 동상처럼 그렇게 뻣뻣했는지 이해가 가는군." 페이가 중얼거렸다.

"처음에는 보물과 권력을 주겠다고 약속하면서 자기네 무리에 가담하라고 꼬드겼어." 쇼는 흐느끼며 말했다. "단순한 노예보다는 적극적인 전사를 모집하고 싶어서 그러는 거라고 했어. 하지만 이자들이 마을에 쳐들어가 무슨 짓을 벌이는지 알고 나서, 난 한 패가 되기를 거절했어. 계속 그렇게 거절했으면 내일 아침에 억지로 그 독약을 마셔야 했을 거야."

"자세한 얘기는 나중에 해." 에이바가 말했다. "페이, 가자."

페이는 감방의 창살문으로 가서 창살을 붙들고 구부리려 했다. 그러나 창살은 너무나 굵어서 페이의 강력한 팔 힘에도 구부러지지 않았다.

아래층에서 고함지르는 소리가 들려왔다. "야, 내 창 어디 갔어?" 곧이어 자다가 깬 사람들이 알아듣기 힘든 성난 목소리로 자신은 모른다고 대답하는 소리가 이어졌다. 가만히 들어 보니 사라진 무기의 주인은 한바탕 소란을 피워서라도 도둑을 찾아내기로 작정한 모양이었다.

페이는 욕을 구시렁거렸다. "오줌보가 꽉 차서 깨기 직전이었던 놈의 무기를 훔친 것도 다 내 복이려니 해야겠지."

"이제 교묘한 전술 같은 건 생각할 시간이 없어." 피니언은 그렇게 말하고는 가만히 서서 눈을 감았다. 에이바와 페이는 뒤쪽으로 후다닥 물러나 자리를 마련해 줬다. 이윽고 피니언은 진홍 암말로 변신했고, 암말의 덩치는 작은 방에 비해 지나치다 싶을 만큼 거대했다. 뒤로 돌아선 암말이 강력한 뒷발을 있는 힘껏 내뻗자 쇼가 갇힌 감방의 창살문은 귀가 찢어질 듯한 굉음과 함께 찌그러져 벽에서 뽑혀 나갔다.

쇼는 천성이 발현된 짐승의 모습을 두려움과 경외심에 사로잡힌 채 올려다봤다.

요란한 종소리가 건물 안 한가득 울려 퍼졌다. 명령을 외치는 소리. 우레 같은 발소리. 주둔지 전체에 경보가 발령된 탓이었다. 이제 다른 포로들도 소음 때문에 잠에서 깨어나 자기네 감방의 철창을 두들기며 꺼내 달라고 애원했다.

"이제 가야 해!" 페이가 소리쳤다.

"이 사람들을 그냥 두고 갈 순 없어." 에이바는 차마 발걸음이 떨어지지 않았다. "내 동생은 운이 좋아서 우리 셋이 찾아와 구해 줬지만, 이 사람들은 누가 구해 주겠어?"

쾅 소리와 함께 방문이 열렸다. 독약 때문에 자기 의지를 잃은 부식자 몇 명이 나무창을 손에 쥐고 성큼성큼 다가왔다.

"저놈들은 내가 막을 테니까 그 사이에 너흰 다른 포로들을 풀어 줘." 페이는 그렇게 외치고 나서 기다란 강철 창을 쳐들고 문으로 달려갔다. 그러고는 창을 단 한 번 휘둘러 부식자 넷을 바닥에 쓰러뜨렸다.

한편 진홍 암말은 방 안을 돌아다니며 감방의 창살문을 뒷발로 걸어찼다. 에이바와 쇼는 겁에 질린 포로들이 당황해서 혼란을 더 키우지 않도록 그들을 진정시켰다.

페이는 닥쳐오는 홍수 앞의 제방처럼 문간 앞에 버티고 서 있었다. 둘, 넷, 여덟, 열여섯…… 부식자 도적들이 아무리 많이 몰려와도 페이는 단 한 발자국도 물러서지 않았다. 창의 자루를 꽉 쥐고서, 페이는 창끝으로 허공에 또렷한 원을 연달아 그려 나갔다. 회전하는 강철 꽃처럼, 날름거리는 뱀의 혀처럼 생긴 그 원들은 누구도 뚫지 못하는 의지와 힘의 장벽이었다.

더 많은 이들의 고함 소리. 경보를 외치는 소리. 앞서 들리던 종소리는 마을 곳곳에서 울리는 종소리에 묻히고 말았다.

"노예 같은 부식자 놈들, 아주 기가 막히는군." 페이의 목소리에서 긴장감이 묻어났다. "이런 식으로 싸우는 상대는 처음이야."

의식이 없는 그 꼭두각시들은 뒤쪽에 웅크린 도적 지휘관의 명령에 따라 좁은 복도를 가득 메운 채로, 마치 살과 피로 이루어진 장벽처럼 묵묵히 앞으로 나아갈 뿐이었다. 그들은 페이의 창에 다쳐도 아랑곳하지 않았고, 팔다리를 잃거나 아예 목숨을 잃어도 상관하지 않고 계속 싸웠다. 어쩔 수 없이 살생을 범해야 했던 페이가 꼭두각시 부식자 한 명의 가슴을 창으로 찌르자 부식자의 입에서 고통에 찬 비명과 함께 피가 터져 나왔지만, 그럼에도 그는 단 반걸음도 물러서지 않았다. 깜박거리지도 않는 그의 눈빛에는 두려움도, 깨달음도 비치지 않았다. 뒤쪽에 있던 꼭두각시들이 등을 떠밀자 창끝은 그의 가슴을 더욱 깊이 파고들었고, 결국 등 뒤로 뚫고 나와 다른 꼭두각시의 가슴을 찔렀다.

페이의 얼굴은 혐오와 공포로 얼어붙은 와중에도 일그러진 미소를 머금고 있었다. "역겨워서 아주 돌아가시겠는걸!"

"참 불쌍한 괴물들이야." 에이바가 말했다. "이들도 원래는 누군가의 자매고, 형제고, 아들딸이었어. 이 사람들은 자기네가 원해서가 아니라 머릿속이 이미 죽어 버렸기 때문에 싸우고 있어. 오렌지 형제가 천 번을 죽는다고 해도 이 죗값을 다 치르진 못할 거야."

"나도 이자들을 상대로 오래 버티진 못해." 페이가 소리쳤다. 꼭두각시 같은 적들의 피로 흠뻑 젖은 페이의 양발은 바닥 위에서 조금씩 뒤로 밀리고 있었다.

"포로들은 다 풀어 줬어!" 에이바가 외쳤다. "피니언, 가자!"

진홍 암말은 힝힝거리는 소리로 대답했다. 그러고는 단숨에 풀쩍 뛰어 방 안쪽 벽 앞에 착지했다. 그곳에서 진홍 암말이 양쪽 뒷발을 내지르자 말발굽 한 쌍이 쇠망치처럼 허공으로 치솟았다. 한 번, 두 번, 세 번. 돌이 무너져 내렸다. 벽이 있던 자리에 커다란 구멍이 뚫리고 그곳을 통해 밤바람이 휭 소리를 내며 들이쳤다.

진홍 암말은 의기양양하게 포효하며 뛰쳐나갔다. 에이바와 페이, 그리고 풀려난 포로들이 그 뒤를 따랐다.

동트기 직전의 미명에 벌어진 전투는 치열하고 처절했다.

도적단은 머릿속이 텅 빈 꼭두각시 무리를 끝도 없이 전진시켰고, 이로써 탈출한 포로들을 포위하고 퇴로를 막으려 했다.

에이바는 발현자인 토끼의 모습을 한 채로 바람의 냄새를 맡고 귀를 쫑긋 세워 매복한 적이 있는지 살폈고, 이로써 겁에 질린 포로 무리를 도적 떼가 바글거리는 마을에서 벗어나는 길로 이끌려 애썼다. 페이와 쇼와 에이바는 피니언의 등에 올라타 마을을 손쉽게 벗어날 수도 있었다. 도적 떼가 발 빠른 암말을 따라잡기란 애초에 불가능하기 때문이었다. 그러나 에이바는 구출한 포로들을 남겨 두고 떠날 수는 없다며 끝까지 고집을 부렸다.

그리하여 페이와 피니언은 칠흑 표범과 진홍 암말로 변신해 으르렁대고 울부짖으며, 쉬지 않고 몰려오는 도적 떼에 맞서 싸웠다. 말발굽은 벼락처럼 허공에서 내리꽂혔고, 발톱과 이빨은 별빛을 머금고 번뜩였다. 도적들의 피가 더러운 길거리를 흥건하게 물들이는 동안 폐허가 된 석조 건물 사이로 고통에 찬 비명이 울려 퍼졌다. 도적 떼의 수가 늘면 늘수록 전사들의 투지는 더욱 굳건해졌다.

에이바가 지친 몸을 이끌고 다음 골목으로 뛰어들자 포로 한 무리가 득달같이 그 뒤를 쫓아갔다. 그러나 그들 앞에 기다리던 것은 자유가 아니라 더 많은 도적들이었고, 이들은 검과 창, 심지어 전기 축전지로 작동하는 충격봉까지 휘둘러 댔다. 거대한 발현자 들쥐의 모습을 한 도적단 간부 몇 명이 돌격 명령을 내렸다. 그들의 발톱과 이빨은 충격봉에서 나오는 파란 불꽃보다 더 서늘하게 번뜩였다.

페이는 검은 무지개처럼 포로들 머리 위를 뛰어넘어 에이바 앞에 착지했다. 그리고는 몸을 낮게 웅크리고 다가오는 도적들을 향해 으르렁댔다. 놀란 도적들은 걸음을 멈추고 겁에 질린 표정으로 주춤주춤 물러났다.

포로들 뒤쪽, 골목 반대편에서 몰려오는 도적들에 맞서, 피니언이 적개심 가득한 포효를 우렁차게 내질렀다. 발굽이 땅을 구를 때마다 조그마한 지진이 일어나는 것처럼 지축이 흔들렸다.

도적들은 처음에는 주춤거렸지만 다시 전진하기 시작했고, 이내 더욱 자신감을 얻었다. 꼭두각시 부대는 무턱대고 명령을 따른 반면에 아직 자유 의지를 지닌 도적들은 자기편의 머릿수에 고무되어 그렇게 했다. 진홍 암말과 칠흑 표범이 제아무리 사납고 용맹하게 싸워도 그 정도로 턱없이 많은 적을 이길 가망은 없었다.

절망에 빠진 에이바는 달아날 길이 없다는 것을 깨닫고 몸을 웅크렸다.

그런 에이바 곁에 쇼가 나란히 웅크려 앉았다.

"미안해, 동생아. 난 아무도 구하지 못했어. 너도, 피니언도, 페이도, 다른 사람들 누구 한 명도. 네 누나는…… 실패작이야."

"아니야." 쇼는 손을 뻗어 눈물로 얼룩진 채 덜덜 떨리는 에이바의 빰을 어루만졌다. "나한테는 세상에서 제일 멋진 누나야."

에이바는 씁쓸하게 웃었다. "난 그냥 아무 재주도 없는 토끼일 뿐이야. 내 꼴을 봐. 고작 1킬로미터도 안 되는 거리를 달렸는데 기진맥진해서 몸이 후들거리잖아. 이 몸으론 어린애하고 싸워도 못 이긴다고."

"하지만 페이하고 피니언은 누나를 따르잖아. 우리도 다 같이 누나를 따르고. 몸집도 작고 힘도 약할지 몰라도, 누나한텐 용기와 지혜와 동정심이 있어. 누난 남들 마음속의 목소리를 듣고 더 크게 키워 주는 사람이야."

"난 정작 네가 하는 말은 제대로 듣질 못했어. 네가 진심으로 원하는 게 뭔지도 알지 못했고."

에이바의 말에 쇼는 고개를 가로저었다. "그러니까 이제 내 말을 잘 들어 봐, 그리고 믿어 봐. 누나의 영혼은 비상하는 용처럼 날아오르는 힘을 지녔어. 난 내가 애쓰면 우리 집안이 다시 일어설 줄 알았지만, 실은 발현자 귀족 중에서도 가장 위대한 인재가 우리 집안에 있었다는 축복은 까맣게 몰랐지 뭐야."

에이바는 동생의 얼굴을 올려다봤다. 그리고 자신을 보는 동생의 눈빛이 7년 전 그때와 똑같다는 것을 깨달았다. 그들 남매가 한 장뿐인 가족사진을 찍으러 갔던 바로 그때.

"고맙다, 동생아." 에이바는 마음이 평온해졌다. "다 함께 눈을 감기 전에 이 도적들한테 톡톡히 대가를 치르게 해 주자. 숨이 끊어지는 순간까지, 우린 토끼가 아니라 용처럼……"

에이바가 그 말을 하는 순간, 우렁찬 나팔 소리가 방금 막 지평선 위로 솟아오른 아침 해의 햇살처럼 대기를 꿰뚫고 길게 이어졌다. 전사들은 일제히 싸움을 멈추고 하늘을 올려다봤다.

동쪽 하늘에서, 서서히 흩어지는 안개를 뚫고서, 눈처럼 새하얗고 거대한 하늘의 맹수가 창공으로 날아올랐다. 양 날개는 터무니없이 커다랬고 발톱은 맹금처럼 날카로웠으며, 뱀처럼 기다란 목 끄트머리의 머리는 화살촉처럼 뾰족했다. 맹수의 옆구리를 따라 기다랗게 이어진 얼룩덜룩한 푸른 줄무늬는 마치 고대의 갑옷 같았다.

"이런, 맙소사." 페이 스웰은 경이감이 가득한 목소리로 중얼거렸다. "저건 백룡(白龍)이잖아."

몹시도 예민한 에이바의 귀가 동쪽을 향해 빙그르르 돌아갔다. 희미하게 우르릉대는 소리가 들려왔다. 수많은 병사들의 발소리와 그보다 더 많은 전투 기계 속의 기어가 돌아가는 소리였다.

"대군의 군대다!" 에이바가 외쳤다. "대군의 군대가 도착했어!"

거대한 용은 날개를 펄럭이며 더 가까이 날아와 마을 상공으로 급강하했다. 겁에 질린 도적 떼의 비명과 해방된 포로들의 환호성이 서로 질세라 울려 퍼졌다. 이윽고 부식자 도적들은 뿔뿔이 흩어졌다. 그 모습이 피할 수 없는 파도에 휩쓸려 산산이 무너지는 모래성 같았다.

에이바와 피니언과 페이는 한 곳에 나란히 섰다. 에이바는 긴장한 나머지 침을 꼴깍 삼켰다.

그들 앞쪽, 의자 네 개를 모아 놓고 그 위에 다시 의자 한 개를 올려 높다랗게 만든 자리에 앉은 사람은 '백룡'이라는 별명으로도 잘 알려진 돈 엑셀 장군, 즉 우스터현의 현령이자 이 땅에서 가장 강력한 무장이었다. 원래부터 풍채가 위풍당당했던 엑셀 장군은 임시로 만든 보좌 덕분에 힘과 체격이 한층 더 위압적으로 보였다. 냉정하고 계산에 밝아 보이는 날카로운 두 눈은 최상위 포식자의 여의주처럼 형형하게 빛나며 세 여성을 지긋이 내려다봤다.

"별것 아닙니다, 장군님." 에이바가 말했다. "저희는 그레마 백성이자 대군의 충직한 신민으로서 할 일을 했을 뿐입니다."

장군은 그들에게 도적단 소굴의 정보를 알려 줘서 고맙다고 했다. 알고 보니 키데 현령이 엑셀 장군의 수하였던 것이다. 키데는 자기 주군이 그레마의 귀족들 사이에서 입지를 다지고 정치 밑천을 늘리고자 군사적 위업을 모색한다는 것을 알고는 부식자 도적단 소굴의 위치에 관한 정보를 엑셀에게 넘겼고, 엑셀은 도적들을 상대로 총공격을 벌이기로 마음먹었다.

전투는, 아니, 더 정확히 말하면 학살은, 신속했다. 도적들은 백룡이 내뿜는 화염에 쫓겨 폐허가 된 마을 곳곳으로 뿔뿔이 흩어졌고, 이내 긴 다리로 성큼성큼 걸으며 강철 화살을 비처럼 쏟아 붓는 롱레그 부대가 자신들의 퇴로를 차단했다는 것을 알아차렸다. 머리 위의 하늘에서는 '잠자리', 즉 윙윙대는 회전 날개가 두 개 달린 치명적인 병기의 승무원들이 잘 기름칠한 석궁을 발사해 살아남은 도적들을 하나둘 쓰러뜨렸다. 마지막으로 플라스틱 갑옷을 입은 보병 부대가 황폐한 마을을 누비며 아직 살아 있는 도적을 찾아내 전기 충격봉으로 숨통을 끊었다. 부식자 도적 무리는 발현자이든 인간이든 아니면 꼭두각시이든, 단 한 명도 마을을 빠져나가지 못했다. 무릎을 꿇고 항복하게 해 달라고 빌어 봤자 결과는 마찬가지였다.

차곡차곡 쌓은 인간의 머리와 똘똘 말아 놓은 발현자 들쥐의 꼬리가 장군 옆에 섬뜩한 전리품처럼 나란히 놓여 있었다. 에이바는 그 광경을 보고 속이 뒤집힐 것만 같았다.

장군은 아무 말도 하지 않고 끈기 있게 기다렸다.

"장군님께서 내리신 칭찬과 기회는 저희에게 더 없이 커다란 영광입니다, 엑셀 장군님." 에이바는 침을 꼴깍 삼키고는 포식자의 눈을 꿋꿋이 마주 보며 말을 이었다. "허나 제 자매들과 저는 그저 무지렁이 백성이라서, 높으신 귀족 나리를 섬기는 일에는 익숙지 않습니다."

에이바는 피니언이 도망자라는 사실을 숨기려고 피니언과 페이를 자신의 자매로 소개해야겠다고 마음먹었다. 부식자 무리가 피도 눈물도 없이 잔인하게 학살당한 광경을 본 이상 피니언을 어떠한 위험에도 노출시키고 싶지 않았기 때문이었다. 피투성이가 된 채 산더미처럼 쌓여 있는 동강 난 몸뚱이와 높다란 보좌 위에 앉은 장군을 번갈아 바라보는 동안, 에이바는 어느 쪽이 더 두려운지 확신이 서지 않았다.

"너는 영리한 아이다, 에이바 사이드. 그리고 내게 이번 승리를 안겨 줌으로써 상당한 자질을 지닌 것 또한 이미 입증했지." 엑셀 장군의 목소리는 우렁우렁한 저음이었고, 느릿하면서도 매혹적이었다. "그러니 괜한 겸손은 떨지 마라. 내가 제시한 관직이 너무 낮아서 그러는 거냐? 일단은 입찰가 정도로만 받아들이면 된다. 네가 내게 충성을 바치면 더 높은 자리를 줄 것이다. 훨씬 더 높은 자리를 말이다."

"저희를 오해하신 듯합니다, 장군님. 저희는 거래를 하려고 이러는 게 아닙니다. 저희는 야심을 성취하고 싶어서가 아니라 사랑하는 가족을 구하려고 싸웠습니다. 저희가 간절히 원하는 것은 영광이 아니라 그저 평화롭게 살 기회입니다."

"평화라고?" 엑셀 장군은 껄껄 웃었다. 그러나 그의 웃음소리는 타산적으로만 느껴질 뿐, 기뻐하는 기색은 조금도 없었다. "들판의 아룩은 조용히 서 있고자 하나 바람이 그리 놔두지 않는 법이지. 그레마가 나라 바깥의 괴물들에게 포위당하고 론플레어가 나라 안의 야심가들로 가득한 이 시국에, 강력한 군주와 한편이 되어 충성을 다하지 않는다면 그 누가 평화로운 삶을 누리겠느냐? 명검은 실력 있는 검객이 쥐어야 하고, 준마 또한 기품 있는 주인이 알아봐 주지 않으면 이름 없이 생을 마칠 뿐이다."

"야생마는 황야에만 어울릴 뿐, 론플레어의 반듯반듯한 길거리에는 맞지 않습니다." 피니언 게이츠가 말했다.

"녹슨 칼은 잡풀을 베고 장작을 팰 때나 어울리지, 고귀하신 귀족 나리의 벽옥 허리띠에 달아 둘 물건이 아니지요." 페이 스웰의 말이었다.

주위 분위기는 긴장감으로 짙게 물들었고, 엑셀 장군은 눈살을 찌푸렸다.

"제 자매들이 아뢰고자 하는 바는 저희가 그저 스스로의 꿈에만 의지하며 살아가려 한다는 것입니다." 에이바의 목소리는 피니언이나 페이보다 부드러웠지만, 결기만은 조금도 덜하지 않았다. "장군님께서 저희 뜻을 무시하시고 저희를 억지로 휘하에 들여 부리신다면, 장군님 또한 부식자 도적단과 다를 바 없습니다. 그들은 자기네가 설득하지 못하는 상대에게 독약을 써서 노예로 만들었으니까요."

한순간 엑셀 장군의 싸늘한 표정 때문에 공기가 얼어붙는 듯했고, 세 사람의 마음도 졸아들었다. 그러나 이내 장군의 얼굴에 따뜻한 미소가 번졌다. "네 말이 옳다, 에이바 사이드. 아주 백번 옳은 말이다. 나도 반기지 않는 제안을 들고 더 뻗대느니, 차라리 너희 셋이 즐거운 여행을 하길 빌어 주마."

에이바는 안도의 한숨을 쉬었다. 세 사람은 엑셀 장군에게 허리 숙여 절한 다음 돌아서서 떠날 채비를 했다. 에이바는 한쪽에 옹기종기 모인 포로들 사이의 쇼를 손짓으로 불렀다.

"이제 집에 가자." 에이바는 빙그레 웃으며 말했다.

"저자들을 보내 줘라." 뒤편에서 장군의 무심한 목소리가 들려왔다. "한 명도 빼놓지 말고."

포로들 곁에 서 있던 병사들은 단 한 번의 신속한 동작으로 검집에서 검을 뽑아 포로의 몸에 꽂아 넣었다. 포로들은 대부분 비명 한 번 지르지 못한 채 마지막 숨을 그렁댔다.

에이바는 너무나 놀라서 움직이지도 못했다.

쇼는 땅바닥에 허물어지듯 쓰러졌다. 에이바는 마치 꿈을 꾸다가 깨어난 사람처럼 허우적허우적 동생 앞으로 달려가 무릎을 풀썩 꿇었다. 숨이 끊어져 가는 동생을 품에 안고서, 에이바는 동생의 가슴에 난 상처를 양손으로 미친 듯이 눌러 대며 솟구치는 피를 막으려 안간힘을 썼다.

"아아, 하늘이여! 제발, 제발!"

쇼는 누나를 올려다보며 애써 미소 지었다. "괜찮아, 누나. 나도 누나 말을 듣고 쓰레기장 광산에 계속 눌러 살걸 그랬어." 목소리가 하도 가냘파서 에이바는 동생의 떨리는 입술에 귀를 바짝 대야 했다. "누나 말이 옳았어. 저 사람들한테 우린 잡초처럼 하찮아."

한참이 흐른 후, 에이바는 미동도 않는 동생의 시신을 땅바닥에 가만히 내려놨다. 그러고는 장군을 돌아봤다. "왜 그랬어?"

"내가 타지 못할 야생마는 누구도 타지 못하게 해야 하는 법이거든." 장군의 목소리는 에이바의 발치에 고이는 피 웅덩이의 표면처럼 잔잔하기만 했다. "또한 내 손에 머물기를 거부하는 녹슨 칼은 다른 이도 손에 쥐지 못하게 해야 하는 법이고. 게다가 대군에게 내가 딱 1000명을 섬멸했다는 승전보를 보내려는 참인데 머리가 몇 개 부족하단 말이지. 머릿수를 채우려면 포로들한테서 머리를 좀 빌리고, 거기다…… 너와 네 자매들의 머리도 함께 빌려야겠다."

"어떻게 이럴 수가 있어?" 에이바는 장군을 향해 악을 썼다. "당신은 대군을 섬기는 신하잖아, 그레마 백성들을 섬기는 관리잖아!"

"요즘 들어 대군은 내가 나타나면 벌벌 떨기만 할 뿐, 명령을 내리는 건 아예 엄두도 못 내. 사실, 난 론플레어로 귀환하면 대군 아가씨에게 더 그럴 듯한 직함을 내려 달라고 요청할까 생각 중이야. *그레마 호국경*(護國卿) *같은 것도 듣기에 꽤 괜찮을 것 같지 않은가? 어쩌면 다른 여러 현령과 장군들도 드디어 새로운 현실이 어떤 건지 눈치챌지도 모르지.*"

병사들은 검을 높이 들고 성큼성큼 다가왔다. 에이바는 장군을 똑바로 노려보며 그를 향해 질주했고, 이내 양손을 맹수의 발톱처럼 높이 쳐든 순간……

힘센 팔 한 쌍이 에이바를 붙들고 허공으로 들어 올렸다. 뒤이어 붉은 갈기가 달린 억센 등에 앉혀져 몸이 위아래로 흔들리는 동시에 장군의 얼굴이 시야 저편으로 멀어지는 느낌이 들었다. 에이바는 진홍 암말의 등에 앉아 페이 스웰의 손에 단단히 붙들린 채 장군의 부하들을 피해 달아나는 중이었다.

페이의 굵직하고 비통한 목소리가 에이바의 귓속에 울렸다. "지금은 안 돼! 토끼는 언제나 기회를 기다릴 줄 알아야 해!"

어깨 높이로 자란 아룩 수풀 속에서, 온몸이 피로 물든 세 여성이 동쪽을 향해 무릎을 꿇고 앉았다. 동쪽은 해가 떠오르는 방향이자 론플레어가 있는 방향이었다.

"우리 비록 같은 해의 같은 달의 같은 날에 태어나지는 않았으나." 셋은 한목소리로 말했다. "비록 같은 지붕 아래 같은 부모에게서 같은 성을 받고 태어나지는 않았으나, 우리는 서로를 찾아냈다. 슬픔으로 하나가 되고, 정의를 향한 갈망으로 이어져, 우리는 서로를 자매라 부른다. 하늘이 알고 땅이 알다시피 이 싸움은 우리 손에서 시작되지 않았으나, 그 끝은 기필코 우리 손으로 맺을 것이다. 우리는 그레마에 평화를 되돌려 줄 때까지, 아니면 같은 해의 같은 달의 같은 날에 함께 죽을 때까지, 결코 이 싸움을 멈추지 않을 것이다."

아룩 줄기가 바람에 흔들렸다. 세 자매는 눈물을 닦았다.

바다처럼 넓은 초원을 가르며, 피처럼 붉은 진홍색 암말과 소리

없이 움직이는 새까만 칠흑색 표범이 나란히 질주했다. 그러나 그 둘 앞에, 파도 위를 스치며 도약하는 날치처럼 깡충깡충 뛰는 것은, 한 마리 회색 토끼였다. 그 토끼는 귀 기울여 듣고, 감쪽같이 숨고, 교묘한 전략을 짜고, 몸소 싸우기도 하겠지만…… 동정심이라는 천성은 결코 저버리지 않을 것이다.

"그레마의 귀족 나리들." 에이바는 혼잣말을 중얼거렸다. "이제 당신네 대열에 신입이 좀 끼어야겠소."

폭풍 너머의 추격전

민들레 왕조 전쟁기 3부
『가려진 옥좌』에서

A Chase Beyond the Storms:
An excerpt from The Veiled Throne,
The Dandelion Dynasty, book three

폭풍의 벽 바로 바깥쪽. 폭풍의 계절 원년의 다섯째 달(라긴 황제와 페키우 텐리오가 사망한 자틴만 전투로부터 반년 후).

다라에서 출항한 배 열 척이 잔잔한 파도 위로 유유히 나아가는 동안, 외뿔 철갑 고래 크루벤들은 새끼 고래를 무리 중앙에 두고 보호할 때처럼 함대를 둘러싼 채 수면 위에 거대한 몸통을 내놓고 둥둥 떠 있었다. 갑판 위에서는 남녀 모두 춤을 추며 환호하고 껄껄 웃었다. 사람들은 전설처럼 전해지는 '폭풍의 벽'을 자신들이 무사히 통과한 것을 여태 믿지 못했다.

함대의 남쪽에 펼쳐진 그 불가사의한 기상 현상은 회오리바람과 태풍과 하도 빽빽하게 쏟아져서 고체 상태의 물처럼 보이는 폭우로 이루어진 산맥 같았고, 일렁이는 구름 속에서 환하게 번쩍이는 번개는 하나하나가 전쟁의 신 피소웨오의 창만큼이나 커다랬다. 이따금 작은 회오리바람이 떨어져 나와 탁 트인 대양 위를 떠돌기도 했지만, '벽'으로 일컬어지는 그 유명한 불가사의로부터 한참 먼 곳에 이르면 서서히 사그라져 자취를 감췄다.

선원들은 크루벤 꼬리에 묶어 뒀던 굵다란 견인 밧줄을 풀었다. 위풍당당한 철갑 고래 무리가 정수리에 나 있는 숨구멍으로 일제히 물안개를 내뿜자 무지개가 다라 함대의 배들을 뒤덮었다. 좋은 징조였다. 크루벤 무리가 우렁찬 울음소리로 작별인사를 건네자 물속에 깊은 울림이 일어났고, 그 결과 단단히 고정된 선체 판자가 덜덜 떨리며 서로 부딪혀 삐걱거렸다. 크루벤 무리는 드넓은 꼬리지느러미로 수면을 때리며 일제히 북쪽을 향해 방향을 틀었다. 기다란 뿔 여러 개가 신들의 나침반 바늘처럼 육중하게 회전하더니 이내 파도 속으로 자취를 감췄다.

조촐한 함대의 기함인 해우(解憂)함에서는 배 후미의 함장 선실 위쪽으로 높다랗게 만든 선미 갑판에 두 사람이 서 있었다.

"고맙습니다, 바다의 지배자들이여." 한때는 '우나 황비'로 알려졌으나 이제 다시 '테라 공주'로 불리는 여성이 나지막이 말했다. 그러고는 크루벤 무리가 사라진 자리의 흔들리는 수면을 향해 공손히 허리를 굽혔다.

"저 생물들을 길들여 조종할 수 있으면 좋겠군요." 장차 아곤의 군주인 '페키우'가 될 인물이자 테라의 약혼자인 타크발 아라고스가 말했다. "우리의 대업을 크게 위로하고 도와줄 텐데."

공주는 기품 있게 말하려는 의도와 달리 제대로 구사하지 못한 왕자의 다라어(語)를 들으며 웃음을 꾹 참았다. 타크발은 다라에서 몇 달을 보낸 후에 다라어 실력이 유창해졌지만…… 감동적으로 들리는 말을 하려 할 때는 예외였다. "유가(流家) 철학자들이 말하길 세상에는 다만 청할 수 있을 뿐 부릴 수는 없는 강력한 힘이 네 가지 있다고 합니다. 크루벤의 힘, 신들의 호의, 백성의 신뢰……." 테라는 말끝을 흐렸다.

"네 번째는 뭔가요?"

"연인의 마음입니다."

둘은 마주 보며 미소 지었다. 머뭇거리며, 망설이며, 자신 없이.

첫사랑인 조미 키도수, 그 영리하고 아름다웠던 여성이 떠오르자 테라는 가슴이 미어지는 듯했다. 그러나 테라는 마음을 다잡으며 조미의 웃는 얼굴을 머릿속에서 지웠다. 현재에, 그리고 미래에 집중해야 했으므로.

"배다!" 주 돛대 꼭대기의 망루에 있던 초병이 목청껏 외친 소리에 어색한 침묵이 깨졌다. 초병은 손을 뻗어 동쪽 수평선을 가리켰고, 뒤이어 떨리는 목소리로 말했다. "도시 함선입니다."

다른 배의 초병들도 목격 사실을 확인하면서 갑판의 들뜬 분위기는 금세 실망으로 바뀌었다. 리우쿠 함대는 방금 막 폭풍의 벽에 궤멸됐건만, 어떻게 도시 함선이 또 출현한단 말인가?

테라와 타크발은 후미 돛대로 달려가 밧줄 사다리를 타고 위쪽으로 올라갔다. 중간쯤 올라갔을 때 이미 수평선 위의 거대한 배가 눈에 들어왔다. 선체는 워낙 멀리 있는 탓에 바다와 하늘 사이 경계를 검게 물들인 가느다란 수평 직선으로만 보였고, 그 선체에 솟아 있는 여러 돛대는 애벌레의 등에 비죽비죽 돋은 기다란 털 같았다.

"가리나핀이다! 가리나핀이 오고 있습니다!" 초병이 외쳤다.

그 말은 사실이었다. 눈에 익은 날개 달린 형상 하나가, 멀찍이 보이는 배 위의 맑은 하늘을 어린애가 아무렇게나 그은 선처럼 빙빙 맴돌고 있었다. 워낙 멀리 떨어진 탓에 그 형상이 실제로 이곳을 향해 날아오는 중인지 어떤지는 파악하기 힘들었지만, 그렇다고 해서 달리 갈 곳이 있기는 할까?

"가리나핀이 날아오르는 장면을 목격했나?" 타크발은 주 돛대 망루의 두 초병에게 물었다. "이륙 각도가 얼마나 간절…… 아니, 뾰족…… 아니, 좁았지?"

질문에는 대답할 기미도 없이, 두 초병은 눈 위에 손차양을 하고 먼 하늘의 가리나핀을 가리키며 자기들끼리 들뜬 대화를 계속했다.

"가리나핀이 이륙할 때 상승 각도가 어땠는지 봤다면 보고해라." 테라의 목소리는 앞서 타크발이 물었을 때보다 조금도 크지 않았다.

"렌…… 아니, 공주님!" 두 초병 모두 대화를 멈추고 즉시 테라 쪽을 내려다봤다. "보지 못했습니다. 가리나핀은 저희가 배를 발견했을 때 이미 날고 있었습니다."

테라에게는 타크발의 마음속에 부글거리는 분노와 불만이 훤히 느껴졌다. 타크발은 인원이 1000명이 넘는 이 원정대에서 공주인 테라를 빼면 친구가 한 명도 없었다. 명목상으로는 테라 공주와 함께 함대의 공동 대장인 타크발이었지만, 다라인 선원들은 그런 그를 없는 사람으로 취급하거나 갖가지 사소한 방식으로 그의 존재에 대한 경멸을 표현했다. 이는 다라와 아곤의 동맹 관계에 좋지 않은 징조였다.

"날아오르는 각도를 봤으면 가리나핀의 상태가 어떤지 알 수 있었을 거예요." 타크발은 부루퉁한 목소리로 테라에게 소곤거렸다. "묽은 변을 보는 소가 빨리 달리지 못하는 걸 아는 것과 같은 이치죠."

테라는 타크발의 어깨에 손을 얹어 그를 안심시켰다. 테라는 함대 지휘관들에게 타크발의 명령을 자신의 명령과 똑같이 여기라고 이미 지시해 뒀고, 뭐든 결정을 내릴 때는 타크발과 상의하려 했다. 그러나 리우쿠 침략 이후 초원 대륙 사람들에 대한 편견이 깊어진 탓에 아곤이 리우쿠의 적국인데도 불구하고 선원들은 아곤의 왕자인 타크발을 신뢰하지 않았다. 테라는 아무것도 없는 허공에서 존경심을 만들어낼 수는 없었다. 이는 타크발이 자기 힘으로 풀어야 할 문제였다.

"저 배는 왜 자기 편 함대와 함께 벽을 지나려 하지 않았을까요?" 테라는 당면한 문제에 집중하려고 타크발에게 물었다.

"분명 함대 사령관인 가리나핀 기사 페탄 타바가 뒤에 남겨졌을 거예요. 저 배를 아끼는 마음에 조심하려고 그랬겠죠. 난 다라로 오는 길에 타바에 관해 알게 됐어요. 아직 도시 함선을 탈출하기 전에 말이에요. 타바는 첫 공격 때 전력을 다하지 않고 예비 병력을 챙겨놓기로 유명했어요."

테라는 놀라서 가슴이 철렁하다 못해 아플 지경이었다. 앞서 리우쿠 함대가 궤멸당하는 와중에 홀로 살아남은 가리나핀과 대결하다가 하마터면 목숨을 잃을 뻔한 일, 폭풍의 벽을 통과하는 도중에 벌어진 그 일이 아직 기억 속에 생생했기 때문이었다. 이제 보호해 줄 크루벤 무리가 사라진 상황에서 또다시 가리나핀에게 공격당한다면 살아남을 가망은 희박했다.

"다시 물속으로 들어가야 할까요?" 타크발이 물었다. "아군 가리나핀이 한 마리도 없는 탁 트인 곳에서 적의 가리나핀에 포착당할 경우에는 몸을 숨기는 것이 아곤식 병법이거든요."

"그 방법은 안 통할걸요. 일단 잠수하면 해류에 떠내려가는 것 말고는 이동할 방법이 없다 보니, 도시 함선이 전속력을 내면 금세 붙잡힐 거예요. 물속에 계속 머물 수도 없는 노릇이고요. 별수 없이 수면 위로 올라왔다간 꼼짝없이 공격당하는 신세가 될 거예요."

"그럼 배 두 척을 뒤에 남겨서 싸우게 해야겠군요." 타크발이 말했다. "그 두 척이 싸우다 죽는 사이에 다른 배들이 살 수 있게요."

테라는 타크발을 돌아봤다. "이건 우리가 리우쿠와 처음으로 맞붙는 싸움이에요. 그런데 우리 함대 전력의 5분의 1을 희생시키자고 제안하는 건가요?"

"아곤 전사들이 부족을 구하기 위해 어쩔 수 없이 쓰는 전술입니다. 그리고 나는 장차 모닥불을 둘러싸고 나누는 옛날이야기 속에서 폭풍의 벽에 뒤지지 않을 장벽을 자신들의 뼈로 쌓고자 자진해서 뒤에 남는 이들을 기꺼이 이끌 것입니다." 타크발은 목에 건 가죽 끈을 풀었다. "이 목걸이는 가리나핀의 간오줌보에서 나온 돌로 만든 것입니다. 이것을 내 백성들에게……"

"잠깐만, 잠깐만요. '간오줌보'라면…… 혹시 간 밑에 달린 주머니 모양 장기, 그러니까 쓸개란 말인가요?"

"맞아요, 바로 그거예요. '쓸개.' 내 백성들이 이 쓸갯돌을 보면 당신이 내가 가진 권위를 부여받고 또 박탈당했다는 것을 알 거예요.

그걸로 완벽하지는 않겠지만, 그래도 당신이 곤데에 도착하면……"

"어휴, 그만 좀 해요!" 테라가 꾸짖었다. 타크발이 묘수랍시고 내놓는 것들 중에는 비명을 질러야 할지 울어야 할지 아니면 웃어야 할지 모를 것들이 가끔 있었다. 타크발이 구사하는 다라어가 원래 마피데레 황제의 함대에 복무하던 귀족과 평민 모두에게서 배운 것이라 기묘한 표현이 불쑥불쑥 튀어나온다는 점 또한 그의 말을 이해하는 데 별 도움이 되지 않았다. "이 세상에서 잘살겠다는 게 아니라 노래나 이야기 속의 주인공으로 살겠다는 그 집착은 도대체 어디서 생겨나는 거죠? 바로 여기, 바로 지금, '탄생의 장막'과 '아무것도 떠내려가지 않는 강' 사이에 있는 이 세계야말로 우리가 가장 큰 업적을 쌓을 수 있는 곳이에요. 그리고 이 원정대의 인원 한 명 한 명은 고유한 경험과 능력을 지닌 대체할 수 없는 인재고요. 우린 문제가 생길 때마다 무턱대고 희생할 사람부터 먼저 찾지는 않을 거예요. 그건 너무 쉬운 방법이니까요. 난 모든 배와 모든 대원을 곤데까지 고스란히 데리고 갈 작정이에요. 당신까지 포함해서요."

타크발은 깜짝 놀랐다. 아곤의 지도자는 결코 그런 식으로 반응하지 않기 때문이었다. "그럼 어떻게…… 가리나핀의 공격을 견뎌낼 작정인가요?"

"물론 제일 흥미진진한 방법을 이용해야죠." 테라의 표정은 결의와 투지로 물들어 있었다. "아직 한 시간 정도 여유가 있어요. 그러니까 가리나핀이 먼 거리를 이동하면 어떻게 되는지 나한테 가르쳐 줘요."

처음에는 교활한 페키우 텐리오를, 나중에는 까다로운 페키우타사 쿠디우를 섬기며 전사로 살아온 30년 동안, 투프는 수십 마리나 되는 가리나핀을 조종하며 수백 차례 전투에 참가했다. 원래대로라면 투프는 어떠한 위협에도 완전한 평정심을 유지하며 맞서야 마땅했다.

그러나 이번 정찰 임무에서 투프는 오래전 열다섯 살 나이에 투입됐던 첫 작전 때만큼이나 두려운 기분이 들었다. 그때 그는 매복한 엄니 호랑이 떼를 혼자서 해치우라는 명령을 받았다.

투프가 모는 열 살짜리 암컷 가리나핀 타나는 주인의 불안을 함께 느끼는지, 안장 아래에서 오랫동안 쓰지 않은 날개를 접었다 폈다 하며 몸을 부르르 떨었다. 바다에서 싸울 일이 크게 줄어든 탓에 가리나핀의 부양 기체를 아낄 목적으로 단 네 명만 탑승시킨 부하들은 타나의 몸통에 둘러진 밧줄 그물에 묵묵히 매달려 있을 뿐, 습관이 된 농담을 주고받지도, 사기를 끌어 올리는 군가를 부르지도 않았다.

두려움에 빠진 그들을 누가 탓할 수 있을까? 초원 대륙 사람들의 역사에서 이런 식의 가리나핀 전투는 단 한 번도 없었는데.

투프의 왼편에는 폭풍의 벽이 우뚝 서 있었다. 결코 뚫을 수 없는, 물과 번개로 이루어진 일렁이는 산맥 같은 그 장벽은 갈증을 채울 줄 모르는 괴물처럼 방금 전까지 그의 동료 수천 명을 집어삼켰다. 등 뒤는 끝없이 펼쳐진 대양, 리우쿠 함대가 몇 달 동안이나 육지 구경도 못 한 채 항해한 바다였다. 마치 태곳적의 신화나 무당의 환각약을 먹고 꾸는 악몽에서 잘라낸 풍경 속을 날아가는 듯한 기분이

들었다. 그러한 상상 속의 아득히 오랜 과거에 리우쿠의 신들은 아직 인간의 형상을 띠지 않고 스스로와 주위 환경을 끊임없이 변화시키며, 짐승의 비계 덩어리를 주무르듯이 세계의 모습을 빚었다.

이번 임무의 표적, 즉 햇볕을 쬐는 돌고래 떼처럼 바다 위에 모여 있는 배 열 척을 향해 접근하고자 타나의 비행 고도를 낮추는 동안, 투프의 불안은 점점 더 커지기만 했다. 그는 침을 꿀꺽 삼켜 마른 목을 축인 다음 타나가 다라 함대 바로 위쪽으로 날도록 비행 경로를 차츰 수정했다. 타나에게 적군 선원 및 함상 장비에 화염 공격을 퍼부을 기회를 주기 위해서였다.

솔직히 말하면, 다라의 배들을 조종하는 것이 아예 사람이 아닐지도 모른다는 의심 또한 투프가 두려워하는 까닭 가운데 하나였다. 그렇지 않고서야 어떻게 망망대해에 나온 장난감 배처럼 휘청거리는 저 조그마한 배들이 폭풍의 벽을 무사히 통과했단 말인가? 저 배들은 유령과 혼령에 조종당하거나, 한낱 인간은 감히 견디지도 못할 만큼 상상을 초월한 힘을 보유했을 터였다. 그런 배에 가리나핀이 내뿜는 화염이 과연 효과가 있기는 할까?

투프의 열띤 상상에 응답이라도 하듯, 다라 함선들의 갑판에서 거대한 물체 여럿이 날아오르더니 타나와 리우쿠 승무원들을 노리고 하늘 높이 솟구쳤다. 저 비행체들이 페키우 텐리오가 경고했던 다라의 그 유명한 비행선일까? 아니면 야만스러운 다라인들이 리우쿠를 궤멸할 때 사용했던 전쟁 병기를 새롭게 개량했을까? 고작 몇 시간 전에 목격했던 광경을 떠올리면 어떤 것이 들이닥쳐도 이상하지 않았다.

타나는 끙 소리와 함께 재빨리 몸을 오른쪽으로 틀어 날아오는 비행체를 피했다. 기겁한 타나의 콧구멍에서 불길이 치솟았다. 타나는 함대를 덮치지 못한 채 상공을 널따랗게 선회하며 귀중한 부양 기체를 낭비하는 중이었다. 공격을 퍼부을 기회를 잡기에는 거리가 너무 멀었다.

"으…… 어……." 좌현 투석 정찰병인 라디아는 말문이 막힌 모양이었다. 라디아의 자리, 즉 타나의 왼쪽 어깨를 덮은 밧줄 그물은 표적을 관찰하기에 가장 좋은 위치였다.

"어…… 엄……." 투프 역시 라디아와 똑같은 상태였다.

"다들 뭘 그렇게 더듬거리는 겁니까?" 우현 투석 정찰병인 보키가 물었다. 더 자세한 설명을 듣지 못한 보키는 후미 감시병이자 창병인 오플리우와 함께 상황을 더 확실히 파악하려고 타나의 오른쪽 어깻죽지에 걸쳐진 밧줄 그물을 기어 올라갔다.

"어…… 엄……." "나, 나…… 날아……." "매…… 매……." "보…… 복……."

타나는 콧김을 내뿜고 날개를 퍼덕여 더욱 멀리 몸을 피했다. 다라 함대 상공에 펼쳐진 장대한 광경 앞에서 타나는 인간 승무원들보다 훨씬 더 겁먹은 상태였다. 몸 색깔이 선명한 엄니 호랑이 열 마리가, 몸길이는 거의 8미터에 어깨높이는 4미터에 가까운 그 거대한 맹수들이, 날아오르고 내리 덮치며 하늘을 누볐기 때문이었다.

엄니 호랑이는 가리나핀의 심장에 공포를 찔러 넣는 초원 대륙의 몇 안 되는 포식자였다. 몸 색깔이 황갈색인 그 거대한 고양잇과 맹수는 덩치가 보통 장모종 소 몇 마리를 합친 것만 했고, 구부러진 엄

474

니 한 쌍은 가리나핀의 가죽에 너끈히 구멍을 냈다. 엄니 호랑이 수 컷은 초원 멀리까지 혼자 돌아다니며 사냥을 하는 반면, 암컷은 새 끼들을 데리고 '매복조'로 불리는 큰 무리를 지어 생활하며 사냥도 다 함께 했다. 날카로운 발톱과 예리한 엄니에 근육까지 발달한 엄 니 호랑이는 지구력이 모자라 먼 거리를 날지 못하는 새끼 가리나핀 에게 크나큰 위협이었고, 머릿수가 많은 매복조는 다 자란 가리나핀 마저 해치우곤 했다. 엄니에서 독이 나오는 것도 아니었건만 입에서 악취를 내뿜는 이 맹수에게 물리면 상처가 썩어 들어갔다. 알려진 바에 따르면 일부 엄니 호랑이 매복조는 첫 공격 때 일부러 가죽이 두꺼운 가리나핀의 날개에만 상처를 낸 다음, 처음의 일격 때문에 쇠약해진 가리나핀이 더는 날지 못하고 결국 굴복할 때까지 며칠 밤 낮에 걸쳐 길도 없는 초원을 수백 킬로미터나 뒤쫓아 가기도 했다.

무엇보다도 섬뜩한 점은, 엄니 호랑이가 소리 없는 포효로 사냥감 을 두려움에 빠뜨린다는 사실이었다. 연륜 있는 노인들의 목격담에 서 엄니 호랑이는 들소 무리를 뒤쫓다가 거리가 가까워지면 주둥이 를 벌렸다. 이때 악취 나는 목구멍에서는 아무 소리도 나오지 않았 건만, 무리에서 뒤처진 들소들은 마치 보이지 않는 힘에 마비되기라 도 한 듯 고꾸라졌다. 엄니 호랑이의 신비한 힘은 좀처럼 파악하기 가 힘들었기 때문에 사냥꾼들은 피치 못할 경우가 아니면 싸움을 피 하게 마련이었다.

그러한 까닭에 실제보다 훨씬 큰 덩치로 하늘을 날아다니는 엄니 호랑이 매복조는 의심할 것도 없이 가리나핀이 떠올릴 수 있는 가장 두려운 대상이었다.

한참 동안 그 소름 끼치는 물체들을 보며 감탄한 타나의 승무원들은 그것들이 진짜가 아니라는 사실을 이미 눈치챘다. 사실 그것들은 어떤 투명한 소재를 단단한 틀 위에 씌워 만든 물체로 보였다. 투명한 소재는 아마도 크리타 제독의 원정대에서 얻은 약탈품으로 익숙한 비단 같았다. 그렇게 씌운 틀은 다시 기다랗고 가느다란 줄로 수면 위의 배와 연결됐고, 다라 선원들은 그 줄을 조종해 하늘의 물체가 솟구쳤다 내려갔다 하게끔 조종하는 모양이었다.

그러나 투프가 뼈로 만든 박차를 아무리 세게 차도 타나는 가짜 엄니 호랑이들 쪽으로 더 가까이 날아가기를 거부했다. 아예 기다랗고 구불구불한 목 뒤쪽으로 머리를 돌려 비난하는 눈빛으로 기수를 노려보기까지 했다. 그러면서 길고 날카로운 위쪽 송곳니를 드러내며 나지막한 울음소리를 냈다.

당황한 투프는 어찌할 바를 몰랐다. 훈련과 경험을 두루 쌓은 전투용 가리나핀이 그렇게 반항한다는 이야기는 들어 본 적도 없기 때문이었다. 심지어 살이 타는 냄새가 하늘에 가득하고 불덩이가 된 가리나핀이 별똥별처럼 추락하는 혈전의 한복판에서조차도 투프는 자신을 태운 짐승이 이렇게 행동하는 것을 본 기억이 없었다.

"이 녀석의 상태도 저희랑 다를 게 없습니다." 그렇게 말한 라디아는 투프만큼이나 가리나핀과 함께 잔뼈가 굵은 병사였다. "어지럽고, 혼란스럽고, 지친 겁니다. 그런 상태에서는 아무 위력도 없는 비단 엄니 호랑이라고 해도 견디기 힘듭니다."

투프는 라디아를 흘긋 돌아보고 투석 정찰병의 말이 옳다는 것을 깨달았다. 길도 없는 망망대해를 무려 1년이나 항해하며 식량이라고는 딱딱한 육포와 퀴퀴한 냄새가 나는 물, 그것도 매번 부족한 양만 배급받은 이상, 선원들은 늘 허기지고 피로할 수밖에 없었다. 도시 함선에 탄 사람들은 하나같이 뼈에 가죽만 남은 몰골이었다. 투프 역시 되도록 힘을 아껴 짧은 거리를 비행했을 뿐인데도 이미 숨이 차는 느낌이 들 지경이었다.

타나의 몰골은 그보다 더 심각했다. 함대에 실린 몇 안 되는 성체 가리나핀들은 사료를 아끼려고 인간 승무원과 다를 바 없이 엄격한 규정에 따라 줄곧 가시덤불과 피야자풀 건초만 배급받았다. 그런 먹이만 먹다 보니 가리나핀들은 야위기만 한 것이 아니라 비행을 지속할 부양 기체마저 거의 남지 않은 지경이었다. 실제로 도시 함선에 남은 세 마리 가운데 다른 두 마리는 아예 날지 못하는 상태였고, 타나 역시 이륙할 때 상승 각도가 너무 낮았던 탓에 투프의 부하들은 처음에는 가리나핀이 바다로 추락하고 말리라고 확신했다.

항해 기간 동안 갑판 위에서 몇 차례 실시한 이륙 훈련을 제외하면 가리나핀들은 보통 갑판 밑에 갇혀 지냈다. 그러므로 타나에게 이번 비행은 사실상 1년 만에 처음으로 날개를 활짝 펼칠 기회였다. 리우쿠 함대가 궤멸하면서 충격을 받은 데다 현실에서는 불가능한 기괴한 풍경에 둘러싸인 가리나핀은 금방이라도 제정신을 잃고 말 처지였다. 미끼에 지나지 않는 호랑이 떼에 겁을 먹었다고 해도 이상할 것은 없었다.

"기수를 돌려야 해." 투프는 속으로 이미 결심을 굳힌 참이었다. "타나는 이 이상 버티지 못할 거야."

"나쿠 님은 그 변명을 마음에 안 들어 하실 텐데요."

"적어도 저 야만인들의 배가 그리 빨라 보이지 않는다고 보고할 순 있어. 그러면 가리나핀의 힘을 빌릴 것 없이 탁 트인 바다 위에서 놈들을 잡을 거다."

가리나핀은 거리를 유지한 채 함대를 한 바퀴 돌고 나서 멀찍이 떨어진 도시 함선으로 돌아갔다. 그 맹수의 모습이 아득히 멀어지자 다라 함대의 선원들은 다시금 환호성을 질렀다.

그날 저녁 해우함에서는 축하연이 열렸다. 전 함대의 장교들이 기함 갑판에 모두 모여 갓 잡은 생선과 게를 안주 삼아 따뜻하게 데운 미주(米酒)와 바닷물에 차게 식힌 매실주를 함께 마셨다. 양도 몇 마리 잡아 뒀다가 타크발 왕자가 맡아 초원 대륙 사람들의 방식대로 구웠다. 들어간 양념은 (함대에 잔뜩 있는) 바닷소금과 (함대에 한 방울도 없는) 톨리우사 열매 즙 약간이 전부였다.

타크발을 여전히 미심쩍게 보는 몇몇 장교는 사람들 한쪽에 어색하게 서 있었지만, 참석자 대부분은 모닥불이 이글대는 청동화로 근처에 모여 아곤의 왕자가 잘라 주는 구운 양고기를 받아들었다. 타크발은 그들에게 젓가락을 쓰지 말고 육즙이 풍부한 고기를 손으로 직접 뜯어 먹으라고 가르쳐 줬다. 잠시 후, 사람들은 모닥불 불빛에 비친 서로의 입술과 손가락이 기름으로 번들거리는 것을 보고 다 함께 빙그레 웃었다.

"이거랑 잘 어울리는 게 있는데, 뭔지 아십니까?" 해우함의 해병대 지휘관인 티포 토가 우물거리는 소리로 말했다. 그녀는 육즙이 풍부한 고기를 입 한가득 씹다가 꿀꺽 삼기고 나서야 말을 이었다.

"설탕에 조린 원숭이 딸기하고 얼음 멜론입니다. 늑대발섬에 있는 제 고향 마을의 특산품으로 유명하지요."

"말만 들어도 아주 달콤한 음식일 것 같군요." 타크발이 말했다. "그런데 곤죽 같은 느낌이 나지 않을까요?" 이 대화 전까지 해병대 지휘관이 타크발에게 건넨 말은 다 합쳐도 두 단어 정도일 듯싶었다.

"그래서 맛이 기가 막힐 거란 말입니다. 여러 가지 맛이 잘 섞이고 대조를 이뤄야 단맛이 너무 질리지 않고, 짭짤한 감칠맛도 혀에 부담을 주지 않거든요." 티포는 이로 고기 한 점을 더 뜯고 우물우물 씹다가 만족스러운 듯 눈을 스르르 감았다.

"앞으로 아곤과 다라의 요리를 더 많이 섞을 기회가 있겠지요." 타크발은 빙그레 웃으며 말했다. "신도 인간도 꿈꾸지 못한 맛의 조합을 우리 손으로 만드는 겁니다."

음식은 다른 어떤 것도 하지 못하는 방식으로 사람들을 한데 묶는 힘이 있었다.

다른 곳에서는 더 격식 있는 대화가 오갔다. "신호용 연을 엄니 호랑이와 비슷한 형상으로 개조한 건 실로 천재적인 계책이었습니다, 공주님." 카미 피타다푸가 말했다. 카미는 라긴 황제가 육성한 황금 잉어 장학생 가운데 한 명이자 테라 공주가 하안의 비밀 연구소에 추천한 인재였다. 그곳에서 카미는 가리나핀 주검을 해부해 그 맹수의 비밀을 밝히는 데에 한몫했다. 카미는 자기 재능을 알아봐 준 공주가 고마웠던 나머지 곤데로 향하는 여정에 자진해서 참가했다.

"진정한 공로는 페키우 타아사의 몫이에요." 테라가 말했다. 그녀는 아곤어를 되도록 빨리 배우려 애쓰는 한편으로 다른 선원들에게

본보기가 되게끔 나날의 대화에 아곤어 어휘를 사용하려 했다. 타크발이 설명하길 아곤족과 리우쿠족 모두 큰 범위에서는 서로 통하는 언어의 지역 토박이말을 사용하지만, 그럼에도 둘을 또렷이 구분짓는 차이가 존재한다고 했다. 주된 이유는 로아탄 부족과 아라고스 부족이 쓰는 말이 각각 리우쿠와 아곤의 상류층 토박이말이 되었기 때문이었다. 적의 언어뿐 아니라 동맹의 언어까지 유창하게 할 줄 아는 능력은 이번 임무를 멋지게 성공시킬 결정적인 요소였다.

테라는 잠시 말을 멈추고 타크발에게 허리 숙여 절한 다음, 다른 이들도 존경의 뜻이 담긴 그 몸짓을 따라할 때까지 기다렸다가 다시 대화를 계속했다. 청동화로 곁에 서서 구이용 쇠꼬챙이와 포크를 손에 들고 있던 타크발은 멋쩍은 듯 웃으며 이마에 맺힌 땀을 훔쳤다.

테라 공주는 빙긋 웃다가 다시 진지한 표정으로 돌아갔다. "가리나핀이 바다 위로 실어 날라진 탓에 쇠약해진 점, 또 엄니 호랑이를 두려워하는 점을 타크발이 알았기에 망정이지, 안 그랬다면 우린 공격대를 쫓아내지 못했을 거예요. 이제 그 맹수는 비축해 둔 얼마 안 되는 부양 기체를 거의 소진했을 테니 당분간은 다시 비행에 나서지 못하겠죠."

카미는 고개를 끄덕이며 아곤족의 왕자를 향해 술잔을 높이 들었다. 타크발은 구이용 도구를 내려놓고 자기 잔을 들어 답인사를 한 다음, 단숨에 잔을 비웠다. 그러고는 사람들 쪽으로 돌아서서 말했다. "계책은 테라 공주와 제가 내놨지만, 연 기술자들이 신호용 연을 그토록 빨리 개조해 주지 않았다면 작전은 성공하지 못했을 겁니다. 힘을 합쳐 대나무 고리를 만들고, 비단 띠를 묶고, 엄니 호랑의 줄무늬를 칠한 동료들 모두를 위해 건배합시다."

그 말에 응답하듯 선원들은 잔을 높이 들고 왕자에게 감사 인사를 중얼거렸다.

테라는 마음이 흐뭇했다. 타크발은 지도자치고는 어리고 미숙할지 몰라도 정치 본능은 분명 제대로 갖춘 인물이었다. 테라는 오늘 있었던 일에 타크발이 공헌한 점을 의도적으로 강조했고, 타크발은 이를 제꺽 파악하고 더 많은 이들에게서 신뢰를 얻는 기회로 삼았다. 이번 일은 아곤족과 다라 원정대가 한 가족이자 통합된 부족의 구성원들이라는 소속감을 만들기 위한 작은 첫걸음이었다.

"하지만 위험에서 벗어나려면 아직 멀었어요." 테라는 흥겨운 분위기에 찬물을 끼얹듯이 말했다. "도시 함선은 전속으로 항해하면 우리보다 더 빨라요. 계속 달아나기만 했다간 결국엔 따라잡힐 수밖에 없고…… 쉬면서 기운을 차린 가리나핀이 비단과 대나무로 만든 호랑이를 보고 또다시 겁을 먹고 물러나길 바랄 수도 없어요. 우리가 보유한 조그만 함선의 무장으로 도시 함선에 정면으로 맞설 수도 없는 노릇이고요. 당장은 우리가 사냥감이고 저쪽이 사냥꾼인 상황이 이어질 거예요. 이 상황을 뒤집을 방법이 있을지 다 함께 지혜를 모아 봅시다."

나쿠 키탄슬리는 좀처럼 잠을 이루지 못했다. 그는 '둘째 발가락' 부족의 수장이자, 폭풍의 벽을 돌파하려는 비극적인 시도에서 유일하게 살아남은 리우쿠의 도시 함선인 무한 평원함의 함장이었다.

나쿠의 부하들은 금방이라도 반란을 일으킬 태세였다.

원래 리우쿠 전사들은 전 함대가 침몰하는 와중에 자신들만 살아 남은 것에 감사하며 이를 우키우와 다라의 여러 신들이, 아니면 누 군지는 몰라도 이 해역을 주관하는 존재가 베푼 은혜의 징조로 여겼 다. 그러나 대양을 건너는 고된 항해 끝에 유일하게 남은 날 수 있는 가리나핀이 가짜 엄니 호랑이 때문에 되돌아왔다는 소식이 전해지 자 그들의 사기는 나락으로 떨어졌다.

나쿠는 부대의 사기를 회복시킬 방법이 간절했지만, 선택지는 그 리 많지 않았다.

겁에 질린 가리나핀에게 먹이를 더 많이 배급해 부양 기체와 자 신감을 배 속 가득 품고 조만간 재공격에 나서게 하는 방법은 애초 에 불가능했다. 겨울 폭풍이 한 번만 지독하게 불어도 곧바로 기근 이 드는 초원 대륙에서는 누구나 알다시피, 오랫동안 굶주린 인간 과 짐승이 원기를 완전히 회복하기까지는 시간이 걸리기 때문이었 다. 1년에 걸친 대양 항해가 끝난 지금, 무한 초원함은 가리나핀에게 배불리 먹일 먹이는커녕 우키우로 돌아가기까지 추가로 걸리는 1년 동안 선원들이 먹을 식량조차 모자랐다.

결국에는 그것이 나쿠의 가장 큰 문제였다. 설령 선원들의 배급량 을 16분의 1로 줄여 기아 상태에 가까운 식단을 유지한다 한들, 이 토록 빈약한 식량으로 어떻게 버틸지 도무지 알 수가 없었던 것이 다. 이번 원정의 보급품은 페키우 텐리오가 다라에 세운 전진 기지 에 도착하리라는 전제하에 준비했을 뿐, 2년이나 아무 소득 없이 대 양을 떠돌 줄은 생각도 하지 못했다. 식인 행위와 그보다 더 지독한 상황이 닥치리라는 전망이 코앞에서 어른거리는 판국이었다.

나쿠는 이미 함선의 톨리우사 및 육포 저장고를 털려다 붙잡힌 선원 몇몇을 어쩔 수 없이 채찍질하고 바다에 던져 버렸다. "잔치다! 구름 위의 가리나핀들과 만나기 전에 벌이는 마지막 잔치야!" 말썽꾼들의 우두머리는 그렇게 외쳤다. "적어도 배 속은 고기로 가득하고 머릿속은 꿈으로 가득한 상태로 죽어 보자."

다라 함대는 이 호랑이 부족의 수장에게 남은 하나뿐인 희망의 빛이었다. 폭풍의 벽 바깥으로 나온 다라 배들이 염두에 둔 목적지는 오로지 한 곳, 나쿠의 고향인 리우쿠뿐이었다. 만약 나쿠가 부하들을 이끌고 다라 함선에 실린 풍부한 물자를 탈취하기만 하면 고향으로 돌아갈 가망이 생길 터였다. 다라 함대는 통통하게 살찐 양이었고, 리우쿠 도시 함선은 겨울이 닥치기 전에 배를 든든히 채워야 하는 굶주린 늑대였다.

나쿠 키탄슬리는 여분의 활대와 돛을 모조리 꺼내어 돛대에 달라고 명령했다. 무한 초원함의 숲처럼 빽빽한 수많은 돛대에 지나가는 바람 한 점 놓치지 않을 기세로 새로이 가지와 잎이 돋아났다. 가로돛과 꼭대기 돛, 하늘 돛, 나비 돛, 심지어는 활대 없이 돛대와 돛대 사이에 치기 때문에 잔잔한 바다에서 순풍 때만 펴는 커다란 풍선 모양 '가을고치 돛'까지, 모든 돛이 마지막 한 점의 바람까지 붙잡아 서쪽으로 향하는 다라 함대의 뒤를 쫓는 도시 함선에 속력을 보탰다. 폭풍의 벽이 지척인 곳에서 이토록 돛을 많이 펴고 항해하자니 인간이 만든 이 거대한 섬의 조종법을 일찍이 마피데레 황제의 선원들에게서 직접 배운 노련한 선원들조차도 손에 땀이 밸 정도로 조마조마한 상황이었지만, 그럼에도 하루하루 시간이 흐르는 사이에 무한 초원함은 먹잇감에 점점 더 가까워졌다.

함대 뒤편에 보이는 도시 함선이 하루하루 동이 틀 때마다 점점 더 커다래지자 테라와 타크발은 어떤 작전을 세울지에 관해 초조하게 논의했다.

"맞서 싸워야 해요." 타크발이 말했다.

"어떻게요?" 테라가 물었다. "도시 함선의 두꺼운 갑판은 우리 함대에서 가장 커다란 투석기로도 흠집 하나 못 낼 텐데요."

그 말은 사실이었다. 도시 함선은 너무나 거대해서 다라 함대가 그 배를 상대로 해전을 벌이면 마차 몇 대로 성곽 도시를 공격하는 꼴이나 다름없었다.

테라는 가장 노련한 해병 장교와 함장들을 기함으로 호출해 전략 회의를 열었다.

"연으로 뭔가 할 수 있을까요?" 타크발이 맨 처음 제시한 방안이었다. 그는 가짜 엄니 호랑이를 이용한 전술이 성공하고 나서부터 전투 연에 조금은 집착하는 듯했다.

회의 참석자들은 수많은 돛이 펄럭이는 탓에 움직이는 미루나무처럼 변해 버린 도시 함선이 불화살로 무장하고 전투 연에 탑승한 궁수들에게는 먹음직스러운 표적으로 보이리라는 점에 의견이 일치했다.

"하지만 우리가 불화살의 사정거리 안에 들어간다면 적군 또한 소형 전투정을 보내 우리 함선에 올라탈 수 있는 거리에 들어오는 셈입니다." 그 말을 한 미투 로소 제독은 함대 전투 부대의 사령관으로, 그보다 군 지휘권이 높은 이는 함대 내에서 테라 공주 한 명(그리고 원칙상으로는 타크발 왕자)뿐이었다. "적군이 함선에 탑재된 투석기를 발사하리라는 것은 굳이 말할 필요도 없지요…… 리우쿠인들은 분명 나포한 도시 함선에 있던 무기들의 사용법을 익혔을 테니까요. 갑판 높이가 높다 보니 무기의 사거리 또한 적군이 더 유리할 겁니다." 로소 제독은 깔보는 눈빛으로 타크발을 흘깃 봤다. "그 방안은 상황 파악 능력이 모자란……"

테라가 제독의 말허리를 끊었다. "아노족 현인들은 이렇게 말씀하셨지요. '때로는 흔한 돌로 먼저 길을 포장해야 비로소 순수한 옥을 캐러 갈 수 있다.' 이렇듯 허황된 의견이라도 나중에 더 훌륭한 계책의 불씨가 되기도 하는 법이지요."

미투 로소 제독은 끙 소리만 낼 뿐 더는 말이 없었다.

솔선수범하는 타크발을 보고 용기를 얻은 함장과 해병 장교들은 갖가지 방안을 앞다퉈 내놓았다. 테라는 장교들이 자유롭게 의견을 주고받게끔 자신은 일부러 토론에 거의 끼지 않았다.

그러나 그들이 내놓은 방안 가운데 어떤 것도 한층 더 자세한 논의와 검증을 통과하지는 못했다.

타크발은 다시 한번 시도했다. "아곤족 옛 속담에 이런 말이 있습니다. 덫에 걸린 늑대는 자기 발을 이빨로 끊고……"

"아뇨." 테라는 타크말의 말을 끊었다. "무슨 말을 하려는 건지 알아요. 함대를 둘로 나눈 다음 절반은 연에 불화살 궁수를 태우고 띄워 올려 도시 함선을 무력화하거나 진격 속도를 늦추게 하고, 그러는 동안 나머지 절반은 탈출하게 하자는 거겠죠. 난 모두를 구할 계책이 필요해요."

"달아나도 안 되고 맞서 싸우는 것도 허락할 수 없다면, 선택할 여지는 그리 많지 않은데요." 타크발이 불평했다.

"난 싸우면 안 된다는 말은 한 적 없어요. 정면에서 해전을 벌이면 안 된다는 거죠…… 설령 우리가 이긴다고 해도 치러야 할 대가가 너무 크니까요."

"저한테 방법이 하나 있습니다." 처음 듣는 목소리였다. "저는 우리 함대 근처에서 순환 해류를 타고 헤엄치는 고래 떼를 쭉 관찰했습니다."

전략 회의 참가자들은 일제히 고개를 돌려 방금 말한 사람이 카미피타다푸인 것을 알아차렸다.

피타다푸 일족은 루이섬의 유명한 고래잡이 집안이었다. 어렸을 적 카미는 고래잡이배 선장인 숙부를 따라 루이섬 인근뿐 아니라 더 먼 바다까지 누비며 값나가는 반구 머리 고래와 빗살 고래의 뒤를 쫓곤 했다. 그 거대하고 영리한 바다짐승들을 가까이서 관찰한 카미는 결국 그들을 죽이기보다 그들의 생태를 연구하는 데에 더 관심을 갖기에 이르렀다. 제국 관리 임용 시험의 작문 과목에서 카미는 다른 응시생들이 선호하는 판에 박힌 주제 몇 가지를 답습하지 않으려고 고래목 동물들이 새끼를 낳는 동료를 위해 조산술을 행한다는 증거에 관해 논하는 글을 썼다. 이로써 피로아, 즉 수도인 판에서 치르는 '대시험'의 최고 득점자 100명 안에 들어간 카미는 간에서 개발한 새로운 고래잡이 기법을 제국 정책으로 삼아 다라 전역에서 채택하도록 추진했는데, 그 기법이란 작살 잡이가 반구 머리 고래를 죽이지 않고 지치게 해서 진귀한 '생호박(生琥珀)'을 산 채로 토하도록 유도하는 것이었다.

이 미지의 해역에서 따개비가 다닥다닥 붙은 몸으로 다라 함대를 맞이한 고래들은 일찍이 폭풍의 벽 안쪽에서 본 고래와 분간하기 힘들 정도로 비슷했다. 다라의 운명을 크게 뒤바꿔 놓은 그 장벽이 고래에게는 아무 영향도 미치지 않는 모양이었다. 그렇다 보니 고래 떼를 눈여겨본 사람은 아무도 없었는데…… 카미만은 예외였다.

카미가 마음속에 품은 작전을 다 설명하기까지는 얼마간 시간이 걸렸다. 심지어 큼직한 필기용 밀랍판과 가느다란 붓 몇 자루를 함선의 모형으로 삼아 모의 전투까지 펼쳐 보였다.

함장 및 해병대 지휘관들은 놀라서 말문이 막힌 채 카미의 작전을 이해하려 애썼다.

"그야말로 전대미문의 전술이로군." 해우함의 함장 음메지 곤이 말했다. "자네가 설명한 대로 기동할 경우에 이 배가 버틸 수 있을지 어떨지조차 확실치 않아."

카미는 물러서지 않고 대꾸했다. "우리 함선의 독특한 기능들을 이용하는 전술은 거의 다 전대미문일 겁니다. 사실 이 작전은 제가 고안한 것치고는 가장 정통적인데요. 혹시 진짜로 혁신적인 전술이 궁금하시다면……"

테라는 카미의 말을 끊었다. "나중에 들을게요, 카미. 지금은 이 작전부터 논의해요."

"설령 원리상으로는 성공하는 작전이라 해도 그토록 새로운 전술을 해병대와 선원들에게 훈련시켜 실행까지 하기에는 시간이 모자랍니다." 미투 로소 제독이 반대 의사를 밝혔다.

"긴 마조티 원수께서는 병사들을 적절히 준비시키고 훈련시킬 시간은 늘 부족하게 마련이라 하셨습니다. 전쟁에는 지금 당장 있는 군대를 이끌고 나가야지, 머릿속에 궁리해 둔 이상적인 군대를 이끌고 나갈 수는 없는 법이지요." 테라가 말했다. "변칙 전술의 장점은 리우쿠인들도 우리와 똑같이 전혀 상상할 수 없다는 점입니다. 설령 그들이 포로로 잡은 크리타 원정대에게서 다라의 전술을 배워 깊이 연구했다 해도 그렇습니다. 제가 보기엔 제독님도 이 작전에 근본적인 결함이 있어서 반대하시는 건 아닌 듯합니다만."

"솔직히, 저는 이 작전이 놀랍기도 하고 조금 두렵기도 합니다." 미투 로소는 선선히 인정했다. "잠재력은 있습니다. 다만 아직 불확실한 변수가 너무 많습니다."

"그래서 더 흥미롭네요." 타크발은 그렇게 말하고는 테라와 짧게 웃음을 주고받았다. "사실, 저는 이 작전이 생각하면 할수록 더욱 마음에 듭니다!"

"왕자님이야 쉽게 말씀하시겠지요." 은메지 곤 함장이 말했다. 함장은 일찍이 쿠니 가루가 조그마한 다수섬에서 봉기를 일으켰을 때 그 휘하에서 기계 크루벤을 지휘한 경험이 있었다. "이 배를 원래대로라면 해서는 안 되는 방식으로 조종하는 건 다른 사람이 맡아서 할 일이니까요."

"저는 왕자님 말씀에 동의합니다. 이번 같은 원정에서 우리는 원래대로라면 해서는 안 되는 일들을 다 함께 해야 합니다." 해병대 지휘관 티포 토의 말이었다. 테라 공주를 따라가겠다고 자원하기 전까지 그녀는 노련한 비행함 함장이었다. 부양 기체가 있을지 어떨지 모르는 채 머나먼 땅으로 향하는 길에 값비싼 비행함 몇 척을 유지하는 것은 비실용적으로 여겨졌기에 함대에는 비행함 전단이 없었고, 이 때문에 원정대의 다른 공군 출신들과 마찬가지로 티포 또한 해병대로 편입됐다. "함장님의 배가 이 정도의 난관조차 뚫지 못한다는 말씀은 부디 삼가 주십시오."

"아, 이 배야 그 정도 난관은 거뜬히 뚫고말고요." 곧 함장은 이를 갈며 말했다. 그는 자신보다 자기 배가 모욕을 당할 때 훨씬 더 발끈했다. "저는 그저 귀관처럼 뼈만 앙상한 공군 출신이 제국 공군 비행함의 호화로운 선실과 느긋한 비행 속도에 익숙해진 나머지 진짜로 거친 항해를 견디지 못할까 봐 걱정될 따름입니다. 아마 멀미하느라 바빠서 공격은 엄두도……"

"혹시 수면 아래로 고작 몇 미터 잠수할 줄 아는 나무 물통에 앉아 있는 게 하늘을 나는 일의 겨우 10분의 1만큼이라도 힘들다고 생각하신다면……"

"제발요!" 테라가 끼어들었다. "그렇게 비행함과 잠수함 사이의 우스꽝스러운 자존심 다툼을 계속할 작정이라면, 이번 임무가 끝난 후에 둘이 마주 앉아 *자마키*라도 한판 하세요. 난 여러분이 카미의 제안을 실행할 수 있는지 어떤지가 궁금할 뿐이에요."

"물론 할 수 있습니다."

"믿어 주십시오."

"잔잔한 투투티카 호수의 수면 위에 계시는 기분이 들 정도로 제가 배를 부드럽게 조종해서……"

"비행함은 없지만, 저는 부하들을 이끌고 더없이 신속 정확하게 공격을……"

"그렇게 잘난 척 자랑만 하지 마시고요." 테라는 고통스러운 표정으로 이마 옆을 문질렀다. "두 분이 각자 이 작전에서 상대방이 맡아야 할 임무에 함정을 파 보는 건 어떨까요? 그렇게 해서 카미의 계획이 정말로 통할지 보는 거예요."

은메지 곤 함장과 티포 토 대장은 바닥에 놓인 밀랍판과 붓의 위치를 조정하고 또 조정하며 카미의 작전 계획을 차근차근 실행했다. 둘은 저마다 상대방의 기동을 좌절시키려고 매번 새로운 수를 내놓으려 머리를 쥐어짰고, 이에 맞서 작전을 더 정교하게 수정하느라 둘 다 이마에 깊은 주름이 팼다.

미투 로소 제독은 테라 공주 곁으로 다가가 나직이 말을 건넸다. "저는 라긴 황제 폐하를 모시며 패왕 마타 진두를 상대로 싸웠고, 아루루기섬에서는 테카 키모 공작이 일으킨 반란을 진압했고, 이제는 리우쿠를 상대로 싸우는 몸입니다. 공주님의 부친이신 황제 폐하께서는 부하 장수들 사이의 경쟁 관계를 이용해 완벽한 작전을 짜는 재주가 늘 탁월하셨지요. 공주님에게서 아버님의 그림자를 보다니, 기쁘기 한량없습니다."

테라는 칭찬에 감사하는 뜻으로 고개를 끄덕였지만, 타계한 아버지가 떠오르자 가슴이 먹먹했다. 균형을 잡는 법을 찾는 것이야말로 군주의 일이란다. 쿠니 가루는 일찍이 테라에게 그렇게 가르쳐 줬다. 테라는 부디 방법을 찾아 파벌 간의 경쟁과 질투, 서로 간의 불신처럼 금방이라도 동맹의 통제를 무너뜨릴 것 같은 모든 힘들의 균형을 잡고 싶었다. 그리고 그 모든 에너지를 전진하는 동력으로 바꾸고 싶었다. 그래서 죽은 아버지에게 부디 자신을 굽어 살피며 성공에 이를 지혜를 찾도록 도와 달라고 기도했다.

은메지와 티포는 상대가 새로운 수를 내놓을 때마다 완벽한 수로 맞서고자 한참 동안 숙고했고, 이 때문에 대응하는 속도가 점점 느려졌다. 둘은 마치 *퀴파*나 *자마키* 대회를 힘들게 통과한 끝에 마침내 최종 대국에 돌입한 두 적수 같았다. 그런 대국에서는 한 수 한 수에 승패를 바꿀 잠재력이 깃들게 마련이었다. 다른 지휘관과 함장들은 흥미진진한 시합의 구경꾼처럼 온갖 훈수를 뒀다.

"작전 계획을 세우고 수정하는 건 당신이 할 일 아닌가요?" 타크발이 테라의 귓가에 소곤거린 말이었다. "나서서 주도하지 않으면 부하들의 신용을 잃을 텐데요."

테라는 알아보기 힘들 만큼 살짝 고개를 가로젓고 나직이 말했다. "난 장군도, 전략가도 아니에요. 문외한인 분야에서 앞장을 섰다가는 누구보다 건방진 바보로 보일걸요. 조언을 구할 때와 내 의지를 결연히 행사할 때를 구별할 줄 아는 건 내가 아버지에게서 배운 가장 중요한 지혜예요."

타크발은 깜짝 놀랐다. 역전의 노장이 아닌 사람, 또는 적어도 역전의 노장 행세를 하지 않는 사람이 지도자를 맡는 것은 아곤족의 방식도, 리우쿠족의 방식도 아니기 때문이었다. 타크발은 새삼스레 회의감에 휩싸였다. 스스로 전술에 밝지 않다는 말을 부끄러운 줄도 모르고 입 밖에 내는 다라인 공주의 손에 백성들의 앞날을 맡긴 것이 과연 잘한 일인지 알 수 없었다.

그러나 다라에 도움을 청하러 온 까닭은 그들이 초원 대륙의 일부가 아니기 때문이지 않던가? 다라인들의 방식은 아곤족이나 리우쿠족의 방식과 달랐고, 변화의 가능성은 바로 그 이질성에 있었다. 테라는 흥미로운 사람이었다.

어쨌거나 이제 타크발의 운명은 테라의 운명과 하나로 얽혔기에 할 수 있는 일은 기다리며 지켜보는 것뿐이었다.

마침내 은메지와 티포가 대국을 마무리지었다. 둘은 밀랍판과 붓을 내려놓고 서로를 엄숙한 표정으로 마주 봤다.

다른 지휘관들은 숨죽인 채 둘이 결과를 발표하기를 기다렸다.

"그⋯⋯." 미투 로소 제독은 긴장감을 더는 참을 수 없었다. "누가 이겼나? 어느 쪽이 작전을 격파했지?"

은메지 곤과 티포 토는 동시에 함박웃음을 지으며 서로의 팔을 잡고 통쾌하게 웃었다.

"저희 둘 다 졌습니다." 티포가 말했다.

"그래서 둘 다 이긴 셈입니다." 은메지가 말했다.

"미주를 가져와라!" 티포가 외쳤다. "이 짠물 냄새 나는 인간하고 한바탕 마셔야겠다. 그러지 않고서야 입김에서 풍기는 이 지독한 비린내를 도저히⋯⋯."

"도시 함선 공격을 계획하는 실력만큼 술 실력도 뛰어난지 어디 한번 보자고." 은메지가 받아쳤다. "젓가락처럼 가느다란 뼈대를 보아하니 아무래도 그쪽으로는 영⋯⋯."

"저⋯⋯ 그 말씀은 그러니까." 테라는 망설이는 목소리로 물었다. "작전이 성공할 거라고 본다는 뜻인가요? 두 분 다 상대방이 작전을 실행할 수 있다고 믿으시는 거예요?"

은메지와 티포는 그 질문에 모욕이라도 당한 듯한 표정으로 테라를 돌아봤다.

"어휴, 저는 이 남자가 모는 배라면 소용돌이 밑바닥에 있는 타주신의 궁전까지도 타고 갈……"

"저는 이 여자가 지휘관이라면 패왕 마타 진두가 지키는 성을 공격하라고 해도 기꺼이……"

"설령 종이로 만든 배밖에 없다고 해도 저는 이 사람이 이기는 쪽에 돈을……"

"이 사람의 무기가 고작 머리핀 하나라고 해도 저는 적들을 불쌍히 여길……"

"무슨 말씀인지 알고도 남겠어요." 테라는 빙그레 웃으며 둘에게 그만하라고 손짓했다.

모두의 표정에 안도감과 기쁨이 역력했다. 따뜻하게 데운 미주 병이 도착하자 일행은 술을 잔에 채워 들이켰다.

"너무 자만하면 안 돼요." 테라가 말했다. "작전을 세우는 건 첫걸음에 지나지 않으니까요. 작전을 실행하는 건 그보다 열 배는 더 힘들죠."

전략 회의 참석자들은 별이 밤하늘을 다 일주할 때까지 토론을 계속했다. 동틀 무렵, 함장 및 지휘관들은 조각배를 타고 저마다 지휘하는 배로 돌아갔지만, 아무도 잠자리에 들지 않았다. 해야 할 일이 산더미 같았다.

잘라내기

Cutting

구름 위로 아득히 솟은 산봉우리. 허사(虛寺)의 승려들은 자기네 성스러운 경전에서 말을 잘라내며 나날을 보낸다.

승려들의 신앙은 오래전에 시작됐다. 그들은 성전(聖典)이 기록된 양피지가 쉬이 바스러지고 심하게 구겨졌으며 군데군데 물에 젖어 훼손된 자국 때문에 글을 읽기 힘들다는 점을 토대로 그러하리라 추론한다. 절에서 나이가 가장 많은 방장(方丈)이 회고하길, 성전은 그가 어린 동자승이었을 적에도 이미 지금처럼 낡아 보였다고 한다.

몸을 바들바들 떠는 방장의 말은 그 앞에 가지런히 줄지어 앉은 젊은 승려들의 마음속 깊이 가라앉는다. "성전은 신들과 더불어 걷고 대화한 이들의 손에 의해 씌어졌나니. 그들은 자신이 기억하는 경험을 기록하고, 이를 책으로 남겼다. 하여 성전을 읽음은 곧 신의 목소리를 다시 들음이라." 젊은 승려들은 돌바닥에 이마가 닿도록 몸을 숙이고, 양손을 뻗어 기도를 올린다.

그러나 승려들은 신의 말씀이 모호하게 들릴 때가 부지기수라는 것을 안다. 또한 인간의 기억이 연약하고 섬세하게 만들어진 도구와 같다는 것을 그들은 알고 있다.

"떠올려 볼지어다. 너희 어린 시절 친구의 얼굴을." 방장이 말한다. "그 모습을 머릿속에 떠올린 채 글로 적어 묘사하라. 힘닿는 데까지 세밀하게 묘사하는 거다.

이제 그 친구의 얼굴을 다시 떠올려 보거라. 너희가 그 얼굴을 묘사하려 사용한 말은 너희 기억 속 얼굴의 일부를 대체했다. 기억이라는 행위는 곧 되짚어 가는 행위이며, 그렇게 함으로써 우리는 틀을 지우고 교체한다.

성전을 집필한 이들도 그와 같았느니라. 그들은 진심과 열성으로 진실이라 믿는 것을 적었으나, 여러 곳에 오류를 남기고 말았다. 한낱 인간에 지나지 않았기 때문이다.

우리가 성전을 공부하고 거기 적힌 말을 명상하는 까닭은 겹겹의 은유 속에 묻힌 진실을 파내기 위함이니라." 방장은 그렇게 말하고는 길고 하얀 턱수염을 쓰다듬는다.

그리하여 해마다 승려들은 여러 차례 토론을 거쳐 성전에서 어떤 구절을 추가로 잘라낼지 합의한다. 그렇게 잘라낸 양피지 조각은 신들에 바치는 제물로서 불태워진다.

이렇게 하여 불필요한 내용을 줄여 나감으로써 책 아래의 책을, 이야기 뒤의 이야기를 드러내는 사이에, 승려들은 자신들 또한 신들과 교감하노라고 자부한다.

수십 년에 걸쳐 성전은 점점 더 가벼워졌고, 일찍이 말이 잠들어 있던 책의 갈피갈피는 구멍, 빈칸, 아무것도 없는 공백으로 빼곡해졌다. 금속 표면에 금실과 은실로 만든 세금세공(細金細工)처럼, 레이스처럼, 녹아내리는 벌집처럼.

"기억하려 애쓰지 마라. 다만 잊으려 애써라." 방장은 잊어야 한다는 것을 강조한다. 성전에 적힌 단어를 또 한 개 잘라내며.

*

구름 위로 아득히 솟은 산봉우리. 허사(虛寺)의 승려들은 자기네 성스러운 경전에서 말을 잘라내며 나날을 보낸다.

    신앙은
    쉬이 바스러지고
훼손된
   다   ,

                      가지런히 줄지어
       가라앉는
   이들의 손에 의해   .
경험   하고,
                           닿
   고,   기도
           하   라
   .   기억이 연약하고 섬세하
다는 것을   알
   지어다.   어린 시절

은

곧 되짚어 가는 행위이

다

,

겹겹
의 은유 속에 묻힌 진실을   .

합의

하

라
,
구멍, 빈칸, 아무것도 없는 공백

에
.
기억하려   애써라.   잊어야 한다
는 것을   .

500

＊

기억하　　　　　　　　　　　라.　　　잊
는 것을　　　　　·

은랑전

1판 1쇄 펴냄 2024년 6월 7일
1판 2쇄 펴냄 2024년 7월 8일

지은이 | 켄 리우
옮긴이 | 장성주
발행인 | 박근섭
편집인 | 김준혁
펴낸곳 | 황금가지

출판등록 | 2009. 10. 8 (제2009-000273호)
주소 | 06027 서울 강남구 도산대로 1길 62 강남출판문화센터 5층
전화 | 영업부 515-2000 **편집부** 3446-8774 **팩시밀리** 515-2007
홈페이지 | www.goldenbough.co.kr

도서 파본 등의 이유로 반송이 필요할 경우에는 구매처에서 교환하시고
출판사 교환이 필요할 경우에는 아래 주소로 반송 사유를 적어 도서와 함께 보내주세요.
06027 서울 강남구 도산대로 1길 62 강남출판문화센터 6층 민음인 마케팅부

㈜민음인은 민음사 출판 그룹의 자회사입니다.
황금가지는 ㈜민음인의 픽션 전문 출간 브랜드입니다.